Brad Thor

Schwarze Liste

Thriller

Aus dem Englischen
von Andreas Kasprzak

blanvalet

Die englische Originalausgabe erschien unter dem Titel
»Black List« bei Atria Books, New York.

MIX
Papier aus verantwortungsvollen Quellen
FSC
www.fsc.org
FSC® C014496

Verlagsgruppe Random House FSC® N001967
Das FSC®-zertifizierte Papier *Holmen Book Cream* für dieses Buch
liefert Holmen Paper, Hallstavik, Schweden.

1. Auflage
Deutsche Erstausgabe Februar 2015 bei Blanvalet,
einem Unternehmen der Verlagsgruppe Random House GmbH,
München

Umschlaggestaltung: © by Johannes Frick, Neusäß/Augsburg
Umschlagmotive: © Mauritius Images; Shutterstock
HK · Herstellung: sam
Satz: Uhl + Massopust, Aalen
Druck und Einband: GGP Media GmbH, Pößneck
Printed in Germany
ISBN: 978-3-442-38391-7

www.blanvalet.de

BRAD THOR

Schwarze Liste

Buch

Die schwarze Liste der US-Regierung ist so geheim, dass nicht einmal die Mitglieder des Kongresses darauf Zugriff haben. Nur der Präsident und ein geheimes Beratergremium können die ominöse Liste einsehen. Wenn dein Name erst einmal auf ihr steht, wird er nie wieder gestrichen – bis du tot bist.

Nachdem jemand den Namen des Terrorfahnders Scott Harvarth auf die schwarze Liste gesetzt hat, muss dieser nun den Killerkommandos, die ihn töten sollen, so lange ausweichen, bis er herausgefunden hat, wer ihn im Visier hat und aus dem Weg räumen will.

Er versucht mit aller Macht, die Puzzleteilchen zusammenzusetzen und den Schuldigen aufzuspüren. Wird Harvath es schaffen, sich selbst zu retten und die Welt vor dem Schlimmsten zu bewahren?

Autor

Brad Thor, geboren in Chicago und Absolvent der University of Southern California, konnte in den USA bereits mehrere Bestsellererfolge erzielen. Er lebt mit seiner Familie in Park City, Utah, und auf der griechischen Insel Antiparos.

Für Barrett Moore,
einen außergewöhnlichen Visionär,
Patrioten und Freund

ANMERKUNG DES AUTORS

Sämtliche in diesem Roman erwähnte Technologie basiert auf Systemen, die derzeit von der Regierung der Vereinigten Staaten von Amerika und ihren Partnern entwickelt werden oder sich bereits in der finalen Entwicklungsphase befinden.

VORWORT

Am 17. August 1975 trat Senator Frank Church in der NBC-Sendung *Meet the Press* auf, um über die Ergebnisse seiner umfangreichen Ermittlungen in Bezug auf die wachsenden Möglichkeiten der Informationsbeschaffung der amerikanischen Geheim- und Nachrichtendienste zu diskutieren.

Dabei gab Senator Church verblüffende Informationen preis und schloss seine Ausführungen mit einer düsteren Warnung an jeden Bürger der Vereinigten Staaten:

»Amerikas Möglichkeiten zur Informationsbeschaffung könnten jederzeit auch beim amerikanischen Volk Anwendung finden, was jeden Amerikaner jeglicher Privatsphäre berauben würde. Zu diesen Möglichkeiten gehört unter anderem, alles zu überwachen: Telefongespräche, Telegramme, ganz gleich, was. Dann würde nichts Privates mehr privat bleiben.

Sollte in diesem Land jemals ein Diktator an die Macht gelangen, könnten die technischen Möglichkeiten, die die Geheimdienste der Regierung bieten, selbige zu unbeschränkter Tyrannei befähigen, ohne dass es möglich wäre, sich dagegen zu wehren, da selbst die bestgehüteten Bemühungen, der Regierung gemeinsam Widerstand zu leisten – gleichgültig wie vertraulich geplant –, der Regierung bereits bekannt wären. Dazu ist diese Technologie imstande.

Ich möchte nicht erleben, dass dieses Land diese Grenze je überschreitet. Ich weiß, dass die Mittel existieren, um in Amerika eine totale Tyrannei zu etablieren, und wir müssen dafür sorgen, dass die NSA und alle übrigen Geheim- und Nachrichtendienste, denen diese Technik zur Verfügung steht, im Rahmen der geltenden Gesetze und unter angemessener Aufsicht operieren, damit wir diese Grenze niemals überschreiten. *Denn von dort gibt es kein Zurück mehr.*«

PROLOG

Pentagon City

Caroline Romero fielen zahlreiche Orte ein, an denen man ihrer Meinung nach Gefahr lief, ermordet zu werden – eine dunkle Gasse, ein Parkplatz, sogar ein Naturschutzreservat –, doch ein Einkaufszentrum am helllichten Tage gehörte nicht dazu. Besonders keines, das sich nur wenige Schritte vom Pentagon entfernt befand. Doch das waren die Fakten.

Das Team, das sie verfolgte, schien aus drei Männern zu bestehen, von denen sie einen wiedererkannte: einen groß gewachsenen Burschen mit fast durchsichtig weißer Haut und einem Schopf dichten weißen Haars. Das Trio wechselte sich ab, um aufzutauchen und dann wieder außer Sicht zu bleiben. An ihrer Absicht konnte allerdings kein Zweifel bestehen. Die Schnelligkeit, mit der sie dahintergekommen waren, was sie vorhatte, und sich daraufhin an ihre Fersen geheftet hatten, war verblüffend. So gut sie selbst auch sein mochte: Die waren besser.

Dabei ging es nicht bloß darum, vorsichtig zu sein oder ihre Spuren ordentlich zu verwischen. Das hatte sie alles gemacht. Nein, die Organisation war einfach zu groß, zu allgegenwärtig, um ihr entkommen zu können. Und jetzt waren sie hinter *ihr* her.

Sie musste rasch handeln. Sobald das Team zuschlug, konnte – und würde – niemand irgendetwas unternehmen, um diese Leute aufzuhalten. Zuerst würden sie sie verhören und dann würden sie sie töten. Sie durfte nicht zulassen, dass diese Männer sie oder das, was sie bei sich trug, in die Finger bekamen.

Das Einkaufszentrum war groß; es gab viele Geschäfte der gehobenen Preisklasse und viele Überwachungskameras. Mit Sicherheit hatten sie sich in das System eingeklinkt und beobachteten sie. Das wusste sie so genau, weil sie dies selbst unzählige Male gemacht hatte. Dass sie wusste, wie sie arbeiteten, war ihr einziger Vorteil.

Sie ging in gemäßigtem Tempo, zielstrebig, aber nicht furchtsam. Wenn sie merkten, dass sie in Panik war, würden sie wissen, dass sie sie bemerkt hatte; dann würden sie unverzüglich zu ihr aufschließen und sie einkassieren. Doch das konnte sie nicht zulassen – nicht, bevor sie eine letzte Sache erledigt hatte.

Überall um sie herum bummelten Kunden durch die Läden, bedauernswert unwissend, was sich in der Welt unmittelbar außerhalb ihres Blickfelds abspielte. Immerhin war das auch *ihre* Welt, und sie wollte sie an den Schultern packen und schütteln. Sie wollte sie wachrütteln. Allerdings wusste sie, man würde ihr dann bloß wie einer Verrückten begegnen. Tatsächlich hätte sie dieser Reaktion bis vor Kurzem vermutlich sogar zugestimmt. Doch das, was sie entdeckt hatte, war nicht bloß verrückt. Es war Wahnsinn; vollkommener Wahnsinn.

Ihr Job war ziemlich einfach gewesen, mit einer zentralen Aufgabe: lose Enden zu beseitigen, indem sie die losen Fäden kappte. Doch dabei hatte sie eine Todsünde begangen. Anstatt die Fäden zu kappen, fing sie an, an einem zu ziehen, und jetzt war sie drauf und dran, den höchstmöglichen Preis dafür zu bezahlen.

Im ersten Geschäft, das sie betrat, kaufte sie bar mehrere Dinge, um zu verschleiern, was sie tat. Sie erklärte dem Kassierer höflich, sie brauche keine Quittung.

Wieder draußen auf dem Gang, mischte sie sich unter die Menschen und versuchte, ihre Unruhe im Zaum zu halten. Sie atmete tief durch und versuchte, ihre Angst zu unterdrücken, so gut es eben ging. *Bloß noch ein einziger, letzter Schritt,* sagte sie sich.

Doch bevor sie diesen Schritt tun konnte, musste sie noch für etwas mehr Ablenkung sorgen. Nachdem sie in zwei weiteren Geschäften mit Bargeld eingekauft hatte, trug sie zwei Tüten mit nutzlosem Kram, die ihre Verfolger hoffentlich zusätzlich in die Irre führen würden. Ihr Plan sah vor, das sprichwörtliche Theater so mit Rauch zu füllen, dass niemand wusste, wo das Feuer brannte, bis es bereits zu spät war.

Der letzte Laden war der wichtigste, gleichzeitig aber auch das größte Risiko. Hiervon hing alles ab, und wenn die Sache nicht perfekt lief, waren ihre gesamte Operation und alles, was sie dafür aufs Spiel gesetzt hatte, für die Katz.

Caroline betrat das Dessousgeschäft und sah sich unauffällig nach Kameras um. Es gab drei – zwei überwachten den Laden selbst, eine dritte war auf den Verkaufstresen mit den Kassen gerichtet.

Sie ging zwanglos von Ständer zu Ständer und besah sich das Angebot, während sie zu erkennen versuchte, ob ihr einer der Männer in das Geschäft gefolgt war. Sie bezweifelte es. Selbst wenn sich weiße männliche Kunden hierher verirrten, um etwas für ihre Frauen oder Freundinnen zu kaufen, bummelten sie nicht herum. Nichts erregte mehr unerwünschte Aufmerksamkeit als ein Kerl, der ziellos in einem Unterwäschegeschäft für Frauen herumlungerte.

Das Team, das ihr auf der Fährte war, schien das erkannt zu haben und war draußen geblieben, wie sie gehofft hatte. Es wurde Zeit, ihren letzten Zug zu machen.

Mit mehreren Wäschestücken in der Hand fragte Caroline nach einer Umkleidekabine. Als eine Verkäuferin sie zu diesem Bereich führte, stellte Caroline erleichtert fest, dass an der Decke keine Kameras angebracht waren.

Die Verkäuferin öffnete eine der Kabinen, und Caroline ging hinein. Während sich die Tür mit einem Klicken hinter ihr schloss, stellte sie die Tüten ab, holte mehrere Dinge daraus hervor und machte sich ans Werk. Schnelligkeit war der entscheidende Faktor. Die Organisation, die sie auf dem Kieker hatte, mochte es nicht, wenn Leute in »Schatten« verschwanden, wo sie nicht überwacht werden konnten.

Caroline öffnete die Kabinentür einen Spalt, hielt der Verkäuferin ein Mieder hin und bat sie darum, ihr das gleiche Stück eine Nummer größer zu bringen. Sobald die Verkäuferin den Umkleidebereich verlassen hatte, schloss Caroline die Tür wieder und zeichnete mit so ruhiger Stimme wie möglich ihre Nachricht auf.

Jetzt kam der schwierige Teil: sie zu verschicken. Was das betraf, hatte sie beschlossen, das Ganze technisch so simpel wie nur möglich zu halten. Das war ihre einzige Möglichkeit, bei der zumindest die *Chance* bestand, die Botschaft unbemerkt zu übermitteln. Sie betete zu Gott, dass es funktionieren würde.

Caroline verließ die Umkleidekabine, marschierte zielstrebig auf den Kassentresen zu und kämpfte darum, beim Bezahlen so entspannt wie nur möglich zu wirken. Es kostete sie jedes bisschen Willenskraft, ihr Lächeln zu wahren und mit der geschwätzigen Verkäuferin zu lachen. Aus dem Augenwinkel heraus sah sie den Weißhaarigen am Eingang des Ladens vorbeigehen.

Nachdem sie gezahlt hatte, nahm Caroline den jüngsten Neuzugang ihrer wachsenden Sammlung von Einkaufstüten entgegen, drückte die Schultern durch und verließ die Boutique. Sie hatte es getan.

Als sie nach draußen trat, begann ihr Herz zu hämmern. Jetzt gab es nichts mehr für sie zu tun, keinen Ort, an den sie noch gehen konnte. Sie wusste, wie die Sache enden würde. Als sie sich unterwegs zu einem der geschäftigsten Ausgänge des Einkaufszentrums ihren Weg durch die Menschenmenge bahnte und die Glastürenreihe sichtete, beschleunigte sie ihre Schritte.

Der Drang loszurennen war überwältigend. Sie konnte nicht mehr dagegen ankämpfen. Das Team, das ihr folgte, schien genau zu wissen, was ihr durch den Kopf ging, denn in diesem Moment schlugen sie zu.

Doch da war es längst zu spät.

1

Ländliches Virginia
Freitag
48 Stunden zuvor

Kurt Schroeder warf einen Blick auf sein iPhone, während sein Nissan-Kleinwagen knirschend über den bekiesten Vorplatz des Anwesens rollte. *Kein Signal.* Das Gleiche bei seinem Navi. Er wusste, dass er es sich sparen konnte, sein Satellitenfunkgerät einzuschalten; das hatte mit Sicherheit ebenfalls keinen Empfang. Etwa eine Meile vor den Toren brach plötzlich jede Verbindung ab – *genau so, wie es sein sollte.*

Keiner der Einheimischen hatte je eine Verbindung zwischen der Signalstörung und dem Umstand hergestellt, dass dieses Phänomen nur dann auftrat, wenn die Besitzer des Anwesens zu Hause waren.

Einige machten atmosphärische Bedingungen dafür verantwortlich, während ein paar hiesige Verschwörungstheoretiker die Regierung beschuldigten, was ihre Nachbarn jedoch lachend abtaten. Wie hätten diese Nachbarn auch ahnen können, wie nah die Verschwörungstheoretiker der Wahrheit waren?

Eine Firma namens Adaptive Technology Solutions hatte die Technik der Signalblockierung ursprünglich für das US-Militär entwickelt, für den Einsatz in Afghanistan und dem Irak. Und obgleich die meisten Leute noch nie etwas von ATS gehört hatten, war es eines der erfolgreichsten amerikanischen Technologieunternehmen.

ATS, praktisch ein Arm – und ununterscheidbar von – der National Security Agency, erledigte außerdem hochsensible Aufgaben für das Büro des Direktors der nationalen Nachrichtendienste (DNI), die CIA, das Verteidigungsministerium, das Außenministerium, das FBI, das Ministerium für Innere Sicherheit, das Finanzministerium, das Justizministerium sowie für eine ganze Reihe anderer Nachrichtendienste, einschließlich des wenig bekannten United States Cyber Command, kurz Cybercom – jener Abteilung der Marine, die für die Cyberspace-Operationen und die digitale Kriegsführung der Vereinigten Staaten verantwortlich zeichnet.

Ganz gleich, ob es sich um Software, Hardware, Personal oder Ausbildung handelte: Wenn es das Internet betraf, tat die Regierung der Vereinigten Staaten nichts, ohne dass ATS in irgendeiner Form daran beteiligt war.

Tatsächlich war das Unternehmen so eng mit Amerikas politischer, militärischer und geheimdienstlicher DNA verbunden, dass sich nur schwer bestimmen ließ, wo Onkel Sam endete und ATS begann. Dennoch war bloß wenig über das Unternehmen bekannt, was genau den Intentionen von ATS entsprach. Wäre je eine Liste der Aufsichtsratsmitglieder veröffentlicht worden, hätte sie sich wie das Who's who derer gelesen, die in Washington das Sagen hatten: zwei ehemalige Geheimdienstchefs, ein Ex-Vizepräsident, drei Bundesrichter im Ruhestand, ein einstiger Justizminister, ein ehemaliger Außenminister, ein früherer Chef der US-Notenbank, zwei Ex-Finanzminister, drei ehemalige Senatoren und ein einstiger Verteidigungsminister.

Einige glaubten, ATS sei eine Fassade der NSA, während andere behaupteten, die CIA habe bei der Gründung des Unternehmens die Finger im Spiel gehabt. Natürlich war das alles reine Spekulation. Jeder, der überhaupt irgendetwas über ATS wusste, kannte in Wahrheit stets bloß den einen Bruchteil des Ganzen, mit dem er selbst zu tun hatte, und selbst darüber nicht allzu viel. Die in höchstem Maße verschwiegene Firma arbeitete seit Jahrzehnten daran, ihre wahre Größe und ihre Aufgabenbereiche zu verschleiern. Das, was an der Oberfläche sichtbar war, kam allenfalls der Spitze des Eisbergs gleich.

Darüber hinaus war die Organisation außerordentlich darauf bedacht, wen sie in ihren Reihen beschäftigte. Nirgends war der Auswahlprozess potenzieller Bewerber so streng wie bei ATS. Die Angestellten teilten eine sehr spezielle Weltsicht und waren zudem zutiefst davon überzeugt, dass es ihre *Pflicht* war, inländische und internationale Ereignisse nach eigenem Gusto zu beeinflussen, wenn sie schon die Möglichkeit dazu hatten. Die Ziele, die sie verfolgten, gehörten nicht zu den Themen, über die sie gern etwas in den Zeitungen oder im Internet lesen wollten. Auf ihre Anonymität legten sie großen Wert.

Der Landsitz des Unternehmens mit seinen hochmodernen Antiüberwachungsmaßnahmen befand sich in Virginia, auf einem über achtzig Hektar großen Gelände inmitten der hügeligen grünen Landschaft. Das Anwesen bestand aus einer Reihe dicht beieinanderliegender Gebäude, die sich um ein großes Backsteinhaus im neoklassischen Stil gruppierten, das an der Stirnseite dicke weiße Säulen zierten.

Seinen Namen, Walworth, verdankte das Anwesen einer kleinen ummauerten Farm am Südende des Geländes, die noch aus der Zeit vor dem Revolutionskrieg stammte. Wem es gehörte, wurde durch vorgeschaltete Immobilientreuhänder und Offshore-Firmen verschleiert. Im Grundbuch der Gemeinde fanden sich keinerlei Unterlagen, und Satellitenaufnahmen aus der Vogelperspektive waren ebenfalls nicht möglich. Im Grunde existierte das Anwesen gar nicht, was genau das war, was die mächtigen Personen, die hinter Adaptive Technology Solutions standen, beabsichtigten.

Kurt Schroeder hatte Walworth bereits ein halbes Dutzend Mal besucht, um bei der Installation mehrerer Computer und Sicherheitsaktualisierungen zu helfen. Allerdings hatte man ihn noch nie gebeten hierherzukommen, wenn gerade ein Treffen der Direktoren der Firma stattfand. Überhaupt hatte er alle Direktoren bislang bloß bei einer einzigen Gelegenheit zusammen gesehen, als sein Boss ihn zu einer winterlichen Aufsichtsratssitzung im ATS-Domizil auf Grand Cayman mitgenommen hatte.

Entsprechend ihres beträchtlichen Vermögens versäumten die Firmenoberen es nie, in Luxus zu schwelgen. Der Vorplatz des Virginia-Anwesens mit seinen diversen BMWs, Audis, Mercedes-Limousinen und Range Rovern wirkte wie der Präsentationshof eines auf europäische Nobelkarossen spezialisierten Autohändlers. Weiter am Rand hatten die Sicherheitsteams ihre gepanzerten schwarzen Chevy-Geländewagen abgestellt.

Schroeder entdeckte eine leere Lücke und parkte. Er warf einen Blick in den Rückspiegel und wischte sich den Schweiß von der Stirn. Dann zog er den Knoten seiner Krawatte zu und atmete einmal tief durch. Sein Boss – der Mann, der ATS leitete – hatte große Ähnlichkeit mit seiner verstorbenen Mutter. Beide besaßen ein ausgesprochen wankelmütiges Temperament.

Schroeder stieg aus seinem unscheinbaren, aber leistungsstarken Nissan, und als er über den Vorplatz ging, stieg ihm aus einem der vielen Schornsteine des Hauses der Geruch von Holzrauch in die Nase. Martin Vignon, der Leiter des Firmensicherheitsdienstes, erwartete ihn an der Eingangstür. Wie die übrigen Mitglieder seines Teams trug auch Vignon einen dunklen Anzug, und in einem seiner Ohren steckte der übliche Ohrhörer. Er war ein großer Mann mit unmöglich blasser Haut und sorgsam gekämmtem weißem Haar. Hinter seinem Rücken bezeichnete der Boss – der einen demütigenden Spitznamen für jeden auf Lager zu haben schien – Vignon als »Puder«. Wann immer ihm diese Beleidigung über die Lippen kam, taten die meisten Angestellten sie mit einem unbehaglichen Lachen ab oder gaben vor, nichts gehört zu haben.

Schroeder wusste nicht viel darüber, woher Vignon stammte oder wie er an seinen Job bei der Organisation gekommen war. Einige behaupteten, er sei früher beim Militär gewesen; andere sagten, er sei ein ehemaliger Geheimdienstler. Dessen ungeachtet bestand im Großen und Ganzen Einigkeit darüber, dass der Mann unhöflich und abstoßend war. Einmal hatte Schroeder versucht, mehr über seine Hintergründe zu erfahren, doch Vignon war wie ein Schwarzes Loch. Alle Informationen über ihn waren gelöscht worden. Ein makabrer Scherz, der aufgrund seines unterkühlten Verhaltens über ihn die Runde machte, besagte, dass er ungewöhnliche Kräfte besaß.

Er war der einzige Amerikaner im Sicherheitsteam; die Übrigen waren Israelis, allesamt vom Sicherheitschef persönlich ausgewählt.

Vignon bedachte Schroeder mit einem knappen Nicken und verwies ihn mit einem Winken an zwei seiner Männer, von denen einer einen Metalldetektor in der Hand hielt. In Anbetracht dessen, was man ihm alles bei ATS anvertraute, war eine derartige Überprüfung eine Beleidigung. Diese Möchtegernagenten waren außer Kontrolle.

Da Schroeder jedoch keinen Ärger machen wollte, fügte er sich einfach in die Prozedur. Gleichwohl, ehe das Sicherheitsteam ihn komplett abtasten konnte, tauchte sein Boss auf.

»Wo haben Sie gesteckt?«, wollte der Mann wissen.

Das war eine dämliche Frage. Er wusste genau, wo Schroeder gewesen war, weshalb dieser sich nicht die Mühe machte, darauf zu antworten.

»Ich hoffe, Sie haben keine schlechten Neuigkeiten für mich.«

Schroeder öffnete den Mund, um etwas darauf zu erwidern, als sein Boss ihm das Wort abschnitt.

»Nicht hier.« Er führte ihn einen breiten Gang entlang in ein verschwenderisch eingerichtetes Arbeitszimmer. Eine Milliarde exotische Tierschädel zierten die Wände. Das Feuer im Kamin hielt die Kühle von draußen fern.

Schroeder wartete darauf, dass sein Boss ihm einen Platz anbot, was der jedoch nicht tat; also stand er einfach nur da.

»Und?«, fragte der Boss, während er zur Hausbar hinüberging und sich einen Drink einschenkte.

Schroeder atmete tief ein und ließ die Luft wieder entweichen. »Tut mir leid. Bislang noch nichts.«

»Was meinen Sie damit: *Bislang noch nichts*?«

»Dass es uns bis jetzt nicht gelungen ist, irgendetwas zu lokalisieren.«

»Hören Sie mir auf mit diesem *Wir*-Schwachsinn«, sagte der ältere Mann und drehte sich zu ihm um. »Ich dachte, ich hätte mich unmissverständlich ausgedrückt. Ich habe *Ihnen* diese Aufgabe übertragen, und Versagen ist *keine* Option.«

Craig Middleton war Anfang sechzig und von schmächtiger Statur; sein krauses graues Haar erinnerte an einen Topfreiniger. Ungeachtet seiner Dauerbräune und seiner lasergebleichten Zähne waren das Auffälligste an seinem ansonsten eher unscheinbaren Äußeren seine tief eingesunkenen, von dunklen Ringen umrandeten Augen. Obwohl Craig Middleton das anders sah, war er kein attraktiver Mann.

Schroeder beäugte die farblich zum Stecktuch in seiner Brusttasche passende lila Seidenkrawatte, die dieser Pfau trug, zwang sich, sich seinen Widerwillen nicht anmerken zu lassen, und wählte seine Worte mit Bedacht. »Es ist nur eine Frage der Zeit«, erklärte er. »Keine Sorge.«

Middleton musterte seinen Untergebenen, nahm einen großen Schluck Scotch und fragte: »Gefällt Ihnen Ihr Job, Kurt?«

»Wie, bitte?«

»Ich sagte: *Gefällt Ihnen Ihr Job?*«

»Natürlich gefällt mir ...«

Der ältere Mann schüttelte den Kopf und bedeutete ihm, den Mund zu halten. »Ich hätte jeden unter meine Fittiche nehmen können, aber ich entschied mich für Sie.«

»Und dafür bin ich Ihnen dankbar ...«

»Ich glaube nicht, dass Sie das sind, Kurt. Ich glaube, dass Sie alles für selbstverständlich halten, genau wie der Rest Ihrer verwöhnten, geltungssüchtigen Generation. Ich glaube nicht, dass Sie wissen, was harte Arbeit ist. Und was noch schlimmer ist: Ich glaube nicht, dass Sie wissen, was Loyalität bedeutet. Haben Sie eine Ahnung, welches Risiko ich damit eingehe, Sie an Bord zu holen und Ihnen eine Karriere in der Firma zu ermöglichen? Haben Sie davon auch nur die leiseste Ahnung?«

Die hatte Schroeder durchaus. Wäre Craig Middleton nicht gewesen, würde er jetzt in einem Staatsgefängnis einsitzen oder Schlimmeres. »Ich denke, Sie wissen, wem meine Loyalität gehört.«

Der ältere Mann nahm noch einen Schluck und sah dann auf seine Uhr. »Ach, weiß ich das? Immerhin bin *ich* derjenige, der sich in zehn Minuten mit dem Vorstand zusammensetzen muss, um dann dazustehen, als hätte ich nicht die geringste Kontrolle über dieses Unternehmen, und das bloß, weil *Sie* Ihren Job nicht machen.«

»Wir reden hier über die sprichwörtliche Nadel im Heuhaufen.«

»Aber dieser *verfluchte* Heuhaufen gehört *uns*«, blaffte Middleton. »Bis auf den letzten verdammten Halm. Uns gehört jeder Stein. Uns gehört jede Regenrinne. Uns gehört jeder hohle, beschissene Baum. Sie können sich nicht mal entscheiden, was Sie zu Mittag essen wollen, ohne dass wir davon erfahren. Also sagen Sie mir nicht, dass Sie *bislang nichts haben*. Ihnen steht *alles* zur Verfügung, was Sie irgend benötigen könnten. Was bedeutet, dass Sie mir lieber etwas Brauchbares beschaffen sollten, und zwar pronto. Haben Sie mich verstanden?«

Schroeder nickte.

»Sparen Sie sich Ihr verdammtes Nicken«, schnappte Middleton. »Antworten Sie mir gefälligst!«

»Ja, Sir«, sagte er. »Ich verstehe.«

Dann hob sein Boss die Hand und wies zur Tür. Das Gespräch war beendet.

Während Schroeder das Haus verließ und wieder in seinen Wagen stieg, ging Middleton zu seinem Schreibtisch hinüber und griff nach dem Hörer seines verschlüsselten Telefons, bekannt als STE, was die Kurzform von Secure Terminal Equipment war und ein sicheres Teilnehmerendgerät garantierte. Nachdem er eine gefälschte NSA-Kryptokarte in den Schlitz geschoben hatte, wählte er.

Nach dem zweiten Klingeln wurde abgenommen. »Wie lautet das Urteil?«

»Ich denke, er lügt«, erklärte Middleton.

»Was soll ich tun?«

»Ihm folgen.«

»Und wenn er *tatsächlich* lügt?«, fragte die Stimme.

»Dann setzen Sie ihn mit auf die Liste.«

2

Paris
Montagabend

»Waffe!«, rief Scott Harvath und warf sich mit einem Hechtsprung in das Apartment, als ein Kugelhagel den Türrahmen um ihn herum in Stücke riss.

Er stieß Riley Turner zu Boden, rollte sich auf den Rücken und trat die Tür zu.

»Los! Los! Los!«, befahl er, während er sich auf die Füße rappelte, aber Riley regte sich nicht.

Als Harvath nach unten blickte, sah er dort, wo eine der Kugeln ihren Schädel durchschlagen hatte, Blut und Klumpen grauer Masse. Er musste nicht nach Rileys Puls fühlen. Das wäre nutzlos gewesen. Sie war tot. Die Welt schien mitten in der Bewegung zu erstarren.

Doch ebenso abrupt, wie alles stehen geblieben war, regten sich sein Überlebensinstinkt und – im selben Maße – seine Ausbildung. Das Entsetzen darüber, dass Riley tot war, wurde in einen hinteren Winkel seines Bewusstseins verdrängt, als er sich auf das Hier und Jetzt konzentrierte. Auf der Suche nach einer Waffe fuhr er mit den Händen ihren Körper ab, doch er fand keine.

Er ließ seine tote Partnerin auf dem Boden der Diele zurück, sprang auf und lief zum Wohnzimmer. Jetzt ging es bloß noch darum, am Leben zu bleiben.

Sämtliche sicheren Verstecke der Carlton Group waren gleich ausgestattet. Er eilte zu den beiden Schlafsofas und riss das Polster vom ersten, gab seine Bemühungen jedoch sofort auf, als er das ausziehbare Bettteil darunter entdeckte. Das Notfallset musste im anderen Sofa sein.

Notfallsets gehörten zur Spionage-Grundausrüstung. Obgleich sie speziell bestimmten Aufträgen angepasst werden konnten, enthielten sie im Allgemeinen all die schwer zu beschaffenden Dinge, die ein Agent in einem fremden Land benötigte: Bargeld, neutrale SIM-Karten, Handys, Dietriche, ein kleines Erste-Hilfe-Päckchen, Peilsender, Kabelbinder, einen Elektroschocker, OC-Pfefferspraygranaten, ein Klappmesser, ein Multifunktionswerkzeug, einen Infrarot- und Laserpointer, eine Pistole samt Schalldämpfer, volle Magazine und Extramunition sowie eine Handvoll anderer Gegenstände.

Harvath entfernte das Polster der Couch, riss die Holzlatten darunter heraus und enthüllte eine längliche Metallkiste. Er tippte den Code ein, ein grünes Lämpchen leuchtete auf, und das elektronische Schloss der Kiste schnappte auf.

Als er den Deckel hochklappte, hätte er auch gewusst, dass ihm nicht viel Zeit blieb, wenn er die Stiefelschritte der Schützen draußen im Flur nicht gehört hätte. Den Schalldämpfern nach zu urteilen, mit denen ihre Waffen ausgerüstet waren – ganz zu schweigen von dem Umstand, dass sie das streng geheime »sichere Haus« lokalisiert hatten –, verriet ihm, dass es sich um Profis handelte.

Zudem war das hier nicht irgendein Pariser Ghetto, in dem Schüsse und Gewalt von den Anwohnern einfach ignoriert wurden. Selbst schallgedämpfte Waffen verursachten ein sehr typisches, vernehmliches Geräusch. Aller

Wahrscheinlichkeit nach hatten Nachbarn bereits die Polizei alarmiert, was bedeutete, dass die Schützen unter Zeitdruck standen, die Sache zu Ende zu bringen und aus dem Gebäude zu verschwinden. Harvath musste rasch handeln.

Sein Herz hämmerte wie wild, und Adrenalin pumpte durch seine Adern, als er sich eine Glock 21 vom Kaliber .45 schnappte und den Schalldämpfer auf den Gewindelauf der Waffe schraubte. Nachdem er den Schlitten durchgeladen hatte, steckte er sich zwei Ersatzmagazine in die Tasche und zwei Pfefferspraygranaten.

Bloß im Wohnzimmer brannte Licht, und auch das löschte er jetzt hastig. Er brauchte jeden Vorteil.

Als er in den abgedunkelten Flur hinausspähte, konnte er Rileys Leiche noch immer genau an derselben Stelle liegen sehen, an der sie zu Boden gestürzt war. Er drückte die Oberseite einer Granate gegen seinen Oberschenkel und warf sie dann in den Gang.

Die Granate rollte ein paar Zentimeter weiter, als sie auf dem Boden landete, und begann dann zu zischen, als das Pfefferspray freigesetzt wurde. Zwar würde das keinen Profikiller davon abhalten, in das Apartment einzudringen, aber zumindest waren sie wahrscheinlich nicht darauf vorbereitet. Jeder, der darauf trainiert war, sich irgendwo Zutritt zu verschaffen, erwartete Möbelstücke und andere Hindernisse und auch, dass die Zielperson bei ihrem Eintreffen bewaffnet war, doch mit einer Wolke Oleoresin Capsicum rechnete niemand, was genau der Grund dafür war, weshalb Harvath sich für dieses Vorgehen entschieden hatte.

Zwar wurden richtige Profis als Teil ihrer Ausbildung auch darauf trainiert, Pfefferspray ausgesetzt zu sein, aber es war trotzdem nicht angenehm, wenn einem plötzlich die Tränen in die Augen schossen und einem Speichel aus dem Mund lief. Die Lunge fühlte sich dann an, als hätte man Tausende Nadeln eingeatmet. Zu allem Überfluss brannten die Augen außerdem höllisch, und der Blick war getrübt, worauf Harvath auch in diesem Fall baute. Jetzt konnte er sich ganz auf die Hintertür konzentrieren.

Kein sicheres Haus verfügte bloß über einen einzigen Ein- und Ausgang. Es musste immer mindestens zwei geben. Die Tatsache, dass die Schützen das Apartment nicht nur gefunden, sondern außerdem gewartet hatten, bis er auftauchte, ehe sie das Feuer eröffneten, verriet ihm, dass sie Zugriff auf entschieden zu viele Informationen und ihre Hausaufgaben gemacht hatten. Mit Sicherheit kannten sie sämtliche Möglichkeiten, das Gebäude zu betreten und zu verlassen, was ihm einen entscheidenden Nachteil brachte.

Obwohl es ihn bereits in ähnliche Apartments in Paris verschlagen hatte, war dies sein erster Aufenthalt in diesem Haus. In diesen älteren Gebäuden gab es häufig einen Dienstboteneingang, den man durch die Küche erreichte.

Falls auch dieses Apartment einen solchen Hinterausgang besaß, wurde er garantiert gesichert. Tatsächlich bezog dort vermutlich just in diesem Moment ein zweites Team Stellung und machte sich bereit, die Wohnung zu stürmen. Harvath vergeudete keine Zeit damit herauszufinden, ob er damit richtiglag.

Er betrat die Küche, verharrte reglos und lauschte, während sein Blick durch den Raum schweifte. Durch eine verwitterte Fenstertür fiel von draußen ein Balken Licht herein. Und am anderen Ende der Küche befand sich ein Ausgang, genau, wie er vermutet hatte.

Harvath verlangsamte seine Atmung und fasste seine

Waffe fester. Er konnte niemanden auf der anderen Seite der Tür hören, doch das war auch nicht nötig. Er konnte sie *spüren*. Er war ein tödliches Raubtier – an der Spitze der Nahrungskette. Er wurde nicht von irgendwelchen Leuten gejagt. Er war der Jäger und jagte *sie*. Wer auch immer entschieden hatte, ihn zur Zielscheibe zu machen, hatte damit einen kapitalen Fehler begangen.

Er schlich nach links, öffnete den Schrank unter der Spüle und wühlte hastig darin herum, bis er fand, wonach er suchte. Er schraubte die Kappe von der Flasche Geschirrspülmittel, huschte zur Tür und vergoss das Zeug überall auf dem Boden. Als die Flasche leer war, legte er sie in die Spüle und verließ die Küche.

Obgleich die OC-Schwaden einer dichten Wolke gleich in der Diele hingen, konnte Harvath die Dämpfe von dort, wo er stand, riechen. Noch tränten seine Augen nicht, aber das würde sich bald ändern.

Er atmete ein letztes Mal tief durch und nahm die Waffe in Anschlag, während ihn eine eisige Ruhe überkam. Es würde jetzt jeden Moment so weit sein.

Fünf Sekunden später hörte er draußen vor der Eingangstür des Apartments das charakteristische *Tschok*, mit dem die Zeitschaltuhr die Lichter ausschaltete.

»Eins, eintausend. Zwei, eintausend«, murmelte er bei sich.

Unmittelbar bevor er bei *fünf* angelangt war, erfolgte der Angriff, als die Vorder- und Hintertür des Apartments genau gleichzeitig eingetreten wurden.

3

Die Ablenkungsmanöver, für die Harvath gesorgt hatte, überraschten beide Einbruchteams.

Die beiden Männer, die durch die Küche hereinstürmten, rutschten auf dem schmierigen Boden aus und stürzten übereinander. Harvath huschte in die Küche, schoss dem ersten Mann in den Kopf und dem zweiten in den Rücken.

Er war bereits wieder auf dem Weg nach draußen, als der Mann, dem er in den Rücken geschossen hatte, seine Pistole hob und zu feuern versuchte. Harvath kam ihm zuvor, indem er ihm zwei Kugeln seitlich in den Schädel verpasste; der Körper des Kerls erschlaffte.

Harvath näherte sich rasch der Leiche, öffnete das Jackett des Mannes und legte eine Hand auf seinen Oberkörper. *Kugelsichere Weste.*

Aus Richtung der Diele hörte Harvath das Husten eines schallgedämpften Schusses, als jemand Riley Turner eine weitere Kugel verpasste, um sicherzugehen, dass sie wirklich tot war.

Er wusste, dass er nicht das Geringste für sie hätte tun können. Selbst wenn sie noch am Leben gewesen wäre, besteht die einzige Erste-Hilfe-Maßnahme während eines Feuergefechts darin, die Angreifer mit Kugeln einzudecken. Hört man damit auf, um sich um jemand anders zu kümmern, werden am Ende beide getötet. Riley hatte man das ebenfalls beigebracht, und sie hätte genauso gehandelt.

Außerdem wäre sie ungeachtet des Umstands, dass ihr Kollege gerade ermordet wurde, ruhig geblieben und hätte sich darauf konzentriert zu entkommen. Das war professionell und vernünftig, und Harvath wusste, dass er genau das tun sollte, doch sein Zorn hatte die Überhand gewonnen. Jetzt verfolgte er eine gefährlichere, gewaltsame Taktik und würde erst gehen, bis auch der Letzte der Angreifer tot war.

Er hatte noch immer das Überraschungsmoment auf seiner Seite und hastete durch das Wohnzimmer zum Flur hinüber. Die Schützen wussten zwar, dass er sich in dem Apartment befand, doch sie hatten keine Ahnung, wo. Er hingegen wusste, wo sie waren, und fing an, durch die Wände zu feuern.

Beim vierten Schuss hörte er einen Mann im Gang grunzen und zu Boden stürzen. Mittlerweile hatte dessen Partner offenbar begriffen, was vorging, und erwiderte das Feuer durch die Wand. Da hatte Harvath allerdings bereits ein neues Magazin in seine Glock geschoben und die Position gewechselt.

Während der Mann weiter durch die Wand schoss, tauchte Harvath wie ein Geist am Ende des Flurs auf. Das OC-Gas begann ihm in den Augen zu brennen, aber bevor es seine volle Wirkung entfalten konnte, legte er an und feuerte.

Die Kugel traf den Mann in den Kopf und ließ ihn schlagartig zu Boden gehen. Dann nahm Harvath den anderen Kerl ins Visier, den er durch die Wand erwischt hatte; er lag zusammengekrümmt auf den Dielen, lebte aber noch. Der Mann hob gerade seine Pistole, um zu feuern, als Harvath den Abzug durchzog und ihm nur Zentimeter über seiner Schutzweste eine Kugel direkt in den Hals verpasste.

Blut schoss aus der Wunde. Die Waffe des Angreifers fiel klappernd zu Boden. Harvath rückte vor, zielte auf seinen Nasenrücken und gab ihm den Rest. Dann feuerte er noch eine Kugel in den Komplizen des Mannes, bloß, um auf Nummer sicher zu gehen.

Mit brennender Lunge, laufender Nase und tränenden Augen zog er sich aus dem Flur zurück und eilte ins Wohnzimmer. Am liebsten hätte er eins der Fenster aufgerissen und einen tiefen Zug kalter, sauberer Luft genommen, doch er wusste, dass er das nicht tun durfte. Womöglich hatten die Angreifer draußen noch weitere Männer postiert, vielleicht sogar einen Scharfschützen, deshalb hielt er sich von den Fenstern fern und bewegte sich so rasch wie möglich durch das abgedunkelte Apartment. Draußen konnte er in der Ferne das Heulen näher kommender Pariser Streifenwagen vernehmen.

Er fand den schwarzen Camelbak-Rucksack, in dem sich Rileys Brieftasche, ihr Pass und mehrere persönliche Gegenstände befanden. Er stopfte die verbliebenen Utensilien des Notfallsets hinein und zog den Reißverschluss zu.

Einer der Schränke des Verstecks enthielt ein Sortiment Wechselkleidung in verschiedenen Größen. Er schlüpfte hastig in eine größere Jacke, um seinen muskulösen, einen Meter achtundsiebzig großen Körper zu kaschieren, und schnappte sich eine dunkle Baseballkappe, um sein braunes Haar zu bedecken. Die Verkleidung war zwar nicht perfekt, aber immer noch besser als nichts.

Er schulterte Rileys Rucksack und kehrte gerade lange genug in die Diele des Apartments zurück, um einige Fotos von ihr und auch von den beiden toten Schützen zu machen, die beide Anfang zwanzig zu sein schienen.

Er stülpte ihre Taschen von innen nach außen, doch die Mühe hätte er sich sparen können. Abgesehen von ihren Waffen und Ersatzmagazinen trugen sie nichts bei sich. Um sich zu verständigen, verwendeten sie billige Sprechfunkgeräte und Headsets, die vermutlich aus einem hiesigen Outdoor- oder Elektrogeschäft stammten.

Da ihm keine Zeit blieb, sich angemessen von Turner zu verabschieden, eilte Harvath in die Küche, um die Männer, die dort am Boden lagen, einer gleichermaßen raschen Durchsuchung zu unterziehen. Beide Männer sahen aus, als wären sie Mitte zwanzig, und hatten ebenfalls nichts in den Taschen.

Normalerweise waren Killer älter, erfahrener. Doch abgesehen von ihrer Jugend wirkten sie durch und durch wie Profis.

Nachdem Harvath sich ein Geschirrtuch und aus dem Kühlschrank eine Tüte Milch geschnappt hatte, fotografierte er die Männer und warf eine weitere Granate die Treppe hinunter. Er lauschte auf Bewegungsgeräusche von unten, und als er keine hörte, huschte er vorsichtig die Stufen hinab.

Als er im Erdgeschoss anlangte, entfernte er sich von der Granate und tränkte das Geschirrtuch mit Milch. Nachdem er sich damit so gut wie möglich Gesicht und Haar abgewischt hatte, um die Wirkung des OC-Gases abzuschwächen, warf er das Handtuch beiseite und setzte die Baseballkappe auf.

Dann nahm er den Akku sowie die Speicher- und SIM-Karten aus seinem Handy und schob sie in eine seiner Jackentaschen, ebenso den Schalldämpfer, nachdem er ihn von seiner Waffe abgeschraubt hatte. Er verstaute die Glock in einer der größeren Jackentaschen auf der rechten Seite, wo er sie in der Hand behalten und, falls nötig, durch den Stoff schießen konnte. Als das erledigt war, wurde es Zeit rauszugehen.

Das Wohnhaus, in dem sich das Versteck der Gruppe befand, gehörte zu einer Ansammlung von Gebäuden, die ein grobes Oval bildeten und einen gemeinsamen Innenhof besaßen. Harvath verließ das Haus, überquerte den Hof und benutzte den Hintereingang eines anderen Gebäudes, das vorn auf eine andere Straße hinausging. Es gab nur eine Möglichkeit, in Erfahrung zu bringen, ob der Killertrupp jeden Ausgang überwachte.

Mit der linken Hand schlug er den Kragen seiner Jacke hoch und trat hinaus.

Er ließ seinen Blick rasch die Straße entlangschweifen. Es würde nicht schwierig sein, die Art von Männern zu entdecken, nach denen er suchte: Sie besaßen eine ganz bestimmte Statur, eine ganz bestimmte Körperhaltung. In der Nähe war eine Handvoll Leute unterwegs, aber keiner von denen schien Notiz von ihm zu nehmen. Also wandte Harvath sich nach Norden und marschierte los.

Er musste aus Paris verschwinden, und das schnell. Er musste sich an einen sicheren Ort begeben, von wo aus er Reed Carlton – den Direktor der Carlton Group und seinen Boss – darüber informieren konnte, dass Riley tot und ihr sicheres Haus aufgeflogen war.

Das Heulen der Streifenwagen war jetzt sehr nahe und schien aus allen Richtungen zu kommen. In Kürze würde das Viertel komplett abgeriegelt sein. Harvath beschleunigte seine Schritte.

Er wusste, dass sie später die Aufnahmen der Überwachungskameras sichten würden. Genau wie London und Chicago war auch Paris diesbezüglich eine gefährliche Stadt für seinesgleichen. Hier gab es unzählige öffentliche Sicherheitskameras, die die Behörden miteinander vernetzt hatten, um alles aufzunehmen, was vorging. Er hielt den Kopf gesenkt, zog das Kinn ein und versuchte zu vermeiden, erfasst zu werden.

Unterwegs ging er im Geiste seine Möglichkeiten durch. Er konnte einen Wagen stehlen, aber das würde das Risiko, geschnappt zu werden, noch mehr steigern. Nein, das einzig sinnvolle Vorgehen bestand darin, so schnell wie möglich und ohne aufzufallen erst aus Paris und dann aus Frankreich zu verschwinden. Und das wiederum ließ sich am besten per Zug bewerkstelligen.

In Paris gab es sieben große Bahnhöfe, von denen aus zahlreiche nationale und internationale Ziele erreichbar waren. Harvath musste nur entscheiden, wohin er wollte.

Er wusste, dass er vorerst im Gebiet der EU bleiben musste. Obwohl er einen gefälschten italienischen Reisepass bei sich hatte, bestand die Gefahr, dass er bei der Einreise in ein Nicht-EU-Land vom Zoll einer genaueren Überprüfung unterzogen wurde. Und angesichts dessen, was er in Riley Turners Rucksack bei sich trug, wollte er dieses Risiko nicht eingehen.

Er musste irgendwohin, wo es jemanden gab, der ihm helfen konnte. Und bis er wusste, was hier eigentlich gespielt wurde, sollte derjenige, an den er sich wandte, so wenig Verbindung wie möglich zu seinem Berufsleben haben. Denn je weniger derjenige mit Harvaths Job zu schaffen hatte, desto schwieriger würde es für jemanden sein, ihn aufzuspüren.

Während er den Friedhof Montparnasse umrundete,

ging er die Liste von Leuten durch, von denen er glaubte, ihnen trauen zu können. Der nächstgelegene Bahnhof war der Gare Montparnasse, von wo aus Züge nach West- und Südwestfrankreich gingen. Von dort aus konnte er weiter nach Spanien und dann ins Baskenland reisen, wo er jemanden kannte, der ihm helfen würde. *Aber fuhren so spät nachts überhaupt noch Züge vom Montparnasse ab?*

Er gelangte zu dem Schluss, dass der Gare d'Austerlitz die bessere Wahl war. Unter den zahlreichen Zielen, die hier angeboten wurden, waren auch Direktverbindungen nach Spanien.

In der Nähe der Rue Boissonade nahm Harvath ein Taxi und trug dem Fahrer auf, ihn zur Gare de Lyon zu bringen, gegenüber vom Gare d'Austerlitz, auf der anderen Seite des Flusses. Dann kaufte er auf seinen Namen eine Fahrkarte erster Klassse für den Hochgeschwindigkeitszug TGV nach Lyon, und als der Schalterbeamte ihn bat, sich auszuweisen, zeigte er ihm seinen amerikanischen Pass. Er hatte nicht die Absicht, nach Lyon zu fahren, aber je mehr falsche Fährten er legte, desto besser.

Er verließ den Gare de Lyon und verwendete einige Zeit darauf sicherzustellen, dass ihm niemand folgte. Schließlich überquerte er die Seine und betrat den Gare d'Austerlitz.

Auf der Fahrplananzeige stand ein Nachtzug nach Hendaye, einer Stadt im französischen Baskenland, nahe der spanischen Grenze. Das war die schnellste und direkteste Verbindung, die ihm kurzfristig zur Verfügung stand, also kaufte er bar ein Ticket für die zweite Klasse. Für alle Fälle hielt er seinen italienischen Pass griffbereit, aber der Schalterbeamte wollte ihn nicht sehen.

Jetzt, wo er seine Fahrkarte hatte, blieb ihm nichts weiter zu tun, als sich möglichst bedeckt zu halten, bis es Zeit wurde zu verschwinden.

Um 23:06 Uhr – fünf Minuten vor der planmäßigen Abfahrt des Zuges – stieg er ein.

Erst als der Zug die Außenbezirke von Paris hinter sich gelassen hatte, schloss er die Augen. Doch selbst dann gab er bloß vor zu schlafen. Zu viel war geschehen. Zu viel, das keinen Sinn ergab. Sein Verstand mühte sich, die einzelnen Puzzlestücke zusammenzufügen und sich darüber klar zu werden, was er als Nächstes tun sollte.

Er war erpicht darauf, seinen Boss zu kontaktieren, aber er wusste, dass er sich ans Protokoll halten musste. Die Regeln waren eindeutig: In einer Situation wie dieser durfte es keine Kommunikation geben, bis er sich in Sicherheit befand. Und selbst dann musste er mit größtmöglicher Vorsicht agieren.

In der Zwischenzeit ließ er vor seinem geistigen Auge das Geschehen in dem Pariser Versteck noch einmal Revue passieren. Er konnte einfach nicht glauben, dass Riley, zu der er im Laufe der Zeit eine Beziehung aufgebaut hatte, die über ihre rein professionelle Partnerschaft hinausging, tot war. Er war niedergeschmettert.

Wie zur Hölle konnte das geschehen? Eigentlich hätte niemand außerhalb ihrer Gruppe von diesem sicheren Haus wissen dürfen. Und das war nur eine der vielen Fragen, die ihn quälten. Carlton hatte ihn mit einem Auftrag nach Paris geschickt. Sobald er die Sache erledigt hatte, hatte er sich gemäß seinen Anweisungen in das Versteck begeben. Er hatte keine Ahnung, dass Riley dort sein würde, doch als sie die Tür öffnete, freute er sich, sie zu sehen. Dann begann die Schießerei, und sie wurde getötet.

Was wollte sie dort? Was hatte Carlton für sie geplant ge-

habt? Hatte jemand sie verraten? Jemand aus ihrer eigenen Organisation? Als er das Apartmentgebäude verlassen hatte, hatte er sich etwas geschworen, und diesen Schwur bekräftigte er jetzt noch einmal: Er würde diejenigen finden, die für diesen Überfall verantwortlich zeichneten, und sie mit ihrem Leben dafür bezahlen lassen, und wenn es ihn jeden einzelnen Tropfen Blut kostete, der in ihm war.

4

Tal des Rio Grande
Texas

Das untere Rio-Grande-Tal bildete eine grüne Schneise an der südlichsten Spitze von Texas nördlich des Rio Grande, der die USA von Mexiko trennt.

Das Gebiet, das von den Einheimischen einfach »das Tal« oder »El Valle« genannt wird, je nach der jeweiligen Muttersprache, erstreckt sich über vier Bezirke und beherbergt 1,1 Millionen Menschen. Die beiden größten Städte hier sind Brownsville und McAllen, die beiden größten »legalen« Wirtschaftszweige Ackerbau und Tourismus. Die beiden größten illegalen Industrien haben ebenfalls mit Ackerbau und Tourismus zu tun: Auf dem Weg nach Norden werden hier täglich Drogen und Menschen durchgeschmuggelt.

Das Tal war ein beliebtes Ziel wohlhabender mexikanischer Familien, die der Gewalt auf der anderen Seite der Grenze zu entfliehen versuchten, und viele hatten hier ein zweites Zuhause. Überdies zog »El Valle« reiche Texaner an, die hier beeindruckende Ranches errichtet hatten, die jeden nur erdenklichen Luxus boten und teilweise sogar Privatflugplätze besaßen.

Auf einem dieser Flugplätze war gerade eine Citation X gelandet.

Der Jet rollte zum Ende der Landebahn, wo ein weißer Ford F-150 wartete. Auf der Seite des Pick-ups prangten die Aufschrift *Three Peaks Ranch*, darunter das Logo der Ranch: eine Reihe von drei Dreiecken, die wie gezackte Berggipfel aussahen.

Als das Flugzeug unweit des Wagens hielt und die Triebwerke abgeschaltet wurden, öffnete die Crew die Vordertür und fuhr die Gangway aus.

Das subtropische Klima des Tals bedeutete, dass es von Mai bis September drückend heiß sein konnte, mit Tageshöchsttemperaturen von schwülen 45 Grad Celsius, die des Nachts auf 20 Grad fielen. Im Oktober und November hingegen sah die Sache vollkommen anders aus. Zu dieser Jahreszeit kam das Quecksilber tagsüber für gewöhnlich nicht über die 30-Grad-Marke und konnte abends bis auf 10 Grad runtergehen.

Als die Passagiere den Privatjet verließen – ein Zwerg, gefolgt von zwei riesigen weißen Hunden –, betrug die Temperatur exakt 19 Grad Celsius.

Der kleinwüchsige Mann, den die westlichen Geheimdienste bloß als den »Troll« kannten, war sehr erfolgreich im extrem profitablen Geschäft des An- und Verkaufs von streng vertraulichen, hochsensiblen Informationen. Er war ein Hacker par excellence und hatte sich überdies einen Namen damit gemacht, hochkomplexe Marktalgorithmen zu entwickeln, die er insgeheim an einige der größten Banken der Welt verkaufte.

Seine Hunde Argos und Draco, die ihm die Gangway hinunter folgten, waren gleichermaßen einzigartig.

Mit einer Schulterhöhe von einem Meter dreißig und einem Gewicht von über hundert Kilo waren diese gewaltigen, als Owtscharkas oder Kaukasische Schäferhunde bekannten Tiere die bevorzugten Hunde des russischen Militärs und der ehemaligen DDR-Grenzpatrouillen. Sie waren außerordentlich schnell, zutiefst loyal und absolut brutal, wenn die Situation es erforderte, was sie zu idealen Leibwächtern eines Mannes machte, der an angeborenem Zwergwuchs litt, nur knapp 90 Zentimeter maß und äußerst mächtige Feinde auf dem Planeten hatte.

Auf dem Asphalt der Rollbahn nahmen die Hunde mit in die Luft gereckten Nasen und nach vorn gerichteten Ohren die Gerüche und Geräusche dieser neuen Umgebung auf. Genau wie ihr Herrchen. Er konnte gerade noch den schwachen Duft von Honig ausmachen, der zweifellos vom Wind von den vielen Süßhülsenbäumen herübergetragen wurde, für die dieser Teil von Texas berühmt war. Dies war eine Gegend von Amerika, in die es ihn noch niemals zuvor verschlagen hatte und die sich grundlegend von dem Ort unterschied, an dem er aufgewachsen war.

Als Kind hatten seine sowjetischen Eltern ihn an ein Bordell in den Außenbezirken des Ferienorts Sotschi am Schwarzen Meer verkauft. Dort ließ man ihn hungern, verprügelte ihn und zwang ihn, an unaussprechlichen sexuellen Akten teilzunehmen, die kein Kind je mitansehen und noch viel weniger am eigenen Leib erfahren sollte.

Dort allerdings lernte er den wahren Wert von Informationen kennen. Sobald er wusste, was wichtig war und wie er sein Wissen zu seinem Vorteil nutzen konnte, erwies sich das Bettgeflüster der von Alkohol gelockerten Zungen der einflussreichen Kunden des Puffs als wahre Goldmine.

Genau wie er waren auch viele der Frauen, die in dem Bordell anschafften, Ausgestoßene der Gesellschaft und hatten Mitleid mit ihm. Sie waren die ersten menschlichen Wesen, die ihn jemals mit Respekt behandelten. Sie wurden zur einzigen Familie, die er je hatte, und eines Tages revanchierte er sich für ihre Freundlichkeit, indem er ihnen die Freiheit schenkte. Außerdem sorgte er dafür, dass die Madam, die das Bordell zusammen mit ihrem Ehemann betrieb, für ihre unmenschliche Grausamkeit und all die Jahre des Leids, die er den beiden verdankte, ein angemessenes Ende fanden.

Doch obgleich er entfernungsmäßig einen beträchtlichen Abstand zwischen sich und die Grauen seiner Jugend gebracht hatte, war dies mental nicht so einfach gewesen. Er trug eine gewaltige Last der Schande, die seinen Charakter geformt und ihm als Vorwand für die vielen unappetitlichen Dinge gedient hatte, die er getan hatte, nachdem er dem Bordell in Sotschi den Rücken kehrte.

Doch selbst in der dunklen schwarzen Grube seines Innern, von dem er selbst nicht glaubte, dass darin so etwas wie eine Seele steckte, gab es ein wenig Licht. Nicht alles, was er gemacht hatte, war schlecht. Mit dem vielen Geld, das er im Laufe der Jahre verdiente, hatte er tatsächlich einige gute Dinge getan – Dinge, die beinahe an Großmut grenzten.

Er war ein wandelnder Widerspruch, doch es wäre ein fataler Fehler gewesen anzunehmen, dass irgendwelche Widersprüche in seinem Wesen auf eine verborgene Schwäche hinwiesen. Der Mensch ist allein deshalb das erfolgreichste aller Tiere, weil er die Fähigkeit besitzt dazuzulernen, und ein geschundenes Tier lernt sehr schnell, sich zu verteidigen. Zudem lernt es sehr schnell, nur wenigen Leuten zu vertrauen – wenn überhaupt irgendwem.

Die Handvoll Menschen, die der kleine Mann näher an sich herangelassen hatte, kannten ihn als Nicholas. Das war zwar nicht sein Geburtsname, schien ihm aber ein genauso guter Name wie jeder andere zu sein. Allerdings war es für jemanden, der als Kind im Stich gelassen und missbraucht wurde, recht sonderbar, ausgerechnet den Schutzpatron der Kinder, den heiligen Nikolaus, als Namensvetter zu wählen. Wiederum ein seltsamer Widerspruch.

Außerdem verstand sich der Mann meisterhaft auf Täuschung, was eines der wichtigsten Talente war, um in seinem geschäftlichen Umfeld zu überleben. Während seine Freunde ihn als Nicholas kannten, benutzte er für den Rest der Welt eine Reihe kurzlebiger Decknamen und Scheinidentitäten. Er wob eine Lüge an die andere und besaß die erstaunliche Fähigkeit, dafür zu sorgen, dass das gesamte Netz intakt blieb. Im Augenblick jedoch mangelte es ihm an Gewissheit. Er vermochte nicht zu sagen, ob man ihn belog oder nicht.

Als er aus dem Jet stieg, grübelte er über die Frau nach, die er hier treffen sollte.

Aus vielerlei Gründen – vor allem aufgrund seiner bescheidenen Größe – war Nicholas ein eingefleischter Einzelgänger und Einsiedler. Das Internet hatte sich nicht bloß für seine Geschäfte als Segen erwiesen, sondern gleichermaßen für sein Sozialleben. In der digitalen Welt war er ein König – ein Gott unter Menschen. Dort wurde er nicht nach seinem Körperwuchs beurteilt, sondern nach der Brillanz seines Geistes.

Viele der Leute, denen er in jenen ersten Tagen des Internets begegnete, sahen die Welt im Großen und Ganzen genauso wie er. Sie waren ebensolche Eigenbrötler wie er, Leute, die sich vor einer Computertastatur wohler fühlten als auf einer Cocktailparty.

Die Freundschaften, die er dort knüpfte, wurden so

stark, dass er, nachdem er sich jahrelang dagegen gesträubt hatte, irgendwann einwilligte, seine Kameraden aus der digitalen Welt auf einem der alljährlichen Hackerkongresse persönlich kennenzulernen.

Das Ganze war jetzt schon lange her. Die Tagung fand in einem großen Hotel in einer amerikanischen Hauptstadt statt. Für Nicholas war es damals das Aufregendste, was er seit einer Ewigkeit erlebt hatte.

Er war zwei Tage früher angereist, um seinen Jetlag zu bewältigen, und verließ sein Zimmer in dieser Zeit nicht. Er wollte nicht, dass ihn jemand sah; noch nicht.

Am späten Freitagnachmittag trafen die ersten Teilnehmer ein, und seine Gruppe von Cyberfreunden hatte vereinbart, sich an der Hotelbar zu treffen, bevor alle gemeinsam zum Begrüßungsempfang gingen.

Nicholas machte sich solche Gedanken darüber, welchen Eindruck er wohl machen würde, dass er sich fünfmal umzog, bevor er sich endlich für etwas entschied. Sobald er sich angezogen hatte, saß er auf der Bettkante und wartete, bis es Zeit wurde, nach unten zu fahren.

Als der Moment schließlich kam, zupfte er im Spiegel ein letztes Mal seine Klamotten zurecht, ehe er sich umdrehte und das Zimmer verließ. Er spürte, wie ihm das Herz in der Brust hämmerte, als sich die Aufzugtüren öffneten und er in die Kabine trat, um auf den Knopf für die Lobby zu drücken. Zwei Etagen tiefer stoppte der Lift, und eine Gruppe junger Männer, die bereits einiges getrunken hatten, stieg ein. Ihrer einheitlichen Garderobe nach zu urteilen, gehörten sie zu einer großen Gruppe, die wegen eines College-Football-Spiels im Hotel wohnte.

Als der Aufzug weiter nach unten fuhr, gab es einiges an Gekicher, doch Nicholas ignorierte es und starrte stur geradeaus. Gerade als der Lift in der Eingangshalle ankam, fragte einer der Betrunkenen: »Hey, Kumpel, wo kommst du her?« Doch da glitten die Aufzugtüren bereits auseinander, sodass Nicholas vorgeben konnte, die Frage nicht gehört zu haben. Er nickte einmal höflich, trat aus der Kabine und machte sich auf den Weg zur Bar, wo seine Online-Freunde bereits auf ihn warteten.

Es waren alle Arten von Hackern vertreten, die man sich vorstellen konnte. Einige waren jünger, andere älter, und wieder andere irgendwo dazwischen. Die Skala reichte von beleibt bis hin zu gefährlich untergewichtig. Optisch reichte die Mischung vom Post-Punk-Geek-Girlie mit jeder Menge Ohrringen und gefärbten Haaren bis hin zu einem Typen mit schwarzem Cowboyhut und einer Brille im Buddy-Holly-Stil.

Er hatte niemandem in der Gruppe ein Foto von sich geschickt, sodass keiner wusste, was sie erwartete, bis Nicholas auftauchte. Als er an den Tisch trat, verstummten schlagartig alle Gespräche.

Als Nicholas sich vorstellte, war seine Kehle wie zugeschnürt. Einen Moment lang ließ ihn der Gedanke erstarren, dass es womöglich der größte Fehler seines Lebens gewesen war, zu dieser Tagung zu kommen. Dann brach jemand das Eis. »Um ehrlich zu sein, bist du um einiges größer, als ich dachte«, sagte der Mann mit der Buddy-Holly-Brille. Die Gruppe lachte und machte Platz, damit Nicholas sich zu ihnen setzen konnte.

Sie tauschten Geschichten aus und unterhielten sich bei Drinks, bis es schließlich Zeit für die Willkommensansprache wurde.

Das Event fand in einem angrenzenden, überfüllten Festsaal statt. Dennoch fand die Gruppe einen Tisch, und

Nicholas wurde der Vorsitz übertragen, während die anderen in Teams aufbrachen, um noch mehr zu trinken und Essen vom Büfett zu holen.

Ungeachtet der unhöflichen, unvermeidbaren Blicke, die man ihm zuwarf, hatte Nicholas einen großartigen Abend. Sosehr es ihm auch missfiel, sich in die Öffentlichkeit hinauszuwagen, ging doch nichts über echte menschliche Gesellschaft.

Als schließlich die Natur rief, erkundigte er sich, ob sonst noch jemand am Tisch auf die Toilette müsse? Da die anderen aber fürs Erste weiter die Ansprache verfolgen wollten, entschuldigte er sich, glitt von seinem Stuhl und machte sich allein auf den Weg.

Ermutigt von Alkohol und seiner überwältigend guten Laune, blieb Nicholas an der Tür des Festsaals stehen und trat mit einer übertriebenen Verbeugung zurück, um eine attraktive Frau mit kurzem dunklem Haar in einer Lederhose vorzulassen.

Anstatt ihn anzustarren, wie die meisten Leute es taten, lächelte die Frau aufrichtig und sagte: »Vielen Dank.«

Nicholas wusste nicht, wie er noch mehr Spaß hätte haben sollen. Der Abend war einfach perfekt. Alles, was er jetzt noch tun musste, war, die Herrentoilette zu finden.

Bei den WCs hatte sich vor der Tür der Damentoilette eine Schlange gebildet, doch das war bei der Herrentoilette nicht der Fall, sodass er geradewegs hineinmarschieren konnte. Das einzige Problem war, dass die Urinale zu hoch hingen und die einzige Behindertentoilette besetzt war. Er wartete, so lange es ihm möglich war, doch schließlich wurde der Druck seiner Blase zu groß, sodass er sich auf die Suche nach einem anderen Klo machte.

Unweit einiger weiterer Festsäle fand er eine Toilette, die

komplett verwaist war – zumindest, bis er sein Geschäft erledigt hatte und die Behindertenkabine verließ.

»Na, sieh mal einer an«, sagte einer der Betrunkenen, die mit ihm im Aufzug runtergefahren waren. Neben ihm stand einer seiner Kameraden, der schwankend versuchte, ins Urinal zu treffen.

Nicholas lächelte und nickte höflich, doch als er an dem Mann vorbeigehen wollte, versperrte dieser ihm den Weg.

»Wo willst du denn hin, kleiner Mann?«, fragte er.

Nicholas antwortete nicht. Er hatte die Erfahrung gemacht, dass die Leute häufig das Interesse an ihm verloren, wenn er einfach schwieg. Auf sie einzugehen schien sie bloß zu ermutigen.

»Ich sagte: *Wo willst du hin?*«, wiederholte der Mann hartnäckig.

Nicholas versuchte, ihn zu umrunden, aber der Mann beeilte sich, ihm den Weg zu versperren.

»Was hast du für 'n Problem?«, forschte der Betrunkene. »Musst du vielleicht wieder zurück unter deine Brücke oder so, du unhöflicher kleiner Pisser?«

»Er scheint dich nicht besonders zu mögen, Stu«, sagte der andere Mann.

»Was meinste, woran das liegt?«

»Wahrscheinlich hat er Schiss, dass du ihn zwingst, dir seinen Topf mit Gold zu geben.«

»Stimmt das?«, lallte der Besoffene. »Bist du 'n Kobold?«

Nicholas schwieg und wahrte eine neutrale Miene. Er hatte nicht die Absicht, diesen beiden Arschlöchern zu zeigen, dass ihr Gerede ihn sehr verletzte.

»Hast du irgendwelches Gold?«

»Das kannste ihn nich' einfach so fragen, Stu«, sagte der Mann am Urinal. »Erst musst du ihn *fangen*.«

Der Betrunkene dachte einen Moment darüber nach und warf sich dann mit einem Satz auf Nicholas, dem es aufgrund seiner kurzen Beine nicht rechtzeitig möglich war, sich in Sicherheit zu bringen.

Der Mann packte Nicholas am Hemd und hob ihn vom Boden hoch. »Jetzt will ich mein Gold«, sagte er und schüttelte ihn. »Gib mir mein Gold, du kleiner Penner!«

»Lass ihn verdammt nochma' runter, Stu«, sagte der Mann am Pissoir.

»Halt die Klappe«, sagte der Besoffene und wandte seine Aufmerksamkeit wieder Nicholas zu. »Du solltest lieber 'n bisschen Gold für mich haben, du kleiner Scheißer. Raus damit!«

Da Nicholas schon früher auf ähnliche Weise angegangen wurde, hatte er stets ein Ass im Ärmel, wenn er unterwegs war. Diesmal war dieses Ass ein Rasiermesser, das er zwar nicht im Ärmel, aber im Gürtel stecken hatte, doch so, wie der Mann ihn hielt, konnte er keinen seiner Arme weit genug bewegen, dass er es zu fassen bekam. Ihm fiel nur eine Sache ein, die er tun konnte.

Er begann, etwas vor sich hin zu murmeln, und die List zeigte exakt die gewünschte Wirkung.

»Was zum Teufel brabbelst du da?«, forschte der Betrunkene.

Als Nicholas weitermachte, zog der Mann ihn in dem Versuch, besser zu verstehen, was er sagte, näher zu sich heran. Da schlug Nicholas zu.

Mit einer blitzschnellen, ruckartigen Bewegung stieß er seinen Kopf nach vorn und traf den Besoffenen direkt auf dem Nasenrücken. Knorpelgewebe knirschte, Blut spritzte.

Der Betrunkene ließ Nicholas fallen, schrie vor Schmerz und torkelte rückwärts.

»Was soll das Theater?«, sagte der andere Mann und warf einen Blick über die Schulter, um zu sehen, was los war.

Nicholas zog das Rasiermesser hinten aus seinem Gürtel und kam just in dem Moment auf die Beine, als der Mann am Pissoir herumwirbelte, um ihn anzustarren. Er wartete nicht, bis der Mann ihn angriff. Sobald er in Reichweite war, schlug Nicholas mit der Klinge nach ihm.

Er erwischte den Mann unmittelbar über dem Knie und schlitzte seine Hose auf. Allerdings war der Schnitt nicht tief genug, um ihn zu verletzen; dafür wurde der Kerl jetzt richtig sauer.

»Du hinterhältiger kleiner Bastard! Das hättest du nich' tun sollen!«

»Töte diesen kleinen Scheißer!«, brüllte der andere Besoffene hinter seinen vorgehaltenen Händen, mit denen er das Blut zu stoppen versuchte, das aus seiner Nase strömte.

Nicholas hielt das Rasiermesser kampfbereit, und als sich der Mann mit der zerfetzten Hose auf ihn stürzte, stieß er die Klinge erneut nach ihm. Doch der Angriff war bloß eine Finte. Während die Klinge die Luft teilte, wirbelte der Mann einmal um die eigene Achse und trat sie ihm aus der Hand. Dem ließ er einen Hieb seitlich gegen Nicholas' Kopf folgen, der Nicholas über den Fliesenboden schliddern ließ.

Sein Blick trübte sich, und seine Ohren fingen an zu klingeln, als Blut zu der Stelle strömte, wo ihn der Schlag erwischt hatte. Da er jetzt keine Waffe mehr hatte, war es nicht schwierig, sich auszumalen, was als Nächstes passieren würde. Die einzige Frage war, wie übel die Sache für ihn ausgehen würde.

Er sah den Mann mit der gebrochenen Nase aufstehen

und zu seinem Kumpel rüberkommen; die Vorderseite seines Hemdes war blutbesudelt.

»Jetzt wirst du bezahlen, du kleiner Pisser«, zischte er.

Während die Worte über seine Lippen kamen, gab es einen leichten Luftzug, als die Toilettentür geöffnet wurde und jemand hereinkam.

Aus dem Augenwinkel konnte Nicholas lediglich ein Paar Beine in einer Lederhose ausmachen. Er hörte das charakteristische *Tschak* eines Teleskopschlagstocks, der zu voller Länge ausgefahren wurde, und dann ging die Post ab.

Als Erstes schickte die Frau den Besoffenen mit der gebrochenen Nase mit einem Schlag in die rechte Kniekehle zu Boden. Als sein Freund daraufhin herumwirbelte, um zu sehen, was sich hinter ihnen befand, schwang sie den Schlagstock und brach ihm den rechten Arm. Als er vor Pein aufheulte, schlug sie ihm gegen sein linkes Bein und beförderte ihn neben seinem Kumpel auf die Fliesen.

Schweigend zog sie ihnen die Brieftaschen aus den Gesäßtaschen, studierte ihre Personalausweise und steckte ihre Visitenkarten ein. Dann warf sie ihnen ihre Brieftaschen wieder zu und sagte: »Ihr habt fünf Minuten, um aus diesem Hotel zu verschwinden. Sollte mir einer von euch je wieder unter die Augen kommen, werde ich aller Welt erzählen, dass ihr mich vergewaltigen wolltet und daran von einem Mann gehindert wurdet, der nicht einmal halb so groß ist wie ihr. Jetzt verpisst euch, und zwar dalli.«

Die Frau verlieh ihren Worten zusätzlichen Nachdruck, indem sie sie mit dem Stiefel trat, bis sie auf die Tür zuzukriechen begannen.

Nachdem sie sich aufgerappelt hatten und davongehumpelt waren, wandte sie sich an Nicholas. »Da haben

Sie wohl ein bisschen über Ihrer Gewichtsklasse geboxt, was?«

Sein Schädel schmerzte höllisch, aber er lächelte trotzdem.

»Ich helfe Ihnen hoch.«

»Danke«, sagte er, als sie ihn rüber zum Waschbecken führte, ein Papiertaschentuch mit kaltem Wasser tränkte und es ihm reichte. »Mein Name ist Nicholas.«

»Ich bin Caroline«, entgegnete die Frau. »Caroline Romero.«

Das war mittlerweile über zwanzig Jahre her, und seitdem hatte Caroline Romero nie etwas anderes von Nicholas gewollt als seine Freundschaft – zumindest bis jetzt.

Sie hätte ihn auf verschiedene Weise kontaktieren können, doch der Weg, den sie gewählt hatte, war ebenso unorthodox gewesen wie ihre Warnung.

Als das Ranchfahrzeug näher kam und die Besatzung sein Gepäck aus dem Flugzeug zu laden begann, fragte Nicholas sich, warum Caroline ihn wohl aus seiner selbstauferlegten Abgeschiedenheit geholt hatte.

5

Fairfax County
Nördliches Virginia
Dienstag

Reed Carlton erwachte vom Geruch des Rauchs, der sein Zimmer erfüllte, sprang aus dem Bett und lief zur Tür. Als er sie nicht öffnen konnte, eilte er zum nächsten Fenster, bloß um festzustellen, dass die Sicherheitsrollläden runtergelassen und verriegelt worden waren.

Er schnappte sich sein iPad und studierte die elektronischen Baupläne seines Hauses. Jeder seiner Leibwächter trug ein spezielles Armband, das seine Position auf dem Gelände übermittelte. Die Männer, die über ihn und sein Haus wachten, wenn er schlief, waren die professionellsten und loyalsten Agenten, mit denen er je gearbeitet hatte. Keiner von ihnen war in Bewegung, was nur eines bedeuten konnte: dass sie tot waren und er angegriffen wurde.

Höchstwahrscheinlich hatte derjenige, der das Feuer gelegt hatte, Brandbeschleuniger benutzt, damit es so schnell und so heiß brannte. Ganz gleich, wie schnell die Feuerwehr hier war, sie würde sein Haus nicht mehr retten können.

Als er ins Badezimmer eilte, bemerkte er, dass die Sprinkler an der Decke ebenso wenig funktionierten wie die Rauchmelder. Er drehte alle Hähne auf, aber der Wasserdruck war gleich null. Jemand hatte ihn eingesperrt und versuchte, ihn und sein Haus abzufackeln.

Wie sie das fertiggebracht hatten, war nebensächlich. Im Augenblick war das Einzige, was zählte, irgendwie hier rauszukommen.

Obgleich das gesamte Schlafzimmer als Schutzraum angelegt war, wusste Carlton seit jeher, dass selbst die besten Sicherheitsmaßnahmen umgangen oder – noch schlimmer – gegen diejenigen eingesetzt werden konnten, die sie eigentlich schützen sollten, was der Grund dafür gewesen war, dass er ein Team aus einem anderen Land geholt hatte, um einen geheimen Fluchtweg aus seinem Schlafzimmer und dem Haus zu bauen. Niemand wusste davon, nicht einmal seine eigenen Sicherheitsleute. In dieser Hinsicht war der Fünfundsechzigjährige altmodisch, doch seine Angewohnheit, stets mit dem Schlimmsten zu rechnen, hatte ihn in einem der gefährlichsten Berufe der Welt jahrzehntelang am Leben gehalten.

Dreißig Jahre lang war er einer der berühmtesten Spione der Central Intelligence Agency; in dieser Zeit lernte er, sich abzuschotten. Diese Eigenschaft kam ihm zugute, als er die CIA verließ und seinen eigenen privaten Nachrichtendienst gründete, die Carlton Group. Einige grundlegende Elemente dieses Handwerks blieben stets dieselben. Und wie beim Fluten einer Kanalschleuse kamen ihm viele davon schlagartig wieder in den Sinn.

Feuer konnte akute Panik auslösen, und das Erste, worauf er sich jetzt konzentrieren musste, war, die Ruhe zu bewahren. Das war nicht einfach. Es war so heiß, dass die Härchen auf seinen Armen sich bereits kräuselten. Überall im Raum brüllte das Feuer, wie eine gewaltige, ans

Ufer brandende Welle. Der zunehmend dichter werdende Rauch brannte in seiner Lunge, und der Umstand, dass er durch die Versiegelung seines Schutzraums gedrungen war, bedeutete, dass ihm nicht mehr viel Zeit blieb. Da es ihm ohnehin nicht mehr möglich war, seine Leute zu retten, tat er das Einzige, was er tun *konnte,* und brachte sich in Sicherheit.

Der Geheimgang führte aus seinem Schlafzimmer zu einem Tunnel unter dem Haus. Als er schließlich in einiger Entfernung in die kalte Nachtluft hinaustrat, drehte er sich um und schaute zum Feuer hinüber. Er wollte nicht an all die Dinge darin denken, die jetzt verloren waren; an all die Dinge, die sich nicht ersetzen ließen. Er konnte es sich nicht leisten, sich mit dem zu befassen, was die Flammen ihm raubten. Denn wenn er das tat, würde ihn das bloß wütend machen. Und er musste ruhig und objektiv bleiben.

Seine Welt ähnelte einem dreidimensionalen Schachspiel. Um erfolgreich zu sein, musste man einen klaren Kopf bewahren und dem Gegner stets einige Schritte voraus sein. Carlton durfte jetzt auf keinen Fall etwas überstürzen. Das wäre ein Fehler gewesen, und den konnte er sich im Augenblick nicht erlauben.

Dadurch, dass er den Anschlag überlebt hatte, behielt er die Oberhand, zumindest fürs Erste. Es würde eine Weile dauern, um einen derart verheerenden Brand unter Kontrolle zu bringen, und sogar noch länger, bis die Behörden die Überreste des Gebäudes betreten und ihre Ermittlungen aufnehmen konnten. Sie würden alle Hände voll damit zu tun haben, die Leichen zu identifizieren. Das bedeutete, dass er die Zeit momentan auf seiner Seite hatte. Jetzt kam es ganz darauf an, was er damit anstellte.

Die Verhaltensregeln für eine Situation wie diese waren eindeutig. Zunächst musste er sich an einen sicheren Ort begeben. Erst dann konnte er anfangen, herauszufinden, was passiert war, und seinen nächsten Schritt planen.

6

Baskische Pyrenäen
Spanien

Mit seinem braunen Haar und den blauen Augen sah Scott Harvath nicht unbedingt wie ein Einheimischer aus. Tatsächlich wirkte er ungeachtet seines Spitznamens *Nordmann*, den er sich eingehandelt hatte, als er in früheren Jahren mit einer Reihe skandinavischer Flugbegleiterinnen ausgegangen war, deutscher als jeder Deutsche.

Er war ein attraktiver Mann Anfang vierzig mit einem unverwechselbaren Auftreten, das für einen Uneingeweihten nichts anderes als entspanntes Selbstvertrauen widerzuspiegeln schien. Den Eingeweihten hingegen entging nicht, wie er seine Umgebung sondierte, wie er alles und jeden in seiner Nähe unauffällig im Auge behielt, scheinbar ohne irgendetwas besondere Aufmerksamkeit zu schenken. Im Agentenjargon ausgedrückt: Sie konnten sehen, dass er »eingeschaltet« war, und diese gesteigerte Wahrnehmung ließ sich nur einer erstklassigen Militär- oder Kommando-Ausbildung zuschreiben.

Tatsächlich hatte Harvath das beste Training erhalten, das sowohl Militär als auch Geheimdienste zu bieten hatten. Nachdem er seine Laufbahn als Amateursportler aufgegeben hatte, um in die Fußstapfen seines verstorbenen Vaters zu treten, durchlief er ein zermürbendes Ausbildungs- und Auswahlprogramm, um ein Navy SEAL zu werden. Stets auf der Suche nach einer noch größeren Herausforderung, wechselte er von SEAL Team Two zum sagenumwobenen SEAL Team Six der Navy, wo er unter anderem einem maritimen Präsidenten-Schutzkommando angehörte und im Zuge dessen die Aufmerksamkeit des Secret Service erregte.

Der Secret Service rekrutierte ihn, um seine Anti-Terror-Kräfte im Weißen Haus zu verstärken. Doch obwohl dies eine enorme Ehre war, gefiel es Harvath nicht sonderlich, plötzlich defensiv zu agieren, nachdem er jahrelang offensiv vorgegangen war und sich die bösen Jungs persönlich zur Brust genommen hatte. Es dauerte nicht lange, bis der Präsident erkannte, dass die Fähigkeiten des jungen Mannes nicht voll ausgeschöpft wurden.

Da der Präsident schon lange den Wunsch hatte, für eine gewisse Chancengleichheit im Kampf gegen Terroristen zu sorgen, die Amerikas Bürger und Interessen bedrohten, rief er eigens für Harvath ein streng geheimes Programm ins Leben: das Apex-Projekt. Im Wesentlichen hatte Harvath hier bloß eine einzige Regel zu befolgen: *Lass dich nicht erwischen.*

Das Programm war unglaublich erfolgreich, doch als der Präsident nach seiner zweiten Amtszeit ausschied, zeigte sich, dass sein Nachfolger eine gänzlich andere Weltsicht vertrat. Anstatt Amerikas Feinde zu eliminieren, wollte er mit ihnen diskutieren. Das Apex-Projekt wurde dichtgemacht und das Budget für andere Zwecke verwendet. Harvath wurde zurückgepfiffen und stand plötzlich ohne Arbeit da.

Daraufhin nahm er einen Job bei einer Firma in den Bergen von Colorado an, die sich auf Informationsbeschaffung und hochmodernde Sondereinsatz-Ausbildung spezialisiert hatte. Kurz darauf wurde das Unternehmen von der Carlton Group aufgekauft, einer undurchsichtigen Privatorganisation, die komplett aus dem Schattenhaushalt des Verteidigungsministeriums finanziert wurde.

Nach dem 11. September waren exakte und frühzeitige Informationen sowie die Möglichkeit, kurzfristig darauf zu reagieren, von entscheidender Bedeutung. Angesichts der festgefahrenen Bürokratie der CIA und des Herumeierns des nationalen Verteidigungsapparats erhielt die Carlton Group den Auftrag, kühn das zu tun, wozu die politisch korrekten, Wählerstimmen sammelnden Politiker und die feigen Arschkriecher-Bürokraten des Landes zu furchtsam und zu unfähig waren.

Die Carlton Group orientierte sich am Office of Strategic Services, kurz OSS, jenem Geheimdienst aus Kriegszeiten, aus dem später die CIA hervorging, und ähnelte von der Arbeitsweise her stark dem Apex-Projekt. Zusätzlich zum Informationsbeschaffungsauftrag der Gruppe hatte Carlton, der von vielen einfach nur der Alte genannt wurde, einen kleinen Trupp von Einsatzkräften mit besonderer Militär- und Geheimdiensterfahrung zusammengestellt, um Aufträge durchzuführen, die ein direktes Eingreifen erforderten.

Carlton bot Harvath einen Posten in diesem Team an, dessen Aufgabe es war, Terroristenführer zu identifizieren, sie aufzuspüren oder zu einem bestimmten Ort zu locken und dann möglichst viele von ihnen gefangen zu nehmen oder zu töten, nach dem einfachen Motto: »Finden, festsetzen und fertigmachen.« Man erwartete von Harvath, dass er sämtliche ihm zur Verfügung stehenden Informationen nutzte, um den nächsten Einsatz zu planen und durchzuführen. Das Ziel bestand darin, konstanten Druck auf die Terrornetzwerke auszuüben und sie so schwer zu treffen, dass sie in ihren Vorhaben weit zurückgeworfen wurden und es nicht mehr schafften, auch nur einen einzigen Schritt nach vorn zu machen. Harvath hatte den Job angenommen, ohne auch nur eine Sekunde zu überlegen.

Das folgende Jahr über wurde Harvath von Carlton persönlich trainiert und der umfassendsten Geheimdienstausbildung unterzogen, die man sich nur vorstellen konnte. Im Wesentlichen destillierte Carlton das Wichtigste dessen, was er während seiner langen Laufbahn in der Welt der Spionage gelernt hatte, und trichterte es Harvath ein.

Zusätzlich zu der Geheimdienstausbildung erwartete man von Harvath, seine Anti-Terror-Fähigkeiten noch weiter zu verbessern. Er nahm Unterricht in israelischen und russischen Nahkampftechniken und frischte regelmäßig seine Feuerwaffen-, Fahr- und Fremdsprachenkenntnisse auf.

Er machte ausgezeichnete Fortschritte und war ungeachtet des Umstands, dass er mittlerweile die vierzig überschritten hatte, in der Form seines Lebens. Seine gesamte Ausbildung zielte darauf ab, ihn auf jede Eventualität vorzubereiten, doch das, was in Paris geschehen war, hatte ihn bis ins Mark erschüttert.

Riley Turner war eine bemerkenswerte Agentin gewesen. Sie gehörte zu den ersten Rekruten, an die die US-Army für ihre elitäre, komplett aus Frauen bestehende Delta-Force-Einheit mit dem Codenamen Athena-Projekt herangetreten war. Er hatte bei einer Handvoll Gelegenheiten mit ihr zusammengearbeitet und wusste ihre Fähigkeiten und Fachkenntnis zu schätzen. Zudem fühlte er sich zu ihr hingezogen, auch wenn er versuchte, die Dinge zwischen ihnen professionell zu halten.

Vor einigen Jahren hatte er sich mit der Tatsache abgefunden, dass der amerikanische Traum nur fortbestehen konnte, wenn jemand ihn beschützte. Er hatte akzeptiert, dass er einer dieser Menschen war und dass er dafür, den amerikanischen Traum anderer zu schützen, selbst ein gewisses Maß davon aufgeben musste, genauer gesagt: sein Privatleben. Damals fand er das okay. Die Welt war voll guter Menschen, die Hütehunde brauchten, um die Wölfe in Schach zu halten. Harvath war bereits seit der Grundschule so ein Hütehund, wo er den behinderten Jungen von nebenan vor den Rüpeln aus der Nachbarschaft in Schutz nahm. Er war ein verdammt guter Hütehund. Das verschaffte ihm das Gefühl, eine Bestimmung zu haben, einen Lebenszweck. Trotzdem wollte er mehr, als bloß ein Hütehund zu sein. Er wollte eine Familie.

Obgleich er auf eine ganze Reihe gescheiterter Beziehungen zurückblickte, hatte er nie aufgehört, nach der Richtigen zu suchen; nach einer, die verstand, wer er war, warum er tat, was er tat, und mit alldem leben konnte. Er hatte sich gefragt, ob womöglich Riley Turner diese Frau war, und beschlossen, dass er versuchen würde, das herauszufinden, wenn sie sich das nächste Mal sahen. Jetzt wurde ihm schweren Herzens klar, dass diese Frage für alle Zeiten unbeantwortet bleiben würde.

Als Harvath in dem Küstenort Hendaye aus dem Zug stieg, versuchte er, diese Gedanken aus seinem Bewusstsein zu verdrängen und sich auf seinen nächsten Schritt zu konzentrieren.

Wäre es Abend gewesen, hätte er auf einem der Hotelparkplätze einen Wagen gestohlen, in dem Wissen, dass der Diebstahl vermutlich erst am nächsten Morgen gemeldet werden würde, wenn nicht gar erst Tage später, wenn der Hotelgast schließlich nach seinem Fahrzeug verlangte. Doch es war halb acht Uhr morgens, und das hieß, dass er einen besseren Plan brauchte.

Er ging zu einem angrenzenden Bahnsteig, kaufte Kaffee und etwas zu essen, bevor er in einen baskischen Nahverkehrszug stieg, der ihn über die Grenze nach Spanien brachte.

Von Irún aus nahm er den Bus nach Bilbao, eine Stadt, die er relativ gut kannte, da er im Sommer dort gewesen war. Er suchte sich ein kleines Hotel im mittelalterlich anmutenden Viertel Casco Viejo, der Altstadt Bilbaos, und zahlte bar für zwei Nächte, nachdem er sich mit seinem italienischen Pass ausgewiesen hatte. Er hatte keine Ahnung, ob er das Zimmer überhaupt so lange brauchen würde, aber zumindest hatte er so einen Rückzugsort, falls er ihn brauchte.

Nachdem er geduscht und frische Kleidung angezogen hatte, die er unterwegs gekauft hatte, verließ er das Hotel, um seine Zielperson zu observieren.

In Bilbao war es wärmer als in Paris, zu warm, um eine Jacke zu tragen. Harvath war froh über Rileys Rucksack. So hatte er nicht bloß die ganze Zeit über all seine Habseligkeiten bei sich, sondern musste sich auch keine Sorgen darum machen, in einem offenen Hemd herumzulaufen, unter dem sich womöglich seine Waffe abzeichnete.

Der von der Firma Camelbak eigens für Spezialeinsatzkräfte konzipierte Rucksack verfügte in Kreuzhöhe des Trägers über ein verstecktes Fach für Handfeuerwaffen – eine geniale Konstruktion, die ihm raschen Zugriff auf seine Pistole gewährte, derweil er genauso aussah wie jeder andere Tourist und einfach mit der Menge verschmolz.

Um seine Tarnung zu komplettieren, kaufte er sich einen Reiseführer auf Italienisch und einen Stadtplan, die er beide wiederholt zu Rate zog, während er durch die beliebten Siete Calles – die »Sieben Straßen« – schlenderte und sich vergewisserte, dass ihm niemand folgte.

Schließlich ging er in ein kleines baskisches Restaurant hinter der Kathedrale in der Calle de la Tendería und entschied sich für denselben Tisch, an dem er auch bei seinem letzten Besuch hier gesessen hatte, zwei Tische vom Fenster entfernt.

Er machte es sich bequem, studierte die Speisekarte und bestellte sich etwas zu essen. Wie lange es dauern würde, bis der Tabakhändler seinen Laden verlassen würde – falls überhaupt –, ließ sich unmöglich sagen.

7

Angesichts des Alters des Tabakhändlers baute Harvath darauf, dass er es mit einem traditionsbewussten Spanier zu tun hatte, der nach wie vor Siesta hielt. Und der Mann enttäuschte ihn nicht.

Harvath beobachtete, wie er seinen Laden zuschloss, sich eine Zeitung unter den Arm klemmte, sich eine Zigarette anzündete und losspazierte.

Zu dieser Tageszeit waren viele Menschen unterwegs, und es bereitete ihm keine große Mühe, nicht gesehen zu werden. Er blieb weit genug zurück, dass der Mann ihn inmitten der Scharen von Leuten in der schmalen Straße nicht bemerken würde, falls er zufällig einen Blick hinter sich warf.

Harvath, der bereits flüchtig mit dem Mann zu tun gehabt hatte, hielt ihn für einen eher untergeordneten, nicht sonderlich erfahrenen Agenten, und selbst diese Einschätzung war vermutlich noch viel zu wohlwollend.

Er verfolgte, wie der Tabakhändler seinen Weg fortsetzte und eine Gelegenheit nach der anderen verstreichen ließ, um sich zu vergewissern, dass ihm niemand folgte. Er war definitiv kein Profi.

Er hoffte, dass der Mann in der Nähe seines Geschäfts wohnte. Falls er ein öffentliches Verkehrsmittel nahm und irgendwo einen Wagen geparkt hatte, um damit zur Siesta nach Hause zu fahren, brächte das Harvath in eine schwierige Situation.

Zwei Blocks weiter bog der Mann nach links ab, und wiederum einen Block später stellte Harvath fest, dass das Schicksal es gut mit ihm meinte. Aus einem Fenster im ersten Stock lehnte eine vollbusige Frau mit flammend rotem Haar. Sie sah aus, als wäre sie allenfalls halb so alt wie der Tabakhändler. Als er näher kam, hauchte sie dem Spanier verführerisch einen Kuss zu. Harvath war sich ziemlich sicher, dass sie nicht seine Frau war.

Er verlangsamte seine Schritte, holte den Stadtplan hervor und gab vor, ihn zu studieren, während der Tabakhändler das Gebäude betrat und darin verschwand. Zehn Minuten später ging Harvath ebenfalls hinein.

Die Schlösser zu knacken war nicht der Rede wert, und sobald er sich Zutritt zu der kleinen Wohnung verschafft hatte, folgte er den Geräuschen von Sex und Leidenschaft, die aus dem Schlafzimmer drangen.

Er stand einen Moment lang in der Tür und wartete darauf, dass man ihn bemerkte; als das nicht geschah, räusperte er sich.

Als die Frau umschaute und Harvath entdeckte, kreischte sie und zog die Decke bis ans Kinn hoch, während sie sich von ihrem Partner herunterrollte und der Tabakhändler komplett nackt dalag.

Bevor der Spanier irgendetwas fand, um seine Blöße zu bedecken, sah er Harvaths Pistole, und seine Verärgerung verwandelte sich in Furcht. Er herrschte die Frau auf Spanisch an, den Mund zu halten. »*Callate. Cierra la boca!*«

Der Mann deutete auf die Bettdecke und erkundigte sich, ob er sich und die Frau damit zudecken könne? Harvath nickte und sagte: »Nur zu. Aber langsam.«

»Engländer? Amerikaner?«, fragte der Tabakhändler in akzentschwerem Englisch.

Harvath ignorierte die Frage. »Erinnern Sie sich an mich?«

Der Tabakhändler musterte ihn einen Moment lang. »Nein.«

»Ich habe im Sommer des Öfteren bei Ihnen Zigaretten gekauft.«

Der Mann lächelte. »Señor, ich verkaufe ständig Zigaretten an Touristen.«

»Aber das waren ETA-Zigaretten«, erklärte er, mit Bezug auf die baskische Untergrundorganisation. »Man sagte mir, ich solle Sie nach einer speziellen Marke fragen: Argos und Draco.«

Zwar war Harvath nicht sicher, ob der Mann mit dem Codesatz tatsächlich etwas anfangen konnte, doch in jedem Fall zeigte das Gesicht des Mannes flüchtig eine unverkennbare Mikromimik – ein subtiles »Zeichen«, auf das zu achten man Harvath beim Secret Service beigebracht hatte. Diese Mikromimik deutete darauf hin, dass jemand unter Stress stand, da er nicht die Wahrheit sagte oder vorhatte, Schaden anzurichten.

»Ich verkaufe keine ETA-Zigaretten und ganz gewiss keine mit diesem Namen. Ich glaube, Sie haben einen Fehler gemacht.«

Wieder entdeckte Harvath das verräterische Zeichen. »Ich denke, nicht. Man sagte mir, ich solle zu Ihnen kommen, und nur zu Ihnen. Als ich nach dieser Marke fragte, verkauften Sie mir eine Schachtel Zigaretten. Darin waren ein Autoschlüssel und die Adresse eines Parkhauses nicht weit von hier.«

Die Frau, die Harvath die ganze Zeit über anstarrte, schien Englisch hinreichend zu beherrschen, um zu verstehen, was er da sagte, da sie sich an den Spanier wandte und fragte: *»Eso cierto?«*

Der Tabakhändler ignorierte sie und deutete mit dem Kopf in Richtung seiner Zigaretten auf dem Nachttisch. Harvath nickte, zum Zeichen, dass er sie nehmen konnte.

Der Mann schüttelte eine Zigarette aus der Packung, steckte sie an und rückte mit dem Ellbogen das Kopfkissen hinter seinem Rücken zurecht, bevor er sich aufsetzte und einen tiefen Zug nahm. »Manchmal tue ich gewissen Leuten gewisse Gefallen.«

»Das weiß ich. Und jetzt müssen Sie *mir* einen Gefallen tun.«

Der Mann zuckte mit den Schultern. »Was für einen Gefallen könnte ich Ihnen wohl tun?«

»Nachdem Sie mir die Zigaretten verkauft hatten und ich Ihren Laden verließ, wurde ich von zwei Männern verfolgt.«

»*Von zwei Männern?* Von was für Männern?«

Harvath beschrieb die beiden und ihre auffälligsten Merkmale.

Die Augen des Tabakhändlers weiteten sich. »*Sie sind das.*«

»Also erinnern Sie sich doch an mich.«

»Diese Männer waren sehr verärgert über das, was Sie getan haben.«

»Das ist nicht mein Problem«, gab Harvath zurück. »Ich will, dass Sie sich für mich mit Ihrem Boss in Verbindung setzen.«

Der Tabakhändler zog eine Grimasse und atmete tief durch. »Auch der war nicht erfreut über das, was Sie seinen Männern angetan haben.«

Harvath hob die Pistole und richtete sie auf die Stirn des Mannes. »Im Moment gibt es nur einen hier, über dessen Zufriedenheit Sie sich Sorgen machen sollten, und das ist der Kerl mit der Waffe.«

Der Tabakhändler hob abwehrend die Hände. »Ich weiß nicht, wie man ihn erreicht. Er ruft mich an.«

Harvath bemerkte den Ehering an der Hand des Mannes. »Weiß Ihre Gattin, was Sie gerade so treiben?«

»*Ay, dios mio*«, sagte die Frau und verfiel in eine Tirade darüber, dass seine Gemahlin nichts von ihrem Verhältnis erfahren dürfe.

»*Cierra la boca!*«, wies er sie von Neuem an, bevor er sich an Harvath wandte und sagte: »Wie ich schon sagte, weiß ich nicht, wie man mit ihm in Kontakt tritt. Allerdings kenne ich jemanden, der ihm eine Nachricht übermitteln kann.«

Harvath ließ die Waffe sinken. »Hat einer von euch ein Auto?«

Der Mann schaute seine Geliebte und dann wieder Harvath an und nickte.

»Gut«, sagte Harvath. »Zieht euch an – beide. Wir machen eine Spritztour.«

8

Harvath hielt am Rande einer schmalen Landstraße außerhalb von Bilbao an und ließ seine beiden Begleiter aussteigen. Dann zog er den Schlüssel aus dem Zündschloss ab und steckte ihn in die Tasche.

Der Tabakhändler zündete sich eine Zigarette an, während seine Geliebte eine Decke auf dem Gras ausbreitete. Bevor sie die Wohnung verließen, hatte Harvath ihr vorgeschlagen, etwas zu essen mitzunehmen. Die Leute, auf die sie warteten, hatten es vermutlich nicht sonderlich eilig herzukommen.

Das Picknick war nichts Besonderes, was verständlich war, wenn man bedachte, in welcher Eile es zusammengestellt wurde. Die Frau hatte Brot, Käse, ein paar Äpfel und etwas Wurst mitgebracht. Außerdem hatte sie eine Plastikflasche mit hausgemachtem Wein dabei, den Harvath dankend ablehnte.

Er hatte keine Ahnung, was der Tabakhändler ihr erzählt hatte, aber sie hatte ihre Angst abgelegt und sogar ein- oder zweimal versucht, Harvath anzulächeln. Allerdings war er nicht in der richtigen Stimmung und erwiderte ihr Lächeln nicht.

Seine Gedanken waren bei Riley und dem, was passiert war. Gewiss, er befolgte die Vorschriften, aber alles ging so schrecklich zäh voran. Er musste sich mit Carlton in Verbindung setzen. Der Alte wusste mit Sicherheit sofort, was als Nächstes zu tun wäre, und würde Himmel und Hölle in Bewegung setzen, um in Erfahrung zu bringen, wer und was hinter dem Überfall steckte. Und sobald er das Puzzle zusammengesetzt hatte, würde er Harvath losschicken, um Rache zu üben.

Bis es so weit war, würde noch viel passieren müssen, deshalb versuchte er, an etwas anderes zu denken. Leider jedoch bekam er das Bild von Riley Turner einfach nicht aus dem Kopf.

Während er in Gedanken versunken war, bemerkte der Tabakhändler in der Ferne einen Wagen.

Harvath erkannte das Fahrzeug sofort und fragte sich, wer wohl hinter dem Steuer saß. Es dauerte nicht lange, bis er die Antwort darauf erhielt.

Als der schwarze Peugeot neben ihnen am Straßenrand anhielt, sah Harvath die beiden baskischen Separatisten, die ihm im Sommer in die Quere gekommen waren, beides kräftige Männer mit Stiernacken. Einer von ihnen hatte eine fliehende Stirn und Augenbrauen, drahtig wie Topfreiniger. Beim anderen verlief eine schmale Narbe über die rechte Wange.

Letzten Sommer waren die Männer geschickt worden, um sicherzustellen, dass Harvath es unbescholten zu einem Treffen tief im ETA-Territorium schaffte. Eigentlich sollten sie sich bedeckt halten, doch Harvath hatte sie bereits fünfzehn Kilometer hinter der Stadtgrenze von Bilbao entdeckt. Auf einer Raststätte an der Autopista hatte er sie sich zur Brust genommen und gezwungen, zu einer abgelegenen Landstraße zu fahren. Nachdem er die Männer gefesselt hatte, verfrachtete er sie in den Kofferraum des Peugeot und setzte seinen Weg zu dem Treffen fort.

Das letzte Mal hatte er sie gesehen, als er sie schließlich

in einem winzigen Kaff namens Ezkutatu aus dem Kofferraum ließ und losschnitt. Und dem Ausdruck auf ihren Gesichtern nach zu urteilen waren sie nicht sonderlich glücklich darüber, ihn jetzt wiederzusehen. Doch das war ihm gleichgültig. Sie waren sein Ticket, um dorthin zu kommen, wohin er musste.

Er fischte die Autoschlüssel aus seiner Tasche, warf sie dem Tabakhändler zu und ging zu dem Peugeot hinüber. »Sitze ich hinten«, fragte er den Vernarbten mit einer Handbewegung, »oder im Kofferraum?«

Keiner der Männer sprach Englisch, aber dass er sich gerade über sie lustig machte, verstanden sie sehr wohl. Allerdings blieb ihnen nicht viel anderes übrig, als sich damit abzufinden, da man ihnen aufgetragen hatte, Harvath abzuholen und mitzubringen.

Augenbraue am Steuer starrte aus dem Fenster und quittierte Harvaths Worte mit einem Grunzen. Harvath wertete das als Aufforderung zu tun, was er für richtig hielt, und rutschte auf die Rückbank. Den Rucksack stellte er neben sich.

Er schloss die Tür, lehnte sich zurück und sagte: »Also, von mir aus kann's losgehen, Ladys.«

Die Fahrt hoch in die Berge dauerte länger, als er sich erinnerte. Dafür war die Landschaft ringsum wunderschön, fast wie in der Schweiz. Der einzige Unterschied waren die Steingebäude mit den roten Ziegeldächern, die hier die Sennhütten ersetzten.

Sie kamen an Ochsen vorbei, die hölzerne Karren zogen, und an Wiesen voller Schafe. Hin und wieder erhaschte Harvath einen flüchtigen Blick auf die gedrungenen Wildpferde der Pyrenäen.

Nachdem sie mehrere Dörfer und Ortschaften hinter sich gebracht hatten, fuhren sie schließlich durch Ezkutatu. Harvath erinnerte sich gut an die wuchtigen Gebäude und den hohen Kirchturm, an denen die Zeit scheinbar spurlos vorübergegangen war. Dann hatten sie den Ort jedoch auch schon wieder hinter sich gelassen.

Den Teil der Strecke, den sie jetzt in Angriff nahmen, war Harvath nur einmal gefahren, und das in schwärzester Nacht. Das ohne irgendwelche Orientierungshilfen zu wiederholen hätte ihn in arge Bedrängnis gebracht.

Die Straße führte auf und ab und beschrieb Kurve um Kurve, während es weiter in die Berge hinaufging. Harvath konnte spüren, wie sich der Druck in seinen Ohren veränderte.

Sie fuhren weiter, bis sie schließlich auf eine von hohen Felswänden gesäumte, schmale Schotterpiste stießen. Hätte Harvath am Steuer gesessen und in diesem Moment geblinzelt, hätte er sie verpasst.

Sie bogen in den Weg ein und gelangten ungefähr dreihundert Meter weiter zu einem Tor. Dahinter erstreckte sich Weideland voller Rinder, die von mehreren baskischen Schäferhunden gehütet wurden. Als der Wagen zum Stehen kam, liefen zwei der Hunde auf den Zaun zu und begannen zu bellen.

Hinter einer Formation hoher Felsen traten zwei groß gewachsene Männer hervor, die sich dem Wagen näherten. Beide waren mit einer *Lupara* bewaffnet, einem sogenannten Wolfstöter. Harvath hatte keine Ahnung, wie die baskische Bezeichnung für diese traditionelle doppelläufige, abgesägte Schrotflinte mit dem abgerundeten, pistolenartigen Holzgriff lautete. Die verkürzten Läufe machten es einfacher, die Waffe zu verbergen, und sorgten gleichzeitig dafür, dass sie sich in den Wäldern und anderen beengteren Umgebungen leichter handhaben ließ. Da die abgesägten Läufe die Ladung nicht konzentrierten, feuerte die Flinte eine breit gestreute Schrotsalve ab, die besonders auf kurze Distanz verheerende Schäden anrichtete.

Einer der Wachmänner plauderte mit Augenbraue und Narbenfresse, während der andere die Hunde zum Schweigen brachte und das Tor gerade weit genug öffnete, dass das Auto hindurchfahren konnte. Als der Peugeot vorwärtsrollte, sah Harvath das hölzerne Wachhaus hinter den Felsen, inklusive Propangas-Heizgerät und weiterer Männer, allesamt schwerbewaffnet, mit gefütterten Daunenjacken und der traditionellen schwarzen Baskenmütze.

Augenbraue und Narbenfresse waren der Cousin und Schwager des ETA-Distriktkommandanten, dessen Viehfarm dies war. Doch Harvath war nicht hier, um sich mit dem Distriktkommandanten zu treffen, sondern mit einem anderen Mann, der in der Gegend gleichermaßen angesehen war, wenn nicht gar noch mehr.

Augenbraue hielt vor den Ställen und wies mit einem neuerlichen Grunzen und einer kurzen Bewegung des Kinns auf die Treppe. Harvath wusste, was das bedeuten sollte.

Er stieg aus dem Wagen, nickte den beiden Männern zu und verfolgte dann, wie sie wendeten und wieder zurück in Richtung Tor fuhren.

Einen Moment lang stand er da und nahm das Panorama in sich auf. Die Sonne stand schon tief am Himmel, und die in dieser Höhe ohnehin bereits beträchtlich niedrigere Temperatur fiel noch weiter. Ihnen stand eine sehr kalte Nacht bevor.

Er stieg die Stufen hoch und öffnete die Tür zu der kleinen Wohnung über den Ställen. Auf dem Herd stand das gleiche traditionelle Gericht, das ihn hier auch beim letzten Mal erwartet hatte: baskischer Bohneneintopf mit Schinken und Chorizo, spanischer Paprikawurst. Auf einem alten hölzernen Esstisch in der Mitte der Küche standen ein angeschlagenes Glas und eine halbe Flasche Wein.

Obwohl er letzten Sommer keine vier Stunden in dieser Unterkunft verbracht hatte, trug die Vertrautheit all dessen dazu bei, dass seine Anspannung zumindest ein wenig nachließ. Fürs Erste war er in Sicherheit.

Er stellte Rileys Rucksack auf den Küchentresen, griff nach der Flasche und schenkte sich ein Glas Wein ein. Der nächste Schritt würde sehr gefährlich werden. Bevor er den ersten Schluck nahm, schickte er ein stummes Stoßgebet gen Himmel, dass der Mann, den er hier treffen wollte, der Aufgabe gewachsen war.

9

Texas

Es gab nur sehr wenige Menschen, für die Nicholas sein Leben aufs Spiel setzen würde, doch Caroline Romero war eine davon.

Das bedeutete allerdings nicht, dass er alle Vorsicht in den Wind geschlagen hatte und ihr blindlings zu Hilfe eilte. Er musste gewisse Sicherheitsvorkehrungen treffen, von denen die wichtigste war, seine Operationsbasis mit Bedacht zu wählen.

Die Three Peaks Ranch umfasste ein Gebiet von mehr als achttausend Hektar und gehörte einer wohlhabenden texanischen Familie, deren Oberhaupt Peter Knight war. Knights weltweite Geschäftsinteressen reichten von Viehhandel über Luft- und Raumfahrt bis hin zu Bergbau und Biotechnologie, und Nicholas hatte mit den Jahren zahlreiche Transaktionen für Knight eingefädelt.

Die Ranch war der wichtigste Rückzugsort der Familie und beherbergte stets eine Schar von Vollzeitpersonal, das sich nicht bloß um die Knights kümmerte, wenn sie vor Ort waren, sondern ebenso um die Bedürfnisse der Gäste, die im Laufe des Jahres zu Besuch kamen. Bevor Nicholas auftauchte, hatten sie keine Ahnung, was sie erwartete. Mr. Knight hatte einfach angerufen und erklärt, dass in Kürze ein wichtiger Gast einträfe, der für unbestimmte

Zeit bliebe, und sich das Personal all seiner Wünsche annehmen solle.

Das Erste, worum Nicholas gebeten hatte, wartete am nächsten Tag draußen vor dem Gästehaus auf ihn: ein schwarzer Yukon-Denali-Geländewagen von einem Autoverleih in Brownsville, dessen Fahrzeuge speziell den Bedürfnissen behinderter Fahrer angepasst waren. Der Wagen sah genauso aus wie jeder andere SUV und funktionierte auch so, abgesehen davon, dass er zusätzlich über eine Handsteuerung verfügte, mit der man Gas und Bremsen bedienen konnte, ohne die Pedale zu benutzen. Gemäß Nicholas' Anweisungen hatte die Belegschaft die Fenster getönt und die Rücksitze ausgebaut, um so viel Platz wie möglich für die Hunde zu schaffen.

Er kletterte auf den Fahrersitz, holte ein Leatherman-Multifunktionswerkzeug hervor, entfernte die Dachverkleidung und durchtrennte die Kabel des Autotelefons und des eingebauten GPS-Navigationssystems. Nachdem er den Baldachin wieder befestigt hatte, überprüfte er das gesamte Fahrzeug von innen und außen, um sicherzugehen, dass der Wagen nicht noch mit weiteren Ortungsgeräten oder Peilsendern versehen war. Die Aktion war zeitraubend und erforderte, dass er unter den Wagen kroch und sich auf einen Tritthocker stellte, um den Motorraum zu untersuchen, doch er hatte nicht vor zuzulassen, dass irgendjemand seine Bewegungen nachvollziehen konnte.

Sobald er zufrieden war, lud er die Hunde ein, legte die Sitzerhöhung auf den Fahrersitz, die er mitgebracht hatte, und unternahm eine Testfahrt mit dem Denali, um sich mit der Ranch vertraut zu machen.

Die Knights hatten das Anwesen mit allen möglichen Arten wilder und exotischer Tiere bevölkert. Man hätte auf den Gedanken kommen können, in einem Wildreservat in Afrika abgesetzt worden zu sein. In der Zeit, die er brauchte, um durch das Tiergehege zu fahren, sah er Addax-Antilopen, Oryx-Antilopen, Kudus, Impalas, Wasserbüffel, Zebras, Gazellen und Gnus. Die Hunde, die ihre Köpfe durch die runtergelassenen Fenster nach draußen hielten, bemerkten die Tiere ebenfalls.

Als Nicholas schließlich zuversichtlich war, mit dem Fahrzeug auch auf normal befahrenen Straßen zurechtzukommen, kehrte er zum Gästehaus zurück.

Auf den Vorderstufen saß die Ranchverwalterin der Knights, eine attraktive Frau Ende dreißig namens Maggie Rose, die Nicholas freundlich zuwinkte, als er angefahren kam.

Nicholas stellte den Motor ab, hüpfte nach draußen und öffnete dann mittels des SUV-Schlüsselanhängers die Heckklappe, sodass seine Hunde herausspringen konnten.

»Wie läuft's mit dem Wagen?«, fragte sie.

»Alles bestens, vielen Dank«, gab er zurück. Maggie hatte eine lockere, unbekümmerte Art an sich, die ihm gefiel. Wenn Fremde ihn das erste Mal sahen, mussten viele oft zweimal hinschauen, doch als sie ihn gestern Nacht vom Flugzeug abgeholt hatte, um ihn zum Gästehaus zu bringen, behandelte sie ihn wie jeden anderen Gast. Sie war ein Profi, mit gerade dem richtigen Maß an texanischem Charme.

»Ich hoffe, es macht Ihnen nichts aus, aber da Sie nicht hier waren, bin ich reingegangen, um die Lebensmittel wegzupacken, um die Sie gebeten haben.«

Doch, das *machte* Nicholas etwas aus. Die Vorstellung, dass sich jemand im Gästehaus aufhielt, solange er nicht da war, gefiel ihm nicht. Doch das behielt er für sich. Er war hier zu Gast, und gewiss hatte sie aus reiner Gefälligkeit gehandelt.

»Danke«, sagte er.

»Gern geschehen«, sagte Maggie und musterte lächelnd Argos und Draco. »Ich habe mich letzte Nacht noch ein bisschen über Ihre Hunde informiert. Wirklich eine erstaunliche Rasse.«

Nicholas lächelte. »Die einzige, die für mich infrage kommt.«

»Ich wette, die fressen einem förmlich die Haare vom Kopf.«

»Solche Tiere kann man nicht mit Gold aufwiegen«, sagte er und tätschelte die beiden.

»Darf ich?«, fragte Maggie, als sie näher kam.

Nicholas nickte, und Maggie ging zu Argos und Draco hinüber. Sie hielt jedem von ihnen eine Hand hin, damit sie daran schnüffeln konnten, und kraulte sie dann hinter den Ohren. »Vermutlich könnten Sie die Hälfte Ihrer Hundefutterrechnung wieder reinholen, wenn Sie die zwei zum Ponyreiten für Kindergeburtstage vermieten.«

Nicholas lächelte wieder.

Maggie ließ ihre Hände sinken und trat einen Schritt zurück. »Wenn Sie sonst noch irgendwas brauchen, rufen Sie einfach durch. Meine Nummer liegt neben dem Telefon in der Küche.«

»Das mache ich«, versprach er.

Er sah zu, wie sie zu ihrem Wagen ging und einstieg. Sie hupte, winkte und schenkte ihm ein warmes Lächeln, als sie davonfuhr. Nicholas winkte zurück.

Sobald sie fort war, stieg er zusammen mit den Hunden die Treppe hoch und ging hinein. Die Hunde mussten gefüttert werden, aber zuerst wollte er nach seiner Ausrüstung sehen. Obgleich er keinen Grund hatte, Maggie zu misstrauen, hatte er gleichermaßen keinen Anlass, es nicht zu tun. Sie mochte eine nette Frau sein, doch im Laufe der Jahre war er einer Menge netter Frauen begegnet, die versucht hatten, ihm ein Messer zwischen die Rippen zu rammen.

Er ging ins Schlafzimmer und überprüfte sein Equipment. Alle Koffer waren verschlossen und schienen unberührt zu sein, genau so, wie er sie zurückgelassen hatte.

Er packte zwei der Koffer aus, um die Satellitenantenne aufzubauen, und stöpselte seinen Laptop ein. Während die Systeme hochfuhren und die Verbindung hergestellt wurde, fütterte er die Hunde und gab ihnen zu trinken. Als das erledigt war, war er bereit, online zu gehen.

Er setzte sich an den Esszimmertisch und rief die Internetseite auf, über die Caroline Romero und er kommunizierten. Er hatte ihr eine Nachricht hinterlassen, um sie darüber zu informieren, dass er in Texas eingetroffen war. Jetzt wartete eine Antwort auf ihn, die besagte: *Heute. 20:00 Uhr. Casa De Palmas. McAllen. Parkhaus. Oberste Ebene. Danke, dass du mir hilfst.*

Carolines vorheriger Hilferuf enthielt derart intime Informationen, Dinge, die eigentlich nur sie beide wissen konnten. Daher hegte er keinen Zweifel, dass die Botschaft von ihr stammte und sie in ernsten Schwierigkeiten steckte.

Seinem Naturell entsprechend, wollte er am liebsten sofort aufbrechen, um sie zu retten und in Sicherheit zu bringen, aber er musste vorsichtig sein. Ihr von der Ranch zu erzählen, auf der er wohnte, kam nicht infrage, zumindest nicht fürs Erste. Seit sie einander das letzte Mal gesehen hatten, war viel Zeit verstrichen. Seitdem konnte sich alles

Mögliche geändert haben. Darüber hinaus hatte er nach wie vor diese vage Ahnung, dass irgendetwas an dieser ganzen Sache nicht stimmte. Sich in der Öffentlichkeit zu treffen war da eine wesentlich bessere Lösung.

Zudem gefiel ihm der Gedanke, dass sie sich an einem Ort treffen würden, an dem er nicht aus dem Auto steigen musste. Das verschaffte ihm ein besseres Gefühl, wenn er schon nach McAllen reinfahren musste.

Eine rasche Internetsuche nach »Casa De Palmas« verriet ihm, dass es sich dabei um ein Drei-Sterne-Hotel im Herzen der Stadt handelte. Als Nächstes studierte er Satellitenbilder des Geländes, um sich einen möglichst guten Eindruck des Grundrisses zu verschaffen. Nachdem er sich mit dem Treffpunkt vertraut gemacht hatte, begann er, seine Routen zum und vom Hotel weg zu planen und mögliche Orte für einen Hinterhalt ausfindig zu machen. Er überließ nichts dem Zufall.

10

McAllen, Texas, war bloß fünf Meilen von der amerikanisch-mexikanischen Grenze entfernt, und nicht viel weiter weg lag die brandgefährliche mexikanische Stadt Reynosa. Nicholas hatte einigen von Mexikos schlimmsten Vertretern des organisierten Verbrechens schon Informationen verkauft und gestohlen. Ihm fielen Tausende Szenarios ein – keines davon erfreulich –, denen zufolge das Treffen im *Casa De Palmas* lediglich ein Trick war, um ihn über die Grenze zu locken und ihm ein unerfreuliches Ende zuteilwerden zu lassen, weshalb er entsprechende Sicherheitsvorkehrungen getroffen hatte.

Aufgrund seiner Größe waren selbst Waffen, die eigentlich für Kinder gedacht waren, gewöhnlich zu groß und zu unhandlich für ihn. Zudem feuerten sie bloß kleinkalibrigere Munition ab, die für seinen Geschmack nicht genug Durchschlagskraft besaß. Um hier Abhilfe zu schaffen, war Nicholas' gesamte Ausrüstung von einigen der besten Büchsenmacher und Techniker der Welt auf seine Bedürfnisse zugeschnitten worden.

Seine Lieblingswaffe war eine dreischüssige Kurzpistole vom Kaliber .45, mit einem winzigen Griff und einem mehrfach aufgebohrten Lauf, der den Rückstoß der Pistole beträchtlich verringerte. Ungeachtet des cleveren Designs musste Nicholas dennoch seine ganze Kraft aufwenden, um die Waffe zu handhaben und für den nächsten

Schuss wieder aufs Ziel auszurichten. Trotzdem war es eine erstaunliche Wumme – wie ein Elefant auf Mäusefüßen.

Darüber hinaus verfügte Nicholas noch über eine ganze Palette weiterer Ausrüstung, ohne die er niemals reiste, und er ließ sich Zeit damit, den Denali zu beladen. Falls er nicht mehr zur Ranch zurückkehren konnte, fliehen musste oder eins von einer Million anderen Dingen geschah, wollte er darauf vorbereitet sein. Er hatte schon sehr früh gelernt, dass niemand auf ihn aufpassen würde. Er konnte sich nur auf *sich selbst* verlassen. Und wenn er überleben wollte, musste er alle Eventualitäten in Betracht ziehen und sich so gut wie irgend möglich dafür wappnen. Das Problem dabei war natürlich, dass sich niemand gegen *alles* wappnen konnte.

Gleichwohl, Nicholas war nicht den ganzen weiten Weg hierhergekommen, um sich von seinen Zweifeln paralysieren zu lassen. Er war hier, um sich für eine Gefälligkeit zu revanchieren.

Nachdem er sein gesamtes Equipment verstaut hatte, gewährte Nicholas den Hunden noch ein paar Minuten Auslauf und ließ sie dann hinten auf die Ladefläche springen. Er schloss die Heckklappe, ging um den Wagen herum zur Vorderseite und kletterte auf den Fahrersitz.

Als der Denali über das Ranchgelände und in südlicher Richtung raus auf die Landstraße fuhr, drehte am Himmel ein Weißschwanzbussard seine Kreise.

Auf Wunsch hätte Nicholas die Unterstützung von Knights Sicherheitsteam in Anspruch nehmen können, aber er hatte sich dagegen entschieden. Das hier war etwas Persönliches. Wann immer möglich, vermied er es, andere in seine Angelegenheiten mit hineinzuziehen. Je weniger die Leute über ihn wussten, desto besser – das galt auch für Knights Sicherheitstrupp.

Und obgleich Caroline ihn nicht explizit darum gebeten hatte, allein zu kommen, war die Botschaft eindeutig gewesen. Sie steckte in Schwierigkeiten, und niemand sollte erfahren, dass sie ihn um Hilfe gebeten hatte. Das war nur nachvollziehbar. Er konnte das verstehen. Er hatte seine Hunde und mehr als nur ein paar Asse im Ärmel, für alle Fälle.

Während der Fahrt tobte in ihm ein Tumult der Gefühle. Natürlich war da Besorgnis. So war es immer, wenn er sich außerhalb seiner Komfortzone bewegte. Außerdem war da ein Anflug von Aufgeregtheit. Es war schon so lange her, seit er Caroline das letzte Mal gesehen hatte. Sie war nicht bloß blitzgescheit, sondern außerdem wunderschön, und genau wie vor so vielen Jahren bei der Hacker-Tagung hatte er sich dabei ertappt, wie er sich mehrmals umzog, bevor er schließlich entschied, was er bei diesem Treffen tragen würde.

Ihm war bewusst, dass derlei Bemühungen natürlich lächerlich waren. Ihre Beziehung war nie mehr gewesen als Freundschaft, aber dennoch: Sie war ihm wichtig, und er wollte so gut wie möglich aussehen. Einem plötzlichen Impuls folgend, hatte er sich sogar seinen sorgsam gestutzten Bart abrasiert, in der Hoffnung, gleichzeitig vielleicht auch ein paar Jahre loszuwerden. Welche Ironie, dass jemand, dem das Schicksal ein so bescheidenes Blatt zugeteilt und dem das Leben derart übel mitgespielt hatte, trotz allem ein solches Maß an Hoffnung in sich trug; auf jene, die ihm am nächsten standen, wirkten seine Unsicherheiten gleichermaßen herzzerreißend wie ungemein liebenswert.

Dabei musste man Nicholas zugutehalten, dass er alles andere als ein Narr war. Er wusste genau, wie die Welt ihn sah. Er war sich durchaus darüber im Klaren, dass romantische Techtelmechtel so ziemlich das Letzte waren, was das Leben sonst noch für ihn bereithielt. Und mit zunehmendem Alter begann er, seinen Frieden mit dem Gedanken zu schließen, den Rest seines Lebens allein zu verbringen, was die Handvoll Freunde, die er hatte, für ihn nur noch wertvoller machte. Das war auch eines der ausschlaggebenden Argumente gewesen, die ihn letztlich dazu bewogen, auf Carolines Hilferuf zu reagieren.

Seine Gedanken kehrten abrupt zu der vor ihm liegenden Aufgabe zurück, als die schroffe Landschaft von Südtexas den Vororten von McAllen zu weichen begann.

McAllen war erst knapp hundert Jahre alt und zählte zu den am schnellsten wachsenden städtischen Gebieten der Vereinigten Staaten. Die Region hatte in gewaltigem Maße vom Nordamerikanischen Freihandelsabkommen NAFTA profitiert, ebenso wie von der *Maquiladora*-Konjunktur, die es mexikanischen Betrieben erlaubte, Rohstoffe zollfrei zu importieren und damit Waren zu produzieren, die sie dann wieder in die Vereinigten Staaten einführten und dort verkauften. Im Wesentlichen war McAllen eine wirtschaftlich boomende Stadt, die Amerikaner und Mexikaner gleichermaßen versorgte. Internationale Geschäfte, grenzüberschreitender Handel und das Gesundheitswesen – ganz zu schweigen vom Drogen- und Menschenhandel – machten eine Menge Leute im Unteren Rio-Grande-Tal sehr reich.

Und jedem Reichen, den die Grenzstädte von Südtexas hervorbrachten, standen tausend andere gegenüber, die bereit waren, alles zu tun, um reich zu werden. Genau nach Leuten dieses Schlages hielt Nicholas die Augen offen, als er nach McAllen hineinfuhr.

Eine der gebräuchlichsten Methoden, um in Mexiko schnell reich zu werden, war Kidnapping, eine Unsitte, die sich bereits über die Grenze in die südlichen Vereinigten Staaten verbreitet hatte. Während Entführungen fette Zahltage versprachen, kam zusehends »Express-Kidnapping« in Mode. Diese Express-Kidnappings waren quasi die nächste Stufe des Straßenraubs. Erst räumten einem die Kidnapper die Brieftasche leer, ehe sie einen am nächsten Geldautomaten zwangen, die maximale Geldmenge abzuheben, die das Konto oder die Limit-Beschränkungen der Bank zuließen. Für gewöhnlich wurden die Opfer anschließend freigelassen, doch hin und wieder hielt man sie auch bis zum nächsten Tag fest, um den Automaten dann erneut zu plündern. Nicholas hatte nicht die Absicht, sich ausrauben geschweige denn entführen zu lassen.

Jedes Mal, wenn der Verkehr ins Stocken geriet oder er an einer Kreuzung halten musste, achtete er darauf, zwischen den Fahrzeugen genug Platz zu lassen, dass er jederzeit die Hinterreifen des Wagens vor sich sehen konnte. Auf diese Weise stellte er sicher, dass er im Notfall um das andere Vehikel herumfahren konnte und nicht eingequetscht war.

Natürlich wusste er von den kleinen »Unfällen«, die Autodiebe inszenierten, um hochklassige Fahrzeuge geradewegs von der Straße zu klauen, und war dementsprechend auf der Hut. Er behielt nicht bloß das im Auge, was vor seinem Geländewagen passierte, sondern auch das, was neben und hinter ihm geschah.

Die South Main Street wurde von altmodischen Straßenlaternen und größtenteils eingeschossigen Ladengeschäften gesäumt, die aussahen, als wären sie in den 1950ern errichtet worden; die Schilder waren englisch und spanisch beschriftet. Schräg vor den schmalen Betonbürgersteigen parkten Pick-ups, Minivans und billige amerikanische Limousinen Seite an Seite neben BMWs, Porsches und Mercedes-Sportwagen. Der Gegensatz hätte nicht krasser sein können.

Auf der North Main Street wurde die Straße dann anstelle der eingeschossigen Läden zu beiden Seiten von majestätischen Palmen begrenzt. Es gab einen kleinen, grünen Platz namens Archer Park, und direkt gegenüber davon lag das Hotel *Casa De Palmas*.

Nicholas fuhr langsam daran vorbei und verschaffte sich einen Überblick über die Umgebung, einschließlich der Parkgarage nebenan.

Ein Gerät, das auf der Armlehne neben ihm lag, gab einen Signalton von sich, und er warf einen Blick auf das Display. Die Nachricht »Casa De Palmas WLAN-Verbindung hergestellt« war dort zu lesen. Lächelnd fuhr er weiter, um sich mit der Gegend und den verschiedenen Routen vertraut zu machen, die er möglicherweise anschließend nehmen musste, wenn er wieder verschwand.

Eine halbe Stunde später fuhr er auf den Parkplatz des McAllen-Convention-und-Besucherzentrums und suchte sich einen Stellplatz, von dem aus man den Archer Park und dahinter das *Casa De Palmas* sehen konnte. Jetzt war es an der Zeit zu tun, was er am besten konnte.

11

Das *Casa De Palmas* war im Stil einer spanischen Mission gehalten, mit Bogengängen, einer Glockenturmkopie, roten Dachziegeln und einer cremefarbenen, mit strahlend weißen Bordüren versehenen Stuckfassade. Das Gebäude stammte ursprünglich aus dem frühen 20. Jahrhundert, und soweit es Nicholas betraf, galt das ebenso für das Sicherheitssystem.

Er benutzte den hoteleigenen WLAN-Zugang, um sich Zugriff auf das System zu verschaffen, und brauchte nur Minuten, um die Firewalls des *Casa De Palmas* zu überwinden. Und sobald er einmal drin war, gehörte ihm das ganze Hotel. Alles, was mit dem *Casa De Palmas*-Computernetzwerk verbunden war, gehorchte jetzt ihm.

Nicholas begann die nächste Aufklärungsphase, indem er sich durch das Gästeverzeichnis scrollte. Er suchte nach Caroline Romeros Namen, fand ihn jedoch nicht. Er durchforstete die Kreditkartentransaktionen der Hotelbar und des Restaurants – wiederum ohne Erfolg. Er klinkte sich in den Computer des Concierge ein und fand auch hier nichts. Soweit er das zu sagen vermochte, hatte Caroline im *Casa De Palmas* keine elektronischen »Fingerabdrücke« hinterlassen. Doch das überraschte ihn nicht.

Als Nächstes wandte er seine Aufmerksamkeit dem alles andere als beeindruckenden Videoüberwachungssystem des Hotels zu. Aus der Thermoskanne, die er mitgebracht hatte, goss er sich einen kleinen Becher Espresso ein und nippte daran, während er zwischen den einzelnen Videokanälen hin und her schaltete und die unterschiedlichen Streams studierte.

Sämtliche Überwachungskameras waren genau dort, wo er sie erwartet hatte: in der Lobby, am Hintereingang, auf den verschiedenen Ebenen der Parkgarage und so weiter. Sämtliche Videos wurden auf zwei billigen bewegungsaktivierten Festplattenrekordern gespeichert, die sich im Sicherheitsbüro befanden. Soweit Nicholas dies sagen konnte, bewahrten sie die Aufnahmen eine Woche lang auf und löschten sie dann; vermutlich brannten sie die Videos dann auf DVD oder speicherten sie auf einer externen Festplatte. Das spielte letztlich jedoch keine Rolle. Die Überwachungsvideos von einer Woche waren mehr als ausreichend.

Nachdem er sich die Live-Kamerastreams angesehen hatte, nahm er sich die Festplattenrekorder vor und arbeitete sich rückwärts durch die Aufnahmen des heutigen Tages. Bis zu seinem Treffen mit Caroline war noch jede Menge Zeit, es bestand also kein Grund zur Eile. Er hielt nach allem Ungewöhnlichen Ausschau; nach irgendetwas, das darauf hinwies, dass er womöglich in die Falle gelockt werden sollte.

Als er die Aufnahmen des Tages durchgesehen hatte, scrollte er noch weiter zurück und sah sich die Videos vom Tag zuvor an, wobei er besonders darauf achtete, wer eingecheckt hatte und abgereist war. Obgleich einige Gäste kurzzeitig seine Aufmerksamkeit erregten – insbesondere zwei wohlhabende Damen, die sich von Männern des Sicherheitsdienstes zum Lunch mit ihren Freundinnen begleiten ließen –, entdeckte er auf den Aufnahmen letztlich doch nichts, das seine Alarmglocken schrillen ließ. So weit, so gut.

Um auf Nummer sicher zu gehen, sah Nicholas im Schnelldurchlauf auch noch die Aufnahmen des Tages davor durch. Fürs Erste zufrieden, ging er zur nächsten Phase über.

Heutzutage lief praktisch alles, was eine Firma betraf, in irgendeiner Form über Computer, und das *Casa De Palmas* war dafür ein Paradebeispiel. Nachdem er den Rechner des Chefs der Personalabteilung lokalisiert hatte, konnte Nicholas in Erfahrung bringen, welcher Wachmann an diesem Abend Bürodienst schob und wann er seinen Platz das letzte Mal verlassen hatte. Mit diesem Wissen konnte er die Parkgaragen-Aufnahmen auswählen, aus denen er seine Endlosschleife basteln würde.

Sobald er einen Teil des Festplattenrekorders partitioniert und die Parkgaragen-Aufnahmen von vorgestern Abend kopiert hatte, musste er bloß noch die Daten dem Zeitstempel anpassen und dafür sorgen, dass beim Wechseln vom Live-Stream zur Endlosschleife alles zusammenpasste. Es würde sofort auffallen, wenn der Wachmann nachts sah, dass auf dem Video noch Tageslicht von draußen in die Garage fiel.

Die Arbeit war bestenfalls mühselig, doch es dauerte nicht lange, bis Nicholas sich eine virtuelle Tarnkappe geschaffen hatte, die ihn in der Garage praktisch unsichtbar machen würde. Noch besser wurde das Ganze durch den Umstand, dass Nicholas im Gegensatz zu dem Wachmann im Sicherheitsbüro, der Aufnahmen von vorgestern Nacht sehen würde, die Live-Streams aus der Parkgarage im Auge behalten konnte. Während er in seinem Geländewagen auf der obersten Ebene stand, würde er das Kommen und Gehen in der Parkgarage überwachen und zugleich weiterhin auf die Liveaufnahmen der übrigen Hotelkameras zugreifen können. Das verschaffte ihm einen entscheidenden Vorteil, und dieser Vorteil konnte den Unterschied zwischen Leben und Tod ausmachen.

Nicholas warf einen Blick auf seine Uhr und sah sich dann die letzten Neuankömmlinge im Hotel an. Der Shuttlebus des Hotels hatte unlängst eine Gruppe neuer Gäste abgesetzt, die vermutlich geradewegs vom Flughafen kamen, und aus mehreren teuren Sportwagen waren attraktive, gut gekleidete Frauen gestiegen, von denen viele einander zu kennen schienen. Ihr Ziel: die Hotelbar.

Während er zusah, wie die größtenteils dunkelhaarigen Latinas im Hotel verschwanden, wurde ihm klar, dass er keine Ahnung hatte, wonach er eigentlich suchte. Caroline konnte genauso aussehen wie beim letzten Mal – oder auch vollkommen anders. Es war erstaunlich, wie leicht Frauen ihr Äußeres verändern konnten. Sie konnte als Blondine daherkommen oder wie eine der Frauen, die in der letzten halben Stunde das Hotel betreten hatten.

Seine Fähigkeiten einzusetzen, um das Kamerasystem des Hotels unter seine Kontrolle zu bringen, hatte ihm ein gewisses Gefühl von Macht verliehen, doch die Erkenntnis, dass er nicht wusste, womit er es eigentlich zu tun hatte, ließ seine Unruhe zurückkehren.

Er dachte daran, sich noch einen Espresso zu genehmigen, entschied sich aber dagegen. Er war bereits genug aufgedreht. »Konzentrier dich«, ermahnte er sich, während er weiter die Gesichter im *Casa De Palmas* studierte. Caroline Romero war einzigartig. Falls sie da war, würde er sie auch erkennen.

Er sah sich die Videofeeds noch eine Dreiviertelstunde

länger an, bis es schließlich Zeit wurde, sich in Position zu begeben. Er holte die maßangefertigte Pistole aus der Armlehne hervor, legte sie in seinen Schoß und bedeckte sie mit seiner Jacke.

Showtime.

Er startete den Denali, legte den Rückwärtsgang ein, setzte aus der Parklücke zurück und richtete die Schnauze zur Straße hinaus. Als er den Rand des Parkplatzes erreichte, schaltete er sein Video auf die Monitore des Hotel-Sicherheitsbüros. Nach einem kurzen, statischen Schneegestöber war alles erledigt. Falls der Wachmann die Bildschirme tatsächlich im Auge hatte und nicht von Papierkram oder einer SMS auf seinem Handy abgelenkt war, würde es wirken wie eine vorübergehende Stromschwankung, die sich jedoch sofort wieder stabilisierte. Solange er nicht bemerkte, dass die Wagen, die die Jungs vom Parkservice vor dem Hotel in Empfang nahmen, nicht dieselben waren, die sie in die Parkgarage fuhren, war alles bestens.

Abgesehen davon machte Nicholas sich keine Gedanken um den Wachmann. Er hatte genug Monitore vor Augen, die ihn alle gleichermaßen beschäftigt hielten, solange nichts Besonderes geschah. Abgesehen davon wusste Nicholas aus der Personalakte, dass der Wachmann achtundzwanzig Jahre alt und Single war. Angesichts all dieser hübschen Frauen in kurzen Kleidchen, die vor der Eingangstür aus tiefergelegten Sportwagen stiegen, konnte man sich leicht vorstellen, worauf er seine Aufmerksamkeit in erster Linie konzentrieren würde.

Nachdem er sich vergewissert hatte, dass er nicht verfolgt wurde, fuhr Nicholas um die Ecke, am Eingang des *Casa De Palmas* vorbei und in die Parkgarage.

Er hielt die Augen nach irgendwelchen Fahrzeugen offen,

die nicht hierhergehörten oder möglicherweise Ärger bedeuteten, wie beispielsweise Lieferwagen oder ein großer fensterloser Van. Doch auf dem Weg hoch in die 3. Etage fiel ihm nichts Ungewöhnliches auf.

Nachdem er im Schneckentempo übers Oberdeck gerollt war, um die anderen Wagen zu überprüfen, fand er eine freie Parklücke in der Mitte und scherte ein. Die Sonne war schon vor einer Stunde untergegangen. Der Schein mehrerer Lampen auf hohen Pfosten tauchte das offene Dachgeschoss des Parkhauses in strahlende, bleiche Helligkeit.

Im Rückspiegel konnte Nicholas die Fußgängerbrücke erkennen, die zum Hotel führte. Während er sie beobachtete, gab sein Laptop ein akustisches Signal von sich.

Er blickte nach unten und klickte eines der Fenster an, die er offen hatte lassen. Caroline hatte gerade eine Nachricht für ihn gepostet: *Komme jetzt raus.*

Nicholas schaute sich um. *War sie in einem der Wagen? Im Hotel?* Er konnte es nicht mit Gewissheit sagen.

Als die Türen der umstehenden Autos zublieben, nahm er an, dass sie damit meinte, sie käme aus dem Hotel selbst. Er rief die Live-Kamerastreams aus dem Innern des Hotels auf und begann, nach ihr zu suchen.

In der Nähe des Barbereichs im Erdgeschoss wartete eine Frau auf den Aufzug. *War sie das?* Sie stand von der Kamera abgewandt, hielt den Kopf gesenkt und schien ihr Telefon zu studieren. Sie hatte ungefähr die richtige Größe, doch das galt ebenso für so ziemlich jede andere Frau, die das Hotel an diesem Abend betreten hatte. Als die Aufzugtüren aufglitten, trat sie in die Kabine und verschwand.

Keine Minute später hielt der Aufzug im 3. Stock, und die Frau trat heraus. Wieder konnte er ihr Gesicht nicht sehen.

Sie schien genau zu wissen, wo sich sämtliche Kameras befanden. Wenn sie genug Ärger hatte, um sich hilfesuchend an ihn zu wenden, würde sie sicher auch versuchen, sich vor den Überwachungskameras bedeckt zu halten. Nicholas wollte an ihre Fähigkeiten glauben, doch das fiel ihm schwer. Instinktiv griff er nach unten und schloss die Finger um den Knauf seiner Pistole. Die Hunde spürten die Unruhe ihres Herrchens und sprangen auf, um durch die Heckscheibe nach draußen zu spähen, während sie zu begreifen versuchten, was vorging.

Plötzlich tauchte die Frau auf dem Fußgängerüberweg auf. Als sie die Parkfläche erreichte, blieb sie stehen und sah sich um, unsicher, wohin sie gehen sollte.

Nicholas atmete tief durch und ließ kurz seine Bremslichter aufleuchten. Die Frau setzte sich wieder in Bewegung und kam auf ihn zu.

Sie war genauso gekleidet wie die anderen Frauen, die an diesem Abend das Hotel betreten hatten, mit Stöckelschuhen und einem kurzen figurbetonten Kleid. Über ihrer linken Schulter hing eine kleine Handtasche. Das Handy war verschwunden; sie schien beide Hände frei zu haben. Sein Blick glitt von ihren Händen zu ihrem Gesicht, das er noch immer nicht erkennen konnte. Sie kam mit gesenktem Kopf näher. *Versucht sie, den Kameras zu entgehen? Oder geht es bei alldem bloß darum, mich an der Nase herumzuführen?*

Die Frau ging weiter auf den Denali zu, und Nicholas' Beklommenheit nahm sprunghaft zu. Als sie näher kam, gingen in seinem Kopf die Alarmsirenen los. Alles in ihm schrie, dass Gefahr im Anmarsch war. *Starte den Wagen und verschwinde – fahr los und schau nicht zurück,* rieten die Stimmen ihm. Doch er ignorierte sie. Argos und Draco fingen an zu knurren.

Jede Chance zu reagieren, die er vielleicht hatte, war jetzt dahin. Die Frau war bereits so nah, dass sie das Fahrzeug berühren konnte. Und dann verlor er sie mit einem Mal aus den Augen.

Die Hunde bellten jetzt und warfen sich gegen die Heckscheibe. Nicholas reckte seinen kurzen Hals von einer Seite zur anderen, als er auszumachen versuchte, wohin sie verschwunden war. *Eine Falle.* Er hätte es wissen müssen.

Er startete den Denali und schickte sich gerade an, den Rückwärtsgang einzulegen, als mit einem Mal ein Gesicht am Beifahrerfenster erschien. Ohne nachzudenken, hob Nicholas die Pistole, um zu schießen.

Er zielte auf die Stirn der Frau und begann bereits, den Abzug zu drücken. Im letzten Moment jedoch riss er die Waffe nach links.

Die Hunde bellten so laut, dass Nicholas nicht einmal seine eigenen Gedanken zu hören vermochte. Sie drängten sich nach vorn und waren drauf und dran, auf den Beifahrersitz zu springen, um an die Gestalt draußen heranzukommen. Er brüllte sie an, still zu sein.

Er hatte diese Frau noch nie zuvor in seinem Leben gesehen. Das war nicht Caroline, doch irgendetwas an ihr kam ihm bekannt vor.

Sie streckte die Hand aus und versuchte, die Beifahrertür zu öffnen; sie war verschlossen. Ihr Blick schweifte zurück zu Nicholas.

»Sie trug eine Lederhose«, sagte die Frau durch die Scheibe. »Damals hatte sie kurzes schwarzes Haar und eine Igelfrisur.«

Bevor er sichs versah, griff die Frau in ihre Handtasche. Nicholas schwang reflexartig die Waffe zu ihr herum, bereit zu feuern.

Doch sie griff nicht nach einer Pistole. Stattdessen holte sie ein altes Foto aus ihrer Handtasche und drückte es gegen die Scheibe. Jetzt wurde ihm klar, warum die Frau ihm so bekannt vorkam.

Er ließ die Waffe sinken, griff mit der linken Hand hinter sich und drückte auf den Entriegelungsschalter.

Sobald die Frau das Klicken der Schlösser hörte, öffnete sie die Tür und stieg ein. »Ich kann alles erklären«, sagte sie, bevor Nicholas auch nur die Chance hatte, sie zu fragen, was zum Teufel das alles zu bedeuten hatte. »Aber jetzt müssen wir verschwinden. *Sofort.*«

12

Baskische Pyrenäen
Spanien
Mittwoch

Die Sonne ging gerade auf, als es an der Tür klopfte. »Es ist offen«, sagte Harvath vom Herd aus. Er machte sich nicht die Mühe, sich umzudrehen. Er wusste, wer ihn besuchte.

Schweigend kam ein Baske Anfang fünfzig herein, der die Tür hinter sich schloss.

»Auf dem Tisch ist Kaffee.«

Der Mann ging zum Tisch hinüber und rückte sich einen Stuhl zurecht. Er setzte sich, zog ein Päckchen Zigaretten aus seiner Tasche, schüttelte einen Glimmstängel heraus und zündete ihn an. »Sieht aus, als käme ich gerade rechtzeitig.«

Er hatte dunkles Haar und ein glatt rasiertes Gesicht. Seine abgeklärte Miene bildete einen deutlichen Kontrast zu seiner makellos militärischen Haltung und den braunen Augen, die für einen Mann seines Berufs ein wenig zu wachsam wirkten.

»Ich habe die Hunde gehört, als Ihr Pferd näher kam«, sagte Harvath, als er mit der Bratpfanne zum Tisch hinüberging. »Ich hoffe, Sie mögen Eier, Vater.«

Der Priester nahm einen tiefen Zug von seiner Zigarette und behielt den Rauch einen Moment lang in seiner Lunge, bevor er ihn ausstieß und nickte.

Nachdem Harvath das Essen serviert und die Pfanne in die Spüle gestellt hatte, setzte er sich zu seinem Gast an den Tisch. Er wollte gerade den ersten Happen nehmen, als der Priester ihn mit seinem durchdringenden Blick fixierte. Harvath legte seine Gabel beiseite und wartete.

Padre Peio legte seine Zigarette an die Tischkante, neigte sein Haupt und sprach ein traditionelles Gebet. Als er geendet hatte, schlug er das Kreuzzeichen und schaute auf. »Vermutlich sollte ich jetzt sagen, dass es mich überrascht, Sie zu sehen, aber ich nehme an, genau das war Ihre Absicht.«

»Ich brauchte einen sicheren Unterschlupf.«

Der Priester nahm seine Zigarette auf und gestikulierte damit. »Ich schätze, Sie könnten es schlechter treffen als die Farm eines ETA-Kommandanten. Doch jemand mit Ihren Möglichkeiten dürfte ebenso gut ohne große Mühe etwas Besseres finden.«

Harvath schaufelte eine Ladung Ei auf seine Gabel und nickte. »Ich brauchte ein Versteck, mit dem man mich nicht so ohne Weiteres in Verbindung bringt.«

Der Priester dachte einen Moment lang darüber nach, bevor er frage: »Was ist passiert?«

»Ich will nicht auf die Einzelheiten eingehen.«

»Auch gut. Dann machen wir eben Smalltalk.«

Harvath schwieg einen Augenblick, während er sich durch den Kopf gehen ließ, was er eigentlich über Peio wusste.

Der Mann war nicht immer ein Priester gewesen. Tatsächlich war sein Werdegang für jemanden, der sein Leben Gott widmete, ausgesprochen ungewöhnlich.

Peio ging in die 9. Klasse der Oberstufe, als seine Familie vom Baskenland nach Madrid zog. Da so viele Familienmitglieder mit der Separatistenbewegung im Bunde waren, sorgten sich seine Eltern darum, dass auch er und sein älterer Bruder sich mit der ETA einlassen könnten. Eine Sorge, die sich als berechtigt erwies.

Ein Jahr nach seinem Schulabschluss kehrte Peios älterer Bruder ins Baskenland zurück und schloss sich der ETA an. Drei Monate später starb er bei einem Feuergefecht mit der Polizei. Peio hingegen schlug einen anderen Weg ein.

Er leistete seinen gesetzlichen Wehrdienst und erwies sich als fähiger Anwärter für den militärischen Nachrichtendienst. Er blieb bei der Armee, wo er seinen Hochschulabschluss machte und schließlich zum spanischen Centro Nacional de Inteligencia versetzt wurde, der Zentrale des Nationalen Nachrichtendiensts. Dort lernte Peio seine Frau kennen.

Sie hegten große Liebe füreinander und für ihre Arbeit. Sie hatten vor, noch fünf Jahre beim Geheimdienst zu bleiben und sich dann auf weniger gefährliche Posten versetzen zu lassen, damit sie eine Familie gründen konnten. Bis dahin waren es gerade noch sechs Monate, als Alicia an einem kalten Märzmorgen des Jahres 2004 zur Hauptverkehrszeit in einen Pendlerzug nach Madrid stieg.

Als der Zug um 7:38 Uhr den Bahnhof verließ, kam sie bei der Explosion einer selbst gebastelten Bombe, die muslimische Terroristen in einem der Waggons platziert hatten, ums Leben.

Das Attentat war Teil einer ganzen Serie koordinierter Bombenanschläge und wurde zu Spaniens 11. September. Die ganze Nation befand sich im Schockzustand. Peio war am Boden zerstört. Als auf muslimischen Extremismus spezialisierter Geheimdienstmitarbeiter hatte er das Gefühl, seine Frau und sein Land verraten zu haben, weil er das Attentat nicht vereitelt hatte. Diese ungesunden Schuldgefühle ließen ihn in einen dunklen emotionalen Abgrund stürzen.

Als er darum bat, an den Ermittlungen beteiligt zu werden, lehnten seine Vorgesetzten sein Gesuch ab und schickten ihn aus Gesundheitsgründen in Zwangsurlaub, damit er sich von seinem Verlust erholte. Drei Tage später verschwand er.

Besorgte Kollegen, die bei ihm zu Hause vorbeischauten, um nach ihm zu sehen, nahmen an, er sei ins Baskenland zurückgekehrt, um Madrid und damit den Ort, an dem seine Frau ermordet wurde, hinter sich zu lassen. Sie ahnten nicht, wie falsch sie damit lagen.

In den folgenden sechsunddreißig Stunden spürte Peio mehrere muslimische Extremisten auf und unterzog sie brutalen Verhören, wodurch Spaniens Ermittlungen über den Bombenanschlag massiv behindert wurden. Ganz gleich, welcher Spur die Behörden folgten oder wie frisch ihre Hinweise waren, jedes Mal stellten sie fest, dass schon jemand vor ihnen da gewesen war. Und dieser Jemand war Peio.

Schließlich kidnappte er zwei Schlüsselfiguren der Terrorzelle, die die Anschläge geplant und ausgeführt hatten. Nachdem er sie drei Tage lang in einem verlassenen Gebäude gefoltert hatte, exekutierte er beide. Doch das war bloß eine Etappe auf seinem persönlichen Abstieg in die Hölle.

Nachdem er sein Bankkonto bis auf den letzten Cent geplündert hatte, verließ er Madrid und reiste auf die kleine spanische Insel Cabrera. Dort begann er zu trinken. Als das Trinken nicht mehr genügte, um seinen Schmerz zu lindern, ging er zu Heroin über, womit sich ihm ein ganz neuer Kreis der Hölle erschloss. Er wurde süchtig. Als sein Geld ausging, unternahm er einen Selbstmordversuch.

Emotional war er bereits tot, und hätte ihn nicht zufällig ein örtlicher Priester gefunden, wäre damals auch sein Körper gestorben.

Der Priester der kleinen Insel war hart, aber teilnahmsvoll, und holte Peio von den Toten zurück. »Gott hat andere Pläne für dich«, sagte er, und als die Zeit kam, dass Peio sich entscheiden musste, ob er nach Madrid zurückkehren solle oder nicht, um die Scherben seines Lebens wieder zusammenzufügen, sprach Gott persönlich zu ihm und verriet Peio, wie diese Pläne aussahen.

Nicht lange nachdem sie sich kennenlernten, gestand er Harvath gegenüber freimütig, dass sein größtes Bedauern nicht dem galt, was er getan hatte. Er bedauerte nicht die brutalen Verhöre, das Foltern oder auch nur die Hinrichtung der Terroristen, die er entführt hatte. Für diese Dinge hatte er Buße getan und würde sich letztlich vor Gott verantworten müssen. Er hatte sich sogar vergeben, dass es ihm nicht gelungen war, den Anschlag zu verhindern, der seine Frau das Leben gekostet hatte. Nein, am meisten bedauerte er, dass er nie Kinder mit ihr hatte. Er konnte nicht umhin, sich zu fragen, wie anders sein Leben in den Tagen und Monaten nach Alicias Tod wohl verlaufen wäre, wenn sie Kinder gehabt hätten oder auch nur ein einziges.

Harvath fiel es schwer, das zu glauben. Jeder echte Mann – besonders jeder Mann mit Peios Hintergrund – hätte genau das getan, was er getan hatte. Er hätte die Mörder seiner Frau zur Strecke gebracht und getötet. Allerdings hatte Harvath die Erfahrung gemacht, dass das, was Peio – ob nun Geistlicher oder nicht – sagte und tat, häufig im Widerspruch zueinander stand. Und so gut Harvath sich auch darauf verstand, Menschen zu lesen, fiel es ihm doch schwer zu entscheiden, ob Peio ihm half, weil sie einen ähnlichen beruflichen Hintergrund hatten oder weil der Priester in ihm eine Seele sah, die gerettet werden musste.

Peios Widersprüchlichkeit zeigte sich am deutlichsten, wenn es um den Mann ging, der sie miteinander bekannt gemacht hatte: Nicholas oder schlicht der Troll, wie er in Geheimdienstkreisen genannt wurde.

Peio und Nicholas waren einander in einem Waisenhaus in Belarus begegnet. Nicholas war einer der Schirmherren des Heims, während der Priester dort Missionsarbeit leistete und sich um die *Podkidysh* kümmerte, um die »verlassenen Kinder«, von denen viele das Vermächtnis von Tschernobyl in sich trugen. Im Laufe ihrer Arbeit für das Waisenhaus entwickelte sich zwischen den beiden Männern eine ungewöhnliche, aber tiefe Bindung.

Dieses Band war so stark, dass Nicholas sich an Peio wandte, als er irgendwann einen sicheren Unterschlupf brauchte, um unterzutauchen – genauso, wie Harvath es getan hatte.

Peio lebte zweieinhalb Stunden weiter oben in den Bergen, in einem abgelegenen Kloster, das dem heiligen Francis Xavier geweiht war. Er war seit Kindertagen mit dem ETA-Kommandanten befreundet, dessen befestigte Farm quasi als Basislager und Ausgangspunkt für den Aufstieg zum Kloster diente.

Harvath konnte kaum glauben, dass Peio und er sich noch nicht ganz ein Jahr kannten. Nicholas hatte sie zusammengebracht, ein Mann, der ihnen beiden ans Herz gewachsen war und den sie beide als Freund betrachteten.

Ebendieser Mann hatte dafür gesorgt, dass Peio mittlerweile wieder auf seinem alten Betätigungsfeld aktiv war, auch wenn Harvath vermutete, dass der Priester seinen Überredungsversuchen nicht allzu viel Widerstand entgegengebracht hatte.

Harvath hatte zusammen mit Peio eine Mission zu erledigen und dabei Gelegenheit gehabt, ihn bei der Arbeit zu beobachten. Er war gut; sein Instinkt messerscharf. Tatsächlich agierte er im Einsatz so geschickt und mit solchem Können, dass Harvath sich insgeheim fragte, ob der Mann wirklich für den Rest seines Lebens Priester bleiben würde, oder ob Gott womöglich noch einen anderen Plan für ihn in petto hatte.

Doch was Er noch mit dem Geistlichen vorhaben mochte, war für Harvath momentan nicht von Belang. Im Augenblick brauchte er Peio. Und das bedeutete, dass er ihm wohl oder übel vertrauen musste.

Er griff nach seinem Kaffeebecher, legte sich seine Worte mit Bedacht zurecht und begann dann, den Priester ins Bild zu setzen.

13

Padre Peio stand nur einmal vom Tisch auf, um sich einen Aschenbecher zu holen, und bedeutete Harvath dabei weiterzusprechen, was der auch tat. Als Harvath schließlich mit seinem Bericht geendet hatte, stieß der Priester eine Rauchwolke aus und lehnte sich auf seinem Stuhl zurück.

»Das mit Ihrer Kollegin tut mir aufrichtig leid«, sagte Peio. »Ich werde für sie beten, ebenso wie für die anderen Männer, die Sie töten mussten.«

Die Vorstellung, dass Peio für Rileys Mörder betete, gefiel Harvath nicht sonderlich, doch das behielt er für sich.

»Also«, fuhr der Priester fort. »Was kann ich, abgesehen davon, Ihnen Obdach zu gewähren, sonst noch für Sie tun? Ich nehme an, Sie wollen Kontakt zu Ihren Vorgesetzten aufnehmen?«

»Ja.«

»In Anbetracht der Umstände kommt die Benutzung eines Telefons – zumindest von hier aus – nicht infrage.«

»Genau«, bestätigte Harvath. »Das Signal wäre zu leicht zurückzuverfolgen. Wenn ich allerdings Zugriff auf einen Computer hätte, könnte ich den Anruf so umleiten, dass es so aussieht, als würde ich mich an einem ganz anderen Ort aufhalten. Gibt es hier einen, den ich benutzen kann?«

»Gibt es. Ich rede mal mit Ihrem Gastgeber und sehe, was ich tun kann.«

Zwanzig Minuten später saß Harvath im Haupthaus vor

einem kleinen Laptop. Nachdem er einen langen digitalen Umweg über Server in mehreren Ländern gemacht hatte, loggte er sich schließlich in seinen Skype-Account ein. Er klickte auf Reed Carltons Icon in der Kontaktliste, tippte eine Nachricht, von der er wusste, dass der Alte ihre wahre Bedeutung verstehen würde, um ihn wissen zu lassen, dass er untergetaucht war und Riley getötet wurde. *Bin unterwegs. Meine Begleitung konnte nicht mitkommen.*

Mehr brauchte er nicht zu schreiben. Carlton war förmlich mit seinem Skype-Account verwachsen. Falls er nicht via Computer mit seinen Leuten im Außeneinsatz kommunizierte, tat er es mit seinem Smartphone. Harvath schickte die Botschaft ab und wartete. Fünfundvierzig Minuten später wartete er noch immer.

Das Icon des Alten zeigte zwar, dass er online war, aber reagiert hatte er noch immer nicht. Die einzige Erklärung, die Harvath dafür einfiel, war, dass er vermutlich in irgendeinem Meeting steckte. Doch angesichts der Zeitverschiebung ergab das keinen Sinn. Auch wenn es ihm nicht gefiel: Ihm blieb nichts anderes übrig, als weiter abzuwarten.

Eine Stunde später klopfte Peio an die offene Tür und fragte: »Alles in Ordnung?«

Harvath schüttelte den Kopf. »Bislang keine Reaktion.«

»In den USA ist es mitten in der Nacht.«

»Nicholas erreiche ich ebenfalls nicht, und der ist immer online.«

»Ich habe ebenfalls nichts von ihm gehört«, sagte der Priester.

»Seit wann?«

»Seit gestern. Als ich erfuhr, dass Sie nach mir suchen, habe ich ihm eine Nachricht geschickt.«

»Über Handy oder übers Internet?«, fragte Harvath.

»Übers Internet«, entgegnete Peio.

Harvath wandte sich wieder seiner Kontaktliste zu, um Nicholas' Skype-Status zu überprüfen. Er wurde als offline angezeigt. Nicholas war niemals offline. Irgendetwas stimmte da nicht.

Er scrollte durch seine Kontaktliste und klopfte bei einem der anderen Agenten an, mit denen er bei der Carlton Group zusammenarbeitete, einem Mann namens Coyne. Sein Icon zeigte, dass er online war, doch er reagierte nicht. Harvath beschloss, ihn über Skype anzurufen. Er klickte die Nummer an, startete den Anruf und lauschte auf das Klingeln, bis der Anrufbeantworter dranging.

Dann versuchte er es bei einem anderen Agenten, einem Mann namens Moss, mit demselben Ergebnis. Er arbeitete sich durch die Liste und versuchte, mehr als zwei Dutzend Carlton-Leute zu erreichen. Kein Einziger antwortete. Hier stimmte definitiv etwas nicht. Hier stimmte etwas *ganz und gar nicht.*

Peio sah den Ausdruck auf Harvaths Gesicht. »Was ist los?«

»Ich kann niemanden erreichen. Nicht über ihre Skype-Accounts. Nicht auf ihren Handys. *Keiner reagiert.*«

»Könnte es dafür einen Grund geben?«

Harvath war sicher, dass es dafür einen Grund gab, doch der einzige, der ihm einfiel, war derart unvorstellbar, dass er ihn nicht einmal in Erwägung ziehen wollte. Aber das musste er. So etwas wie Zufall gab es nicht, nicht in seinem Geschäft. Er musste davon ausgehen, dass etwas sehr Schlimmes passiert war. »Ich muss zurück.«

»In die Staaten?«

»Ja. Sofort. So schnell wie möglich.«

»Halten Sie das für eine gute Idee?«, fragte Peio. »Schließlich haben Sie keine Ahnung, was dort auf Sie wartet.«

Da hatte der Mann nicht unrecht. Möglich, dass er geradewegs in eine Falle lief. Doch er konnte nicht einfach untätig hier herumsitzen. Er musste etwas unternehmen.

Er ging gerade im Stillen seine Möglichkeiten durch, als der Computer einen Signalton von sich gab und auf seinem Bildschirm unversehens eine Nachricht des Alten erschien. *Habe Ihre Nachricht erhalten. Sind Sie okay?*

Peio hatte das Signal gehört und sah, wie sich der Ausdruck auf Harvaths Miene veränderte. »Was ist los?«

»Der Alte hat endlich geantwortet«, erklärte Harvath, während er auf Carltons Nachricht reagierte. *Bin okay. Unverletzt.*

Es gab eine Million Dinge, die er seinem Vorgesetzten mitteilen wollte, aber er wusste genau, dass das unklug gewesen wäre, selbst über Skype. Stattdessen wartete er.

Sekunden später tippte der Alte: *Sind Sie in Sicherheit?*

Ja.

Gut. Bleiben Sie dort. Warten Sie auf weitere Instruktionen.

Das sah dem Alten ähnlich: ihm zu sagen, dass er hierbleiben und sich in Geduld fassen solle, ohne ihm irgendwelche weiteren Informationen zu geben. Der Umstand, dass er sich nicht danach erkundigte, wo Harvath sich befand, oder versuchte, ihn zu einem anderen Carlton-Versteck zu lotsen, war ein schlechtes Zeichen. Die Firma musste quer durch alle Ebenen infiltriert worden sein.

Verstanden, gab Harvath zurück.

Kommunizieren Sie mit niemandem, setzte der Alte nach. *Nicht, bis ich weiß, was hier vorgeht. Mit niemandem.*

Mit dieser Anweisung hätte Harvath eigentlich rechnen können. Technisch gesehen hatte er bereits »kommuniziert«, indem er versucht hatte, andere Teammitglieder zu erreichen, doch daran konnte er jetzt nichts mehr ändern, deshalb beschloss er, es für sich zu behalten.

Er wollte den Alten fragen, ob er etwas über den Anschlag in Paris wusste. Doch er verzichtete darauf. Carlton hatte überallhin Kontakte, und vermutlich hatte er sich bereits mit dem französischen Geheimdienst in Verbindung gesetzt. Die Tatsache, dass er in dieser Hinsicht um keinerlei Einzelheiten bat, sprach Bände. Wenn er wollte, dass Harvath ihm Bericht erstattete, würde er ihn darum bitten. Fürs Erste jedoch würde Harvath tun, was man ihm aufgetragen hatte.

Verstanden, tippte er und sah dann zu, wie das Icon des Alten von Grün zu Grau wechselte, als Carlton sich ausloggte.

14

ATS-Hauptsitz
Annapolis Junction
Maryland

»Na, dafür hat es sich doch wirklich gelohnt, heute Morgen aus dem Bett zu steigen«, sagte Craig Middleton und klopfte seinem Protegé auf die Schulter. »Gut gemacht.«

Kurt Schroeder versuchte, nicht mit den Zähnen zu knirschen. Für Middleton zu arbeiten war eine Tortur. Der Mann musste manisch-depressiv sein oder etwas in der Art. Er verfiel so abrupt von einem Extrem ins andere, dass man nie wusste, was zur Hölle sich als Nächstes aus der Kloake ergießen würde, die er Mund nannte. Meistens jedoch konnte man sich darauf verlassen, dass er sich wie das komplette Arschloch aufführen würde, das er war. Außerdem brüllte er gerne herum und neigte dazu, mit Dingen um sich zu schmeißen. Die Angestellten bei ATS nannten ihn spöttisch »Glucksi, den lachenden Boss« und bezeichneten seine verdrehte Art des entwürdigenden Zuspruchs als »Dreckstorming«. Schroeder indes schien ganz gut mit ihm zurechtzukommen, oder besser: Er ignorierte seinen alles andere als professionellen Die-Prügelstrafe-bleibt-bestehen-bis-sich-die-Moral-bessert-Führungsstil einfach.

Bis Schroeder kam, hatte es keiner seiner Assistenten

länger als ein Jahr mit Middleton ausgehalten. Obgleich keiner der beiden Männer dies je zugegeben hätte, waren sie wie füreinander gemacht.

Die Kollegen staunten über Schroeders Gabe, Middletons unaufhörliche Flut von Beleidigungen und belanglosen Kränkungen einfach über sich ergehen zu lassen. Sie glaubten, der Mist würde irgendwie an ihm abprallen, abperlen wie Wasser vom Rücken einer Ente, doch das stimmte nicht. Die Beleidigungen gingen nicht spurlos an ihm vorüber. Jede Demütigung fand ihr Ziel, um von Schroeder schweigend katalogisiert und begraben zu werden. Und wenn er sich gezwungen sah, seine Dämonen auszutreiben, versuchte er, dies so weit weg von den neugierigen Augen von ATS und Craig Middleton zu tun, wie irgend möglich. Er wusste nur allzu gut, dass sein Chef bereit war, alles zu tun, um an Informationen heranzukommen.

Er konnte bloß so eng mit Middleton zusammenarbeiten, weil er ihn so gut verstand. Und Middleton zu verstehen war alles andere als schwierig. Er brauchte sich nur seine eigene Jugend anzuschauen, um zu erkennen, dass sie sich von der Persönlichkeit her sehr ähnlich waren.

Schroeder wurde in eine Welt außerordentlicher Privilegien hineingeboren, die ihm jedoch eines Nachmittags genommen worden waren. Die schicke Privatschule, das prächtige Haus, die Wagen, die beste Sicherheit, die man sich mit vollen Bankkonten kaufen konnte, einfach alles. Das Schlimmste für Schroeder war allerdings der Verlust seines Vaters.

Damals war Schroeder vierzehn gewesen und im ersten Jahr an der Highschool. Der Skandal hatte epische Ausmaße und grässliche Folgen. In jenem Herbst regnete es unaufhörlich, und das Wetter schien den überwältigenden Kummer widerzuspiegeln, der aus den Untiefen von Schroeders junger Seele emporstieg. So gnadenlos, wie die Presse ihren Rasen in Greenwich, Connecticut, niedertrampelte, prügelte sie auch auf die trauernde Familie des Jungen ein und zerrte alles in den Schmutz.

Bis zu jenem Tag begegneten die anderen Menschen seiner Familie mit Respekt und Bewunderung, ja sogar mit Ehrfurcht. Ihr Wohlstand und ihre Prominenz definierten, wer sie waren. Doch das war alles eine Lüge. Die Presse hatte ein Wort für das, was Schroeders Vater getan hatte, einen Begriff, den er noch nie zuvor gehört hatte. Sie nannten es den »Ponzi-Trick«.

Von einem Moment zum anderen wurde aus seinem Vater, dem Mann, den er vergötterte, dem Mann, nach dem er benannt war, dem Mann, den man bis dahin als »Zauberer«, als »Magier« und als »Genie« feierte, ein »Lügner«, ein »Dieb« und ein »Schwindler«. Während diese Worte auf sie herniederprasselten, legte sich ein Schraubstock um sein Herz, um es am Schlagen zu hindern.

Er liebte seinen Vater, und obwohl er damals noch ein Junge war, wollte er ihn unbedingt verteidigen. Er weigerte sich zu glauben, was alle sagten. Immerhin redeten sie hier über seinen *Vater*. Sein Vater war ein guter Mann. Er wurde tyrannisiert, und Schroeder hasste Tyrannei.

Als er sich auf der Suche nach einer Erklärung an seinen Vater wandte, auf der Suche nach der Bestätigung, dass alles wieder gut werden würde, wich sein Vater ihm aus. Dann brach ein Alptraum über sie herein, der grässlicher war als alles, was er sich je hätte vorstellen können.

Während Schroeders Vater – auf Kaution aus dem Gefängnis entlassen – zu Hause auf seinen Prozess wartete, beging er Selbstmord. Der Schraubstock, der sich um sein Herz geschlossen hatte, riss es ihm jetzt vollends aus der Brust. Von jenem Moment an war er in einer kalten, dunklen Abwärtsspirale gefangen.

Der gesamte Familienbesitz wurde beschlagnahmt. Jedes Bankkonto wurde gepfändet, jeder Vermögenswert, jeder Wagen, einfach alles. Und mit ihrem Hab und Gut verloren sie auch ihre Bekanntheit und ihre Identität, die unerträglicher, alles verzehrender Schande Platz machten.

Seine Mutter – schon vorher eine unglückliche Frau, die mit Depressionen und einer Menge eigener Probleme zu kämpfen hatte – versank in einem wodkageschwängerten Dämmerzustand und bombardierte das, was von ihrer Psyche noch übrig war, mit Tabletten, während ihre Welt um sie herum auseinanderfiel.

Sie war schon immer streng und gebieterisch gewesen, doch jetzt wurde sie geradezu ausfallend und gemein. Sie zog mit ihrem Sohn aus dem einst über alle Maßen bequemen Leben in Greenwich in eine bescheidene Einzimmerwohnung in Hartford, wo sie sich daranmachte, auch noch das wenige zu versaufen, das von ihren eigenen Ersparnissen übrig war, die sie vor dem Gericht verstecken konnte.

Kurz darauf waren sie auf Sozialhilfe angewiesen. Die wenigen von Schroeders Freunden, die ihm nicht schon während des Skandals den Rücken gekehrt hatten, ließen ihn jetzt ebenfalls fallen. Keiner von ihnen kam zu Besuch. Es war, als hätte er mit dem Wegzug aus dem vornehmen Wohnviertel schlagartig aufgehört zu existieren.

An der staatlichen Schule, auf die seine Mutter ihn schickte, herrschten raue Sitten. Da die Zeitungen beharrlich weiter über den Selbstmord und all die Leben berichteten, die sein Vater ruiniert hatte, rechneten die Schüler bald zwei und zwei zusammen und kamen dahinter, wer er war. Sie schikanierten ihn gnadenlos.

Sie nannten ihn den »armen kleinen reichen Jungen« und überschütteten seinen toten Vater mit Schmähungen. Das Stottern, das Schroeder als Kind mit viel Mühe und Arbeit überwunden hatte, kehrte mit Macht zurück und lieferte seinen Peinigern nur noch mehr Pulver. Bald folgte seelischer Gewalt körperliche, und er wurde nach Schulschluss mehrfach verprügelt. Nachdem man ihm an drei Stellen den Kiefer gebrochen hatte und die ewigen Blutergüsse der Ohrmuschel ihm links ein sogenanntes Blumenkohl- oder Ringerohr einbrachten, schmiss Schroeder die Schule.

Er suchte sich einen Job als Lieferdienstfahrer für ein Thai-Restaurant. Entweder bekam seine Mutter gar nicht mit, dass er nicht mehr zur Schule ging, oder es war ihr gleichgültig. Als sich die Leute vom Sozialdienst nach ihm erkundigten, teilte sie ihnen unmissverständlich mit, sie sollten sich »verpissen« und dass es ihr gutes Recht sei, ihr Kind zu Hause zu unterrichten. Sie genoss es, jeden zu beleidigen, der ihr über den Weg lief.

Zudem bereitete es ihr ein gewisses perverses Vergnügen, auf die Rechte zu pochen, die ihr ihrer Ansicht nach zustanden, und sich der Illusion hinzugeben, sie hätte Macht über ebenjenen Regierungsapparat, der ihre Miete, ihre Lebensmittel und ihre Strom-, Gas- und Wasserrechnungen bezahlte. Was andere von ihr dachten, war ihr vollkommen egal.

Genauso egal war ihr, ob ihr Sohn irgendeine Art von Ausbildung bekam. Sie hatte jedenfalls nicht vor, ihre Zeit mit ihm zu vergeuden.

Schroeder war das nur recht. Er hatte nicht mehr gern mit anderen Menschen zu tun, und wenn er nicht arbeitete, zog er es vor, allein zu sein.

Er vertiefte sich in eine Welt der Bücher. Wann immer er sich von seiner Mutter fortstehlen konnte oder sie nach einem nächtlichen Besäufnis auf der Schlafcouch ihren Rausch ausschlief, las er einen Band nach dem anderen.

Als sich sein ruiniertes Leben auch nach einer Weile nicht zum Besseren wandte, wurde die Trauer über den Verlust seines Vaters zusehends von Vorwürfen überschattet, und auch seiner lausigen Karikatur von Mutter gab er eine Mitschuld an seinem Elend. Als endlich der Tag kam, an dem er heimlich genug Geld zusammengespart hatte, zog er aus.

Ihre Sauferei war unerträglich geworden. Der Alkohol hatte ihre Hirnzellen abgetötet und jegliche Überbleibsel fürsorglichen Mutterinstinkts zur Gänze ausgelöscht. Er klebte eine aus zwei Worten bestehende Nachricht auf eine halbvolle Wodkaflasche. Diese zwei Worte lauteten: »Fick dich.« Zumindest wusste er, dass sie sie finden würde.

Die nächsten zwei Jahre lang las er täglich die Tageszeitung von Hartford, bis er schließlich auf ihre Todesanzeige stieß. Danach warf er nie wieder einen Blick in irgendwelche Zeitungen.

Er wechselte von seiner privaten Welt der Bücher in die Welt der Computer und des Internets. Dort konnte er mit anderen kommunizieren, ohne sich Gedanken darüber machen zu müssen, dass jemandem sein Stottern auffiel, das er tagtäglich wieder unter Kontrolle zu bringen versuchte.

Im Internet fand er Gemeinschaft und eine Aufgabe. Außerdem eröffnete sich ihm mit dem Netz ein bemerkenswertes Ventil für seinen Zorn. Mit seiner überragenden Intelligenz, ohne die Aufsicht eines Erwachsenen und ohne den moralischen Kompass, der unter den Panzerketten des Lebens zermalmt worden war, wurde er rasch zu einem der führenden »Hacktivisten« im World Wide Web.

Einige Jahre beschäftigte er sich mit einfachen Hacks, ehe er sich an schwierigere Ziele wagte. Eine Zeit lang bereitete es ihm eine gewisse krankhafte Freude, die Presse ins Visier zu nehmen, doch nach einer Weile wurde selbst das langweilig. Schließlich fand er eine Herausforderung, die seines Intellekts und seiner Fähigkeiten würdig war: Das Hacken von Regierungs- und Militärnetzwerken überall auf der Welt.

Obgleich Schroeder sich in erster Linie auf Symbole der Macht konzentrierte, schreckte er nicht davor zurück, auch nichtstaatliche Organisationen und Wohltätigkeitsvereine zu hacken, die gegen sein vollkommen unausgeglichenes Gefühl für Richtig und Falsch verstießen. Besonders Organisationen, die er für reine »Fassade« hielt oder die ihren selbst gesteckten Zielen nicht gerecht wurden, erregten seinen Zorn. Er war ein ewiger, wütender Einzelgänger, der praktisch mit jedem ein Hühnchen zu rupfen hatte, vom Roten Kreuz bis hin zu Amnesty International. Als man ihn schließlich identifizierte und aufspürte, war er der perfekte Kandidat für ATS.

Schroeder hatte nicht nur das Gefühl, schlauer als alle anderen zu sein – er *wusste*, dass dem so war. Nichts verabscheute er mehr als dumme Menschen, und soweit es ihn betraf, war praktisch jeder, dem er begegnete, dumm. Auf seine eigene Art war er durch und durch elitär – ein Wesenszug, den Craig Middleton an ihm nicht bloß besonders schätzte, sondern sich auch nach besten Kräften zunutze machte.

Je mehr Autorität man ihm zugestand, desto mehr wollte Schroeder haben. Middleton hatte ihm langsam, nach und nach, immer mehr Macht gegeben, um zu sehen, was er damit anfing.

Obgleich er es zu verbergen versuchte, verzehrte er sich nach Macht wie nach einer Droge und war bereit, alles zu tun, um noch mehr davon zu bekommen. Er war unglaublich intelligent, doch soweit Middleton das zu sagen vermochte, hatte er nicht einen Funken Courage im Leib. Im Grunde seines Wesens war Schroeder ein Feigling. Er wollte Macht, die er dazu einsetzen konnte, andere zu bestrafen, um sich selbst dadurch besser zu fühlen. Der Mann war ein Sadist. Es bereitete ihm Vergnügen, anderen Menschen Schmerzen zuzufügen. Er war ein Schwächling, und hinter seinem Rücken nannte Middleton ihn Renfield, wie den verräterischen Sterblichen, der in Bram Stokers Roman Graf Dracula dient.

Einst hegte Middleton große Hoffnungen, dass Schroeder im Unternehmen eines Tages auf einen bedeutenden Posten aufsteigen würde, doch nachdem er jahrelang erfolglos versucht hatte, Schroeder Führungsqualitäten zu vermitteln, hatte er diese Hoffnung aufgegeben. Schroeder besaß nur sehr wenig Sozialkompetenz und kam – wie viele seines Schlages – wesentlich besser mit Computern zurecht. Es mangelte ihm an Mitgefühl, und schlimmer noch, er schien nicht einmal imstande zu sein, Anteilnahme glaubwürdig zu heucheln.

Middleton hatte sich mit der Tatsache abgefunden, dass Schroeder zwar außerordentlich fähig war, dass diese Fähigkeiten jedoch ihre Grenzen hatten. Diesem Umstand verdankte er auch den anderen Spitznamen, den Middleton für ihn hatte: Rain Man. Manchmal, wenn Middleton hinreichend genug angepisst war, zog er Schroeder damit auf, dass er in seinem Sessel vor und zurück wippte, während er ihn mit Zitaten aus dem Film anbrüllte. Und da Schroeders Stottern noch immer hin und wieder sein hässliches Haupt emporreckte, bereitete Middleton der Satz »I-ich b-b-bin ein a-a-ausgezeichneter F-Fahrer« ganz besondere Freude.

Schroeder begrub diese Demütigung zusammen mit den übrigen und fügte seiner langen, beständig wachsenden Liste einen neuen Eintrag hinzu.

Als er sich jetzt aus Carltons Skype-Account ausloggte, blickte Schroeder zu seinem Boss auf und fragte: »Denken Sie, er argwöhnt etwas?«

»Natürlich nicht. Warum zum Teufel sollte er?«

»Weil Typen wie er dafür bezahlt werden, argwöhnisch zu sein.«

»Wir werden alle dafür bezahlt, argwöhnisch zu sein. Gewöhnen Sie sich daran. So verdienen wir unser Geld.«

»Ja, aber …«, begann Schroeder.

»Hören Sie auf, sich darüber Gedanken zu machen«, unterbrach Middleton ihn. »Sie haben sein Benutzerkonto isoliert, sodass ihn niemand darüber kontaktieren kann, richtig?«

»Ja.«

»Gut. Also, was haben Sie über seinen zwergenhaften Datenzauberer? Den Gnom oder wie zum Geier der kleine Scheißer genannt wird.«

Was für ein Trottel, dachte Schroeder. *Er kann sich nicht einmal einen einfachen Codenamen merken.* »Man nennt ihn den *Troll*«, korrigierte Schroeder. »Und ich habe keinerlei Informationen über ihn. Er ist ein absolut unbeschriebenes Blatt.«

»Dies ist das 21. Jahrhundert, und Sie arbeiten geradewegs in einem seiner Machtzentren. So etwas wie ein *unbeschriebenes Blatt* gibt es nicht.«

»Das weiß ich. Ich bin dran.«

»Nun, dann knien Sie sich gefälligst mehr rein. Leute fliehen, aber verstecken können sie sich nicht. Was ist mit dem Bericht dieses Gerichtsmediziners, auf den wir gewartet haben?«

»Noch liegt nichts vor«, sagte der junge Mann. »Nach einem Feuer – und besonders nach einem üblen, wie diesem – dauert es länger, jemanden zu identifizieren. Keine Sorge, der Bericht landet noch früh genug auf Ihrem Server, und sobald es so weit ist, haben wir ihn.«

»Ich will ihn haben, *bevor* er auf dem Server ist. Verstanden?«

Schroeder verspürte den Drang, seinen Boss als *Arschloch* zu titulieren oder sich einen Bleistift zu schnappen und ihn Middleton ins Auge zu rammen, doch die Vernunftperson in ihm beließ es bei einer angemesseneren Erwiderung. »Ich schicke Ihnen den Bericht rüber, sobald er verfügbar ist.«

»Gut«, sagte Middleton und stand auf. »Wie lange noch, bis wir Harvaths aktuellen Aufenthaltsort kennen?«

Schroeder warf einen Blick auf den Monitor. »Die Suche läuft«, sagte er und studierte eine Karte, auf der sämtliche Server angezeigt wurden, über die die Skype-Verbindung umgeleitet worden war. »Sieht aus, als wäre er in Bulgarien. Nein, Moment. Vergessen Sie das. Bulgarien ist es nicht.«

Middleton wurde allmählich ungeduldig. »Wo zur Hölle steckt er?«

»Ich habe ihn fast. Noch eine Sekunde. Sieht aus wie … *Hab ihn.* Spanien.«

»Spanien? Sind Sie sicher?«

»Ja«, sagte Schroeder. »In der Nähe eines Ortes namens Ezkutatu.«

»Noch nie gehört.«

»Das ist im Baskenland. In den Pyrenäen.«

»Geben Sie mir alles auf meinen Bildschirm«, wies Middleton ihn an, während er die Tür öffnete und sich anschickte, in den Korridor hinauszutreten. Auf halbem Wege nach draußen hielt er inne und drehte sich noch einmal um. »Das hätte ich fast vergessen«, sagte er. »Wegen dieser Daten, die Caroline Romero gestohlen hat …«

»Was ist damit?«

»Wussten Sie, dass sie eine Schwester hat?«

Schroeder schaute von seinem Computer auf. »Eine *Schwester*?«

»Rede ich vielleicht Chinesisch, Idiot? Ja, eine *Schwester*«, erklärte er und zog das Wort in die Länge, als sei Schroeder schwachsinnig. »Um genau zu sein, eine Halbschwester. Dieselbe Mutter, ein anderer Vater.«

»Sie hat sie nie erwähnt.«

»Ach tatsächlich?«, entgegnete Middleton. »Kam das nie zur Sprache, wenn Sie beide shoppen waren oder sich die Nägel machen ließen?«

Schroeder steckte die Beleidigung weg, machte sich eine weitere schroffe Notiz in seiner emotionalen Liste und antwortete ein wenig sarkastischer als gewöhnlich: »Ihnen ist doch bewusst, dass wir nie dahintergekommen wären, was Caroline treibt, wenn ich nicht mit ihr befreundet gewesen wäre, oder?«

Middleton lachte ihm ins Gesicht. »Schwachsinn. Wie jeder andere Kerl hier wollten auch Sie ihr bloß an die Wäsche. Sie haben das nicht über sie rausgefunden, weil Sie ihr Freund waren. Sie haben es rausgefunden, weil Sie ihr nachgestellt und in allem rumgeschnüffelt haben, was sie tat.«

»Ich habe ihr nicht nachgestellt. Sie war nett zu mir.«

»Sie sind ein verfluchter Trottel, wissen Sie das? Sie war nur nett zu Ihnen, weil Sie für *mich* arbeiten, Schwachkopf. So was nennen Frauen ihres Schlages Arbeitsplatzsicherung. Googeln Sie's. Und wenn Sie schon mal dabei sind, schauen Sie auch gleich mal nach, was *strategische Allianz* bedeutet. Sie sind ein verdammter Eunuch. Gott hat Ihnen keine Eier gegeben, sondern ein Paar verschrumpelte Rosinen. Sie hätten sie nicht einmal von selbst angesprochen, wenn ich Ihnen nicht befohlen hätte, es zu tun. Und selbst da vermutete sie vermutlich bereits, dass wir ihr auf die Schliche gekommen sind. Gott allein weiß, wie viele Informationen sie Ihnen während Ihrer *Freundschaft* unwissentlich aus der Nase gezogen hat.«

Schroeder war empört und kämpfte darum, die Beherrschung zu wahren. »Ich … ich … ich …«, stammelte er.

»*Sie-Sie-Sie* was?«, höhnte Middleton. »Raus damit.«

Der junge Mann spürte, wie ihm die Röte in die Wangen stieg, und ballte die Fäuste; seine Fingernägel gruben sich in seine Handflächen. Er musste einmal tief Atem holen. »Ich habe ihr n-n-n-*nichts* verraten. Und d-d-damit Sie's wissen: Ich wollte ihr n-n-nie *a-a-an die W-W-Wäsche*. Sie-sie-sie war nicht mein Typ.«

Middleton lachte noch lauter. »Entweder sind Sie ein Schwachkopf oder ein Lügner. Sie war *jedermanns* Typ. Um ehrlich zu sein, denke ich, dass ihr Knackarsch Sie ganz vergessen ließ, wer Ihre Brötchen bezahlt.«

»Nein, das habe ich n-n-nicht v-v-vergessen.«

»Könnte dieser Idiot Puder einen USB-Stick von einer

verfluchten Kaffeetasse unterscheiden, hätte ich *ihm* diesen Auftrag erteilt. Aber er weiß einen Scheißdreck über das, was wir hier tun, deshalb habe ich Sie darum gebeten, die Sache zu erledigen – was sich als Fehler erwiesen hat.«

»Das Ganze w-w-war nicht m-meine Sch-Sch-Schuld …«

»Hören Sie auf zu stottern«, schnappte Middleton.

»Dann hören S-S-Sie auf, mich n-n-nachzuäffen«, entgegnete Schroeder. »Das m-m-macht es nur n-n-noch sch-sch-schlimmer.«

Middleton sah ihm in die Augen und starrte ihn frostig an. »Was es noch schlimmer macht, ist, dass ich Ihnen nicht vertrauen kann.«

»Das stimmt nicht. I-I-Ich war Ihnen gegenüber immer loyal.«

»Das will ich Ihnen auch geraten haben.«

»Ich h-h-habe mich voll in diese Sache r-r-reingekniet.«

»Und trotzdem wussten Sie immer noch nichts von ihrer Schwester.«

Schroeder wandte den Blick ab und schaute zu seinem Monitor hinüber. »Irgendwann wäre ich selbst auf sie gestoßen.«

»Natürlich wären Sie das«, sagte der ältere Mann, und seine Stimme troff nur so vor Herablassung. »Wissen Sie was, Kurt? Sie haben nicht die geringste Ahnung, wie es ist, sich auf jemanden zu verlassen, bloß um ständig von ihm enttäuscht zu werden.«

Schroeder wusste nur allzu gut, was das für ein Gefühl war, und wünschte, sein Boss würde ihn einfach in Ruhe lassen, damit er sich wieder um seine Arbeit kümmern konnte. »W-W-Wollen Sie, dass ich Nachforschungen über die Schwester anstelle?«, bot er an, darauf erpicht, diese Unterhaltung so schnell wie möglich zu beenden.

»Halbschwester«, korrigierte Middleton. »Nein. *Ich* bin bereits an ihr dran. Sie sollten nur wissen, dass sie irgendwo da draußen ist und dass ich derjenige bin, der seine Zeit damit vergeuden muss, sie zu finden. Vielleicht spornt Sie das ja dazu an, ein bisschen härter zu arbeiten.«

Es gab lediglich eine Sache, die Kurt Schroeder dazu anspornen konnte, noch härter zu arbeiten, als er es ohnehin schon tat, doch welche das war, würde er Craig Middleton gegenüber nie im Leben preisgeben. Bevor er eine entsprechende Erwiderung über die Lippen brachte, hatte sein Boss allerdings bereits den Raum verlassen.

15

Craig Middleton kehrte in sein Büro zurück, schloss die Tür hinter sich und setzte sich an seinen Schreibtisch. Auf seinem Monitor wartete bereits die Datei mit Harvaths Koordinaten sowie eine stichworthafte Zusammenfassung weiterer, nebensächlicherer Informationen. Sich auf Daten einen Reim zu machen, sie zu analysieren und sie dazu zu bringen, zu ihm zu sprechen, war Middletons Gabe. Darin war er nicht einfach nur gut, sondern praktisch einzigartig. Es gab allenfalls eine Handvoll Leute auf Erden, die sich so meisterhaft auf das Sammeln, die Synthese und die Manipulation von Daten verstanden wie er. In der Welt der Daten und Informationen war er nicht bloß ein König, sondern eher so etwas wie ein Gott.

Middleton war schon sehr lange bei ATS. IBM erkannte sein Potenzial bereits in der Highschool und stellte ihm einen Blankoscheck fürs College und das anschließende Studium aus. Als er schließlich mit der Schule fertig war, arbeitete er in IBMs legendärer Fathom-Abteilung an streng geheimen, hochmodernen Projekten für die Regierung der Vereinigten Staaten.

Damals hieß es, IBM habe bei Fathom die größte Masse an Hirnschmalz seit dem Manhattan-Projekt zusammengebracht. Wie bei einer solch unglaublichen Anhäufung von Intellekt nicht anders zu erwarten, waren persönliche Marotten und Schrullen innerhalb der Abteilung gang und gäbe. Exzentrik und Genialität sind häufig zwei Seiten derselben Medaille.

Craig Middleton indes besaß ein Genie, das selbst seine bemerkenswerten Kollegen als beunruhigend empfanden. Sie arbeiteten hier an keinem einzigen Projekt, bei dem Middleton nicht aus dem Stand mindestens eine Möglichkeit einfiel, um es zu verbessern. Zudem hatte er keine Scheu, seinen Kollegen auf die Nase zu binden, was sie übersehen hatten oder wie sich selbst noch die kleinsten Faktoren optimieren ließen. Obgleich seine Vorschläge stets ihre Richtigkeit hatten, trug er sie auf seine gewohnt überhebliche Art und Weise vor und ging jedem auf die Nerven, der mit ihm zusammenarbeitete, selbst seinen Vorgesetzten.

Obgleich sie sich keine Gelegenheit entgehen ließen, ihn für sein rüdes, flegelhaftes Auftreten zu verunglimpfen, konnte man ihm seine Brillanz nicht absprechen, und selbst seine schärfsten Kritiker bei Fathom verwendeten Namen wie Einstein und da Vinci, wenn sie ihn beschrieben. Andere Namen, die dabei fielen, waren Hitler und Mao.

Schließlich sorgte Middletons rücksichtslose Ellbogenpersönlichkeit dafür, dass jede Brücke zwischen ihm und seinen Kollegen unwiderruflich verbrannt war, und IBM war gezwungen, ihn vor Fathom abzuschotten – oder besser gesagt, Fathom vor ihm. Stattdessen verfrachtete man Middleton in ein nagelneues Gebäude auf dem Firmengelände, gab ihm ein unbegrenztes Budget und ließ ihm die freie Wahl, woran er arbeiten wollte – allein. Das Projekt, für das er sich entschied, erschütterte IBM bis ins Mark.

In den 1930er Jahren begann International Business Machines eine Zusammenarbeit mit Adolf Hitler und den Nazis, um ihnen dabei zu helfen, in noch nie dagewesenem Umfang Daten über die Bevölkerung zu sammeln und auszuwerten. Dies war eine Tabu-Phase in der Geschichte der Firma, die IBM verzweifelt zu vergessen versuchte. Middleton jedoch war davon fasziniert, insbesondere davon, wie die Nazis diese Daten nutzten, um die Menschen zu überwachen und zu kontrollieren.

Mittels eines selbst entwickelten Systems von Lochkarten und Lochkarten-Sortiermaschinen unterstützte IBM die Nazis in jeder Phase der Hetzjagd und des letztlichen Völkermords an den Juden. Es begann mit dem Auswerten von Volkszählungsdaten, um Juden zu identifizieren und aus bestimmten Berufszweigen fernzuhalten, und führte schließlich dazu, die Wohnorte aller Juden und die Zahl ihrer Familienangehörigen zu bestimmen, damit man ihre Häuser zwangsräumen und sie in Ghettos sperren konnte.

Das Lochkartensystem wurde von einem Amerikaner in Washington, D.C., entwickelt, der Herman Hollerith hieß. Auf dem Höhepunkt des Dritten Reichs verpachtete, betrieb und wartete IBM zweitausend Sortiermaschinen überall in Deutschland und Tausende weitere im Nazibesetzten Europa, um allein in Deutschland jedes Jahr 1,5 Milliarden individuelle Lochkarten zu erstellen.

Praktisch jedes Konzentrationslager verfügte über sogenannte »Hollerith-Abteilungen«, die Gefangenendaten sammelten und auswerteten, die das gesamte Spektrum umfassten: von der Ankunft eines Gefangenen über die Sklavenarbeit, die er leisten musste, bis hin zu seinem Tod

Die Partnerschaft mit IBM half den Nazis dabei, eine ungemein effektive Tötungsmaschinerie aufzubauen, wesentlich »leistungsfähiger«, als wenn sie auf sich allein gestellt gewesen wären, und es gab keinen Aspekt ihrer Machenschaften, an dem IBM nicht in irgendeiner Form beteiligt war. Während Hitler sein Drittes Reich auszuweiten versuchte, lief bei den IBM-Verantwortlichen der Sabber angesichts der Aussicht darauf, sich einen noch größeren Marktanteil zu sichern.

Middleton, der die Unternehmenskultur von IBM kannte und wusste, dass nichts jemals gelöscht wurde – besonders keine Daten und Informationen, ganz gleich, wie belastend oder gefährlich sie waren –, verlangte Zugang zu allem, was sie über das Nazi-Programm hatten. IBM verweigerte sein Gesuch. Tatsächlich gingen sie sogar noch weiter und erklärten ihm, es würde keinerlei Material darüber existieren. Er wusste, dass sie logen, und forderte die gewünschten Informationen erneut an.

Als auch seine zweite Anfrage abgelehnt wurde, machte man ihm unmissverständlich klar, dass er die längste Zeit bei IBM gearbeitet hatte, wenn er sich noch ein einziges Mal nach dem Projekt erkundigte oder auch nur darüber sprach. Ende der Geschichte.

Als er begriff, dass sie nicht die Absicht hatten, ihm freiwillig Zugriff auf das Material zu gewähren, ersann er einen Plan, um es zu stehlen.

Nachdem eine gewisse Zeit verstrichen war, suchte er sich eine Reihe von Projekten aus, von denen er wusste, dass es IBM freuen würde, wenn er sich damit befasste, und begann, in seinem Privatlabor auf der anderen Seite des Geländes tatsächlich daran zu arbeiten. Was die Oberen bei IBM nicht wussten, war, dass er jedes dieser Projekte als Deckmantel gewählt hatte, um sich nach und nach weitere Informationen über das Genozid-Programm zu verschaffen und Kopien von allem anderswo zu verstauen.

Als seine Vorgesetzten schließlich durch einen dummen Zufall dahinterkamen, was er trieb, hatte Middleton bereits beträchtliche Fortschritte gemacht. Allein mithilfe simpler Mathematik und des rudimentären Computerequipments, das IBM und den Nazis zur damaligen Zeit zur Verfügung stand, hatte er ihr Völkermordprogramm komplett überarbeitet und verbessert.

Die detailverliebte Besessenheit, mit der er zu Werke gegangen war, übertraf jede Vorstellung. Studien über koordiniertere Zugfahrpläne und Waggonauslastung, über die Konstruktion und geeignete Ortswahl von Konzentrationslagern, die Möglichkeiten der Gefangenenselektierung, ihre Ermordung und die »Entsorgung« ihrer Leichen … Middletons Vision – ganz zu schweigen von seiner an Ehrerbietung grenzenden Bewunderung für das Prozedere – war schlichtweg abstoßend.

Seinen Berechnungen zufolge hatte IBM es vermasselt. Hitler und die Nazis hätten mindestens achtzig Prozent »produktiver« beim Ermorden der Juden und aller anderen sein können, die sie als Staatsfeinde betrachteten.

Als Middletons Nachforschungen publik wurden, feuerte man ihn nicht nur; zum ersten Mal in der Geschichte des Unternehmens wurden tatsächlich die Personalakten eines Angestellten verbrannt. Und dabei beließen sie es nicht. Nach seinem Rauswurf konfiszierten sie seinen Firmenausweis und seine Schlüssel und eskortierten ihn vom Firmengelände. Dann sammelten sie jeden Aktenordner, jeden Notizblock, jedes einzelne Buch und jeden Gegenstand in seinem Büro ein und verbrannten es ebenfalls. Middletons verärgerte Kollegen, die niemals etwas von seinen Forschungen erfuhren, waren nicht überrascht zu hören, dass man ihn schließlich hatte fallen lassen. Allerdings sollten sie nie erfahren, wie richtig sie damit lagen, ihn mit menschlichen Ungeheuern wie Hitler und Mao zu vergleichen.

Unbeabsichtigt hatte IBM Middleton dabei geholfen, eine Büchse zu öffnen, die niemals hätte geöffnet werden dürfen. Jetzt war der Dschinn – wenn man es mit solch harmlosen Begriffen umschreiben konnte – aus der Flasche. Middleton hatte seine Bestimmung gefunden.

In der Folge arbeitete er für mehrere Konkurrenten von IBM, bevor er schließlich bei Equifax landete, der ältesten Wirtschaftsauskunftei des Landes. Hier war er in seinem Element; er schwamm förmlich in Daten und lernte, wie er sie am besten nutzen konnte.

Er rief eine Abteilung ins Leben, die Verbraucherinformationen sammelte, analysierte und sie Regierungen und Strafverfolgungsbehörden zur Verfügung stellte. Das machte ihn zu einer ausgesprochen reichen und mächtigen Führungskraft von Equifax. Nach einer Weile wurde die Abteilung als eigenes Unternehmen namens ChoicePoint ausgegliedert, als Datensammelfirma, die sich selbst als »privaten Nachrichtendienst« verstand und mit den gewonnenen Daten bei Regierungen und in der Privatwirtschaft hausieren ging. Doch so gut die Geschäfte auch liefen: Middleton genügte das nicht. Nicht einmal Equifax und ChoicePoint boten ihm einen angemessen einflussreichen Ausgangspunkt für das, was er vorhatte.

Es dauerte nicht lange, bis die Chefetage von ATS auf seine Talente aufmerksam wurde. Und selbst wenn sie ihm bloß ein symbolisches Gehalt von einem Dollar pro Jahr angeboten hätten, hätte er sich diese Chance nicht entgehen lassen. Er erkannte, welches ungeheure Potenzial das Unternehmen besaß. Außerdem wurde ihm rasch klar, dass sie nicht ohne gewisse Hintergedanken an ihn herangetreten waren.

Gegen Ende der Sicherheitsüberprüfung erkundigte sich eines der Vorstandsmitglieder nach seiner Arbeit an dem Nazi-Programm, dessen wegen man ihn bei IBM gefeuert hatte. Middleton hatte keine Ahnung, woher sie ihre Informationen hatten, aber sie waren ungeheuer gut im Bilde.

Obwohl Middleton ihre Fragen ehrlich beantwortete, hielt er sich mit gewissen Informationen zurück – zumindest, bis er erkannte, dass sie das, was er getan hatte, nicht verurteilten. In diesem Moment wurde ihm bewusst, wie gut sie zueinanderpassten.

ATS brauchte einen Mann wie ihn, um die Operationen der Firma zu leiten, und er war klug genug zu erkennen, dass sich ihm hier eine Gelegenheit bot, wie man sie nur einmal im Leben bekam. Bis dahin hatte er nicht einmal gewusst, dass es ATS überhaupt gab, doch sobald er den Umfang und das Ausmaß dessen begriff, was sie geschaffen hatten, wurde ihm klar, dass das genau die Plattform war, von der er geträumt hatte.

Die Ausbildung, die er bei IBM genossen hatte, war nichts verglichen mit dem, was man ihm von dem Moment an beibrachte, als er bei ATS zu arbeiten begann. Es war, als stünden die Türen zu den Geheimarchiven des Vatikans mit einem Mal sperrangelweit offen. Es gab keinen einzigen prominenten Amerikaner, über den ATS kein Dossier führte. Die Informationsflut, auf die das Unternehmen Zugriff hatte, war überwältigend.

Als er sich danach erkundigte, warum sie bloß Akten über prominente US-Bürger und nicht über jeden hatten, nahm seine Initiation in die tiefsten, dunkelsten Kreise von ATS ihren Anfang.

Tatsächlich hatte ATS die Absicht, Daten über jeden einzelnen Amerikaner zu sammeln. Das war einer der Hauptgründe dafür, warum man ihn an Bord geholt hatte. Ihnen gefiel die Arbeit, die er bislang geleistet hatte, einschließlich der Nachforschungen, die dazu führten, dass IBM ihn auf die Straße gesetzt hatte.

Sie glaubten, dass das Konzept des Nationalstaats früher oder später zum Scheitern verurteilt war, und sie waren entschlossen, ihren Beitrag dazu zu leisten. Sie glaubten daran, dass Daten Macht bedeuteten. Je mehr sie sammelten, desto mächtiger würden sie werden. Letzten Endes bestand ihr Ziel darin, eine Akte über jedes einzelne menschliche Wesen auf dem Planeten zusammenzustellen, nicht bloß über jeden Amerikaner.

Momentan lag ihr Hauptaugenmerk noch auf den Vereinigten Staaten, aber längst gab es keinen einzigen Einflussbereich mehr im Land, den ATS nicht auf die eine oder andere Weise kontrollierte. Wer gewählt wurde, welche Gesetze verabschiedet wurden, welche Urteile in den Gerichten fielen, die Entwicklung am Aktienmarkt, Rohstoffpreise, gegen wen die USA in den Krieg zogen und warum, der Aufstieg und Fall forscher Stimmen quer durch das politische Spektrum, die Reform dessen, was amerikanischen Kindern in der Schule beigebracht wurde… ATS hatte seine Finger sogar in manchen Religionsgemeinschaften und nahm Einfluss auf das, was in vielen Kirchen gepredigt wurde. Man hatte eine klare, bemerkenswerte Vision von einer neuen Welt und konzentrierte sich mit absoluter Präzision darauf, diese Welt herbeizuführen. Und je größer die technischen Fortschritte waren, die sie machten, desto mehr waren sie in der Lage, das Land so umzugestalten, wie es ihrer Meinung nach sein sollte, und bald darauf die Welt.

Es war, als ginge man in völliger Dunkelheit durch sein Haus; man glaubte zu wissen, wo die ganzen Möbel standen, und dann machte jemand das Licht an, um einem zu zeigen, dass alles – jeder einzelne Gegenstand – sich ganz woanders befand. Middleton war wie ein Schlafwandler durch sein gesamtes Erwachsenenleben gegangen. Erst ATS hatte ihm die Augen geöffnet. Das Ausmaß seiner Selbsttäuschung war so bemerkenswert, so komplett, so vollkommen, dass sich selbst ein Mann wie Craig Middleton außerstande sah, die richtigen Worte dafür zu finden. Doch jetzt endlich *sah* er. Bei ATS stand ihm alles zur Verfügung, was er wollte, alles, was er sich je ausgemalt hatte. Er war zu Hause.

Obgleich er im Bereich des Sammelns und Auswertens von Druckmittel-Daten bereits zu den Besten seines Fachs gehörte, halfen seine ATS-Mentoren ihm dabei, seine Fertigkeiten noch zu verbessern, und brachten ihm viele Dinge bei, die er niemals für möglich gehalten hätte, besonders, wenn es darum ging, laufende Operationen zu beeinflussen. Sie zeigten ihm, wie man sich mächtige Persönlichkeiten gefügig macht und dafür sorgt, dass sie es bleiben.

Eins von Middletons ersten und ausgeklügeltsten Projekten bei ATS war die Entwicklung eines Softwareprogramms, das bei der Suche nach Individuen half, die sich durch gewisse Druckmittel für die Zwecke der Firma einspannen ließen. Nicht unähnlich dem Programm, das sie Steuerschätzern verkauften, das ständig Satellitenaufnahmen von nicht genehmigten Wohnhausverbesserungen auswertete, hatte Middleton ein Vergleichsprogramm für Regierungs-, Geheimdienst- und Militärdaten ausgetüftelt. Das Programm suchte nach Widersprüchlichkeiten, nach Gegensätzen, nach Lücken in Personalakten, nach Feh lern bei Besprechungen und in Berichten. Fand es welche, markierte das System den Fall und versuchte dann, das Problem zu entschlüsseln und zu thematisieren.

Genau dieses System hatte Middleton auf den Mann aufmerksam gemacht, den er jetzt anrief.

Middleton nahm den Hörer seines abhörsicheren Telefons ab, schob eine Kryptokarte in den Schlitz und wählte.

»Wissen Sie eigentlich, wie spät es ist?«, sagte der Mann, der am anderen Ende der Leitung an den Apparat ging.

»Wir haben Ihren entlaufenen Hund gefunden«, entgegnete Middleton. Er warf einen weiteren Blick auf die Informationen über Harvath auf seinem Monitor und verschickte die Datei dann per E-Mail. Es scherte ihn nicht, wie sicher das Telefonnetz war. Sofern er sich nicht in einem komplett gesicherten Umfeld befand und die Person, mit der er sprach, ihm direkt gegenübersaß, sprach er stets in Codes. »Ich habe Ihnen gerade die Daten geschickt.«

»Ich sehe sie mir morgen früh an.«

»Wir haben bereits morgen. Schauen Sie sie sich an.«

»Bleiben Sie dran«, sagte der andere Mann, stand auf und ging runter in sein Arbeitszimmer. Dort schaltete er seinen Computer ein und wartete, während er hochfuhr. Als es schließlich so weit war, öffnete er die E-Mail, las die relevanten Fakten und nahm dann wieder den Telefonhörer zur Hand. »Wurden diese Informationen alle bestätigt?«

»Sonst würde ich nicht anrufen. Gehen wir Kaffee trinken.« Das war ihr Code für ein persönliches Treffen.

»Das wird warten müssen«, gab die Stimme zurück. »Ich habe heute einiges auf dem Zettel.«

»Lassen Sie mich raten: Haben Sie Frau und Geliebte im selben Restaurant zum Mittagessen eingeladen?«

»Scheren Sie sich zum Teufel.«

»Wir sehen uns in einer Stunde«, sagte Middleton und legte auf.

16

Als Middleton im Pentagon eintraf, wurde er bereits von Colonel Charles »Chuck« Bremmer erwartet.

Bremmer war Ende fünfzig und hatte kurz geschorenes grau meliertes Haar. Er war gute dreißig Zentimeter größer als Middleton und strahlte eine Aura von Tapferkeit und Integrität aus. Allerdings war diese Aura genauso falsch wie das Fluidum, das seine gesamte Karriere umgab.

Chuck Bremmer, außer Form und mit Hängebacken, war ein mittelmäßiger Soldat von überdurchschnittlicher Intelligenz, der in den Rang eines Colonels aufgestiegen war, ohne jemals an einem Kampfeinsatz teilgenommen zu haben. Er war das, was man im Militärjargon einen Schreibtischkrieger nannte. Er war ein Mann, der es in der Armee so weit gebracht hatte, indem er Ärsche leckte, statt sie zu treten. Der gefährlichste Einsatz, den der Mann je hatte, lag schon über zwanzig Jahre zurück; damals musste er nach Kuwait-Stadt – einen Monat nachdem die USA die irakischen Streitkräfte aus dem Land vertrieben hatten.

Während er den damaligen Lieutenant Bremmer zu einem Treffen chauffierte, erlitt sein Fahrer einen Herzinfarkt. Er verlor die Kontrolle über ihren Geländewagen, der daraufhin in eine kuwaitische Shisha-Bar donnerte und zwei Männer unter sich einklemmte. Das Ganze war ein schrecklicher Unfall, der durch Bremmers Reaktion nur noch verschlimmert wurde. Da der Benzintank bei dem

Crash aufgerissen war und Bremmer fürchtete, er würde explodieren, sprang er aus dem Wagen und brachte sich auf der anderen Straßenseite in Sicherheit, ohne seinen Fahrer mitzunehmen, den er damit faktisch zum Sterben verdammte.

Obgleich er sein Verhalten später mit der Behauptung zu entkräften versuchte, er habe nach dem Unfall unter Schock gestanden, war er in Wahrheit bloß feige. Gleichwohl, irgendwie wurde der protoreptilische Teil von Bremmers Gehirn von etwas anderem übermannt – seinem Ego. Ihm wurde klar, was für ein Narr er doch war. Schließlich war dies die perfekte Gelegenheit, um sich als Held zu beweisen.

Er eilte zurück in die Bar und bemühte sich, seinen Fahrer aus dem Wagen zu ziehen. Bedauerlicherweise war der Mann bereits tot. Das war der Moment, in dem Bremmer die an sich schon üble Situation noch verschlimmerte.

Da Bremmer nicht an das theatralische Gebaren vieler Männer des Mittleren Ostens gewöhnt war und kein Wort Arabisch verstand, deutete er das Schreien und Heulen der Kuwaiter, die verzweifelt versuchten, die beiden unter dem Geländewagen eingeklemmten Barbesucher zu befreien, vollkommen falsch. Seine Militäruniform und die Aura der Autorität, die ihn umgab, veranlassten sie dazu, ihn um Hilfe anzuflehen. Bremmer jedoch sah das anders. Für seinen unqualifizierten Verstand schien es, als würden sie ihm Vorwürfe machen; und die Männer, die jetzt von der Straße in die Bar strömten, um zu helfen, waren keine guten Samariter, sondern ein Lynchmob, der ihn vermutlich in Stücke gerissen hätte, wenn er nicht zuerst reagiert hätte. Und wie er reagierte!

Während die Menge wuchs und die Männer an seinen Ärmeln zerrten, in dem Bemühen, ihn dazu zu bringen, etwas zu unternehmen – *irgendetwas* –, zog Bremmer seine Pistole und feuerte nicht bloß einen, sondern vier »Warnschüsse« durch die Decke der Bar in die Wohnung darüber.

Panisch wichen alle Einheimischen zurück, einschließlich derer, die das Fahrzeug anzuheben versuchten, um die schwer verletzten Männer darunter wegzuziehen. Doch das war bloß von kurzer Dauer.

Wie bei einer Kernschmelze wurde die Menge mit einem Mal von loderndem Zorn erfüllt. Obgleich Bremmers erste Einschätzung des potenziellen Lynchmobs falsch gewesen war, bestand kein Zweifel daran, dass er es jetzt genau damit zu tun hatte. Die Leute wollten Blut sehen – *sein* Blut – und waren wild entschlossen, es zu vergießen.

Als einer der Männer mit einem abgebrochenen Stuhlbein auf ihn zukam, jagte ihm der Lieutenant, der nicht gerade ein guter Schütze war, zwei 9-mm-Kugeln direkt ins Herz, was den Kuwaiter auf der Stelle tötete.

Bremmer wartete nicht, bis der leblose Körper des Mannes auf dem Boden aufschlug; er wirbelte herum und rannte los.

Nach einem Block fühlte sich seine Lunge an, als stünde sie in Flammen. Nach noch einem Block glaubte er, sich übergeben zu müssen. Drei Blöcke weiter tat er es.

Als die erste Woge der Übelkeit abklang, ließ Bremmer den Blick über seine Umgebung schweifen, und etwas anderes ergriff von ihm Besitz: Panik. Er hatte nicht die geringste Ahnung, wo er sich befand. Auf der Fahrt zu dem Treffen war er mit den Gedanken woanders gewesen, und dem Grundriss der Stadt hatte er im Vorfeld auch nur begrenztes Interesse entgegengebracht. Jetzt hatte er sich vollkommen verirrt.

Er musste sich irgendwo verstecken, wo es sicher war,

und nachdenken. Er entschied sich für das erste Apartmenthaus, das er entdeckte, und nach mehreren Versuchen gelang es ihm schließlich, die Tür zum Hausflur einzutreten.

Das Gebäude war relativ klein, hatte nur zwei Wohnungen pro Stockwerk, und Bremmer stapfte die Treppen hoch aufs Dach. Er musste in Erfahrung bringen, wo zur Hölle er war.

Das Obergeschoss bestand aus einer einzigen Wohneinheit, einem bescheidenen Penthouse mit einem kleinen Dachgarten. Bremmer rammte mit der Schulter gegen die Tür und stieß sie weit auf; eine Frau und zwei kleine Kinder im Innern starrten ihn erschrocken an.

Bevor die Frau schreien konnte, richtete Bremmer seine Waffe auf ihr Gesicht und legte den Zeigefinger an seine Lippen. Seine Warnung hätte nicht deutlicher sein können. Die Frau zog ihre Kinder an sich, und Tränen rollten aus ihren Augen, aber sie gab keinen Laut von sich.

Bremmer deutete auf das Essen, das die Kinder gegessen hatten, bedeutete der Frau, alles einzusammeln, und dann schloss er die drei im Badezimmer ein.

In einer Vitrine im Wohnzimmer verbarg sich eine kleine Hausbar voller billiger Ableger amerikanischer Marken. Doch in diesem Moment war Lieutenant Bremmer nicht wählerisch. Um seine Nerven zu beruhigen, bediente er sich an einer Flasche, die eine vage Ähnlichkeit mit *Jack Daniel's* aufwies.

Er schraubte die Kappe ab, warf sie zu Boden und trat aufs Dach hinaus. Schlagartig sackte ihm das Herz in die Stiefel. Er konnte keinen einzigen eindeutigen Orientierungspunkt ausmachen. Er setzte die Flasche an die Lippen und nahm einen ordentlichen Schluck.

Das minderwertige Gesöff schmeckte abscheulich, aber

sofort begann sich die Wärme des Alkohols in seinem Körper auszubreiten. Er ließ dem ersten Zug noch zwei weitere folgen und warf die Flasche dann in einen Übertopf. Er konnte sich später besaufen. Im Augenblick kam es vor allem anderen darauf an, sich eine glaubwürdige Geschichte zurechtzulegen.

Bremmer ging alles, was passiert war, mehrmals in Gedanken durch. Da sein Fahrer tot war, gab es keinen Amerikaner, der seinem Bericht widersprechen würde. Die Einheimischen konnten sagen, was sie wollten – und er rechnete damit, dass sie das auch tun würden: Er wusste, wem von ihnen das Militär Glauben schenken würde. Das Entscheidende, damit alles funktionierte, war, so viel von der Wahrheit wie möglich zu erzählen. Wenn er das tat, würden die Einheimischen die Geschichte, die er spann, sogar unfreiwillig mit ihren Aussagen untermauern. Und seine Geschichte war wirklich spektakulär.

Als schließlich das Evakuierungsteam eintraf, um ihn abzuholen, war Bremmers Story wasserdicht und dabei so simpel, so genial, dass es sogar ihn selbst überraschte.

Das Militär schluckte seinen Bericht nicht nur; ihre Ermittlungen stützten ihn sogar noch. Bremmer erhielt sogar eine Belobigung. Alles hätte wunderbar geklappt, wäre da nicht eine Sache gewesen, sie sich nachträglich als ernstes Problem erwies: Einer der Männer, die der Geländewagen unter sich zerquetschte, war der Bruder eines lokalen CIA-Agenten, der bei seinem Vorgesetzten so viel Wirbel machte, dass der CIA-Regionsleiter von Kuwait-Stadt im Stillen seine eigenen Nachforschungen darüber anstellen ließ, was passiert war. Und wenn irgendein Vorfall es je verdient hatte, als *Riesenschlamassel* bezeichnet zu werden, dann war es dieser.

Als der Regionsleiter seine Erkenntnisse mit dem US-Oberkommando teilen wollte, machte man ihm ziemlich unmissverständlich deutlich, wohin er sich seinen Bericht schieben könne. Sie hatten ihre eigenen Ermittlungen durchgeführt und standen hinter dem Ergebnis. Der Regionsleiter hatte seine Befugnisse überschritten und musste seinerseits alle möglichen Schuldzuweisungen über sich ergehen lassen.

Wenn Bremmer nicht wollte, dass seine Karriere durch den Dreck gezogen wurde und vielleicht sogar wegen ein paar toter Kuwaiter ihr Ende fand, blieb ihm keine andere Wahl, als bei seiner Geschichte zu bleiben. Der CIA-Regionsleiter leitete seinen Bericht nach Langley weiter, zusammen mit der Empfehlung, in dieser Angelegenheit keine weiteren Schritte zu unternehmen. Als Folge davon *wurden* keine weiteren Schritte unternommen. Chuck Bremmer hatte nicht bloß seinen Kopf aus der Schlinge gezogen, sondern sich dabei auch noch eine Heldengeschichte zusammengeschustert, die jedes Mal, wenn sie jemand erzählte, unvermeidlicherweise noch ein bisschen spektakulärer wurde.

Er sonnte sich im Glanz einer Lüge, die ihm dabei geholfen hatte, die Erfolgsleiter zu erklimmen, und verschwendete keinen einzigen Gedanken daran, dass seine »Leistungen« womöglich eines Tages für null und nichtig erklärt werden würden. Das alles änderte sich an dem Tag, an dem Craig Middleton in sein Leben trat, mit viel mehr als nur der Wahrheit darüber bewaffnet, was in Kuwait-Stadt wirklich geschehen war. Middleton fuhr schwere Geschütze auf.

Längst glaubte Colonel Bremmer seinen eigenen Schwachsinn mehr als alle anderen und dachte wirklich, er könne dem Vertrauen, das seine Vorgesetzten fälschlicherweise in seine Fähigkeiten setzten, irgendwie gerecht werden. Während sein Ego explodierte, hatte er sich alle möglichen Verfehlungen erlaubt, von denen er fand, dass sie ihm zustanden, einschließlich außerehelicher Affären und Einflussnahme bei der Vergabe von Militäraufträgen, mit dem alleinigen Ziel, seine eigenen Taschen zu füllen.

Als Middleton auftauchte und das alles mit der Wucht einer Atombombe auf ihn einstürzen ließ, wusste Bremmer, dass er bloß zwei Möglichkeiten hatte: zu kooperieren – oder alles zu verlieren. Zwar mangelte es ihm gänzlich an Charakterstärke, doch Selbsterhaltungswillen hatte er mehr als genug. Er kuschte, und von da an hatte Middleton ihn in der Hand.

Als Middleton jetzt Bremmers Büro betrat, trug der Colonel, der nie im Voraus wusste, ob und wann er vielleicht ins Weiße Haus gerufen wurde, seine blaue Dienstuniform.

Middleton wies auf die Tür von Bremmers SCIF – oder Sensitive Compartmented Information Facility* – und sagte: »Sollen wir?«

Kein guten Morgen, kein nichts, dachte der Colonel bei sich, als er sich seinen Becher schnappte und aufstand. *Was für ein Arschloch.*

Sie gingen rüber zum SCIF, wo Bremmer seinen Zugangscode in das kleine Tastenfeld tippte. Als sich die Schlösser öffneten, zog er die Tür auf und winkte Middleton in den gesicherten Konferenzraum.

---

* Als *Sensitive Compartmented Information Facility* (SCIF) wird von den US-Sicherheitsbehörden jeder Bereich bezeichnet, in dem Quellen, Vorgehensweisen und vertrauliche Informationen gelagert, verwendet und erörtert werden; Anmerkung des Übersetzers.

Sobald die Tür geschlossen war, setzten sie ihre Unterhaltung an der Stelle fort, wo sie sie unterbrochen hatten. »Also, sind Sie sicher, dass diese Information über seinen Aufenthaltsort korrekt ist?«

Middleton zog sich einen der Ledersessel heran und nahm mit einer Selbstverständlichkeit Platz, als wäre er hier zu Hause. »Ich sagte Ihnen bereits, dass sie das ist.«

»Schön. Das Team braucht Zugriff auf irgendeine Art von Observation.«

»Sie kriegen alles, was ich Ihnen geben kann. Wie schnell können Ihre Jungs vor Ort sein?«

»Ich habe bereits ein Team in Lyon. Vorgestern Abend hat Harvath in Paris eine Fahrkarte für den Hochgeschwindigkeitszug gekauft.«

»Warum wurde ich darüber nicht informiert?«, fragte Middleton.

»Ich informiere Sie doch gerade darüber.«

»Nun, angesichts der Möglichkeiten, die mir zur Verfügung stehen, ist das ziemlich dämlich.«

»Das sind Profis«, sagte Bremmer, der den herablassenden Tonfall des anderen Mannes geflissentlich ignorierte. »Die wissen, was sie tun.«

»Suchen sie deshalb in Frankreich nach einem Kerl, der sich in Spanien aufhält?«

»Sie haben zwischenzeitlich einen anderen Auftrag erhalten. Gibt es sonst noch irgendwas?«

»Ja, gibt es. Warum habe ich von Ihnen noch keine Rückmeldung bezüglich Kurt Schroeder erhalten?«

»*Schroeder?* Meinen Sie damit den Jungen in Ihrem Büro?«

»Nein, den Jungen aus den *Peanuts*-Cartoons. *Natürlich* meine ich damit den Jungen in meinem Büro.«

Ein Zucken lief über Bremmers Wangen. Middleton war

ein unausstehlicher Scheißkerl. »Ich nehme an, Sie haben bislang noch nichts über ihn gehört, weil die Männer, die ihn beschatten, nichts gefunden haben.«

»Schwachsinn. Da muss es irgendwas geben. Ich weiß es.«

»Wenn Sie sich da so sicher sind«, sagte Bremmer, »sollten Sie ihm vielleicht seine Zugangskarte wegnehmen, bevor wir eine zweite Caroline Romero am Hals haben.«

Middleton dachte einen Moment lang über Caroline Romero nach, bevor seine Gedanken zu Schroeder zurückkehrten. »Er weiß zu viel, als dass ich ihn einfach vor die Tür setzen könnte.«

»Dann setzen wir seinen Namen mit auf die Liste. Werden Sie sich einfach darüber klar, was Sie wollen.«

Der Tonfall des Mannes gefiel Middleton nicht. »Ist das ein Befehl, Colonel?«

»Machen Sie daraus, was immer Sie wollen. Ich habe schon genug eigene Probleme, ohne mich auch noch mit Ihren herumschlagen zu müssen.«

»Hören Sie mir genau zu, Chuck: Meine Probleme sind auch *Ihre* Probleme. Das sollten Sie besser nicht vergessen. Dies ist eine Frage der nationalen Sicherheit. Die Namen auf dieser Liste repräsentieren die dringlichsten Gefahren für diese Nation. Wenn diese Sache nicht mit dem nötigen Fingerspitzengefühl gehandhabt wird, werden Leute dafür brennen, Sie eingeschlossen.«

»Ist das eine Drohung?«

»Denken Sie ernsthaft, ich würde einem waschechten Colonel drohen? Einem Sonderberater des Nationalen Sicherheitsrats? Selbstverständlich nicht. Nennen wir es lieber einen freundschaftlichen Rat zur Karriereplanung.«

»Ich werd's mir merken. Sonst noch was?«

»Bislang haben wir keine Bestätigung wegen des Portiers.« *Portier* war ihr Codename für Reed Carlton.

»Sie sind paranoid«, entgegnete Bremmer. »Sie haben die Bilder des Brandes gesehen. Er wurde knusprig gebraten. Das hätte niemand überleben können. Er ist tot. Vertrauen Sie mir.«

»Oh, ich vertraue Ihnen«, sagte Middleton. »Ihre *Männer* sind es, die mir Sorgen bereiten. Wir hätten richtige Agenten einsetzen sollen.«

»Im Grunde *sind* diese Typen richtige Agenten.«

»Von wegen. Das sind verfluchte Kriminelle. Auf dem Papier sah es vielleicht wie eine großartige Idee aus, heimlich Strafmilderung für sie zu erwirken, um sie aus dem Knast zu holen, damit sie sich Ihrem Killertrupp anschließen, aber bislang haben sie sich als ausgemachte Katastrophe erwiesen.«

Es scherte Bremmer nichts, dass Middleton sein Urteilsvermögen infrage stellte. »Wie ich Ihnen bereits sagte, ist die Welt der Sondereinsatzkräfte einfach zu klein. Wir konnten nicht einen ausgebildeten Agenten nach dem anderen hinschicken. Das Risiko, dass sie eine der Zielpersonen kennen und ihren Job nicht erledigen, war einfach zu groß. Es ist mir gleich, was wir ihnen gesagt haben, welcher Taten sie beschuldigt werden …

Aber das spielt ohnehin keine Rolle. Die Männer, die ich einsetze, haben eine *erstklassige* Ausbildung genossen, und Probieren geht bekanntlich über Studieren. Sie haben sich um Carlton und jeden seiner Leute auf der Liste gekümmert.«

»Um jeden bis auf Harvath«, korrigierte Middleton.

Der Colonel hatte nicht die Absicht, den fehlgeschlagenen Paris-Einsatz noch mal durchzukauen. Diese Debatte hatten sie bereits hinter sich. »Die Jungs werden auch Harvath erledigen.«

»Das hoffe ich für sie.«

Bremmer wechselte das Thema. »Übrigens warte ich immer noch darauf, dass Sie mir sagen, wo ich diesen Zwerg finde.«

»Das erfahren Sie noch früh genug.«

Der Colonel ließ Middleton nicht aus den Augen, als er seinen Kaffeebecher hob und einen Schluck nahm. Die Antipathie zwischen den beiden Männern war mit Händen zu greifen. Er setzte den Becher ab, ging zur Tür hinüber und deaktivierte den Verriegelungsmechanismus.

»Ich schätze, das war's dann«, sagte Middleton, während er sich von seinem Sessel erhob. »Halten Sie mich bezüglich Spanien auf dem Laufenden.«

Bremmer trat zurück und ließ den Mann vorbei. Gleichwohl, vor dem Verlassen des Raumes hielt Middleton noch einmal inne, und ein Lächeln huschte über seine Miene. »Wie ich höre, schlägt sich die Feldhockey-Mannschaft Ihrer Tochter dieses Jahr wirklich gut. Sie ist doch an der Fredericksburg Academy, oder nicht?«

Der frostige Blick des Colonels wurde noch eine Spur eisiger. »Halten Sie sich verdammt noch mal von meiner Familie fern!«, blaffte er, schlug die SCIF-Tür zu und schloss sich drinnen ein.

Das Lächeln auf Middletons Gesicht wurde noch breiter. Er liebte es, an Bremmers Fäden zu ziehen. Der Mann war wie eine Marionette und würde genau das tun, was ihm gesagt wurde. Er hatte entschieden zu viel zu verlieren, und Middleton wusste über jede noch so kleine Verfehlung seinerseits genauestens Bescheid. Erpressung war eine Kunstform, und Middleton war ein Meister seines Fachs.

Allerdings würde sich die wahre Kunst seines Handwerks erst bei dem offenbaren, was als Nächstes passieren würde. Die Carlton Group unschädlich zu machen war bloß der erste Schritt. Auf Amerika wartete ein Anschlag, wie es ihn noch nie zuvor erlebt hatte. Und wenn sich der Staub schließlich legte, würde nichts mehr so sein, wie es einst war.

17

Fairfax County
Nördliches Virginia

Reed Carlton war mit nicht viel mehr als einer grünen Barbour-Jacke, Wechselkleidung und einer Notfalltasche, die er in seinem Schlafzimmerschrank aufbewahrt hatte, aus seinem brennenden Haus geflohen. Die Tasche enthielt alles, was man brauchte, wenn es galt, rasch zu verschwinden: Bargeld, einen gefälschten Ausweis samt Kreditkarte, einen sauberen Laptop, einen verschlüsselten IronKey-USB-Stick, drei saubere Handys, Karten, einen Schalldämpfer und eine Les-Baer-1911-Pistole.

Carlton hielt sich von den Hauptstraßen fern und brauchte drei Stunden, um zu dem Lagerschuppen zu marschieren, in dem er einen grünen 1980er Jeep Cherokee mit zusätzlichen Vorräten untergestellt hatte. Die Nummernschilder führten zu einer Scheinfirma und endeten schließlich bei einem alternden Anwalt in einer kleinen Kanzlei in Richmond in einer Sackgasse.

Der Alte mied die Hauptverkehrsrouten und fuhr nach Nordwesten, Richtung Winchester. In der Kreisstadt, die auch die Shenandoah University beherbergte, gab es jede Menge preisgünstige Unterkünfte. Er entschied sich für ein Hotel mit Business-Center, checkte unter falschem Namen ein und machte sich an die Arbeit.

Das Internet war wie ein riesiger See, und die beste Methode, um nicht aufzufallen, bestand darin zu vermeiden, dass man unter die Oberfläche vordrang. Carlton wusste, dass es am besten war, sich einfach oben treiben zu lassen. Wenn er sich in die Fluten stürzte, würde er zusehends mehr Aufmerksamkeit erregen, je tiefer er tauchte, das hatten ihn Jahre der Erfahrung gelehrt.

Er begann damit, die Webseiten von Lokalzeitungen zu durchforsten. Er gab keine Suchbegriffe ein; stattdessen klickte er einfach auf Links, die ihn von einem Artikel zum nächsten führten, von einer Webseite zur anderen. Schließlich stieß er auf eine Meldung über das Feuer. Es war ein kurzer Bericht, in dem lediglich der Name der Stadt erwähnt wurden, und wie viele Löschzüge ausgerückt waren, um den Brand zu bekämpfen. Er brauchte aber mehr.

Am einfachsten wäre es gewesen, in seinem Büro anzurufen, doch ein solches Risiko wäre bloß ein Amateur eingegangen. Wer immer es geschafft hatte, sein Sicherheitsteam auszuschalten, ihn in seinem eigenen Schutzraum einzusperren und die Alarm- und Sprinklersysteme zu deaktivieren, würde zweifellos alles überwachen, das irgendwie mit ihm zu tun hatte, bis sie die Bestätigung dafür erhielten, dass er tot war. Und sobald sie erfuhren, dass er nicht in den Flammen umgekommen war, würde sich die Schlinge noch um einiges enger ziehen. Fürs Erste hatte er den Vorteil, dass niemand wusste, dass er noch lebte, und diesen Vorteil musste er nach besten Kräften nutzen.

Er loggte sich aus dem Computer im Business-Center aus, goss sich in der Lobby noch eine Tasse Kaffee ein und ging raus zu seinem Jeep. Er fuhr auf der I-81 nach Süden, bis er eine Autobahnraststätte fand, an der rege Betriebsamkeit herrschte, und bog auf den Parkplatz.

Nachdem er vollgetankt hatte, parkte er und betrat das Restaurant, wo er sich an einen kleinen Tisch setzte und Frühstück bestellte. Während er darauf wartete, dass man ihm sein Essen brachte, fuhr er seinen Laptop hoch und schob den verschlüsselten IronKey-Stick hinein. Die Rasanz, mit der sich die Technik weiterentwickelte, erstaunte ihn immer wieder. Der USB-Stick war ein ganz gewöhnliches Gerät, für jeden frei käuflich, hatte aber eine 256-Bit-Verschlüsselung und einen Selbstzerstörungsmechanismus, der aktiviert wurde, wenn das Passwort zehnmal falsch eingegeben wurde. *Einfach erstaunlich.*

Carlton rief eine mit dem Vermerk »Autoclub« versehene Liste von Handynummern auf und versuchte, sich darüber klar zu werden, mit welchem seiner Leute er sich als Erstes in Verbindung setzen sollte. Er entschied sich für Frank Coyne, einen ehemaligen Delta-Force-Stabsfeldwebel. Coyne war ein Ausnahmetalent beim Sammeln von Informationen und hatte unter ihm bei der CIA gearbeitet, bevor die Carlton Group ihn abwarb. Carlton holte eins der sauberen Handys aus seiner Notfalltasche hervor, schaltete es ein und wählte die Festnetznummer des Mannes.

Das Telefon klingelte, aber Coyne ging nicht ran, und Carlton landete beim Anrufbeantworter. Gut möglich, dass Coyne eingehende Anrufe checkte und nicht an den Apparat ging, wenn er die Nummer nicht kannte. Der Alte machte sich nicht die Mühe, eine Nachricht zu hinterlassen.

Er öffnete das SMS-Fenster seines Handys und tippte eine kurze Textbotschaft – *Blau#* –, um Coyne wissen zu lassen, dass er ihn anrufen würde und er dann rangehen solle. Er wartete zwei Minuten und wählte erneut. Es klingelte mehrere Male, bevor sich wieder der Anrufbeantworter meldete. Carlton unterbrach die Verbindung und wandte sich wieder seiner Liste zu.

Er versuchte es bei einem anderen Mitarbeiter namens Douglas – mit demselben Resultat: Er reagierte weder auf dem Festnetz noch übers Handy. Damit war er schon der Zweite, und in Carltons Magengrube begann sich ein ungutes Gefühl breitzumachen. Erst hatte ihn irgendjemand ins Visier genommen, und jetzt konnte er zwei seiner Spitzenleute nicht erreichen. Er beschloss, aufs Ganze zu gehen.

Ein LZ – oder Lebenszeichen – war etwas, das bei Entführungen als Voraussetzung für die Zahlung von Lösegeld galt. Carlton hatte seine Leute darauf trainiert, diesen Begriff zu verwenden, ihn jedoch so getarnt, dass seine wahre Bedeutung nur für Eingeweihte offensichtlich war. Jetzt ging er seine Liste durch und schickte seinen Leuten die Sammelnachricht: *Ertragsbericht: Blue Petroleum, Oil & Lubricant*. Das war gleichermaßen eine Warnung vor einer unmittelbar drohenden Gefahr als auch die Aufforderung an die anderen, sich bei ihm über das Handy zu melden, das er benutzte.

Eigentlich hätte das Telefon sofort vor eingehenden SMS-Nachrichten vibrieren müssen. Doch keine einzige SMS kam; nicht einmal von Scott Harvath, der sich zwar in Übersee befand, sein Handy jedoch rund um die Uhr bei sich trug, und das an sieben Tagen die Woche.

Carlton wechselte zum kostenlosen WLAN der Raststätte und aktivierte die gesicherte Webbrowser-Funktion des USB-Sticks. Er verwendete das anonyme Tor-Netzwerk – auch bekannt als Zwiebelrouter –, um seinen Standort zu verbergen, und wurde über etliche Server weltweit umgeleitet, bevor er schließlich dort landete, wo er hinwollte: bei Skype.

Carlton gab seinen Namen und sein Passwort ein und drückte dann auf den Anmelde-Button. Auf dem Bildschirm erschien eine Nachricht: *Anmeldung nicht möglich. Falsches Passwort.* Er versuchte es noch zwei weitere Male, bevor er zu dem Schluss gelangte, dass das kein Zufall war. Irgendjemand hatte ihn ausgesperrt und verweigerte ihm den Zugriff auf sein Benutzerkonto. Abgesehen von seinen wichtigsten Leuten wusste niemand von seinem Skype-Account oder davon, dass er in erster Linie auf diesem Wege mit seinen Agenten kommunizierte. Das bedeutete, dass seine Firma bis in die höchsten Ebenen infiltriert worden war.

Es gab nur einen einzigen Grund dafür, ihn von Skype auszusperren: Jemand wollte das Hauptkommunikationsmittel des Teams lahmlegen, um zu verhindern, dass sie miteinander in Verbindung traten. Und der Umstand, dass keiner seiner Leute auf seine Anrufe und SMS reagierte, verriet ihm, dass dieser Jemand sie alle isolieren wollte, um sie ausschalten zu können. Offensichtlich war dies eine »Nacht der langen Messer«, und Carlton musste vom Schlimmsten ausgehen.

Gleichwohl, mit dem Schlimmsten rechnete er ohnehin immer. Er hatte nie nur einen Plan B, sondern auch noch die Pläne C und D. Carlton surfte zu einer Reihe bestimmter Internet-Datingseiten und hinterließ Nachrichten für seine Leute, für alle Fälle.

Nachdem er seinen Computer ausgeschaltet hatte, bezahlte er seine Rechnung und folgte zwei Truckern auf die Herrentoilette. Im Pissoir spielte er den gesprächigen Rentner, um in Erfahrung zu bringen, in welche Richtung die Männer fuhren, was für Laster sie fuhren und wohin sie ihre Fracht bringen mussten. Sobald er diese Informationen hatte, war der Rest bloß noch ein Kinderspiel.

Mit wem auch immer er es zu tun hatte, derjenige wusste genau, was er tat. Es würde nicht lange dauern, bis sie seine Position zu dieser Raststätte zurückverfolgten. Ob dies mittels seiner Versuche geschah, auf seinen Skype-Account zuzugreifen, oder über das Handy, spielte keine Rolle. Er hatte nicht die Absicht, sich einzureden, dass er in Sicherheit war. Er musste sich mehr Zeit verschaffen oder seine Verfolger zumindest für eine Weile auf eine falsche Fährte locken.

Er suchte das Gespann, das der Mann fuhr, der unterwegs nach Bakersfield war, verstaute das Handy in einem Schnellverschluss-Plastikbeutel und klebte den Beutel mit Klebeband fest und sicher unter den Auflieger. Bis das Handy entdeckt wurde oder der Akku leer war, würde das Telefon eine digitale Spur hinter sich herziehen, die seine Verfolger hoffentlich in eine vollkommen andere Richtung lotsen würde.

Nachdem er in sein Hotel in Winchester zurückgekehrt war, saß Carlton den Rest des Tages bis in den Abend hinein am Computer im Business-Center und sprang wie zuvor von einem Link zum anderen. Doch statt nach Einzelheiten über das Attentat auf sich zu suchen, hielt er nach Meldungen Ausschau, in denen es vielleicht um Anschläge oder »Unfälle« ging, in die seine Mitarbeiter verstrickt waren. Er war zutiefst bestürzt, tatsächlich mehrere entsprechende Einträge zu finden, einschließlich einer Meldung über eine tödliche Schießerei in Paris. Zwar wurden in der Meldung keine Namen genannt, doch es konnte sich dabei nur um Harvath und die Delta-Force-Agentin handeln, mit der er sich dort treffen sollte, Riley Turner.

Alles, was Carlton aufgebaut hatte, lag in Trümmern: Man hatte ihm seine Operationsbasis genommen und ihm damit praktisch das Genick gebrochen. Eigentlich hätte er froh sein müssen, noch am Leben zu sein, aber das war er nicht. Der Gedanke daran, so viele gute Einsatzkräfte verloren zu haben, von denen viele für ihn quasi zur Familie gehörten, machte ihm schwer zu schaffen. Außerdem war er wütend, und diese Wut verwandelte sich zusehends in lodernden Zorn. Mit diesem Gefühl war er nur allzu vertraut, und er wusste, dass es ihn nicht bloß beherrschen, sondern *verschlingen* würde, wenn er es nicht schaffte, es zu kontrollieren. Er war zu alt und zu erfahren, um zuzulassen, dass seine Gefühle seine Objektivität beeinträchtigten und sein Handeln bestimmten. Er musste kühl und berechnend an die Sache herangehen; so kühl und berechnend, wie er es immer tat, wenn nicht noch mehr.

Er ging auf sein Zimmer, duschte, rasierte sich, zog die schweren, lichtundurchlässigen Vorhänge zu und streckte sich auf seinem Bett aus. Seit seiner Flucht aus den Flammen hatte er nicht mehr geschlafen. Er musste sich ausruhen.

Er war erschöpft, und es dauerte nicht lange, bis er einschlief. Doch selbst im Schlaf arbeitete sein Unterbewusstsein weiter, in dem Versuch, Antworten zu finden; in dem Versuch, sich darüber klar zu werden, was als Nächstes zu tun war.

Als er wieder erwachte, war es kurz nach vier Uhr morgens. Zwar fühlte er sich noch müder als vor dem Zubettgehen, aber zumindest hatte er jetzt etwas, das ihm zuvor gefehlt hatte. Er hatte einen Plan.

Als er einen Blick auf den Wecker auf dem Nachttisch warf, wurde ihm bewusst, dass er sich beeilen musste. Für das, was er vorhatte, stand lediglich ein sehr begrenztes Zeitfenster zur Verfügung.

18

Texas

Wahrscheinlich wäre es klüger gewesen, wenn Nicholas sie nicht mit zur Ranch genommen hätte. Tatsächlich hätte er sie nicht einmal in seinen Geländewagen steigen lassen dürfen, doch das Foto, das sie aus ihrer Handtasche hervorgeholt und gegen die Scheibe gedrückt hatte, änderte alles.

Das Bild zeigte sie, wie sie ihre ältere Schwester Caroline umarmte und beide lachten. Doch es war nicht bloß das Foto, das ihn dazu brachte, es sich anders zu überlegen; es war der Ausdruck auf Ninas Gesicht. Sie war vollkommen verängstigt. Das war keine Show; das war aufrichtig, deshalb hatte er die Tür des Denali entriegelt und sie einsteigen lassen.

Nina hatte die gleichen hohen Wangenknochen und dunkelgrünen Augen wie ihre Schwester, doch ihr Haar war pechschwarz – *vermutlich gefärbt*, mutmaßte Nicholas –, und sie hatte einen kleinen Stecker in ihrem linken Nasenflügel.

Nach dem Verlassen der Parkgarage fuhr er eine ganze Weile durch die Gegend, um sicherzustellen, dass sie nicht verfolgt wurden. Nina begann sofort zu reden, doch Nicholas bat sie, still zu sein und zu warten, bis sie in Sicherheit waren.

Er fragte sie, ob sie irgendwelche elektronischen Geräte bei sich habe? Alles, was sie bei sich trug, war ein Handy; sie holte es hervor und zeigte es ihm. Als sie am Donna-Stausee vorbeikamen, ließ er sie den Akku aus dem Apparat nehmen und alle Einzelteile aus dem Fenster ins Wasser werfen. Sie tat gehorsam, was er ihr aufgetragen hatte, während er weiterfuhr.

Unmittelbar vor dem Rio Grande wechselte er die Richtung und steuerte gen Westen, um kurz darauf von Neuem die Richtung zu ändern, durch Las Milpas nach Norden zu fahren und erst dann den Rückweg zur Three Peaks Ranch anzutreten.

Während der Fahrt unterhielten sie sich, oder genauer: Nina redete, und Nicholas unterbrach sie hin und wieder, um etwas zu fragen.

Sie erzählte ihm, dass sie ein Päckchen von einem Dessousgeschäft in der Gegend von Washington, D. C., erhalten hatte, in dem sich zwei Sets mit BH und Slip, ein winziger USB-Stick und eine dieser Grußkarten befand, auf denen man eine Audionachricht speichern konnte; diese war von ihrer Schwester.

In der Nachricht warnte sie Nina davor, den Stick in irgendeinen Computer zu schieben, und ermahnte sie, damit zu warten, bis sie Nicholas gefunden habe; dann erklärte Caroline ihr mit raschen Worten, wie sie mit ihm in Verbindung treten könne. Die Aufnahmedauer war stark begrenzt, sie musste sich also beeilen. Sie sagte Nina, dass sie in Schwierigkeiten stecke und sie liebe. Das war alles.

Nachdem sie die Botschaft erhalten hatte, versuchte Nina wiederholt, ihre Schwester zu erreichen, doch ohne Erfolg. Bereits kurz darauf beschlich sie das ungute Gefühl, beobachtet zu werden, sowohl in ihrer Wohnung als auch an ihrem Arbeitsplatz; deshalb beschloss sie unterzutauchen.

Sie meldete sich krank und versteckte sich im Haus einer reichen mexikanischen Familie, für die sie hin und wieder die Haustiere hütete. Die Familie war bis mindestens Weihnachten in Reynosa und hatte den Ersatzschlüssel an der üblichen Stelle deponiert. Aus Erfahrung wusste sie, dass sie sich nie die Mühe machten, den Alarm zu aktivieren.

Nina war eine intelligente Frau mit guten Instinkten, was Nicholas durchaus beeindruckte. Gleichermaßen beeindruckt war er, als sie einen Blick nach hinten auf die Hunde warf und sagte: »Owtscharkas, richtig?«

»Woher wissen Sie das?«

»Ich bin Veterinärassistentin.«

»Gibt es in Südtexas viele Kaukasische Schäferhunde?«, fragte er.

Als ihre Gedanken von der Sorge um ihre Schwester abgelenkt wurden, schien sich Ninas Stimmung aufzuhellen – wenn auch nur flüchtig. Sie lächelte. »Eigentlich nicht«, gab sie zurück. »Aber ich liebe Hunde. Besonders große.«

Nachdem er sich vergewissert hatte, dass sie die Grußkarte Carolines Anweisungen gemäß verbrannt hatte, und zusah, wie sie den USB-Stick aus dem linken Körbchen ihres BHs zog, um ihn ihm zu zeigen, beschloss er, ihre Unterhaltung für den Rest der Fahrt eher locker zu halten.

Er stellte ihr einige persönliche Fragen, in dem Bemühen zu verhindern, dass ihre Gedanken zu ihrer Schwester zurückkehrten. Das ging eine Weile gut, bis ihm schließlich die Fragen ausgingen. Er war nicht annähernd so talentiert in puncto Smalltalk, wie er es gern gewesen wäre, und kam sich schrecklich unbeholfen vor, weil ihm nichts mehr einfiel, worüber sie sich unterhalten konnten.

Ein unbehagliches Schweigen machte sich im Wagen breit, das den Rest des Weges hoch zur Ranch anhielt. Als sie das Anwesen schließlich erreichten, war er erleichtert, und er vermutete, dass es ihr ähnlich erging.

Im Gästehaus ließ er Nina die Wahl zwischen einem der übrigen Zimmer und rief Maggie Rose an, um sich danach zu erkundigen, ob sie vielleicht etwas Frauenkleidung in Größe 34 erübrigen könne.

Fünfzehn Minuten später brachte Maggie eine kleine Tasche vorbei, schenkte Nicholas ein Lächeln und ging wieder. Sie erkundigte sich nicht danach, für wen die Klamotten waren oder wer im hinteren Badezimmer gerade eine Dusche nahm. Er wusste ihre Professionalität zu schätzen.

Nicholas brachte die Kleidung in Ninas Zimmer und begab sich dann in die Küche. Natürlich hatten sie als Erstes versucht, die Daten auf dem USB-Stick zu öffnen, aber sie waren verschlüsselt. Obwohl er mehrere Stunden lang gemeinsam mit Nina versucht hatte, das richtige Passwort zu finden, war ihnen kein Glück beschieden gewesen. Und jetzt brauchte er eine Verschnaufpause.

Kochen war eines der Dinge, die er am allerliebsten tat. Es glich für ihn einer fast Zen-artigen Erfahrung, in der er sich verlieren konnte. Tatsächlich bemerkte er nicht einmal, wie Nina aus dem Gästezimmer in die Küche kam. Wie er da mit geschlossenen Augen und der Nase in einem Glas Chardonnay auf einem Tritthocker stand, war er für sie mit Sicherheit ein einmaliger Anblick. Einige Sekunden lang musterte sie ihn einfach nur. Schließlich fragte sie: »Brombeere, Aprikose oder grüne Äpfel?«

»Wie bitte?«, sagte Nicholas, überrascht, sie dort stehen zu sehen.

»Jemand hat mir mal erzählt, wenn man klingen wolle, als kenne man sich mit Wein aus, müsse man nur sagen, man habe ein *Aroma* von Brombeere, Aprikose oder grünem Apfel gerochen, wenn man daran schnuppert.«

Nicholas lächelte und setzte sein Glas ab. »Das ist mir neu.«

»Oh, aber so ist es. Und dann holt man den Gärtnerjargon raus.«

»*Gärtnerjargon?*«

Nina dachte einen Moment lang nach und gab ihm dann die Liste: »Grasig, eichig, moosig oder torfig.«

»Ich glaube, die letzten beiden beziehen sich eher auf Scotch.«

»Ach tatsächlich?«

»Ja, tatsächlich«, bestätigte Nicholas.

»Nun, ich bin offensichtlich keine Expertin in derlei Dingen.«

»Mögen Sie Wein?«

»Ja.«

Er nahm die Flasche mit seinen kleinen Händen auf und goss ihr ein Glas ein. »Das ist alles, worauf es ankommt«, sagte er, stellte die Flasche auf den Küchentresen zurück, schob ihr das Glas zu und hob sein eigenes. »Auf Caroline.«

Nina rührte sich nicht vom Fleck. »Sie haben sie getötet, oder? Sie trug den Leuten in dem Dessousladen auf, mir das Päckchen zu schicken, und dann eilte sie aus dem Einkaufszentrum und wurde von einem Wagen erfasst. Das war kein Unfall, oder?«

Nicholas wusste nicht, was er darauf antworten sollte.

Seit er sie in McAllen »eingesammelt« hatte, hatten sie zwar mehrfach über Carolines Tod gesprochen, aber um genau zu sagen, was ihr zugestoßen war, fehlten ihm einfach noch zu viele Informationen.

»Die werden nicht aufhören, bis sie mich auch umgebracht haben«, fuhr Nina fort.

»Nein«, sagte Nicholas. »Ich werde nicht zulassen, dass Ihnen irgendwas passiert. Das verspreche ich. Wir werden dahinterkommen, was es mit alldem auf sich hat. Okay? Ich weiß, dass es schwer ist, aber Sie müssen positiv denken.«

Sie antwortete nicht, also wiederholte der kleine Mann seinen Toast.

Langsam griff sie nach ihrem Glas und sagte: »Auf Caroline.«

Beide nahmen einen Schluck.

Nicholas wartete einen Moment und fragte dann: »Also?«

»Also was?«

»Brombeere, Aprikose oder grüne Äpfel?«

Auf ihren Lippen breitete sich ein zögerliches Lächeln aus. »Ich weiß nicht recht … Grüne Äpfel?«

»Definitiv grüne Äpfel«, pflichtete er ihr bei.

Ob es nun am Wein oder der Tatsache lag, dass er in der Küche in seinem Element war: Diesmal gelang es Nicholas ziemlich gut, ihr Gespräch am Laufen zu halten. Er sprach über zwei seiner Lieblingsthemen – Essen und Wein –, und Nina wirkte aufrichtig interessiert. Im Handumdrehen war das Abendessen fertig.

Nina half ihm beim Auftischen, und sie setzten sich, um sich Thymian-Brathähnchen mit Knoblauchkartoffelpüree schmecken zu lassen. Seelennahrung – etwas, das Nina dringend brauchte.

Nach dem Essen wandten sie sich wieder dem USB-Stick

zu, und Nicholas öffnete noch eine Flasche, weil der Wein ihm »beim Denken helfe«. Er versuchte es mit jedem Trick, den er kannte, doch der verfluchte Stick wollte seine Geheimnisse einfach nicht preisgeben.

Überzeugt davon, dass er die Lösung des Problems direkt vor der Nase hatte, sie aber einfach nicht erkannte, war es bereits weit nach Mitternacht, als er in die Küche wankte, um eine dritte Flasche Wein zu holen, und ihm plötzlich die Erleuchtung kam.

Er eilte in sein Schlafzimmer, kletterte auf den Stuhl an seinem Tisch und begann, wie wild in die Tasten zu hauen. Nina, die sich auf sein Bett gelegt hatte und eingeschlafen war, wurde von der plötzlichen Aktivität geweckt.

»Was ist los?«, fragte sie.

»Was wissen Sie darüber, womit Ihre Schwester ihren Lebensunterhalt verdient hat?«

»Sie war Programmiererin bei einer Firma in Maryland namens ATS. Die machen viel für die Regierung. Warum?«

»Und davor?«, fragte Nicholas, ohne in der Arbeit innezuhalten.

»Da hat sie für eine große Wall-Street-Bank gearbeitet und Programme für den Aktienhandel oder so was geschrieben.«

»Wie nah standen Sie sich?«

»Caroline war fünfzehn Jahre älter als ich. Als ich geboren wurde, war sie im zweiten Jahr an der Highschool. Dieselbe Mutter, verschiedene Väter.«

»Dann standen Sie sich also nicht so nah«, sagte Nicholas.

»Als ich zwei wurde, ging sie bereits aufs College. Ich sah sie einige Zeit im Sommer und in den meisten Ferien, aber das war's auch schon.«

»Hat sie Ihnen je erzählt, warum sie den Job bei der Bank geschmissen hat?«

Nina wusste, dass Nicholas auf irgendetwas hinauswollte, doch sie hatte keine Ahnung, worauf. Sie stützte sich auf einen Ellbogen und entgegnete: »Sie sagte, der ganze Druck würde sie krank machen. Außerdem meinte sie, dass sie das Leben in Manhattan hasst.«

»Das hat sie mir auch erzählt. Dann erfuhr ich die wahre Geschichte.«

»Was meinen Sie damit, die *wahre* Geschichte?«

Nicholas drehte sich um, sodass er sie ansehen konnte, und erklärte: »Ihre Schwester war ein Genie im Umgang mit Computern und hat einige erstaunliche Programme geschrieben. Und wie jeder andere Programmierer auf der Welt hat sie dafür gesorgt, dass sie im Notfall auch weiterhin Zugriff auf die Software der Bank hat. Sie hat eine Hintertür in das Programm eingebaut. Das Problem war nur, dass ihre Hintertür der von jemand anderem im System in die Quere gekommen ist. Und dieser Jemand hat sie dazu genutzt, um Ihre Schwester reinzulegen.«

»Wie?«

»Ein anderer ITler hat die Kundendaten der Bank gestohlen und auf dem Schwarzmarkt verkauft. Er hat alles so manipuliert, dass es aussah, als steckte Ihre Schwester dahinter.«

»Davon hat sie nie etwas erwähnt«, sagte Nina.

»Es wird noch interessanter. Wie ich bereits sagte, legte dieser IT-Mann, ein Bursche namens Sanjay, Ihre Schwester auf ziemlich clevere Weise rein. Allerdings konnte Caroline mehrere Ungereimtheiten anführen, die für ihre Unschuld sprachen. Die Bank feuerte sie trotzdem. Zwei Tage später startete sie einen Angriff auf ihr System und setzte sämtliche Geldautomaten der Bank eine Woche außer Betrieb.«

Nina schüttelte lächelnd den Kopf. »Ein Hitzkopf war sie schon immer.«

»Nun, ihr *Hitzkopf* hat sie in ernste Schwierigkeiten gebracht. Es dauerte nicht lange, bis die Behörden an ihre Tür klopften. Zwei Tage nach dem Ausfall der Geldautomaten nahmen sie sie fest.«

»Moment mal. Sie sagten doch, sie hat die Automaten eine ganze Woche lang lahmgelegt.«

Jetzt war es an Nicholas zu lächeln. »Hat sie auch. Aber niemandem ist es gelungen, das Programm zu knacken, das sie geschrieben hatte, und sie wieder online zu bringen. Sie drohten damit, sie einzusperren und den Schlüssel wegzuwerfen, aber sie weigerte sich trotzdem nachzugeben. Es war ein Patt, ein mexikanisches Unentschieden, wenn man so will. Und die Bank blinzelte zuerst. Sie entschuldigten sich dafür, sie gefeuert zu haben, und boten ihr eine großzügige Abfindung an. Die Behörden waren allerdings eine ganz andere Sache.

Ihrer Ansicht nach hatte Caroline ein Verbrechen begangen, und sie hatten nicht die Absicht, Ihre Schwester ungestraft davonkommen zu lassen. Sie wollten sie vor Gericht stellen, oder zumindest behaupteten sie das.«

»Was wollten sie?«, fragte Nina.

»Sie wollten *sie*. Und da ihr klar war, dass keine Bank auf Erden sie nach dem, was sie getan hatte, je wieder einstellen würde, nahm sie ihr Angebot an – natürlich im Austausch für volle Straffreiheit. So landete sie schließlich bei ATS. Das ist praktisch die IT-Abteilung der US-Regierung.«

»Davon hat sie mir nie etwas erzählt.«

»Ich habe auch eine ganze Weile gebraucht, bis sie damit rausgerückt ist, glauben Sie mir«, sagte Nicholas.

»Aber was hat das alles mit Carolines USB-Stick zu tun?«

Er drehte sich um und drückte einige weitere Tasten. »Ich glaube, Ihre Schwester hat auch diesen USB-Stick mit einer ihrer Hintertüren versehen.«

»Ach, glauben Sie das?«, entgegnete Nina, als sie sich vom Bett erhob und zum Schreibtisch rüberkam.

»Ja. Und ich denke, wenn ich diese Hintertür finde, kann ich uns Zugriff auf die gespeicherten Daten verschaffen.«

In den nächsten zehn Minuten sah sie zu, wie Nicholas weiter jede Menge Codezeilen an seinem Computer eingab.

Dann ließ er unversehens den Kopf hängen und schüttelte ihn langsam von einer Seite zur anderen.

»Was ist los?«, fragte sie.

Nicholas lächelte.

»Haben Sie's gefunden?«

»Ja. Da ist eine Hintertür, aber Sie werden nicht glauben, wie das Passwort dafür lautet.«

Nina legte ihre Hände auf seine Schultern und drückte sie aufgeregt. »Raus damit.«

Nicholas deutete auf ein kleines Kästchen auf dem Bildschirm und tippte dann den Code ein, der einem Zugriff auf den USB-Stick verschaffte: S_A_N_J_A_Y.

19

Der USB-Stick ähnelte keinem Speichermedium, das ihm je zuvor untergekommen war. Die Datenmenge, die der Stick enthielt, war gigantisch. Darauf waren im wahrsten Sinne des Wortes Tausende von Dateien gespeichert, und trotzdem war noch Platz für etliche weitere Terabytes. Nicholas hatte zwar schon von theoretischen, sprunghaften Entwicklungen in puncto Mikrospeicherkapazität gehört, bei denen der Datenträger mit dem Protein von Salzmarschmikroben beschichtet war, doch bislang hatte er noch nie selbst damit zu tun gehabt.

»Was ist das alles?«, fragte Nina.

Nicholas scrollte durch das Inhaltsverzeichnis. »Da bin ich mir nicht sicher.«

»Caroline sagte, Sie wüssten, was zu tun ist. Was auch immer auf diesem Stick ist, sie sagte, sie würden sie dafür umbringen. Sie müssen rauskriegen, was das für Daten sind.«

»Ich versuch's, aber das ist ein wenig so, als bekäme man ein Tausend-Teile-Puzzle in die Hand gedrückt, ohne zu wissen, welches Bild sich daraus ergibt.«

»Dann fangen Sie damit an, die Ränder anzuordnen«, entgegnete Nina. »Tun Sie, was nötig ist, um sich Zugriff auf diese Files zu verschaffen. Ich muss wissen, was mit meiner Schwester passiert ist.«

»Glauben Sie mir, ich möchte das Ganze genauso verstehen wie Sie, aber die Daten zu entschlüsseln, die wir hier vor uns sehen, wird nicht so einfach sein.«

»Das war das Knacken des Sticks auch nicht, aber Sie haben es dennoch hingekriegt«, sagte sie und legte ihm erneut die Hand auf die Schulter. »Das hier schaffen Sie bestimmt auch.«

Das Vertrauen, das sie in ihn setzte, gefiel Nicholas.

»Wie kann ich Ihnen helfen?«, fragte sie. »Ich kenne mich zwar nicht besonders gut mit Computern aus, aber vielleicht gibt's ja irgendetwas anderes, das ich für Sie tun kann? Sagen Sie's einfach.«

»Wie wär's mit Kaffee? Ich glaube, unsere ohnehin schon lange Nacht wird noch um einiges länger werden.«

Als Nina später mit einer Kanne und zwei Bechern zurückkehrte, fragte sie: »Was haben Sie rausgefunden?«

Er kaute gerade auf dem Ende eines Bleistifts herum – etwas, das ihm manchmal dabei half, sich zu konzentrieren. »Sind Sie mit Filterblasen vertraut?«

»Nein.«

»Dieser Begriff will beschreiben, wie Suchmaschinen – insbesondere Google – jede Bewegung studieren, die man online macht, um die Ergebnisse einer Suchanfrage mit Rückblick auf die Suchhistorie und das Klickverhalten des Users zu erstellen. Sie und ich, wir könnten genau dieselbe Internetsuche durchführen, und Google würde in beiden Fällen komplett andere Ergebnisse ausspucken. Würden wir beide ›Ägypten‹ eingeben, kriegen Sie vielleicht Urlaubs- und Reiseinformationen angezeigt, während ich Infos über die Landespolitik und den Arabischen Frühling bekäme. Online wird jeder User in seiner eigenen Blase platziert wie in einer Schublade.«

»Ohne dass sie dieselben Informationen erhalten«, fasste Nina zusammen.

»Exakt. Indem man kontrolliert, was Sie sehen, kann man die Art Ihres Denkens verstärken oder sogar formen. Das ist, als würde man in eine Bibliothek gehen, und die Bibliothekarin versteckt die Hälfte der Karteikarten, wenn sie Sie kommen sieht. Die Informationen, die wir präsentiert bekommen, sind das Ergebnis dessen, was die Computeralgorithmen aufgrund unseres bisherigen Verhaltens im Web für passend halten. Das Problem ist, dass man keine Ahnung hat, was da sonst noch alles ist. Wie immer man die Welt auch sieht, was für eine politische Einstellung man hat oder welchem Glaubenssystem man anhängt: Wenn man irgendwelche widersprüchlichen Informationen darüber haben möchte, muss man ganz gezielt danach suchen.«

»So viel dazu, dass das Internet dazu dient, die Menschen zusammenzubringen«, entgegnete sie.

»Um genau zu sein«, sagte Nicholas, »wurde das Internet ursprünglich als militärisches Kommunikationsnetzwerk konzipiert, das in erster Linie dazu diente, einen nuklearen Erstschlag zu überstehen. Das Netz wurde in den 1950ern entwickelt, doch die erste Nachricht wurde erst am 29. Oktober 1969 übermittelt. Eigentlich sollte das Wort *Login* gesendet werden, aber bloß das *l* und das *O* wurden übermittelt, bevor das System unvermittelt zusammenbrach.«

»Welche Ironie.«

»In der Tat«, entgegnete er, während er einen Artikel wegklickte, den er nebenher überflogen hatte, und durch die übrigen Files scrollte. »Filterblasen sind allerdings nur ein Thema, zu dem Caroline Material gesammelt hat. Hier ist außerdem ein ganzer Haufen Material über Internetrecht, Netzneutralität, über den ›Protecting Cyberspace as a National Asset‹-Gesetzesentwurf* …«

»Warum hat sie das alles gespeichert?«, fragte sich Nina laut.

»Keine Ahnung.«

»Das muss irgendetwas bedeuten. Was versteht man unter Netzneutralität?«

»Im Wesentlichen geht es um den Versuch einiger Elemente innerhalb der US-Regierung, das Internet zu zensieren«, erklärte Nicholas.

»Das ist nicht gut.«

»Nein, ist es nicht, und der PCNA-Entwurf ist sogar noch übler.«

»Davon habe ich auch noch nie etwas gehört.«

»Das PCNA-Gesetz wird auch als Internet-›Notschalter‹ bezeichnet, als ›Kill Switch‹ …«

»*Davon* habe ich gehört«, sagte Nina. »Das ist dieses Gesetz, mit dem der Präsident einen riesigen Off-Button im Oval Office bekäme, oder?«

Nicholas nickte. »Und falls es eine Art Mega-Cyberangriff gäbe, hätte der Präsident dadurch die Möglichkeit, das Internet nach eigenem Ermessen abzuschalten.«

»Bis der Angriff vorbei ist?«

---

* Der »Protecting Cyberspace as a National Asset Act« (PCNA) – zu Deutsch etwa: »Zum Schutz des Cyberspace als Nationalgut« – ist ein Gesetzesentwurf, der im Juni 2010 u. a. von US-Senator Joe Lieberman in den amerikanischen Senat eingebracht wurde und dem US-Präsidenten im Notstandsfall weitreichende Verfügungsgewalt über das Internet einräumen würde, bis hin zur – theoretischen – Abschaltung des gesamten Netzes. Offiziell wurde der Gesetzesentwurf seinerzeit vom Senat abgelehnt; Anmerkung des Übersetzers.

»Solange es der Präsident für nötig hält. Alles, was er dazu tun muss, ist, den Cyber-Ausnahmezustand immer wieder zu verlängern.«

»Sie tun so, als wäre das so einfach«, sagte Nina, hob die Hand und schnippte mit den Fingern. »Sobald die Gefahr gebannt ist, müsste der Präsident das Netz wieder einschalten. Schließlich kann man nicht einfach behaupten, es gebe einen Notstand, wenn dem nicht so ist.«

Nicholas hob eine Augenbraue. »Ach nein?«

»Meiner Meinung nach ist es nicht gut, wenn irgendjemand die Befugnis hätte, das Web zu zensieren. Ich bin gegen jede Form der Zensur, ganz gleich, wo. Ich will, dass das Netz frei und offen ist. Doch es fällt mir schwer zu glauben, dass ein US-Präsident behaupten würde, es gebe allen Grund, den Ausnahmezustand aufrechtzuerhalten, um die Leute vom Internet fernzuhalten, obwohl es in Wahrheit überhaupt keine drohende Cyber-Katastrophe gab oder mehr gibt.«

»Drei Tage nach den Anschlägen vom 11. September«, sagte Nicholas, »erklärte der Präsident der Vereinigten Staaten landesweit den Ausnahmezustand. Über ein Jahrzehnt später ist diese Notstandserklärung nach wie vor in Kraft.«

»Wie bitte?«

»Seit dem 11. September herrscht in den Vereinigten Staaten offiziell pausenlos der Ausnahmezustand.«

»Und das lässt der Kongress einfach so zu?«, fragte Nina.

»Da hat der Kongress überhaupt nichts mitzureden. Dem Nationalen Notstandsgesetz zufolge muss der Präsident den Kongress lediglich über seine Entscheidung informieren. Ursprünglich war das Gesetz so gehalten, dass der Präsident die Sache nicht ewig in die Länge ziehen kann. Eigentlich darf ein nationaler Notstand nur maximal für zwei Jahre aufrechterhalten werden. Der Notstand seit dem 11. September wurde seit seiner Inkraftsetzung aber trotzdem immer wieder erneuert.«

»Mit welcher Begründung?«

Nicholas sah sie an. »Terrorismus.«

»Aber Terrorismus gab es schon vor dem 11. September«, sagte Nina. »Und es wird ihn auch weiterhin geben.«

»Und genau deshalb hält Amerika den Ausnahmezustand weiterhin aufrecht.«

»Aber warum? Ich verstehe das nicht. Was soll das Ganze? Welchen Einfluss verschafft ihnen das?«

»Sie haben den Nagel auf den Kopf getroffen. Genau darum geht es: um Einfluss. Es gibt gut und gerne fünfhundert Rechtsvorschriften, die man im Falle eines nationalen Notstands nach Bedarf beugen oder gleich ganz aus dem Fenster werfen kann.«

»Welche beispielsweise?«, wollte sie wissen.

»Die bekanntesten sind wohl die Möglichkeit, zwei der wichtigsten verfassungsmäßigen Rechte außer Kraft zu setzen: das Habeas-Corpus-Recht, das den Bürger vor der längerfristigen Inhaftierung ohne richterlichen Beschluss schützt, und das Recht von Angehörigen der Nationalgarde, vor ein Großes Geschworenengericht gestellt zu werden, anstatt vors Militärgericht.«

»Warum kommt ein Nationalgardist überhaupt vors Geschworenengericht?«

»Ich bin zwar kein Anwalt, aber ich nehme an, das hat damit zu tun, dass die Soldaten der Nationalgarde rechtlich betrachtet Zivilisten sind und dementsprechend vor Zivilgerichten gewisse Rechte haben, die sie vor einem Militärtribunal nicht hätten«, sagte Nicholas mit einem Schulterzucken.

»Das ist aber keine Antwort auf meine Frage.«

»Nun, wann werden Militärangehörige denn normalerweise vor Gericht gestellt?«

»Wenn sie gegen das Gesetz verstoßen«, sagte Nina.

»Oder«, merkte Nicholas nach einem Moment des Nachdenkens an, »wenn sie den Gehorsam verweigern.«

Schlagartig änderte sich der Gesichtsausdruck der jungen Frau. »Wenn sich Soldaten der Nationalgarde weigern würden, gegen ihre Landsleute vorzugehen, würde es der Regierung ganz und gar nicht schmecken, wenn diese Angelegenheiten vor einem Zivilgericht verhandelt werden würden.«

»Ganz genau«, sagte er. »Es gibt einige, die glauben, dass im Patriot Act* in versteckter Form noch gewisse weitere Maßnahmen enthalten sind, auf die sich die Regierung ausschließlich bei einem Notstand berufen kann, und dass die Sache deshalb weiterläuft. Wie schon gesagt, ich bin kein Anwalt, aber Macht ist eine berauschende Droge. Nur die Stärksten vermögen ihrer Versuchung zu widerstehen. Menschen mit Macht streben meistens nach noch mehr, um ihre Position zu festigen und zu verhindern, dass sie abgesetzt werden. Auf genau diese Weise entwickelt sich eine Republik von einer freiheitlichen Gesellschaft zu sanfter Tyrannei und schließlich zur Diktatur.«

»Aber ich verstehe immer noch nicht, warum Caroline sich für das alles interessiert hat.«

Nicholas zuckte die Schultern. »Vielleicht hatte es etwas mit dem zu tun, woran sie für ATS gearbeitet hat.«

---

* Der »Patriot Act« ist ein US-Gesetz, das im Oktober 2001 als direkte Reaktion auf die Terroranschläge vom 11. September verabschiedet wurde und die verfassungsmäßigen Rechte amerikanischer Bürger, aber auch USA-Reisender in erheblichem Maße einschränkt; Anmerkung des Übersetzers.

»Aber das ist doch alles Politik. Ich dachte, sie sei Programmiererin gewesen und hätte eher mit dem Ministerium für Innere Sicherheit und so was zu tun gehabt.«

»Auch darüber finden sich hier Unterlagen«, sagte er, während er eine andere Datei öffnete. »Und wenn man bedenkt, dass das Heimatschutzministerium, also das Department of Homeland Security, für die Cyber-Sicherheit im zivilen, militärischen und nachrichtendienstlichen Bereich zuständig ist, ergibt das Ganze auch gleich ein bisschen mehr Sinn. Caroline hat tonnenweise DHS-Webseiten und Wiki-Artikel kopiert. Die Liste der Akronyme für ihre Programme und Abteilungen ist endlos: NCCIC, NCSC, NCRCG, NCSD, NPPD, CNCI, CS&C.«

»Aber trotzdem weist nichts davon darauf hin, was genau sie eigentlich gemacht hat.«

»Da ist ein interessanter Artikel über das Nationale Operationszentrum des DHS und über etwas, das sie ihre Medienkontrollinitiative nennen«, erklärte Nicholas. »Offenbar sammelt Homeland Security seit 2010 persönliche Informationen über Journalisten, Nachrichtensprecher und Reporter. Besonders bemerkenswert daran ist, dass sie jeden, der soziale Medien bzw. Netzwerke wie Twitter, Facebook oder irgendeine andere dieser Plattformen benutzt, als *in den Medien aktiv* betrachten.«

»Sie spionieren also alle aus. Wie in China. Wie ist es möglich, dass niemand etwas davon weiß?«, fragte sie.

»Einige wissen Bescheid, aber ich glaube nicht, dass alle das Ausmaß dieser Sache gutheißen. Ihre Schwester schien das jedenfalls nicht zu tun und wollte uns vielleicht genau davor warnen. Hier auf dem Stick ist noch wesentlich mehr, aber wie bei jedem Puzzle müssen wir auch dieses Stück für Stück zusammensetzen.«

Nicholas versuchte, zuversichtlich zu klingen, doch diese Herausforderung überforderte ihn. Er hatte nicht die geringste Ahnung, warum Caroline dieses ganze Material archiviert hatte. Zwar hatte alles auf die eine oder andere Weise mit Computern oder Cyber-Themen zu tun, aber warum auch nicht? Schließlich war Caroline IT-Spezialistin. Nichts hiervon war in irgendeiner Form ungewöhnlich, ganz zu schweigen davon, dass irgendetwas davon bedeutend genug war, um sie deswegen zu töten. Nein, da musste wesentlich mehr dahinterstecken. *Was wollte sie mir zeigen?* Nicholas kaute weiter auf seinem Bleistift herum und hielt nur gelegentlich inne, um noch einen Schluck Kaffee zu nehmen.

Stundenlang überflog er einen Artikel nach dem anderen, sondierte abgespeicherte Webpage um abgespeicherte Webpage. Der ganze USB-Stick war so etwas wie ein gewaltiges digitales Sammelalbum.

Sammelalbum! Was, wenn es tatsächlich genau das war? Offensichtlich erzählten die Artikel nur einen Teil der Geschichte, genau wie Fotos. Und was, wenn wie bei Fotos etwas auf ihrer Rückseite stand – etwas, das erklärte, warum diese Artikel für Caroline so wichtig waren?

Er rief einen Artikel auf, den er bereits gelesen hatte, und betrachtete ihn aus einem neuen Blickwinkel. Die meisten Hacker, die er kannte, waren ungeheuer intelligent, und Caroline Romero bildete da keine Ausnahme. Viele beschäftigten sich mit der digitalen Kunst der Steganographie, bei der es darum ging, Nachrichten oder Informationen zwar zu verschleiern, aber direkt vor aller Augen zu verbergen. Sie konnten in den Millionen Pixeln eines Bildes oder sogar in einem digitalen Soundfile versteckt sein.

Die Möglichkeiten waren endlos. Dieses Prinzip nannte man »Sicherheit durch Obskurität« oder auch »Sicherheit durch Unklarheit«.

Caroline indes war pragmatisch veranlagt. In Anbetracht der Hürden, die er hatte überwinden können, um sich Zugang zu dem Stick zu verschaffen, glaubte Nicholas nicht, dass sie darüber hinaus noch einen Batzen weiterer Sicherheitsvorkehrungen eingebaut hatte.

Als er das Dokument vor sich studierte, wurde ihm etwas bewusst. Bei dem Webartikel und allen anderen Beiträgen handelte es sich um die Druckversion. Das bedeutete, dass sie zwar keine Bilder enthielten, dafür aber Links.

Obwohl er wusste, dass sein Equipment gegenwärtig nicht mit dem Internet verbunden war, überprüfte er es noch einmal, um auf Nummer sicher zu gehen.

Als er schließlich davon überzeugt war, offline zu sein, bewegte er den Cursor über den Artikel, den er gerade las, und klickte auf einen der Links.

Schlagartig gelangte er zu einem komplett neuen Bereich des USB-Sticks, von dem er bis dahin nicht einmal gewusst hatte, dass er überhaupt existierte.

20

Mit welcher neuartigen Technik der USB-Stick auch arbeitete: Sie war beeindruckend. Abgesehen davon, dass die Speicherkapazität alles bisher Dagewesene um ein Vielfaches überstieg, ebenso wie die Möglichkeit, gewisse Bereiche als Partitionen zu separieren und gewaltige Datenmengen einfach als ungenutzten Speicherplatz zu tarnen. Nicholas fühlte sich ein wenig an ein Filmset erinnert: Die Fassade des Gebäudes wirkte vollkommen real, aber wenn man eines der Fenster öffnete oder durch eine der Türen ging, lag dahinter eine vollkommen andere Wirklichkeit.

Nicholas war versucht, Nina zu wecken, die erneut auf seinem Bett eingeschlafen war, entschied sich dann jedoch weiterzulesen.

Während er zwischen den Artikeln an der »Oberfläche« und dem hin und her klickte, was Caroline damit verknüpft hatte, begann er allmählich zu verstehen, was es mit alldem auf sich hatte. Dies war eine vollständige, akribisch gründliche Dokumentation jedes einzelnen Projekts und jeder Unternehmung, an der Adaptive Technology Solutions je beteiligt gewesen war. Von den Artikeln und Wiki-Seiten über das DHS bis hin zu Untersuchungsberichten über die NSA hatte Caroline jedes Stück Hardware, jede Software, jeden Patch, jeden Codestring, der jemals von ATS geschrieben, aktualisiert oder verkauft wurde, dokumentiert. Wie eng ATS dabei mit der Regierung der Vereinigten Staaten verbandelt war, erstaunte sogar ihn. Je mehr er sich mit den Informationen befasste, desto tiefer wurde er ins Kaninchenloch hinabgezogen.

Angesichts seiner eigenen Erfahrungen beim Kauf und Verkauf vertraulicher Informationen auf dem Schwarzmarkt interessierte Nicholas sich vor allem für das Dossier, das Caroline über die National Security Agency zusammengestellt hatte. Mit einem Mal sah er vieles von dem, was er seit jeher vermutet hatte, bestätigt.

Innerhalb weniger Wochen nach dem 11. September setzte die National Security Agency ihre beispiellosen Abhörmöglichkeiten – die bis dahin stets auf Ziele außerhalb der Vereinigten Staaten konzentriert gewesen waren – auch im Inland ein. Die NSA beschränkte sich nicht länger darauf, ausländische Spione und Terroristen auszuspitzeln, deren Observation von einem Richter des U. S. Foreign Intelligence Surveillance Court abgesegnet worden war, dem US-Gericht, das über die Überwachung von Auslandsgeheimdiensten entschied. Plötzlich galten alle amerikanischen Bürger im Namen der nationalen Sicherheit als Verdächtige, und sämtliche Prinzipien des Rechtsstaats wurden einfach außer Acht gelassen.

Im Auftrag der NSA verschafften Mitarbeiter von Adaptive Technology Solutions sich Zutritt zu Telekommunikationseinrichtungen überall im Land und installierten dort an den Knotenpunkten insgeheim Geräte, die Strahlteiler oder Beamsplitter genannt wurden und automatisch Kopien jeglicher Kommunikation über Festnetz, Mobilfunk, E-Mail, SMS und Internet an die streng geheimen, überall im Land verteilten Hochsicherheitsserverfarmen der NSA übermittelten.

Dort wurde der elektronische Verkehr aller Bürger von

NSA-Analysten mithilfe von ATS-Software und -Equipment durchforstet und sondiert, die nach bestimmten Worten und Ausdrücken suchten. Jeder konnte ausspioniert werden – und wurde es auch. So etwas wie Privatsphäre gab es nicht mehr.

Ganz gleich, wie schnell sich die Technik weiterentwickelte, ATS – und damit die NSA – hatten dank geheimer nationaler Sicherheitsdirektiven sowie auch umtriebiger Industriespionage durch ATS selbst stets schon Zugriff auf neue Technologien, bevor sie überhaupt auf den Markt kamen. Und obwohl Nicholas dergleichen schon lange vermutet hatte, erstaunte ihn das Ausmaß, in dem die Vereinigten Staaten zu einem boomenden Überwachungsstaat geworden waren, dann doch. Im Namen der »allgemeinen Sicherheit« wurde die verfassungsmäßige Freiheit der Bürger einfach außer Kraft gesetzt – und das pausenlos, rund um die Uhr, vierundzwanzig Stunden am Tag, sieben Tage die Woche.

Zusätzlich zu dieser Abhöraktion ohne richterlichen Beschluss und dem allumfassenden Schleppnetz, das die NSA über das Internet gebreitet hatte, hatte Caroline in ihren Files noch unzählige weitere Operationen dokumentiert, die darauf abzielten, einen Zustand zu erreichen, den sie als »Totale Überwachung« bezeichnete. Vieles davon war der allgemeinen Bevölkerung entweder vollkommen unbekannt oder wurde auf eine Art und Weise eingesetzt, dass es nach außen hin harmlos oder, noch besser, nützlich wirkte.

Das RFID-System war hierfür ein perfektes Beispiel. RFID, das stand für »Radio Frequency Identification« oder »Identifizierung mithilfe elektromagnetischer Wellen«. Bei diesem System konnte alles Mögliche mit winzigen Transpondern versehen werden, die sich jederzeit orten ließen, von Casino-Spielchips über Vieh und Shampooflaschen im Supermarkt bis hin zu Menschen. Tatsächlich ermutigten zahlreiche angesagte Nachtclubs in Europa ihre VIP-Gäste dazu, sich »markieren« oder »taggen« zu lassen. Dabei wurde ein RFID-Chip von der Größe eines Reiskorns – ähnlich dem, was Haustieren implantiert wird, um sie identifizieren zu können, falls sie entlaufen sind – unter der Haut des Empfängers platziert, um schneller Einlass in den Club zu erhalten; außerdem war es so einfacher für den Club, die Getränkerechnung zu verwalten. Dadurch konnte der Nachtclub auch den Diebstahl durch Angestellte drastisch reduzieren und zudem noch eine Unmenge nützlicher Daten über seine besten Kunden sammeln.

Die Regierungen verschiedener Länder arbeiteten mit einem ähnlichen Prinzip. Das Büro des mexikanischen Oberstaatsanwalts beispielsweise ließ achtzehn wichtige Mitarbeiter markieren, um den Zugang zu ihren gesicherten Datenräumen zu kontrollieren, und die Vereinigten Staaten, die bereits einen Schritt weiter waren und sämtliche seit 2004 neu ausgegebenen Reisepässe mit einem RFID-Chip versehen hatten, dachten ernsthaft darüber nach, Sexualstraftäter zu taggen. Die Möglichkeiten des potenziellen Missbrauchs dieser Technologie überstiegen jede Vorstellung, und Nicholas fühlte sich an die Kennnummern erinnert, die die Nazis den Häftlingen in ihren Konzentrationslagern eintätowiert hatten.

Smartphones und Navigationssysteme in Fahrzeugen spionierten ihre Benutzer regelmäßig aus, wobei die so gewonnenen Daten nicht nur an Gott und die Welt verkauft wurden, sondern zudem auf Wunsch auch der Regierung zur Verfügung gestellt wurden, ohne dass es dafür irgendeine – und falls doch, allenfalls eine bescheidene – rechtliche Grundlage gab. Viele Amerikaner wussten entweder nicht, dass GPS vom Verteidigungsministerium entwickelt und betrieben wurde – jenem Ministerium, dem auch die National Security Agency unterstand –, oder es kümmerte sie nicht. Bei Bedarf konnte die NSA jedes einzelne GPS-Gerät unverzüglich lokalisieren. Und wenn die NSA nach bestimmten GPS-Geräten fahndete, waren sie niemandem Rechenschaft darüber schuldig, warum sie das taten, welche Informationen sie dadurch erlangten oder wozu sie sie brauchten.

Caroline zufolge galt das Gleiche auch für das FBI. Das Bureau besaß nicht bloß eine Datenbank in einem gesicherten Raum im 4. Stock seines Hauptquartiers in Washington, das den Codenamen »Guardian« trug und Unterlagen über Zehntausende Amerikaner enthielt, die nie irgendwelcher Verbrechen angeklagt oder verdächtigt worden waren, sondern sich in den Augen irgendeines lokalen Gesetzeshüters einfach irgendwann in ihrem Leben »verdächtig« verhalten hatte; nein, das FBI versah die Fahrzeuge verdächtiger Personen regelmäßig mit GPS-Peilsendern, ohne dass dafür ein richterlicher Beschluss oder ein Haftbefehl vorlagen. Außerdem setzten sie »Stingrays« ohne Haftbefehl ein – hochmoderne Geräte, mit denen sich Funktelefone selbst dann orten ließen, wenn gerade kein Anruf getätigt wurde. Sogar das DHS war auf den Überwachungszug aufgesprungen.

Tatsächlich war das DHS so weit gegangen, unscheinbare Lieferwagen mit großen Röntgengeräten auszustatten, mit denen sie in allen Großstädten Amerikas herumfuhren und röntgten, wen oder was immer sie wollten – Familien in Minivans, Bäckereifahrzeuge, Schulbusse –, und das komplett aus eigenem Ermessen und ohne jede rechtliche Handhabe.

Inspiriert von »intelligenten« Straßenlaternen in den Niederlanden und Großbritannien liebäugelte das DHS zudem mit einem weiteren ATS-Überwachungsprojekt, das bereits in einer amerikanischen Kleinstadt getestet wurde. Die Straßenlaternen spendeten nicht bloß Licht, sondern enthielten außerdem winzige, fernsteuerbare Funktionen wie Audioaufzeichnung, Videoaufnahme und die Möglichkeit, jeden zu röntgen, der vorbeikam.

Obgleich Nicholas sich als politischen Agnostiker betrachtete und sein Leben zugegebenermaßen als Dieb bestritt, verblüffte es ihn, dass es keinen Aufruhr gab, keinen Aufschrei der Menschen, die tagtäglich ausspioniert wurden. Die Einzigen, die Zeter und Mordio brüllten, war die übliche Handvoll von Privatsphäre-Verfechtern. Der Großteil der Bürger jedoch schien dem Trugschluss erlegen zu sein zu glauben, sie hätten nichts zu befürchten, solange sie nichts falsch machten.

Sie ahnten nicht, wie groß die Wahrscheinlichkeit war, dass diese Technik eines Tages gegen sie selbst eingesetzt werden würde. Genau wie die Steuergesetze machte auch das Gesetzeswerk, das die nationale Sicherheit regelte, schließlich jeden zum Kriminellen, ganz gleich, wie ehrlich man war oder wie sehr man sich darum bemühte, diese Gesetze zu befolgen. Wenn man irgendwie die Aufmerksamkeit der Behörden erregte, hatten sie einen im Visier. Dieselben Maßnahmen, die »Ihnen und Ihrer Familie« heute Sicherheit schenkten, konnten morgen dazu benutzt werden, um jeden beliebigen Bürger aufzuspüren und einzusperren.

War es wirklich so, dass sich die Amerikaner mehr dafür

interessierten, die neuesten und besten Apps zu haben, als dagegen aufzubegehren, wie eben diese Apps jeden ihrer Schritte überwachten, ihre gesamte Kommunikation und sogar – anhand ihrer Suchanfragen – jeden ihrer *Gedanken?*

Die Gedanken der Menschen und wie man sie beeinflussen konnte, war eine weitere beunruhigende Entwicklung, über die Nicholas bereits Gerüchte gehört hatte, die nun durch Carolines Notizen bestätigt wurden. Nicht unähnlich den Entwicklern von Algorithmen, die mithilfe gesammelter Daten das Kundenverhalten vorherzusehen versuchten, nutzten die NSA und Google die Millionen und Abermillionen Tweets, Facebook-Einträge, Mautbuchungen, Amazon-Käufe, Handydaten, GPS-Informationen, Suchmaschinen-Anfragen und andere digitale Brotkrumen, die jeden Tag anfielen, um das fortschrittlichste System Künstlicher Intelligenz aufzubauen, das die Welt je gesehen hatte. Diesem System mit dem Codenamen AQUAINT – Advanced Question Answering for Intelligence – wurde nicht bloß beigebracht, wie ein menschliches Wesen zu denken, sondern es diente letztlich dazu, die Art und Weise vorherzusehen, wie Leute denken und handeln.

Diese Technologie war Furcht einflößend, doch das war längst noch nicht alles. Caroline hatte einen Artikel über eine Firma beigefügt, die insgeheim zu ATS gehörte, erst kürzlich dank eines Finanzzuschusses des DHS die erste Testphase eines Programms namens »Future Attribute Screening Technology« – kurz FAST – abgeschlossen hatte und jetzt zu Phase zwei überging. Dieses Gerät konnte heimlich in Stadien, auf Flughäfen, in Einkaufszentren und an anderen öffentlichen Orten eingesetzt werden, um

»terroristische Aktivitäten zu erkennen, bevor sie stattfanden«.

Unbefugt scannte das Gerät die Physiologie jeder Person, die unwissentlich an der Sensoranordnung vorbeikam, um Daten über ihre Atmung, ihre Pheromonausschüttung, ihre »elektrodermale« Aktivität und ihre kardiovaskuläre Signatur aufzuzeichnen, zu speichern und zu analysieren, in dem Versuch, »böswillige Absichten« zu erkennen und daraufhin die Behörden zu alarmieren. Dann arbeitete ein zweites »Markierungssystem« daran, anhand der neuen »Next Generation Identification«-Datenbank des FBI – kurz NGI – die Identität des Verdächtigen zu ermitteln. Das Ganze war ein bisschen wie iPhoto-Tagging auf Steroiden.

Die NGI war eine allumfassende, etliche Milliarden Dollar teure Modernisierung der Fingerabdruckdatenback des Bureaus, die Daten von über hundert Millionen Menschen enthielt und als die »größte biometrische Datenbank der Welt« bekannt war. Doch statt nur Fingerabdrücke und erkennungsdienstliche Fotos zu archivieren, speicherte die NGI Fotos mit Gesichtserkennungstechnik, Iris-Scans, Fingerabdrücke, Handflächenabdrücke, DNA, Stimmaufnahmen, Besonderheiten der Gangart sowie detaillierte Analysen von Narben und Tätowierungen. Das war praktisch schon die »übernächste Generation«, nicht die nächste, und die perfekte Ergänzung des FAST-Programms. Allerdings endete das Markieren nichtsahnender Passanten durch die FAST-Geräte nicht einfach damit, sie durch die NGI laufen zu lassen.

Ohne Rücksicht auf unrechtmäßige Eingriffe in die Privatsphäre scannte FAST eine Person auch danach, ob sie irgendwelche Mobilgeräte bei sich trug. War dies der Fall, stellte das FAST-Programm einen »Handshake« zu diesen Geräten her, verband sich also automatisch mit ihnen, und kopierte sämtliche verfügbaren Daten. Außerdem suchte FAST nach irgendwelchen RFID-Tags, die man vielleicht trug, und speicherte auch die hierauf enthaltenen Informationen.

Das alles wurde dann in eine noch umfangreichere Datenbank eingegeben, die vom DHS und der NSA betrieben wurde, und am Ende wurde über jede Person, die vorbeiging, eine eigene Akte angelegt.

Dabei spielte es keine Rolle, ob man tatsächlich vorhatte, an diesem Tag irgendeine kriminelle Handlung zu begehen. Aber es bestand die »Möglichkeit«, dass man sich vielleicht irgendwann in der Zukunft strafbar machte, weshalb die jetzt gesammelten Informationen als Basis dafür dienen konnten, das künftige Fehlverhalten dieser Person schon im Vorfeld zu unterbinden.

Das Ganze zielte geradewegs auf den Bereich »Gedankenverbrechen«; als hätte die US-Regierung eine Szene aus dem Film *Minority Report* oder George Orwells Roman *1984* nachempfunden.

Dank dieser Technik wusste Big Brother nicht bloß genau, wo man sich zu jedem beliebigen Zeitpunkt aufhielt und was man gerade tat, sondern überwachte sogar, was man dachte, und berechnete, was man als Nächstes tun würde. Dieselbe Regierung, die das Postwesen verwaltete, verfügte über diese Technologien. Und die Behauptung, dass die so gewonnenen Daten bloß dazu dienten, die Sicherheit von US-Bürgern zu gewährleisten, stand für Nicholas in keinem Vergleich zu dem gewaltigen Missbrauchspotenzial, das diese technischen Möglichkeiten bargen.

Und jedes Stück Überwachungstechnik, jedes Projekt, das dazu diente, den Menschen auf die eine oder andere Weise im Namen der Sicherheit ihre Freiheit zu nehmen, ließ sich zu Adaptive Technology Solutions zurückverfolgen.

Nicholas arbeitete sich weiter von einem File zum anderen, klickte die Links an und erfuhr alles über die Aktivitäten, bei denen ATS seine Finger im Spiel hatte. Doch erst als er eine Datei mit detaillierten Informationen über die Geschichte des Unternehmens fand, wurde ihm bewusst, dass er auf den Jackpot gestoßen war, auf das große Ganze, auf das, weshalb sie Caroline ermordet hatten.

Gegen Ende des Zweiten Weltkriegs, in den letzten Tagen des militärischen Office of Strategic Services, des OSS, wurde der Grundstein für die Central Intelligence Agency gelegt. Eine absolut verschwiegene Gruppe von OSS-Mitgliedern, denen die Vorstellung eines zivilen, von Politikern kontrollierten Geheimdienstes missfiel, spaltete sich vom Militär ab und gründete ihre eigene Organisation.

Sie tauften die Firma Sentinel – Wächter –, arbeiteten heimlich wie Verschwörer und verfolgten nur eine einzige einfache Mission: die Vereinigten Staaten in der Nachkriegsära zu schützen, ganz gleich, um welchen Preis. Anfangs waren sie damit ausgesprochen erfolgreich, aber der Erfolg brachte ihnen auch unerwünschte Bekanntheit in Washington ein.

Einige hielten sie für gefährliche Vigilanten, die allein sich selbst verpflichtet waren und ausgemerzt werden mussten. Andere betrachteten sie als nützliche Waffen gegen die Kommunisten im zusehends angespannter werdenden Kalten Krieg. Während Gegner des Programms Ermittlungen gegen Sentinel einleiteten, versorgten Sentinel-Unterstützer die Geheimorganisation mit Tarnung und extrem lukrativen Regierungsaufträgen.

In vielerlei Hinsicht standen sie über dem Gesetz. Im Wesentlichen konnte man sagen, dass sie häufig das Gesetz brachen, damit gewisse Regierungsbehörden es nicht tun mussten. Sie erzielten das gewünschte Resultat, die Sicherheit blieb gewährleistet.

Gleichwohl, wie es bei vielen Unternehmen geschieht, gab es auch bei Sentinel eine sogenannte »schleichende Ausweitung« der Operation. Und jüngere Mitarbeiter, die angeheuert wurden, um dabei zu helfen, die Last eines stetig zunehmenden Projekttempos zu kompensieren, teilten nicht immer die Ansichten der Firmenväter.

In den 1960ern war Sentinel bereits über die Informationsbeschaffung durch Menschen hinaus. Die Initiatoren sahen die Zukunft der Geheimdienste in der Signal Intelligence oder SIGINT, also der Informationsgewinnung durch elektronische Aufklärung sowie dem Abhören und Auswerten von Funksignalen, und begannen mit dem Wechsel zu hochmodernen Computern und Satelliten. In den 1970ern benannte sich Sentinel in Adaptive Technology Solutions um. Die Firma war derart in den Korridoren der Macht verwurzelt – besonders in denen der NSA –, dass viele ATS tatsächlich für so eine Art Quasi-Regierungsbehörde hielten. Das Unternehmen selbst tat wenig, um diese Annahme zu zerstreuen; im Gegenteil. In Wahrheit bestärkte man diesen Umstand noch und schlachtete ihn nach Kräften aus.

Bei der Lektüre von Carolines Notizen erfuhr Nicholas, dass es ATS nach und nach immer weniger um Amerika und dafür zusehends um sich selbst ging. Alles drehte sich darum, die eigenen Taschen vollzumachen. Das Unternehmen schaltete die Konkurrenz gnadenlos aus und tat alles, um Zulieferer kleinzuhalten. Sie nutzten ihre Möglichkeiten zur Datensammlung, um jeden zu erpressen, der ihnen in die Quere kam, ob nun aus dem privaten oder öffentlichen Leben. Diese Entdeckung an sich war schon erstaunlich genug, aber noch nichts verglichen mit dem, worauf Nicholas in der nächsten Datei stieß.

Jahrelang hatte ATS seine technische Überlegenheit eingesetzt, um in großem Umfang Insiderhandel an der Börse zu betreiben. Seit den frühen 1980er Jahren spionierte die Firma alles und jeden in der Finanzwelt aus. Sie hörten Telefongespräche ab, lasen Faxe mit, und mit der Weiterentwicklung der Technik gingen sie dazu über, internationale Computernetzwerke und E-Mail-Konten zu hacken. Sie verschafften sich Berge von »Schwarzgeld«, die sie mithilfe verschiedener Programme wuschen, für die sie Geheimverträge hatten, fernab der neugierigen Augen irgendwelcher Finanzbehörden.

Dieses Schwarzgeld wurde über Scheinfirmen in Übersee in Rohstoffen und Immobilien überall auf der Welt sowie in Aktien angelegt. Außerdem investierten sie das Geld in vielversprechende Projekte, die sich gerade in der Erforschung und Entwicklung befanden und am Ende gewinnbringend an das Pentagon oder die CIA verkauft wurden.

Mit anderen Worten: ATS hatte sich selbst eine Lizenz zum Gelddrucken ausgestellt und dafür gesorgt, dass die Firma über jede Überprüfung und jeden Rechtsvorwurf erhaben war.

Nicholas war sicher, dass er schließlich auf den Grund dafür gestoßen war, warum Caroline Romero um ihr Leben gefürchtet hatte. Dann öffnete er eine Datei mit dem Namen *Blauer Sand*.

Bereits beim Lesen der ersten beiden Absätze wurde ihm klar, dass alles andere, das ATS in der Vergangenheit getan hatte, nichts war im Vergleich zu dem, was sie als Nächstes vorhatten.

Er musste gewisse Leute warnen, doch er erkannte, dass es letztlich bloß einen Menschen gab, der imstande war, konkret etwas dagegen zu unternehmen.

21

Baskische Pyrenäen
Spanien
Donnerstag

Padre Peio hatte etwas im Kloster zu erledigen und lud Harvath ein, sich ihm anzuschließen. Die Abtei lag weiter oben in den Bergen, drei Stunden zu Pferde.

Harvath war schon früher dort gewesen. Das Kloster hatte alles, was einen Ort religiöser Zuflucht ausmachte: Es war wunderschön, friedvoll und abgeschieden. Dummerweise war es ein bisschen zu abgeschieden. Zwar hatten die Priester gewisse Kontakte zur Außenwelt, doch sie waren sehr begrenzt. Immer wenn Nicholas dort untergekommen war, hatte er den Großteil seiner Ausrüstung selbst mitgebracht. Die war allerdings von einem Feuer zerstört worden, sodass Peio zur Kommunikation praktisch bloß noch zwei Blechdosen mit einer Schnur dazwischen zur Verfügung standen. Nein, Harvath konnte ihn nicht begleiten. Er musste hierbleiben, wo er bereits über eine solide Skype-Verbindung verfügte. Er musste darauf warten, dass der Alte ihm weitere Instruktionen erteilte.

Und so wartete er. Den ganzen Tag lang überprüfte er alle anderthalb Stunden seinen Account, in der Hoffnung, eine Nachricht von Carlton vorzufinden. Doch es kam keine.

Außerstande, Harvath aus dem Weg zu gehen, der schließlich mitten in seinem Haus saß, steckte der ETA-Kommandant seinen Kopf ins Zimmer und stellte sich vor. Er hieß Tello und war ein gewaltiger Mann mit großen, klobigen Händen und fleckigen Zähnen. Er hatte einen dichten, an den Enden aufwärts gezwirbelten Schnurrbart und einen mehrere Tage alten Backenbart auf den Wangen, der nahelegte, dass er in letzter Zeit zu beschäftigt gewesen war, um sich zu rasieren. Harvath hatte keine Ahnung, was der Mann so getrieben hatte, und wollte es auch gar nicht wissen. Angeblich hatte sich die ETA von jeglicher Gewalt losgesagt. Doch dem Auftreten von Tello und den schwerbewaffneten Männern auf seiner Farm nach zu urteilen hatten sie das entsprechende Memo nicht erhalten. Je weniger Harvath über seinen Gastgeber und seine Kameraden wusste, desto besser.

Kameraden. Harvath wiederholte das Wort im Geiste. War es möglich, dass der Angriff auf die Firma in Wahrheit nicht von irgendeinem Feind der Vereinigten Staaten verübt wurde, sondern von jemandem aus ihrem eigenen Land, vielleicht sogar aus ihren eigenen Reihen?

Der Gedanke war irrwitzig, gewiss, und doch ging er ihm durch den Kopf. Und so verrückt das Ganze auch scheinen mochte, war er doch klug genug, die Vorstellung nicht einfach von der Hand zu weisen. Man hatte ihn darauf trainiert, stets sämtliche möglichen Optionen in Erwägung zu ziehen, und dazu gehörte auch, auf sein Bauchgefühl zu vertrauen.

Nichtsdestoweniger war die Möglichkeit, dass irgendein amerikanischer Kollege hinter einer Sache wie dieser steckte, fast zu abwegig.

Harvath warf einen Blick auf seine Uhr. Es war nach

Mitternacht – kein Wunder, dass sein Verstand so durcheinander war. Er brauchte dringend ein paar Stunden Schlaf. Seine Gedanken schweiften in zu viele sonderbare Richtungen.

Nachdem er ein letztes Mal Skype gecheckt und festgestellt hatte, dass noch immer keine Nachricht vorlag, loggte er sich aus und schaltete den Computer ab.

Ein dichter Nebel hatte sich über die Farm gelegt, sodass Harvath eine Surefire-Taschenlampe aus einem Fach von Rileys Rucksack fischte, um den Weg zu den Ställen zu finden. Die klamme Kälte fraß sich durch seinen Mantel. Zwar hatte er gelernt, extremer Kälte zu trotzen, doch das bedeutete nicht, dass ihm solche Witterung gefiel. Tatsächlich fragte er sich angesichts des Umstands, dass so viele SEALs nach ihrem Ausscheiden in Gegenden mit warmem Klima zogen, ob die Navy ihren Spitzeneinsatzkräften womöglich einen tiefsitzenden Hass auf Kälte eingeimpft oder ob diese Kälteresistenz bloß eine relativ kurze Halbwertzeit besaß, nach der SEALs die Kälte einfach nicht mehr länger tolerieren konnten.

Das war ein interessantes Rätsel, jedoch keins, das er heute Nacht lösen musste. Er nickte einer von Tellos schwerbewaffneten Patrouillen zu, Männern mit Iso-Jacken und den traditionellen schwarzen Baskenmützen, die alle ETA-Mitglieder trugen, bevor er die Treppe zu dem kleinen Apartment über den Ställen hochstieg.

Drinnen schaltete er das kleine Heizgerät im Schlafzimmer an und goss sich dann ein Glas Wasser ein. Während er am Waschbecken im Badezimmer lehnte, schaute er zu Rileys Rucksack hinüber, der auf einem Stuhl im Schlafzimmer stand. Er war ihre persönlichen Habseligkeiten mehrfach durchgegangen, doch nichts davon verriet ihm, warum sie überhaupt in Paris war oder warum man ihn dorthin geschickt hatte, um sich in dem Versteck mit ihr zu treffen.

Warum zur Hölle musste das alles passieren? Und, was noch wichtiger war, warum musste es *ihr* passieren? Warum stießen den Frauen, die ihm am Herzen lagen, so häufig schlimme Dinge zu? Natürlich wusste er, dass das Leben nicht fair war, aber verflucht noch mal, fast hatte er das Gefühl, als würde irgendeine höhere Macht ihm absichtlich Knüppel zwischen die Beine werfen.

Es gab grundsätzlich nur sehr wenige Frauen, mit denen er über das sprechen konnte, was er tat, oder die Verständnis für ihn hätten und ihn unterstützten, wenn er loszog, um zu tun, was er eben tat. In seinem Leben waren ihm nicht mehr als eine Handvoll davon begegnet, und jede davon war auf ihre Art großartig, doch auf die eine oder andere Weise war seine Arbeit jedes Mal dazwischengekommen und hatte die Beziehung auf den Kopf gestellt. Da Riley wusste, wie die Dinge in ihrem Gewerbe liefen, hatte er gehofft, dass es mit ihr anders sein würde.

Sie hatten sich vor ein paar Monaten kennengelernt. Der Alte hatte sie geschickt, um im Zuge einer Operation in der Schweiz einen Gefangenen von ihm zu übernehmen. Sie war Mitte dreißig und über alle Maßen attraktiv. Groß, mit rötlich braunem Haar, blauen Augen und einem großen Mund mit vollen Lippen. Als sie einander die Hand schüttelten, spürte er, wie zwischen ihnen die Funken flogen.

Früher war sie Profi-Skisportlerin gewesen; dann kehrte sie den Skiern den Rücken und studierte Medizin. Und obwohl sie gern praktizierte, sehnte sie sich nach einem gewissen Kick, den ihre Arbeit ihr einfach nicht verschaffte. Sie begann, online Nachforschungen anzustellen, Freunde überall im Land anzurufen, und unterhielt sich sogar mit einigen Freunden von Freunden in Washington, D.C. Sie wusste zwar nicht genau, wonach sie eigentlich suchte, nahm jedoch an, sie würde es wissen, wenn sie es sah.

Sie war gerade drauf und dran, sich in Übersee für einen Posten beim Office of Medical Services – der medizinischen Einheit der CIA – zu bewerben, als zwei Abgesandte der US-Army an ihre Tür klopften. Die Army war dabei, ein Programm ins Leben zu rufen, das genau das Richtige für sie war, und lud sie ein, es auszuprobieren, was Riley auch tat. Und nicht nur das: Sie ließ die übrigen Rekruten meilenweit hinter sich und wurde zu einer der ersten Teilnehmerinnen am Athena-Projekt.

Die Gemeinsamkeiten zwischen ihr und Harvath waren verblüffend. Und er wusste, dass seine Gedanken unweigerlich zu der anderen Frau abschweifen würden, die er gekannt hatte, wenn er weiter über Riley nachdachte. Das Ganze war ein düsterer Seelenpfad, überhangen von den vernarbten Ästen seiner Vergangenheit. Er wusste, was passieren würde, wenn er diesen Pfad beschritt, und dass die Sache für gewöhnlich mit zu vielen Gläsern von dem endete, was immer sich in der nächstgreifbaren Flasche befand. Er beschloss, das Grübeln aufzugeben, solange er noch konnte. Während er sich die Zähne putzte, konzentrierte er sich auf die merkwürdig geformten Fliesen rings um den Badezimmerspiegel und versuchte, so viele davon zu zählen, wie er konnte.

Als er im Bad fertig war, schaltete er das Licht aus, versuchte, Rileys Rucksack zu ignorieren, und ging ins Bett.

Das Laken war kalt, und das Heizgerät trug nur wenig dazu bei, die Kühle zu vertreiben, die das Zimmer beherrschte. Es war einfach eine dieser Nächte, in denen der kalte Dunst alles zu durchdringen schien.

Harvath zog die Decke bis zur Brust hoch, schloss die Augen und zwang sich zur Entspannung. Momentan konnte er keine wild galoppierenden Gedanken brauchen. Was er brauchte, war Schlaf, und wenn auch nur ein paar Stunden davon.

Er nahm tiefe, lange Atemzüge und ließ seinen Verstand vollkommen leer werden, um sich auf nichts anderes als die Dunkelheit zu konzentrieren. Sein Bewusstsein wurde zu einer Eisenkiste, in die keinerlei Gedanken eindringen konnten. Der Affe war in seinem Käfig eingesperrt. Bald war er eingeschlafen.

Wie als Beleg für seine enorme Erschöpfung versank er rasch in eine Reihe tiefer, lebhafter Träume.

Tatsächlich waren sie sogar so lebhaft, dass er drei Stunden später nicht zu sagen vermochte, ob er die Farmhunde wirklich bellen gehört hatte oder ob das zu seinem Traum gehörte.

Er war gerade dabei, den Gedanken beiseitezuschieben und wieder einzuschlafen, als er plötzlich das Krachen eines Schusses hörte und schlagartig wusste, dass er nicht mehr träumte.

22

Harvath griff nach seiner Waffe, rollte sich aus dem Bett und landete auf dem Boden. *Was zur Hölle ist hier los?*, fragte er sich. Sekunden verstrichen.

Während er dort lag, lauschte er angestrengt nach jedem Laut, der erklären würde, was vorging. Es peitschten keine weiteren Schüsse.

Dennoch war auf sein Gehör hundertprozentig Verlass. Er wusste genau, was er gehört hatte. *Die Hunde haben gebellt. Eine Kugel wurde abgefeuert.* Doch wie viel Zeit war zwischen diesen beiden Dingen vergangen? Er hatte keine Ahnung. Ihm kam es vor, als wäre es vielleicht eine Minute gewesen, aber es konnten ebenso gut zehn Minuten gewesen sein oder noch mehr.

Das Bellen und der Schuss mussten miteinander zusammenhängen. Da musste ein Raubtier in der Nähe sein. Und falls dem so war, ergab sich daraus eine sehr wichtige Frage: Gehörte dieses Raubtier zur vierbeinigen oder zur wesentlich gefährlicheren zweibeinigen Gattung?

Harvath wartete, doch es waren keine weiteren Geräusche zu vernehmen. Vielleicht war das Ganze vollkommen harmlos. Möglicherweise hatte sich das baskische Äquivalent eines Coyoten oder Berglöwen auf das Gelände gewagt und war von den Wachen erschossen worden. Aber was, wenn doch etwas anderes dahintersteckte?

Ohne ein Telefon oder auch nur ein Funkgerät, um die

Wachhütte zu rufen oder sich mit Tello im Haupthaus in Verbindung zu setzen, blieb Harvath keine andere Wahl, als der Sache selbst auf den Grund zu gehen.

Er zog sich rasch an und glitt lautlos aus dem Apartment. Die Nachtluft war kühler als zu dem Zeitpunkt, an dem er zu Bett gegangen war, und der Nebel sogar noch dichter. Er konnte kaum die Hand vor Augen sehen. Er beschloss, die Lampe in seiner Tasche stecken zu lassen. Falls dort draußen irgendjemand war, irgendwo im Nebel, würde das Licht ihn bloß auf Harvath aufmerksam machen.

Als er hinaustrat, teilte sich der Nebel und schien ihn förmlich in sich hineinzuziehen. Während der Dunst seinen Körper umschloss, lauschte er nach Geräuschen, nach *irgendwelchen* Geräuschen. Doch es gab keine; nicht einmal das Vieh war zu vernehmen.

Die Weide ist sehr groß, erinnerte er sich. Vielleicht waren die Tiere in dem dichten Nebel weiter in Richtung der Berge gewandert, weg von den Farmgebäuden. Vielleicht… Vielleicht gab es aber auch einen anderen Grund für die Stille.

Jetzt würden jeden Moment die Hunde auf ihn aufmerksam werden. An Tello und seine Männer waren sie gewöhnt, aber Harvath war ein Fremder, weshalb sie ihm immer noch mit Argwohn begegneten.

Doch keiner der Hunde kam angelaufen, als er draußen vor den Ställen war. Sofern nicht alle beim Vieh auf der anderen Seite der Weide waren, stimmte hier etwas nicht.

Während er auf das Haupthaus zuging, ließ er die Pistole in der Manteltasche, die Hand um den Griff geschlossen, den Finger am Abzug. Er wollte zwar für alle Eventualitäten gerüstet sein, sich dadurch aber nicht selbst zur Zielscheibe machen. Allzu häufig war das Erste und Einzige, das Leute registrierten, wenn überraschend jemand auftauchte, die Waffe, die er trug. Und er wollte nicht von einem von Tellos Männern erschossen werden.

Auf halbem Wege zum Haus stolperte er fast über ein Paar Lederstiefel. Er kauerte sich im Nebel hin und erkannte, dass die Stiefel zu einem der Männer gehörten, denen er zugenickt hatte, bevor er früher am Abend die Treppe zum Apartment hochgestiegen war.

Neben ihm lag eine Lupara, und Harvath konnte riechen, dass die Waffe kürzlich abgefeuert worden war. Er streckte die Hand aus, um den Puls des Mannes zu fühlen. Sein Körper war noch warm, aber Harvath konnte keinen Herzschlag ertasten. Als er seine Finger zurückzog, waren sie glänzend rot. Man hatte dem Mann die Kehle von einem Ohr zum anderen aufgeschlitzt. Die Vorderseite seiner Jacke war feucht von Blut.

Harvath konnte nichts für ihn tun. Der Mann war tot, und die Farm wurde angegriffen. Er musste sich auf die drohende Gefahr konzentrieren.

Während er die Leiche hinter sich zurückließ und weiter auf das Haupthaus zuschlich, schossen ihm drei Fragen durch den Kopf: *Wer ist auf dem Anwesen? Wie viele Gegner sind es? Und weshalb sind sie hier?*

Sobald ihm die letzte Frage in den Sinn kam, beschlich ihn das ungute Gefühl, dass er die Antworten darauf schon sehr bald bekommen würde.

Er näherte sich geduckt dem Haupthaus und fragte sich, ob der tote Baske mit seiner Flinte auf einen Eindringling gefeuert hatte – oder um seine Kameraden zu warnen? So oder so, eigentlich hätte der Schuss den ganzen Trupp aufscheuchen müssen. Die Tatsache, dass auf der Farm nicht unverzüglich ein Wirbelsturm hektischer Aktivität ausgebrochen war, war ein schlechtes Zeichen. Nach allem, was er über Tellos Männer wusste, waren das harte Burschen, keine Feiglinge, die vor einem Kampf flohen.

Als Harvath die Seitentür erreichte, durch die er normalerweise das Haus betrat, fand er sie weit offen und allzu *einladend* vor. Er beschloss, sich draußen an der Hauswand entlangzubewegen und sich einen raschen Überblick über die Lage zu verschaffen, bevor er hineinging.

Er huschte durch den Nebel und tastete sich an der Außenwand entlang, um nicht vom Weg abzukommen. Die Fenster waren dunkel und gaben nichts vom Innern des Hauses preis.

Als er die Ecke des Gebäudes erreichte, hörte er etwas und blieb abrupt stehen. Es klang, als würde jemand versuchen, ein Husten zu unterdrücken, doch er konnte sich nicht sicher sein.

Seine Glock hatte er bereits gezückt; jetzt griff Harvath in die andere Tasche und holte die Taschenlampe hervor. Wieder vernahm er das Husten, gefolgt von einem Ächzen.

Er nahm die Taschenlampe in die linke Hand, hielt sie in die Höhe und richtete sie von sich weg. Dann nahm er einen tiefen Atemzug, atmete wieder aus und wirbelte um die Ecke.

Er drückte den Knopf am Ende der Taschenlampe und dann gleich noch mal. Bei den SEALs und beim Secret Service hatte er dieses Vorgehen Tausende Male geübt. Der Lichtimpuls währte nur eine Sekunde oder weniger, doch es war erstaunlich, wie viele Informationen das Gehirn in so kurzer Zeit aufnehmen und verarbeiten konnte.

Wegen des Nebels war es zwar, als würde man durch eine mit Vaseline beschmierte Scheibe schauen, aber Harvath konnte dennoch genug erkennen.

Da waren zwei Männer. Sie trugen Jeans, Wanderschuhe

und anorakartige Jacken, die für diese Höhenlage und Temperaturen wenig geeignet schienen. Beide waren körperlich fit und hatten kurze Militärhaarschnitte. Einer der Männer saß; der andere hockte neben ihm und drückte nahe der Leistenbeuge eine Art Verband auf sein Bein. Der Verwundete hatte eine Pistole mit Schalldämpfer in der Hand, und obwohl Harvath kein Schießeisen bei ihm gesehen hatte, ging er davon aus, dass der andere Mann ebenfalls bewaffnet war.

Diese Annahme wurde beinahe augenblicklich bestätigt, als ein Hagel schallgedämpfter Schüsse Steinsplitter aus der Mauer hinter Harvath riss, die ihm um die Ohren flogen.

Rasch zog sich Harvath wieder hinter die Ecke zurück. Das waren keine von Tellos Leuten. Tatsächlich erinnerten sie ihn stark an die Männer aus Paris.

Er kauerte sich nieder, zielte mit der Pistole um die Ecke und feuerte mehrmals schnell hintereinander. Die Männer hatten keine Deckung, und er hatte vor, sich diesen Vorteil zunutze zu machen.

Er hatte den Schalldämpfer seiner Waffe nicht aufgeschraubt, aber obwohl der Nebel einen Gutteil des Lärms verschluckte, klangen die Schüsse der großen .45er noch immer wie Donnerschläge.

Er stand auf, drückte sich mit dem Rücken gegen die Wand und wechselte das Magazin. Als er so weit war, streckte er die Hand um die Ecke und feuerte blind eine weitere Salve ab.

Er zog die Pistole zurück, wechselte erneut das Magazin und wartete, sein Ohr so dicht wie möglich an der Mauerkante, doch von der anderen Seite war kein Laut zu vernehmen.

Sorgsam darauf bedacht, selbst keine Geräusche zu machen, spähte er rasch um die Ecke. Nichts geschah. Entweder konnten sie ihn durch den Nebel nicht sehen, oder sie waren nicht mehr in der Lage, das Feuer zu erwidern. Harvath musste es herausfinden.

Nachdem er seine Waffe bereit gemacht hatte, wollte er ein weiteres Mal um die Ecke blicken, überlegte es sich dann aber anders und trat zurück. Wenn die Männer auf ihn lauerten, war das genau die Richtung, aus der sie ihn erwarten würden. Er rief sich ins Gedächtnis, dass die einzige Erste Hilfe, die einem unter Beschuss wirklich half, darin bestand, das Ziel mit Kugeln zu beharken. Wäre die Situation umgekehrt gewesen, hätte Harvath das Feuer erwidert, während er seinen Kameraden in Sicherheit schleifte. Anschließend hätte er versucht, seinen Angreifer von der Seite zu attackieren.

Harvath setzte sich in Bewegung; sein einziger Gedanke galt dem Neutralisieren der Bedrohung. Knapp fünfzehn Meter weiter trat einer der Männer, die gekommen waren, um ihn von dieser Seite anzugreifen, aus dem Nebel, und Harvath nutzte die Gelegenheit, um ihn auszuschalten.

Der Mann rechnete nicht damit, ihn zu sehen, und obgleich er schnell reagierte, war Harvath schneller.

Harvath dachte an die Schutzwesten, die die Männer in Paris getragen hatten, drückte den Abzug durch und verpasste dem Mann zwei Kugeln in die Stirn; er fiel tot zu Boden.

Er kickte die Waffe des Mannes beiseite und tastete ihn rasch ab. Wie er vermutet hatte, trug der Mann eine kugelsichere Weste. Er war noch jung, vielleicht Mitte oder Ende zwanzig, genau wie die Männer in Paris. Und wie die Männer in Paris trug er kein Fitzelchen Papier bei sich, das vielleicht enthüllt hätte, wer er war, woher er kam oder wer ihn geschickt hatte. Alles, was er bei sich hatte, war ein kleines, an seinen Gürtel geklemmtes Funkgerät samt angeschlossenem Headset, das Harvath ihm abnahm.

Er stand auf und strengte sich an, durch den Nebel irgendwelche Geräusche zu vernehmen, die verraten hätten, dass sich ihm jemand näherte. Doch alles blieb still. *Zu* still.

Nachdem er das Headset aufgesetzt und das Funkgerät am Innenfutter seines Mantels festgeklippt hatte, machte er sich auf die Suche nach dem anderen Schützen.

Er fand den Mann fast genau an derselben Stelle, wo er ihn das letzte Mal gesehen hatte, nur mit dem Unterschied, dass er jetzt tot in sich zusammengesackt war. Auch er war etwa Mitte zwanzig. Der Oberteil seines linken Beins sowie ein Teil seines Bauches unterhalb der Schutzweste schienen von einer Schrotflintensalve aus kurzer Distanz weggepustet worden zu sein. Harvath tastete ihn rasch ab, doch genau wie sein Partner trug er nicht das Geringste bei sich.

Harvath ließ den Leichnam liegen und schlich um das Haus herum zur Seitentür zurück, die noch immer weit offen stand. Er trat ein und verharrte mehrere Sekunden lang reglos, um zu lauschen. Es war kaum hell genug, um irgendetwas zu erkennen.

Schließlich setzte er sich langsam wieder in Bewegung. Aus dem kleinen Flur huschte er durch die Vorratskammer in die Küche. All seine Sinne waren bis zum Äußersten angespannt. Das einzige Geräusch, das er hörte, stammte von einer alten hölzernen Uhr, die im Wohnzimmer weiter vorn vor sich hin tickte.

Er ging von der Küche in den Essbereich und blieb stehen. Schlagartig richteten sich die Härchen in seinem Nacken auf. Im Wohnzimmer sah er einen umgekippten Beistelltisch auf dem Boden liegen, neben etwas, bei dem es sich vermutlich um eine Blutlache handelte. Allerdings war es zu dunkel, als dass er aus dieser Entfernung mehr erkennen konnte, und Harvath hatte nicht vor, seine Taschenlampe zu benutzen.

Als er hinüberging, sah er Tellos kräftige Gestalt unweit des Sofas mit dem Gesicht nach unten auf dem Boden hingestreckt. Nachdem er den Raum überprüft hatte, eilte er zu ihm hinüber und rollte Tello vorsichtig auf den Rücken.

Der Mann hatte eine Kugel in die Stirn und eine unmittelbar unter die Nase bekommen. Seine Augen waren offen, aber leblos und unfokussiert. Der ETA-Hauptmann war tot.

Ging es hier darum? War das Ganze ein Mordanschlag? Ausgeführt von irgendeiner rivalisierenden Gruppe? Vielleicht von jemandem aus dem organisierten Verbrechen? Steckte vielleicht die spanische Regierung dahinter?

Der Gedanke war Harvath kaum in den Sinn gekommen, als er auch bereits die Antwort auf seine Fragen erhielt. »Keine verfluchte Bewegung«, sagte eine Männerstimme irgendwo hinter ihm. Der Mann sprach Englisch und klang wie ein Amerikaner. Sein Tonfall war großspurig und großstädtisch. »Lass deine Waffe fallen, Arschloch.«

Im Raum war es so dunkel, dass der Mann hinter ihm ihn vermutlich zuerst erschossen hätte, selbst wenn Harvath versucht hätte, herumzuwirbeln und zu feuern. Ihm blieb keine andere Wahl, als zu gehorchen und seine Pistole neben Tellos Leiche auf den Boden zu legen.

»Auf die Knie«, befahl der Mann. »Na, los!«

Harvath tat wie geheißen.

»Hände hinter den Kopf. Mit verschränkten Fingern.«

»Wer sind Sie?«, wollte Harvath wissen. »Was wollen Sie hier?«

»Schnauze«, sagte der Mann. »Die Hände hinter den Kopf. Sofort!«

»Erst wenn Sie mir gesagt haben, wer Sie sind und was hier vorgeht.«

Der Mann pumpte zwei schallgedämpfte Kugeln in die Couch gleich rechts neben der Stelle, wo Harvath kniete.

Harvath hob die Arme und verschränkte seine Finger hinter dem Kopf. »Du legst dich mit dem falschen Kerl an, mein Freund.«

»Schnauze«, wiederholte der Mann und sprach dann in sein Funkgerät: »Rot zwo an Rot eins. Zielperson in Gewahrsam. Gebäude B. Over.«

Harvath hatte noch immer das Headset auf und konnte den Funkverkehr mithören. »Verstanden, Rot zwo«, erwiderte eine Stimme. »Gebäude B. Over.« *Waren es insgesamt nur vier Mann?* Bislang hatte er keine anderen Stimmen über Funk gehört.

»Rot zwo an Rot drei. Lagebericht! Over«, sagte der Mann hinter Harvath. Die Verwendung des Begriffs *Lagebericht* ließ auf einen militärischen Hintergrund schließen.

Es kam keine Antwort.

»Rot zwo an Rot drei. Hörst du mich? Over.«

Mehrere Sekunden verstrichen. Noch immer keine Reaktion. Falls es bloß noch zwei andere Kerle gab, hatte Harvath bereits beide erledigt. »Ihr hättet mehr Männer mitbringen sollen«, sagte er.

Der Mann ignorierte ihn. »Rot zwo an Rot vier. Over.« Er wartete und versuchte dann erneut, Rot vier zu erreichen. Schließlich gab er es auf und rief Rot eins.

»Weitermachen, Rot zwo. Over.«

»Ist das Gelände gesichert? Over.«

»Ist es. Over.«

»Ich will, dass du dich auf die Suche nach Rot drei und Rot vier machst. Fang bei Gebäude B an und arbeite dich dann weiter nach außen vor. Over.«

»Roger. Rot eins Ende.«

Dann wandte der Mann seine Aufmerksamkeit und seinen geballten Zorn seinem Gefangenen zu. »Meine Befehle besagen lediglich, dass du sterben sollst. Wie schnell oder langsam, haben sie nicht gesagt.«

»Von wem hast du deine Befehle?«, fragte Harvath.

»Das geht dich verflucht noch mal nichts an, Verräter.«

Verräter? Der Begriff erstaunte ihn. Einen Moment lang wusste er nicht, was er darauf erwidern sollte. Schließlich sagte er: »Ich fürchte, da hast du definitiv den Falschen erwischt.«

»Nein, ich habe genau den Richtigen, du mieser Penner. Du wirst schon sehen, was du davon hast, dein Land zu verraten!«

Harvath hatte das Gefühl, ins Gesicht geschlagen zu werden. *Verräter? Hochverrat?* »Wovon zum Teufel redest du da? Du denkst, ich bin ein Landesverräter?«

»Dieses Urteil steht mir nicht zu. Ich führe lediglich meine Befehle aus«, erklärte der Mann.

»Und wer erteilt dir deine Befehle?«

»Das geht dich nichts an.«

»Aha. Ich bin also ein Hochverräter, und ihr seid hier, um mich zu töten, aber wer euch geschickt hat, geht mich nichts an?«

»Du quatschst zu viel«, schnappte der Mann.

»Und du zu wenig. Ihr macht einen gewaltigen Fehler. Ich sage dir, ich bin der Falsche.«

»Maul halten.«

Harvath wusste instinktiv, dass ihm die Zeit davonlief. »Du bist Soldat, nicht wahr? Oder zumindest warst du mal beim Militär. Bei welcher Gattung?«

Der Mann ignorierte ihn.

»Bevor ich zum Secret Service kam, war ich ein SEAL.«

»Ich kenne deine Akte«, entgegnete der Mann.

»Dann weißt du ja, was ich alles für mein Land getan habe. Du schuldest mir eine Erklärung.«

»Ich schulde dir einen Scheißdreck«, tönte er, während er seine Aufmerksamkeit wieder seinem Funkgerät zuwandte. »Rot zwo an Rot eins. Wie lautet dein Status? Over.«

»Hab noch nichts gefunden, Rot zwo. Over.«

»Beeil dich. Rot zwo Ende.«

Irgendetwas an diesem Kerl ergab keinen Sinn, etwas, das Harvath nicht recht zu deuten vermochte. Er verhielt sich militärisch, aber gleichzeitig haftete ihm eine gewisse Straßenschläger-Aura an. »Hör zu«, sagte Harvath. »Ihr könnt nicht einfach so ohne Gerichtsprozess einen amerikanischen Staatsbürger töten.«

»Doch. Wenn du auf der Liste stehst, schon. Verräter.«

»*Liste?* Auf welcher Liste? Wovon zur Hölle redest du da?«

Der Mann wurde von irgendetwas abgelenkt und antwortete nicht. Als Harvath ihn dazu zu bringen versuchte, seine Frage zu beantworten, senkte er die Stimme und flüsterte ernst: »Halt verflucht noch mal die Fresse.«

Das kaum hörbare Knirschen einer Bodendiele ertönte, als der Mann sein Gewicht verlagerte und sich nach rechts drehte.

Dem folgte ein donnerndes Krachen, das Harvaths Ohren klingeln ließ. Er griff nach seiner Pistole, wirbelte herum und brachte die Waffe gerade rechtzeitig in Anschlag, um zu sehen, wie der Mann nach vorn fiel und flach auf dem Gesicht landete – tot. Eine Schrotsalve hatte sich ihren Weg durch seinen Hals nach oben und durch seine Schädelbasis gebahnt.

Im Esszimmer stand Padre Peio, eine rauchende Lupara in den Händen.

Bevor Harvath ein Wort über die Lippen bekam, sah er, wie sich hinter dem Priester ein Schemen in der Küche bewegte. »Peio! Waffe! Runter!«, rief er. Doch es war bereits zu spät. Anstatt sich zu Boden fallen zu lassen, wirbelte Peio herum.

Wer zuerst feuerte, war schwer zu sagen, ob es Harvath oder der Mann war, der Rot eins sein musste.

Während Peio zu Boden stürzte, zog Harvath wieder und wieder den Abzug durch; dabei wanderten seine Kugeln immer höher, von der oberen Brust des Angreifers über seine Kehle bis schließlich in die Furche unter seiner Nase, dem Philtrum.

Die Waffe des Angreifers schlug klappernd auf den Küchenboden, als der Mann zusammenbrach und Harvath seinem Freund zu Hilfe eilte.

23

Glücklicherweise waren Padre Peios Verletzungen nicht lebensgefährlich. Er hatte zwei Kugeln in die Schulter abbekommen. Eine war glatt durchgegangen, die andere steckte noch drinnen, und der Reaktion nach zu urteilen, als Harvath einen Druckverband anlegte, befand sie sich dicht am Knochen und bereitete dem Priester arge Schmerzen.

Dennoch versuchte er aufzustehen. »Ich muss mich der Verblichenen annehmen.«

Für die Toten zu beten war das Letzte, wonach Harvath jetzt der Sinn stand. Vielmehr wollte er Antworten, und zwar zuerst und vor allem auf die Fragen, wer ihn als Hochverräter gebrandmarkt und ein Kopfgeld auf ihn ausgesetzt hatte? Und weswegen? Was warf man ihm vor? Und wie konnten sie ihn hier aufspüren?

Diese letzte Frage ließ sich am einfachsten beantworten. Sie mussten ihm über den Alten auf die Schliche gekommen sein. Ihr Austausch über Skype war die einzige Verbindung zu seinem Aufenthaltsort. Zwar hatte er versucht, seine Position zu verschleiern, indem er die Daten über etliche Server auf der ganzen Welt umgeleitet hatte, doch offensichtlich hatte derjenige, der es auf ihn abgesehen hatte, sich davon nicht täuschen lassen.

Peio mühte sich erneut, auf die Beine zu kommen, und Harvath konzentrierte sich wieder darauf, die Blutung des Priesters zu stoppen. Nachdem er den Blutfluss so gut eingedämmt hatte, wie er irgend konnte, half er dem Priester aufzustehen.

Peio ging zu Tello hinüber und betete für den toten Basken, während Harvath die Leichen der beiden Angreifer durchsuchte. Genau wie die anderen waren sie jung und trugen nichts bei sich, das sie identifiziert hätte. Der Bursche, der Harvath umbringen wollte, hatte eine Handvoll Tätowierungen, von denen einige recht plump waren und offenkundig nicht von einem Profi stammten.

Nachdem Peio für die beiden Angreifer im Haus gebetet hatte, half Harvath ihm zur Tür und zeigte ihm, wo die anderen beiden lagen. Der Priester sprach ein paar Worte der Andacht, und sie gingen weiter.

Als sie sich dem toten Basken auf halbem Wege zwischen dem Haupthaus und den Ställen näherten, wurde Harvath klar, woher Peio die Lupara hatte. Was er hingegen nicht verstand, war, warum er überhaupt zurückgekommen war.

Er stellte diese Frage dem Priester, der jedoch davon absah, ihm darauf zu antworten. Er wollte seine Kräfte schonen. Harvath hatte Verständnis dafür und bot Peio seine Schulter an, um ihn zu stützen. Sie konnten sich auch nachher noch unterhalten.

Er kannte sich auf dem Farmgelände gut genug aus, um den Priester durch den sich langsam auflösenden Nebel zu den Leichen zu lotsen. Wer immer diese Burschen waren, sie verstanden ihr Handwerk. Tellos Männer waren alle tot, einschließlich Augenbraue und Narbenfresse. Kein Einziger von ihnen war am Leben geblieben. *Was zur Hölle ging hier vor? Warum waren diese Killer so jung, und was hatte es mit dieser »Liste« auf sich, auf der Harvath dem Jungen zufolge stand? Und was am wichtigsten war: Warum nannte er*

Harvath einen Hochverräter? Nichts von alldem ergab einen Sinn.

Bald darauf stießen sie auf die Hunde. Harvath verabscheute es, wenn Tiere getötet wurden. Natürlich verstand er, warum das bei einem solchen Überfall notwendig war, aber er hasste es dennoch. Wenn er selbst bei einem Einsatz mit Tieren konfrontiert wurde, versuchte er stets, eine Möglichkeit zu finden, die Situation zu klären, ohne sie umbringen zu müssen.

Als Peio schließlich für alle Toten gebetet hatte, wollte Harvath ihn zurück zum Haupthaus bringen, damit er sich ausruhen konnte, doch der Priester weigerte sich. »Die Sonne geht bald auf«, sagte er. »Sie müssen hier weg.«

»Was ist mit Ihnen?«, entgegnete Harvath. »Sie brauchen einen Arzt.«

Der Mann schüttelte den Kopf. »In dieser Gegend würde ein Priester mit einer Schusswunde genug Tratsch für das nächste Jahrhundert liefern. Ich darf mit dem, was hier geschehen ist, nicht in Verbindung gebracht werden. Vater Lucas wird sich um meine Verletzungen kümmern.«

»Haben Sie überhaupt eine Ahnung, wie leicht sich Schusswunden infizieren?« Noch bevor die Worte ihm gänzlich über die Lippen gekommen waren, bedauerte Harvath sie bereits. Natürlich wusste Peio das. Bevor er Priester wurde, hatte er jede Menge Erfahrung mit Kugeln gesammelt. »Sie brauchen Antibiotika.«

»Wir haben alles Nötige im Kloster. Keine Sorge.«

Peio war ein zäher Bursche. »Sie haben mir immer noch nicht gesagt, warum Sie eigentlich zurückgekommen sind«, erklärte Harvath.

»Ich habe etwas von Nicholas gehört.«

Harvath blieb stehen und drehte sich um, um den Priester anzusehen. »Wann? Wie?«

»Wir verwenden die Webseite des Waisenhauses in Belarus, um füreinander Nachrichten zu hinterlassen. Nicholas hat alles so eingerichtet, dass niemand etwas von unserer Kommunikation mitbekommt.«

Harvath hatte ebenfalls darauf vertraut, dass seine Skype-Verbindung zum Alten nicht gefährdet war, doch nach dem, was gerade passiert war, schien nichts mehr sicher zu sein. »Woher wissen Sie, dass Sie tatsächlich Kontakt zu Nicholas hatten? Wie können Sie sich da sicher sein?«

»Durch den Authentifizierungsvorgang«, erklärte Peio. »Das Ganze läuft ähnlich wie bei einem toten Briefkasten. Es gibt da eine andere Seite, auf der ich einen nichtssagenden Hinweis hinterlasse. Ich glaube, Nicholas benutzt diese Seite bei vielen seiner Kontakte, also so eine Art Nachrichten-Radarschirm. Ich hinterlasse dort einen Hinweis, der ihm signalisiert, dass auf der Waisenhaus-Seite eine Botschaft auf ihn wartet. Dann geht er auf die Waisenhaus-Seite, doch er kann meine Nachricht erst lesen und beantworten, wenn er meinen Hinweis richtig deutet, der gleichzeitig als Passwort dient.«

»Wie viele andere Leute wissen noch von Ihrem Chat-System?«

Peio schaute Harvath an, als wunderte er sich über die Frage. »Sind Sie jemals jemandem begegnet, für den die Sicherheit seiner Kommunikation einen derart hohen Stellenwert hat wie für Nicholas?«

Damit brachte der Priester ein gutes Argument vor, und obgleich kein System jemals hundertprozentig sicher war, hatte Nicholas einige Kommunikationsarten entwickelt, die extrem schwierig zu knacken waren, häufig, indem er sie quasi direkt vor aller Augen verbarg, wie bei der Sache mit dem Waisenhaus. »Was hat er gesagt?«

Peio atmete ein und zog unvermittelt eine Grimasse.

»Sie müssen sich von mir ins Krankenhaus bringen lassen, Vater. Zum Kloster zurückzureiten schaffen Sie nicht.«

Der Mann zwang sich zu einem Lächeln. »Und ob ich das schaffe.«

»Peio, das sind drei Stunden zu Pferde.«

»Und ich werde jede einzelne Minute davon brauchen, um meinen Frieden mit Gott zu machen und für das Buße zu tun, was ich getan habe.«

»Sie haben mir das Leben gerettet. Danke.«

Der Priester hielt die Hand in die Höhe. »Uns bleibt nicht viel Zeit. Ich will Ihnen erzählen, was Nicholas gesagt hat.«

Harvath nickte.

»Als Sie über den Tabakhändler mit mir in Verbindung getreten sind, wusste ich, dass irgendetwas im Argen liegt. Wie ich bereits sagte, hinterließ ich Nicholas daraufhin eine Nachricht. Ich wollte wissen, warum Sie herkommen. Vor einigen Stunden erhielt ich endlich eine Antwort. Er sagte, er sei auf etwas gestoßen – und dass Sie so schnell wie möglich zurückkommen sollen.«

»Hat er Ihnen gesagt, worauf er gestoßen ist?«

»Nein. Wir halten unsere Kommunikation so vage wie möglich. Obwohl Nicholas der Ansicht ist, sein System sei sicher, ist er trotzdem sehr vorsichtig. Alles ist so getarnt, dass es sich anhört, als ginge es um Waisenhaus-Angelegenheiten. Allerdings hat er mich gebeten, Ihnen eine bestimmte Botschaft zukommen zu lassen.«

»Und welche?«

»›Ein kleiner Tipp: Nimm dich vor allzu aufdringlichen

Promis in Acht.‹ Können Sie damit irgendetwas anfangen?«

Das konnte er in der Tat. Die Nachricht bezog sich auf zwei Software-Programme, die Geheimdienste auf der ganzen Welt verwendeten. PROMIS war das Akronym für das erste dieser Programme, das Prosecutor's Management Information System. Das war der Vorgänger von TIP, dem Total Information Paradigm, also dem Totalen Informationsparadigma.

PROMIS arbeitete rund um die Uhr, sieben Tage die Woche, vierundzwanzig Stunden am Tag, um nach Zusammenhängen und Wechselbeziehungen zwischen Menschen, Orten und Firmen zu suchen. Das Programm eignete sich hervorragend dazu, um sich Zugriff auf geschützte Datenbanken zu verschaffen, beispielsweise die von Banken, Kreditkartenunternehmen, E-Mail-Providern, Telefongesellschaften und anderen nützlichen Institutionen. Mithilfe komplexer Algorithmen erstellte das Programm dann detaillierte Verbindungsdiagramme, die jeden Schritt eines Verdächtigen nachvollzogen und anzeigten, wen er kannte und mit wem er interagierte.

Da das Programm anhand grundlegender persönlicher Daten ein genaues Profil der Zielperson erstellen konnte und auch Zugriff auf die Unterlagen der Stadtwerke hatte, konnte PROMIS allein dadurch, dass die Person plötzlich mehr Wasser oder Strom verbrauchte, darauf schließen, dass sich jetzt vermutlich mehr Leute im Haus oder der Wohnung des Verdächtigen aufhielten als zuvor. Anschließend durchforstete das Programm die Anrufprotokolle und E-Mails des Verdächtigen und suchte nach Kontakten, deren Versorgungswerte gesunken waren. Dann durchkämmte PROMIS die Kreditkartenbelege, um zu sehen, ob die Kontakte mit den reduzierten Versorgungswerten möglicherweise Flugtickets oder Zugfahrkarten gekauft hatten, und falls ja, wohin. Das Programm lokalisierte sämtliche Funkmasten, die sich in Reichweite der Handys der Kontakte befanden, und ermittelte, wie viel Geld sie für Autobahngebühren und Benzin ausgaben, um herauszufinden, wer sich bei dem Verdächtigen im Haus aufhielt und zum gesteigerten Strom- und Wasserverbrauch beitrug.

PROMIS arbeitete rund um die Uhr, ohne je zu schlafen oder innezuhalten, was dem Programm den Spitznamen »Terminator« eingebracht hatte. Das war seinerzeit eine angemessene Bezeichnung, doch der wahre Terminator kam danach – TIP.

Das Total Information Paradigm baute auf PROMIS auf und kombinierte das Programm überdies mit Künstlicher Intelligenz. Dadurch wurden die Informationsbeschaffungskapazitäten der internationalen Geheimdienste schlagartig verhundertfacht. Es war, als würde man von einem Prius in einen Lamborghini umsteigen. TIP konnte nicht bloß denken wie ein Mensch, sondern angeblich sogar menschliches Verhalten vorausahnen.

Nicholas hätte ihm nicht eigens raten müssen, »unter dem Radar« zu bleiben. Immerhin war er derjenige gewesen, der Harvath so eingehend mit den Programmen PROMIS und TIP vertraut gemacht hatte. Abgesehen davon, dass sein Vorgehen guter Spionagepraxis entsprach, waren diese Programme der Grund dafür, warum Harvath sich entschieden hatte, sich ausgerechnet mit Peio in Verbindung zu setzen, und zwar auf genau die Art und Weise, wie er es getan hatte. Der Priester würde in keinem Verbindungsschema oder Datengewinnungsprogramm auftauchen, das ihm auf die Schliche zu kommen versuchte.

Dass Nicholas ihn eigens darauf hinwies, wie wichtig es war, von keinem der beiden Programme aufgespürt zu werden, konnte bloß bedeuten, dass PROMIS und TIP aktiv nach ihm fahndeten.

»Hat er sonst noch etwas gesagt?«, fragte Harvath den Priester.

»Er meinte, ich solle alles tun, was in meiner Macht steht, um Ihnen dabei zu helfen zurückzukommen. Bedauerlicherweise sind meine Kontakte auch nicht mehr das, was sie mal waren. Ihnen einen neuen Pass mit einem anderen Namen zu besorgen wird eine Weile dauern.«

»Den habe ich bereits, also machen Sie sich darüber keine Gedanken.«

Peio nickte. »Das hätte ich mir eigentlich denken können.«

»Allerdings brauche ich irgendetwas, womit ich mein Flugticket kaufen kann. Ich habe bloß Bargeld bei mir, und das würde sofort für Argwohn sorgen.«

»Ich kenne jemanden bei Iberia Airlines. Die Angestellten buchen über das interne Firmennetzwerk häufig Tickets für Freunde. Dabei bezahlen die Angestellten mit ihrer eigenen Kreditkarte und bekommen das ausgelegte Geld dann von ihren Freunden zurückerstattet.«

Offensichtlich hatte sich Peio schon bei früheren Reisearrangements der Hilfe dieses »Freundes« bedient. Zweifellos bedeutete »Zurückerstattung« in diesem Fall den regulären Ticketpreis plus einen Aufschlag für Peios Kontaktmann, der die Buchung durchführte.

Da er mit einem italienischen Pass reiste, beschloss Harvath, sich einen Zielflughafen auszusuchen, der bei Italienern besonders beliebt war. »Wie oft fliegt Iberia nach New York City?«, fragte er.

»Genau das ist der springende Punkt«, entgegnete Peio. »Ich denke, Nicholas hat einen anderen Plan für Sie.«

»Wie kommen Sie darauf?«

»Er meinte, bevor Sie sich auf den Heimweg machen, sollten Sie einen Zwischenstopp bei einem Waisenhaus einlegen, zu dem er gewisse Beziehungen unterhält.«

»Bei dem in Belarus?«, fragte Harvath.

»Nein, bei einem in Mexiko.«

24

Maryland

Im 184,5 Meilen langen Chesapeake & Ohio Canal National Historic Park gab es über 1300 historische Bauten. Viele davon standen der Öffentlichkeit zur Verfügung, darunter auch sechs Schleusenwärterhäuschen, die als »Kanalquartiere« bekannt waren und für Übernachtungen von Besuchern gebucht werden konnten, die wissen wollten, wie das Leben neben dem einstmals florierenden Kanal gewesen sein mochte, der parallel zum Potomac verlief. Die Häuschen waren mit Küchen, Schlafzimmern und Badezimmern sowie sämtlichen Annehmlichkeiten der Neuzeit ausgestattet. Die Schleusenwärterhäuschen trugen die Nummern 6, 10, 22, 25, 28 und 49. Das »blaue« Häuschen, das seinen Namen der Farbe seiner Fensterläden und der Eingangstür verdankte, war zwar ebenfalls sehr alt und für Übernachtungen ausgebaut, für die Öffentlichkeit jedoch unzugänglich – und das aus gutem Grund.

Das blaue Schleusenwärterhäuschen gehörte der Central Intelligence Agency. Während des Kalten Krieges hatten hier einige der wichtigsten sowjetischen Überläufer der CIA Bericht erstattet. Seitdem hatte sich die Bezeichnung »Hinter der blauen Tür« zu einem Synonym für Verhöre auf allerhöchster Ebene etabliert. Allerdings hatten die meisten Agenten, die den Begriff verwendeten, nicht die geringste Ahnung, wo genau sich diese blaue Tür befand, geschweige denn, dass sie zu einem winzigen C&O-Kanalhaus gehörte. Viele vermuteten einfach, die Tür sei irgendwo tief in den Eingeweiden des Hauptquartiers zu finden, in einem Bereich, zu dem lediglich der Direktor und eine Handvoll privilegierter anderer Zutritt hatten.

Reed Carlton sah das Zeichen – eine an der Veranda lehnende Vogelfeder – und wusste, dass die Vordertür offen sein würde. Er machte sich nicht die Mühe anzuklopfen; das brauchte er nicht.

In einem Sessel vor dem kleinen Kamin, in dem Holzscheite brannten, saß ein Mann und las. Er schaute nicht auf, als Carlton eintrat. Er schien damit zufrieden zu sein, sein Buch zu lesen und dem Knistern des Feuers zu lauschen.

Der Name des Mannes war Thomas Banks. Die, die ihn kannten, nannten ihn Tom. Die, die ihn aus dem Krieg kannten, nannten ihn Tommy. Zwar hatte Carlton nicht mit ihm zusammen gedient, aber er hatte unter ihm bei der CIA gearbeitet und schließlich seinen Posten übernommen, womit er sich das Recht verdient hatte, ihn ebenfalls Tommy zu nennen.

Tommy Banks war einer der jüngsten OSS-Agenten im Zweiten Weltkrieg gewesen; seine Heldentaten waren der Stoff, aus dem Legenden sind. Obwohl Banks abgesehen vom »Indianerkampf«, wie er es gern nannte, keine nennenswerten Fähigkeiten besaß, hatte er sich bereit erklärt, beim Aufbau der Central Intelligence Agency zu helfen. Er fand seine Nische im Planungsdirektorat, das später als National Clandestine Service (NCS) firmierte – jenem Zweig der CIA, der zuständig war, ausländische Einsatzkräfte zu rekrutieren und Geheimoperationen in aller Welt durchzuführen.

Banks arbeitete jahrzehntelang im Außendienst, bevor er in den Innendienst wechselte, um »seine Hühner großzuziehen«, wie er die jüngeren Agenten nannte, und ihnen alles beizubringen, was er wusste, damit sie sogar noch besser wurden, als er es war. Schließlich übernahm Banks als Vizedirektor die Leitung der Abteilung, damals, als sie noch als Operationsleitung (oder Directorate of Operations) bekannt war.

Vieles von dem, was Reed Carlton über Spionage und Geheimaktivitäten wusste, hatte er von diesem bemerkenswerten Mann gelernt, einem stillen Rockstar in den Kreisen der amerikanischen Geheimdienste und der Politik. Obwohl die meisten Bürger noch nie etwas von ihm gehört hatten, gab es in D.C. keine einzige mächtige Persönlichkeit, die er nicht innerhalb von Minuten ans Telefon bekam.

»Ich habe dich bereits den Pfad hochstapfen hören, als du noch eine Meile entfernt warst«, sagte der Mann, als Carlton die Tür schloss. »Scheint, als müssten wir dich noch mal in die Grundausbildung schicken.«

Er schüttelte den Kopf. »Ich glaube, ich bin langsam zu alt für weiteres Training, Tommy.«

»Man ist nie zu alt, Peaches. Bloß zu bequem.«

Peaches. Diesen Spitznamen hatte Carlton schon lange nicht mehr gehört. Er hatte Mühe, sich daran zu erinnern, wem genau er ihn verdankte, aber der Grund dafür war seine Art der Verhörführung. Obwohl er in jeder Hinsicht das Auftreten eines Gentleman besaß, konnte er beim Verhör eines Gefangenen absolut skrupellos sein. Standen amerikanische Leben oder amerikanische Interessen auf dem Spiel, tat er alles, was notwendig war, um die Informationen zu erhalten, die er brauchte. Er konnte die Antithese von Freundlichkeit sein, weshalb viele seiner Kollegen und sogar ein oder zwei Vorgesetzte seinen ironischen Spitznamen so passend fanden.

»Apropos bequem«, fuhr Banks fort; ungeachtet des Umstands, dass er den Großteil seines Lebens in der näheren Umgebung der Landeshauptstadt verbracht hatte, war der leicht gedehnte Tennessee-Akzent in seiner Stimme nach wie vor nicht zu überhören. »Du hast doch kein Handy zu diesem Treffen mitgebracht, oder?«

»Da solltest du mich besser kennen.«

Banks grunzte beifällig. »Diese ganze verdammte Technik ist gefährlich. Du hast doch kein Navi benutzt, um hierher zu finden, oder?«

Carlton schüttelte den Kopf. »Ich bin mit meinem alten Jeep hergefahren. Der hat kein GPS.«

»Und auch keins dieser elenden OnStar-Systeme*?«

»Nein. Auch kein OnStar.«

»Gut«, entgegnete Banks. »Die Leute sind inzwischen so gleichgültig, dass sie lieber einem Unternehmen erlauben, all ihre Bewegungen aufzuzeichnen und ihre privaten Gespräche mitzuhören, anstatt zu lernen, wie man eine Karte liest.«

Carlton hängte seinen Mantel an einen Haken neben der Tür. »Eigentlich ist das System ganz nützlich. Sie haben mal den Wagen meiner Assistentin ferngeöffnet, als sie die Autoschlüssel drinnen hatte stecken lassen.«

»Dafür hat Gott uns Steine gegeben«, bemerkte Banks.

---

* OnStar ist ein in den USA weitverbreitetes Notrufsystem, mit dem sich Fahrzeuge außerdem orten und sogar fernstarten oder -blockieren lassen. Durch die von der EU angekündigte Notrufsystem-Pflicht soll das System ab 2015 auch hierzulande zum Einsatz kommen; Anmerkung des Übersetzers.

»Nichts gegen dich, aber wenn man so beschränkt ist, seinen Schlüssel im Wagen einzuschließen, sollte man die ein oder zwei Stunden, die man dasitzt und auf den Mann mit dem Dietrich wartet, vielleicht dazu nutzen, um über den eigenen IQ nachzusinnen.«

Der Mann war so jähzornig wie eh und je. Er hatte nicht viel für dumme oder faule Menschen übrig. Genau wie Carlton gehörte er einer Generation an, in der die Leute noch erwarteten, dass man die Dinge selbst anpackte. Sie hockten nicht herum und warteten darauf, dass andere etwas für sie erledigten. »Danke, dass du diesem Treffen zugestimmt hast, Tommy.«

»Nun, du hast mir ja kaum eine andere Wahl gelassen, oder?«, gab der ältere Mann zurück, während er das Buch schloss und seinen Gast zu sich herüberwinkte.

Carlton gesellte sich zu ihm und nahm vor dem Kamin in dem Sessel ihm gegenüber Platz. »Es war nicht wirklich schwierig, dich zu erreichen. Du bist ein Gewohnheitstier. Das ist gefährlich.«

Banks nickte. »Ich liebe meinen Morgenspaziergang.«

Er lebte allein in einem kleinen Stadthaus in Georgetown, und sein allmorgendlicher Spaziergang führte ihn an vielen der toten Briefkästen vorbei, die er im Kalten Krieg benutzt hatte. Genau diese Briefkästen hatte der alte Spion vor vielen Jahren benutzt, um Carlton und seine jungen CIA-Kollegen auszubilden. »Glücklicherweise kenne ich deine Route.«

Einen Moment lang schweiften die Gedanken des älteren Mannes in die Vergangenheit. »Als ich diese Holzkohlemarkierung sah, war ich wirklich überrascht. Zuerst dachte ich, das Ganze sei ein Versehen oder dass vielleicht eine neue Gruppe meine alte Strecke fürs Training benutzt.

aber dann sah ich in den Briefkasten und fand deine Nachricht. Ich nahm an, dass du dir entweder ein Späßchen mit mir erlaubst oder die Sache ernst ist.«

»Ich erlaube mir kein Späßchen mit dir, Tommy. Die Sache *ist* ernst. Und du bist der Einzige, an den ich mich in dieser Angelegenheit wenden kann.«

»Wenn ich der Einzige bin, zu dem du damit kommen kannst, dann steckst du *wirklich* in der Klemme. Was ist los?«

»Die langen Messer wurden gezückt. Irgendwer hat all meine Agenten getötet und auch versucht, mich zu ermorden.«

Banks' Augen weiteten sich. »Wer? Wie?«

Carlton berichtete ihm alles, was er wusste. Er erzählte dem alten Spion von dem Brand in seinem Haus, davon, dass es ihm nicht möglich war, auf seinen Skype-Account zuzugreifen oder einen seiner Agenten auf einem der Wege zu erreichen, die sie für eben solche Notfälle eingerichtet hatten. Außerdem erwähnte er die diversen Artikel, die er im Internet über den Tod seiner Leute gefunden hatte.

Als er geendet hatte, lehnte er sich zurück und hielt dem Blick seines Ex-Bosses stand. Die Rädchen hinter der Stirn des alten Mannes drehten sich bereits, das konnte er sehen.

»Gestatte mir eine dumme Frage«, sagte Banks. »Besteht irgendeine Möglichkeit, dass eine muslimische Terrororganisation deine Gruppe derart umfassend unterminiert haben könnte?«

Carlton schüttelte den Kopf. »Ausgeschlossen. Die sind nicht nur nicht raffiniert genug, um in unser Netzwerk einzudringen; sie verfügen auch nicht über die Mittel und das Geschick, all meine Leute so aus dem Verkehr zu ziehen, wie es gemacht wurde. Dahinter steckt keine Terrororganisation.«

»Was ist mit jemandem in deiner Gruppe?«

»Ein Maulwurf?«

»Oder jemand, der sich etwas Geld verdienen wollte und auf die Schäden scheißt, die er damit anrichtet.«

Carlton dachte ein paar Sekunden darüber nach. »Nein. Meine Leute sind allesamt vertrauenswürdig, mal abgesehen von …« Seine Stimme brach ab.

»Abgesehen von wem?«

»Von Nicholas.«

»Wer ist Nicholas?«

»Der Troll.«

Banks glaubte, seinen Ohren nicht zu trauen. »Ich habe von ihm gehört. Steht er tatsächlich auf deiner Gehaltsliste?«

»Schlimmer«, sagte Carlton. »Wir hatten ihn persönlich bei uns im Gebäude, in unserer Operationsbasis. Wir haben ihm sogar ein spezielles SCIF eingerichtet.«

»Mir scheint, du solltest deine Ausbildung wirklich mal auffrischen – von Grund auf. Warum zur Hölle lässt du so jemanden ins Herz deines Unternehmens?«

»Das war nicht ich. Sondern Harvath.«

Banks kannte Harvath und mochte ihn, aber das änderte nichts an den Tatsachen. »Was zum Teufel weiß Harvath schon darüber, wie man eine Geheimdienstorganisation leitet?«

»Um ehrlich zu sein, weiß er darüber eine Menge«, sagte Carlton. »Anfangs war ich dagegen, Nicholas mit an Bord zu holen …«

»Ist das sein richtiger Name?«, unterbrach Banks. »Nicholas?«

»Was spielt das für eine Rolle?«

»Das spielt eine gewaltige Rolle. Habt ihr den kleinen Dieb wenigstens überprüft?«

»Ja, wir haben ihn überprüft, sofern uns das möglich war. Es gibt nicht viel über ihn, das sich tatsächlich verifizieren lässt.«

»Also hast du die Burgtore einfach weit aufgestoßen und ihn reinspazieren lassen. Du überraschst mich.«

»Wir haben vieles durch Firewalls gesichert«, brachte Carlton zu seiner Verteidigung vor. »Wir haben dafür gesorgt, dass er lediglich Zugriff auf bestimmte Bereiche hat.«

»Und dir ist nicht in den Sinn gekommen, dass er vielleicht Mittel und Wege finden würde, um sich Zugriff auf *alles* zu verschaffen?«

»Er war in erster Linie Harvaths Mann, aber du hättest sehen sollen, was er alles für uns getan hat, für dieses Land. Wenn das Ganze Betrug war, dann ist er der beste Hochstapler aller Zeiten.«

»Könnte er sich die Akten deiner Agenten besorgt haben?«, fragte Banks.

»Deinen Worten zufolge müssen wir doch sogar davon ausgehen, dass er Zugriff auf alles hatte.«

»Und es wäre ihm mit Sicherheit nicht schwergefallen, einen Käufer für das zu finden, was immer er verkaufen wollte. Die Katze lässt das Mausen nicht. Einmal ein Dieb, immer ein Dieb.«

Carlton schüttelte den Kopf. »Ich behaupte nicht, dass ich diese Möglichkeit nicht ebenfalls in Betracht gezogen habe.«

»Wo steckt er jetzt? Hast du versucht, mit ihm in Kontakt zu treten, seit dieses Schlamassel begonnen hat?«

»Nein, habe ich nicht.«

»Dann ist das unser erster Schritt«, erklärte Banks. »Der nächste Schritt erfordert allerdings einige Vorbereitung. Deine Jungs waren alles erstklassige Agenten. Nicht leicht zu töten. Sie auszuschalten hat ein hohes Maß an Professionalität und Können erfordert.«

»Und genau deshalb bin ich zu dir gekommen. Wer immer hinter dieser Sache steckt, hat Zugriff auf erfahrenes Militär- oder Geheimdienstpersonal.«

»Denkst du, es ist was Persönliches? Dass die Agency noch eine offene Rechnung mit dir begleichen will?«

»Um ehrlich zu sein, weiß ich momentan nicht, was ich von alldem halten soll«, gestand Carlton. »Sind wir der CIA je in die Quere gekommen? Natürlich sind wir das, aber amerikanische Einsatzkräfte ermorden, bloß um uns aus dem Verkehr zu ziehen? Ausgeschlossen. Ich denke, da steckt etwas anderes dahinter.«

»Was denn beispielsweise?«

»Keine Ahnung.«

»Ich kann dir nicht helfen, Reed, wenn du mir nicht zumindest einen *Ansatzpunkt* dafür gibst. Wem bist du sonst noch auf die Füße getreten?«, forschte Banks. »Wer hat sonst noch ein so gewaltiges Hühnchen mit dir zu rupfen?«

»Das ist das Problem. Gelegentlich hatte ich Meinungsverschiedenheiten mit ein paar Investoren, und ein paarmal wollte der Vorstand wissen, wer von uns den Längeren hat, aber das ist gewöhnlicher Firmenkram, um den ich mich kümmere, wenn es nötig ist. Nicht wie das hier. Das hier ist etwas anderes; etwas Großes. Und ganz ehrlich: Mir fällt niemand so hoch oben ein, der noch eine Rechnung mit uns offen hat.«

»Dann lautet die Frage also: *Cui bono?*«

»Exakt«, sagte Carlton. »Wer profitiert davon, mich und meine Agenten zu töten und mein Unternehmen zu zerstören? Darüber zerbreche ich mir schon die ganze Zeit den Kopf, und deshalb brauche ich deine Hilfe. Ich muss sehr vorsichtig sein, an welche Türen ich klopfe.«

»Wenn du an die falsche klopfst, könntest du dir leicht einen Kopfschuss einfangen.«

»Genau. Du hingegen hast dieses Problem nicht.«

Banks wusste, worauf sein einstiger Protegé damit hinauswollte. »Es gehört nicht allzu viel dazu, uns beide miteinander in Verbindung zu bringen, weißt du?«

»Dessen bin ich mir bewusst. Allerdings glaube ich, dass es da eine Möglichkeit gibt, wie wir das zu unserem Vorteil nutzen können.«

25

Annapolis Junction
Maryland
Freitag

Schroeder überprüfte die Information auf seinem Bildschirm ein zweites Mal und überflog sie dann noch einmal, bevor er den Telefonhörer abnahm und seinen Boss zu Hause anrief.

»Was?«, schnappte Craig Middleton, der beim vierten Klingeln an den Apparat ging; er klang, als sei er aus dem Tiefschlaf gerissen worden.

»Hier ist Kurt.«

»Wie spät ist es?«

»Halb fünf.«

»Morgens?«

»Ja, Sir.«

»Warum können Sie nicht tagsüber arbeiten, wie alle anderen auch?«

»Ich arbeite momentan rund um die Uhr. Sie sagten mir, ich solle an der Sache dranbleiben, bis ich etwas finde«, erklärte Schroeder.

»Haben Sie die Daten aufgespürt, die Caroline Romero gestohlen hat?«

»Noch nicht.«

»Nun, was immer Sie sonst haben, es sollte besser wichtig sein, wenn Sie mich extra deswegen wecken. Also, was gibt's?«

»Ich glaube, ich habe etwas gefunden.«

»Sie *glauben*, Sie haben etwas gefunden?«, entgegnete Middleton. »Ich *glaube*, ich steige gleich in meinen Wagen, fahre ins Büro und schmeiße Sie aus dem Fenster. Was halten Sie von *diesem* Gedanken? Kommen Sie zur Sache, Schwachkopf. Warum rufen Sie mich an?«

»Wegen einer Google-Suche.«

Middleton wartete darauf, dass der Mann ausführte, was genau er damit meinte. Als Schroeder das nicht tat, sagte er: »Ich suche bereits nach meinen Autoschlüsseln, Kurt.«

»Jemand hat Kaukasische Owtscharkas gegoogelt.«

»Was zur Hölle sind *Kaukasische Owtscharkas*?«

»Das ist eine Hunderasse«, erklärte Schroeder. »Eine Rasse sehr großer Hunde. Die Art von Hund, von der wir annehmen, dass der Troll welche besitzt.«

»Na und? Vermutlich gibt es auf der Welt jede Menge Leute, die gerade diese Hunderasse googeln.«

»Vielleicht. Aber wie viele Leute suchen erst nach Kaukasischen Owtscharkas und gleich danach nach angeborenem Zwergwuchs?«

Middleton war schlagartig hellwach, und sofort änderte sich der Tonfall seiner Stimme. »Wo?«

»Texas. Die Suche ist ein paar Tage alt.«

»Wo in Texas?«

»Südtexas. Der nächstgelegene Punkt auf der Karte ist ein Ort namens Agua Nueva.«

»Scheiße«, fluchte Middleton. »Wie weit ist es von da zu einer Stadt namens McAllen?«

Schroeder zoomte aus der Landkarte zurück und stellte

die entsprechende Berechnung an. »Scheinen so ungefähr achtzig Meilen zu sein. Warum?«

»Dort hält sich die Halbschwester auf.«

»Die von Caroline?«

»Nein, die von Wayne Newton, Trottel. *Natürlich* die von Caroline.«

Schroeder hasste seinen Boss aus tiefster Seele. »Wenn ich mehr darüber wüsste, was vorgeht, könnte ich vielleicht dabei helfen, in Erfahrung zu bringen, welche Daten Caroline genau gestohlen und wo sie sie versteckt hat.«

»Sie wissen alles, was Sie wissen müssen.«

»Und das ist so gut wie nichts, abgesehen davon, dass wir Jagd auf eine private Gruppe von Söldnern machen, die unser Land verraten haben, und einen Datensatz von unbestimmter Größe suchen, den Caroline angeblich geklaut hat.«

Middleton war angepisst; das hörte man seiner Stimme überdeutlich an. »Es gefällt Ihnen nicht, im Unklaren gelassen zu werden, oder, Kurt?«

»Nein. Denn das schränkt meine Möglichkeiten ein, meinen Job zu machen.«

»Nun, willkommen im Club. Hier geht es nicht darum, was uns gefällt oder nicht gefällt. Hier geht es um die nationale Sicherheit. Alles, was Sie wissen müssen, ist, dass wir es mit der gewaltigsten inländischen terroristischen Verschwörung zu tun haben, mit der es die Vereinigten Staaten je zu tun hatten, und dass die Carlton Group dahintersteckt. Caroline Romero war eine Hochverräterin, die kritische Daten weitergeben wollte, die den Terroristen bei ihrem Anschlag helfen würden.«

»Und dann wird sie beim Verlassen der Pentagon City Mall rein zufällig von einem Auto überfahren.«

»Sie haben die Videoaufnahmen doch selbst gesehen«, entgegnete Middleton. »Sie ist ganz von allein auf die Straße gelaufen. Niemand hat sie gestoßen. Sie hatte Hochverrat begangen und wusste, dass wir ihr auf den Fersen sind, doch anstatt sich zu stellen, beging sie Selbstmord. Wenn das kein Schuldeingeständnis ist, weiß ich's auch nicht.«

»Die Wege des Herrn sind unergründlich.«

»Der Herr hatte nichts damit zu tun. Hätte Gott auch nur entfernt etwas mit alldem zu schaffen, würde er uns dabei helfen zu finden, was Caroline gestohlen hat, um dieses Land zu schützen. Behalten Sie das stets im Hinterkopf; vielleicht gelingt es uns dann, dabei zu helfen, diese Nation zu retten.«

Schroeder lenkte ein. »Was soll ich für Sie tun?«

»Ich will eine Adresse sowie ein vollständiges Dossier über alles, was mit dem Ort zusammenhängt, von dem diese Google-Suche kam.«

»Okay. Und was dann?«

»Dann sollten Sie etwas schlafen. Sie haben es sich verdient«, sagte Middleton.

»Ich bin nicht müde. Was kann ich sonst noch für Sie tun?«

»Sie haben genug getan, Kurt. Wenn Sie fertig sind, gehen Sie nach Hause.«

Etwas an der Art und Weise, wie sein Boss ihm sagte, er habe »genug getan«, bereitete ihm Unbehagen. »Ich werde eine Akte anlegen und alles ausgraben, was ich kann. Sie haben das Material innerhalb einer Stunde.«

»Guter Junge«, sagte Middleton, und dann war die Leitung tot.

Middleton schob eine seiner gefälschten NSA-Kryptokarten in den Schlitz seines abhörsicheren Telefons und wählte.

Einige Sekunden später ging Chuck Bremmer an den Apparat. »Schlafen Sie eigentlich auch mal?«, fragte er.

»Ich glaube, wir haben den Zwerg gefunden.«

»Rufen Sie mich an, wenn Sie wissen, dass Sie ihn haben.

»Wir haben ihn«, wiederholte Middleton. »Kaffee in fünfundvierzig Minuten. Sparen Sie sich die Mühe, sich die Zähne zu putzen. Ich bin ohnehin nicht in der Stimmung für irgendwelche Intimitäten.«

Sie trafen sich im Pentagon, und keiner der beiden Männer sprach ein Wort, bis sie sich in Bremmers abhörsicherem Raum befanden.

Dort reichte Middleton ihm die Akte. »Sie müssen sofort ein Team entsenden.«

»Sagen Sie mir nicht, was ich tun *muss*. Wo ist er?«

»In Texas. Ungefähr achtzig Meilen nordwestlich von McAllen.«

»Sie wollen, dass ich ein Team nach Texas runterschicke? Wir haben bereits eine sinnlose Unternehmung hinter uns, als wir nach dieser untergetauchten Veterinärassistentin gesucht haben. Was Sie übrigens für unmöglich hielten. *Niemand taucht jemals ganz und gar unter*, haben Sie gesagt. *Keine Sorge. Wir finden sie.*«

Middleton mochte es nicht, wenn man ihm die Worte im Mund umdrehte. Abgesehen davon hatte er keine Zeit für einen Schlagabtausch. Er versuchte, die Äußerungen des Mannes einfach zu ignorieren. »Wir glauben, dass der Troll ihr geholfen hat.«

»Welche Bestätigung haben Sie dafür?«

»Das ist kompliziert.«

»Das ist *Schwachsinn*. Genau das ist es«, entgegnete Bremmer. »Hat irgendwer die Zielperson tatsächlich mit eigenen Augen gesehen?«

»Nein, noch nicht, aber vertrauen Sie mir, er ist dort. Und ich glaube, wenn wir ihn finden, haben wir sie ebenfalls. Also, wie schnell können Sie ein Team da unten haben, um sie festzunageln und auszuschalten?«

Der Colonel schüttelte den Kopf.

Middleton sah ihn an. »Schütteln Sie verdammt noch mal nicht Ihren Scheißkopf, Chuck. Wie lange?«

»Die dafür nötigen Ressourcen wachsen nicht gerade auf Bäumen.«

»Nein, tun sie nicht. Sie werden auf Militärstützpunkten gezüchtet und dann hübschen kleinen illegalen Killertrupps zugeteilt, die Ihnen unterstehen und von Ihnen ihre *Aufträge* bekommen.«

»*Nachdem* das Schwarze Gremium des Präsidenten darüber beraten und eine entsprechende Entscheidung getroffen hat.«

»Haben Sie etwa auf einmal Zweifel?«, fragte Middleton.

»Da haben Sie verdammt recht. Wir haben in Paris vier Leute verloren. *Vier*. Wie zum Teufel soll ich das erklären?«

»Überhaupt nicht. Sie sind Colonel Chuck Bremmer, verdammt noch mal. Sie leiten eines der heikelsten Geheimprogramme, das die USA je am Laufen hatten. Es ist mir gleich, ob der Verteidigungsminister persönlich in Ihr Büro spaziert und Erklärungen verlangt. Er braucht davon nichts zu erfahren. Niemand braucht etwas davon zu erfahren. Deshalb haben wir uns ja überhaupt erst am Aufbau dieses Programms beteiligt. Deshalb kommen und gehen Regierungen, während *Sie* einfach weiter im Weißen

Haus bleiben. Dieses Programm gibt uns die Möglichkeit, verdammt noch mal zu tun, was immer wir wollen.«

Bremmer war sich durchaus darüber im Klaren, wie das Programm aufgebaut war. Anwälte des Justizministeriums berieten sich mit dem Präsidenten und Schlüsselmitgliedern des »Schwarzen Gremiums«, um jeden Fall zu besprechen, bevor ein Tötungsbefehl erging. Auf diese Weise wurden die US-Bürger Anwar al-Awlaki und Samir »Sammy« Khan – Ersterer eine führende El-Kaida-Persönlichkeit, der andere der Mitherausgeber von El Kaidas Terrorismus-Magazin – auf die Abschussliste gesetzt und im Jemen ausgeschaltet. Niemand aus der Regierung ahnte, dass Bremmer die Liste ein wenig nach eigenem Gusto erweitert hatte.

»Also, wie bald?«, wiederholte Middleton.

Der Colonel sah auf seine Uhr. »Vermutlich morgen um diese Zeit. Allerdings werden die Jungs Sichtaufklärung brauchen. Entweder per Drohne oder Satellit.«

»Kein Problem. In einer Stunde sollte ich eine vorläufige Akte vorliegen haben. Ich sorge dafür, dass Sie eine Kopie bekommen.«

»Ich werde darauf warten. Sonst noch was?«

»Was ist mit der Sache in Spanien? Haben wir schon eine Bestätigung?«

»Negativ. Noch nicht.«

»Warum denn nicht, verflucht noch mal? Dort ist es bereits Tag«, sagte Middleton. »Der Einsatz sollte mittlerweile beendet sein.«

»Das sind Profis, die sich an die Regeln halten. Sie werden keinen Kontakt zu uns aufnehmen, bis sie sicher außer Landes sind.«

Middleton wollte sich danach erkundigen, inwiefern sie

sich von den Profis des ersten Teams unterschieden, das der Colonel nach Paris geschickt hatte, doch dann sah er davon ab. Das Wort *Regeln* sorgte dafür, dass er sich fragte, auf welche Regeln sich das Weiße Haus wohl besinnen würde, wenn Blauer Sand losging. Er wusste, dass sie über genug Mittel verfügten, um eine kleine Weile durchzuhalten, wenn sie es darauf anlegten, aber das war auch schon alles. Sie würden gute zehn Minuten brauchen, um dahinterzukommen, was wirklich vorging, und sobald das passierte, würden alle zu den Türen stürmen. Der Secret Service würde darauf bedacht sein, den »Continuity of Government«-Plan zu befolgen, um den Fortbestand der Regierungsgewalt zu sichern, und den Präsidenten unverzüglich fortschaffen.

Natürlich würde sich der Präsident dem zunächst widersetzen, aber sobald die ersten Berichte über die herrschende Panik und das Chaos im Lagezentrum eintrudelten, würde sein Widerstand nach und nach schwinden. Vor allem die Opferzahlen würden ihn vollkommen schockieren. Dann würde er erkennen, dass es am besten war, sich die First Family zu schnappen und zu verschwinden.

Einen Moment lang erwog Middleton, Bremmer in den Rest des Plans einzuweihen oder ihn zumindest zu warnen und ihm damit die Chance zu geben, gewisse Vorkehrungen für seine eigene Familie zu treffen, aber so schnell, wie dieser Funke der Nächstenliebe in ihm aufloderte, erlosch er auch wieder. Es kümmerte ihn nicht, ob Bremmer und seine Familie das überleben würden, was ihnen bevorstand.

Carlton und seine Leute aus dem Verkehr zu ziehen war von größter Wichtigkeit und erforderte hochspezialisierte Einsatzkräfte. Es gab nur sehr wenige Leute, die dieser Aufgabe gewachsen waren. Bis die Liste geschlossen war, blieb Middleton keine andere Wahl, als sich mit Bremmer herumzuschlagen. Doch sobald Blauer Sand erst einmal anlief, würde sich alles ändern.

Als Middleton vom Tisch aufstand, lächelte er. Er sah Bremmer an und ermahnte ihn ein letztes Mal zur Vorsicht. »Sorgen Sie nur dafür, dass Ihre Leute die Sache in Spanien nicht vermasseln.«

»Machen Sie sich um meine Leute mal keine Sorgen«, entgegnete der Colonel, als er zur Tür des SCIF hinüberging und sie entriegelte. »Sie werden ihn kriegen – so oder so.«

26

Monterrey, Mexiko
Samstag

Padre Peios Kontaktmann bei der Fluglinie erledigte für Harvath sämtliche Reisearrangements und buchte die Tickets unter dem Namen, der in dem italienischen Pass stand.

Harvath nahm den Wagen, mit dem Augenbraue und Narbenfresse ihn abgeholt hatten, fuhr zurück nach Bilbao und ließ das Auto in der Nähe des Bahnhofs stehen. Er nahm öffentliche Verkehrsmittel, um zum Flughafen zu gelangen, wo am Schalter ein Flugticket für den ersten Abschnitt seiner Reise für ihn hinterlegt war.

Von Bilbao flog er nach Madrid, wo ihn Peios Kontakt, ein älterer Mann namens Gomez, am Gate empfing. Er dirigierte Harvath in die »Sala VIP-Lounge«, checkte ihn ein und führte ihn dann zu einer ruhigen Ecke, wo sie ihr Geschäft zu Ende brachten.

Gomez versorgte Harvath mit Vordrucken und zwei luftgepolsterten FedEx-Versandtaschen, ehe er Harvath allein ließ, um ihnen Kaffee zu holen. Als er zurückkam, hatte Harvath die Päckchen fertig.

Im ersten Umschlag befand sich Gomez' Geld. Harvath hatte den Umschlag verschlossen und eine imaginäre Adresse in Barcelona daraufgekritzelt. Der zweite Umschlag enthielt seinen richtigen Pass sowie auch den von Riley Turner und eine Handvoll weiterer persönlicher Gegenstände von ihr, die er in ihrem Rucksack gefunden hatte. Harvath adressierte das Päckchen an einen seiner Decknamen in einem Fliegenfischresort in Alaska, das einem Kumpel von ihm gehörte. Der Mann hatte schon früher Sendungen von Harvath entgegengenommen. Wenn er den Namen auf dem Etikett sah, würde er den Umschlag einfach entgegennehmen und ihn im Safe verstauen, bis Harvath deswegen Kontakt mit ihm aufnahm.

Nachdem Gomez die beiden Sendungen an sich genommen hatte, übergab er ihm einen kleinen Rollkoffer, der Kleidung in Harvaths Größe und ein Sortiment Toilettenartikel enthielt. Mit einem kleinen Rucksack von Bilbao nach Madrid zu reisen war eine Sache, aber bis nach Mexiko-Stadt zu fliegen, ohne richtiges Gepäck dabeizuhaben, würde mit Sicherheit Argwohn erregen und zu einer genaueren Überprüfung seiner Person führen. Gomez hatte eingewilligt, den Koffer zu besorgen, der vermutlich aus dem Fundbüro der Fluglinie stammte; außerdem würde er für einen zusätzlichen Obolus dafür sorgen, dass Harvaths FedEx-Sendung verschickt wurde.

Peio hatte sich dafür verbürgt, dass Harvath Gomez hundertprozentig vertrauen konnte, was gut war, da Gomez der Einzige war, der ihn mit dem versorgen konnte, was er brauchte.

Als sie ihr Geschäft abgewickelt hatten, wünschte der Spanier Harvath einen angenehmen Flug und verließ die VIP-Lounge. Harvath trank seinen Kaffee aus und ging dann mit seinem neuen Gepäck in einen der privaten Duschräume, wo er den ganzen Koffer auspackte und sich alles genau ansah. Er hatte nicht die Absicht, an Bord eines internationalen Fluges zu gehen und zu versuchen, ausgerechnet in Mexiko mit einem Koffer durch den Zoll zu kommen, den ihm ein eigentlich Unbekannter gegeben hatte.

Zufrieden damit, dass sich in dem Koffer nichts befand, das ihn in Schwierigkeiten bringen konnte, drehte er die Dusche auf und wusch sich.

Als sein Flug nach Mexiko-Stadt schließlich zum Boarding freigegeben war, spazierte er mit einer spanischen Tageszeitung unter dem Arm aus der Lounge und hängte sich an eine Gruppe Geschäftsleute, die unterwegs zum selben Gate waren.

An Bord des Fliegers studierte Harvath die anderen Passagiere in der Businessclass, während er sein Gepäck verstaute. Keiner schien sich auch nur im Mindesten für ihn zu interessieren, und genauso sollte es sein. Nachdem er die Flugbegleiterinnen darüber informiert hatte, dass er nicht zum Essen geweckt werden wolle, setzte er die Kopfhörer auf, die in dem Fach in der Armlehne seines Sessels lagen.

Er hatte keine Ahnung, was ihn in Mexiko erwartete, aber er wusste, dass er für das, was auch immer auf ihn zukam, ausgeruht sein musste. Das war allerdings leichter gesagt als getan. Während das Flugzeug über die Startbahn raste, wurde sein Verstand von denselben Fragen überwältigt, die ihn schon seit Paris plagten und die in Spanien nur noch drängender geworden waren, zuerst und vor allem: Wer hatte ihn des Hochverrats beschuldigt, und warum?

Und obwohl er einfach nicht glauben wollte, dass er verraten worden war, musste er sich doch fragen, inwieweit der Alte mit alldem zu tun hatte? Hatte er ihn reingelegt? Das schien praktisch unvorstellbar. Hätte der Alte gewollt, hätte er ihn auf so viele andere Arten erwischen können. Außerdem war Carlton wie ein Vater für ihn. Die Vorstellung, dass der Alte ihm jemals etwas am Zeug flicken wollte, war vollkommener Irrsinn. Ganz gleich, wessen man Harvath auch beschuldigen mochte, der Alte würde nicht einfach blindlings einen Mordauftrag erteilen. Dafür kannte er Harvath zu gut. Sie hatten eine gemeinsame Geschichte; zwischen ihnen existierte ein Band.

Je mehr er darüber nachdachte, desto wütender wurde er. Nichts von alldem ergab irgendeinen Sinn. Er konnte sich einfach keinen Reim auf die Sache machen, und jedes Mal, wenn er die Puzzleteile zusammenzufügen versuchte, wurde er bloß noch zorniger und verwirrter.

Natürlich wusste er, dass Alkohol normalerweise keine Lösung war, aber manchmal eben doch. Er gab vor, Flugangst zu haben, und überredete eine der Flugbegleiterinnen, ihm mehrere Minifläschchen und ein Glas Eis zu bringen. Während sich die Flüssigkeit warm in seinem Körper ausbreitete, bahnte sie sich nicht minder rasch den Weg in seine Gedanken und tauchte seinen Verstand in einen dumpfen Nebel, der es ihm endlich erlaubte einzunicken.

Es war zwar nicht der erholsamste Schlaf, den Harvath je genossen hatte, aber allemal besser als nichts. Er wachte häufig auf, da selbst ein Businessclass-Sitz nicht unbedingt sehr bequem war, aber er konnte jedes Mal wieder einschlafen.

Als eine Stunde vor der Landung in Mexiko-Stadt das Licht eingeschaltet wurde und das Personal durchkam, um eine letzte Mahlzeit zu servieren, war er schließlich wieder wach. Harvath hatte Hunger und spülte sein Essen mit zwei Bechern Kaffee hinunter.

Ungeachtet des unruhigen Schlafs fühlte er sich beim Aussteigen aus dem Flugzeug noch erschöpfter als beim Einsteigen.

Als er durch den Flughafen marschierte, behielt er seinen Hut auf, seinen Kragen hochgeschlagen und seine Augen gesenkt, in dem Bestreben, den Kameras so gut wie möglich zu entgehen. Mindestens drei Menschen wussten, dass er sich auf dem Weg nach Mexiko befand, und das waren bereits drei zu viel.

Die Beamten von der Zoll- und Einwanderungsbehörde schienen sich mehr füreinander zu interessieren als für Harvath und seinen italienischen Reisepass. Sie stempelten den Pass einfach ab und winkten ihn durch. So weit, so gut. Bis zu seinem Weiterflug nach Monterrey, Mexiko, hatte er noch etwas Zeit.

Als er durch den Terminal schlenderte, boten sich ihm unzählige Gelegenheiten, etliche nichtsahnende Reisende um ihr Handy oder ihren Laptop zu bringen, doch er widerstand dem Drang. Solange er unterwegs war, war das Risiko einfach zu groß. Sich bedeckt zu halten bedeutete, *komplett* unterzutauchen. Hoffentlich würde er schon bald Antworten auf seine Fragen bekommen.

Nachdem er sich einen Kaffee geholt hatte, schlug er die Zeit im angrenzenden Wartebereich tot, bis schließlich der letzte Aufruf für den Flug nach Monterrey erfolgte. Er hatte sämtliche Passagiere seines Fluges eingehend inspiziert, und keiner davon bereitete ihm Kopfzerbrechen. Er ging an Bord, fand seinen Sitz, verstaute seine Tasche und nahm neben einer attraktiven jungen Frau Platz, die mehr daran interessiert zu sein schien, ihren Stapel mexikanischer Modemagazine durchzublättern, als mit dem Mann ins Gespräch zu kommen, der neben ihr saß. Damit waren sie wie füreinander geschaffen. Als das Flugzeug eine Stunde und zwanzig Minuten nach dem Start in Monterrey aufsetzte, war die Frau noch immer in ihre Lektüre vertieft.

Harvath ging durch den tristen Flughafen zum Transportschalter und kaufte einen Beförderungsschein in die Stadt, ehe er den Terminal verließ und zu einem Taxistand marschierte. Er hielt die Anzahl der Fahrzeuge in der Schlange fest und behielt sie im Auge, während er vorrückte. Im letzten Moment ließ er zwei Familien vor, damit sie die beiden nächsten Taxis nahmen. Sie dankten ihm für diese großzügige Geste, und er lächelte. Keiner von ihnen ahnte, dass sie ihm einen wesentlich größeren Gefallen getan hatten als er ihnen.

Nachdem er seinen Beförderungsschein vorgezeigt hatte, entriegelte der Fahrer die Türen, und Harvath stieg mit seiner Tasche ein. Er beugte sich über den Vordersitz und reichte dem Fahrer die Adresse, die Peio ihm gegeben hatte. Der Mann warf einen Blick auf den Papierfetzen, drehte sich dann um und sah seinen Passagier an. *»Con permiso, Señor«*, sagte er. *»Estás seguro de saber lo que haces?«*

Selbst wenn Harvath kein Wort Spanisch gesprochen hätte, hätte er die Frage allein anhand des Gesichtsausdrucks des Mannes verstanden. Ob Harvath sicher sei, dass er tatsächlich in diesen Teil der Stadt gebracht werden wollte? *»Sí«*, entgegnete Harvath. *»Vámonos.«*

Der Mann zuckte mit den Schultern, setzte sein Taxi in Bewegung und fädelte sich in den abendlichen Verkehr ein.

Die Fahrt vom Flughafen in die Stadt – eine der größten Mexikos – dauerte zwanzig Minuten. Es fiel schwer zu glauben, dass Monterrey noch 2005 als sicherste Stadt in ganz Lateinamerika galt. Jetzt griff die Gewalt der Drogenkartelle um sich, und die Straßen waren ungemein gefährlich; jedes Jahr wurde blutiger als das vorherige.

Harvath hatte keine Ahnung, wo genau sich die Adresse befand, zu der der Taxifahrer ihn brachte, aber er hatte das Gefühl, dass die Gegend nicht unbedingt eines der schönsten Quartiere der Stadt war. Allerdings hatte Harvath ohnehin nicht angenommen, dass ihn etwas Spektakuläres erwartete. Für gewöhnlich fand man Waisenhäuser nicht in den besten Lagen.

Trotzdem musste er Nicholas Respekt zollen. In einem weltweiten Netzwerk von Waisenhäusern verwurzelt zu sein hatte große Ähnlichkeit mit der Art und Weise, wie Geheimdienste Nichtregierungsorganisationen benutzten. Diese Einrichtungen boten einem ein gewisses Maß an Deckung auf unterster Ebene und erlaubten es einem, sich einen besseren Überblick über das zu verschaffen, was »auf der Straße« vorging, als praktisch jede andere Institution, abgesehen von Drogen- oder Strafverfolgungsbehörden. Häufig wurden Waisenhäuser von einer Religionsgemeinschaft geleitet und waren damit über jeden Vorbehalt und jede Kontrolle erhaben. Darüber hinaus konnten ehemalige Schützlinge, die gut behandelt wurden und jetzt erwachsen waren, unglaublich loyal sein und sich in gewissen Situationen als ausgesprochen hilfreich erweisen.

Harvath zweifelte nicht an Nicholas' Aufrichtigkeit, doch ebenso wenig hegte er einen Zweifel daran, dass Nicholas viele seiner Beziehungen mit dem Gedanken im Hinterkopf einging, auf möglichst vielfältige Weise davon zu profitieren.

Als sie sich der Stadt näherten, begann der Fahrer – der sich klugerweise von den durch Drogenkartelle kontrollierten Highways fernhielt –, schmalere Seitenstraßen zu nehmen. Viele der Gebäude waren baufällig und mit Graffiti beschmiert. An der nächsten Ampel tauchte ein Straßenhändler auf, und der Fahrer verriegelte rasch die Türen des Taxis. Das war die subtile Art des Mannes, seinen Passagier wissen zu lassen, dass es besser war, sich hier vorzusehen. Zwei Blöcke weiter wiederholte sich das Prozedere, als sich ihnen von hinten ein Motorrad näherte, das neben ihnen abbremste; der Motorradfahrer bedachte Harvath mit einem besonders langen Blick, bevor er weiterbrauste.

Fünf Minuten später hielt das Taxi nicht vor einem Waisenhaus, sondern vor einer matt erhellten Taverne. Der Fahrer, dem die Verwirrung seines Fahrgasts nicht entging, las die Adresse auf dem Papierfetzen laut vor, wie um zu sagen: »Hierher wollten Sie doch.« Dann gab er ihm den Zettel zurück. Harvath reichte ihm den Beförderungsschein und eine Zwanzig-Dollar-Note als Trinkgeld, nahm seinen Koffer und stieg aus.

Er blickte an der schäbigen Kolonialzeitfassade des Gebäudes empor und überprüfte die Adresse noch einmal selbst. Kein Zweifel: Es war die, die Peio ihm gegeben hatte. Das Taxi tuckerte im Leerlauf, während Harvath auf dem Bürgersteig stand und die Taverne musterte. Von drinnen drang der Klang mexikanischer Popmusik heraus. Allmählich beschlich ihn ein ungutes Gefühl. Er konnte nicht umhin, sich zu fragen, ob er möglicherweise geradewegs in eine Falle tappte.

Gleichwohl, je länger er unentschlossen hier draußen stand, desto mehr Aufmerksamkeit würde er erregen, deshalb beschloss er hineinzugehen. Als er sich in Bewegung setzte und sich der Tür näherte, hörte er, wie der Taxifahrer den Gang einlegte und wegfuhr.

Nun war Harvath komplett auf sich allein gestellt.

27

Die Taverne als heruntergekommen zu bezeichnen wäre noch geschmeichelt gewesen. Der Laden war ein absolutes Dreckloch. Verblasste 1960er-Jahre-Drucke mexikanischer Kunstwerke schmückten den verschlissenen Wandputz, der sich im Laufe der Jahrzehnte durch eine Patina von Zigarettenrauch ebenso braun verfärbt hatte wie die Decke. Eine Lichterkette mit roter, im italienischen Stil gehaltener Weihnachtsbeleuchtung, die aussah, als würde sie das ganze Jahr über dort hängen, zierte den schmutzigen Spiegel hinter der Bar.

An den Tischen saßen Männer und unterhielten sich, während Kellnerinnen Getränke von der Theke und Teller mit Essen aus der Küche brachten. Der Rausschmeißer an der Tür schaute auf, als Harvath hereinkam, wandte sich dann aber wieder dem Taschenbuch zu, das er gerade las, als wären Touristen mit Rollkoffern hier die übliche Kundschaft. Dem Viertel und dem Verhalten des Taxifahrers nach zu urteilen war Harvath sich allerdings ziemlich sicher, dass schon seit langer Zeit kein Gringo mehr das Innere dieser Kaschemme zu Gesicht bekommen hatte, wenn überhaupt jemals.

Er entschied sich für einen Tisch an der Seite, abseits vom Gros der übrigen Gäste, von wo aus er die Eingangstür im Auge behalten konnte.

Zwei Minuten später kam eine Kellnerin herüber, um

seine Bestellung aufzunehmen. Genau wie der Rausschmeißer schien sie nicht im Mindesten überrascht zu sein, ihn hier zu sehen. *»Cerveza, Señor?«*

Eigentlich wollte er lieber einen Kaffee, aber im Augenblick war die Aussicht darauf, eine Bierflasche vor sich stehen zu haben, in mehrerer Hinsicht einladend. Er sah, dass sie Bohemia in Flaschen ausschenkten, und orderte eine.

Als die Kellnerin davonging, um sein Bier zu holen, konnte er in die Küche schauen, wo über glühenden Kohlen Fleisch gegrillt wurde, vermutlich *Cabrito* – junge Ziege. In diesem Teil von Nordmexiko war das ein beliebtes Gericht, ebenso wie etwas namens *Discada*, eine Mischung aus verschiedenem, in Bier gekochtem Fleisch, das in einer geschlossenen Metallschüssel gegart wurde.

Offenbar schenkte Harvath der Küche ein wenig zu viel Aufmerksamkeit. Nachdem sie ihm die Flasche Bier gebracht hatte, kehrte die Kellnerin kurz darauf mit einem Teller voll Fleisch, Zwiebeln und frischer Salsa zurück; dazu servierte sie einen Korb mit heißen Tortillas. Als er ihr zu erklären versuchte, dass er das nicht bestellt hatte, erklärte sie ihm einfach, er solle essen, und ging davon, um sich um die Gäste an einem anderen Tisch zu kümmern.

Da Harvath nicht wusste, wann er das nächste Mal Gelegenheit haben würde, etwas Nahrhaftes zu sich zu nehmen, löffelte er etwas Fleisch in eine der Tortillas, fügte ein paar Zwiebeln und Salsa hinzu und biss hinein.

Es war tatsächlich *Cabrito*, und wenn man in seinem Leben so viel Ziege gegessen hatte wie er, und das zumeist lausig zubereitet, erkannte er gutes Ziegenfleisch, wenn er es schmeckte. Diese Ziege war wirklich sehr gut.

Als er fertig war, kehrte die Kellnerin mit einer Art Vanillepudding als Dessert zurück, doch Harvath lehnte höflich ab. Sie erkundigte sich, ob er vielleicht einen Kaffee wolle, und obgleich er noch gemächlich an seinem Bier nippte, nickte er. Sie brachte ihm einen *Café de olla*, einen rustikalen, mit Zimt aufgebrühten Kaffee, und räumte sein Geschirr und das Besteck ab. Allerdings fehlte das Steakmesser, das Harvath vorsichtig unter sein Bein geklemmt hatte.

Eine Stunde später waren bloß noch zwei Tische von anderen Gästen besetzt. Harvath verzichtete auf eine dritte Tasse Kaffee und sah zu, wie der Barkeeper den Rausschmeißer zu sich rüberwinkte und ihm zwei Blatt Papier gab.

Der Rausschmeißer brachte die Rechnungen zu den beiden Tischen und wartete, bis die Gruppen verstimmter Gäste ihre Zeche bezahlten. Harvath wartete darauf, dass auch seine Rechnung kam, aber das tat sie nicht. Stattdessen begleitete der Rausschmeißer die letzten Kunden hinaus und verriegelte dann die Tür.

»Aufstehen, bitte«, sagte der Barkeeper auf Englisch und gesellte sich zu dem Rausschmeißer an Harvaths Tisch. »Das Messer können Sie auf dem Stuhl liegen lassen.«

Der Barkeeper war ein Mann mit breitem Brustkasten, Ende fünfzig. Er war zwar nicht so kräftig wie der Türsteher, wirkte jedoch, als könnte er gut auf sich selbst aufpassen und hätte dies schon bei mehr als einer Gelegenheit hinlänglich bewiesen. Eigentlich wollte Harvath sich mit keinem der beiden anlegen, doch falls er dazu gezwungen war, würde er es tun. *Hab für jedermann ein Lächeln und einen Plan, ihn zu töten, parat,* war seit jeher eines der Mantras, die ihn am Leben erhielten.

Harvath holte das Messer unter seinem Bein hervor,

legte es auf den Tisch und erhob sich. Falls er die Klinge brauchte, wollte er sie nicht in der Nähe wissen.

Der Barkeeper trat zwei Schritte zurück und winkte Harvath nach vorn. »Hier rüber, bitte.«

Harvath ging um den Tisch herum und langsam auf den Mann zu.

»Das ist nah genug. Die Hände auf den Kopf, bitte.«

»Was soll das alles?«, fragte Harvath.

»Bloß eine Formalität. Hände hoch, bitte.«

Harvath tat wie geheißen und wurde von dem Rausschmeißer gründlich abgetastet.

Als der Türsteher damit fertig war, bat der Barkeeper Harvath, die Arme wieder runterzunehmen, und fügte hinzu: »Norberto wird sich jetzt Ihr Gepäck ansehen. Okay?«

Das klang zwar wie eine Frage, doch Harvath wusste es besser und nickte einfach.

Während der Türsteher mit gebührender Sorgfalt zu Werke ging, fuhr der Barkeeper fort: »Soweit wir das sagen können, ist Ihnen niemand vom Flughafen hierher gefolgt.«

»Wer ist *wir*?«

»Mein Name ist Guillermo«, sagte der Barkeeper. »Aber ich denke, dass wir abgesehen davon nicht mehr voneinander wissen sollten. Korrekt?«

»Vermutlich schon«, entgegnete Harvath, während er zusah, wie der Rausschmeißer sein Gepäck durchwühlte. »Ist die Lage in Monterrey momentan so heikel?«

»Die Lage ist momentan überall so heikel, *Señor.*«

Wohl wahr, dachte Harvath. »Wirklich ein interessantes Waisenhaus, das Sie hier führen.«

Der Barkeeper lächelte und verbeugte sich eine Winzigkeit. »Betrachten Sie dies als Tor. Um dorthin zu gelangen, wo Sie hinwollen, müssen Sie hier durch.«

Harvath fragte sich, in was Nicholas ihn hier reingeritten hatte. »Ihre Bereitschaft, sich für Kinder einzusetzen, ist wirklich bewundernswert.«

»Sagen wir einfach, ich habe ein persönliches Interesse daran, dafür zu sorgen, dass nichts schiefgeht.«

Das überraschte Harvath nicht. Falls es hier tatsächlich ein Waisenhaus gab, das Nicholas in irgendeiner Form für seine Zwecke nutzte, warum sollten andere zwielichtige Gestalten es dann nicht ebenfalls tun?

Er schickte sich gerade an, dem Barkeeper eine Frage zu stellen, als der Rausschmeißer den Reißverschluss seines Rollkoffers zuzog und nickte.

»Sieht aus, als wären Sie so weit«, sagte Guillermo.

»Was schulde ich Ihnen für das Essen?«

»Das geht aufs Haus.«

Harvath holte einen Zwanzig-Dollar-Schein heraus, ließ ihn für die Kellnerin auf dem Tisch liegen und folgte dem Barkeeper zur Hintertür der Taverne hinaus.

28

Einen Häuserblock weiter gelangten sie zu einem dreigeschossigen, von einer hohen Betonmauer umgebenen Gebäude mit einer schweren Holztür, die wirkte, als wäre sie schon ein paar Hundert Jahre alt. Guillermo zog einen Schlüsselbund aus der Tasche, während der Rausschmeißer, Norberto, die Straße im Auge behielt.

Der Barkeeper fand den passenden Schlüssel, schob ihn in das alte Eisenschloss und drehte ihn. Ein lautes Klicken war zu vernehmen, und dann schwang die Tür auf. Harvath folgte dem Mann hinein, und Norberto bildete die Nachhut.

Sie kamen in einen großen, rechteckigen Innenhof. Ein Klettergerüst, nur einen Steinwurf von einer Statue der Jungfrau Maria entfernt, war alles, was er sehen musste, um zu wissen, wo sie hier waren.

Die Wände waren mit Wandmalereien spielender Kinder bedeckt, durchsetzt von Geschichten aus dem Leben der Heiligen. Über der Eingangstür prangte eine lateinische Inschrift: *ALERA FLAMMAM VERITATIS – Lasset die Flamme der Wahrheit leuchten.* Das war ein interessanter Leitspruch für ein Waisenhaus; er fand einen Widerhall in Harvath. Wenn es jemanden gab, der die Flamme der Wahrheit im Augenblick bitter nötig hatte, dann er.

Guillermo blieb unter der Inschrift stehen, nahm einen anderen Schlüssel, öffnete die Tür und winkte seine Begleiter hinein. »Wartet hier«, sagte er, sobald sie drinnen waren. »Ich hole Schwester Marta.«

Das Innere des Waisenhauses erinnerte Harvath sehr an seine Grundschule: die Linoleumböden, die Holzspinde, die Schwarzweißfotos an den Wänden, sogar der schwache Geruch nach Desinfektionsmittel – alles war beinahe identisch. Angesichts all dieser Gemeinsamkeiten und der Erinnerung daran, dass für ihn damals so viele der Nonnen gleich ausgesehen hatten, wäre er nicht überrascht gewesen, wenn Schwester Marta der Leiterin seiner Schule, Schwester McKenna, bis aufs Haar geglichen hätte. Allerdings zeigte sich rasch, dass Schwester Marta so gar keine Ähnlichkeit mit Schwester McKenna hatte.

Als sie erschien, trug sie Bluejeans und ein RUTGERS-Sweatshirt. Sie war Ende dreißig, mit dunklem, kinnlangem Haar, und obwohl sie keinerlei Make-up trug, ausgesprochen hübsch.

Der Barkeeper sagte etwas auf maschinengewehrschnellem Spanisch zu ihr, das Harvath nicht verstand. Alles, was er aufschnappte, war, wie er sie anredete. Er nannte sie nicht »Schwester Marta«, sondern Martita, fügte ihrem Namen als Zeichen seiner Zuneigung die Nachsilbe *-ita* hinzu. Die junge Nonne ihrerseits sprach Guillermo als Momo an und gab ihm einen Kuss auf die Wange, bevor er und der Rausschmeißer sich zum Gehen wandten.

Als sich die Tür hinter ihnen schloss, hieß Schwester Marta Harvath willkommen und streckte ihre Hand aus. »Ich bin Schwester Marta.«

»Schön, Sie kennenzulernen, Schwester«, sagte Harvath, der sich einen Reim darauf zu machen versuchte, welcher Art die Beziehung zwischen ihr und dem Barkeeper wohl sein mochte.

»Sie können mich Marta nennen, wenn Sie möchten. Wir legen hier nicht viel Wert auf Förmlichkeiten.«

»Hat Guillermo Sie deshalb Martita genannt?«

Die Nonne lachte. »Wir sind vielleicht locker, aber *so* locker nun auch wieder nicht. Nur meine Familie nennt mich Martita. Guillermo – Momo, wie ich zu ihm sage – ist mein Onkel.«

»Ihr Englisch ist sehr gut. Sind Sie dort zur Schule gegangen?«, fragte Harvath und deutete mit einem Nicken auf den Namen der Universität auf ihrem Sweatshirt.

»Nein. Wir bekommen hier viele Kleiderspenden. Die Stücke, die für die Kinder zu groß sind, geben wir den Armen. Hin und wieder stoßen unsere Mitarbeiter dabei auf etwas, von dem sie glauben, dass es mir passt, und legen es beiseite. So war es auch mit diesem Sweater.«

»Und was ist mit Ihrem Englisch?«, fragte Harvath fasziniert. Sie hatte etwas an sich, das sie unverzüglich sympathisch machte. Sie war zwar stark und konnte – wie die meisten Nonnen, denen er bislang begegnet war – vermutlich ziemlich streng sein, wenn es nötig war, doch sie war außerdem sehr umgänglich und mitteilsam.

»Meine Familie legt großen Wert auf eine gute Bildung. Ich habe in der Schule Englisch und Französisch gelernt. Beides bringe ich den Kindern hier bei.«

»Schlafen die Kinder momentan alle?«

»Ja«, sagte Schwester Marta lächelnd. »Oben. Dies ist die einzige Zeit des Tages, von der ich aufrichtig behaupten kann, dass die meisten mich an kleine Engel erinnern. Tagsüber ist das oft eine ganz andere Sache.«

Harvath erwiderte das Lächeln. »Ich bin mir sicher, Sie haben hier viel zu tun.«

Sie winkte mit der Hand, wie um das Thema vom Tisch

zu wischen. »Es ist schon spät, und Sie sind gewiss nicht hier, um sich danach zu erkundigen, wie man ein Waisenhaus leitet.«

»Um ehrlich zu sein, Schwester, weiß ich nicht genau, warum ich hier bin.«

»Sie sind hier, weil Gott Sie hergeführt hat.«

»Da bin ich mir sicher«, sagte Harvath. »Allerdings hatte Gott in diesem Fall einen Mittelsmann.«

»Damit meinen Sie Nicholas.«

»Ja, und ich nehme an, ich bin hier, weil Sie mir dabei helfen können, zu ihm zu gelangen.«

Schwester Marta nickte. »Ich habe dafür gesorgt, dass Sie morgen an Bord eines speziellen Fluges sind, der Sie über die Grenze bringt.«

Harvath sah sie an.

»So eine Art Flug ist es nicht«, entgegnete sie, als sie merkte, dass er argwöhnte, dass das Ganze womöglich mit einem Drogentransport zusammenhing. »Alles ist vollkommen legal. Ich habe Kontakte zu jemandem, der einen Charter-Dienst betreibt, der reiche Regios zu Shoppingausflügen nach Texas und wieder zurück fliegt.«

»*Regios?*«

»*Regiomontanos* – kurz *Regios* – nennen wir die Leute aus Monterrey.«

»Wo fliegen sie hin?«, fragte Harvath.

»Zu einer Stadt namens McAllen.«

»Was ist mit dem Zoll und der Einwanderungsbehörde?«

»Der Flughafen ist klein«, erklärte sie, »und der Pilot Amerikaner. Er bringt ständig Leute rein und raus, und alle wissen darüber Bescheid.«

»Aber seine Passagiere müssen doch trotzdem durch den Zoll, selbst wenn sie nur für einen Tag zum Einkaufen in die Vereinigten Staaten kommen und dann nach Monterrey zurückfliegen.«

»Das stimmt, doch es geht dort viel weniger offiziell zu als auf einem großen Flughafen. Solange man einen gültigen Pass hat, ziehen sie ihn durch das Lesegerät und winken einen durch. Haben Sie einen gültigen Pass?«

Harvath nickte. »Habe ich.«

»Dann sollten Sie keine Probleme kriegen und einfach hindurchspazieren können.«

»Mir ist nicht recht klar, warum Sie das tun.«

»Das brauchen Sie auch nicht zu verstehen.«

»Warum gehen Sie für Nicholas ein solches Risiko ein?«, fragte er.

»Was riskiere ich denn schon? Ich habe lediglich dabei geholfen, Ihnen einen Platz in einem allgemein bekannten Charterflieger zu besorgen.«

»Sie wissen, was ich meine.«

»Ach, tue ich das?«, entgegnete sie. »Nicholas war unserem Waisenhaus gegenüber sehr großzügig. Als er erfuhr, dass Momo Ärger mit den Kartellen hatte, die seine Bar als Umschlagplatz für Geld und Waffen und Drogen benutzen wollten, sorgte er dafür, dass sie Momo in Ruhe ließen, jedes einzelne Kartell. Er ist ein guter Mann. Ich weiß nichts über seine Vergangenheit, und ich will darüber auch nichts wissen. Das ist eine Sache zwischen ihm und Gott. Alles, was ich weiß, ist, dass er das Leben der Kinder hier entschieden verbessert hat.«

»Tun Sie ihm viele Gefallen?«

»In all diesen Jahren hat er mich noch nie um irgendetwas gebeten – bis jetzt. Dementsprechend muss ich davon ausgehen, dass Sie für ihn sehr wichtig sind.«

Was sollte Harvath darauf erwidern?

»Er sagte mir, dass sie ein guter Mann sind«, fuhr sie fort. »Er sagte, dass Sie den Großteil Ihres Lebens in den Dienst anderer gestellt haben. Mehr brauchte ich nicht zu wissen. Darum sind Sie hier, und darum bringe ich Sie in ein paar Stunden zum Flugzeug.«

»Und was ist, wenn ich in McAllen gelandet bin?«

Schwester Marta holte ein Stück Papier aus ihrer Tasche und zeigte es ihm. »Er sagte, Sie sollen hiernach Ausschau halten.«

29

Virginia

Reed Carlton wollte die Gegend von D. C. um jeden Preis meiden, und dazu gehörte auch Georgetown. Dort gab es einfach zu viele Kameras. Er hatte es einmal riskiert, Tommys toten Briefkasten zu benutzen, um ihr erstes Treffen zu arrangieren, aber das genügte. Banks war diesbezüglich ganz seiner Meinung.

Banks schlug vor, über den Kleinanzeigenteil in der *Washington Post* zu kommunizieren, bis sie Briefkästen außerhalb der Stadt einrichten konnten. Das war ein alter Spionage-Trick, der es ihnen erlauben würde, unter dem Radar zu bleiben. Alles, was sie dafür brauchten, war eine Prepaid-Kreditkarte, die man für Bargeld in jeder Drogerie, in jedem Supermarkt und an jeder Tankstelle kaufen konnte. Der einzige Nachteil war die Verzögerung zwischen dem Aufgeben der Anzeige und dem Zeitpunkt, an dem sie schließlich online geschaltet wurde.

Carlton erklärte Banks, wie das mit Kleinanzeigen im Internet funktionierte. Zum Glück war der ältere Mann im Umgang mit dem Web vertraut genug, dass es ihnen rasch gelang, ein Nachrichtensystem für sich zu etablieren.

Die beste Methode, um ihre Kommunikation zu verbergen, bestand darin, auf Craigslist zu gehen, ein zentrales Online-Netzwerk mit Anzeigenseiten für alle möglichen

Belange, um sich dort zwei große, aber nicht zu offensichtliche Städte als Ausgangsposition auszusuchen. Ausgehende Nachrichten wurden als Anzeigen auf den Seiten von Oakland getarnt, die Reaktionen darauf sollten auf den Websites von Tampa gepostet werden. Auf diese Weise gab es keine direkte, nachvollziehbare Verbindung zwischen den beiden Annoncen. Und obwohl ihre Kommunikation so eine gewisse Zeitverzögerung in Kauf nehmen musste, war das im Hinblick darauf, dass sie sich mit so geringem Risiko, entdeckt zu werden, austauschen konnten, so nah an Echtzeit wie irgend möglich.

Vierundzwanzig Stunden nachdem sie alles in die Wege geleitet hatten, platzierte Banks eine verschlüsselte Anzeige auf der Oakland-Craigslist, in der er so schnell wie möglich um ein Treffen bat. Carlton antwortete mittels einer Anzeige auf den Tampa-Seiten, und einige Stunden später saßen sie in einem Restaurant außerhalb von Fredericksburg, das auch zu später Stunde noch geöffnet hatte.

»Du steckst in großen Schwierigkeiten, mein Junge«, sagte Tommy, nachdem die Kellnerin ihnen Kaffee eingeschenkt und sie allein gelassen hatte. »Dein Büro ist schärfer gesichert als ein Bankgewölbe.«

»Wovon redest du da?«

»Es wurde versiegelt und wird von Wachleuten bewacht.«

»Von wem?«, sagte Carlton.

Banks hob seine Kaffeetasse und nahm einen Schluck. »Vom FBI. Kommt mir aber eher wie die CIA vor.«

»Also wollen sie mir *wirklich* eins auswischen.«

»Zumindest hat es diesen Anschein, das muss ich zugeben. Ich habe mich mit einer Vielzahl meiner Kontakte bei der Agency in Verbindung gesetzt, und kein Einziger von denen war bereit, mit mir darüber zu reden. Nicht einer.«

»Und was sagt dir das?«

»Das sagt mir«, entgegnete Banks, »dass da etwas ziemlich Ernstes läuft.«

»Absolut.«

»Doch bloß, weil keiner mit mir reden wollte, bedeutet nicht, dass ich mich einfach auf den Rücken gerollt und aufgegeben habe. Irgendjemand irgendwo in der Befehlskette jagt diesen Leuten eine Höllenangst ein und hat ihnen befohlen, die Dummen zu spielen. Sie stehen unter gewaltigem Druck von oben, also beschloss ich, selbst ein bisschen Druck zu machen.«

Carlton musterte den Mann, der ihm gegenübersaß. »Du bist wirklich einmalig, Tommy. Du hast jemanden gehoovert, oder?« Es ging das Gerücht, Thomas Banks habe im Laufe der Jahre Dossiers über hochrangige Agency-Mitarbeiter angelegt, die er nicht leiden konnte, genau wie der sagenumwobene FBI-Direktor J. Edgar Hoover. An sich war er kein Erpresser. Die Daten in seinem Kopf waren lediglich eine Versicherung, die er ausspielte wie Karten, wenn und falls er ein redliches Ziel verfolgte, ihm aber ein unredliches Hindernis im Wege stand.

»Vermutlich ist es besser, wenn du die Einzelheiten nicht kennst, aber ja, ich habe mich Informationen bedient, die ich über jemanden von denen hatte, und mein Blatt ausgespielt. Wirklich übles Zeug aus den 1970ern. Ich weiß zwar nicht, welche Verjährungsfrist da gilt, aber die Sache ist groß genug, um diesem Jemand einen ganzen Haufen Probleme zu bescheren und ihn um seine Pension zu bringen, ganz zu schweigen von dem PR-Alptraum, der das Ganze für die 7. Etage wäre.«

»Ich weiß es zu schätzen, dass du das für mich tust.«

»Danke mir nicht«, entgegnete Banks. »Dieser Kerl ist

ein Wiesel. Er hat's verdient. Das Problem ist, dass ich trotzdem nicht allzu viel von ihm erfahren habe.«

»Eins nach dem anderen. Ich bin ganz Ohr. Was hast du rausgefunden?«

»Die Agency kann auf amerikanischem Boden keine Jagd auf amerikanische Bürger machen. Deshalb fiel die Inland-Laufarbeit dem FBI zu. Der richtige Schwung hinter dieser Sache scheint allerdings von jemand anderem auszugehen. Von jemandem mit einer Menge Macht, der sich geschickt bedeckt hält.«

»Noch bedeckter als die Agency? Über wen reden wir hier? Über den Director of National Intelligence?«

»Wer auch immer dahintersteckt, scheint jedenfalls derjenige zu sein, der Anklage gegen dich erhoben hat.«

»Gegen mich?«, erwiderte Carlton. »Wovon redest du da?«

»Um genau zu sein, *nicht nur* gegen dich. Sondern auch gegen mehrere Leute aus deinem Unternehmen.«

»Gegen meine Einsatzabteilung, meinst du?«

»Das konnte mein Kontakt nicht sagen.«

»Was wird ihnen vorgeworfen? Was glauben die, haben sie sich zuschulden kommen lassen?«

Banks hob erneut seine Kaffeetasse, um daran zu nippen, hielt diesmal jedoch auf halbem Wege zum Mund inne. »Hochverrat«, erklärte er und flüsterte das Wort beinahe.

Carlton war fassungslos. »*Hochverrat?* Das soll wohl ein Scherz sein. Das ist verrückt.«

»Dem stimme ich zu, und allein der Ausdruck auf dem Gesicht meines Kontaktmanns genügte, um mir zu verraten, dass er das ebenfalls für Unsinn hält.«

»Kenne ich ihn?«

Banks stellte seine Kaffeetasse auf dem Resopaltisch ab. »Wie schon gesagt, es ist besser, wenn du die Einzelheiten nicht kennst.«

Carlton verstand. Er lehnte sich in der Sitznische zurück und zog seine Tasse samt Untertasse zu sich heran. »Also, wie genau lautet die Anklage. Was wirft man uns vor, gemeinschaftlich verbrochen zu haben?«

»Das versuche ich noch immer herauszufinden. In dem Moment, in dem die Leute das Wort *Hochverrat* hören, ist es, als hätte es einen hochgiftigen Chemieunfall gegeben. Alle treten einen riesigen Schritt zurück. Niemand will irgendetwas damit zu tun haben. Denn wenn man zu dicht rangeht, könnte man selbst ebenfalls etwas abbekommen.«

»Da steckt noch mehr dahinter. Schließlich kann nicht einfach jemand daherkommen, uns des Hochverrats beschuldigen und ein Kopfgeld auf uns aussetzen. So etwas geht nicht ohne ein ordentliches Gerichtsverfahren.«

»Wir beide wissen doch, dass unseresgleichen schon seit Gründung dieser Nation außergerichtlichen Aktivitäten nachgeht.«

»Gegen ausländische Staatsfeinde«, sagte Carlton. »Nicht gegen amerikanische Bürger.«

Banks zuckte mit den Schultern. »Im Laufe der Jahre haben sich ein paar Amerikaner diesbezüglich nicht gerade mit Ruhm bekleckert.«

»Stimmt, aber das waren sehr, sehr wenige, und wenn, dann gab es stets ein Gutachterverfahren.«

»Woher wissen wir, dass es diesmal nicht auch so war?«

Carlton sah ihn an. »Verschweigst du mir irgendetwas?«

»Nicht das Geringste. Ich spiele einfach bloß des Teufels Advokaten.«

»Aber es ist unmöglich, dass irgendein Ausschuss zu dem Schluss gelangen würde, dass ich oder einer der Leute, die für mich arbeiten, überhaupt zu Hochverrat fähig wären.«

Banks schüttelte den Kopf. »Du musst dich wirklich zusammenreißen. Lass deine Gefühle außen vor.«

»Weißt du, wie viele meiner Leute – außerordentliche Menschen; außerordentliche *Patrioten* – ermordet wurden?«

»Ja, das weiß ich, und das macht mich ebenfalls fuchsteufelswütend. Aber ich an deiner Stelle würde diese Wut irgendwo in mir verschließen und sie mir aufsparen, bis ich wüsste, was zur Hölle hier los ist. Denn täte ich das nicht, würde mich das vermutlich umbringen.«

Der ältere Mann ließ seine Worte einen Moment lang in der Luft hängen, während er einen weiteren Schluck Kaffee nahm. »Du bist ein gescheiter Bursche, Peaches«, sagte er schließlich. »Gescheiter, als ich es je war, doch du wirst jedes bisschen Schläue brauchen, die du aufbringen kannst, um aus dieser Sache wieder rauszukommen.

Deine eigene Regierung hat dich als Hochverräter gebrandmarkt, und ausgehend von den Beweisen, die ihnen dafür offenbar vorliegen, haben sie die Bedrohung als akut genug eingeschätzt, um eure unmittelbare Eliminierung zu veranlassen. Ich wüsste nicht, wie die Angelegenheit noch ernster werden könnte. Was mich betrifft, so kannst du gerne so angepisst sein, wie du willst – aber erst *nachdem* diese Sache geklärt wurde und wir eine Möglichkeit gefunden haben, diesen Mist unbeschadet zu überstehen.«

Reed Carlton nickte langsam.

»Jetzt, wo wir offenbar wissen, wer es auf dich abgesehen hat, müssen wir als Nächstes das Wie und das Warum in Erfahrung bringen«, erklärte Banks. »Wenn wir diese Sache nachvollziehen können, gelingt es uns vielleicht, dafür zu sorgen, dass du dein Leben zurückbekommst.«

»Dadurch werden meine Leute auch nicht wieder lebendig«, entgegnete Carlton. Obgleich er die Kontaktbörsen im Netz, die sie als Notfall-Kommunikationssystem nutzten, regelmäßig auf Nachrichten überprüfte, hatte ihn bislang keine einzige erreicht. Er wusste, dass sie tot waren.

»Nein, das macht deine Männer nicht wieder lebendig. Aber sobald wir wissen, was hinter alldem steckt, werde ich mich zurückhalten und dich nicht daran hindern, deinem Zorn freien Lauf zu lassen. Damit du dafür sorgen kannst, dass jede einzelne Person, die da mit drin steckt, dafür bezahlt. Wer das im Einzelnen ist, schert mich nicht, selbst wenn diese Sache bis rauf ins Oval Office geht.«

30

Mexiko

Harvath schlief ein paar Stunden auf dem Sofa im Personalzimmer. Um sieben Uhr morgens klopfte Schwester Marta, die jetzt ihre volle Tracht trug, und lud ihn ein, ihr beim Frühstück im Speiseraum Gesellschaft zu leisten.

»Sagten Sie nicht, Sie seien hier nicht so förmlich?«, bemerkte er, als sie nebeneinanderher gingen.

»Sind wir auch nicht. Normalerweise trage ich einen Rock und darüber eine Jacke. Die Schwester Marta, die Sie gestern Abend gesehen haben, war außer Dienst, quasi in Zivil. Ich bin nach wie vor ein menschliches Wesen, besonders nachdem die Kinder im Bett sind und ich etwas zu tun habe.«

»Und jetzt das Habit?«

»Ich fahre Sie zum Flughafen, und dann habe ich außerhalb der Stadt noch einige andere Dinge zu erledigen. Dabei stößt man unweigerlich auf Leute vom Kartell. Die meisten Kartell-Gangster sind böse Menschen, aber nicht alle sind ungläubig. Auf den ersten Blick als Nonne erkennbar zu sein kann sich als Vorteil erweisen, insbesondere auf der Straße.«

Sie war wirklich eine kluge Lady.

Der Speiseraum, der wirkte, als würde er außerdem als Klassenzimmer dienen, war in hellen Farben gestrichen. An den Wänden fanden sich die Buchstaben des Alphabets mit dazu passenden Bildern: *A* für *ardilla* (Eichhörnchen), *R* für *ratón* (Maus), *J* für *jirafa* (Giraffe).

»Sie haben Glück«, sagte Schwester Marta, nahm ein Tablett auf und reichte es Harvath. »Heute gibt es Eier.«

Er nahm das Tablett entgegen und stellte sich hinter ihr an. Die Geräusche der Kinder erfüllten den Raum. Die meisten lächelten und lachten. Gelegentlich stritten ein oder zwei der jüngeren Kinder oder drängelten. Harvath erwartete einen strengen Rüffel von Schwester Marta, doch das erwies sich als unnötig, da stets ein älteres Kind dazwischenging und schlichtete.

»Ich habe die Erfahrung gemacht«, erklärte die Nonne, »dass alle Kinder, ganz gleich, in welcher Situation sie sich befinden, nach Liebe suchen; sie suchen nach einer Familie und nach Verständnis. Wenn sie sich danebenbenehmen, tun sie das, weil sie wissen wollen, dass es Regeln gibt, die auch für sie gelten. Denn sie begreifen, dass es diese Regeln gibt, weil wir sie lieben.«

Ihr Frühstück bestand aus Reis mit Bohnen sowie ein bisschen Rührei. Eine Mitarbeiterin bot ihm Kaffee an, den Harvath gern akzeptierte.

Er und Schwester Marta saßen an einem Tisch mit ausgelassenen Kindern im Alter von fünf bis elf Jahren. Mehrere waren Geschwister, und die Nonne erklärte ihm, dass es zu ihren Grundsätzen gehörte, Kinder, die zusammengehörten, niemals zu trennen, sofern es sich irgendwie vermeiden ließ. Als schließlich alle Platz genommen hatten, sprachen sie das Tischgebet und begannen dann zu essen. Harvath beobachtete, wie ein kleiner Junge über seine jüngere Schwester wachte, um dafür Sorge zu tragen, dass sie genug zu essen hatte, und ihr sogar noch etwas von seinem eigenen Teller gab.

Die Kinder waren ganz aufgeregt, einen Amerikaner zu Besuch zu haben, und diejenigen, die bei Schwester Marta lernten, probierten ihr Englisch bei ihm aus. Ihre Anfängerfehler und Harvaths Versuche, ihnen auf Spanisch zu antworten, sorgten am Tisch für viel Gelächter.

»Sie waren ein echter Knaller«, sagte Marta, als sie in ihren alternden Volkswagen stiegen, um zum Flughafen zu fahren. »Ich garantiere Ihnen, dass sie für den Rest des Wochenendes nur darüber reden werden.«

Harvath lächelte, als er an die Kinder dachte. Es war schon ziemlich lange her, seit er zuletzt so viel Freude gehabt hatte.

»Haben Sie Kinder?«, fragte sie.

»Nein.«

»Aber Sie können gut mit ihnen umgehen. Vielleicht sollten Sie Nachkommen mal in Erwägung ziehen?«

Er hatte das bereits in Erwägung gezogen, zumindest früher einmal.

»Sind Sie verheiratet?«, fuhr sie fort.

»Nein, ich bin nicht verheiratet.«

»Warum nicht?«

Harvath sah sie an. Sie erinnerte ihn an Peio. Der Priester hatte ebenfalls, unmittelbar nachdem sie sich kennengelernt hatten, großes Interesse an seinem Privatleben gezeigt. Allerdings redete Harvath nicht gern über sich. Dabei war ihm stets unbehaglich zumute. Wurde das Thema aufgeworfen, ignorierte er es entweder, kam auf etwas anderes zu sprechen oder machte sich darüber lustig. Bei Peio hatten alle drei Ablenkungsmanöver versagt, und er vermutete, dass es bei Schwester Marta auch nicht viel anders laufen würde. »Ich bin nicht besonders gut, wenn es um Beziehungen geht, Schwester.«

»Schwer zu glauben. Sie sind ein netter Mann. Sie sind attraktiv, Sie mögen Kinder. Wo liegt das Problem?«, sagte sie. Dann hielt sie kurz inne und fragte: »Mögen Sie keine Frauen?«

Er lachte. »Doch, Schwester. Das ist nicht das Problem. Ich mag Frauen, glauben Sie mir.«

»Was ist es dann?«

»Falls es Ihnen nichts ausmacht, würde ich lieber nicht darüber reden.«

»Nun, es *macht* mir etwas aus«, sagte die Nonne. »Und wenn Sie sich selbst mit diesen Kindern gesehen hätten, so wie ich, dann würde es Ihnen auch etwas ausmachen. Liegt es daran, dass Sie Schwierigkeiten haben, sich auf Beziehungen einzulassen? Ist es das?«

Er war überzeugt, dass irgendwo im Vatikan ein Verkupplungswettbewerb lief, um Singles vor den Traualtar zu zerren. Eigentlich hatte er überhaupt nichts gegen das Konzept der Ehe; er war es nur leid, sich ständig dafür verteidigen zu müssen, nicht verheiratet zu sein. »Mich auf Beziehungen einzulassen ist nicht mein Problem.«

»Aber sie am *Laufen* zu halten?«

Harvath nickte. »Man muss schon ein ganz spezieller Typ Frau sein, um mit meinem Beruf zurechtzukommen.«

»Was genau tun Sie denn so?«

»Sagen wir einfach, ich reise viel.«

»Und eine Frau kann Sie auf diesen Trips nicht begleiten?«

Schlagartig kam ihm ein Bild von Riley Turner in den Sinn, und als er ihr antwortete, ließ er es dort verweilen. »Dazu wäre ein *noch* speziellerer Typ Frau nötig.«

»Sind Sie einer solchen Frau je begegnet?«, fragte Schwester Marta.

»Ja, bin ich.«

»Was ist passiert?«

»Sie wurde ermordet«, sagte er, und das Bild von Riley Turner vor seinem inneren Auge verschwand.

»Das tut mir sehr leid.«

»Mir auch«, entgegnete er.

»Zumindest wusste sie, dass sie Ihnen wichtig war.«

»Um ehrlich zu sein, Schwester, bin ich mir nicht sicher, ob sie das auch nur ahnte.«

Die Nonne bog in eine geschäftigere Straße ein, die laut Wegweiser zum Flughafen führte. »Sie wusste es, glauben Sie mir.«

»Woher wollen Sie das wissen?«

»Weil wir nur schwer verheimlichen können, wenn uns etwas oder jemand glücklich macht. Selbst wenn Sie es versucht hätten, wäre es Ihnen nicht möglich gewesen zu verbergen, welches Gefühl die Kinder beim Frühstück in Ihnen ausgelöst haben.«

Da irrte sie sich zwar, doch das war lediglich dem Umstand geschuldet, dass sie nicht die geringste Ahnung hatte, um wen es sich bei dem Mann handelte, der auf ihrem Beifahrersitz saß. Er war darauf trainiert, *alles* zu verbergen und so zu lügen, als würde er aus den tiefsten Tiefen seiner Seele heraus die aufrichtigste Wahrheit sagen. Hätte er gewollt, hätte er jedem – sogar Schwester Marta – vormachen können, dass er nicht das Geringste für Kinder übrighatte.

Doch das stimmte natürlich nicht. Sie hatte ihn in einem seltenen freien Moment erlebt – etwas, das er Fremden normalerweise nicht zugestand.

»Ich bin nicht bloß eine Nonne, wissen Sie?«, fuhr sie fort. »Ich bin auch eine Frau. Und Frauen sehen in Männern viele Dinge, die sie selbst nicht sehen oder nicht sehen wollen.«

Ein leises Lächeln huschte über sein Gesicht. Sie war wirklich hartnäckig. »Was sehen Sie denn in mir, Schwester? Was sehe ich denn nicht oder will ich nicht sehen?«

»Ich denke, Sie sind ein ziemlich komplizierter Typ, doch genau wie bei den meisten Männern ist das, was Sie wollen, was Sie sich wirklich und aufrichtig wünschen, recht einfach.«

»Und das wäre?«

»Ich glaube, dass Sie das Gleiche wollen wie wir alle; das Gleiche wie die Kinder, die Gott unserem Waisenhaus anvertraut hat. Sie wollen verstanden werden. Sie wollen jemanden, der sich um sie sorgt, und Sie wollen eine eigene Familie.«

»Ich würde auch gern im Lotto gewinnen.«

»Überspielen Sie Ihre Probleme sonst auch mit Humor?«, fragte sie.

Das war ein Reflex. Ihm war nicht einmal richtig bewusst gewesen, dass er einen Scherz gemacht hatte, bis die Worte ihm bereits über die Lippen gekommen waren.

»Sie denken vielleicht, dass die Chancen dafür sehr gering sind, aber das stimmt nicht«, fuhr Schwester Marta fort. »Alles, was es braucht, ist Glauben. Und das Beste daran ist, dass Sie wirklich das Gefühl haben werden, im Lotto gewonnen zu haben, wenn Gott eines Tages die Richtige in Ihr Leben treten lässt.«

Harvath wollte sich nicht mit ihr streiten. Sie war eine wundervolle Frau mit den besten Absichten. »Ich sage Ihnen was, Schwester. Wenn Sie versprechen, für mich zu beten, halte ich weiterhin die Augen danach offen. Abgemacht?«

»Ich werde so oder so für Sie beten«, erklärte sie, als sie den Flughafen erreichten.

Die Nonne parkte ihren Volkswagen und begleitete Harvath zum Terminal, wo sie ihn vorstellte, ohne seinen Namen zu nennen. Dem Piloten schien das nichts auszumachen; er erkundigte sich lediglich danach, ob Harvath seinen Pass dabeihatte, woraufhin Harvath nickend seinen Rucksack tätschelte. Den Rollkoffer hatte er im Waisenhaus gelassen und Schwester Marta gesagt, sie könne darüber nach Belieben verfügen. Er musste wie ein Tourist wirken, der für einen Tag zum Einkaufsbummel nach Texas flog, nicht wie jemand, der über Nacht dortbleiben wollte.

Während der Pilot den Vorabflugcheck durchführte und sich die übrigen Passagiere einfanden, die einander alle zu kennen schienen, bedankte Harvath sich bei Schwester Marta und sagte ihr, sie solle auf sich achtgeben. Als er wissen wollte, wo er sein Ticket bezahlen müsse, entgegnete sie, darüber müsse er sich keine Gedanken machen; das sei bereits erledigt. Er war sich nicht sicher, ob Nicholas dahintersteckte oder die Nonne sein Flugticket aus eigener Tasche bezahlt hatte, doch so oder so ging es hier um Geld, das sie im Waisenhaus zweifellos gut brauchen konnte.

Er versuchte, sie dazu zu überreden, sein Geld anzunehmen, doch sie ließ sich nicht erweichen. »Verschließen Sie nicht Ihr Herz«, sagte sie mit einem Lächeln, wie um das Thema zu wechseln. »Und wenn Gott das nächste Mal jemand Besonderen in Ihr Leben führt, greifen Sie mit beiden Händen zu und lassen Sie nicht mehr los.«

Harvath lachte. Das war überhaupt nicht seine Absicht; es kam einfach über ihn. »Vielen Dank, Schwester«, sagte er. »Zwar ist Ihr Vertrauen in meine Fähigkeiten auf diesem Gebiet vermutlich ein wenig fehl am Platz, aber ich weiß Ihre Zuversicht zu schätzen.«

»Mein Geschäft ist der Glaube«, entgegnete sie, während der Pilot die Passagiere aufforderte, mit dem Einsteigen zu beginnen. »Wenn ich von irgendetwas mehr als genug habe, dann davon.«

Der Steigflug nach dem Start in Monterrey war ein bisschen holprig, aber sobald das Flugzeug seine Flughöhe erreicht hatte, verlief der Rest der Reise nach Texas vollkommen reibungslos.

Die einmotorige Cessna Caravan-Turboprop landete auf dem McAllen-Miller International Airport in McAllen, Texas, und wurde zum Einreiseterminal dirigiert. Während die Pässe seiner Passagiere gescannt und abgestempelt wurden, plauderte der Pilot freundlich mit den Beamten in dem kleinen Abfertigungsbereich. Sobald Harvaths Pass eingescannt und abgestempelt worden war, führte er seine Kunden wieder raus zum Flugzeug, um sie das kurze Stück zum Haupttermінal zu chauffieren.

Vor einem Gebäude mit blauem Dach, das ein Schild mit der Aufschrift *McCreery-Aeronautik* trug, fuhr er die Systeme des Flugzeugs herunter, und die Schar fröhlicher Passagiere ging von Bord. Genau wie beim Zoll und der Einwanderungsbehörde mischte sich Harvath erneut mitten unter die Menge. Er war erstaunt, wie viele *Regios* blondes Haar und grüne oder blaue Augen hatten. Zudem war die Truppe ziemlich international, was ihm bei der Einwanderungsbehörde gerade recht kam, weil zwei Frauen darunter waren, die Besuch von ihren Freundinnen aus Deutschland hatten, und eine andere war mit ihrem Freund aus

Spanien hier. Harvaths italienischer Reisepass wurde kaum eines Blickes gewürdigt.

Unmittelbar draußen vor dem *McCreery*-Gebäude wartete eine Flotte von Stretch-Limousinen. Die Fahrer hielten Blätter hoch, auf denen mit dickem schwarzen Marker die Namen *Melendez, Casas, Calleja* und *Esquivel* geschrieben standen.

Harvath hielt allerdings nicht nach einem Namen Ausschau, sondern nach einem Symbol: nach drei Dreiecken, die wie ein Trio von Berggipfeln oder eine Reihe von Haifischzähnen wirkten.

Sobald eine Handvoll Passagiere in eine der Limousinen gestiegen waren und der Wagen davonfuhr, entdeckte er einen weißen Ford F-150-Pick-up, an dessen Seite die drei Dreiecke prangten, zusammen mit dem Schriftzug *Three Peaks Ranch*.

Während er auf den Pick-up zuging, suchten seine Augen den Parkplatz nach irgendwelchen Anzeichen von Gefahr ab. Als er noch fünf Meter vom Fahrzeug entfernt war, öffnete sich die Fahrertür, und eine attraktive Frau mit langem blondem Haar, Bluejeans und Cowboystiefeln stieg aus.

31

Maggie Rose stellte sich Harvath vor, und sie schüttelten sich die Hand. Sie schien in seinem Alter zu sein, vielleicht ein paar Jahre jünger, und sprach gedehntes Texanisch.

»Die Fahrt dauert ungefähr eine Stunde«, erklärte sie. »Brauchen Sie noch irgendwas, bevor wir aufbrechen?«

Maggie trug ein Poloshirt, auf das das *Three-Peaks*-Logo gestickt war. »Ihr Zimmer ist bereits vorbereitet.«

Harvath war noch nicht in den Wagen gestiegen. »Würde es Ihnen etwas ausmachen, Maggie, mir zu sagen, wer Sie geschickt hat, um mich abzuholen?«

Die Ranchleiterin lächelte. »Ein kleiner Bursche mit zwei der größten Hunde, die ich je gesehen habe.«

»Hat er Ihnen seinen Namen genannt?«

»Nein, Sir, hat er nicht.«

»Wie ist es mit meinem Namen?«, fragte Harvath. »Hat er Ihnen den gegeben?«

»Nein, Sir, den hat er mir ebenfalls nicht verraten. Er sagte mir nur, wann Ihr Flug eintrifft und dass Sie mich dann von sich aus ansprechen würden.«

»Das ist alles?«

»Außerdem hat er mir aufgetragen, das hier für Sie zu spielen«, sagte sie, stieg wieder in den Wagen und schaltete den CD-Player ein.

Harvath erkannte den Song sofort: »Rubber Duckie« von Bootsy Collins. Damit hatte sich die Frage, ob Nicholas

Maggie geschickt hatte, um ihn abzuholen, eindeutig geklärt.

Einen ihrer ersten Momente friedlicher Entspannung hatten sie bei ein paar Gläsern Bier in Brasilien genossen. Während er Mittagessen kochte, ließ Nicholas im Hintergrund Musik laufen. Das Lied war »Rubber Duckie«. Harvath hatte das Album *Ahh … The Name is Bootsy, Baby!* sowohl als Vinyl-LP wie als CD in seiner Sammlung. Die Tatsache, dass sie beide die Vorliebe für amerikanische Funkmusik teilten, war nur eines von vielen Dingen, die er in den nächsten Jahren über den kleinen Mann erfahren sollte.

Harvath ging zur Beifahrerseite des Geländewagens und stieg ein. Maggie nahm wieder auf dem Fahrersitz Platz und schloss ihre Tür.

»Ist das alles für Sie?«, fragte er und musterte die Supermarkttüten auf dem Rücksitz.

»Nein, Sir. Das ist für den anderen Gentleman auf der Ranch. Ich bin rechtzeitig runtergekommen, um einige Einkäufe für ihn zu erledigen. Viele der Zutaten, die er haben möchte, gibt es oben bei uns nicht. Ein bisschen zu exotisch.«

»Aber hier in McAllen haben Sie sie gefunden?«

»Einige davon, doch meistens haben mich die Leute in den Läden bloß angeguckt, als spräche ich Chinesisch.«

Ja, sie war definitiv für Nicholas shoppen gewesen. »Wie lange hält er sich schon auf der Ranch auf?«

»Noch nicht lange«, entgegnete Maggie, während sie den Pick-up vom Parkplatz auf die Straße steuerte. »Seit Anfang der Woche.«

»Er ist ein charmanter Mann, nicht wahr?«

Die Frau nickte. »Ja, Sir. Und ausgesprochen höflich.«

»Nennen Sie mich Scott, Maggie. Und bitte verzichten Sie auf das Sir.«

»Okay, Scott.«

»Also, erzählen Sie mir doch ein bisschen über diese Ranch, zu der wir fahren.«

Während der Fahrt erzählte Maggie ihm einiges über die Historie von Südtexas und seine wichtigsten Ranches, wobei sie sich vor allem auf die weltberühmte King Ranch konzentrierte, die über 330 000 Hektar groß war und sich über sechs texanische Landkreise erstreckte.

Von den großen Texas-Ranches ging sie zur Geschichte der Three Peaks Ranch über; sie erzählte ihm, wem sie vor der Familie Knight gehört hatte und welche Rinderarten dort gezüchtet wurden. Das Ganze war faszinierend, und Harvath freute sich darauf, sich einige der exotischen Tiere anzusehen, die Knight importiert hatte.

Im Zuge der Unterhaltung entlockte Harvath Maggie immer wieder subtile Details über die Sicherheitsvorkehrungen auf der Ranch und das dortige Personal. Abgesehen von einem einfachen ADT-Haussicherheitssystem und einer Handvoll Überwachungskameras wurden anscheinend keine weiteren Sicherheitsmaßnahmen getroffen, wenn die Familie nicht zugegen war.

Waren die Knights vor Ort, brachten sie ihr eigenes Sicherheitsteam mit, das einen Kontrollpunkt am Tor bemannte, der rund um die Uhr besetzt war, sowie auch Patrouillen, die über das Gelände streiften, und Männer, die die Monitore des Überwachungssystems im Auge behielten. Als er noch ein wenig mehr nachbohrte, erfuhr er, dass es am Vordertor eine Nummernschild-Kamera gab und in die Auffahrt Druckplatten eingelassen waren, die das Torhaus und das Hauptgebäude darüber informierten, wenn jemand den Weg hochfuhr. Das 1200 Hektar große Gehege, in dem die exotischen Tiere gehalten wurden, war zudem von einem dreieinhalb Meter hohen »Wildzaun« umschlossen.

Als sie die Three Peaks Ranch schließlich erreichten, hatte Harvath ein gutes Verhältnis zu Maggie aufgebaut und sich einen Eindruck davon verschafft, wie die Ranch funktionierte, wie es um die Sicherheit bestellt war und um wen es sich bei den Mitarbeitern handelte.

Weiter in der Ferne bemerkte er Bussarde, die über einer Art Windmühle ihre Kreise zogen. »Sieht aus, als hätte da draußen jemand Vieh verloren«, kommentierte er.

Maggie folgte seinem Blick. »Das ist nicht mehr unser Gelände. Dieses Land gehört zur Ranch nebenan, aber im Augenblick werden da drüben keine Rinder gezüchtet. Allerdings pumpt die Windmühle Wasser in einen Trog, weshalb es noch immer viele Tiere dorthin zieht. Vermutlich hat ein Coyote ein Reh gerissen, das gerade etwas trinken wollte.«

»Muss ein ziemlich großes Reh gewesen sein, bei den vielen Bussarden, die dort kreisen.«

Sie lächelte, als sie neben einem Tastenfeld hielt und ihren Code eintippte. »Nun, es heißt ja nicht umsonst, in Texas sei *alles* größer.«

Die schmiedeeisernen Torhälften mit dem Dreiecks-Logo der Ranch glitten auf, und sie rollten hindurch.

Während sie weiterfuhren, wies sie auf die Gebäude, die aus texanischem Kalkstein errichtet worden waren, der als »Ol Yella« bekannt war und in Steinbrüchen in der Nähe von San Antonio abgebaut wurde, von wo man ihn dann mit Tiefladern runtergebracht hatte. Die Dachziegel bestanden aus Lehm. Die Balken, Säulen, Sparren und Dielen waren aus Zypressenholz, während die handgeschnitzten Türen, Schränke und Verzierungen aus texanischem Mesquitebaumholz bestanden. Die Fußböden im Innern waren mit Saltillo-Fliesen ausgelegt, und die Laufstege draußen waren aus Oklahoma-Sugarloaf-Quadersteinen.

Neben dem Haupthaus gab es ein großes Gästehaus, das Haus der Ranchleiterin, sechs kleine Personalhütten, ein Garagengebäude mit Kühlraum und Tierverarbeitungsbereich, Ställe sowie ein Freizeit- und Erholungsgebäude inklusive Küche, Speisesaal, Bar, Videospielhalle und Fitnessraum. Als sie daran vorbeikamen, wies Maggie ihn außerdem auf die »Lügnergrube« hin, eine aus Stein gemauerte Feuerstelle, bei der sich die Knights des Abends gern mit ihren Gästen auf einen Drink versammelten.

Während der ganzen Fahrt hatte sie Harvath keinerlei persönliche Fragen gestellt oder sich in irgendeiner Form nach Nicholas erkundigt. Sie waren Gäste der Knights; mehr brauchte sie nicht zu wissen.

Als sie vor dem Gästehaus anhielten, schaltete sie den Wagen lächelnd in den Park-Modus und sagte: »Da wären wir. Ich bringe nur rasch die Einkäufe hoch und …«

»Machen Sie sich keine Mühe«, sagte Harvath, während er sich über die Rückbank beugte und die Tüten aufnahm. »Die nehme ich.«

»Nun, wenn Sie irgendwas brauchen, lassen Sie es mich einfach wissen. Meine Nummern – Festnetz und Handy – stehen drinnen am Kühlschrank und sind außerdem in allen Telefonen in der Kurzwahlliste gespeichert.«

»Eine Sache gäbe es da tatsächlich. Ich brauche Kleidung.«

»Die Knights haben einen ganzen Schrank voller Freizeitkleidung für Gäste, im Gemeinschaftsgebäude. Sollte Ihnen davon nichts zusagen, empfehle ich Ihnen gern ein paar Geschäfte in der Nähe, oder Sie geben mir eine Liste; dann gehe ich gerne für Sie einkaufen und besorge Ihnen, was immer Sie brauchen. Sagen Sie einfach Bescheid.«

»Mache ich«, sagte er, als er von dem Pick-up zurücktrat. »Vielen Dank.«

»Gern geschehen.« Dann fiel ihr die CD ein, die Nicholas ihr gegeben hatte, und sie drückte auf den Ausgabeknopf des Players. »Vergessen Sie Ihr ›Rubber Duckie‹ nicht.«

»Behalten Sie sie ruhig«, entgegnete Harvath. »Ich hab schon einige Versionen davon.«

Maggie lächelte und schob die CD wieder in den Player zurück. Als sie den Rückwärtsgang des Pick-ups einlegte und zurückzusetzen begann, hörte er, wie der Song von Neuem begann.

Er stieg die Treppe des Gästehauses hoch und war gerade bei der Tür angelangt, als sie von innen geöffnet wurde und Nicholas ihn mit Argos und Draco an seinen Seiten willkommen hieß. »Du hast es geschafft. Gott sei Dank.«

»Wo soll ich die hinstellen?«, fragte Harvath und hielt die Tüten mit den Lebensmitteln hoch.

»Rein damit. Wir haben viel zu besprechen.«

32

Nicholas machte Nina mit Harvath bekannt und umriss mit knappen Worten seine Freundschaft mit Caroline. Dann bat er Nina darum, sie für eine Weile allein zu lassen. Sie hatten eine Menge zu bereden, von dem vieles zu heikel war, als dass sie vor ihr darüber hätten sprechen dürfen. Er tat sein Bestes, seine Bitte so zu verpacken, dass sie sich nicht vor den Kopf gestoßen fühlte.

»Schon verstanden, Nick.« Sie schloss das Taschenbuch. »Ich denke, ich mache einen Spaziergang.«

Nina erhob sich von der Couch, und als sie an ihm vorbeikam, lächelte sie und drückte ihm flüchtig den Arm. »Wir sehen uns später.«

Harvath war fasziniert. Er hatte noch nie zuvor gesehen, dass Nicholas eine intime Beziehung zu einer Frau gehabt hätte. Nachdem sie die Vordertür geschlossen hatte, wandte er sich an ihn und sagte: »Sie nennt dich *Nick?*«

»Es ist *kompliziert.*«

»Ja, das glaube ich auch.«

»Sie ist eine erstaunliche Frau. Sie erinnert mich sehr an ihre Schwester.«

»Und ihr zwei …« Harvath ließ den Satz unvollendet.

Der kleine Mann antwortete nicht. Sein Schweigen sprach für sich.

»Eigentlich hätte ich nicht gedacht, dass du auf den Grufti-Typ stehst.«

»Hier geht es nicht um ihr Aussehen. Du kannst dir nicht vorstellen, was für eine Verbindung wir zueinander haben.«

Da hatte er recht: Das konnte Harvath sich beim besten Willen nicht vorstellen. Die einzige weibliche Gesellschaft, die Nicholas je genossen hatte, ließ sich ihre Dienste bezahlen, doch mit einem Mal, inmitten dieses absoluten Schlamassels, stolperte er in eine aufkeimende Romanze mit einer attraktiven jungen Frau, die gerade einmal halb so alt war wie er selbst. Irgendwie machte das den Gegensatz zu Harvaths persönlicher Situation nur noch deutlicher.

»Riley ist tot«, sagte Harvath. Das war ein abrupter und vielleicht auch unterkühlter Themenwechsel, doch der Fairness halber musste man akzeptieren, dass wichtigere Dinge vorgingen als Nicholas' Beziehung zu Caroline Romeros Schwester.

Dank des großen Herzens, das in seinem kleinen Körper schlug, nahm Nicholas daran keinerlei Anstoß. Stattdessen sagte er: »Das tut mir sehr leid, Scott. Was ist passiert?«

Anhand der Art und Weise, wie Harvath in der Vergangenheit über Riley gesprochen hatte, konnte er bereits vermuten, dass zwischen den beiden möglicherweise mehr war als bloß professioneller Respekt, und als Harvath berichtete, was in Paris geschehen war, wurde Nicholas klar, dass sein Freund tatsächlich Gefühle für sie entwickelt hatte.

Sobald Harvath ihn über alles ins Bild gesetzt hatte, was vorgefallen war, war Nicholas an der Reihe. Doch bevor er begann, ging er in die Küche, holte für jeden von ihnen ein Bier und kehrte damit ins Wohnzimmer zurück. Er reichte Harvath eine der Flaschen und fing an zu berichten.

Nach und nach informierte Nicholas Harvath über das, was er herausgefunden hatte. Er ging ausführlich auf seine Freundschaft zu Caroline Romero und ihren Hintergrund bei Adaptive Technology Solutions ein. Harvath war mit ATS nicht weiter vertraut, also verschaffte Nicholas ihm einen groben Überblick.

Anschließend erklärte der kleine Mann ihm, dass Caroline ihrer Schwester in Texas ein Päckchen mit einem hochmodernen USB-Stick und einer von ihr besprochenen Grußkarte mit genauen Instruktionen geschickt hatte, was sie tun solle. Dann beschrieb er, wie er den Stick geknackt und was er bislang alles durch die darauf enthaltenen Daten erfahren hatte.

Als er fertig war, stand Harvath auf und holte ihnen noch eine Runde Bier. Als er aus der Küche zurückkehrte, meinte er: »Du sagtest, Caroline habe das, was ATS macht, als eine Art ›digitales Panoptikum‹ bezeichnet. Was genau ist das?«

»Das Ganze basiert auf einem Konzept, das im späten 18. Jahrhundert von einem britischen Gesellschaftstheoretiker namens Jeremy Bentham entwickelt wurde. Das Panoptikum ist ein Entwurf für das perfekte Gefängnis. Das Gebäude ist wie ein Rad aufgebaut, bei dem sämtliche Zellen der Radnabe zugewandt sind. Im Zentrum der Nabe befindet sich ein umzäunter Wachturm mit verspiegelten Fenstern. So können die Wachen die Gefangenen jederzeit überwachen, ohne dass diese ihrerseits wissen, ob sie gerade beobachtet werden oder nicht.«

»Und Caroline Romero glaubte, dass ATS das Gleiche macht, bloß digital?«, fragte Harvath.

»Ja. Nur mit den Unterschied, dass wir hier nicht von Gefangenen, sondern von amerikanischen Bürgern reden.

Sie hat genau dokumentiert, wie ATS gleichgesinnte Angehörige der US-Regierung beeinflusst, um ein allumfassendes, funktionstüchtiges digitales Panoptikum zu erschaffen. Das perfekte Gefängnis. Daher auch der Begriff *Totale Überwachung*.«

»Aber was hat das damit zu tun, dass ich des Hochverrats bezichtigt werde oder warum unser Unternehmen infiltriert und Riley ermordet wurde?«, fragte Harvath. »Das ergibt keinen Sinn.«

»Nein, tut es nicht. Deshalb könnte es uns helfen, uns einen Reim auf das Ganze zu machen, wenn wir besser verstünden, was genau Caroline da eigentlich entdeckt hat. Besonders eine Studie des Brookings-Instituts beschäftigte sie sehr. Der Titel lautet ›Recording Everything: Digital Storage as an Enabler of Authoritarian Governments‹*. Im Wesentlichen geht es dabei darum, dass es angesichts der sinkenden Kosten für die Datenspeicherung ›für Regierungen zusehends kosteneffektiver wird, jedes Fitzelchen digitaler Informationen aufzuzeichnen‹, die seine Bürger produzieren.

Und je einfacher und kosteneffektiver das zu bewerkstelligen ist, desto größer ist der Ansporn, es genauso zu machen. Die Technologie macht ein autoritäres Regime nicht erst möglich, sondern ermutigt praktisch dazu. Regierungen sagen nicht einfach Nein, wenn man ihnen noch mehr Macht in Aussicht stellt. Und wie wir wissen, sind Informationen – und damit Wissen – Macht.

Caroline hat einen Blogeintrag gespeichert, der das alles ziemlich gut zusammenfasst. Ob es einem nun gefällt oder

* Zu Deutsch etwa: »Alles aufzeichnen: Digitale Datenspeicherung als Wegbereiter autoritärer Regierungen«; Anmerkung des Übersetzers.

nicht: Jede E-Mail, deine gesamte Internetaktivität, der komplette Inhalt jedes Telefongesprächs, sämtliche GPS-Daten, all deine Interaktionen in sozialen Netzwerken, jede Kreditkartentransaktion, jedes elektronische Detail über dein Leben wird quasi in einem Banksafe verwahrt, auf den du selbst keinerlei Zugriff hast. Die Regierung hingegen kann jederzeit vorbeikommen, diesen Safe öffnen und dich rückwirkend überwachen. Auf diese Weise sind sie in der Lage, ein perfektes Verhaltensprofil von dir zu erstellen, womit sie außerordentlich gut gerüstet wären, wenn sie aus irgendwelchen Gründen zu dem Schluss gelangen sollten, dass dein Verhalten nicht den besten Interessen des Staates entspricht.

Während Brookings schätzt, dass die Kosten für die Speicherung aller Gespräche jedes Bürgers pro Jahr siebzehn Cent betragen, zeigt Caroline nicht bloß auf, dass ATS und die NSA das längst machen, sondern dass sie die Kosten dafür auf fünf Cent jährlich senken konnten. Und all unsere E-Mails, GPS-Daten, SMS und Webaktivitäten speichern sie sogar für noch weniger.«

»Gibt es irgendwelche Daten über Privatpersonen, die sie nicht sammeln?«, fragte Harvath.

Nicholas schüttelte den Kopf und erzählte ihm von den Tests mit den Straßenlaternen in Michigan, die Audio- und Videoaufzeichnungen machen konnten, ehe er ihm erklärte, inwiefern ATS mithilfe der NSA hinter der explosionsartigen Zunahme von Überwachungskameras in Manhattan und Chicago steckte. Caroline hatte eine PowerPoint-Präsentation heruntergeladen, die beschrieb, wie ATS innerhalb von drei Jahren eine Überwachungskamera für jeweils fünf Bürger in Betrieb nehmen konnte.

Mittlerweile gab es japanische Kameras, die ATS zusagten und jede Person aufnahmen, die daran vorbeikam, um diese Daten für alle Ewigkeit in einer digitalen Bibliothek zu speichern. Mittels wegweisender Gesichtserkennungssoftware konnten die Kameras auf diese Datenbank zurückgreifen und sechsunddreißig Millionen Gesichter pro Sekunde scannen, bis sie schließlich das fanden, das sie suchten.

In der Erwartung, dass es aufgrund der Kosten dieser ganzen Überwachungstechnologie gewisse Widerstände geben würde, ließ ATS seine Lobbyisten für die Regierung ein Schritt-für-Schritt-Konzept erstellen, um aufzuzeigen, wie der Kongress eine Steuer für die »öffentliche Sicherheit« einfädeln konnte, durch die die Bürger die Kosten für ihre Überwachung sogar noch selbst trugen.

»Diese Leute als böse zu bezeichnen trifft die Sache offenbar nicht einmal annähernd«, sagte Harvath.

»Nein, tut es nicht«, sagte Nicholas. »Und diese ganze Überwachung findet momentan ohne die geringste richterliche Genehmigung oder rechtliche Handhabe statt. Die Amerikaner haben von alldem keine Ahnung. Aber das ist noch nicht einmal das Schlimmste.«

33

»Caroline war der Ansicht, dass das eigentliche Ziel von ATS ungeachtet der Tatsache, dass sie unter dem vermeintlichen Vorwand der nationalen Sicherheit diesen erstaunlichen, alles umfassenden Überwachungsapparat geschaffen haben, nicht das Geringste mit nationaler Sicherheit zu tun hat«, erklärte Nicholas. »Ihr Ziel ist Kontrolle – die vollständige und totale Kontrolle über jeden Mann, jede Frau und jedes Kind in den Vereinigten Staaten von Amerika.«

»Wie zur Hölle soll das machbar sein?«, fragte Harvath.

»ATS ist wie ein Parasit, der nur dadurch überlebt, indem er sich von seinem Wirt nährt. In diesem Fall sind die USA und ihre Bürger dieser Wirt. Doch ATS braucht Politiker, Richter, Bürokraten und unzählige andere Rädchen im Getriebe des Staatsapparates, die ihnen dabei helfen, ihre Pläne zu legitimieren und voranzutreiben. Und diejenigen davon, die sie nicht kaufen können, erpressen sie.«

Und da wurde *er* des Hochverrats beschuldigt! Harvath schüttelte den Kopf.

»Manchmal jedoch«, fuhr Nicholas fort, »wollen einige einfach nicht spuren und tun, was man ihnen sagt. Dann wird Druck gemacht. Dies können entweder Einzelpersonen oder ganze Bevölkerungsgruppen sein, und das Einzige, dessen sie ›schuldig‹ sind, ist womöglich nichts weiter, als dass sie einer Idee anhängen, die der Staat als Bedrohung für seine eigene Existenz betrachtet.«

»Ich dachte, wie reden hier über ATS.«

»Das tun wir auch. Denn im Grunde *ist* ATS längst der Staat. Caroline zufolge meinen Leute, wenn sie von einer ›Schattenregierung‹ sprechen, damit in Wahrheit ATS, ob ihnen das nun bewusst ist oder nicht.«

»Und sie planen, Amerikaner ins Visier zu nehmen, einfach weil ihnen die Dinge nicht passen, die ihnen so durch den Kopf gehen?«, fragte Harvath.

»Nein, das *planen* sie nicht – das passiert bereits. Das Ministerium für Innere Sicherheit hat kürzlich ein Gutachten erstellen lassen, in dem ›verstimmte‹ Militärveteranen aus Afghanistan und dem Irak zu potenziellen ›rechtsextremistischen‹ Terroristen erklärt werden. Auch politische Sympathisanten und Menschen, die bestimmte Politiker oder politische Anliegen unterstützen, die eine kleinere Regierung mit größerer Rechenschaftspflicht gegenüber der amerikanischen Bevölkerung fordern, werden als potenzielle Terroristen eingestuft. Wer heutzutage Waffen, Munition oder mehr Essensvorräte als für eine Woche besitzt, wird als potenzieller Terrorist klassifiziert. Sogar bestimmte politische Autoaufkleber oder das Hissen der knallgelben Gadsden-Flagge* kann einen jetzt als Terroristen brandmarken.

Ganz egal, was man tut, die Regierung betrachtet ihre eigenen Bürger als größte Gefahr für ihre eigene Existenz – größer als die durch El Kaida oder irgendwelche ausländischen Invasoren –, und sie wird tun, was immer nötig ist, um sich selbst zu schützen.«

---

* Die Gadsden-Flagge ist nach dem amerikanischen General und Politiker Christopher Gadsden (1724–1805) benannt und gilt vor allem seit den Anschlägen vom 11. September 2001 als Symbol für US-Patriotismus; Anmerkung des Übersetzers.

»Das ist Irrsinn.«

»Ach ja?«, sagte Nicholas. »Unter dem Deckmantel des ›Heimatschutzes‹ werden die Amerikaner von Tag zu Tag einer noch umfassenderen, intensiveren Überwachung ausgesetzt. Die Transportsicherheitsbehörde ist nicht bloß auf Flughäfen aktiv, sondern genauso bei Bus- und Bahnstationen. Inzwischen findet man sie sogar auf Highway-Raststätten. Sie sagen einem, es sei zu unserem eigenen Besten, zu unserer eigenen Sicherheit, während die ganze Zeit über dieses System um uns herum errichtet wird, dieser Käfig. Schon bald ist diese Phase abgeschlossen, und dann fällt die Käfigtür zu. Und wenn das passiert, gibt es keinen Ausweg mehr.«

»Es muss doch eine Möglichkeit geben, das zu verhindern.«

»Die haben das Blatt komplett zu ihrem Vorteil gemischt, bis hin zum Bundesgerichtshof, der jedweden privaten Unternehmen, die die Regierung – also die NSA und damit ATS – beim Ausspionieren amerikanischer Bürger unterstützen, zivil- und strafrechtliche Straffreiheit garantiert.«

»Trotzdem verstehe ich immer noch nicht, was das damit zu tun hat, dass die Carlton Group offensichtlich systematisch demontiert wird.«

»Nach dem zu urteilen, was Caroline aufgedeckt hat, ist ATS gegenwärtig dabei, in die finale Phase seines übergeordneten Plans einzutreten, um seine Kontrolle zu festigen.«

»Wie sieht dieser Plan aus?«, fragte Harvath.

»Genau da wird die Sache interessant. Ihren Notizen zufolge sind die, die bei ATS das Sagen haben, besessen vom Internet. Sie lieben soziale Netzwerke, weil dieser ganze Social-Media-Boom es ihnen unglaublich leicht macht,

Verbindungen zwischen einzelnen Menschen herzustellen. Online-Einkäufe, Online-Suchanfragen, E-Mails, das alles gehört in der Zwischenzeit zum Alltag. In dieser Hinsicht ist das Internet in ihren Augen eine großartige Sache. Das einzig ›Negative‹ dabei ist ihrer Ansicht nach der freie Fluss von Ideen und Informationen.

Früher, als es bloß Fernsehen, Zeitungen und Radio gab, ließen sich Informationen noch kontrollieren. Das ist nicht mehr der Fall. Unterm Strich lassen sich Informationen einfach nicht mehr zurückhalten. Sie lassen sich nicht länger kontrollieren. Sie werden wild auf die Welt losgelassen, und das ist eine Gefahr für ATS.

In ihren Notizen zitiert Caroline mehrere politische Bewegungen aus unterschiedlichen Bereichen des Spektrums. ATS ist der Ansicht, dass diese Bewegungen ohne das Internet als Kommunikationsplattform niemals entstanden wären. ATS weiß, was den USA in sehr naher Zukunft bevorsteht, und will nicht, dass sich die amerikanischen Bürger darüber austauschen können. Sie wollen den Amerikanern das wichtigste Instrument nehmen, mittels dessen sie aller Wahrscheinlichkeit nach irgendeine Art von Widerstand auf die Beine stellen und organisieren könnten.«

»Moment, Moment«, unterbrach Harvath. »*Widerstand?* Widerstand wogegen?«

»Das konnte ich bislang noch nicht genau in Erfahrung bringen«, gab Nicholas zurück. »Ich bin mir bislang noch nicht einmal sicher, dass Caroline das in allen Einzelheiten wusste. Alles, was ich mit Gewissheit sagen kann, ist, dass ATS das Internet in seiner gegenwärtigen Form als sehr gefährlich einstuft.«

»Was soll das bedeuten: ›in seiner gegenwärtigen Form‹?«

»Ich habe mir jede Menge Artikel angesehen, die Caroline gespeichert hat, und alles deutet darauf hin, dass sie das Netz als so eine Art digitales Pearl Harbor betrachten. Nach allem, was ich herausfinden konnte, hat ATS diese Vorstellung jedenfalls nach besten Kräften gefördert.«

»Also sprechen wir hier von einer Art katastrophalem Cyber-Angriff?«, sagte Harvath.

»Exakt. Ich weiß nicht, ob ATS dieses Szenario benutzt hat, um Klienten Angst einzujagen und sie so dazu zu bringen, noch mehr Hardware, Software-Aktualisierungen oder Beratung zu kaufen. Doch die Belege deuten darauf hin, dass sie hinter den Kulissen aggressiv daran gearbeitet haben, die Vorstellung von Amerikas Verletzbarkeit angesichts eines solchen Angriffs mit allen Mitteln zu bestärken. In dem Bestreben, das gravierende Ausmaß dieser Verletzbarkeit deutlich zu machen, sicherten sie sich die Kooperation ehemaliger hochrangiger Regierungsmitarbeiter, die mittlerweile in der Privatwirtschaft tätig und mit dem Thema vertraut waren.«

»Und du glaubst nicht, dass Amerika angreifbar für eine Attacke dieser Art ist?«

»Doch, absolut«, sagte Nicholas. »Das haben der Direktor des FBI, der Director of National Intelligence und sogar der Leiter der NSA öffentlich bestätigt. Interessant ist hierbei jedoch vor allem, dass ATS unbedingt will, dass das amerikanische Volk das ebenfalls weiß. Hier geht es nicht bloß darum, die Regierung von der drohenden Gefahr zu überzeugen. Ich denke, die hatten sie ohnehin bereits in der Tasche. Das amerikanische Volk erforderte allerdings mehr Überzeugungsarbeit, quasi eine groß angelegte Kampagne, um den Gedanken im allgemeinen Bewusstsein zu verankern. Und hier kommen die Ex-Regierungsmitarbeiter ins Spiel.

Diese ehemaligen Offiziellen hatten die Aufgabe, Aufmerksamkeit erregende Bücher über Amerikas Cyber-Angreifbarkeit zu schreiben. Andere tingelten durch Fernsehsendungen und gaben Zeitungsinterviews. ATS ging sogar so weit, einem großen Kabelnachrichtensender eine hochglanzpolierte, zweistündige, telegene Quasi-Kriegsspielsendung mit dem Titel *Wir wurden gewarnt: Cyber-Attacke* anzubieten.«

»Daran entsinne ich mich«, sagte Harvath. »Das war das reinste Stelldichein ehemaliger hochrangiger Regierungsvertreter. National Intelligence, CIA, Heimatschutz, das Weiße Haus, sogar einige Militärs und ein paar Leute aus dem Büro des Justizministers, richtig?«

Nicholas nickte. »Alle wurden in einem nachgebauten Lagezentrum versammelt, um auf einen groß angelegten Cyberangriff zu reagieren. Caroline zufolge war das Ziel der Sendung ganz klar, die Amerikaner vorzubereiten.«

»Sie worauf vorzubereiten?«

»Zum einen auf den Angriff und zum zweiten darauf, die Regierungsbefugnisse auszuweiten, um mit der Situation fertigzuwerden. Darauf, die Nationalgarde ins Militär einzugliedern, sowie Energieunternehmen und andere wichtige Firmen zu verstaatlichen, um die NSA am Laufen zu halten. Sie haben an alles gedacht, sogar an eine Reihe neuer, weitreichender Präsidentenbefugnisse, die sie nicht bloß als notwendig bezeichneten, sondern als durch die Verfassung ›gerechtfertigt‹.«

»Willst du damit sagen, die ganze Sache war reine Propaganda?«, fragte Harvath.

»Hervorragend durchdachte und an den Mann gebrachte Propaganda, ja. Die, wie der Zufall so wollte, ausgerechnet in dem Moment einsetzte, als ein sehr reales

Computervirus, über das weithin berichtet wurde, weltweit mehr als fünfundsiebzigtausend Computer sowie die Rechner von zehn US-Regierungsbehörden infizierte. Bemerkenswertes Timing, oder? Die Leute schalteten die Sendung zuhauf ein.«

Harvath glaubte nicht an Zufälle. »Dann hat ATS also das Schlachtfeld für einen konkreten, echten Angriff bereitet?«

»Ja. Und Carolines Aufzeichnungen zufolge wird das Ganze noch wesentlich schlimmer, als dieses Fake-Szenario, das sie sich fürs Fernsehen ausgedacht haben. Der richtige Angriff wird sich nicht bloß auf die Ostküste konzentrieren, sondern das ganze Land umfassen und lahmlegen.«

»Warum? Was hätten sie davon?«

»Erinnerst du dich an all die Veränderungen nach dem 11. September? Verglichen damit, wie dieses Land nach diesem digitalen Pearl Harbor aussehen wird, war das noch gar nichts. ATS will eine brandneue Version des Internets einführen. Sie nennen es Internet 2.0, und es wird komplett von der Regierung kontrolliert sein.«

»Von der Regierung?«, fragte Harvath. »Oder von ATS?«

Nicholas lächelte reumütig. »Wenn Washington, D.C., das Land Oz ist, dann ist ATS der Mann hinter dem Vorhang.«

Harvath nickte, und Nicholas fuhr fort: »Um sich ins Internet 2.0 einzuloggen, ganz gleich, zu welchem Zweck, bräuchte man eine User-spezifische, von der Regierung ausgegebene Kennnummer. Damit würde die Anonymität im Netz der Vergangenheit angehören. Alles wird überwacht: Was man sagt, was man sich ansieht, einfach alles. Unter dem Deckmantel der ›nationalen Sicherheit‹ hätte die Regierung die alleinige Verfügungsgewalt darüber, wer

Zugriff auf das Netz hat und wozu. Dann hätten sie einen riesigen Aus-Schalter, den sie betätigen könnten, wann immer sie es für richtig halten, um die alte Version des Internets auf unbestimmte Zeit offline zu lassen. Das würde ihnen die ultimative Kontrolle über die Kommunikationsmöglichkeiten der Menschen verschaffen und den freien Fluss von Ideen und Informationen massiv drosseln.«

Es dauerte einen Moment, bis Harvath das alles verarbeitet hatte. Schließlich sagte er: »Das bedeutet also letztlich, wenn sie das Internet kontrollieren …«

»… kontrollieren sie alles«, sagte Nicholas und brachte den Satz damit für ihn zu Ende.

»Aber was ist da im Anmarsch, dass sie diese ganze Kontrolle brauchen?«

»Wie schon gesagt, das weiß ich nicht. Ich glaube, das wusste nicht einmal Caroline. Was das betrifft, kann ich bloß spekulieren.«

»Na, dann spekulier mal.«

»Ein Angriff dieser Größenordnung, mit dem Ziel, das gesamte Internet lahmzulegen und durch eine eigene Version zu ersetzen, ist schon ziemlich spektakulär. Doch das, was danach käme, müsste noch um einiges spektakulärer sein.«

»Und es muss sich um etwas handeln, dem sich das amerikanische Volk vehement widersetzen würde«, fügte Harvath hinzu.

Nicholas nickte. »Das, was Caroline an Informationen zusammentragen konnte, deutet darauf hin, dass die Leute von ATS mehrere Szenarien vorhergesagt haben, einschließlich einer ausgewachsenen Revolution. Was würde die Amerikaner dazu bringen zu rebellieren?«

Über die Antwort darauf brauchte Harvath nicht einmal

nachzudenken. »Der Verlust ihrer Freiheit; wenn Amerikas Souveränität untergraben würde; wenn die Nation durch irgendeine ausländische oder internationale Institution wie die UN zerrüttet würde.«

»Was auch immer sie planen, das Internet durch Web 2.0 zu ersetzen ist das letzte Stück ihres Puzzles.«

»Aber warum jetzt? Warum haben sie gewartet, bis das Internet so fest im Leben der Menschen verwurzelt ist? Warum haben sie das nicht schon vor zehn oder sogar zwanzig Jahren gemacht?«

»Ich habe wirklich nicht die geringste Ahnung, wie diese Leute denken. Carolines Notizen deuten darauf hin, dass das Internet wesentlich schneller wuchs, als irgendwer von ihnen erwartet hatte; dass es ein Eigenleben entwickelt hat. Das Netz boomte so rasch, dass sie keine Chance hatten, eine Mauer drumrum zu errichten. Die planlosen Versuche, Steuern darauf zu erheben und verschiedene Kontrollmaßnahmen wie zum Beispiel einen Präsidenten-Notabschalter einzuführen, sind dafür die besten Beispiele. Sie haben schlichtweg so lange gebraucht, um das Internet 2.0 zu entwickeln und zu perfektionieren.«

»Und als Teil der Vorbereitung, um alles zum Laufen zu bringen, war es nötig, das amerikanische Volk auf den Angriff vorzubereiten, quasi in Form einer PR-Kampagne«, sagte Harvath. *»Wir wurden gewarnt.«*

»Exakt. Das ist eine clevere Variante von Hegels Dialektik, einem psychologischen Werkzeug, das dazu benutzt wird, um die Massen zu manipulieren. In diesem Fall schafft man ein Problem, wartet auf die Reaktion und bietet dann selbst die Lösung dafür an. Allerdings realisieren die Menschen dabei nicht, dass diejenigen, die mit der Lösung daherkommen, dieselben Leute sind, die das Problem überhaupt erst verursacht haben. Außerdem entgeht ihnen völlig, dass diese Lösung, wie auch immer sie aussieht, ihren Schöpfern letztlich immer noch mehr Macht beschert.«

»Haben wir irgendeine Ahnung, wie dieses digitale Pearl Harbor aussieht oder wie das Ganze über die Bühne gehen soll?«

Nicholas schüttelte den Kopf. »Nein. Aber um eine Rechtfertigung dafür zu liefern, das gesamte Internet komplett auf den Kopf zu stellen und in neuer Form wieder an den Start zu bringen, müssten die Auswirkungen des Angriffs gewaltig sein; etwas, das weit über jeden Terroranschlag hinausgeht, den Amerika bisher erlebt hat.«

»Du hast mir über Peio ausrichten lassen, ich solle mich davor hüten, die PROMIS- und TIP-Systeme auf mich aufmerksam zu machen«, sagte Harvath. »Denkst du, es gibt eine Verbindung zwischen dem, was Caroline über ATS herausgefunden hat, und dem Mordanschlag auf Riley und mich in Paris und dem, was dann später in Spanien geschah?«

Dieses Mal nickte Nicholas. »Und ich verrate dir auch, welche.«

34

Maryland

»Herein!«, rief Craig Middleton, nachdem er voller Zorn den Hörer seines abhörsicheren Telefons auf den Apparat geknallt hatte. In den vergangenen drei Stunden hatte er immer wieder mit Bremmer gesprochen. Die Operation in Spanien war ein völliger Fehlschlag gewesen.

Kurt Schroeder betrat das Büro und schloss die Tür hinter sich. Er hatte einen Schnellhefter in der Hand.

Middleton sah ihn an. »Was zur Hölle wollen Sie?«

»Es geht um Reed Carlton.«

»Ist das der Bericht des Gerichtsmediziners?«

Schroeder nickte. Er nahm den Bericht aus dem Hefter, ging zum Schreibtisch seines Bosses hinüber und reichte ihn Middleton.

Der ältere Mann riss ihm die Papiere aus der Hand und blätterte gleich ganz bis zum Ende. »Was zum Geier soll das heißen? *Nicht eindeutig?*«

»Die Leichen waren sehr stark verbrannt.«

»Ach wirklich?«

Schroeder ignorierte seinen Sarkasmus. »Verkohlt wie Briketts. Sie mussten auf Zahnarztunterlagen zurückgreifen. Das Problem dabei ist, dass Carlton bei der CIA war, seine Unterlagen also unter Verschluss sind.«

»Schwachsinn. Wir kommen an alles ran. Wir leiten diesen Laden ja praktisch. Und jetzt beschaffen Sie mir diese Akten!«

»Längst erledigt. Allerdings sind sie so alt, dass sie nur in Papierform vorliegen. Ich musste erst eine Kopie aus dem Archiv der Agency anfordern.«

»Und warum vergeuden Sie dann meine Zeit?«, fragte Middleton. »Worauf läuft das Ganze unterm Strich hinaus?«

»Dass keine der Leichen, die an der Brandstätte gefunden wurden, die von Carlton war.«

Als ihn eine neuerliche Woge des Zorns überkam, rötete sich das Gesicht des älteren Mannes.

Schroeder wusste, dass sein Boss kurz davor war zu explodieren, und versuchte, das zu verhindern. »Ich habe bereits eine Rasterfahndung eingerichtet. Wenn Carlton sein Telefon oder eine Kreditkarte benutzt oder einen seiner Verbindungsleute kontaktiert, erfahren wir das sofort.«

»Ach, *tun* wir das?«, bellte Middleton. »Einen Scheiß erfahren wir. Er wird nichts unter seinem richtigen Namen machen.«

»Ich lasse außerdem alle bekannten Decknamen von ihm überwachen.«

»Und von denen hat er mit Sicherheit noch ein- oder zweihundert weitere, von denen wir keine Ahnung haben.«

Schroeder hatte das Gefühl, dass sein Boss mit seiner Schätzung zu hoch griff, doch sicher war er sich da nicht. »So viele?«

»Ich übertreibe, Sie Idiot. Es spielt keine Rolle, wie viele Decknamen er hat. Carlton blickt auf jahrzehntelange Felderfahrung zurück. Wenn so jemand nicht gefunden werden will, ist es praktisch unmöglich, ihn aufzuspüren.«

Der jüngere Mann wurde zornig angesichts der Beleidigung, als Idiot tituliert zu werden, hielt sein Temperament jedoch im Zaum. »Sie sind doch derjenige, der immer sagt, uns gehört jeder Heuhaufen.«

»Wollen Sie jetzt Klugscheißereien absondern?«

»Nein, Sir.«

»Ob uns jeder Heuhaufen gehört, ist vollkommen bedeutungslos«, entgegnete Middleton, »wenn wir es nicht schaffen, die Nadel rechtzeitig zu finden. Was auch immer die vorhaben: Wir wissen, dass es schon bald so weit ist.«

»Dann sollten wir uns bezüglich des Heuhaufens ein wenig Hilfe besorgen«, sagte Schroeder, der sich noch immer keinen rechten Reim darauf machen konnte, was genau da nach Ansicht seines Bosses auf sie zukam.

Middleton sah ihn an. »Wie meinen Sie das?«

»Lassen wir die lokalen Polizeibehörden nach Carlton fahnden. Wegen vermeintlicher Brandstiftung und Mord.«

Das gefiel dem älteren Mann. »Gute Idee. Je mehr Leute den Heuhaufen durchforsten, desto besser. Sorgen Sie nur dafür, dass sich das Ganze nicht bis zu uns zurückverfolgen lässt.«

»Keine Sorge. Ich kann die Sache so drehen, dass es aussieht, als käme die Anweisung vom FBI.«

»Dann tun Sie das. Was haben Sie sonst noch für mich?«

Schroeder zog einen Stapel Fotografien aus seinem Schnellhefter und reichte sie seinem Boss.

»Was zum Teufel ist das?«, wollte Middleton wissen.

»Überwachungsfotos.«

»Das sehe ich selbst. Ich will wissen, *was* ich mir hier ansehe.«

»Diese Aufnahmen wurden heute Morgen auf einem Flughafen in McAllen, Texas, gemacht. Die Frau in dem Geländewagen draußen vor dem Terminal ist Margaret Rose. Sie leitet die Three Peaks Ranch in der Nähe von Agua

Nueva. Sie ist diejenige, die die Google-Suchen nach Kaukasischen Owtscharkas und angeborenem Zwergwuchs durchgeführt hat«, entgegnete Schroeder.

Sofort war Middleton äußerst interessiert. »Und wer ist der Kerl, den sie hier abholt? Keine der Kameras scheint sein Gesicht sonderlich gut eingefangen zu haben.«

»Das ist mir ebenfalls aufgefallen. Er kam mit einem privaten Charterflug aus Monterrey, Mexiko, hat den Zoll und die Einwanderungsbehörde aber mit einem italienischen Pass passiert.«

Middleton sah sich die Fotos noch eingehender an. »Wissen wir, wo er sich vor Monterrey aufgehalten hat?«

»Ja, wissen wir«, sagte Schroeder. »Ich habe ihn durch die mexikanischen Datenbanken laufen lassen, und wie sich zeigte, ist er erst gestern Abend in Mexiko eingetroffen.«

»Von wo?«

»Aus Bilbao. Er ist über Madrid nach Mexiko-Stadt geflogen.«

»Und wie nah liegt Bilbao an Harvaths letztem bekannten Aufenthaltsort?«

»Was kommerzielle Flughäfen angeht, wäre das der nächstgelegene.«

Mit einem Mal wurde Middleton sehr rege. »Ich will, dass Sie das Material sämtlicher Überwachungskameras auf allen Flughäfen runterladen, über die er nach McAllen gereist ist. Ich will über jeden seiner Schritte Bescheid wissen und über jede Person, mit der er unterwegs gesprochen hat.«

»Schon in Arbeit«, sagte Schroeder auf dem Weg zur Tür.

Middleton betrachtete das letzte Foto, das Harvath zeigte, der in den Geländewagen mit dem Logo der Three Peaks Ranch stieg, lächelte und sagte: »Hab ich dich.« Dann griff er nach dem Hörer seines gesicherten Telefons.

35

Texas

Es war schon spät. Sie saßen an einem Tisch in Nicholas' Zimmer, während Nina in ihrem Zimmer schlief. Keiner der beiden hatte den Teller mit Essen angerührt, der vor ihnen stand. Ringsum stapelte sich Computerequipment. Über drei miteinander verbundene Monitore verfolgte Harvath, wie der kleine Mann Carolines Daten mit ihm durchging. Während Nicholas sprach, bediente er mit seiner winzigen Hand eine kabellose Maus, öffnete einen Ordner nach dem anderen und rief Artikel und Notizen auf, damit Harvath sie selbst lesen konnte.

»Das hier gehört zu den interessantesten Dingen, die ich auf dem USB-Stick gefunden habe«, erklärte Nicholas, während er auf eine Datei mit dem Titel *Verdächtig* klickte. »Hast du schon mal etwas von MainCore gehört?«

»Allenfalls flüchtig«, entgegnete Harvath. »Was ist das?«

»Seit den 1980er Jahren wird behauptet, die Regierung der Vereinigten Staaten betriebe aktiv eine Datenbank über US-Bürger, die sie als potenzielle Gefahren für die nationale Sicherheit einstuft. Einige sagen, dass auf dieser Liste über acht Millionen Namen stehen. Angeblich ist das Teil des streng geheimen Plans zur Aufrechterhaltung der Regierung im Katastrophenfall. Der Grundgedanke hinter MainCore ist, dass die Regierung, sollte es je zu einem schwerwiegenden nationalen Notfall kommen, über eine Liste von Leuten verfügt, die sie bereits zuvor als potenzielle Bedrohungen betrachtet hat, und diese Leute jetzt verstärkt überwachen, verhören oder sogar verhaften lässt. Über jeden Namen auf der Liste gibt es ein komplettes Dossier, und die Datenbank ist imstande, jeden vermeintlichen Staatsfeind praktisch augenblicklich zu identifizieren und zu lokalisieren.«

»Dann ist das Ganze also eine Liste von Feinden?«

»Präzise«, bestätigte Nicholas und deutete auf den Bildschirm. »Aber hinter MainCore steckt noch mehr; etwas, das dem Ganzen um Jahrzehnte vorausgeht und auch ohne nationalen Notfall in Kraft gesetzt werden kann. Und zwar die schwarze Liste. Dabei geht es um viel mehr als nur darum, Bürger aufzuspüren, zu verhören oder einzusperren. Diese Liste ist im wahrsten Sinne des Wortes eine Abschussliste: Sobald du darauf stehst, kommt dein Name erst wieder runter, wenn du tot bist.«

»Jetzt verstehe ich, was der Typ in Spanien meinte, als er sagte, ich stünde *auf der Liste*.«

»Den Daten zufolge, die Caroline gesammelt hat, ist Hochverrat einer der Gründe, weshalb man auf der Liste landet.«

»Ohne genaue Überprüfung? Vollkommen außergerichtlich? Das ist verrückt«, sagte Harvath. »Die amerikanische Regierung beschuldigt nicht einfach irgendwelche Bürger des Hochverrats oder des Terrorismus und zieht dann los, um sie zu ermorden.«

»Diese Daten sagen etwas anderes.«

»Dann sind diese Daten falsch. Selbst Amerikaner, die das Land verlassen haben, um El Kaida in ihrem ›Kampf‹ gegen die USA zu unterstützen, wurden einer eingehenden

Sicherheitsüberprüfung unterzogen, bevor sie ins Visier genommen wurden.«

»Das stimmt«, entgegnete Nicholas. »Aber hier liegen die Dinge anders. Du selbst wurdest schon mehrfach beauftragt, Personen zu eliminieren, die den USA feindlich gesinnt waren. War irgendeiner dieser Aufträge von ganz oben abgesegnet?«

»Kein Kommentar.«

»Siehst du? Du weißt doch selbst am besten, wie dieses System der Aufteilung funktioniert. Das ist wie bei einer in mehrere Schubfächer und Unterschubfächer unterteilten Kommode. All diese Programme für kontrollierten und besonderen Zugriff dienen nicht bloß dazu, Dinge geheim zu halten, sondern ebenso dazu, Politiker und Agency-Mitarbeiter im Dunkeln zu lassen. Nicht einmal die Handvoll ›Alleswisser‹ in Washington, die vermutlich auf alles Zugriff haben, sind in vollem Umfang über alles informiert, was vorgeht, insbesondere nicht über das, was in der Geheimdienstwelt passiert.«

Harvath schüttelte den Kopf. »Trotzdem waren die meisten Leute, auf die ich angesetzt wurde, keine amerikanischen Staatsbürger. Und falls doch, wurden ihre Fälle vorher genau überprüft und die Maßnahmen sanktioniert.«

»Ich erzähle dir hier lediglich, was Caroline entdeckt hat. Ihren Informationen zufolge ist die Schwarze Liste real. Sie existiert.«

»Aber wer steckt dahinter? Wer entscheidet, wer als Ziel ausgewählt wird, und fällt das letzte Urteil?«

»Den Daten auf dem Stick zufolge«, sagte Nicholas, »findet das Ganze in einem dieser abgeschotteten Unterschubfächer statt. Sie treffen sich heimlich, und niemand weiß, wer dem Gremium angehört.«

»Sind das Geheimdienstleute oder welche vom Justizministerium? Aus dem Weißen Haus?«

»Offenbar von allem etwas.«

»Hast du irgendeine Ahnung, wie viele dazugehören?«, fragte Harvath.

»Nein. Darüber hat Caroline nichts gefunden.«

»Wer erledigt die Sache, wenn jemand für schuldig befunden und auf die Liste gesetzt wurde?«

»So eine Art Killerkommando«, erklärte Nicholas. »Alle mit einer militärischen Ausbildung auf Special-Forces-Niveau.«

»Wer führt sie an? Sind diese Typen noch im aktiven Militärdienst? Haben wir irgendeine Ahnung, von wo aus sie operieren?«

Nicholas zuckte mit den Schultern. »Nein, keine Ahnung.«

»Warum interessieren die sich so für mich?«, fragte Harvath.

»Soviel ich weiß, geht es dabei nicht speziell um dich, sondern vielmehr um die Carlton Group im Allgemeinen und um den Umstand, dass die Firma ehemaliges Militär- und Geheimdienstpersonal beschäftigt.«

»Aber das machen etliche andere Unternehmen in dieser Branche auch. Warum hat ATS es gerade auf uns abgesehen?«

»Vielleicht, weil keines dieser anderen Unternehmen eure Größe oder euren Sachverstand besitzt. Ihr seid eine Bedrohung. Ihr operiert außerhalb des Systems, und sie können euch nicht kontrollieren.«

Harvath konnte es einfach nicht glauben. »Und die CIA oder das FBI *können* sie kontrollieren?«

»Diese Organisationen befinden sich innerhalb des Systems – ja, die können sie kontrollieren. Sie haben genügend Einfluss, um alles in Washington in die Richtung zu lenken, die ihnen genehm ist. Zwar passiert das alles im Verborgenen, heimlich, still und leise hinter den Kulissen, aber es passiert.«

»Aber wir sind bloß eine kleine Nummer.«

»Nein, seid ihr nicht. Nicht mehr, jedenfalls«, sagte Nicholas. »Ihr habt mehrere internationale Terroranschläge vereitelt und eure eigenen Geheimoperationen durchgeführt. Und was für ATS vermutlich am gefährlichsten ist: Ihr untersteht niemandem in der Regierung der Vereinigten Staaten. Die wissen, wer ihr seid, und die wissen, wie viel Ärger ihr ihnen machen könnt. Die Carlton Group wird in dem File als einziges Unternehmen dieser Art namentlich erwähnt. Deshalb wollte ich auch, dass du so schnell wie möglich herkommst und darauf achtest, unter dem Radar zu bleiben. Von Paris und Spanien wusste ich überhaupt nichts, bis du mir davon erzählt hast.«

»Ich bin überrascht, dass sie nicht einfach versucht haben, uns zu schlucken.«

»Das haben sie versucht. Bei zwei verschiedenen Gelegenheiten hat ATS den Versuch unternommen, die Carlton Group zu übernehmen. Und beide Male sagte Reed Carlton nein«, erklärte Nicholas, während er ein Memo aufrief, das Caroline runtergeladen hatte. »Darüber waren sie ziemlich verstimmt. Hier siehst du, was sie anschließend über eure Firma dachten.«

Harvath beugte sich zum Bildschirm vor und las mehrere der Anmerkungen laut vor. »… eine Gefahr für die Geheimdienst-Community, falls nicht kontrolliert … Keine Verantwortlichkeit gegenüber irgendeiner Behörde oder einem Führungsgremium der Regierung … Eine Ansammlung rebellischer Cowboys, beseelt von einem exzessiven

Nationalgefühl ... ein beträchtliches Risiko für Diplomatie und nationale Sicherheit ... Wenn es nicht gelingt, dieses Unternehmen unter Kontrolle zu bringen, müssen andere Maßnahmen ergriffen werden ...« An dieser Stelle hörte er auf zu lesen. »Und zu diesen Maßnahmen gehört, uns alle auszuschalten?«

»Da bin ich mir nicht sicher«, gab Nicholas zu. »Caroline hatte offenbar den Eindruck, dass ATS und die Carlton Group einander irgendwann einmal in die Quere gekommen sind, ohne dass Carlton dies wirklich bewusst war. Irgendwie ist eure Firma über eine oder mehrere Sachen gestolpert, an denen ATS arbeitete.«

»Worüber denn, beispielsweise?«

»Vielleicht über irgendwelche Geheimoperationen. Caroline hat zwar versucht, das rauszufinden, weil sie der Ansicht war, dass es etwas mit dem zu tun haben muss, was ATS im Schilde führt, aber sie wurde ermordet, bevor sie der Angelegenheit auf den Grund gehen konnte.«

»Wusste Caroline, dass du mit uns zusammenarbeitest?«, fragte Harvath.

»Ich hab's ihr nie erzählt. Ich hab's für mich behalten. Um genau zu sein, habe ich *niemandem* etwas davon gesagt. Ich habe Caroline nicht einmal wissen lassen, dass ich mich im Land aufhalte. ATS allerdings wusste darüber Bescheid, und mein Name taucht in ihren Files auf, also kam sie irgendwann ganz von selbst dahinter.«

Harvath studierte das Gesicht des kleinen Mannes. »Könnte sie dich zum Narren gehalten haben?«

»Dieser Gedanke ist mir zwar auch schon in den Sinn gekommen, aber ich glaube das nicht, nein.«

»Warum hätte sie gewollt, dass Nina dir diesen USB-Stick bringt?«

»Weil«, entgegnete er, »Caroline und ich Freunde waren. Weil sie *wusste,* dass ich das Richtige damit machen würde. Sie wusste, dass ich meinen Teil dazu beitragen würde, um das aufzuhalten, was auch immer ATS im Schilde führt.«

Das war eine nachvollziehbare Antwort. Tatsächlich war sie nicht bloß nachvollziehbar, sondern ergab außerdem auch einen Sinn. Harvath wurde klar, dass er Nicholas zu nahe getreten war, doch vermutlich war es am besten, die Sache einfach auf sich beruhen zu lassen. Also rieb er sich den Nacken und warf mit zusammengekniffenen Augen einen Blick auf die Uhr. »Schon fast Mitternacht.«

»Was hast du jetzt vor?«

»Hast du versucht, den Alten zu kontaktieren?«

»Nein«, sagte Nicholas. »Und nachdem ich jetzt weiß, wie schnell sie dir auf den Fersen waren, bin ich darüber auch sehr froh.«

»Also wissen wir nicht mit Sicherheit, ob er tot ist oder noch lebt.«

»Stimmt. Und wir wissen auch nicht, wie viele andere Leute aus der Firma getötet wurden. Doch in Anbetracht des Umstands, dass du viele von ihnen nicht erreichen konntest, denke ich, müssen wir vom Schlimmsten ausgehen.«

Damit hatte Nicholas zwar recht, aber Harvath wollte trotzdem nicht darüber nachdenken.

»Es gibt da ein Nachrichtenforum, das der Alte für Notfälle vorgesehen hat. Wenn du es irgendwie fertigbringst, dass ich sicher online gehen kann, würde ich dort gerne mal nachschauen. Und danach … Ich weiß nicht, ob sich in diesen Dateien noch mehr solcher Paukenschläge verstecken, aber ich würde vorschlagen, dass wir den Rest zwischen uns aufteilen und so viele wie möglich sichten, bevor wir uns hinlegen.«

»Ich setze noch Kaffee auf«, sagte Nicholas und rutschte von seinem Stuhl. Mit einem Nicken zu Harvaths Teller fragte er: »Soll ich das aufwärmen?«

In dem Moment, als die Worte über seine Lippen kamen, verdunkelten sich die Lampen und gingen dann ganz aus. Das Warnsignal seiner Back-up-Akkus ertönte, als sie ansprangen, um die Computerausrüstung mit Notstrom zu versorgen. Der Generator hingegen, den Harvath draußen gesehen hatte und der eigentlich sofort hätte zum Leben erwachen müssen, blieb tot.

»Stromausfall?«, fragte Nicholas.

Harvath signalisierte ihm, still zu sein, während er die Hand ausstreckte und sämtliche Monitore ausschaltete. Die Hunde, die in der Nähe geschlafen hatten, spürten, dass etwas nicht stimmte, erhoben sich und knurrten. Nicholas wies sie an, leise zu sein.

Da Harvath seine Pistole im Flugzeug nicht hatte mitnehmen können, hatte er sie in Spanien gelassen. Die Stimme zu einem Flüstern gesenkt, fragte er Nicholas: »Hast du irgendwelche Waffen dabei?«

Der kleine Mann nickte.

»Hol sie. Sofort.«

36

Nicholas hastete zu einem Koffer neben dem Bett hinüber, doch als er sich bückte, um den Deckel zu öffnen, flammte das Licht wieder auf. »Muss wohl ein Spannungsabfall oder so was gewesen sein.«

»Vielleicht«, sagte Harvath. »Zeig mal, was du mitgebracht hast.«

Nicholas wandte seine Aufmerksamkeit wieder dem Koffer zu und holte zwei Waffen hervor. Die eine war eine kleine Pistole, die andere sah wie eine alte, verkleinerte M3-Maschinenpistole oder »Fettpresse« aus, wie sie in den 1940ern scherzhaft genannt wurde. Beide Waffen waren offensichtlich für Nicholas maßgefertigt.

Nachdem er außerdem noch zwei überlange, stockartige Magazine aus dem Koffer zutage gefördert hatte, schloss er den Deckel und legte alles aufs Bett. »Das ist alles, was ich habe.«

Harvath betrachtete die beiden Waffen. »Welche Kaliber?«

»Die Pistole ist eine .45er und die MP eine .22LR.«

Soweit es Harvath betraf, war eine .22er nicht viel wirkungsvoller als eine Luftpistole, mit nicht annähernd genug Durchschlagskraft. Doch natürlich wusste er, dass eine Waffe schwerer wurde, je großkalibriger die Munition war. Für einen Mann von Nicholas' Größe hatte eine Waffe dieses Kalibers einen Sinn, besonders dann, wenn er imstande sein sollte, mehrere Schüsse abzugeben, ohne nachladen zu müssen. Mit großem Können und genauso großem Glück konnte man mit einer .22er jemanden töten. Zudem war die Waffe gut geeignet, seinen Gegner in Schach zu halten, während man sich aus dem Staub machte. »Hast du noch mehr Kugeln für die .45er?«, fragte er.

Nicholas griff erneut in den Koffer, holte eine kleine Munitionsschachtel heraus und reichte sie ihm. Harvath nahm die winzige Pistole auf, konnte jedoch nur ein paar Finger um den Griff schließen. Außerdem gelang es ihm, einen Teil seines Zeigefingers durch den Abzugsbügel zu schieben, doch tatsächlich damit zu schießen, wenn er dazu gezwungen wäre, würde nicht einfach sein.

»Bleib hier«, sagte er, überprüfte, ob die Waffe geladen war, und steckte dann die zusätzlichen .45er-Patronen in die Tasche. »Weck Nina und bleib mit ihr und den Hunden zusammen.«

»Wo willst du hin?«, fragte Nicholas.

»Nach draußen, mich umsehen.«

»Denkst du, jemand hat den Strom absichtlich ab- und wieder eingeschaltet?«

»Vermutlich ist nichts weiter. Ich will bloß auf Nummer sicher gehen.«

Zwar hatte Nicholas das Gefühl, dass Harvath ihm nicht ganz die Wahrheit sagte, doch er ließ es dabei bewenden.

»Ich bin gleich wieder zurück«, sagte Harvath. »Haltet die Tür geschlossen und bleibt von den Fenstern weg.«

Der kleine Mann nickte, während Harvath das Schlafzimmer verließ. Dann schob Nicholas eins der schmalen Magazine in die Mini-M3, lud die Waffe durch und schob das Extramagazin in seinen Hosenbund, bevor er den Flur hinunterging, um Nina zu holen.

Harvath schlüpfte nach draußen in die Dunkelheit. Die Nacht war kühl, und am Himmel hing eine dicke Wolkendecke, die die Sicht auf die Sterne versperrte.

Die Außenbeleuchtung des Gästehauses war abgeschaltet, und es dauerte einige Sekunden, bis seine Augen sich an die Lichtverhältnisse gewöhnt hatten. Er spitzte die Ohren und lauschte auf die Geräusche um sich herum, in dem Versuch, irgendetwas Ungewöhnliches auszumachen. Da war das stete Zirpen der Zikaden, begleitet von einer milden Brise, die die schmalen Blätter einer Reihe texanischer Olivenbäume schüttelte. Abgesehen davon war nichts zu hören.

Er ging um das Gebäude herum zur Seite des Gästehauses, wo sich der Generator befand. Angesichts der Tatsache, dass es sich hierbei um umzäuntes Privatgelände handelte, war er nicht weiter überrascht, ihn unverschlossen vorzufinden. Im Staub darum herum konnte er Fußabdrücke erkennen. Allerdings nicht von Cowboystiefeln, wie sie die Rancharbeiter trugen. Vielmehr sahen die Abdrücke nach Wander- oder Militärstiefeln aus. Und sie waren groß.

Während er den Generator inspizierte, versuchte Harvath, in Gedanken durchzugehen, wie er den Apparat wohl manipulieren würde, um vor einem Überraschungsangriff die Stromzufuhr zum Gästehaus zu unterbrechen. Vor dem eigentlichen Angriff würde er stets etwas durchführen, das er ein »Flackern« nannte: eine kurze Unterbrechung der Stromzufuhr, um sicherzugehen, dass alles bereit war und es losgehen konnte. War genau das gerade passiert? Waren die Stiefelabdrücke ein unheilvoller Hinweis auf einen unmittelbar bevorstehenden Überfall, oder gehörten sie bloß zu einem Mechaniker, der sich kürzlich den defekten Generator angesehen hatte?

In der näheren Umgebung gab es nicht viel Licht, und er wünschte, er hätte eine Taschenlampe bei sich gehabt.

Er ging um den Generator herum, kniete dahinter nieder und nahm die komplette Verkabelung in Augenschein. Auf den ersten Blick schien alles in Ordnung zu sein, doch er hatte die Erfahrung gemacht, dass der erste Eindruck oft trügen konnte. Wenn man die Energie zum Gästehaus unterbrechen wollte und den Generator außer Gefecht setzen konnte, ohne dass jemand es mitbekam, tat man das am besten aus der Entfernung. Das war die sicherste Methode.

Er hatte seine Inspektion der Drähte fast beendet, als er spürte, wie sich ihm jemand näherte; jemand, der sich hinter den Olivenbäumen bewegte und sorgsam darauf achtete, nicht gehört zu werden.

Harvath hielt mit dem inne, was er gerade tat, und fasste Nicholas' winzige .45er fester. Er hatte keine Ahnung, ob er entdeckt worden war oder der Generator ihn vor neugierigen Blicken abgeschirmt hatte. Doch wie es schien, lag er mit seinem Verdacht, was den Stromausfall anging, richtig.

Er nahm einen tiefen Atemzug und atmete aus, während er sich nach rechts bewegte. Er musste seinen Herzschlag unter Kontrolle halten. Er hatte bloß drei Schuss, bevor er nachladen musste, und er hatte keine Ahnung, wie präzise die Waffe feuerte, die er in der Hand hielt. Der einzige Vorteil, den er hatte, war der Umstand, dass er eine halbwegs anständige Deckung besaß. Und falls man ihn nicht entdeckt hatte, hatte er möglicherweise sogar das Überraschungsmoment auf seiner Seite.

Letzteres änderte sich allerdings, als die näher kommende Gestalt unmittelbar hinter der Baumreihe verharrte und dort wartend stehen blieb. *Warum? Um worauf zu war-*

ten? Darauf, dass ich mich bewege und damit verrate? Harvath konnte, falls nötig, die ganze Nacht hier ausharren.

Sekunden verstrichen. Er war sich ziemlich sicher, dass derjenige, der da draußen in der Dunkelheit lauerte, genau wusste, wo er sich befand.

Schließlich wurde die Stille vom unverkennbaren Spannen des Hahns einer Waffe unterbrochen. Zwar geschah dies sehr langsam, um möglichst wenig Lärm zu verursachen, aber Harvath hatte es dennoch gehört und wusste jetzt genau, wo hinter den Bäumen sich der Schütze verbarg. Als Reaktion machte er seine eigene Pistole feuerbereit, um zum Angriff übergehen zu können.

Doch bevor er dazu kam, rief die Gestalt hinter den Bäumen ihm auf Spanisch Anweisungen zu. *»Levantese!«* Eine Frauenstimme: *Aufstehen! »Suelte el arma!« Waffe fallen lassen!*

Harvath hatte keine Ahnung, ob sie ihn sehen konnte oder nicht, aber er hob eine Hand über den Rand des Generators und winkte. »Schon okay, Maggie«, sagte er. »Ich bin's, Scott. Nehmen Sie die Waffe runter!«

Er hörte, wie der Hahn ihrer Waffe entspannt wurde. Dann trat Maggie Rose mit einem Mossberg-Unterhebelrepetierer hinter den Olivenbäumen hervor. »Was machen Sie hier draußen?«, fragte sie und kam zu ihm rüber, während er aufstand und hinter dem Generator hervorkam.

»Wir hatten vor ein paar Minuten ein Problem mit dem Strom. Und was treiben *Sie* hier?«

»Ich habe etwas auf den Überwachungskameras gesehen und wollte die Sache überprüfen.«

»Was haben Sie gesehen?«, fragte er.

»Eine Gruppe Illegaler, die das Grundstück überquert haben. Wenn die Knights hier wären, wären ihre Sicherheitsleute hingegangen, um die Angelegenheit zu klären. Der Knackpunkt ist, dass wir für solche Fälle keine festgelegte Vorgehensweise haben. Wenn bloß das normale Personal hier ist, haben wir die Anweisung, nicht einzugreifen, sie einfach passieren zu lassen. Allerdings sind Sie jetzt hier, und damit bin ich für Sie verantwortlich. Obgleich ich mir um Sie vermutlich gar keine Sorgen zu machen brauche«, fügte sie mit einem Blick auf die Waffe in Harvaths Hand hinzu.

»Wann wurde das Ding zum letzten Mal gewartet?«, fragte er und ging um den Generator herum.

»Vor ein oder zwei Monaten. Warum?«

Harvath winkte sie näher heran und deutete auf die Stiefelabdrücke. »Die sind frisch. Trägt irgendjemand auf der Ranch solche Stiefel?«

Sie studierte einen Moment lang die Abdrücke und sagte dann: »Nein. Von uns keiner.«

»Das dachte ich mir schon«, sagte er, während er mit den Augen die Dunkelheit um sie herum zu durchdringen versuchte. »Ich möchte ganz genau wissen, was Sie auf den Kameras gesehen haben. Wo sind diese ›Illegalen‹ jetzt?«

»Die Gruppe schien aus vier Männern zu bestehen, aber als ich sie bemerkte, waren sie schon wieder dabei, das Grundstück zu verlassen. Ich habe zwar sonst niemanden gesehen, der nach ihnen gekommen wäre, aber ich wollte sichergehen.«

»Hatten sie irgendetwas bei sich? Irgendwelche Waffen?«

»Hätte ich Waffen gesehen, hätte ich den Sheriff angerufen.«

»Wie groß waren sie? Was für Kleidung trugen sie …«

»Kommen Sie mit und sehen Sie sich die Aufnahmen selbst an«, unterbrach Maggie ihn und wies in Richtung des Haupthauses. Ihm war unbehaglich zumute, und obwohl sie nicht wusste, warum, sprang die Unruhe auf sie über. Mit einem Blick über die Schulter fügte sie hinzu: »Mit einem Mal ist mir nicht mehr sonderlich wohl dabei, einfach so hier draußen rumzustehen.«

37

»Da sind sie. Genau da«, sagte die Ranchmanagerin, als sie die Aufnahmen der Überwachungskameras aufrief.

Sie saßen im Sicherheitsbüro im 1. Stock des Haupthauses, das im selben Tex-Mex-Missionsstil gebaut und dekoriert war wie die übrigen Gebäude. »Ich habe einen Monitor in meiner Wohnung, der Livebilder überträgt«, erklärte sie. »Aber wenn ich irgendetwas zurückspulen will, muss ich hierherkommen.«

Harvath ließ die Aufnahmen mithilfe eines Trackballs langsam vor und zurück laufen. »Ertappen Sie viele Leute, die das Ranchgelände überqueren?«

»Die Illegalen, meinen Sie?«

»Generell. Illegale, Wilderer, was auch immer.«

»Die meisten sind illegale Einwanderer aus Mexiko. Am Tage campieren sie irgendwo und verstecken sich, um bei Nacht die hiesigen Ranches zu überqueren. Und angesichts der dichten Wolkendecke und des fehlenden Mondes ist diese Nacht wie geschaffen dafür.«

Dummerweise war das nicht das Einzige, wofür eine Nacht wie diese geschaffen war. »Passiert so etwas jede Nacht?«

Maggie schüttelte den Kopf. »Vielleicht ein paarmal im Monat.«

»Wann das letzte Mal?«

Sie zuckte mit den Schultern. »Da müssten wir uns sämtliche Aufnahmen ansehen. Grundsätzlich hat niemand ein Auge auf die Kameras, wenn die Knights nicht hier sind.«

»Aber Sie hatten ein Auge darauf?«

»Ich war zufällig gerade wach, und da fiel mir etwas auf. Das würde ich nicht unbedingt als intensive Beobachtung des Monitors bezeichnen. Wie schon gesagt, ich bin bloß rausgekommen, um sicherzugehen, dass bei Ihnen alles in Ordnung ist.«

Harvath fror ein Videobild ein. Obgleich sich die vermeintlich »Illegalen« beim Gehen nach vorn beugten, konnten sie ihre Größe nicht verleugnen. »Auf mich machen diese Kerle einen ziemlich kräftigen Eindruck«, sagte er. »Oder irre ich mich da?«

Sie lehnte sich neben ihm vor und betrachtete den Monitor. »Nein, Sie haben recht. Die sehen wirklich sehr kräftig aus.«

»Bestehen die Illegalen-Gruppen, die hier durchkommen, normalerweise auch aus vier Leuten?«

Maggie schüttelte den Kopf. »Da gibt es keine Standardregel. Manchmal sind es wesentlich mehr.«

»Was ist mit der Kleidung? Tragen sie Ihrer Erfahrung nach normalerweise solche Sachen?«

»Die Kleidung ist so wie immer.«

»Obwohl alle vier Männer Baseballkappen tragen?«

»Alles ist perfekt. Nur eine Sache fehlt.«

Harvath sah sie an. »Was?«

»Für gewöhnlich tragen diese Menschen alles bei sich, was sie besitzen. Diese vier hingegen haben gar nichts dabei. Kein Essen, kein Wasser, keine Plastiktüten. *Nichts*.«

Das war eine ausgezeichnete Beobachtung. »Wie zoome ich näher ran?«, fragte er.

Sie zeigte es ihm, und Harvath ging so nah ran, wie er konnte. »Wie sehen die für Sie aus?«

»Keine Ahnung«, entgegnete Maggie, während sie das verpixelte Infrarotbild studierte. »Aber Cowboystiefel sind das definitiv nicht.«

Sie hatte recht. Tatsächlich sahen die Stiefel, die die Männer trugen, selbst ungeachtet der grobkörnigen Qualität der extremen Nahaufnahme, genauso aus wie die, die Harvaths Ansicht nach die Abdrücke neben dem Generator hinterlassen hatten.

Er zoomte wieder heraus und ging die übrigen Aufnahmen des Abends durch, in dem Versuch zu bestimmen, wann und wie die Männer auf das Gelände gelangt waren, was sie während ihres Aufenthalts hier getan hatten und wann und auf welchem Wege sie wieder verschwunden waren. Das Problem war, dass es zwischen den einzelnen Aufnahmen große Lücken gab. Die Männer waren bloß von wenigen Kameras erfasst worden und zeigten nie ihre Gesichter. Entweder hatten sie großes Glück gehabt, was das betraf, oder sie wussten genau, was sie taten, und waren den Kameras absichtlich ausgewichen.

Als er eines der Videos erneut abspielte, sagte Maggie: »Halten Sie das mal an.«

Harvath stoppte die Aufnahme und musterte das Bild. »Was sehen Sie?«

»Wenn ich mir das Ganze jetzt noch mal anschaue, stimmt etwas mit den Klamotten nicht.«

»Inwiefern?«

»Zu dieser Jahreszeit kann es nachts ziemlich kalt werden. Normalerweise tragen diese Leute mehrere Schichten Kleidung übereinander, die sie bei Bedarf an- und ausziehen können. Heute Nacht ist es warm, aber keiner dieser

Kerle hat sich irgendwelche Extrakleidung um die Hüfte gebunden. Und jetzt zoomen Sie bitte mal den letzten auf diesem Bild heran.«

»Worauf genau soll ich achten?«

»Auf die Hemdärmel. Sehen Sie, wie weit oben der Bund an seinen Armen sitzt? Jetzt zoomen Sie ein Stück zurück und schauen Sie sich alle vier an. Ihre Hosen und die Stiefel passen, aber abgesehen davon sind die Sachen entweder zu groß oder zu klein.«

»Weil es nicht ihre eigenen sind«, folgerte Harvath.

»Wo haben sie sie dann her?«

Harvath erinnerte sich an die Bussarde, die bei seiner Ankunft hier über der Wasserstelle gekreist hatten, und fragte sich, ob es möglicherweise gar keine Rehe gewesen waren, die dort Halt gemacht hatten, um etwas zu trinken. »Ich glaube, da habe ich so eine Ahnung«, sagte er.

Bevor er das Haus verließ, überredete Harvath Maggie dazu, den Waffenraum für ihn aufzuschließen. Er wirkte wie die Waffenkammer einer britischen Burg: Reihen von Mahagonischränken voller teuer Jagdgewehre, über die die ausgestopften Köpfe exotischer Tiere wachten, die die Wände zierten. In der Mitte thronte ein langer Glastisch mit Schubladen, die eine breite Palette Handfeuerwaffen enthielten.

Einige der Läufe wiesen Gewinde auf, was vermutlich bedeutete, dass es hier irgendwo Schalldämpfer dafür gab. Zwar bestätigte Maggie dies, erklärte jedoch, dass sie in einem separaten Safe verwahrt wurden, dessen Kombination nur die Knights kennen würden.

Natürlich wäre ein Schalldämpfer eine nützliche Sache gewesen, doch so, wie die Dinge lagen, musste er eben ohne auskommen.

Harvath entschied sich für eine Heckler & Koch Mark 23, schnappte sich eine Handvoll Ersatzmagazine und nahm sich auch noch eins von Mr. Knights Benchmade-Messern. Alles in allem hielt er sich keine zwei Minuten in dem Raum auf, bevor er wieder draußen war.

Er dachte daran, mit Maggies Handy bei Nicholas anzurufen, aber der Mann war bereits in Alarmbereitschaft. Abgesehen davon bestand nach allem, was er wusste, durchaus die Möglichkeit, dass Maggies Telefon überwacht wurde, und Nicholas damit zu kontaktieren scheuchte womöglich jemanden auf, bevor er zurück war, weshalb er sich dagegen entschied.

Da er nicht wusste, wie viele neugierige Augen sich auf dem Ranchgelände befanden, legte sich Harvath flach auf die Ladefläche von Maggies Geländewagen, als sie durch eines der Tore hinausfuhr.

Eine Meile weiter die Landstraße hinunter bog sie in einen zerfurchten Zufahrtsweg ein und brachte den Wagen zum Stehen. Harvath kletterte von der Ladefläche und nahm auf dem Beifahrersitz Platz. »Wie weit ist es noch?«, fragte er.

»Nicht ganz eine Meile.«

Er nickte; Maggie setzte den Geländewagen in Bewegung und fuhr weiter. Er musste diese Wasserstelle überprüfen. Der Anblick der schlecht sitzenden Kleidung der »Illegalen« auf den Überwachungsvideos hatte in seinem Kopf die Alarmsirenen schrillen lassen.

Als sie sich der Wasserstelle näherten, signalisierte Harvath Maggie zu stoppen.

»Was ist los?«, fragte sie.

»Ich glaube, weiter vorn steht ein Wagen.«

»Wo? Ich sehe nichts.«

»Machen Sie die Scheinwerfer aus. Schalten Sie den Motor ab.«

Maggie tat wie geheißen.

»Haben Sie eine Taschenlampe?«, fragte er.

Die Ranchmanagerin nickte, klappte die Armlehne auf und reichte sie ihm.

»Wenn ich zurückkomme«, erklärte er, »lasse ich Sie wissen, dass ich es bin, indem ich die Lampe dreimal aufblinken lasse; zweimal lang und einmal kurz. Sollten Sie sonst irgendjemanden entdecken, schießen Sie auf ihn.«

Maggie starrte ihn an, als habe er den Verstand verloren. »Was zum Geier reden Sie da?«

»Vertrauen Sie mir«, entgegnete er schlicht. Dann schaltete er die automatische Innenbeleuchtung aus, stieg aus dem Wagen und verschwand.

Während er auf das Fahrzeug zuschlich, das er im Schein von Maggies auf und ab hüpfenden Scheinwerfern gesehen hatte, grübelte er darüber nach, wie er vorgehen würde, wenn er die Three Peaks Ranch überfallen müsste. Die Aufklärung des Geländes hätte dabei oberste Priorität, doch zuvor brauchte er einen Ort, um das Gefährt zu verstecken, mit dem er hergekommen war. Hier draußen ließ man seinen Wagen nicht einfach neben der Landstraße stehen. Das würde zu viel Aufmerksamkeit erregen. Man musste ihn irgendwo verbergen, und zwar nah genug am Ziel, dass man den Rest der Strecke bequem zu Fuß zurücklegen konnte.

Dazu eine Nachbarranch zu benutzen, die an das Zielobjekt grenzte, ergab einen Sinn, besonders wenn das Gelände, das man aussuchte, gegenwärtig nicht genutzt wurde. Außerdem war die Windmühle ein guter Orientierungspunkt, zu dem man ohne Mühe zurückfinden konnte.

Zu denken gab Harvath allerdings die Sache mit dem Wasser. Wasser zog nämlich nicht bloß Tiere an, sondern auch menschliche Wesen.

Er huschte durch die Finsternis und gelangte schließlich zu einem dunklen Dodge Durango, der vom Pfad abgebogen und teilweise hinter einer Gruppe hoher Sträucher versteckt war. Die Türen waren verriegelt und das Innere leer. Er streckte die Hand aus und berührte die Motorhaube: kalt. Also ließ sich unmöglich sagen, wie lange der Geländewagen hier schon stand. Zwanzig Meter weiter konnte er die Umrisse der Windmühle ausmachen. Und unterhalb davon musste sich der Trog befinden, in den die Mühle Wasser pumpte.

Harvath stand einige Sekunden lang da und lauschte nach irgendwelchen Geräuschen, die darauf hingedeutet hätten, dass sich weiter voraus Menschen tummelten. Als er nichts hörte, näherte er sich rasch dem Wassertrog. Zehn Meter weiter stieß er auf die erste Leiche.

Es handelte sich um einen jungen Hispano, dem man wie bei einer Hinrichtung in den Hinterkopf geschossen hatte. Er war schon seit mindestens einem Tag tot, vermutlich länger, und Vögel hatten an seinem Fleisch gepickt.

Als er sich weiter dem Trog näherte, entdeckte er fünf weitere Leichen, eine Gruppe aus Männern und Frauen. Alle waren aus kurzer Distanz erschossen und dann in ein flaches Grab geworfen worden. Allerdings war demjenigen, der sie hier verscharrt hatte, offenbar nicht klar gewesen, wie schnell die Toten von Aasfressern ausgebuddelt werden würden, die sich an ihnen gütlich taten.

Während Harvath den Strahl der Taschenlampe über das Gemetzel schweifen ließ, konnte er genug erkennen, um sich einen Reim darauf zu machen, was sich hier abgespielt hatte. Viele Illegale hatten Karten, auf denen Stellen markiert waren, an denen man unterwegs »sicher« campieren und Wasser finden konnte. Demnach zu urteilen, was sich seinen Blicken darbot, hatte bereits jemand hier campiert, als die Gruppe eingetroffen war, und die Sache ging nicht gut aus.

Vier der Opfer waren bis zur Hüfte ausgezogen worden. Die wenigen Habseligkeiten der illegalen Einwanderer waren rings um den Trog verstreut, größtenteils in Supermarkt-Plastiktüten, genau wie Maggie gesagt hatte.

Harvath suchte den Boden ab und entdeckte Stiefelabdrücke, die perfekt zu denen rings um den Generator beim Gästehaus passten. Er hatte genug gesehen.

Nachdem er mit seinem Messer die Reifen des Durango zerstochen hatte, kehrte er zu Maggie zurück, sorgsam darauf bedacht, ihr mit der Taschenlampe das vereinbarte Signal zu geben, bevor er zu nah herankam.

»Was haben Sie gefunden?«, fragte sie.

»Wir müssen so schnell wie möglich zurück zur Ranch«, antwortete er.

Sein Gesichtsausdruck schien alles zu sagen. Maggie stellte keine weiteren Fragen. Sie startete den Geländewagen, wendete und trat aufs Gas, während Harvath ihr Anweisungen gab.

Als sie die Hauptstraße erreichten, raste Maggie auf die Three Peaks Ranch zu. Eine halbe Meile später bremste sie ab, und Harvath öffnete seine Tür und sprang hinaus.

38

Harvath verwendete den Seitenschneider aus Maggies Wagen, um ein Loch in den Wildzaun zu schneiden und hindurchzuschlüpfen. Dies war die einzige Angriffsroute, bei der er sicher war, niemand würde damit rechnen, dass er sie benutzte.

Da er nicht wusste, mit wem oder was er es zu tun hatte, blieb ihm nichts anderes übrig, als sich vorzustellen, wie er einen solchen Überfall durchführen würde. Die Voraussetzungen für die Aktion waren dabei angesichts der dichten Wolkendecke und des dürftigen Umgebungslichts nicht bloß wettertechnisch günstig; hinzu kam, dass es Samstagabend war und sich die meisten Ranchmitarbeiter in der Stadt aufhielten.

Nahm man Paris und Spanien als Anhaltspunkte, war dies vermutlich ein weiteres Vier-Mann-Team. Diese Annahme schien durch die Aufnahmen der Überwachungskameras ebenso bestätigt zu werden wie durch die vier halbnackten toten Männer, die drüben beim Wassertrog lagen.

Er hatte keine Ahnung, wie lange sie die Ranch schon überwachten, aber sie hatten das Gästehaus offenkundig als das identifiziert, was es war, und Harvath zweifelte nicht daran, dass es sich dabei um ihr Zielobjekt handelte. Im Gegensatz zu Maggie, die ursprünglich angenommen hatte, dass die Männer das Gelände längst wieder verlassen hatten, war Harvath sich diesbezüglich nicht so sicher. Sie hatten ihren »Flackertest« gemacht. Jetzt würden sie sich auf die Lauer legen und auf den richtigen Moment warten, um zuzuschlagen.

Abgesehen von den Olivenbäumen auf der Rückseite wurde die Sicht auf das Gästehaus durch keinerlei Vegetation eingeschränkt. Es gab lediglich zwei Türen – die Vordertür und die, die direkt in die Küche führte –, aber dafür jede Menge Fenster. Hätte Harvath diesen Einsatz geleitet, wäre er nicht das Risiko eingegangen, alle vier Männer reinzuschicken. Stattdessen hätte er seinen besten Scharfschützen an einer Stelle postiert, von der aus er alles überblicken konnte.

Die beste Stelle dafür bildete eine Gruppe Rotahornbäume etwa vierhundert Meter nördlich des Gästehauses. Von dort aus konnte man praktisch das gesamte Gebäude im Auge behalten. Wenn er irgendwo einen Scharfschützen in Stellung bringen müsste, dann genau da.

Die Brise trug nur wenig dazu bei, Harvaths Körpertemperatur unten zu halten, als er durch das Gehege für die exotischen Tiere hastete. Er hatte den direktesten Weg gewählt und lief quer über die Wiese. Als er den Zaun auf der anderen Seite erreichte, musste er erneut auf den Seitenschneider zurückgreifen und eine kleine Öffnung freibiegen, um hindurchzuschlüpfen.

Er war nicht überrascht, dass ihm keinerlei Tiere begegnet waren. Die Tiere wussten bereits, dass er da war, lange bevor sie ihn sehen konnten. Der Wind kam die ganze Zeit über von hinten, um seinen Geruch wie ein olfaktorisches Nebelhorn vor ihm herzutragen.

Als er gut tausend Meter von den Ahornbäumen entfernt die Richtung wechselte, wehte der Wind schließlich von vorn statt von hinten.

Im Schutz hoher Gräser arbeitete er sich weiter vorwärts. Er war hier im Klapperschlangen-Land, und obwohl er nicht daran zu denken versuchte, wünschte er, er hätte Maggie nach irgendwelcher Nachtsichtausrüstung gefragt. Wenn die Überwachungskameras mit Infrarot ausgestattet waren, verfügten sie vermutlich noch über weiteres Equipment, besonders für die Jagd bei Nacht. Doch dafür war es jetzt zu spät. Er würde sich auf seine natürlichen Fähigkeiten verlassen müssen.

Das trockene Herbstgras knackte unter seinen Füßen und raschelte wie ausgedörrte Getreidehalme, als er sich seinen Weg hindurchbahnte. Er tat sein Bestes, leise zu sein, doch der Erfolg seiner Bemühungen hielt sich in Grenzen. Schon bald musste er die Sicherheit seiner Deckung verlassen, um schneller vorwärtszukommen.

Auf halbem Wege zu den Ahornbäumen ließ er das Gras hinter sich, wartete, bis sich seine Atmung wieder beruhigte, und lauschte. Alles klang noch genauso wie vor fast zwei Stunden, als er das Gästehaus verlassen hatte. Hätte er die Überwachungsvideos und die Leichen auf der Nachbarranch nicht gesehen, hätte nichts darauf hingedeutet, dass irgendwo in der Dunkelheit große Gefahr lauerte.

Er setzte sich wieder in Bewegung und eilte weiter vorwärts, blieb nach dreißig Metern jedoch erneut stehen, als er etwas zu riechen glaubte. Es war bloß ein schwacher Hauch, und je angestrengter er den Geruch zu identifizieren versuchte, desto mehr schien er bloß Erde und anderes zu wittern.

Er atmete durch die Nase aus, gab es auf und ging weiter. Nach zehn Metern wurde der Geruch, den die Brise mit sich trug, unverkennbar. *Zigarettenrauch.*

Während eines Einsatzes zu rauchen war so ziemlich

das Dämlichste, das man tun konnte, doch es gab immer wieder Leute, die es dennoch taten. Jetzt wusste Harvath mit Gewissheit, dass sich irgendjemand vorn bei der Baumreihe aufhielt. Versteckt und mindestens vierhundert Meter vom Zielobjekt entfernt, glaubte derjenige offenbar, eine rasche Zigarette riskieren zu können, ohne dass jemand ihn entdeckte. Höchstwahrscheinlich bediente er sich des alten Soldatentricks und verbarg die Zigarette in zwei gewölbten Händen, um zu verhindern, dass die rot glühende Spitze sichtbar war, doch das machte jetzt keinen Unterschied mehr. Harvath wusste genau, wo er sich befand.

Falls es sich bei dem Mann tatsächlich um einen Scharfschützen handelte, war er sicher mit irgendeiner Art Nachtsichtgerät ausgerüstet. Doch da er gegenwärtig beide Hände brauchte, um seine Zigarette abzuschirmen, konnte er augenblicklich nichts weiter tun, als durch ein fixiertes Zielfernrohr zu spähen. Das bedeutete, dass er momentan nicht nach links oder rechts schaute oder – was noch wichtiger war – hinter sich.

Harvath beschleunigte sein Tempo, verkürzte die Distanz zu dem Ahornhain auf dreißig Meter, ließ sich dann zu Boden fallen und kroch auf dem Bauch weiter, einen lautlosen Zentimeter nach dem anderen.

Er war keine zehn Meter mehr entfernt, als er plötzlich das orangefarbene Glühen der Zigarettenspitze aufleuchten sah, als der Raucher seine Hände von dem Glimmstängel nahm und ihn austrat. Das Rascheln trockener Blätter ertönte, als der Scharfschütze wieder hinter seinem Gewehr in Position ging und durch sein Zielfernrohr spähte. Auf dem Bauch liegend, schwenkte er das Gewehr langsam von einer Seite zur anderen. Die Stimme kaum mehr als ein Flüstern, sprach er in das Mikrofon seines Headsets und sagte: »Gold eins: Alles sauber. Gold zwei: Ebenfalls alles sauber. Gold drei: Du kannst loslegen.«

Harvath zog sein Messer. Mit der anderen Hand tastete er nach einem Stein von der richtigen Größe. Er musste den Mann bloß für eine Sekunde ablenken.

Als sich seine Finger um das schlossen, wonach er suchte, nahm er einen lautlosen Atemzug, ließ die Luft wieder entweichen – und stürzte sich auf den Unbekannten.

39

Zwar erwies sich das Ablenkungsmanöver nicht als so wirkungsvoll, wie Harvath geplant hatte, denn obwohl die Aufmerksamkeit des Scharfschützen wie gewünscht dorthin gelenkt wurde, wo der Stein gelandet war, schien er instinktiv zu spüren, dass er angegriffen wurde.

Harvath hatte sich in der Erwartung nach vorn geworfen, auf dem Rücken des Mannes zu landen. Er hatte vor, die Stirn des Schützen zu packen, seinen Kopf zurückzureißen, um seine Kehle zu entblößen, seinen Kehlkopf aufzuschlitzen und ihn so schlagartig zum Schweigen zu bringen. Danach würde er seinen Kopf nach vorn stoßen und das Messer in seine Schädelbasis rammen. Dann eine Drehung der Klinge, um den Hirnstamm zu durchtrennen, und der Mann wäre keine Bedrohung mehr. Allerdings lief die Sache nicht ganz so ab, wie Harvath es geplant hatte.

Der Scharfschütze rollte sich herum und richtete sein Gewehr auf ihn. Als Harvath auf ihn krachte, schwang der junge Mann den Schaft herum und donnerte ihn gegen Harvaths linkes Schlüsselbein; eine Schmerzwelle raste durch seine Schulter.

Harvaths Körper wollte sich von dem Schmerz wegrollen, doch er kämpfte darum zu bleiben, wo er war. Blitzschnell glitt sein Blick über das Gesicht und den Hals des jungen Scharfschützen; innerhalb einer Mikrosekunde fand er, wonach er suchte.

Da er oben war, hatte Harvath den Vorteil der Hebelkraft auf seiner Seite. Von einem Moment zum anderen stürzte er sich auf den Kolben der Waffe und warf sich mit seinem ganzen Gewicht nach vorn.

Der Scharfschütze neigte den Kopf zur Seite, um nicht im Gesicht getroffen zu werden, und das war genau die Öffnung in seiner Vereidigung, auf die Harvath gehofft hatte. Er langte über das Zielfernrohr hinweg und schwang das Messer. Die Klinge drang hinter dem rechten Ohr des Mannes ein und trat unterhalb seiner Kieferpartie wieder aus, um Fleisch und das Kabel seines Headsets zu durchschneiden.

Harvath nahm ein bisschen Gewicht von dem Gewehr, um zusätzlichen Druck auf die Klinge auszuüben und so sicherzustellen, dass der Schnitt so tief wie möglich ging. Sobald er den Kehlkopf durchtrennt hatte, zog er das Messer heraus und rammte es dem Mann zwischen die Rippen. Er trug zwar eine Schutzweste, doch sie war weich und dazu gedacht, Kugeln abzuhalten, keine Messerklinge. Harvath setzte noch mehr Kraft ein und stieß die Klinge nach oben, ins Herz des Mannes.

Der Körper des Scharfschützen versteifte sich, zuckte krampfhaft und erschlaffte dann. Seine Hände glitten von dem Gewehr. Harvath nahm das Gewehr an sich und stand auf. Der ganze Kampf hatte nur ein paar Sekunden gedauert.

Er legte das Gewehr beiseite, nahm dem Scharfschützen, der Mitte zwanzig sein mochte, sein Funkgerät ab und schleifte den Leichnam dann hinter die Ahornbäume, um ihn dort zu deponieren. In einem perfekten Szenario hätte er den Mann als Geisel genommen, um ihn zu verhören, aber er hatte keine Möglichkeit gehabt, ihn zu überwältigen, und außerdem trug er nichts bei sich, womit er ihn hätte fesseln können. Und selbst wenn, wäre es praktisch unmöglich gewesen, den Scharfschützen im Auge zu behalten und gleichzeitig zu versuchen, seine Kameraden aufzuspüren. Hätte er die Sache anders handhaben können, hätte er es getan. Soweit es ihn betraf, hatte er die einzige Option wahrgenommen, die ihm blieb.

Obgleich er im Umgang mit dem Messer vertraut war, hielt er nicht allzu viel davon. Irgendwie hatte das Töten mit dem Messer etwas Barbarisches. Das Ganze war zu nah, zu schmutzig, zu persönlich. Er bevorzugte Schusswaffen; die erlaubten es ihm, eine gewisse Distanz zu wahren.

Er wusste längst nicht mehr, wie viele Männer er durch das Drücken des Abzugs schon getötet hatte. Das waren nicht die Gesichter, die er mühsam in die äußersten Ecken seiner Psyche verbannen musste.

Es waren die Gesichter derer, die er aus nächster Nähe eliminiert hatte, nur Zentimeter entfernt, die manchmal vor seinem inneren Auge dräuten. Er war nie wirklich dahintergekommen, warum das so war. In seinem Gewerbe war es erforderlich zu töten, und an sich bereitete ihm das wenig Probleme. Warum sollte eine Tötungsmethode besser sein als eine andere? Das Endergebnis war in jedem Fall das Gleiche.

Die einzige Erklärung, die ihm dafür einfiel, war, dass zivilisierte Menschen von Natur aus eine Aversion gegen das Töten hatten. Im Laufe von Tausenden Jahren der Historie wurden Geschichten über Moral und Mord von einer Generation an die nächste weitergegeben. Von Kindesbeinen an wurde der Mensch mit der Thematik des ungerechtfertigten Auslöschens von Leben konfrontiert, und die Tötungsakte, die sie am verwerflichsten fanden, waren jene, die mit den einfachsten Werkzeugen begangen wurden – mit Steinen oder Messern, mit Knüppeln oder den bloßen Händen –, als wären die Instrumente, die am meisten mit dem Töten assoziiert wurden, jene, die es schon so lange gab wie das Töten selbst.

Wenn Harvath ein Leben mit einer Schusswaffe auslöschte, empfand er eine gewisse Abgrenzung zu seinem Opfer. Die Kugel war sein Mittelsmann. Er zog den Abzug; die Kugel wurde abgefeuert; die Kugel tötete das Ziel. Das war sauber, einfach und ließ sich bequem in der Metallkiste verstauen, die er in seinem Verstand verscharrt hatte. Und ganz gleich, wie oft er tötete, in der Kiste war immer noch Platz für ein weiteres Mal. Nur eine Handvoll der Tötungen, die er durchgeführt hatte, entkamen zuweilen seinem mentalen Gefängnis, um an den Rändern seines Gewissens zu nagen, ganz gleich, wie gerechtfertigt sie auch gewesen sein mochten.

Gleichwohl, zu Harvaths herausragendsten Eigenschaften gehörten seine Willenskraft und seine Fähigkeit, alles Unnötige auszublenden und sich ganz auf die zu bewältigende Mission zu konzentrieren. Er neigte nicht zu Selbstzweifeln oder Wankelmut.

Nachdem er die Leiche des Scharfschützen versteckt hatte, stellte er das Gewehr auf – eine Remington Modell 700 mit Schall- und Mündungsfeuerdämpfer und abnehmbarem Kastenmagazin – und legte sich dahinter. Er hatte keine Ahnung, welches Kaliber die Waffe hatte, ging jedoch davon aus, dass das Gewehr durchschlagkräftig genug war, um den Job aus dieser Entfernung zu erledigen.

Oben auf die Waffe war ein leistungsstarkes Infrarot-Zielfernrohr montiert, das es einem erlaubte, auch in völliger Finsternis zu »sehen«. Harvath stellte das Funkgerät vor sich hin, überzeugte sich davon, dass die Lautstärke reduziert war, und spähte dann durch das Zielfernrohr.

Dem letzten Funkspruch des Scharfschützen nach zu urteilen gab es da draußen noch drei andere Männer, was bedeutete, dass er es mit einem Vier-Mann-Team zu tun hatte, genau wie in Paris und in Spanien.

Gerade als er anfing, den Bereich mit dem Zielfernrohr zu sondieren, erloschen plötzlich die Lichter im Gästehaus.

»Kommt schon. Wo steckt ihr?«, flüsterte er, während er den Schaft fester gegen seine Schulter drückte.

Für einen Sekundenbruchteil überkam ihn die Furcht, dass die Attentäter möglicherweise Anzüge trugen, die ihre Wärmesignatur verbargen, doch schon kurz darauf entdeckte er den bunten Schimmer einer Gestalt, die sich dem Gästehaus von Nordwesten her näherte und etwas in Händen hielt, das wie ein schallgedämpftes Sturmgewehr aussah.

Auf diese Entfernung einen perfekten Schuss abzufeuern erforderte ein gewisses Maß an Informationen, die Harvath nicht hatte; er würde einfach schätzen müssen.

Mit zunehmender Flugdistanz sinken Kugeln nach unten, also setzte er seinen Zielpunkt höher an. Außerdem würde die Brise die Kugel leicht von ihrer Flugbahn ablenken, und darüber hinaus bewegte sich das Ziel, was bedeutete, dass er nicht dorthin zielen musste, wo sich der Mann im Augenblick befand, sondern dahin, wo er sein würde, wenn die Kugel ihr Ziel erreichte.

Er führte die entsprechenden Berechnungen unverzüglich durch und justierte das Gewehr. Beim Ausatmen drückte er den Abzug. Die Kugel schoss aus der Waffe, sauste auf das Ziel zu – *und ging vorbei.*

Er hatte keine Ahnung, wo genau sie einschlug, aber offensichtlich nah genug, dass der Mann, der auf das Gästehaus zulief, abrupt stehen blieb, den Kopf drehte und geradewegs in seine Richtung schaute.

»Verdammt«, sagte Harvath laut, während er den Verschlussbolzen betätigte, um eine neue Kugel in die Kammer zu laden. Wieder kalkulierte er alle relevanten Faktoren und schickte sich gerade an zu schießen, als die Zielperson plötzlich losrannte. »Verdammt«, murmelte er von Neuem.

Harvath atmete langsam aus, schätzte ab, wo der Mann in der nächsten Sekunde sein würde, und feuerte. Dieses Mal traf die Kugel ihr Ziel haargenau.

Noch bevor der Körper des Mannes auf dem Boden aufschlug, lud Harvath bereits erneut durch und hielt nach den anderen beiden Ausschau. Er nahm sein zweites Ziel ins Visier; der Mann war ebenfalls bewaffnet und näherte sich dem Gästehaus von Süden her. Harvath zielte, atmete ein weiteres Mal aus und betätigte den Abzug.

Die Kugel traf den Mann in den Oberkörper, und er sackte zusammen, aber bloß auf ein Knie.

Harvath zog den Verschlussbolzen nach hinten, ließ die Patronenhülse herausschnellen und schob den Bolzen wieder nach vorn, um die nächste Kugel zu laden.

Als Harvath erneut feuerte, versuchte die Zielperson gerade, wieder auf die Füße zu kommen. Diesmal erwischte ihn das Geschoss direkt am Kopf.

Harvath blickte durch das Zielfernrohr zu dem anderen Mann hinüber, der mit dem Gesicht nach unten am Boden lag und sich nicht mehr rührte, und dann begann er, nach Nummer vier zu suchen. Sekunden verstrichen.

Aus dem Funkgerät drang kein Laut, was hieß, dass der

vierte Mann keine Ahnung hatte, was los war, sofern er nicht mitbekommen hatte, dass seine beiden Kameraden erschossen wurden. Harvath hielt weiterhin nach ihm Ausschau, aber er war nirgends zu entdecken. Das konnte nur bedeuten, dass er sich dem Gästehaus von hinten näherte. Harvath musste Nicholas warnen.

Nachdem er die Fenster des Schlafzimmers identifiziert hatte, zielte Harvath nach oben und feuerte eine Kugel in den Raum, unmittelbar gefolgt von einer zweiten.

Dann löste er die Hebel der Zielfernrohr-Verriegelung, zog das Gerät von der Oberseite der Waffe ab und lief auf das Gästehaus zu.

40

»Geh hinters Bett, leg dich hin und rühr dich nicht!«, sagte Nicholas.

»Warum sagst du mir nicht, was los ist?«, flehte Nina. »Da draußen sind die Leute, die Caroline ermordet haben, oder?«

»Ich weiß nicht, was los ist. Vorhin gab es eine Stromschwankung. Aber das hat möglicherweise überhaupt nichts zu bedeuten.«

»Sind wir deshalb alle hier im Zimmer, zusammen mit den Hunden und einer Waffe?«

»Psst«, sagte er. »Du musst leise sein, Nina. Bitte.«

Die junge Frau tat, worum er sie bat, und Stille senkte sich über den Raum. Die Hunde spürten instinktiv, dass etwas nicht stimmte; sie standen da und starrten die geschlossene Schlafzimmertür an, die Ohren wachsam aufgerichtet, während sie mit den Nasen in der Luft nach irgendwelchen fremden Gerüchen schnüffelten. Draco begann als Erster zu knurren. Irgendetwas hatte seine Aufmerksamkeit erregt.

Gerade als Argos mit in das Knurren einstimmte, schlugen zwei Kugeln durch das obere Schlafzimmerfenster. Nina kreischte, dämpfte ihren Schrei jedoch rasch, indem sie sich die Hand vor den Mund schlug.

Nicholas eilte zu ihr hinüber. »Ich hab's mir anders überlegt. Bleib so tief unten, wie du kannst, und krabbel ins Badezimmer. Steig in die Wanne und bleib dort. Rühr dich nicht vom Fleck, bis ich komme, um dich zu holen.«

Nina nickte, während er seine Waffe hob und auf die Schlafzimmertür zielte. Die Hunde knurrten lauter, und er wusste, dass jetzt jemand im Haus war.

»Stoj«, flüsterte er ihnen streng auf Russisch zu. *Bleibt! »Tzeeha.« Still!*

Harvath wusste, dass Nicholas bewaffnet war. Er würde das Gästehaus nicht betreten, ohne sich vorher zu erkennen zu geben. Also musste jemand anders hereingekommen sein.

Der kleine Mann schaute sich hastig um und fasste einen Plan. Nachdem er die Hunde in Position gebracht und ihnen befohlen hatte, leise zu sein, suchte er sich ein Versteck. Von hier aus war das Blickfeld zwar bescheiden, aber zumindest war er in Deckung und hatte das Überraschungsmoment damit hoffentlich auf seiner Seite. Hätte er doch nur auch seine .45er gehabt.

Nicholas umklammerte die winzige M3, fühlte, wie das Herz in seiner Brust hämmerte, und versuchte es zu beruhigen. Er nahm einen tiefen Atemzug nach dem anderen. Er wollte gerade zum fünften Mal einatmen, als ein Kugelhagel die Tür und die Gipskartonwand daneben zerfetzte. Funken blitzten, und es zischte und knallte, als die Projektile die teure Computerausrüstung zerlegten. Dann hörten die Schüsse so abrupt wieder auf, wie sie eingesetzt hatten.

Nicholas wusste, dass er eigentlich atmen sollte, doch er konnte sich nicht dazu durchringen, aus Angst, dadurch seine Position zu verraten. Stattdessen packte er seine Waffe noch fester, während er darum betete, dass keine der Kugeln Nina oder die Hunde getroffen hatte.

Die Sekunden verstrichen, und einen Moment lang kam ihm der Gedanke, dass der Angreifer möglicherweise weitergegangen war, zu den anderen Zimmern, doch er wusste es besser. Dann drehte sich wie zur Bestätigung der Türknauf, und die Tür schwang langsam auf.

Er wappnete sich für irgendwelche Ablenkungsmaßnahmen. Er hatte gehört, dass sich die Wirkung von Blendgranaten minimieren ließ, indem man die Augen schloss, sich die Finger in die Ohren steckte und den Mund einen Spaltbreit öffnete, um den Druck auszugleichen, und genau das tat er jetzt.

Er zählte bis drei, und als nichts geschah, machte er die Augen wieder auf und schaute sich um. Das Erste, das er sah, war ein Schalldämpfer, rasch gefolgt von einem winzigen Lauf und einem knappen Handschutz. Im nächsten Moment konnte er die ganze Waffe ausmachen, ebenso wie den Mann, der sie im Anschlag hielt.

Der Angreifer schlich vorsichtig in den Raum und schwang sein Gewehr dabei von einer Seite zur anderen.

Noch zwei Schritte, sagte Nicholas sich. *Noch zwei Schritte.*

Der Angreifer machte einen und setzte gerade zum nächsten an, als er unvermittelt stehen blieb.

Nicht stehen bleiben! Nur noch einen Schritt weiter.

Doch der Mann drehte sich um und ging in die andere Richtung weiter. Er näherte sich der offenen Badezimmertür. Nicholas musste etwas unternehmen.

Er drückte den Deckel der leeren Ausrüstungskiste, in der er sich versteckte, einen Spaltbreit hoch und hob seine Waffe. *Komm wieder zurück,* flehte er im Stillen, doch der Eindringling hatte offensichtlich anderes im Sinn.

Wenn er noch drei Schritte weiterging, würde Nicholas ihn aus den Augen verlieren. Zwar war ein Schuss aus diesem Winkel nicht tödlich, aber das war die einzige Möglichkeit, die er hatte. Er sammelte sich und zielte.

Die Kugeln vom Kaliber .22 schossen aus der kleinen Waffe und trafen den Eindringling in den Rumpf und hinten ins linke Bein. Er schrie vor Schmerz und wirbelte herum, um sich seinem Angreifer zu stellen. In diesem Moment rief Nicholas auf Russisch nach den Hunden.

Sobald sich der Eindringling umdrehte und auszumachen versuchte, wer auf ihn geschossen hatte, stürmten die Hunde durch die Badezimmertür.

Argos sprang mit einem Satz durch die Luft, auf den Rücken des Mannes, während Draco sein verletztes linkes Bein attackierte. Gemeinsam rissen sie ihn zu Boden und begannen, ihn zu zerfleischen.

Bei seinem Sturz hatte der Mann sein Gewehr verloren, und Nicholas kletterte gerade rechtzeitig aus seinem Versteck hervor, um zu sehen, wie er ein Messer zog. Nicholas hob seine Waffe und legte an, aber die Hunde versperrten ihm die Sicht auf den Eindringling, und er wollte keines seiner eigenen Tiere anschießen.

Als die Hand des Mannes in die Höhe schnellte und er gerade zustechen wollte, sprang Nicholas vor die Klinge und wehrte den Hieb mit seiner Waffe ab. Das typische Klirren von Metall auf Metall ertönte. Die Wucht des Zusammenpralls schleuderte Nicholas zu Boden, wo er hastig nach der kleinen M3 tastete.

Wieder hob der Mann, der von Argos und Draco zerfetzt wurde, schreiend sein Messer und schickte sich an, es niedersausen zu lassen. Nicholas befand sich direkt im Weg der Klinge. Er versuchte, seine Waffe auszurichten, um das Messer zumindest abzuwehren, wenn schon sonst nichts, doch er wusste, dass er nicht schnell genug sein würde.

Ihm blieb keine andere Wahl, als mit beiden Händen den heißen Lauf der Waffe zu packen – genau in dem Moment, als ein gedämpftes *Plopp* erklang und das Messer des Angreifers, begleitet von einem Blutspritzer und einem noch durchdringenderen Schrei, zu Boden fiel.

Nicholas krabbelte von dem Mann weg, brachte seine Waffe in Anschlag und schaute hoch. Nina stand da – die Augen groß vor Angst – und hielt das Gewehr des Eindringlings umklammert.

41

Virginia

Carlton warf blinzelnd einen Blick auf den billigen Motel-Radiowecker, bevor er das vibrierende Handy vom Nachttisch neben seinem Bett zur Hand nahm. Er hatte diese Nummer nur einem einzigen Menschen gegeben, und das auch nur für Notfälle, bei denen es um Leben und Tod ging. Er klappte den Apparat auf, hob ihn ans Ohr und sagte: »Schieß los.«

Es war Banks, und er sprach in Codeworten. »Sieht so aus, als sei jemand dahintergekommen, dass du fit wie ein Turnschuh bist, und habe daraufhin eine dieser feschen Western-Krawatten für dich bestellt.«

Cowboykrawatte: Das bedeutete in diesem Zusammenhang, dass man ihn zur Fahndung ausgeschrieben hatte. Wer auch immer diese Leute waren, jetzt bedienten sie sich der Polizei, um ein größeres Netz auszuwerfen. »Wann?«

»Gegen Mitternacht«, entgegnete Banks. »Ich hab's gerade erfahren.«

»Was steht drin?«

Banks gab ihm eine Zusammenfassung. Sie hatten ein aktuelles Foto und seine äußeren Merkmale, aber keine Beschreibung seines Fahrzeugs oder ein Nummernschild. Doch das war nur ein schwacher Trost; beides würden sie bald genug kennen. Zunächst würden sie sich auf Virginia konzentrieren und die Suche dann von dort ausweiten. Wenn die Cops mit seinem Steckbrief die verschiedenen Hotels und Motels abklapperten, würden sie früher oder später herausfinden, wo er sich aufgehalten hatte. Und dann war es bloß noch eine Frage der Zeit, bis sie auf seinen Jeep stießen. Er musste den Wagen loswerden.

»Sonst noch was?«, fragte Carlton. Er war bereits aus dem Bett und dabei, seine wenigen Habseligkeiten in eine kleine Reisetasche zu stopfen. Sobald das Gespräch beendet war, würde er das Handy auseinandernehmen und die Einzelteile in der Gegend verstreuen. Jetzt war es nicht mehr sicher, das Telefon zu benutzen.

»Ich bin da an etwas dran. Ich warte bloß noch auf die Bestätigung. Wenn ich die habe, deponiere ich's im Briefkasten.«

»Verstanden.«

»Pass bis dahin auf dich auf«, sagte Banks. »Mittlerweile sind eine ganze Menge Augen mehr im Spiel.«

»Du auch«, gab Carlton zurück. »Und entsorge das Telefon, mit dem du mich angerufen hast, sobald wir aufgelegt haben.«

»Keine Sorge. Das musst du mir nicht sagen.« Damit unterbrach er die Verbindung.

Carlton nahm den Akku aus dem Handy, holte die SIM-Karte heraus und brach das Gerät an den Scharnieren auseinander. Nachdem er das Zimmer noch einmal sorgsam abgesucht hatte, um nichts Relevantes zurückzulassen, löschte er das Licht und trat ans Fenster. Er lugte hinter den Vorhängen hervor und ließ seinen Blick über den Parkplatz schweifen, entdeckte jedoch keinerlei Anzeichen von Bewegung.

Er schob seine 1911 in den Hosenbund, streifte seinen

Mantel über, schloss den Reißverschluss seiner Tasche und inspizierte ein letztes Mal den Parkplatz, bevor er nach draußen trat.

Die einzige Möglichkeit, an ein neues Fahrzeug zu kommen, das nicht mit ihm in Verbindung gebracht werden konnte, bestand darin, eines zu stehlen, und während er den Jeep aufschloss und einstieg, ging er in Gedanken die begrenzten Optionen durch, die er hatte. Er fuhr seinen Laptop hoch und stellte ihn auf den Beifahrersitz. Bei McDonald's gab es kostenloses WLAN, und das nächste Restaurant war etwa zwei Meilen entfernt. Er verließ den Motel-Parkplatz und fuhr in diese Richtung.

Schon früh in seiner Laufbahn hatte man Carlton beigebracht, dass der wichtigste Faktor beim Stehlen eines Autos der war, eines zu nehmen, dessen Diebstahl nicht auffallen würde, zumindest nicht sofort. Seit Jahrzehnten bevorzugten Spione deshalb Langzeitparkplätze. Alles, was man dort tun musste, war, zu warten, bis jemand kam, parkte und in den Shuttlebus stieg. Sobald der Bus dann wegfuhr, machte man sich ans Werk. Aber diese Zeiten waren vorbei.

Obwohl einige in diesem Gewerbe diese Methode nach wie vor favorisierten, missfiel sie Carlton aus mehreren Gründen. Zum einen verfügten die meisten Autos im Zuge der fortschreitenden Technisierung inzwischen über hochmoderne elektronische Systeme, die sie praktisch immun gegen das Kurzschließen machten, sofern man nicht sehr spezielle Werkzeuge besaß, die Carlton nicht bei sich hatte. Das bedeutete, dass er ein älteres Fahrzeug brauchte. Und wie lange er auf irgendeinem abgelegenen Parkplatz ausharren musste, bis das richtige Auto auftauchte, wusste niemand. Doch je länger man wartete, desto größer wurde die

Versuchung, stattdessen einfach ein Fahrzeug zu nehmen, das bereits seit unbestimmter Zeit dort parkte. Und wenn man diesem Drang nachgab, bestand die Gefahr, dass man sich ausgerechnet ein Auto schnappte, dessen Besitzer jeden Augenblick von einer Reise zurückkehrte.

Der größte Nachteil dabei, einen Wagen von einem Langzeitparkplatz zu entwenden, waren allerdings die Sicherheitsmaßnahmen. Schließlich waren Spione nicht die Einzigen, die gern auf diesen Parkplätzen wilderten; das galt auch für professionelle Autodiebe, weshalb die Betreiber von Langzeitparkplätzen große Anstrengungen unternahmen, um Diebstähle zu verhindern. Kurz gesagt, das Risiko war es schlichtweg nicht wert; insbesondere dann nicht, wenn es ohnehin eine viel bessere Möglichkeit gab.

Carlton fuhr auf einen Parkplatz gegenüber dem McDonald's-Restaurant, loggte sich in das WLAN-Netzwerk ein, öffnete seinen Browser und gab seine Suchbegriffe ein. Nach weniger als einer Sekunde hatte er die Ergebnisse auf dem Bildschirm, ergänzt durch eine mit fünf digitalen Stecknadeln versehene Karte. Er klickte jeden der Orte auf der Webseite an und führte dann mithilfe der Streetview-Funktion der Karte eine rasche Cyber-Aufklärung durch. Von den fünf Objekten erfüllte nur eines alle Kriterien auf seiner Liste. Nachdem er seine Route berechnet hatte, schaltete er den Computer aus und fuhr weiter.

Seit seinem letzten Treffen mit Banks hatte er sich mit der Tatsache abgefunden, dass es ihm mit seinem Intellekt allein nicht gelingen würde dahinterzukommen, was hinter dieser Verschwörung steckte. Die Sache war einfach zu groß, und es gab zu viele Unklarheiten, zu viele Fragezeichen. Wer auch immer ihn und seine Leute zum Abschuss freigegeben hatte, musste über enormen Einfluss auf höchster Ebene verfügen. Er hatte noch immer keine Ahnung, was auf dem Spiel stand oder was diejenigen, die hier die Strippen zogen, eigentlich vorhatten, aber er wusste, dass es etwas Großes sein musste. Und das bedeutete, dass die beteiligten Personen ausgesprochen vorsichtig sein würden.

Außerdem bedeutete es, dass sie wahrscheinlich über einige Erfahrung auf diesem Gebiet verfügten. In diesem Punkt war Banks mit ihm einer Meinung. Um eine Lüge dieser Größenordnung in die Welt zu setzen und mit mehreren Morden davonzukommen, mussten die Drahtzieher mit Washington eng verknüpft sein. Sie mussten die Besonderheiten kennen. Sie mussten mit jeder Karte im Spiel vertraut sein, wissen, wie man sie am besten ausspielte und wie sie ihre eigene Karte ins Blatt schmuggeln konnten, ohne dass jemand es mitbekam. Das hieß vor allem eins: Diese Leute waren echte Insider.

Sie benötigten Wissen aus erster Hand über die Geheimdienstgemeinschaft und die drei Regierungszweige und mussten gute Verbindungen zu all diesen Institutionen haben. Und dann war da noch der militärische Aspekt.

Nur perfekt ausgebildete, hochspezialisierte Einsatzkräfte hätten eine Chance gehabt, seine Leute auszuschalten. Das waren keine einfachen Auftragskiller. Eine Liste möglicher Kandidaten zusammenzustellen war durchaus machbar, und Carlton hatte bereits damit begonnen. Die Killer konnten bloß einer Handvoll internationaler Eliteeinheiten angehören: britischen, vielleicht russischen, möglicherweise australischen. Alles mit einer solchen Präzision durchzuziehen bedeutete, dass sie extrem diszipliniert waren, was noch ein weiterer Grund dafür war, dass er davon ausging, dass die Killer Militärerfahrung besaßen.

Außerdem musste er in Erwägung ziehen, dass amerikanische Special Forces eingesetzt worden waren – das war allerdings schwerer zu schlucken. Gleichwohl, die SEK-Gemeinde war klein und sehr eng miteinander verknüpft. Sofern die Mördertrupps nicht aus moralisch korrumpierten Männern bestanden, die längst aus der Special-Forces-Gemeinde ausgeschieden waren, konnte er sich beim besten Willen nicht vorstellen, dass sich amerikanische Agenten gegen ihre eigenen Landsleute richteten. Das ergab einfach keinen Sinn. Dessen ungeachtet konnte er keine Möglichkeit ausschließen.

Während er fuhr, drehte sich sein Gedankenkarussell weiter. Das Ausmaß dieser ganzen Sache war so gewaltig, dass er nicht umhinkonnte, sich zu fragen, ob sie es womöglich mit einer Art Putsch zu tun hatten. Das war der einzige Rahmen, in den die paar Puzzlestücke passten, die er bislang zusammentragen konnte, ohne dass alles gleich wieder in sich zusammenfiel. Warum sollte jemand sonst ein derart enormes Risiko eingehen und mit einem so hohen Einsatz spielen?

Carlton hatte in seinem Leben schon genug gesehen, um zu wissen, dass es solche Komplotte gab. Seine eigene Firma war maßgeblich daran beteiligt gewesen, einen der raffiniertesten Coups zu verhindern, die ihm je untergekommen waren. Hing das hier vielleicht irgendwie damit zusammen? War das Ganze womöglich bloß ein weiterer potenzieller Putsch, dem sie bislang nur noch nicht auf die Schliche gekommen waren?

Mit einem Mal überkam ihn das ungute Gefühl, dass er mit dieser Vermutung möglicherweise gar nicht so falschlag. Es war, als wäre irgendwo in seinem Hirn eine Stimmgabel angeschlagen worden.

Sie hatten sich jede Schlange vorgeknöpft, die aus der Dunkelheit gekrochen war. Aber was, wenn diese Schlangen gar keine Einzelgänger waren, wie sie stets angenommen hatten? Was, wenn sie in Wahrheit alle Teile einer mehrköpfigen Hydra waren?

Waren Carlton und sein Team so erfolgreich darin gewesen, der Hydra die Köpfe abzuschlagen, dass dem Monster nun keine andere Wahl blieb, als ihnen seine Aufmerksamkeit zuzuwenden und sie anzugreifen? Je mehr er darüber nachdachte, desto mehr fasste der Gedanke in seinem Verstand Fuß. Falls er damit recht hatte, blieben ihm nur zwei Möglichkeiten: Entweder er lockte das Ungetüm heraus ans helle Tageslicht, oder er folgte ihm in die Dunkelheit und bekämpfte es dort. Doch ganz gleich, welchen Weg er einschlug, er hegte kaum einen Zweifel daran, dass es sich hierbei um eine der gefährlichsten Aufgaben handelte, denen er sich je stellen musste.

Den Rest der Fahrt über ging ihm das Bild der Hydra nicht mehr aus dem Kopf, während er versuchte, all die Schlangen, die seine Leute getötet hatten, miteinander in Verbindung zu bringen und nach einem gemeinsamen Nenner zu suchen.

Erst als er schließlich die Seniorensiedlung am Rande von Richmond erreichte, änderten sich seine Prioritäten. Die Gegend war eher ländlich, ein Naturschutzgebiet lag in etwa einer Meile Entfernung. Er fuhr an seinem Zielobjekt vorbei, bog auf den Parkplatz des Naturschutzgebiets und hielt.

Er nahm einen Hammer, zwei Schraubendreher, einen Seitenschneider, Gummihandschuhe, einen flachen Slim-Jim-Metallstreifen mit hakenförmigem Ende und eine schmale Rolle Isolierband aus dem Werkzeugkasten auf der Ladefläche des Cherokee. Er verstaute alles in einem kleinen Beutel und marschierte dann durch den Wald auf die Seniorensiedlung zu.

Die Anlage war recht groß und umfasste mehrere Hektar Gelände mit einer Vielzahl unterschiedlicher Gebäude. Das hier war kein schäbiges Altersheim, in das undankbare Kinder ihre in die Jahre gekommenen Eltern abschoben. Mit den gepflegten Gartenanlagen und der stilvollen Architektur wirkte das Ganze eher wie ein erstklassiges Urlaubsresort.

Die Siedlung bot ihren Bewohnern zahlreiche Optionen, von Villen und Eigentumswohnungen bis hin zu betreutem Wohnen und Hospizpflege. Alles in allem gab es mehr als zweihundert Wohneinheiten. Carlton war zuversichtlich, dass er hier finden würde, was er suchte. Und kaum zehn Minuten später bestätigte sich diese Annahme.

Von dem Tag an, an dem Menschen alt genug waren, um Auto zu fahren, bis zum Tage ihres Todes verkörperte ein eigener Wagen Freiheit und Unabhängigkeit, was einer der Gründe dafür war, warum es zahlreichen älteren Fahrern schwerfiel, sich von ihren Fahrzeugen zu trennen. Viele behielten ihre Autos noch lange, auch wenn sie schon längst nicht mehr selbst fuhren, entweder aus Sentimentalität oder aus der Weigerung heraus, sich einzugestehen, dass sie mittlerweile zu alt waren, um sich noch hinters Steuer zu setzen. Wenn er sich für den richtigen Wagen entschied, konnte es Monate dauern, bis der Besitzer sein Verschwinden bemerkte und die Behörden benachrichtigte.

Als er durch die Reihen der Fahrzeuge in dem offenen Unterstellplatz hinter der Anlage ging, entdeckte er einen älteren Cadillac mit leicht getönten Fenstern. Die Staubschicht auf dem Lack genügte, um ihm zu verraten, dass er schon seit einer ganzen Weile nicht mehr bewegt worden war. Er unterzog den Wagen einer raschen Überprüfung. Abgesehen vom passablen Reifendruck waren auch die Nummernschilder noch gültig. Blieb nur die Frage, ob die Batterie noch funktionierte.

Er schob den Slim Jim in die Gummidichtung der Fahrertür und ließ das Schloss aufschnappen. Als er die Tür öffnete, begrüßte ihn das aufflammende Licht der Deckenbeleuchtung, was bedeutete, dass die Batterie tatsächlich noch Saft hatte. Er stieg ein, schaltete das Licht aus, schloss die Tür und zog eine kleine Kugelschreiberleuchte aus der Tasche. Er schaute sich im Auto um, ob der Besitzer vielleicht irgendwo einen Ersatzschlüssel deponiert hatte, doch er fand keinen.

Carlton nahm die Kugelschreiberleuchte in den Mund, schob den Schlitzschraubenzieher ins Zündschloss, verpasste ihm einen kräftigen Schlag mit dem Hammer und versuchte dann, das Werkzeug wie einen Schlüssel zu drehen. Obwohl der Zündzylinder dabei ruiniert wurde, war bei vielen älteren Fahrzeugen häufig nichts weiter nötig, um sie zu starten. In diesem Fall jedoch funktionierte es nicht, also zog er den Schraubendreher wieder heraus und ging zu Plan B über.

Mit dem Kreuzschraubenzieher entfernte er die Schrauben der Kunststoffverkleidung rings um die Lenkradsäule und nahm das Plastik ab, um den Zündzylinder und die damit verbundenen Drähte freizulegen.

Er duckte sich unters Armaturenbrett, um die Drähte zu identifizieren, die zur Batterie und zum Anlasser führten. Dann streifte er die Gummihandschuhe über, nahm den Drahtschneider und durchtrennte die Stromdrähte zum Zündzylinder.

Er entfernte die Isolierung von den Drahtenden und zwirbelte sie zusammen, um einen Stromkreis herzustellen. Als Nächstes durchschnitt er die Startkabel, isolierte die Enden ab und achtete darauf, sie nicht mit den Händen zu berühren, um keinen Stromschlag abzubekommen.

Als er schließlich ein nacktes Startkabel in jeder Hand hielt, atmete er tief durch und hielt sie aneinander. Der Cadillac ächzte, doch nur Sekunden später erwachte der große Motor brüllend zum Leben.

Carlton trennte die Startkabel wieder, riss zwei Streifen Isolierband von der Rolle und wickelte sie jeweils um die freigelegten Enden der Drähte.

Nachdem er die Lenkradsäulenverkleidung rasch wieder angebracht hatte, verstaute er seine Werkzeuge im Handschuhfach, setzte den Wagen in Bewegung und fuhr gemächlich aus der Seniorensiedlung.

Auf dem Waldparkplatz lud er sein Gepäck vom Cherokee in den Kofferraum des Cadillac und steuerte den Jeep eine lange Feuerschneise entlang.

Im auf und ab hüpfenden Strahl der Scheinwerfer entdeckte er eine schmale Lücke zwischen den Bäumen und holperte hindurch. Er fuhr so weit, wie er konnte, und schaltete dann den Motor aus. Für den Fall, dass irgendjemand den Wagen zufällig entdeckte, hinterließ er eine hastig hingekritzelte Notiz: *Sind wandern. Sind bald zurück.*

Er trat aus dem Dickicht der Bäume und marschierte durch die Feuerschneise zum Cadillac zurück. Während er den Wald hinter sich ließ, kehrten seine Gedanken zum Bild der Hydra zurück, und er begann zu planen, was als Nächstes zu tun war.

42

Texas

Nachdem Harvath die beiden Gestalten draußen überprüft hatte, um sich zu vergewissern, dass sie tot waren, huschte er ins Gästehaus. Aus dem Schlafzimmer konnte er die gequälten Schreie eines Mannes vernehmen. Glücklicherweise war die Stimme viel zu tief, um Nicholas zu gehören.

Mit dem Zielfernrohr in der einen und seiner schussbereiten Waffe in der anderen Hand schlich Harvath weiter und hatte etwa die halbe Distanz hinter sich gebracht, als Draco in den Flur stürmte und bellte. Die Schnauze des Hundes schien blutverschmiert zu sein, und seine Augen funkelten wild, wie bei einem Raubtier in freier Wildbahn. Nichts an ihm deutete darauf hin, dass er Harvath erkannte. Tatsächlich wirkte er, als wollte er angreifen.

»Ganz ruhig, Junge«, sagte er sanft, doch der Hund bellte weiter und kam näher. Harvath wollte das Tier nicht verletzen, aber genauso wenig wollte er seine Gegenwart preisgeben, wenn es nicht unbedingt erforderlich war.

Zum Glück klärte sich die Situation rasch, als Nicholas' Stimme aus dem Zimmer drang. »Wer ist da?«, rief er.

»Rubber Duckie«, entgegnete Harvath, der wusste, dass man auf die Wer-ist-da-Frage niemals mit »Ich« antwortete.

Der kleine Mann rief einen Befehl auf Russisch, und der

Hund hörte auf zu bellen und kehrte ins Schlafzimmer zurück. Harvath hielt seine Waffe dicht vor seiner Brust im Anschlag, als er Draco folgte.

Am Rande des Türrahmens blieb er stehen und ließ das Zielfernrohr sinken. Durch die Tür fiel ein schwacher Lichtschein in den Flur hinaus, und wieder hörte er die Schreie eines Mannes. »Bist du okay?«

»Ja«, sagte Nicholas. »Du kannst reinkommen.«

Harvath lugte einmal rasch um die Ecke, ehe er vollends über die Schwelle trat. Auf dem Boden lag ein blutüberströmter Mann Mitte zwanzig. Daneben ragte Argos auf; von seiner Schnauze troff Blut. Ein Großteil von Nicholas' Computerausrüstung war zerschossen worden. Dennoch strahlte ein schwer beschädigter Laptop noch immer genug Helligkeit ab, dass Harvath etwas erkennen konnte.

Draco stand neben Nicholas, der den verwundeten Eindringling mit seiner kleinen M3 in Schach hielt. Von Nina war nichts zu sehen. Harvath wollte gerade fragen, ob ihr etwas passiert war, als er aus dem Badezimmer das Geräusch von jemandem hörte, der sich übergab.

Er trat in den Raum und richtete seine Pistole auf den jungen Mann, der den ganzen Fußboden vollblutete. Die Hunde hatten ihn förmlich in Stücke gerissen. Nach allem, was Harvath erkennen konnte, bezweifelte er, dass er durchkommen würde.

»Seid ihr in Ordnung?«, fragte er Nicholas.

»Nina ist ziemlich durch den Wind, aber wir sind okay.«

Harvath holte die winzige Pistole vom Kaliber .45 aus seiner Tasche und warf sie ihm zu. »Hier«, sagte er. »Lass ihn nicht aus den Augen.«

Nicholas wechselte zu der durchschlagskräftigeren Pistole und tat, was Harvath ihm aufgetragen hatte.

Als Harvath sich dem Mann am Boden näherte, signalisierte er Nicholas, Argos zurückzupfeifen.

»Nein«, widersprach Nicholas. »Er ist gekommen, um uns umzubringen. Sollen die Hunde den Bastard ruhig erledigen.«

Harvath starrte ihn an. »Ruf die Hunde zurück. Das ist ein Befehl.«

Nicholas fügte sich, gab ein Kommando auf Russisch, und die Hunde eilten an seine Seite.

Harvath blickte auf den Angreifer hinab und gelangte zu dem Schluss, dass er die Pistole nicht brauchen würde. Er schob die Waffe hinten in seine Jeans, beugte sich vor und hob den Jungen in eine sitzende Position, um ihn an die Seite des Bettes zu lehnen.

Das Ganze war eine Riesensauerei. Als Harvath ihn schließlich dort hatte, wo er ihn haben wollte, und seine Hände zurückzog, waren sie klebrig von Blut.

Die Verletzungen des Eindringlings waren extrem schwer. Sein Gesicht war verwüstet. Die Hunde hatten seinen Gliedmaßen und seiner Leistengegend gewaltige Wunden zugefügt, und seine Kehle sah aus wie rohes Hackfleisch. Harvath war erstaunt, dass er überhaupt imstande war, irgendwelche Laute von sich zu geben. Als sich der Mann abmühte, Atem zu holen, wurde dies von einem feuchten Pfeifen untermalt. Dass er noch nicht das Bewusstsein verloren hatte, war wirklich erstaunlich.

»Du bist in übler Verfassung«, sagte Harvath sanft. »Ich habe eine Erste-Hilfe-Ausrüstung dabei und werde für dich tun, was in meiner Macht steht, aber bevor ich dir helfen kann, musst du mir einige Fragen beantworten. Wer bist du? Wer hat euch hergeschickt?«

Die Augen des Jungen waren glasig und unscharf. Sein

Atem ging keuchend. Ein Gurgeln war zu vernehmen, als er einen Mundvoll Blut aushustete.

»Er wird dir nicht antworten«, sagte Nicholas. »Lass mich die Hunde auf ihn hetzen.«

Argos und Draco begannen wieder zu knurren.

»Ich sag's dir nicht noch mal«, schnappte Harvath. »Halte diese Hunde im Zaum.« Dann wandte er seine Aufmerksamkeit wieder ihrem Gefangenen zu und sagte: »Du hast die Wahl. Ich habe auch Schmerzmittel. Wir können dich stabilisieren und in ein Krankenhaus bringen. Es liegt bei dir. Sag mir einfach, wer du bist und wer dich geschickt hat.«

Der Junge war genauso gekleidet wie seine Kameraden draußen. Er trug Jeans, Militärstiefel und ein schlecht sitzendes Sweatshirt, das er vermutlich einem der Männer abgenommen hatte, die er und sein Team beim Wassertrog ermordet hatten. Um sein Handgelenk lag die Militärausführung einer bei Sondereinsatzkräften sehr beliebten Suunto-Armbanduhr. Er hatte kurzes dunkles Haar und eine sportliche Figur. Unter anderen Umständen hätte es sich bei ihm durchaus um einen jungen SEAL oder Green Beret handeln können, den Harvath ausgebildet hatte oder mit dem er im Laufe seiner Karriere irgendwann einmal im Einsatz gewesen war.

Er wartete darauf, dass der Junge irgendetwas sagte, aber es kam nichts, also erklärte Harvath: »All die Männer, mit denen ich zusammengearbeitet habe, waren gute, ehrenwerte Burschen, die Blut für ihr Land vergossen haben. Jetzt sind sie tot, ermordet von denselben Leuten, die euch hierhergeschickt haben, um uns zu töten.«

Obwohl es dem Jungen gehörige Schmerzen bereitete, legte er den Kopf zur Seite und rollte die Augen nach oben, um Harvath anzusehen. Jetzt stöhnte er nicht mehr. Seine Pupillen begannen bereits, sich zu weiten.

»Was immer sie euch erzählt haben, war gelogen«, sagte Harvath. »Ihr wurdet benutzt. Diese Sache muss jetzt und hier ein Ende haben. Wenn du mir hilfst, muss niemand mehr sterben.«

Sekunden verstrichen. Als der Junge schließlich den Mund öffnete, um etwas zu sagen, sog er blutgetränkte Luft in seine Lunge und stieß sie rasselnd wieder aus. Die Worte, die er mit seinen zerfetzten Lippen bildete, waren kaum vernehmbar, und Harvath musste sich nach unten beugen, um sie zu verstehen.

»Bremmer«, flüsterte der junge Mann. »Chuck Bremmer.«

Harvath glaubte, den Namen aus der Zeit zu kennen, als er der Leibgarde des Präsidenten beim Secret Service zugeteilt gewesen war. Da hatte das Verteidigungsministerium einen Sonderverbindungsmann im Weißen Haus, der Bremmer hieß. »Meinst du damit Colonel Chuck Bremmer?«

Darauf bekam er keine Antwort. Der Junge keuchte, brachte nur noch kurze, hastige Atemzüge zustande.

Harvath wiederholte die Frage und suchte im Gesicht des jungen Mannes nach irgendwelchen Zeichen der Bestätigung. Doch der Junge glotzte nur mit kalten, glasigen Augen ins Leere. Sekunden später hörte die Schnappatmung auf.

Harvath fühlte seinen Puls. Er war tot.

43

Während er sich sauber machte, besprach Harvath sich mit Nicholas und ratterte eine Liste von Anweisungen herunter, bevor er im Denali davonfuhr. Es war früher Sonntagmorgen, und der Großteil des Ranchpersonals machte noch immer die Kneipen in der Stadt unsicher. Er hatte Maggie Rose an der Zufahrtsstraße postiert, um sicherzustellen, dass keiner von ihnen das Gelände betrat und nichtsahnend mitten in eine Schießerei hineingeriet. Jetzt, wo diese Gefahr gebannt war, hatte er eine andere Aufgabe für sie.

Ihr Geländewagen parkte am Straßenrand, und er hielt direkt daneben, sodass sie von Fahrersitz zu Fahrersitz miteinander sprechen konnten.

Die Worte sprudelten aus ihr heraus wie aus einem Wasserfall. »Sind Sie in Ordnung? Geht es den anderen gut?«

Harvath streckte seine Hand durch das offene Fenster, um sie auf ihren Arm zu legen. »Alles bestens. Keine Sorge.«

Maggie erwartete offenkundig eine Erklärung für das, was passiert war, irgendeine Zusammenfassung des Geschehens, doch Harvath schwieg. Es dauerte einen Moment, bis ihr klar wurde, dass er ihr nichts erzählen würde.

Harvath sah ihr ihre Verwirrung an. »Hören Sie, Maggie«, sagte er. »Je weniger Sie wissen, desto besser. Okay? Die Männer, die zur Ranch gekommen sind, sind kein Problem mehr. Belassen wir es einfach dabei.«

»Was soll das heißen?«

Er lächelte in dem Versuch, sie zu beruhigen. »Das heißt, dass es keinen Grund zur Sorge gibt. In Ordnung?«

Obgleich noch immer verwirrt, nickte Maggie einfach.

»Gut. Also, kennen Sie jemanden, dessen Computer Sie benutzen könnten? Jetzt sofort? Jemanden, der nichts mit der Ranch zu tun hat?«

Bevor sie antwortete, warf sie einen Blick auf ihre Uhr. »Ich denke, schon.«

Harvath durchforstete den Wagen nach einem Stift und einem Stück Papier. Als er beides gefunden hatte, notierte er eine Webadresse und mehrere Zahlenfolgen. Er reichte ihr das Papier und erklärte ihr, was sie tun sollte.

Maggie hörte zu, studierte die – wie es schien – Liste von Seriennummern und wiederholte seine Instruktionen. »Ist das alles?«, sagte sie schließlich.

»Das ist alles«, entgegnete Harvath. »Sobald Sie die Bestätigung haben, schreiben Sie sie auf und kehren Sie zurück zur Ranch.«

Maggie sah erneut auf ihre Uhr. »Was bestellen Sie da eigentlich, so mitten in der Nacht? Ich verstehe das nicht. Woher wissen Sie überhaupt, ob jemand da ist, um sich darum zu kümmern?«

»Es wird jemand da sein. Keine Sorge.«

Sie zuckte mit den Schultern und nickte. »Die Bars schließen bald. Was wollen Sie wegen des heimkommenden Personals unternehmen?«

»Solange sie sich vom Gästehaus fernhalten, ist alles in Ordnung.«

»Okay. Vielleicht trinken sie noch in einer ihrer Casitas weiter, aber bis zum Morgen werden Sie keinen von ihnen im Anwesen selbst sehen.«

»Was ist mit Ihnen? Was meinen Sie, wie lange es dauert, bis Sie wieder da sind?«

Sie dachte einen Moment darüber nach. »Ich habe ein paar Freunde, die auf halber Strecke in die Stadt wohnen. Schätze, ich brauche gute zwanzig Minuten, um zu ihnen zu fahren, und dann noch mal zwanzig Minuten zurück, zusätzlich die Zeit, die ich brauche, um sie aus dem Bett zu scheuchen und Ihre Bestellung aufzugeben. Sind Sie sicher, dass ich nicht anrufen kann, um sie vorzuwarnen?«

Harvath schüttelte den Kopf. »Ja. Benutzen Sie auf keinen Fall das Telefon. Um genau zu sein: Ich will, dass Sie jetzt sofort den Akku aus Ihrem Handy nehmen.«

Er verfolgte, wie Maggie seiner Aufforderung kopfschüttelnd nachkam. »Danke, sagte er. »Lassen Sie sich von nichts aufhalten. Wir sehen uns in etwa einer Stunde.«

Ohne ihre Erwiderung abzuwarten, setzte er den Geländewagen in Gang, machte kehrt und fuhr zurück zur Ranch.

Als er dort eintraf, parkte er hinter der Fahrzeuggarage. Er musste sich beeilen.

Eine hohe Doppeltür führte in eine breite Betonbucht mit Edelstahltischen, Förderseilen an der Decke, Hakenzugsystemen und einer schmalen Rinne, die zu mehreren Abläufen im Fußboden führte. Weiter an der Seite des Fleischverarbeitungsbereichs befand sich der Kühlraum.

Er entdeckte einen Handwagen und in einem Schrank dahinter einen Stapel großer Jagdbeutel. Nachdem er sich außerdem noch eine Schürze und ein paar dicke Gummihandschuhe besorgt hatte, verließ er das Gebäude, lud alles in den Denali und machte sich auf den Rückweg zum Gästehaus.

Als Erstes hielt er bei dem Ahornhain. Der Scharfschütze war genau da, wo er ihn zurückgelassen hatte. Etwas Totes zu bewegen ist immer eine Plackerei, und er konnte mit dem Geländewagen nicht wirklich nah heranfahren. Nachdem er die Schürze und die Gummihandschuhe übergestreift hatte, verstaute er den Leichnam in einem Jagdbeutel und benutzte den Handwagen, um ihn zum Denali rüberzubringen.

Er beugte sich nach unten, warf sich die Leiche über die rechte Schulter, stand auf und bugsierte den Toten auf die Ladefläche. Die beiden anderen Leichen beim Gästehaus zu verstauen war nicht weniger mühsam. Er fuhr mit dem Wagen nacheinander neben die Männer, wickelte sie mumiengleich in Jagdbeutel und wuchtete sie in den SUV, ehe er sich vergewisserte, dass er all ihre Waffen eingesammelt hatte. Als Letztes musste er sich jetzt noch um die Leiche im Gästehaus kümmern.

Als er hereinkam, fand er Nicholas und – überraschenderweise – Nina, die ihren Brechreiz erregenden Schock überwunden hatte, im Schlafzimmer emsig am Herumhantieren.

Die beiden hatten das, was von Nicholas' Ausrüstung noch zu gebrauchen war, bereits eingepackt und an der Ostwand aufgestapelt. Neben dem Nachttisch standen ein Mopp, ein Eimer und verschiedene Reinigungsmittel aus der Küche.

Weder Nicholas noch Nina hatten die Leiche des letzten Angreifers angerührt; das hatte Harvath auch nicht erwartet. Nicholas war dafür zu klein und Nina für diese Art Arbeit nicht geschaffen. Der Mann lag noch genauso da wie im Augenblick seines Todes, gegen das Bett gelehnt. Einer der beiden hatte eine Decke über ihn gebreitet. Dort, wo das Blut durchgesickert war, klebte der Stoff an den entsprechenden Körperteilen der Leiche fest.

»Was machen wir mit dem?«, fragte Nicholas, als er sah, wie Harvath den zugedeckten Leichnam musterte.

Harvath hielt eine behandschuhte Hand in die Höhe. »Darum kümmere ich mich. Bringt einfach zu Ende, was ihr gerade tut.«

»Was sollen wir mit meinem beschädigten Equipment machen?«

»Lass es hier. Wir nehmen nur mit, was absolut notwendig ist«, entgegnete er. »Ich werde Maggie bitten, alles Übrige zu entsorgen. Ist irgendwas davon zurückzuverfolgen?«

»Nein«, sagte Nicholas. »Alles ist sauber, und die Festplatten habe ich bereits entfernt.«

»Was ist mit Carolines USB-Stick?«

Der kleine Mann tätschelte seine rechte vordere Hosentasche. »Hier.«

Harvath ging rüber zum Badezimmer und hielt Nina die Tür auf. »Ich werde so schnell machen, wie ich kann. Du solltest vielleicht lieber hier drin warten.«

Er brauchte ihr nicht zu erklären, warum er sie für eine Weile aus dem Zimmer haben wollte. Sie wusste bereits in dem Moment, als er in einer Schlachterschürze und mit Handschuhen auftauchte, was er vorhatte.

Sobald sie im Bad war, schloss er die Tür, holte den Handkarren, den er draußen im Flur gelassen hatte, und rollte ihn herein.

»Was wirst du mit den Leichen machen?«, fragte Nicholas.

»Hätten wir genug Zeit, würde ich mit ihnen zu einer abgelegenen Ecke der Ranch fahren, ein möglichst tiefes Loch buddeln, sie reinwerfen und eine dicke Schicht Beton draufschütten.«

»Und jetzt, wo wir keine Zeit haben?«

»Plan B.«

Nicholas machte sich nicht die Mühe, sich danach zu erkundigen, wie Plan B aussah. Stattdessen trat er zurück und verfolgte, wie Harvath die Leiche in einem Jagdbeutel verstaute und sie mit Gurten verschloss. Als er den Toten auf den Karren wuchtete, sagte er: »Hol Nina; sie soll dir dabei helfen, alles an Ausrüstung, was du mitnehmen willst, neben der Eingangstür aufzustapeln. Sobald das erledigt ist, schrubbt wie wild den Fußboden. Sorgt dafür, dass hier nirgendwo auch nur ein einziger Tropfen Blut zu finden ist.«

Zwar versuchte der kleine Mann, seine kühle Fassade zu wahren, doch Harvath konnte sehen, dass die jüngsten Ereignisse ihn fast so mitgenommen hatten wie Nina. Nicholas zeigte ihm den hochgereckten Daumen, und Harvath verschwand durch die Tür und rollte den Toten nach draußen.

Dort wuchtete er die Leiche hinten in den Geländewagen zu den anderen und kehrte ins Gästehaus zurück. Er schnappte sich die Koffer mit dem unbeschädigten Equipment, so schnell Nicholas und Nina sie an der Vordertür aufstapeln konnten, und platzierte sie auf dem Dach des Wagens. Dann führte er ein Seil durch die Ösen und sicherte alles auf dem Dachgepäckträger. Nachdem er einmal rasch an allem gezogen hatte, um sicherzugehen, dass alles an Ort und Stelle bleiben würde, stieg er ein und machte sich auf den Weg zum Freizeitgebäude.

44

Bis zur Morgendämmerung waren es noch zwei Stunden, als sie den Propellerlärm eines Turboprop-Flugzeugs vernahmen, das über der Ranch zu kreisen begann.

Harvath ließ die Scheinwerfer des Denalis aufleuchten. Maggie legte den Hebel um und schaltete die Landebahnbeleuchtung ein. Sie hatten sich bereits voneinander verabschiedet, und Harvath war gründlich mit ihr durchgegangen, wie sie die Leichen beim Wassertrog den Behörden melden sollte. Sie war klug genug, dass sie verstand, warum er nicht wollte, dass sie zusah, wie er das Flugzeug belud. Es war zu ihrem eigenen Besten.

Nach der Landung der weißblauen Pilatus PC-12 machte das Flugzeug am Ende der Rollbahn kehrt und rollte zu der Stelle zurück, wo die Gruppe stand.

Es hielt neben ihrem Ausrüstungsstapel an; der einzelne Turbinenmotor erstarb stotternd. Dann wurde der Haupteinstieg geöffnet, die Gangway ausgeklappt, und ein glattrasierter Mann Anfang fünfzig kam heraus.

Er hatte dichtes braunes Haar und trug ein Jeanshemd, eine Khakihose und Arbeitsstiefel. Er musterte die Gruppe, die sich zusammen mit ihrer Ausrüstung und den beiden riesigen weißen Hunden neben der Landebahn versammelt hatte, und winkte Harvath dann zu.

Harvath winkte zurück und verfolgte, wie der sehnige Pilot die Treppe hinabstieg.

Der Mann überquerte die Rollbahn, und Harvath streckte ihm die Hand entgegen. »Danke, dass du gekommen bist, Mike.«

Der Pilot umarmte ihn ungestüm und hob ihn vom Boden hoch. »Ich hab dir immer gesagt, dass ich da bin, wenn du mich brauchst. Ich hätte bloß nicht gedacht, dass das mitten in der Nacht sein würde.« Er ließ Harvath los und trat zurück, um erneut alle zu mustern. »Lieber Gott, wenn das nicht ein erstaunlicher Haufen Passagiere ist.« Er blickte auf Nicholas hinab und fügte hinzu: »Wie zum Teufel geht's euch? Bereit für einen kleinen Ausflug?«

Mike Strieber war eine Marke für sich. Er hatte stets einen flotten Spruch auf den Lippen und versuchte, in jeder Situation auch etwas Gutes zu sehen. Seine unbekümmerte Art war ansteckend.

Geboren und aufgewachsen in San Antonio, Texas, machte er erst sein Ingenieursdiplom und schloss sich dann den Marines an, weil er bösen Buben in den Hintern treten *und* Flugzeuge fliegen wollte. Er flog alle Typen von Flugzeugen, bevor er zu dem Schluss gelangte, dass er eigentlich keine Flugzeuge fliegen wollte, sondern Helikopter. In seiner unerschütterlichen Art warf Strieber alles in die Waagschale, was er aufzubieten hatte, um dieses neue Ziel zu erreichen.

Wie sich zeigte, war er ein ausgezeichneter Helikopterpilot und wurde schließlich zur Marine Helicopter Squadron One versetzt, auch bekannt als HMX-1, jenem Geschwader, das den Präsidenten, den Vizepräsidenten, Kabinettsmitglieder und andere VIPs transportierte. Damals gehörte Harvath zur Secret-Service-Leibgarde des Präsidenten; so lernten er und Strieber sich kennen und wurden Freunde.

Als Strieber den Marines und dem HMX-1 dann den Rücken kehrte, beschloss er, zu seinen Ingenieurswurzeln zurückzukehren. Er hatte die Idee für eine Einsatztaschenlampe. Wie üblich verfolgte er sein Ziel mit jeder Faser seines Herzens und machte sich rasch einen Namen.

Strieber-Taschenlampen sowie eine sehr originelle Messer-Reihe, die er mittlerweile ebenfalls produzierte, waren beim Militär, bei der Polizei und bei Zivilisten derart gefragt, dass Mike die Leute in seiner Werkstatt rund um die Uhr arbeiten ließ. Da so viele US-Soldaten in etlichen unterschiedlichen Zeitzonen stationiert waren, sorgte er stets dafür, dass jemand vierundzwanzig Stunden am Tag, sieben Tage die Woche, ein Auge auf ihre Webseite und ihre E-Mails hatte. Die Kundenbetreuung hatte für ihn oberste Priorität. So war er einfach, und der Erfolg gab ihm recht. Harvath hatte keinen Zweifel daran gehabt, dass die verschlüsselte Nachricht, die er Maggie aufgeschrieben hatte, ihn erreichen würde. Für sie mochten die Worte vielleicht keinen Sinn ergeben haben, ebenso wenig wie die als Seriennummern getarnten Längen- und Breitenangaben, doch Mike hatte keine Probleme, sich einen Reim darauf zu machen.

»Also, wo soll's hingehen?«, fragte Strieber. Sein Ton war fröhlich, als wäre Harvath sein bester Kunde und er eifrig darum bemüht, ihn zufriedenzustellen.

Harvath winkte ihn rüber zum Denali und zeigte ihm die Jagdbeutel auf der Ladefläche. »Die muss ich irgendwie loswerden.«

Strieber brauchte keinen Blick in die Taschen zu werfen, um zu erahnen, was sich darin befand. »Weißt du, als ich zu dir sagte, dass ein Freund dir vielleicht beim Umzug hilft, ein *wahrer* Freund aber sogar dabei, eine Leiche zu entsorgen, sollte das eigentlich ein Scherz sein.«

»Ich hatte wirklich nicht die Absicht, dich in eine blöde Situation zu bringen, Mike, aber diese Typen haben heute Nacht mehrere Menschen getötet und wollten mich auch umbringen. Sie haben verdient, was sie gekriegt haben.«

Strieber wusste genug über Harvaths Zeit bei den SEALs und über das, was er getan hatte, seit er dem Weißen Haus und dem Secret Service den Rücken gekehrt hatte, um keine unnötigen Fragen zu stellen. »Soll ich dann davon ausgehen, dass es sich hierbei um eine dienstliche Angelegenheit handelt?«

Harvath nickte.

»Okay«, entgegnete Strieber. »Was kann ich sonst noch für dich tun, nachdem wir deine dreckige Wäsche losgeworden sind?«

Harvath wies auf Nicholas, Nina und die Hunde und sagte: »Ich hatte gehofft, du könntest sie für eine Weile irgendwo unterbringen. Irgendwo, wo es sicher ist.«

»Ich denke, das kriegen wir hin. Was ist mir dir?«

»Ich erkläre dir alles, sobald wir in der Luft sind.«

Diese Antworten genügten Mike. Strieber ließ seinen Blick über die Passagiere, ihr Gepäck und alles schweifen, was Harvath im Denali hatte, ehe er Berechnungen über die Gewichtsverteilung für den Start anzustellen begann.

Harvath bat Nina und Nicholas, mit den Hunden an Bord zu gehen. Dann machten er und Mike sich an die Arbeit.

Zwanzig Minuten später war der Flieger beladen. Als Strieber den Check abgeschlossen hatte, zeigte er Harvath den hochgereckten Daumen. Harvath stieg hinter ihm ins Flugzeug, zog die Gangway ein und verriegelte die Kabinentür. Er stellte sicher, dass mit Nicholas, Nina und den

Hunden alles in Ordnung war, bevor er nach vorn ins Cockpit ging und den Kopilotensitz einnahm.

Als er die Kopfhörer überstreifte, fragte Strieber: »Alles startklar?«

»Alles startklar«, entgegnete Harvath.

Minuten später standen sie am anderen Ende der Rollbahn, und Mike gab Schub auf das gewaltige Triebwerk des Flugzeugs. Harvath kam sich vor, als würde er bei einem Pferderennen im Startgatter auf einem Vollblut sitzen. Der leistungsstarke Flieger vibrierte und schien es kaum erwarten zu können abzuheben.

»Los geht's«, sagte Mike, als er die Bremsen löste und das Flugzeug über die Rollbahn schoss.

Harvath behielt die Instrumentenanzeigen im Auge, während die Turboprop rasch an Geschwindigkeit gewann. Schließlich zog Strieber den Steuerknüppel nach hinten, und der geschmeidige Vogel hob ab.

Sie steuerten Richtung Süden, änderten dann den Kurs und hielten auf das Meer im Osten zu.

Die Wolkendecke war so hoch, dass Strieber auf Sicht fliegen konnte, was bedeutete, dass er keinen Flugplan einreichen musste und es keinerlei Aufzeichnungen darüber geben würde, woher er kam.

Harvath holte eine Karte hervor und breitete sie auf seinem Schoß aus. Mithilfe einer Taschenlampe mit Rotfilter, die Mike ihm reichte, um ihre Nachtsicht nicht einzuschränken, fuhr er mit dem Finger an der Küste entlang und stellte eine Reihe von Fragen.

»Ganz wie du willst«, entgegnete Strieber. »Ich schätze, das hängt einfach davon ab, wie schnell sie die Leichen finden sollen.«

Harvath wollte, dass man sie möglichst überhaupt nicht

fand. Damit blieben ihnen zwei Möglichkeiten: Entweder konnten sie sie in der sumpfigen South Bay unweit der Grenze oder im Golf von Mexiko abwerfen. Harvath hatte nicht genug Informationen über die aktuellen Meeresströmungen, um zu wissen, ob sie in Texas oder Mexiko angespült werden würden, wenn sie sie in den Ozean schmissen. Gleichwohl, man würde die Toten so oder so für Opfer der Drogenkartelle halten. Der einzige Unterschied bestand darin, dass die amerikanischen Behörden der Form halber zumindest eine Ermittlung einleiten würden – eine Mühe, die sich die Mexikaner höchstwahrscheinlich sparten. Dementsprechend entschied Harvath sich für die South Bay.

Mike erklärte ihm, wie er den Anflug gestalten würde, und gab dann Anweisungen, wo sich Nicholas, Nina und die Hunde positionieren sollten, während Harvath seine Aufgabe erledigte. Harvath löste seine Sicherheitsgurte, stand von seinem Sitz auf, ging ins Heck des Flugzeugs und bereitete alles vor.

Mithilfe von Mikes Ausrüstung bastelte er sich einen Auslegegurt und sicherte sich mit einem langen Spanngurt im Innenraum des Flugzeugs. Auf der Ranch hatte er jede der Leichen vom Schambein hoch bis zum Brustbein aufgebrochen und die Eingeweide geöffnet. Das war die einzig mögliche Methode, damit die Gase, die sich im Innern der Leichen bildeten, entweichen konnten. Hätte er das nicht getan, würden die Fäulnisgase sie mit der Zeit aufschwellen und an die Oberfläche treiben lassen. Während er sich an ihnen zu schaffen machte, war ihm aufgefallen, dass zwei der Männer krude Tätowierungen aufwiesen, ähnlich denen, die er bei dem Angreifer in Spanien bemerkt hatte.

Nachdem er die Leichen wieder in den Jagdbeuteln verstaut und selbige mit Isolierband verstärkt hatte, knotete er schwere Nylonseile um ihre Knöchel.

Hinten im Flugzeug waren acht Zwanzig-Kilo-Gewichtscheiben aufgestapelt, die er aus dem Fitnessraum der Ranch mitgenommen hatte. Er band jeder Leiche vierzig Kilo Gewicht an die Knöchel, durchlöcherte die Jagdbeutel, damit überschüssige Körpergase entweichen konnten, und ließ den Piloten im Cockpit wissen, dass er bereit war.

Strieber ging mit dem Flugzeug tiefer und zog die Maschine in einem weiten, ausladenden Bogen herum. Als sie sich der Bucht näherten, signalisierte er Harvath, die hintere Frachtluke zu öffnen.

Der Luftsog und das Brüllen des Triebwerks waren ohrenbetäubend. Salzige Meerluft strömte in den Rumpf, als das Flugzeug noch weiter nach unten sank. Harvath, der auf das Zeichen wartete, hielt den Blick nach vorn gewandt. Zwanzig Sekunden später richtete Mike seine Taschenlampe in die Kabine, um sie mehrmals in rascher Folge aufblinken zu lassen, und Harvath stieß die erste Leiche zur Luke hinaus.

45

Annapolis Junction
Maryland

Informationen sind Wissen, und Wissen ist Macht. Dadurch, dass er Zugriff auf eine unbegrenzte Masse an Informationen hatte, war Craig Middleton imstande, unbegrenzte Macht zu erlangen. Und diese Macht verschaffte ihm und dem inneren Kreis von ATS die Kontrolle über alles – über Geld, über Politiker, darüber, ob Menschen lebten oder starben. Dementsprechend hatte Middleton stets das Gefühl gehabt, alles unter Kontrolle zu haben.

Zumindest bis jetzt.

Bis zu der Sache mit Caroline Romero war alles perfekt gelaufen. Es war ein Fehler von ihm gewesen, sein eigenes Sicherheitspersonal auf sie anzusetzen. Sie hatten den Job vermasselt, Caroline wurde getötet, und es gelang ihnen nicht, den USB-Stick wiederzubeschaffen. Er hatte keine Ahnung, wie viel sie in Erfahrung bringen konnte, doch er musste davon ausgehen, dass das, was auch immer sie entdeckt hatte, ihn und ATS in Teufels Küche bringen konnte. Das durfte nicht passieren. Deshalb war es unerlässlich, den Stick zurückzuholen – egal, um welchen Preis.

Zwar war es ein großer Durchbruch gewesen, als sie dahinterkamen, dass der Dessous-Laden ein Paket an Romeros Schwester geschickt hatte, doch sie waren zu spät. Als

Bremmers Team endlich vor Ort war, war die Schwester längst über alle Berge. Und Middleton war sich ziemlich sicher, dass Caroline ihr mit diesem Päckchen nicht bloß Unterwäsche hatte zukommen lassen, sondern ebenso den USB-Stick.

Zudem hatte sie ihre Schwester instruiert, wie sie am besten unter dem Radar blieb. Nina Jensen hatte ihr Apartment, ihre Arbeitsstelle, ihre Kreditkarten und ihr Handy zurückgelassen. Sie hatte keinerlei Kontakt zu Freunden oder Familienmitgliedern aufgenommen. Allerdings ging aus der Aufklärungsarbeit, die Bremmers Männer auf der Ranch geleistet hatten, hervor, dass sie es irgendwie geschafft hatte, sich nicht bloß mit Carltons Zwerg zusammenzutun, sondern auch mit Scott Harvath.

Middleton wäre nie in den Sinn gekommen, dass sich diese beiden Ströme irgendwie kreuzen könnten. Caroline musste die Verbindung zwischen ihnen sein. Sie und der Troll mussten einander irgendwann begegnet sein und Vertrauen zueinander gefasst haben. Sie schickte ihrer Schwester den USB-Stick, die sich daraufhin an den kleinen Computerhacker wandte. Aller Wahrscheinlichkeit nach war er auch derjenige, der Kontakt zu Harvath aufgenommen und ihn nach Texas geholt hatte. Die Tatsache, dass es ihnen allen bis dahin gelungen war, unentdeckt zu bleiben, gab ihm zu denken. Wäre die Google-Suche dieser Ranchmanagerin nicht gewesen, wären sie ihnen womöglich komplett durch die Maschen geschlüpft.

Sie hatten zwei Teams auf Harvath angesetzt, und beide hatten versagt. Diesmal hatte Bremmer das Texas-Team angewiesen, einen Mann in einer Überwachungsposition zu postieren, um als Scharfschütze zu fungieren. Middleton wollte Einzelheiten wissen, aber der Colonel hatte nicht viel mehr zu berichten. Das Team sollte die Aufklärung der Ranch beenden und dann einen eigenen Angriffsplan entwickeln. Sie wussten, dass sie das Mädchen erst töten durften, wenn sie den USB-Stick hatten. Falls sie sie foltern mussten, damit sie ihnen verriet, wo er sich befand, waren sie dazu autorisiert. Und sobald sie den Stick in Händen hielten, waren alle drei Zielpersonen zu eliminieren.

Nach dem Einsatz sollte das Team so viel Abstand wie möglich zwischen sich und den Tatort bringen. Irgendwann unterwegs würden sie sich melden. Dann würde Bremmer ihnen detailliert erklären, wie sie den USB-Stick übergeben sollten.

Middleton konnte nicht schlafen. Er wusste, dass die Aktion irgendwann in den frühen Morgenstunden über die Bühne gehen sollte. Er konnte unmöglich sagen, ob die Schwester den Stick irgendwo versteckt hatte, doch er bezweifelte es. Aller Wahrscheinlichkeit nach befand er sich bei ihr auf der Ranch. Er hoffte, dass der dritte Versuch, Harvath auszuschalten, erfolgreich sein würde, doch als sich die Nacht dahinzog, ohne dass Bremmer sich meldete, wuchsen Middletons Bedenken.

Während er sich einen weiteren Scotch einschenkte, wandten sich seine Gedanken einem seiner anderen Probleme zu: Reed Carlton. Der in die Jahre gekommene Spion war ein gerissener alter Fuchs. Wie er es geschafft hatte, dem Feuerinferno zu entkommen, dem sein Haus zum Opfer gefallen war, blieb ihm ein vollkommenes Rätsel. Bremmers Männer lagen auf der Lauer, bereit, ihn zu eliminieren, falls es ihm irgendwie gelang, aus dem Schlafzimmer zu fliehen, das ringsum abgeriegelt worden war. Keiner aus Bremmers Team hatte gesehen, wie jemand das Haus verließ. Alle nahmen an, Carlton sei von den Flammen verschlungen worden. Gleichwohl, als sich der Rauch im wahrsten Sinne des Wortes lichtete, fand sich nirgends eine Spur von ihm. Er war einfach verschwunden.

Und obwohl Middleton der Gedanke gefiel, dass er mittlerweile zur Fahndung ausgeschrieben war, hatte er dennoch gewisse Bedenken, was die Effektivität gewöhnlicher Polizeibeamter betraf, falls sie auf einen Mann trafen, der von den Besten ausgebildet war und Jahrzehnte damit zugebracht hatte, sich in feindlichen Ländern überall auf der Welt unerkannt zu bewegen.

Carlton und Harvath schienen aus demselben Holz geschnitzt zu sein. Beiden war es gelungen, Bremmers Teams durch die Lappen zu gehen. Die Kontrolle über Carltons Skype-Account zu übernehmen war zwar ein cleverer Schachzug, um Harvath aufzuspüren, aber im Nachhinein konnte Middleton nicht umhin, sich zu fragen, ob es möglicherweise besser gewesen wäre zu warten, bis der Tod des alten Spions bestätigt war. Vielleicht hätten sie den Account dann dazu nutzen können, um beide in eine Falle zu locken.

Doch solche Gedanken waren müßig, und das wusste er. Das Kind war bereits in den Brunnen gefallen. Sie hatten allen Grund zu der Annahme gehabt, dass Carlton bei dem Brand ums Leben gekommen war. Als Harvath sich dann über Skype bei ihm meldete, wäre es töricht von ihnen gewesen, die Chance, die sich ihnen bot, nicht zu nutzen.

Jetzt lehnte sich Middleton in einem der ledernen Clubsessel in seinem Arbeitszimmer zurück und ließ den Scotch im Glas kreisen. Er löschte gedanklich alles, was er zu wissen glaubte, und begann noch einmal ganz von vorn, im Geiste die Beziehungskette in dieser verzwickten Sache zusammenzusetzen. *Caroline hatte ihre Schwes-*

ter kontaktiert. Die Schwester hatte den Zwerg kontaktiert. Der Zwerg hatte Harvath kontaktiert, der versucht hatte, Carlton zu kontaktieren. Und wen hatte Carlton kontaktiert?

Als der Bericht des Gerichtsmediziners vorlag, hatte er Schroeder diese Frage gestellt. Die Annahme war vernünftig, dass Carlton sich in einer Notsituation irgendwo verstecken würde, wo er sich sicher fühlte, um sich dann mit den Leuten in Verbindung zu setzen, die ihn am besten beschützen konnten: mit seinen Agenten.

Schroeder machte sich an die Arbeit und kehrte kurz darauf wieder zurück. ATS überwachte die Mobiltelefone von Carltons Einsatzkräften. Innerhalb von vierundzwanzig Stunden nach dem Feuer hatte jeder von ihnen eine SMS mit folgendem Text erhalten: *Ertragsbericht: Blue Petroleum, Oil & Lubricant*. Das war kein Zufall. Dabei musste es sich um einen Code handeln.

Das Handy, von dem die Nachricht verschickt wurde, gab noch immer ein Signal ab, das Schroeder zu einem Truck Stop in Arizona verfolgen konnte. Er informierte die Arizona State Police, die mehrere Einheiten dorthin schickte, um nach Carlton zu suchen. Allerdings hatte Middleton das Gefühl, dass an der Sache etwas faul war.

Als sich das Signal wieder in Bewegung setzte, half Schroeder, der sich als Überwachungstechniker des FBI ausgab, den Behörden dabei, die Quelle zu lokalisieren. Wie sich zeigte, handelte es sich dabei um einen Sattelzug auf dem Weg nach Bakersfield, Kalifornien. Während der Fahrer vernommen wurde, durchsuchten mehrere Beamte den Truck. Dabei fanden sie schließlich auch das Handy, das in einem Druckverschlussbeutel an der Unterseite des Gespanns festgeklebt worden war. Carlton war wirklich ein gerissener Hurensohn.

Obwohl sie davon ausgingen, dass das Telefon sauber war und sie nicht weiterbringen würde, sorgte Schroeder dennoch dafür, dass es morgens mit der ersten verfügbaren Transportmaschine hergeflogen wurde.

Das Ganze war ein halbwegs anständiges Ablenkungsmanöver, das musste Middleton dem alten Spion lassen. Doch außerdem *verriet* es ihnen einiges. Offensichtlich wusste Carlton, dass sie das Telefon irgendwann aufspüren würden. Er hatte es nur ein einziges Mal benutzt und dann entsorgt. Das gab Middleton zu denken. *Was wird er als Nächstes tun?*

Wieder ordnete er die Beziehungskette in Gedanken neu: *Caroline wendet sich an die Schwester, die Schwester an den Troll, der Troll an Harvath, Harvath an Carlton und Carlton an seine Agenten.* Aber da seine Leute nicht reagiert hatten, stellte sich die Frage: Wer war der Nächste auf Carltons Liste? An wen würde er sich wenden, um Hilfe zu bekommen?

Nicht bloß, dass er das Telefon nach einmaliger Verwendung unter dem nach Westen fahrenden Truck platziert hatte, zeigte, dass Carlton vorausdachte, sondern ebenso der Umstand, dass das Handy sauber war. Carlton war ein Taktiker. Das überraschte Middleton nicht. Bei einem Mann mit seiner Ausbildung war nichts anderes zu erwarten. Er ging davon aus, dass sie all seine Kontakte überwachten, was sie auch taten. Doch an irgendjemanden musste Carlton sich wenden. Mit Sicherheit wollte er Antworten, und um die zu bekommen, brauchte er Hilfe. Hierzu würde er sich entweder mit jemandem in Verbindung setzen, der nicht zu seinen Kontaktpersonen gehörte, oder die Schwester, der Troll und Harvath hatten – genau wie Caroline – eine Möglichkeit gefunden, miteinander zu kommunizieren, die bei ATS keine Alarmglocken läuten ließ.

Er ging rüber zu seinem Schreibtisch, stellte seinen Drink ab und holte seinen Computer aus dem Standby-Modus. Er rief das Schema mit Carltons Kontaktpersonen auf und studierte zum hundertsten Mal die verschiedenen Zweige und ineinandergreifenden Verbindungen. Er war sicher, dass die Lösung hier irgendwo war; er konnte sie bloß nicht erkennen.

Wem vertraute Carlton? Und noch wichtiger: Angenommen, er hatte irgendwie in Erfahrung gebracht, dass all seine Agenten getötet worden waren – wem vertraute er sein Leben an? An wen konnte er sich wenden, ohne zu wissen, mit welchem Gegner er es eigentlich zu tun hatte? Und wenn es sich hierbei bloß um eine einzige Person handelte, wer konnte ihm dabei helfen, ein so komplexes Puzzle zu enträtseln, bei dem so viel auf dem Spiel stand?

Middleton starrte das Diagramm an und schloss einen Kandidaten nach dem anderen aus, während er in Carltons professioneller Laufbahn weiter in der Zeit zurückging. Höchstwahrscheinlich handelte es sich um jemanden vor Ort; um jemanden mit bemerkenswerten Kontakten in Washington, der für ihn Nachforschungen anstellen konnte, ohne Argwohn zu erregen. Dieser Gedanke sorgte dafür, dass Middleton einen völlig neuen Parameter in seine Kalkulation mit einbezog: Auf wen traf dies zwar zu, wer war aber gleichzeitig der unwahrscheinlichste Kandidat überhaupt?

Middleton suchte nach Kollegen, mit denen Carlton aneinandergeraten war, nach Leuten, mit denen er sich beruflich oder privat zerstritten hatte. Davon gab es zwar einige, aber nicht wirklich viele. Trotzdem schrieb Middleton ihre Namen auf.

Er wollte die Datei schon schließen, als er beschloss, alles noch ein letztes Mal zu prüfen und dabei den unwahrscheinlichsten aller Kandidaten zu bestimmen. Dabei stieß er auf einen bestimmten Namen, und irgendwo in seinem Kopf begann eine Alarmglocke zu klingeln.

Middleton markierte die Kopfzeile und öffnete das Unterverzeichnis von Reed Carltons Mentor, Thomas »Tommy« Carver Banks.

46

Mike Strieber mochte es schon immer, sich die Hände schmutzig zu machen und eine »Verbindung« mit der Erde einzugehen. Er liebte es, Dinge wachsen zu sehen, und wollte, dass seine Kinder begriffen, dass das Essen nicht einfach auf magische Weise im Supermarkt auftauchte. Zusätzlich zu all den anderen Sachen, die er in seinem Leben gemacht hatte, hegte er stets den Traum, als Landwirt zu arbeiten. Und als er irgendwann den richtigen Ort dafür gefunden hatte, kaufte er sich eine Farm.

Da er zudem Pilot war und ein eigenes Flugzeug besaß, konnte er von San Antonio zur Farm fliegen, wann immer er wollte. Die Farm war sein privater Rückzugsort, über den er nicht viel sprach. Das Gelände umfasste mehrere Hundert Hektar und verfügte über viel Wasser. Es gab Pferde für seine Frau Angela, einen Swimmingpool für die Kinder und natürlich einen Schießstand. Abgesehen davon hatte er auf dem Anwesen nicht viel verändert. Die Farm war nicht das Four Seasons und sollte es auch nicht sein. Vielmehr sollte sie an eine einfachere Zeit in seinem Leben erinnern.

Harvath liebte die Farm vom ersten Moment an, als er sie sah. Das lag allerdings weniger an ihrer Abgeschiedenheit als vielmehr daran, wen Mike angeheuert hatte, um die Farm zu bewirtschaften.

Die drei Marines waren allesamt Veteranen, die auf Kampfeinsätze in Afghanistan und im Irak zurückblickten.

Als Mike mit dem Flugzeug auf der Schotterpiste landete und zu ihnen rüberrollte, standen sie neben Mrs. Strieber bei einem weißen Suburban und einem blauen Ford Superduty Pick-up. Jeder der Männer war in der Schlacht verwundet worden, aber keiner von ihnen hegte das geringste Selbstmitleid.

Als Harvath aus dem Flieger stieg, umarmte Angela ihn fest. Sie hatten einander fast zwei Jahre lang nicht gesehen. Sie war in jeder Hinsicht Mikes bessere Hälfte, woran Harvath seinen Freund auch bei jeder sich bietenden Gelegenheit erinnerte. Sie war jünger, lustiger und sah auch viel besser aus als er. Wichtiger noch: Ihr Herz war genauso groß wie das von Mike, wenn nicht noch größer.

Nachdem sie sich begrüßt hatten, drehte sie sich um und stellte Harvath die drei Marines vor: Matt, Jason und Ryan, alle aus Texas. Auf einer Kampfpatrouille in Ramadi, Irak, wurde Matt von der Kugel eines Scharfschützen hinter dem linken Ohr getroffen. Jason und Ryan waren beide bei USBV-Anschlägen – also Anschlägen mit unkonventionellen Spreng- und Brandvorrichtungen – in der Provinz Helmand in Afghanistan verstümmelt worden. Dabei hatte Jason seinen linken Arm und Ryan beide Beine unterhalb der Knie verloren. Doch selbst in Zivilkleidung sahen sie immer noch aus wie Marines.

Die Männer schüttelten Harvath der Reihe nach die Hand, doch dann wandten sie ihre Aufmerksamkeit sogleich den anderen Passagieren zu, die aus dem Flugzeug stiegen. Eigentlich würde man wohl annehmen, dass drei Männer, die auf einer Farm mitten im Nirgendwo arbeiteten, ihre Augen nicht von einer hübschen jungen Frau wie Nina Jensen lassen können, doch Nicholas und seine beiden riesigen Hunde schienen sie weit mehr zu faszinieren.

Angela streckte den Arm aus, knuffte den Mann, der ihr am nächsten war, wie als Lektion für die anderen gegen die Schulter und fragte lächelnd: »Hat euch nie jemand beigebracht, dass es unhöflich ist, andere Menschen anzustarren?«

»Sorry, Ma'am«, sagten die Männer fast unisono.

Angela – ganz die gastfreundliche Texas-Lady – ging zu Nina hinüber, stellte sich vor und begrüßte dann Nicholas, bevor er den Fuß der Gangway erreichte. Sie hielt ihm die Hand hin. »Willkommen auf der Five Star Farm«, sagte sie. »Ich bin Mikes Frau, Angela.«

Obwohl er keine Ahnung hatte, ob sie das mit Absicht gemacht hatte oder nicht, gefiel ihm die Tatsache, dass sie sich ihm vorgestellt hatte, bevor er die Gangway zur Gänze hinabgestiegen war. Auf diese Weise blickte sie nicht auf ihn herab, und er brauchte nicht zu ihr aufzuschauen. Sie begegneten einander praktisch auf Augenhöhe. »Ich bin Nicholas«, entgegnete er und schüttelte ihre Hand. »Schön, Sie kennenzulernen.«

»Hatten Sie einen guten Flug?«

»Es war sehr angenehm, vielen Dank. Sie haben ein wirklich tolles Flugzeug. Ich bin noch nie mit einer Pilatus geflogen. Drinnen kommt man sich vor wie in einem Privatjet.«

Angela Strieber legte ihren Zeigefinger auf ihre Lippen und brachte ihn rasch zum Schweigen. »Pst. Dieses Wort benutzen wir hier nicht.«

»Welches? Privatjet? Warum nicht?«

»Weil ich möchte, dass er sich eines Tages zur Ruhe setzt, und nicht will, dass er sich mit dem Jet-Bazillus infiziert.«

Nicholas nickte wissend. »Sie sind eine kluge Frau. Da draußen gibt es jede Menge Männer, für die nichts wichtiger ist, als die schnittigsten, teuersten Maschinen zu besitzen. Allerdings habe ich nach dem wenigen, was ich bislang über Ihren Mann weiß, nicht den Eindruck, dass er zu dieser Sorte gehört.«

Mrs. Strieber winkte ab und sagte: »Dagegen ist kein Mann immun. Glauben Sie mir.«

Nicholas lächelte und ließ die Gangway hinter sich. Er gesellte sich zu Nina und wurde den drei Veteranen vorgestellt, die dann zu Harvath und Mike hinübergingen, um ihnen beim Ausladen des Flugzeugs zu helfen und alles in dem Superduty Pick-up zu verstauen. Angela führte Nicholas und Nina zu dem Suburban, und sobald die Hunde ebenfalls im Wagen waren, fuhr sie los in Richtung Farmhaus, wo sie kurz darauf alle zusammenkamen.

Mrs. Strieber hatte bereits eine Kanne Kaffee aufgesetzt und zeigte den Leuten den Schrank, in dem die Becher standen, während alle nacheinander in ihre Küche strömten. Nicholas und Nina versorgten die Hunde und boten dann an, Angela bei den Frühstücksvorbereitungen zu helfen, doch Mrs. Strieber lehnte höflich ab und forderte sie stattdessen auf, sich zu den anderen an den Küchentisch zu setzen. Im Ofen buken frische Biskuits, während sie sich daranmachte, Speck, Sausage Gravy* und Spiegeleier zuzubereiten.

Als das Aroma des traditionellen ländlichen Frühstücks den Raum erfüllte, stellte Mike seinen Kaffeebecher ab, nahm Platz und bat alle um Gehör. Auf dem Flug hierher hatten er und Harvath ein ausführliches Gespräch, und ab

---

* Ein traditionelles Südstaaten-Frühstücksgericht aus Schweinswürstchen, Milch, Gewürzen und Mehlschwitze, das in einer Pfanne angebraten und nach Belieben angedickt wird; Anmerkung des Übersetzers.

sofort waren im Rahmen der Einsatzsicherheit gewisse Vorkehrungen zu beachten. Mike erklärte, dass sie bis auf Weiteres keinen Kontakt zur Außenwelt haben würden. Die Veteranen sollten ihren Freunden und Familien per E-Mail oder SMS eine simple Tarngeschichte auftischen, warum sie die nächsten paar Tage nicht erreichbar sein würden. Sobald sie ihre Nachrichten verschickt hatten, bat Mike die Männer mit dem gebotenen Respekt darum, ihre Handys einsammeln zu dürfen. Obgleich er ihnen bedingungslos vertraute, hatten sie keine Ahnung, womit genau sie es hier zu tun hatten. Harvath hatte ihm auf dem Flug hierher so viel verraten, wie ihm möglich war, und ihm machte die Sache eine Höllenangst. Deshalb zog er es vor, auf Nummer sicher zu gehen.

Außerdem bat er sie darum, nach dem Frühstück ihre Laptops aus der Schlafbaracke zu holen und bei ihm abzugeben. Keiner der Männer erhob Einwände. Sie wussten, was Einsatzsicherheit bedeutete. Soweit es sie betraf, war Mike ihr befehlshabender Offizier. Sie würden tun, was er verlangte. Und als Harvath sie musterte, konnte er erkennen, dass sie die Aussicht auf eine möglicherweise drohende Gefahr mehr als nur ein bisschen aufregend fanden.

Nachdem sie die Sicherheitsvorkehrungen detailliert erörtert hatten, teilte Mike Wachschichten ein. Angela würde eine Wache übernehmen, ebenso sein Sohn, der gerade auf dem Weg von San Antonio hierher war. Seine jüngere Tochter konnte zwar einen Abzug betätigen, war aber noch zu klein, um allein Wache zu halten. Im Gegensatz dazu konnte die älteste Tochter von Mike und Angela zwar gut auf sich allein aufpassen, war aber noch in der Schule.

Obgleich Nicholas sich bemerkenswerterweise freiwillig meldete, trug Harvath ihm auf, sich weiterhin auf Carolines USB-Stick zu konzentrieren, um alle Informationen zu beschaffen, die der Stick hergab. Was Nina anging, so hatte sie nicht viel Erfahrung mit Schusswaffen und kam damit nicht infrage. Angela Strieber sagte zu ihr, sie müsse sich deswegen keine Gedanken machen; es gebe auch so jede Menge für sie zu tun.

Dann erklärte Mike, dass er Harvath anderswo hinfliegen und sich in die Wachschichtrotation einklinken würde, sobald er wieder zurück sei.

Mr. Strieber servierte das Frühstück, und die Gruppe aß herzhaft. Nach dem Essen brachte sie Nina und Nicholas im Haupthaus unter, während sich die Veteranen daranmachten, die nähere Umgebung zu sichern, und Mike Harvath zu einer seiner Blechbaracken führte.

Im Betonfundament im Innern war eine Armag-Arms-Waffenkammer verankert, die aussah wie ein dunkelbeige gestrichener Transportcontainer aus hochwertigem Stahl. Mike zog einen Schlüsselbund aus seiner Tasche, entriegelte die Tür und schaltete das Licht an, um sein stattliches Waffenarsenal zu enthüllen.

Die Ständer bargen eine breite Palette von Langwaffen, Pistolen, Maschinenpistolen und Elektroschockern. Es gab Schalldämpfer, etliche verschiedene Zielfernrohre, Messer, Ferngläser, Funkgeräte, Helme, Aufspannplatten, Schutzwesten und natürlich Strieber-Taschenlampen. In Munitionskisten stapelten sich Hunderttausende Schuss unterschiedlicher Kaliber.

Harvath ließ seinen Blick über das Arsenal schweifen und sah dann seinen Freund an. »Wie jetzt? Keine Raketenwerfer?«

Mike schüttelte den Kopf. »Typisch SEAL. Ständig wollt ihr irgendwas in die Luft jagen.«

Obwohl das gewiss auf einige SEALs zutraf, war Harvath eher der Ansicht, dass jeder Job ein spezielles Werkzeug erforderte. Das Problem dabei war nur, dass man häufig nicht wusste, wie dieses perfekte Werkzeug aussah, bis man bereits im Einsatz war, und dann war es zu spät, um mal eben umzudrehen und zu holen, was man brauchte. Der Schlüssel zum Erfolg bestand daher darin, sich für etwas zu entscheiden, das in so vielen Situationen wie möglich funktionierte.

»Ich habe da übrigens noch etwas ganz Besonderes«, sagte Mike und winkte Harvath in die Waffenkammer. »Hab ich mir gerade erst besorgt.«

Er nahm einen großen Aktenkoffer und legte ihn auf den Tisch der Waffenkammer. »Das ist das neue Takedown-Gewehr von LaRue Tactical«, erklärte er, als er den Koffer aufklappte. Darin befanden sich die sorgsam verstauten Komponenten eines hochmodernen LaRue-Gewehrs. »Schau dir das mal an.«

Harvath verfolgte, wie Mike das Gewehr zusammenbaute, einen hochwertigen Schalldämpfer auf den Lauf schraubte und ein großes Zielfernrohr auf der Waffe montierte – und das alles in weniger als sechzig Sekunden.

»Man muss das Baby nicht jedes Mal neu einstellen. Du setzt es einfach zusammen und pustest aus siebenhundert Metern Entfernung eine Reißzwecke weg. Nicht übel, oder?«

»Welches Kaliber hat das Baby?«, fragte Harvath. ».308?«

Strieber nickte. »Und es lässt sich genauso schnell auseinandernehmen wie zusammenbauen. Damit bist du drin, erledigst dein Ziel und bist wieder verschwunden, bevor irgendwer mitbekommt, dass du überhaupt da warst.«

Das war tatsächlich nicht übel. »Kann ich mir dein Baby mal ausleihen?«

Strieber vollführte eine ausladende Geste mit dem Arm, die die gesamte Waffenkammer umfasste. »Nimm dir, was immer du brauchst.«

Am liebsten hätte Harvath von allem etwas mitgenommen, doch das konnte er nicht. Er musste seine Wahl mit Bedacht treffen. Er hatte die Absicht, sich ganz allein auf feindliches Gebiet zu begeben – ohne Nachschub, ohne Unterstützung, ohne alles. Das Letzte, was er da brauchte, war, sich in einer kritischen Situation zu wünschen, eine andere Waffe mitgenommen zu haben. Aber ganz gleich, wie gründlich er die Sache plante, er wusste doch, dass Murphys Gesetz sich immer bewahrheiten konnte: dass alles schiefging, was schiefgehen konnte. Das Einzige, worauf man sich beim Planen einer Mission verlassen durfte, war, mit dem Unerwarteten zu rechnen.

Harvath machte seine Entscheidung von der Umgebung abhängig, in der er operieren würde, und wählte dementsprechend Ausrüstung, die sich leicht verbergen ließ und mit der er am vertrautesten war. Er legte alles, was er eigentlich mitnehmen wollte, auf den Tisch der Waffenkammer; dann stellte er die Hälfte davon ins Regal zurück und verstaute den Rest zusammen mit jeder Menge Ersatzmunition in seinem Camelbak-Rucksack.

»Das ist alles, was du willst?«, sagte Strieber. »Bist du sicher? Ich hätte auch noch irgendwo einen größeren Rucksack für dich.«

Harvath schüttelte den Kopf. »Nein. Alles bestens.«

»Also, gut. Dann schließe ich hier ab, betanke das Flugzeug und mache alles startbereit. Angela oder einer der Jungs können dich zur Rollbahn rausfahren. Sagen wir in einer Dreiviertelstunde?«

»Danke, Mike. Dann bis gleich«, entgegnete Harvath,

nahm den Koffer mit dem Takedown-Gewehr auf und schulterte seinen Rucksack.

Nach seiner Rückkehr ins Farmhaus nahm er sich einige Minuten Zeit, um sich zusammen mit Nicholas eine Strategie zurechtzulegen und alles im Detail zu besprechen. Gerne hätte er die Dating-Seite gecheckt, um zu sehen, ob mittlerweile irgendeine Nachricht vom Alten vorlag, doch das Risiko war ihm zu groß – nicht von Striebers Farm aus. Nicholas war ganz seiner Meinung. Beide vermuteten, dass die Typen, mit denen sie es zu tun hatten, Harvath in Spanien über Skype aufgespürt hatten. Während Nicholas der Ansicht war, dass ATS sich heimlich Zugriff auf den Skype-Account verschafft hatte, befürchtete Harvath, dass mehr dahintersteckte.

Er fürchtete, dass jemand Reed Carlton geschnappt und ihn gefoltert hatte, um ihn dazu zu bringen, ihre Kommunikationswege preiszugeben. Und derjenige konnte just in diesem Moment in die Dating-Seite eingeloggt sein und bloß darauf warten, dass er sich blicken ließ. Was ihn zu der Frage führte, wie es dem Killer-Team möglich gewesen war, die Three Peaks Ranch zu finden?

Zwar hatte Nicholas während seines Aufenthalts dort große Vorsicht im Umgang mit dem Internet walten lassen, doch ATS war so fortschrittlich und vernetzt, dass sich unmöglich sagen ließ, wie sie ihnen auf die Spur gekommen waren. Sie mussten davon ausgehen, dass alles, was sie im Netz taten, sie auffliegen lassen konnte und würde. Sie einigten sich darauf, dass Nicholas weiterhin Carolines USB-Stick und seine Daten studieren würde, aber offline, und dass alles andere – einschließlich Striebers Festnetztelefon – tabu war. Nina und Nicholas mussten sich komplett von der Außenwelt abschirmen. Jedweder Kontakt musste über Mike laufen, und auch dann nur im äußersten Notfall.

»Ist schon ziemlich lange her, seit ich mich das letzte Mal so hilflos gefühlt habe«, gestand Nicholas seinem Freund.

»Du bist nicht hilflos«, widersprach Harvath. »Konzentrier dich weiterhin auf Carolines Daten. Wenn wir diese Leute aufhalten wollen, müssen wir wissen, was sie vorhaben. Die Antwort muss irgendwo auf diesem USB-Stick sein. Finde sie.«

Er deutete auf Nicholas' winzige .45er und fügte hinzu: »Sorg dafür, dass das Ding geladen ist, trag es stets bei dir und halt die Augen offen. Verstanden?«

Der kleine Mann lächelte. »Verstanden.«

Abgesehen davon sagten beide nichts mehr. Stattdessen trat Nicholas vor und tat etwas, das er noch nie zuvor getan hatte. Er bedeutete Harvath, sich zu bücken, und umarmte ihn. Er hatte das schreckliche Gefühl, dass er seinen Freund nie wiedersehen würde.

47

North Carolina

Nach North Carolina zu fliegen war entweder eine sehr gute oder eine ganz schlechte Idee.

Wenn Mike herkam, um sich in Fort Bragg mit Kunden zu treffen, landete er stets auf dem Moore County Airport. Die Leute dort waren freundlich, das Personal stellte nicht allzu viele Fragen, und es gab keinen Tower. Es war der perfekte Flughafen im Schatten von Amerikas wichtigster Antiterroreinheit.

Das First Special Forces Operational Detachment – Delta, auch bekannt als Delta Force, Combat Applications Group (CAG) oder »die Einheit«, wie ihre Mitglieder sie nannten – hatte sein Hauptquartier in einem der abgelegeneren Bereiche von Bragg, hinter hohen Sicherheitszäunen und unzähligen Reihen Klingendraht. Dort – »hinter dem Zaun«, wie es bei den Leuten hieß – wurden keine Kosten und Mühen gescheut, um die besten Soldaten der Welt auszubilden.

Diese Einsatzkräfte waren die Besten in einer breiten Palette von Geheimoperationen, einschließlich Geiselrettung, Antiterror und Aufstandsbekämpfung, sowie bei Einsätzen in feindlichen, abgesperrten oder politisch sensiblen Gebieten. Und diese Einsatzkräfte waren auch der Grund dafür, weshalb Harvath befürchtete, dass nach North Carolina zu kommen womöglich nicht bloß eine schlechte, sondern letztlich sogar eine tödliche Idee gewesen war. Falls Colonel Chuck Bremmer aktive Militärs für seine Killerkommandos rekrutierte, hatten sie vielleicht etwas mit der Einheit zu tun.

Doch es gab da noch etwas anderes an der Einheit, das ihm zu denken gab. Deshalb hatte Harvath beschlossen, das Risiko dieses Trips auf sich zu nehmen. Nie damit zufrieden, sich auf ihren Lorbeeren auszuruhen, und immer auf der Suche nach neuen Möglichkeiten, noch besser, noch tödlicher und noch effektiver zu werden, hatte sich die Delta Force vor einigen Jahren eine aggressive, sehr vorausdenkende Frage gestellt: *Warum bilden wir eigentlich keine weiblichen Einsatzkräfte für den Feldeinsatz aus?*

Das war tatsächlich eine außerordentlich gute Idee. Frauen erregten im Einsatz weniger Aufmerksamkeit als Männer, und falls doch, war dieses Interesse häufig gänzlich anderer Natur. Sie waren an Orten willkommen, an denen man Männer nicht gern sah, und kamen mit Dingen durch, von denen Männer nicht einmal zu träumen wagten. Eine Agentin, die bereit war, deine Tür einzutreten und dir einen Kopfschuss zu verpassen oder dich zu fesseln und im Kofferraum zu verstauen, war so ziemlich das Letzte, womit die meisten Bösewichter rechneten.

Mit der Erlaubnis des Special Operations Command der Army, der die Delta Force unterstand, erklärten sich mehrere Einsatzkräfte bereit, das erste komplett aus Frauen bestehende Team zu rekrutieren, das sie seinerzeit unter dem Codenamen »Athena-Projekt« zusammenstellten.

Die Späher suchten nach intelligenten, selbstbewussten, raffinierten Frauen, die sich unter ausländische Kulturen mischen und in der Menge verschwinden konnten. Sie mussten athletisch und extrem ehrgeizig sein. Sie mussten es hassen zu verlieren sowie mental widerstandsfähig und entschlossen sein, um jeden Preis zu gewinnen. Die Gier nach Erfolg musste in ihrer DNA verwurzelt sein. Und sie mussten attraktiv sein.

Waren die Agentinnen attraktiv, konnten sie praktisch alles erreichen. Männer taten Dinge, die sie lieber nicht tun sollten, bloß um ihnen nahe zu sein. Sie gaben sogar Informationen preis, die sie männlichen Einsatzkräften niemals freiwillig anvertrauen würden. Im Wesentlichen konnte man davon ausgehen, dass der Großteil der Männer attraktive Frauen generell unterschätzte und sich in ihrer Gegenwart dämlich verhielt.

Die Delta-Anwerber besuchten hochklassige Frauensportveranstaltungen, suchten beim Triathlon, bei den Winter- und Sommer-X-Games – einem Extremsportwettbewerb –, an Universitäten und in den olympischen Trainingsprogrammen der USA nach potenziellen Kandidatinnen. Außerdem bedienten sie sich unzähliger Strohfirmen. Und einer ebendieser Firmen wollte Harvath hier einen Besuch abstatten.

Nachdem Mike Strieber dafür gesorgt hatte, dass das Flugzeug aufgetankt wurde, lieh er sich den Zweitwagen des Flughafenbetreibers, einen weißen Chevy Astro Van, und fuhr mit Harvath in die Stadt.

»Ein ziemlich langer Flug, bloß für eine Maniküre«, sagte Mike, als Harvath die SIG-Sauer aus dem Geheimfach seines Camelbak-Rucksacks holte und hinten im Hosenbund seiner Jeans verstaute. »Angela wird mir die Hölle heißmachen, das ist mal sicher.«

Sie waren eine halbe Stunde in der Luft gewesen, als Harvath sich für diesen Abstecher entschied, woraufhin

Mike die Route änderte. Er hatte keine Ahnung, ob Riley Turner in Paris eine Zielperson war oder einfach ein Kollateralschaden bei einem Anschlag, der allein ihm galt. Obwohl Einsatzkräfte des Athena-Projekts für die Carlton Group Aufträge erledigt hatten, waren sie nicht beim Alten angestellt. Sie wurden einfach engagiert, wenn man sie brauchte. Ihre Gruppe war so geheim, dass Harvath – abgesehen von E-Mail-Adressen – keinerlei Kontaktdaten von ihnen hatte, und die Adressen befanden sich auf seinem Laptop in Virginia. Das bedeutete, dass er nicht bloß außerstande war, sie wissen zu lassen, was Riley zugestoßen war, sondern sie auch nicht warnen konnte, dass sie womöglich ebenfalls auf der schwarzen Liste standen.

Das Nagelstudio befand sich in einer Einkaufsstraße nicht weit vom Zentrum von Fayetteville entfernt. Der Laden gehörte der Frau eines Mitglieds der Einheit, das sich zur Ruhe gesetzt hatte, und war eine der ersten Fassaden, die Delta und das Athena-Projekt benutzten, als sie anfingen, ihre Suche nach geeigneten Kandidatinnen über die Reihen des Militärs hinaus auszudehnen. Abgesehen davon, dass vielversprechende hiesige Kandidatinnen den Salon besuchten, stellte das Geschäft für das Programm außerdem einen sicheren Ort dar, wenn es galt, außerhalb des Stützpunkts unbehelligt gewisse Angelegenheiten zu regeln. Niemand wäre jemals auf den Gedanken gekommen, den Frauen, die in dem Salon ein- und ausgingen, mit Argwohn zu begegnen. Und hinzu kam noch, dass der Laden an sieben Tagen in der Woche geöffnet war.

Harvath zeigte Strieber, wo er parken sollte, und erklärte ihm, wonach er Ausschau halten musste. Dann zog er sich eine von Mikes Baseballkappen tief in die Stirn, stieg aus dem Van, überquerte den Parkplatz und betrat den Nagelsalon.

Es herrschte reger Betrieb. Sämtliche Plätze waren besetzt, ebenso wie die Stühle im Wartebereich. Wie es schien, liefen die Geschäfte von Dan McGreevy und seiner Frau bestens.

»Hi. Haben Sie einen Termin?«, fragte das Mädchen am Empfang.

»Um ehrlich zu sein, bin ich hier, um Dan zu sehen. Ist er da?«

Das Mädchen nahm den Telefonhörer auf und drückte eine Taste, um einen Nebenanschluss anzurufen. »Und wer, soll ich sagen, ist hier?«

»Sagen Sie ihm, eine gemeinsame Freundin aus Übersee meinte, ich solle mal vorbeischauen und ein bisschen mit ihm plaudern, wenn ich in der Stadt bin.«

Die junge Lady schien genug darüber zu wissen, was McGreevy tat oder in seiner Vergangenheit getan hatte, um sich mit dieser Antwort zufriedenzugeben. Es war nicht ungewöhnlich, dass Einsatzkräfte anderen Einsatzkräften nahelegten, einen Freund zu besuchen, wenn sie jemals in der Gegend wären. Vermutlich war Harvath nicht der Erste, der in den Salon geschneit kam und die Empfangsdame eine kryptische Botschaft übermitteln ließ.

Obwohl er sie nicht sehen konnte, wusste Harvath, dass es in dem Laden Überwachungskameras gab, und er tat sein Bestes, darauf zu achten, dass keine davon eine gute Aufnahme von seinem Gesicht machen konnte. Er wandte der jungen Lady den Rücken zu und lehnte sich gegen den Tresen, während er vorgab, aus dem Spiegelglasfenster des Wartebereichs nach draußen zu schauen.

Die Empfangsdame gab seine Nachricht weiter und legte auf. »Er ist jeden Moment hier.«

Harvath dankte ihr und trat beiseite, als eine Frau kam, um ihre Rechnung zu bezahlen. Kurz darauf erschien Dan McGreevy.

Er war ein gedrungener Mann Ende vierzig, ein paar Zentimeter kleiner als Harvath. Sein blondes Haar färbte sich an den Schläfen zusehends grau, und sein Kinn war tief gespalten. Harvath wusste, dass der Mann ihm bereits vom ersten Moment an mit Argwohn begegnete, in dem er ihn sah.

»Kann ich Ihnen helfen?«, fragte er.

Das war nicht unbedingt die Art und Weise, wie man normalerweise den Freund eines Freundes begrüßte, der vorbeischaute, um Hallo zu sagen. »Hey, Dan«, entgegnete Harvath und streckte die Hand aus. »Kevin Kirk.«

Der Mann schüttelte ihm die Hand, jedoch nur flüchtig. »Was kann ich für Sie tun?«

»Eine gemeinsame Freundin meinte, ich solle mal bei Ihnen vorbeischauen, wenn ich in der Stadt bin.«

»Welche Freundin?«

»Können wir uns hier irgendwo ein bisschen ungestörter unterhalten?«

Es war ziemlich offensichtlich, dass McGreevy nicht viel davon hielt, dass Leute unangekündigt bei ihm auftauchten. »Warum verraten Sie mir nicht erst mal den Namen dieser Freundin?«

Harvath sah ihm in die Augen und sagte: »Turner. Riley Turner.«

Eine plötzliche, minimale Veränderung in seinen Zügen verriet ihn. »Noch nie von ihr gehört.«

»Wir wissen beide, dass das nicht stimmt. Hören Sie, ich garantiere Ihnen, dass Sie hören wollen, was ich zu sagen habe. In fünf Minuten sind Sie mich wieder los.«

McGreevy wies mit dem Daumen über die Schulter auf die Rückseite des Salons. »Wir können in meinem Büro reden. Und ich gebe Ihnen keine fünf Minuten. Sie haben drei.«

48

McGreevy wies auf einen der Stühle vor seinem Schreibtisch und bat Harvath, Platz zu nehmen. »Ihre drei Minuten laufen ab jetzt.«

Harvath beschloss, gleich zur Sache zu kommen. »Vor sechs Tagen wurde Riley Turner in Paris erschossen.«

»Gehen wir mal für einen Moment davon aus, dass ich wüsste, wer diese Riley Turner ist und dass ich an dieser Information interessiert wäre: Warum sollte ich Ihnen glauben?«

»Weil ich dabei war«, erklärte Harvath, dem der »verräterische« Tonfall in der Stimme seines Gegenübers nicht entging, als er Rileys Namen sagte. Er wusste genau, von wem die Rede war.

»Haben Sie sie erschossen?«

»Nein, aber ich habe die Männer getötet, die es taten.«

»*Männer?*«, wiederholte McGreevy.

Harvath nickte. »Ja. Es waren vier, ein Killer-Team.«

»Und Sie sind nicht bloß in der Lage, ein *Killer-Team* zu erkennen, wenn Sie es sehen, sondern es ist Ihnen auch irgendwie gelungen, alle vier Mann auszuschalten?«

»Ja.«

»Ihr Name ist nicht Kevin Kirk, oder?«

»Nein, ist es nicht.«

»Und Sie werden mir nicht verraten, wer Sie wirklich sind, hm?«

Harvath schüttelte den Kopf. »Mein Spitzname ist der Nordmann. Wie wär's damit?«

»Noch nie von Ihnen gehört«, entgegnete McGreevy.

Harvath hatte von dem Mann keine andere Reaktion erwartet und holte Mike Striebers Handy aus der Tasche. Die SIM-Karte war entfernt, und Harvath hatte die Speicherkarte durch die ersetzt, die er in Paris verwendet hatte. Er rief ein Foto von Riley auf und reichte McGreevy das Telefon.

»Jesus«, sagte er; schlagartig war jedwede Behauptung, sie nicht zu kennen, vergessen. »Wer zur Hölle hat das getan?«

»Eigentlich hatte ich gehofft, dass Sie mir das sagen können«, erwiderte Harvath, legte seinen Finger auf das Display des Handys und ging weiter zum nächsten Foto. »Ich habe Bilder von jedem der Schützen.«

Er verfolgte, wie McGreevy sich jedes der Bilder ansah, dann zurückging und sich alle noch einmal anschaute. Falls er einen der Männer erkannte, gelang es ihm bemerkenswert gut, das zu verbergen. Dann gab er Harvath das Handy zurück und sagte: »Tut mir leid. Ich kann Ihnen nicht helfen.«

»Oh, ich denke, das können Sie durchaus, und ich möchte, dass Sie mir einen Gefallen tun.«

»Sie haben wirklich ziemlich große Eier, hier einfach reinzumarschieren, mir solche Fotos zu zeigen und mich dann auch noch um einen Gefallen zu bitten.«

Harvath konnte den Mann sogar verstehen. »Schon klar. Sie kennen mich nicht. Aber Sie kannten Riley Turner.«

Der Mann begann, zu widersprechen, doch Harvath hielt die Hand in die Höhe, um ihn zum Schweigen zu bringen. »Nur fürs Protokoll: Sie haben nichts zugegeben.

Ich ziehe bloß meine eigenen Schlussfolgerungen, und ich möchte, dass Sie das Gleiche tun.«

»Inwiefern?«

»Die drei Minuten sind bereits um, und ich bin immer noch hier. Daher gehe ich davon aus, dass Sie entschieden haben, dass ich die Wahrheit sage. Allerdings sind Sie sich noch nicht sicher, ob ich einer von den guten oder einer von den bösen Jungs bin.«

McGreevy lächelte. »Und ich nehme an, Sie sagen mir jetzt, dass Sie einer von den guten Jungs sind und ich Ihnen vertrauen soll.«

»Nein«, entgegnete Harvath und nannte dann den Namen eines anderen Mitglieds des Athena-Teams. »Gretchen Casey wird es Ihnen bestätigen.«

Schlagartig verschwand das Lächeln vom Gesicht des Mannes. »Wer zum *Teufel* sind Sie?«, verlangte er zu wissen.

»Meinen Spitznamen kennen Sie doch schon. Rufen Sie Casey an. Und falls Sie sie nicht erreichen können, versuchen Sie's bei Julie Ericsson, Megan Rhodes oder Alex Cooper.«

McGreevy sah aus, als habe ihm gerade jemand eins mit einem Stahlrohr übergezogen. Der Mann, der ihm gegenübersaß, hatte gerade die Namen von vier Agentinnen des geheimsten Programms in der Geschichte des Militärs der USA runtergerasselt. »Ich kenne keine dieser Frauen, und falls doch, warum sollte ich es Ihnen sagen? Sie wollen mir ja nicht einmal Ihren richtigen Namen verraten.«

»Und das aus gutem Grund«, sagte Harvath. »Wer immer für den Tod von Riley Turner verantwortlich ist, versucht, auch mich zu töten. Und soweit ich weiß, könnten Casey, Ericsson, Rhodes und Cooper ebenfalls auf ihrer Liste stehen. Deshalb muss ich mit ihnen reden.«

Der Mann lehnte sich in seinem Sessel zurück und atmete aus. Harvath konnte förmlich sehen, wie sich die Rädchen in seinem Kopf drehten. »Ich weiß, was Sie denken«, sagte er.

McGreevy sah ihn an und zog eine Augenbraue hoch. »Ach ja? Und was wäre das?«

»Ich denke, Sie versuchen, sich darüber klar zu werden, was Sie jetzt tun sollen. Ich denke, dass Sie sich als Profi dazu verpflichtet fühlen, diesen Telefonhörer aufzunehmen und jemanden bei der Einheit anzurufen. Das verstehe ich. Im Grunde müssen Sie davon ausgehen, dass ich eine Bedrohung darstelle und mit unlauteren Absichten hier bin. Und Sie wollen nicht derjenige sein, der irgendwen ans Messer liefert. Weil die Sache so nicht funktioniert. Wir halten einander alle gegenseitig den Rücken frei.«

»Wir?«

Harvath nickte. »Ich war mit diesen Frauen auf zahlreichen Missionen. Sie kennen mich. Sie werden für mich bürgen. Sie müssen sich lediglich mit einer von ihnen in Verbindung setzen, mich ihr beschreiben, ihr meinen Spitznamen nennen oder mich selbst ans Telefon lassen, und dann ist alles klar. Das würde allerdings bedeuten, Ihre Befehlskette zu umgehen und mir, einem vollkommen Fremden, einen Gefallen zu tun.«

»Sie haben recht, das wäre ein wirklich *großer* Gefallen, und Leuten, die ich nicht kenne, tue ich für gewöhnlich nicht einmal einen *kleinen*.«

»Ich glaube, in meinem Fall werden Sie eine Ausnahme machen.«

»Und warum?«

Harvath ließ das Gesicht des Mannes nicht aus den Augen, als er sich anschickte, ihm noch einen letzten Namen zu nennen. Im Sommer waren vier Mitglieder des Athena-Projekts abkommandiert worden, um mit ihm beim Zerschlagen eines tödlichen Terrorrings zusammenzuarbeiten. Als sie eine Gruppe von Selbstmordattentätern hochnahmen, löste einer der Terroristen seinen Sprengsatz aus. Überall lagen Trümmer, und das Gebäude, vor dem er stand, begann einzustürzen.

Harvath hielt seine Hände in die Höhe und zeigte sie McGreevy. »Ich habe Nikki Rodriguez mit meinen eigenen Händen aus den Trümmern dieses Hauses in Amsterdam gegraben. Und während ich sie rauszog, zog sie noch jemand anders raus, obwohl ein Metallteil in ihrer Brust steckte, das ihren rechten Lungenflügel durchbohrt hatte.«

McGreevy kniff sich in den Nasenrücken. »Wo sind Sie danach hin?«

»Wir haben die Terrorzelle hierher in die Staaten verfolgt.«

»Wohin genau?«

»Nach Chicago.«

»Warum wollen Sie nicht, dass ich mit dieser Sache zur Chefetage gehe?«, fragte McGreevy. »Ich bin sicher, wenn Ihre Geschichte wahr ist, werden die Ihnen jeden Kontakt herstellen, den Sie wollen. Verdammt, vielleicht könnten die Ihnen sogar helfen, aber ich *muss* das hier melden.«

Harvath hatte ihn am Haken. Das wusste er. Jetzt musste er ihn bloß noch ganz auf seine Seite ziehen. Alles, was McGreevy dafür brauchte, war der richtige Grund, und den lieferte Harvath ihm: »Was, wenn dieser Anruf eine Kettenreaktion in Gang setzen würde, die Casey und alle anderen in noch größere Gefahr brächte? Sollten sie nicht selbst entscheiden dürfen, was als Nächstes zu tun ist?«

49

Dan McGreevy schickte Casey und Rhodes gleichzeitig eine knappe, nur aus zwei Worten bestehende SMS: *Komm her.* Zwanzig Minuten später standen die beiden in der Tür seines Büros.

Megan Rhodes sah Harvath als Erste. »Na, sieh mal einer an, wer da ist«, begann sie aufgeregt, verstummte dann aber, als sie seinen Gesichtsausdruck bemerkte.

Gretchen Casey spürte sofort, dass etwas nicht stimmte. »Was machst du hier?«

»Es geht um Riley.«

Das genügte Dan McGreevy als Bestätigung, dass sie einander kannten. Er bat die Frauen herein und überließ ihnen sein Büro, damit sie sich ungestört unterhalten konnten. In der Erwartung von Harvaths nächsten Worten hielt er die Hand in die Höhe und kam ihm zuvor. »Irgendwann müssen die da oben erfahren, was geschehen ist. Ich will nur sagen, dass das eher früher als später passieren sollte. Abgesehen davon überlasse ich es euch dreien zu entscheiden, wie es jetzt weitergeht.«

»Was zur Hölle ist passiert?«, fragte Casey. »Ist Riley okay? Wo steckt sie?«

Gretchen Casey – oder »Gretch«, wie ihre Teamkameradinnen sie nannten – war in Osttexas aufgewachsen und hatte an der Texas A&M einige Semester Jura studiert. Ihre Mutter war eine halbwegs erfolgreiche Künstlerin, ihr Vater ein ehemaliger Army-Ranger, der sie vom ersten Tag an, an dem sie ein Gewehr halten konnte, das Schießen gelehrt hatte. Ihre Begeisterung für Querfeldeinrennen an der Highschool und ihr Schießtalent sorgten dafür, dass sie es zu einer Weltklasse-Sommerbiathletin brachte. Als sie sich dann in einen Hedgefonds-Manager verliebte, kehrte sie dem Sport den Rücken und zog nach New York City. Sie machte an der NYU zwar ihren Abschluss in Rechtswissenschaften, doch als die Beziehung schließlich den Bach runterging, kehrte sie nach Texas zurück und setzte ihre Laufbahn als Sommerbiathletin fort. Sie widmete sich bereits seit acht Monaten wieder diesem Sport, als ein Delta-Force-Anwerber auf sie aufmerksam wurde und ihr ein Angebot unterbreitete, das sie nur schwer ablehnen konnte.

Sie hatte braunes schulterlanges Haar mit helleren Strähnchen und grüne Augen. Mit einer Größe von einem Meter achtundsechzig war sie die kleinere der beiden Frauen im Raum, doch das hatte keinerlei Auswirkungen auf ihre Führungsqualitäten, die dafür gesorgt hatten, dass sie bei den Athena-Mädels das Sagen hatte.

Megan Rhodes hingegen war das Musterbeispiel des »amerikanischen« Mädchens: blond und blauäugig. Ihre Mutter starb, als sie noch sehr jung war, sodass ihr Vater, ein Polizist, sie allein in einem Vorort von Chicago großzog.

Rhodes besuchte die Universität von Illinois, wo sie als Schwimmerin zahlreiche Wettbewerbserfolge feierte. Aufgrund ihrer bemerkenswerten nordischen Züge und ihrer Größe von einem Meter achtzig trug sie den Spitznamen »die Wikingerprinzessin«, der ihr auch bei Delta weiterhin anhaftete. Die, die sie besser kannten, hätten sich keinen treffenderen Namen für sie vorstellen können. Sie war tatsächlich durch und durch eine Wikingerin, auch wenn sie nicht die geringste Attitüde einer Prinzessin an sich hatte. Wenn es nötig war, war sie eine eiskalte Killerin, und sie ertrug die schlimmsten Umstände, mit denen sie im Einsatz konfrontiert wurde, ohne sich jemals darüber zu beklagen. Genau wie ihre Teamkameradin Casey war auch Rhodes Anfang dreißig, fit und sehr attraktiv.

Harvath war nicht wohl dabei, in Dan McGreevys Büro mit ihnen zu reden. Möglicherweise hatte er den Raum verwanzt. Solange er etwas nicht mit Gewissheit wusste, ging Harvath stets vom Schlimmsten aus.

Also verlieh er seinen Bedenken Ausdruck und fragte: »Können wir uns vielleicht irgendwo anders unterhalten?«

Draußen vor dem Nagelsalon tauschte Harvath die Speicherkarten aus und gab Mike Strieber sein Handy zurück. Strieber musterte die beiden attraktiven, wenn auch ernst wirkenden Frauen, die den Parkplatz überquerten, sagte jedoch nichts. Er wusste, dass die Sache rein geschäftlich war.

Strieber hatte jede Menge Kunden, denen er in Bragg und Umgebung einen Besuch abstatten konnte, und sagte Harvath, er solle einfach auf seinem Mobiltelefon durchklingeln, wenn er wusste, was er als Nächstes tun würde. Harvath dankte ihm, und als Strieber den Van startete und vom Parkplatz fuhr, gesellte er sich zu Casey und Rhodes in deren Wagen.

Eine Viertelstunde später saßen sie in Caseys Wohnzimmer. Rhodes kehrte aus der Küche zurück und reichte ihm ein Bier. »Du siehst aus, als könntest du eins vertragen.«

Harvath nahm die Flasche entgegen und setzte seinen Bericht fort, um den beiden Frauen alles zu erzählen, was passiert war. Als Casey ihn nach den Fotos fragte, holte er die Mikro-SD-Karte aus seiner Tasche und gab sie ihr.

Sie schob die Karte in ihr Telefon, während Rhodes sich vorbeugte, um sich die Bilder ebenfalls anzusehen. Ungeachtet des Umstands, wie zäh sie sonst auch sein mochten, nahm das, was sie sahen, die beiden Frauen merklich mit.

»Und wir wissen nicht, wer das getan hat?«, fragte Casey.

Harvath schüttelte den Kopf. »Nein. Ich habe lediglich den Namen eines Mannes, der die Killer-Teams angeblich losgeschickt hat: Colonel Chuck Bremmer.«

»Ist er im aktiven Militärdienst?«, fragte Rhodes.

»Soweit ich weiß, ja. Damals, als ich zur Secret-Service-Leibgarde des Präsidenten gehörte, war er vom Verteidigungsministerium bestellter Sonderverbindungsmann zwischen dem Weißen Haus und der NSA.«

»Hatte er damals schon Killerkommandos losgeschickt?«

»Wir waren nicht gerade Plauderkumpels.«

»Also haben wir nicht die geringste Ahnung«, warf Casey ein, »ob Riley vorsätzlich ermordet wurde oder sich bloß zur falschen Zeit am falschen Ort befand.«

Harvath sah sie an. »Hast du in letzter Zeit mit Cooper und Ericsson geredet?«

»Ich habe gerade gestern Abend mit den beiden gesprochen. Julie hat Urlaub und besucht ihre Familie auf Hawaii. Cooper nimmt im Zuge einer Ausbildung an einem Manöver in New Mexico teil.«

»Was ist mit Rodriguez?«

»Ihr geht's gut; sie ist zwar noch nicht wieder ganz auf dem Damm, aber sie ist okay«, sagte Casey.

»Wenn sonst niemand aus eurem Team auf der Abschussliste steht, musste Riley meinetwegen sterben.«

»Was habt ihr zwei überhaupt in Paris gemacht?«, fragte Rhodes.

»Carlton hat dort einen israelischen Kontaktmann. Er

hat mich hingeschickt, um gewisse Informationen zu beschaffen. Nach dem Treffen übergab der Israeli mir einen Umschlag. Darin befand sich die Adresse des sicheren Verstecks in Paris, geschrieben in Carltons Handschrift. Als ich bei dem Gebäude eintraf, simste Carlton mir die Apartmentnummer. Ich drückte auf die Klingeln, der Türsummer ging, und ich ging die Stufen hoch. Riley öffnete die Wohnungstür, und in diesem Moment fielen auf der Treppe die ersten Schüsse.«

»Weißt du, warum sie dort war?«

»Ich hatte keine Chance, sie danach zu fragen.«

Casey entfernte die SD-Karte aus ihrem Telefon und gab sie ihm zurück. »Wo ist Reed Carlton jetzt? Hast du irgendeine Möglichkeit, ihn zu kontaktieren?«

»Ja, aber ob die Verbindung sicher ist, steht in den Sternen. Ausgehend von allem anderen, muss ich annehmen, dass er observiert wird.«

»Von ATS?«

Harvath nickte.

Megan Rhodes balancierte ihr Bier auf ihrem Oberschenkel. »Also wissen wir nicht nur nicht, ob Carlton noch lebt; wir haben auch nicht die leiseste Ahnung, wer bei dieser Sache die Fäden zieht.«

»Korrekt. Wir haben nicht den blassesten Schimmer.«

Casey sah erst ihre Teamkameradin und dann Harvath an. »Mir fällt gegenwärtig nur eine Person ein, die uns irgendwelche Antworten geben kann. Ich denke, wir sollten Chuck Bremmer einen Besuch abstatten.«

»Ganz deiner Meinung«, sagte Harvath. »Allerdings müssen wir vorher noch einige Dinge erledigen.«

50

Virginia

Reed Carlton wusste, dass er nicht lange bleiben konnte, vielleicht einen, höchstens zwei Tage, und selbst damit stellte er sein Glück schon auf die Probe. Er war ein Flüchtiger und musste in Bewegung bleiben. Wenn er zu lange am selben Ort blieb, riskierte er, entdeckt zu werden.

Während er nach Norden fuhr, kam er durch die verschlafenen Nester des Lancaster County. Die Heerscharen der Urlauber, die sich im Sommer in diesem Gebiet unweit der Chesapeake Bay drängten, waren schon lange wieder fort, und viele der Läden hatten zu dieser Jahreszeit geschlossen. Er fand ein kleines, uriges Lebensmittelgeschäft und kaufte eine Tüte Vorräte. Der Mann hinter dem Tresen zeigte nur wenig Interesse an seinem Kunden, so gefesselt war er von irgendeiner ausländischen Seifenoper, die dank der Satellitenschüssel auf dem Dach über seinen Fernsehschirm flimmerte. Es gab keine Kameras, und Carlton bezahlte bar.

Die Abzweigung zu dem Ferienhaus war genau da, wo sie seiner Erinnerung nach sein sollte. Im Sommer vor drei Jahren hatte eine Freundin von ihm das Haus einen Monat lang gemietet, um ihre Familie und einige Freunde dorthin einzuladen. Carlton war an den Wochenenden hergekommen, um sie zu besuchen; die Fahrt von Washington,

D. C., dauerte gut eine Stunde. Er erinnerte sich daran, als wäre es am Tag zuvor gewesen.

Es war Juli. All die kleinen Ortschaften den Rappahannock rauf und runter waren rot, weiß und blau geschmückt. Alles wirkte wie auf einem Norman-Rockwell-Gemälde, und so weit das Auge reichte, wehten amerikanische Flaggen.

Das Wetter war warm und – für das sommerliche Klima in Virginia typisch – feucht. In diesem Monat hatte Carlton mehr Eiscreme verspeist, als in den zehn Jahren davor zusammengenommen. An diesen Wochenenden hatte er sich die Freiheit genommen zu vergessen, wer und was er war. Die einzige Zeitung, die er zur Hand nahm, war das Amtsblatt, in dem die Termine für Paraden und Feuerwerke standen. In dem Haus gab es nicht einmal einen Fernseher. So entspannt hatte er sich schon seit einer Ewigkeit nicht mehr gefühlt.

Das gelbe Haus mit der ringsum verlaufenden Veranda und den weißen Fensterläden brachte eine Flut von Erinnerungen mit sich, für die er jetzt allerdings keine Zeit hatte. Er schlich um das Grundstück herum, um sicherzugehen, dass niemand im Haus war. Die einzigen Sicherheitsvorkehrungen des Geländes waren Fensteraufkleber, die vor einer nicht vorhandenen Alarmanlage warnten. Carlton ignorierte den Schlüsselkasten der Vermietungsfirma, der am Türknauf im Windfang hing, und zog ein Sortiment Dietriche aus seiner Jackentasche. Er entriegelte die Tür und trat ein.

Es roch sauber, aber leer, als wäre das Haus für die Jahreszeit dichtgemacht worden. Er ging in die Küche und warf einen Blick in den Kühlschrank. Das Gerät war ausgeräumt, der Stecker gezogen. Niemand hatte vor, das Haus in nächster Zeit zu nutzen.

Carlton überprüfte die Garage. Sämtliche Sommerspielsachen waren sorgsam an einer Wand verstaut. Gegenüber standen Kunststoffmülltonnen in einer ordentlichen Reihe, daneben ein Rasenmäher, Rechen, Besen und verschiedene Werkzeuge. Außerdem waren da ein Kugelgrill und ein halbvoller Sack Grillkohle.

Er öffnete das Rolltor, ging zum Cadillac hinaus und fuhr ihn in die Garage. Er holte die Lebensmittel vom Beifahrersitz sowie ein paar Dinge aus dem Kofferraum, ehe er das Garagentor schloss und ins Haus zurückkehrte.

Er kochte sich aus seinen Einkäufen eine einfache Mahlzeit auf dem nicht mehr ganz neuen Herd und machte sich eine Kanne Kaffee. Dann setzte er sich an den Küchentisch, holte einen Papierblock hervor und begann, eine Liste zu erstellen.

Darin vermerkte er jede Operation, an der er und sein Unternehmen seit seinem Bestehen beteiligt gewesen waren. Er zeichnete Beziehungs- und Einflussdiagramme und führte jede einzelne Person und jede Firma auf – ganz gleich, ob aus dem In- oder Ausland –, mit denen sie jemals kooperiert oder auch nur im Rahmen ihrer Aufträge in Kontakt gekommen waren. Das Ganze war eine ermüdende Angelegenheit, und als er endlich fertig war, hatte er einen ganzen Stapel Blätter und dröhnende Kopfschmerzen. Der Hydra vor seinem geistigen Auge waren so viele Köpfe gewachsen, dass er sich momentan auf keinen davon konzentrieren konnte.

Carlton erhob sich vom Tisch und ging ins Wohnzimmer hinüber. Auf dem Kaminsims stand eine kleine Armada hellbunter hölzerner Segelboote, an die er sich noch genau erinnerte. Er nahm das blaue Boot zur Hand und entsann sich, wie der Enkel seiner Gastgeberin es fallen ließ und der Mast gebrochen war.

Der kleine Junge war in Panik geraten. Carlton erinnerte sich daran, wie er geweint hatte, überzeugt davon, eine kostbare Antiquität beschädigt zu haben, was ihm einen Haufen Ärger einbringen würde.

Tatsächlich hörte er erst auf zu weinen, als Carlton ihm versicherte, dass man das Boot nicht nur reparieren könne, sondern sie dies sogar zusammen machen könnten und dass das dann ihr Geheimnis wäre – sonst bräuchte niemand davon erfahren. Für den Rest des Besuchs des Jungen waren die beiden unzertrennlich. So viel Macht konnte ein Geheimnis haben.

Geheimnisse konnten Menschen voneinander abgrenzen, doch wenn man sie teilte, konnten sie die Menschen auch näher zusammenbringen. Allerdings musste man sehr vorsichtig sein, mit wem man sie teilte und *was genau* man mit ihnen teilte. Von Benjamin Franklins zahlreichen ebenso geistreichen wie humorvollen Bemerkungen fand Carlton nur wenige so treffend wie die Anmerkung aus *Poor Richard's Almanac,* dass drei Leute nur dann ein Geheimnis bewahren könnten, wenn zwei von ihnen tot seien.

Und genau in dieser Welt lebte er. In dieser Welt waren Geheimnisse die Währung, und überall wimmelte es nur so von Lügen, Täuschungsmanövern und Halbwahrheiten. Einigen in dieser Welt war es unmöglich, anderen zu trauen, und jene, die dazu nicht fähig waren, bereuten dies schnell. Man musste auf der Hut sein, gewiss, aber ebenso musste man in der Lage sein, seinen Argwohn – zumindest zeitweilig – ruhen zu lassen. Niemand schaffte es, über längere Zeit vierundzwanzig Stunden am Tag, sieben Tage die Woche in äußerster Alarmbereitschaft zu sein. Irgendwann musste man jemanden an sich heranlassen.

Carlton stellte das Segelboot auf den Kaminsims zurück.

dessen Geheimnis nie gelüftet worden war, und seine Gedanken kehrten zu dem zurück, was Franklin geschrieben hatte.

Obwohl Carlton nicht wusste, worum genau es ging, wusste er, dass er Teil eines Geheimnisses war und dass irgendjemand versuchte, dafür zu sorgen, dass dieses Geheimnis bewahrt blieb, indem dieser Jemand ihn und seine Leute töten ließ. Und irgendwie hatte dieses Geheimnis mit Hochverrat zu tun, was ihn zu den Vorwürfen selbst brachte, die man gegen ihn erhob.

Wenn man jemanden des Landesverrats beschuldigte und damit dringende Bedenken hinsichtlich der nationalen Sicherheit einhergingen, fand die Überprüfung des Falles unter absoluter Geheimhaltung statt. Die Leute, die das Urteil fällten, blieben anonym, und nur sehr wenige Details würden jemals an die Öffentlichkeit gelangen, wenn überhaupt.

Dringende Bedenken hinsichtlich der nationalen Sicherheit konnten jemanden auch auf die Abschussliste bringen. Wie schnell das Urteil dann vollstreckt wurde, hing davon ab, als wie unmittelbar die Bedrohung betrachtet wurde. Das war der Punkt, um den sich Carltons Gedanken zunehmend drehten. Wer auch immer hinter ihm her war, hatte sich die Anschuldigung des Hochverrats zunutze gemacht, um seine Exekution und die seiner Agenten nach besten Kräften zu beschleunigen.

Gleichwohl, wer immer ihn tot sehen wollte, wusste, dass es nicht leicht werden würde, ihn und seine Leute zu töten. Um die Nacht der langen Messer durchzuziehen, brauchte man Männer mit einer hervorragenden Ausbildung und Zugriff auf streng gehütete Geheimdienstinformationen.

Das führte Carlton zur alles entscheidenden Frage: *Warum?* Warum wollte jemand ihn und seine Leute tot sehen?

Mord – und die Motive, einen Mord zu begehen – gab es schon seit Kain und Abel. Die erste mögliche Erklärung, die ihm in den Sinn kam, war die, dass er und seine Leute etwas wussten, das sie nicht wissen sollten, und irgendjemand entschieden hatte, es sei besser, sie zum Schweigen zu bringen. Allerdings verwarf er diesen Gedanken so rasch wieder, wie er ihm gekommen war. Er sorgte mit Absicht dafür, dass seine Leute immer nur das wussten, was sie unbedingt wissen mussten, um ihren Job zu erledigen. Sosehr er sich auch bemühte, ihm fiel ums Verrecken keine bestimmte Information und kein spezifisches Detail irgendeiner Operation ein, die ihm und all seinen Männern bekannt war und sie zu einer Bedrohung hätte machen können.

Steckt vielleicht irgendetwas anderes dahinter? Hatte Tommy Banks recht? Ging es hierbei um Rache? Einmal mehr grübelte Carlton über diese Möglichkeit nach.

Ja, seine Firma verstand ihr Geschäft, und das sogar außerordentlich gut, doch so schlecht die Beziehungen zwischen ihr und der CIA auch gewesen sein mochten – das hier war nicht der Stil der Agency. Hätten sie ihn kaltstellen wollen, hätten sie permanent geschäftsschädigende Dinge an die Medien durchsickern lassen und auf Kongressanhörungen gedrängt. Sie hätten die Carlton Group als verbrecherisches Unternehmen gebrandmarkt, das niemandem Rechenschaft schuldig war und seine eigenen Regeln festlegte. Die, die in Langley das Sagen hatten, hätten die Kontaktleute der Group beim Verteidigungsministerium ins Visier genommen und sie öffentlich so in Verlegenheit gebracht, dass ihnen letztlich keine andere Wahl blieb, als die Geschäftsbeziehung abzubrechen.

So hätte die CIA die Sache gehandhabt. Aber was, wenn es nicht die Agency war? *Was, wenn es jemand anders war?*

Mit einer frischen Tasse Kaffee kehrte Carlton in die Küche zu seinem Stapel Notizen zurück und stellte fest, dass seine Überlegungen zusehends komplizierter wurden. Wenn hinter alldem keine Geheimdienstorganisation steckte, die seine Firma dafür aus dem Verkehr zu ziehen versuchte, dass sie ihr in die Quere gekommen war, blieben ihm nicht allzu viele Alternativen.

Carlton und seine Leute hatten ausschließlich Feinde der Vereinigten Staaten neutralisiert. Bei den meisten dieser Feinde handelte es sich um islamistische Terroristen. Es war praktisch unvorstellbar, dass es irgendwo einen Zirkel mächtiger Moslems gab, die genug Einfluss besaßen, dass sie nicht nur über die Carlton Group Bescheid wussten, sondern die Vereinigten Staaten so unter Druck setzen konnten, dass man sich in Washington gezwungen sah, die Group auszulöschen. *Welches Puzzleteil fehlte hier?*

In jüngster Vergangenheit hatte sein Unternehmen zwei bedeutende Terrorvereinigungen zerschlagen – eine in Europa und eine in den Vereinigten Staaten –, jedoch erst, nachdem die Terroristen Dutzende Amerikaner getötet hatten. Das Ganze war eine ziemlich blutige Angelegenheit.

Allerdings ging das Gerücht, die Anschläge seien lediglich der Vorbote einer wesentlich größer angelegten Welle von Terror-Übergriffen, die bald folgen würde. Irgendjemand hatte es mit dem Wasser verglichen, das sich aus einer Bucht zurückzieht, bevor ein Tsunami die Küste trifft.

Carltons Leute hatten herausgefunden, dass sämtliche

Anschläge Teil eines Masterplans waren, einer weitreichenden Verschwörung mit dem Codenamen »Uneingeschränkte Kriegführung«. Selbstmordattentäter und Amokläufer wie in Mumbai sollten Amerika weichkochen. Die darauf folgenden Anschläge sollten noch größer angelegt sein und waren dazu bestimmt, solches Chaos zu verursachen, dass die Amerikaner alles tun würden, um auch nur einen Anschein von Ordnung zurückzubekommen, selbst wenn das bedeutete, im Gegenzug dafür einen Großteil ihrer Freiheit aufzugeben, wenn nicht gar alles.

Der Mann, der bei diesem Plan die Fäden zog, wurde ausgeschaltet, seine Mitverschwörer wurden dingfest gemacht und verurteilt. Alles sah danach aus, als wäre das Krebsgeschwür erfolgreich entfernt worden. *Aber was, wenn nicht? Konnte es sich bei dem, was gerade geschah, um einen Racheakt handeln? War es möglich, dass sie ungeachtet all der Leute, die sie erwischt hatten, einen übersehen hatten?*

Carlton bezweifelte das. Die Nummer Zwei bei dieser Verschwörung, der Mann, der alles am Laufen hielt, wurde intensiv verhört. Der Mann wurde gebrochen und verriet ihnen jede Einzelheit. Obwohl Carlton klug genug war, keine Möglichkeit von vornherein auszuschließen, musste er weiter nach der richtigen Antwort suchen.

Das führte ihn zu seiner neusten, wenn auch zugegebenermaßen schwächsten Theorie: dass hier gerade eine neue Verschwörung lief und die Carlton Group den Verschwörern irgendwie im Weg stand.

Allerdings fiel es ihm schwer, diese Vorstellung wirklich zu akzeptieren. Angesichts der schier grenzenlosen Möglichkeiten, über die Amerikas Geheimdienst- und Strafverfolgungsbehörden verfügten, würde man denken, dass jemand, der beabsichtigte, der Nation Schaden zuzufügen, ganz andere Probleme hatte, als sich wegen Carltons – wenn auch florierendem – Unternehmen Sorgen zu machen. Eines daran gab ihm jedoch zu denken. Um ihn und seine Leute als Hochverräter zu beschuldigen, Killerkommandos auf sie anzusetzen und ihn mit einem landesweiten Fahndungsbefehl zu suchen, brauchte es jemanden in der Regierung selbst. Und wenn das der Fall war, konnte das nur eines bedeuten: dass sich ein Putsch zusammenbraute. Das hätte auch erklärt, warum seine Gruppe als Bedrohung angesehen wurde.

Bei einem Putsch regierte das Chaos. Je nachdem, welchen Einfluss die Verschwörer bei Behörden wie dem FBI und der CIA hatten, konnten sie ohne Weiteres dafür sorgen, dass sich die Agencies in bürokratischem Hickhack verrannten, während ihr Plan Früchte trug und sie den Ball über die Torlinie brachten. In einer solchen Situation wäre die Carlton Group definitiv ein Joker. Sie agierte außerhalb der Gesetze und konnte Dinge tun, die anderen Organisationen unmöglich waren. Und alles, was es dazu brauchte, war ein Anruf vom Verteidigungsministerium, wenn überhaupt. Carlton konnte seine Leute auch ohne Ersuchen des Ministeriums auf die Sache ansetzen. Unterm Strich hieß das, dass Carlton zwar schnell und effektiv handeln konnte, jedoch nur gegen einen Feind der Vereinigten Staaten vorgehen würde.

Je länger er über dieses Szenario nachgrübelte, desto plausibler wurde es. Er wusste, dass das Ganze eine Möglichkeit war. Das ultimative Ziel der letzten Verschwörung, die sie aufgedeckt hatten, bestand darin, die Vereinigten Staaten ihrer Souveränität zu berauben. Einfach ausgedrückt, es gab auf der Welt viele, die die USA nicht als Macht des Guten betrachteten, sondern als Straßensperre, als Hindernis, das zermalmt und aus dem Weg geräumt werden musste. Und obwohl er noch nicht alle Teile des Puzzles kannte, begannen sich die, die er hatte, allmählich zu einem Bild zusammenzufügen.

Bis ihn irgendwelche Informationen erreichten, die das Gegenteil besagten, musste er davon ausgehen, dass sich die Nation mit einer sehr ernsten Bedrohung konfrontiert sah, die aus den Reihen der Regierung koordiniert wurde. Für Carlton war damit klar, dass er alles tun musste, was in seiner Macht stand, um die Verschwörung aufzudecken und aufzuhalten, ganz gleich, ob nun mit oder ohne Team.

Schon die ganze Zeit über hatte ihn das Gefühl beschlichen, dass es auf etwas Derartiges hinauslief. Jetzt war er sich dessen sicher. Es wurde Zeit, dass er selbst zum Angriff überging. Er warf einen Blick auf seine Uhr und hoffte, dass Tommy Banks dieser Herausforderung gewachsen war.

51

Maryland

»Ha! Sehen Sie?«, rief Middleton, als er die E-Mail ein zweites Mal las. »Ich sagte Ihnen doch, dass Banks derjenige ist, den wir im Auge behalten müssen!«

Schroeder war beeindruckt. »Woher wussten Sie, dass Carlton sich mit ihm in Verbindung setzen würde?«

»Weil ich durch Jahre des Studierens von Daten vor allem gelernt habe, eines zu verstehen: die Menschen.«

»Das ist ein ziemlich obskurer E-Mail-Account«, sagte der jüngere Mann und tippte an den Bildschirm. »Sind wir sicher, dass er Carlton gehört?«

»Absolut sicher.« Middleton scheuchte ihn mit dem Ellbogen aus dem Weg, griff sich die Maus und rief drei Klicks später ein Schaubild auf, das die E-Mails nachvollzog, die von dem Account verschickt und empfangen worden waren. »Das ist eine dieser Runbox.com-E-Mail-Adressen aus Norwegen, von denen die Leute glauben, wir könnten sie nicht knacken. Allzu häufig wurde das Konto zwar nicht benutzt, aber sehen Sie sich die Empfänger der Nachrichten an; alles Accounts, die mit Leuten von Carltons Kontakten zusammenhängen.«

»Aber seine E-Mail an Banks ergibt keinen Sinn.«

Middleton verdrehte die Augen. »Sie müssen noch viel lernen. Er bittet um ein Treffen. Er hat etwas für Banks.«

Schroeders Augen wurden groß. »Sie denken doch nicht, dass er damit den USB-Stick meint, oder?«

»Ich habe verflucht noch mal nicht die geringste Ahnung, aber was immer er hat, wollen wir haben.«

»Was, wenn er damit Harvath meint? Was machen wir dann?«

Middleton holte mit der Hand aus, wie um ihm eine schallende Ohrfeige zu verpassen, fing sich dann aber wieder. Obwohl Bremmer nicht bereit war zuzugeben, dass die Operation in Texas schiefgegangen war, hatte man seit über zwölf Stunden nichts von den Einsatzkräften gehört. Damit war offensichtlich, was passiert war. Das Ganze war eine Katastrophe. Dreimal hatte Bremmer Teams losgeschickt, um Harvath zu töten, und dreimal hatten seine Teams versagt. Middleton hatte dem Colonel den Arsch bis zum Nacken aufgerissen, und beinahe wären die beiden Männer im SCIF im Pentagon mit Fäusten aufeinander losgegangen.

Allerdings war Schroeders Frage berechtigt. Was, wenn Carlton tatsächlich Harvath bei sich hatte oder Informationen über seinen Aufenthaltsort besaß? Und noch wichtiger: Was, wenn Carlton Caroline Romeros USB-Stick weitergegeben hatte? Was, wenn Carlton Banks für seine Zwecke einspannte, um alles öffentlich zu machen und so seinen Namen reinzuwaschen?

Jedes dieser Szenarien war mehr als plausibel. Das Schwierigste für Middleton war zu entscheiden, wie sie wegen dieses Treffens zwischen Banks und Carlton verfahren sollten. Dieses ganze Mantel-und-Degen-Gedöns war nicht unbedingt Middletons Stärke. Ebenso wenig wie Bremmers, was das betraf. Irgendwie hatte Harvath diese Killerkommandos schon aus einer Meile Entfernung gewittert. Dieser Angelegenheit mussten sie sich intern annehmen.

»Falls Harvath hier mit drinsteckt«, entgegnete Middleton, »kümmere ich mich darum. Wissen wir, wo Banks sich gegenwärtig aufhält?«

Schroeder nickte in Richtung Maus, und als sein Boss sie freigab, rief er damit ein anderes Bildschirmfenster auf. »Sieht aus, als wäre er zu Hause.«

»Gut. Ich schicke einige unserer Sicherheitsleute los, um ihn zu überwachen. Behalten Sie seine Kommunikation im Auge. Sobald Carlton ihm einen Zeitpunkt oder einen Ort für ihr Treffen nennt, will ich das unverzüglich wissen.«

Als Middleton in sein Büro zurückkehrte, wurde er dort bereits von seinem Sicherheitschef Martin Vignon erwartet, der in einem der Sessel saß. Selbst von der anderen Seite des Raums aus konnte Middleton die blauen Adern unter der blassen, fast transparenten Haut des Mannes sehen.

Middleton durchquerte das Büro, nahm hinter seinem Schreibtisch Platz und schenkte Vignon ein gekünsteltes Lächeln. Es missfiel ihm, dass der Mann es sich hier einfach bequem gemacht hatte.

Vignons blasse Lippen verzogen sich zu etwas, das ein Lächeln sein sollte, jedoch eher an ein spöttisches Grinsen erinnerte, das schlagartig verschwand, als Middleton mit dem Kopf auf die Tür wies, die er absichtlich offen gelassen hatte, und sagte: »Machen Sie sie zu.«

Es war ein kleinkariertes Machtspielchen. Der Sicherheitschef starrte Middleton einen Moment lang an, bevor er sich aus seinem Sitz erhob, um der Anweisung nachzukommen.

Middleton fiel auf, dass Vignon sich nicht mit den Händen abstützte, um aus dem Sessel aufzustehen. Selbst mit Mitte fünfzig war der Sicherheitsmann immer noch topfit.

Nachdem Vignon sich wieder gesetzt hatte, sagte Middleton: »Denken Sie, Sie schaffen es, einen achtundachtzig Jahre alten Mann zu beschatten, ohne es zu verkacken, wenn ich Sie darum bitte?«

»Was davon genau? Einen Greis zu beschatten oder es *nicht zu verkacken*?«

Middleton lächelte. Diesmal war es ein aufrichtiges Lächeln. Obwohl Vignon ihm grundsätzlich am Arsch vorbeiging, bewahrte sich der Mann mit dem käsigen Gesicht zumindest einen Funken Selbstachtung. »Beides.«

»Was genau soll ich tun?«

Während Middleton es ihm erklärte, holte er zwei Schnellhefter hervor und reichte sie Vignon. Einer der Hefter befasste sich mit Thomas Banks, der andere mit Reed Carlton. Während Middleton alles detailliert durchging, blätterte Vignon die Unterlagen durch.

Als Middleton schließlich geendet hatte, sah er seinen Sicherheitschef an und fragte: »Wie halten wir den Deckel auf dieser Angelegenheit?«

»Offenkundig, indem wir so wenig Leute wie möglich involvieren.«

»*Offenkundig*. Über wie viele Männer reden wir hier?«

Vignon rechnete die Sache im Kopf durch. »Fürs Erste halten wir alles so klein wie möglich. Zwei Männer in einem Wagen, um ihm zu folgen, falls er irgendwohin fährt und zwei weitere einen Block entfernt, um sich an seine Fersen zu heften, falls er zu Fuß geht.«

»Warum können die Männer im Wagen ihm nicht zu Fuß folgen?«

»Falls die Zielperson einen Block weit geht und dann in ein anderes geparktes Fahrzeug steigt oder ein Taxi anhält, sollte das Team im Wagen unverzüglich die Verfolgung aufnehmen können.«

Middleton wurde nicht gern daran erinnert, dass er von derlei Dingen nicht allzu viel Ahnung hatte. »Also schön. Zwei Teams. Aber nicht mehr. Und ich will sicher sein, dass die Männer, die Sie dafür einsetzen, *vertrauenswürdig* sind.«

Vignon war schon lange genug dabei, um allein anhand der Art und Weise, wie Middleton das Wort *vertrauenswürdig* betonte, genau zu wissen, was er damit meinte. »Ich kümmere mich darum«, sagte er, bevor er das Thema wechselte. »Falls wir die Chance haben, Banks und Carlton zusammen zu erwischen, was sollen wir dann …«

»Falls?«, unterbrach Middleton ihn.

»*Wenn* wir Banks und Carlton haben … Wo soll das Verhör dann stattfinden?«

Über die Antwort auf diese Frage brauchte Middleton nicht lange nachzudenken. Es hatte keinen Sinn, das Rad neu erfinden zu wollen. »Ist der Ort, den Sie ursprünglich für Romero nutzen wollten, noch verfügbar?«

»Wir haben die Ausrüstung zwar weggeschafft, aber ja, er steht uns nach wie vor zur Verfügung.«

»Dann nehmen wir den«, entgegnete Middleton, als er sich aus seinem Sessel erhob und damit deutlich machte, dass das Gespräch vorbei war. »Wir sammeln derweil weiter Informationen in dieser Sache und halten Sie über alles Relevante auf dem Laufenden.«

Vignon nahm die Schnellhefter in seinem Schoß auf und erhob sich. »Noch eine letzte Frage.«

»Die da wäre?«

»Was sollen wir tun, wenn dieser Scott Harvath auftaucht?«

Darüber brauchte Middleton nicht eine Sekunde lang nachzudenken. Seine Kiefer verkrampften sich merklich, als er mit den Zähnen knirschte und sagte: »Töten Sie ihn. Ohne zu zögern.«

52

Virginia
Montag

Der Harry-P.-Davis-Flugplatz war ein kleiner Regionalflughafen, ungefähr dreißig Meilen von Washington, D.C., entfernt. Es war einfach, dort ein- und auszugehen, da der Flughafen über ein wesentlich bescheideneres Überwachungssystem verfügte als Dulles oder der Reagan National. Mike Strieber nutzte den Flughafen, wann immer er geschäftlich nach D.C. musste. Dass die Hecknummer seines Flugzeugs in ihren Logbüchern auftauchte, war dementsprechend nichts Ungewöhnliches.

Er sorgte dafür, dass sein Flieger neu aufgetankt wurde, und ging dann rüber zu Hertz, um sich einen Mietwagen auszusuchen. Er sah sich an, welche Modelle verfügbar waren, füllte dann in seinem Namen den Papierkram aus und fuhr in einem schwarzen Chevy Suburban davon.

Nachdem er Harvath, Casey und Rhodes eingesammelt hatte, hielt Strieber außer Sichtweite der Büros der Mietwagenfirma und des Terminals, sodass Harvath die Nummernschilder des Geländewagens abmontieren konnte. Fünf Minuten später kehrte er zurück und schraubte die Nummernschilder eines anderen schwarzen Suburbans an, der auf dem kleinen unbewachten Hertz-Parkplatz stand. Das war zwar bloß eine Notlösung, aber falls man

Mikes Namen durch PROMIS, TIP oder eines der anderen Datenbank-Überwachungssysteme laufen ließ, kannten sie nur das im Mietvertrag angegebene Nummernschild und nicht das, das tatsächlich im Moment an dem Fahrzeug angebracht war. Sollte die Polizei sie aus irgendeinem Grund kontrollieren, würde dabei lediglich herauskommen, dass die Nummernschilder zu einem schwarzen Suburban von Hertz gehörten. Harvath war noch nie ein Cop untergekommen, der die Fahrgestellnummer überprüfte.

Sie setzten Strieber im Zentrum von Manassas ab, wo er ein paar Stunden totschlagen wollte, bevor er mit einem Taxi zurück zum Flughafen fuhr und mit seinem Flugzeug wieder nach Texas flog.

Harvath, Casey und Rhodes hatten den gestrigen Nachmittag und einen Gutteil des Abends darauf verwendet, Nachforschungen über Colonel Charles Bremmer anzustellen. Dazu auf Quellen beim Verteidigungsministerium zurückzugreifen kam nicht infrage. Harvath hatte keinen Zweifel daran, dass sein Name überall in ihren Systemen auftauchte. Das bedeutete, dass Casey oder Rhodes die Drecksarbeit hätten erledigen müssen und jede Anfrage, die sie stellten, geradewegs zu ihnen zurückzuverfolgen gewesen wäre. Harvath war nicht bereit, dieses Risiko einzugehen. Stattdessen mussten sie sich mit Informationen aus allgemein zugänglichen Quellen begnügen.

Schon zu Beginn ihrer Recherchen wurde deutlich, dass Bremmer kein völliger Narr war, was den Schutz seiner persönlichen Daten betraf. Weder seine Festnetznummer noch seine Adresse tauchten in irgendwelchen Telefonverzeichnissen auf, und offenbar war er nie in irgendwelchen Zeitungsartikeln erwähnt worden. Harvath überlegte,

ZabaSearch* zu benutzen, entschied sich dann jedoch dagegen, da er wusste, dass man sich bei Zaba per E-Mail informieren lassen konnte, wenn jemand den eigenen Namen googelte.

Sie gruben weiter, grasten jede öffentlich zugängliche Militärseite ab und gingen sogar so weit, das Business-Netzwerk LinkedIn zu überprüfen. Doch nichts davon förderte auch nur das kleinste Fitzelchen an Informationen über Bremmer zutage.

Harvath verließ schon der Mut, als Casey schließlich auf eine sehr vielversprechende Spur stieß. Es handelte sich dabei um eine Liste von Wohltätern, die einer kleinen Privatschule in Virginia, der Fredericksburg Academy, Geld gespendet hatten. Unter jenen, denen für ihre finanziellen Zuwendungen in Höhe von 5000 bis 10 000 Dollar gedankt wurde, waren auch »Mr. und Mrs. C. Bremmer«.

War das der »Charles« Bremmer, den sie suchten? Möglich, doch ungeachtet des durchaus ein wenig ungewöhnlichen Namens hätte es sich ebenso gut um jeden anderen C. Bremmer auf der Welt handeln können. Harvath hatte Bremmer seinerzeit nicht sonderlich gut kennengelernt. Er hatte keine Ahnung, ob der Mann ein Ehemaliger der Fredericksburg Adacemy war oder ob er möglicherweise ein Kind oder Kinder hatte, die die Schule besuchten. Der große Durchbruch kam erst, als sie sich die Webseite der Schule ansahen.

Über den Fotos vom Schulgelände der Fredericksburg

---

* ZabaSearch ist eine kostenlose amerikanische Personensuchmaschine, die es ermöglicht, aktuelle Adressen und Telefonnummern von in den USA lebenden Bürgern ausfindig zu machen; Anmerkung des Übersetzers.

Academy befand sich ein in Schönschrift gehaltener Abschnitt, der den lobenden Worten von Eltern über die Schule gewidmet war. Eine der Empfehlungen stammte von einer gewissen Patricia Bremmer. Dem folgte der Jahrgang ihres Kindes, was darauf hinwies, dass sie – und anscheinend auch der geheimnisvolle Mr. Bremmer – die Eltern einer Elftklässlerin an der Fredericksburg Academy waren. Das engte ihre Suche deutlich ein.

Es dauerte nicht lange, bis sie auf eine Miss Molly Eileen Bremmer stießen, die nicht bloß in der Feldhockeymannschaft der Schulauswahl spielte, sondern auch über einen aktiven Facebook-Account verfügte. Auf ihrer Seite fanden sich Bilder des Hauses der Familie Bremmer sowie Aufnahmen ihrer Autos und von Molly Bremmers Eltern.

Sobald Harvath die erste davon sah, sagte er: »Das ist er. Das ist Chuck Bremmer.«

Genauso aufschlussreich wie die Familienfotos waren die Posts zwischen Molly und ihren Freunden. Auf diese Weise erfuhren sie, dass Miss Bremmer morgen Nachmittag ein wichtiges Feldhockeyspiel hatte und dass ihr größter Wunsch – abgesehen davon zu gewinnen – war, dass ihr Dad sein Versprechen halten und diesmal ausnahmsweise nicht zu spät kommen würde. Bevor Harvath auch nur ein Wort mit Casey wechseln konnte, rief sie bereits über Bing Satellitenbilder der Spielstätte auf und begann, alle potenziellen Routen zu planen, die Colonel Bremmer auf dem Weg zum Spiel und von dort nach Hause nehmen könnte.

Den Rest des Abends verbrachten sie mit dem Schmieden ihres Plans. Das Letzte, was er noch im Internet erledigen musste, hob er sich für den nächsten Morgen auf, bis kurz vor ihrem Abflug. Während Strieber sein Flugzeug startklar machte, fuhr Casey Harvath zu einer FedEx-Annahmestelle in Fayetteville und wartete draußen auf dem Parkplatz, während er hineinging.

Harvath bezahlte mit einer nicht zurückverfolgbaren 50-Dollar-Prepaid-Kreditkarte, die am Vorabend ein Freund von einem Freund von Rhodes besorgt hatte, ging wieder ins Netz und loggte sich in die Kontaktbörse ein, die der Alte für die Kommunikation in absoluten Notfällen vorgesehen hatte. In dem Wissen, dass der Großteil der Analytiker, die ihnen auf den Fersen waren, männlich waren und es hassen würden, Anzeigen zu durchforsten, in denen Männer nach anderen Männern suchten, hatte Carlton beschlossen, dass sie ihre Nachrichten genau dort platzieren sollten.

Insgeheim hatte Harvath sich bereits mit dem Schlimmsten abgefunden. Eine Anzeige nach der anderen durchzusehen war so, als würde man die Todesanzeigen in der Zeitung durchgehen. Der Alte war mehr als sein Mentor. Er war wie ein Vater für ihn, und Harvath hatte in seinem Leben schon einen Vater verloren.

Das Ganze war eine quälende Angelegenheit, und Harvath war schon versucht, einfach zum Ende zu kommen, als ihm eine ganz bestimmte Anzeige ins Auge fiel.

Sekunden verstrichen. Er blinzelte nicht und wagte auch nicht zu atmen; ihm war, als hätte selbst sein Herz zu schlagen aufgehört. Dann setzte die Welt sich mit Wucht wieder in Bewegung.

Die Nachricht war von Carlton, daran bestand kein Zweifel. Sie wurde vier Tage zuvor gepostet, also zwei Tage nach dem Anschlag auf ihn in Paris und einen Tag vor dem Überfall in Spanien. Das musste der Alte sein. Selbst der Geheimcode, den er verwendete, war korrekt, und für

Harvath war es undenkbar, dass Carlton ihren ureigenen Code verraten würde, den Code, den nur sie beide kannten, nicht einmal unter der schlimmsten Folter.

Dennoch beunruhigte Harvath der Umstand, dass ausgerechnet an dem Tag eine persönliche Nachricht für ihn gepostet worden war, als er über Skype mit Carlton zu kommunizieren glaubte. *Verflucht noch mal*, dachte er. Es war so ungeheuer schwierig, sich auf diese Sache einen Reim zu machen. Inzwischen fing er an, einfach alles infrage zu stellen. Das war genau die Art von Zweifel, die er und der Alte gern unter Amerikas Feinden säten, und es gefiel Harvath ganz und gar nicht, dass der Spieß umgedreht worden war.

Sie hatten drei Codes vereinbart, die Carlton ihm in seiner Nachricht übermitteln konnte: X, Y und Z. Z bedeutete, dass die Kacke am Dampfen war; schlimmer ging es nicht. In diesem Fall war Carlton komplett am Arsch, und Harvath sollte nicht versuchen, ihn zu finden oder zu kontaktieren. Doch Carlton hatte ihm etwas anderes übermittelt. Er hatte die Y-Variante gewählt, was bedeutete, dass die Situation zwar ernst, er aber wohlauf und dabei war, sich neu zu positionieren. Harvath entschied, dass das fürs Erste genügen musste.

Sorgsam darauf bedacht, die gleiche Ausdrucksweise zu wählen wie in den anderen Mann-sucht-Mann-Anzeigen, die er gelesen hatte, formulierte er eine wohlüberlegte, kurze Nachricht:

Deine Anzeige macht richtig Appetit. Bin geschäftlich in der Stadt. Können uns gern treffen.

Harvath schloss die Botschaft mit dem Satz, den er und Carlton abgesprochen hatten, damit der Alte wusste, dass sie auch tatsächlich von ihm kam:

Gehen wir essen. Aber kein Sushi. Habe Lust auf Fleisch.

Damit loggte Harvath sich aus der Dating-Seite und dem Computer aus, an dem er gesessen hatte, und verließ den FedEx-Laden.

»Und?«, fragte Gretchen Casey, als Harvath wieder zu ihr in den Wagen stieg. »Irgendwelche Neuigkeiten?«

Bevor er antwortete, nahm Harvath sich einen Moment lang Zeit, um seine Gedanken zu sammeln. Schließlich wandte er sich ihr zu und sagte mit einem zurückhaltenden Lächeln: »Ich glaube, dass er noch lebt – oder zumindest vor vier Tagen noch gelebt hat.«

Casey schenkte ihm ihr strahlendstes 1000-Watt-Lächeln. »Das ist ja großartig! Wenn er dem Mordanschlag entkommen konnte, ist er danach mit Sicherheit sofort untergetaucht, und dann lässt ein Mann wie er sich unmöglich aufspüren.«

»Ich hoffe, du hast recht«, entgegnete Harvath.

Das war vor über zehn Stunden. Jetzt befanden sie sich in Virginia. Harvath lag auf der Ladefläche des Suburban, und Casey knöpfte ihre Bluse weiter auf. Es wurde Zeit, dass sie loslegten.

53

Da sie nicht genug Leute waren, um einen Wagen einzusetzen, der Bremmer vom Pentagon zum Feldhockeyspiel seiner Tochter folgen konnte, hatten sie darüber diskutiert, welcher Ort sich wohl am besten dafür eignete, den Colonel in die Falle zu locken.

Rhodes plädierte dafür, auf dem Parkplatz zu warten und ihn sich dort zu schnappen. Harvath war dagegen. Obwohl es sich um ein Auswärtsspiel handelte, bestand dennoch die Möglichkeit, dass andere Eltern ihn kannten. Wenn sie auf dem Parkplatz sahen, dass er gleich wieder umdrehte, um mit einem Fremden davonzufahren, würde das Argwohn erregen. Zuallermindest bestand die Gefahr, dass jemand die Sache Mrs. Bremmer gegenüber erwähnte, und Harvath wollte, dass sie blieb, wo sie war.

Allerdings brachte Rhodes noch einen anderen Punkt zur Sprache, der Harvath ebenfalls zu denken gab. Wie sie aus Mollys Facebook-Posts wussten, kam ihr Vater zu all ihren Spielen grundsätzlich zu spät. Rhodes versuchte, ihnen mit diesem Argument ihren Plan zu verkaufen. Die Wahrscheinlichkeit, dass Bremmer spät dran sein würde, war vermutlich recht groß. Und falls dem so war, mussten sie sich möglicherweise gar keine Gedanken darüber machen, dass sich noch andere Eltern auf dem Parkplatz aufhielten.

Da Harvath selbst Highschool-Sportler gewesen war, wusste er aus eigener Erfahrung, dass Bremmer vermutlich nicht der einzige Vater sein würde, der zu spät zum Spiel kam. Sie konnten die Sache nicht einfach auf dem Parkplatz durchziehen in der Hoffnung, ihn unbemerkt zu erwischen. Dabei konnte zu viel schiefgehen. Allerdings konnte sich der Umstand, dass Bremmer vermutlich in Eile sein würde, um zum Spiel seiner Tochter zu kommen, für sie als Vorteil erweisen.

Wenn Bremmer es eilig hatte, würde er wahrscheinlich die direkteste Route von seinem Büro zur Spielstätte nehmen und sich unterwegs mehr darauf konzentrieren, zügig an sein Ziel zu gelangen, als auf das zu achten, was um ihn herum vorging.

In nahezu jeder anderen Situation wäre es die schnellste, sauberste und effektivste Methode gewesen, einfach neben ihm zu halten, wenn er aus seinem Wagen stieg, ihm eine Kapuze über den Kopf zu stülpen und ihn in den Suburban zu zerren. Heute würden sie ein bisschen weniger schnell und entschieden weniger sauber zu Werke gehen müssen, aber solange sie am Ende Erfolg hatten, rechtfertigte der Zweck die Mittel.

Nachdem sie das Gebiet ausgekundschaftet hatten, in dem das Spiel stattfinden würde, ließen sie Rhodes zurück, um alle Vorkehrungen für ihren Teil der Mission zu treffen. Dann sahen Casey und Harvath sich sorgfältig an zwei zusätzlichen Orten um, die sie brauchen würden, bevor sie auf den Highway und zu der Ausfahrt fuhren, die Bremmer ihrer Ansicht nach nehmen musste.

Harvath hatte kaum den Motor abgeschaltet, als Casey die Diskussion wieder aufgriff, die sie führten, seit sie Bremmers Namen zum ersten Mal gehört hatte.

»Mir ist vollkommen unbegreiflich, was dich auf den Gedanken bringt, dass wir damit durchkommen werden.«

»Nur so kann die Sache funktionieren, Gretch«, entgegnete Harvath.

»Von wegen.«

Er konnte ihre Verärgerung verstehen. Wäre die Lage umgekehrt gewesen, hätte er vermutlich genauso empfunden. »Wegen Rhodes …«, sagte er, um das Thema zu wechseln.

Casey wusste, worauf er hinauswollte. »Sie wird's tun«, sagte sie. »Es wird ihr nicht gefallen, aber sie wird's tun.«

»Ihr müsst mir jetzt einfach vertrauen.«

»Dir zu vertrauen und das, worum du uns gebeten hast, gut zu finden, sind zwei verschiedene Paar Schuhe.«

»Ich weiß«, sagte Harvath, und das war sein Ernst. Er respektierte Casey. Sie war eine extrem erfahrene und fähige Agentin. Und ob nun trotz oder gerade wegen dieser Tatsache, wusste er, dass er sie im Auge behalten musste. Nicht dass sie ihm in den Rücken fallen würde; aber schließlich wäre es nicht das erste Mal gewesen, dass eine Einsatzkraft spontan entschied, dass ihre Herangehensweise an die Situation die beste sei. Harvath selbst hatte das schon öfter getan, als er zählen konnte.

Es gelang ihm, das Thema zu wechseln, und sie unterhielten sich über Belanglosigkeiten, bis eins der sauberen Handys, die Casey mitgebracht hatte, vibrierte und mehrere MMS-Nachrichten mit angehängten Fotos eingingen. Casey scrollte durch die Bilder und reichte dann Harvath das Telefon. Molly und ihre Mutter waren eingetroffen. Rhodes hatte nicht nur Fotos von ihnen gemacht, sondern ebenfalls von ihrem Fahrzeug. Bislang verlief alles nach Plan. Er warf einen Blick auf seine Uhr und gelangte zu dem Schluss, dass es an der Zeit war, sich bereit zu machen.

Harvath löste den Türöffner vom Schlüsselring, ließ den Schlüssel im Zündschloss stecken und stieg zusammen mit Casey aus dem Wagen. Nachdem er das Nummernschild an der vorderen Stoßstange abgeschraubt hatte, gingen sie zum Heck des Autos.

Er benutzte den Türöffner, um die Heckklappe zu aktivieren, zählte die Sekunden, bis sie offen war, und sprang dann auf die Ladefläche. Sobald er drinnen war, schloss Casey die Klappe und wartete, während Harvath probierte, die Klappe mit dem Türöffner von innen zu öffnen. Zufrieden zeigte er ihr den hochgereckten Daumen, und sie kletterte wieder auf den Fahrersitz.

Von dort, wo sie standen, hatten sie nur einen eingeschränkten Blick auf den Highway. Sobald sie Chuck Bremmers Fahrzeug ausgemacht hatten, würde ihnen nicht viel Zeit bleiben, sich an seine Fersen zu heften. Casey überprüfte im Rückspiegel ihr Aussehen und zupfte ihre Bluse zurecht.

»Ich brauche dich wohl nicht eigens daran zu erinnern, zu lächeln und deinen Charme spielen zu lassen, oder?«, fragte er von der Ladefläche aus, wo er sich außer Sicht verbarg.

»Wenn er genauso wie alle anderen Männer ist, denen ich im Leben begegnet bin, wird er gar nicht so sehr auf mein Lächeln achten.«

»Gutes Argument«, entgegnete Harvath. »Aber verlier die Geschwindigkeit nicht aus den Augen, okay?«

»Wie konnte ich nur bislang ohne dich überleben?«, spöttelte sie. »Ich weiß, wie schnell ich fahren muss, um die Airbags auszulösen. Mach dir darüber keine Sorgen.«

»Tut mir leid. Sag mir einfach nur rechtzeitig Bescheid, damit ich mich für den Aufprall wappnen kann.«

»Ich werd versuchen, daran zu denken.«

Harvath schüttelte lächelnd den Kopf. Sie mochte es nicht, wenn man ihr sagte, was sie zu tun und zu lassen hatte. Das konnte er ihr nicht verübeln. Ihm ging es genauso. Er schickte sich an, noch etwas anderes zu sagen, doch sie unterbrach ihn. »Ich kann dich nicht hören«, sagte sie. »Ich muss die Straße im Auge behalten.«

Harvath lächelte erneut und begnügte sich damit, zu warten. Zehn Minuten später sagte Casey: »Kontakt.« Sie warf ihr Fernglas auf den Beifahrersitz und startete den Motor.

Auf der Ladefläche ausharren zu müssen gefiel ihm nicht. Er hätte es definitiv vorgezogen, selbst hinter dem Lenkrad zu sitzen, doch das Ganze war seine Idee, und um den Plan auszuführen, war dies der richtige Weg. Dessen ungeachtet missfiel ihm das Gefühl, nicht die hundertprozentige Kontrolle zu haben. »Vergiss nicht, auf deine Geschwindigkeit zu achten«, warnte er. »Und lass mich wissen, wann ich mich festhalten soll.«

»Willst du wissen, was noch schlimmer ist als ein nerviger Beifahrer?«

»Schon verstanden. Denk einfach dran, dass du hier hinten eine kostbare Fracht rumkutschierst.«

»Ich weiß, dass du das jetzt nicht sehen kannst«, entgegnete sie. »Aber ich verdrehe gerade die Augen.« Bevor Harvath darauf etwas erwidern konnte, fügte sie hinzu: »Er nimmt jetzt die Ausfahrt.«

»Bist du sicher, dass er es ist?«

»Moment.«

Die Sekunden verstrichen. Als Bremmers Fahrzeug das obere Ende der Ausfahrt erreichte und nach rechts abbog, sagte Casey: »Wir haben ihn. Er ist es.« Dann fuhr sie los.

Es handelte sich um eine ländliche Durchgangsstraße im vorstädtischen Virginia. Dickstämmige Bäume und Wiesen wechselten sich mit Reihenhäusern ab. Harvath versuchte, anhand ihrer Geschwindigkeit abzuschätzen, wo sie sich gerade befanden und wann sie die Stelle erreichen würden, wo sie zuschlagen wollten. Er war versucht, Casey danach zu fragen, aber sie musste sich aufs Fahren konzentrieren, daher behielt er die Frage für sich. Das Problem war allerdings, dass sie weiter beschleunigte, und selbst hier hinten, wo er lag, entging ihm nicht, dass sie die Geschwindigkeitsbegrenzung bereits um einiges überschritten.

»Was zur Hölle ist da los?«, fragte er schließlich.

»Ich schätze, Daddy will sein kleines Mädchen nicht enttäuschen.«

»Wie schnell fahren wir?«

»Das willst du gar nicht wissen«, gab Casey zurück und setzte dann hinzu: »So, wie der fährt, weiß ich nicht, ob er tatsächlich anhalten wird, wenn das Stoppschild kommt. Soll ich ihn pitten?«

»Pitten« war die umgangssprachliche Bezeichnung für das sogenannte Pittman-Manöver, bei dem man mit dem vorderen Viertel des eigenen Wagens das hintere Viertel des Zielfahrzeugs rammt, um es ins Schleudern zu bringen. An sich war das Manöver ausgesprochen effektiv, konnte sich jedoch auch als tödlich erweisen, wenn das Zielfahrzeug gegen einen Baum krachte, in den Gegenverkehr geriet oder im Straßengraben landete und sich überschlug. Das wollte Harvath nicht riskieren. »Nein«, sagte er von der Ladefläche aus. »Lass ihn fahren.«

»Was soll ich dann machen? Er scheint nicht langsamer zu werden.«

»Er wird schon anhalten.«

»Das glaube ich nicht. Ich kann das Stoppschild bereits sehen, und wenn ich es sehe, dann sieht er es auch.«

»Wie viel Abstand ist zwischen ihm und uns?«

»Vielleicht sechs Wagenlängen«, sagte Casey.

»Er wird nicht einfach so mir nichts, dir nichts einen Strafzettel riskieren. Er wird kurz abbremsen, nach links und rechts schauen und dann erneut aufs Gas treten. Du musst ihn erwischen, bevor er wieder beschleunigt.«

»Ich werd's versuchen.«

Harvath drückte sich gegen die dritte Sitzreihe und bereitete sich auf den Aufprall vor. Casey gab dem schweren Geländewagen die Sporen, bloß um beinahe augenblicklich auf die Bremse zu treten, als sie genau den richtigen Moment zum Erreichen der Kreuzung abzupassen versuchte. Harvath vermutete, dass das angesichts des Tempos, mit dem Bremmer fuhr, extrem schwierig war.

Er spürte das Vibrieren des Antiblockiersystems, als Casey eine weitere abrupte Geschwindigkeitskorrektur vornahm. Fünf Sekunden später drückte sie das Gaspedal nach unten, beschleunigte und rief: »Bereit machen!«

54

Colonel Chuck Bremmer verhielt sich genau so, wie Harvath es vorhergesagt hatte. Er rollte an das Stoppschild heran. Gretchen Casey hielt sich derweil an Harvaths Anweisungen und passte den Zusammenstoß perfekt ab.

Der Geländewagen traf das Heck von Bremmers Wagen genau in dem Moment, als er sich der Kreuzung näherte. Der Aufprall war so heftig, dass der Kofferraumdeckel von Bremmers Wagen aufsprang und Harvath ordentlich durchgeschüttelt wurde, aber dank Caseys fahrerischem Geschick doch wieder nicht so hart, dass ihre Airbags ausgelöst worden wären.

Bremmer trat voll auf die Bremse und kam mitten auf der Straße komplett zum Stehen.

»Sein Kofferraumdeckel ist aufgesprungen«, sagte Casey, als sie den Schalthebel des Geländewagens auf »Parken« stellte. »Er steigt aus. Ich sehe keine anderen Fahrzeuge auf uns zukommen.«

»Verstanden«, sagte Harvath.

Als er hörte, wie sie ihre Tür öffnete, zählte er bis fünf und aktivierte dann die Heckklappe. Noch ehe er von der Ladefläche glitt, konnte er Bremmer bereits brüllen hören.

»Sind Sie irre? Was zur Hölle stimmt nicht mit Ihnen? Ich hätte dabei draufgehen können!«, rief er, während er aus seinem Wagen sprang. Als er sah, wen er da anbrüllte, meldete sich ein anderer Teil seiner Anatomie zu Wort, und sofort wandelte sich sein Tonfall.

»Sind Sie in Ordnung? Oh, mein Gott. Das tut mir ja so leid«, sagte Casey. »Bitte, sagen Sie mir, dass es Ihnen gut geht! Keine Ahnung, wo ich mit meinen Gedanken war. Wissen Sie, ich versuchte, noch rechtzeitig zum Feldhockeyspiel meiner Tochter zu kommen. Dann klingelte das Handy, und natürlich hätte ich es einfach klingeln lassen sollen, aber …«

Bremmer hob beide Hände, mit den Handflächen nach außen. »Ich bin okay. Bitte entschuldigen Sie meine Ausdrucksweise. Ich glaube, wir sind beide unterwegs zum selben Feldhockeyspiel, und wie es scheint, sind wir beide spät dran.«

Casey, die das Heck seines Wagens gerammt hatte, beugte sich vor, tat so, als würde sie den Schaden begutachten, und brauchte nicht aufzuschauen, um zu wissen, wo er hinsah; sie konnte seinen Blick auf ihren Brüsten förmlich spüren. »Ich fürchte, Ihre Stoßstange hat ordentlich was abgekriegt.«

»Sind Sie sicher?«, fragte er.

»Sieht ziemlich übel aus. Ich denke, wir sollten unsere Kontaktdaten austauschen, damit die Versicherung die Sache regeln kann«, sagte sie und richtete sich auf.

Bremmers Aufmerksamkeit schweifte von ihren Brüsten zu ihrem Gesicht. »Ich schätze, Sie haben recht. Ich hole rasch einen Stift aus meinem Wagen.«

Er drehte sich um – und erstarrte.

»Ich glaube, den werden Sie nicht brauchen«, sagte Harvath, der sich von hinten an ihn herangeschlichen hatte und seine Waffe jetzt direkt auf das Antlitz des Mannes richtete. »Hände hinter den Rücken.«

»*Sie*«, sagte Bremmer, die Stimme kaum mehr als ein Flüstern.

»Wenn Sie Ihre Frau und Ihre Tochter noch mal wiedersehen wollen, nehmen Sie jetzt sofort die Hände hinter den Rücken. Na, los.«

Der Colonel gehorchte, und Casey zog ein Paar Plastikhandschellen aus ihrer Tasche und fesselte ihn damit.

»Verdammt, das tut weh«, sagte er.

»Klappe halten«, ermahnte ihn Harvath und schlug den Kofferraumdeckel seines Wagens zu, der jedoch sofort wieder aufschwang.

»Darum kümmere ich mich«, erklärte Casey. »Keine Sorge. Jetzt sollten wir erst mal hier verschwinden.«

Harvath führte Bremmer zum Heck des Suburbans, stülpte eine Kapuze über seinen Kopf und zwang ihn, sich bäuchlings auf die Ladefläche zu legen. Nachdem er seine Fußknöchel gefesselt hatte, verband er die einzelnen Fesseln miteinander, zurrte sie fest und rollte Bremmer auf die Seite. Dann nickte er Casey zu, die zu Bremmers Wagen zurückkehrte und ein weiteres Paar Plastikschellen benutzte, um den Kofferraumdeckel unten zu halten, bevor sie weiterfuhren.

Sie erreichten die Stelle, die sie zuvor ausgespäht hatten, und parkten weit genug von der Straße entfernt, dass sie niemand bemerken würde. Dort öffnete Harvath die Heckklappe, zückte sein Messer und zerschnitt Bremmers Fesseln, mit denen seine Knöchel und Handgelenke gesichert waren. Er ließ den Colonel die Beine aus dem Wagen schwingen, doch bevor er zuließ, dass Bremmer sich hinstellte, warnte er ihn: »Sie wissen, wer ich bin, also wissen Sie auch, wozu ich fähig bin. Tun Sie genau, was ich sage, und machen Sie mir keinen Ärger. Jetzt stellen Sie sich hin.«

Bremmer tat wie geheißen. »Was soll das alles?«, fragte er durch die Kapuze. »Wohin bringen Sie mich?«

»Das werden Sie noch früh genug sehen«, sagte Harvath und zog ihn mit einem Ruck vorwärts. »Bewegung!«

Er führte den Colonel durch ein Waldgebiet zur Kuppe eines kleinen Hügels. Als er Bremmer die Kapuze abnahm, brauchten seine Augen einen Moment, um sich den veränderten Lichtverhältnissen anzupassen. »Oh, mein Gott«, sagte er, als er das Feldhockeyspiel in der Ferne erblickte. »Was haben Sie vor?«

»Das liegt bei Ihnen. Sehen Sie das dort drüben?«, fragte Harvath und deutete in nicht allzu weite Entfernung. »Auf zehn Uhr? Ungefähr hundert Meter weiter, auf diesem großen Felsen?«

Bremmer mühte sich zu erkennen, was sein Kidnapper meinte. »Ich glaube, schon. Warum?«

Harvath hob eins der Garmin-Funksprechgeräte, die Rhodes besorgt hatte, und sagte: »A-Eins.«

Sekunden später explodierte die Zwei-Liter-Milchtüte, die sie dort aufgestellt hatten, in einem gewaltigen weißen Sprühregen. Von Mike Striebers schallgedämpftem Takedown-Gewehr war nicht der geringste Laut zu hören gewesen.

Den Colonel durchlief ein Schauder, als ihm klar wurde, dass Harvath irgendwo in der Nähe einen Scharfschützen mit einer schallgedämpften Waffe postiert hatte.

Harvath schob das Funkgerät in seine Gesäßtasche, holte Caseys Handy heraus und zeigte Bremmer drei Fotos: von Patricia Bremmer, von Molly Bremmer in ihrem Feldhockey-Trikot und von dem Wagen, in dem sie zum Spiel gefahren waren. »Ich erklärte Ihnen jetzt, wie die Sache läuft. Wenn Sie mich anlügen, ja, wenn ich auch nur das

Gefühl habe, dass Sie mich anlügen, hole ich mein Funkgerät raus, gebe das Kommando, und dann fallen zwei Schüsse.«

»Nicht«, sagte der Mann. »Bitte, nicht.«

Harvath ignorierte ihn und fuhr fort: »Der erste Schuss geht auf die Tribüne. Ein Kopfschuss, der Ihre Frau tötet. Der zweite Schuss wird Ihre Tochter treffen und sie für den Rest ihres Lebens an den Rollstuhl fesseln. Außerdem werde ich dafür sorgen, dass sie weiß, dass ihre Mutter erschossen wurde und sie gelähmt ist, weil ihr Vater sich selbst wichtiger nahm als seine Familie.«

»Nicht. Bitte.«

»Dann sorge ich dafür, dass Sie für das, was Sie getan haben, öffentlich bloßgestellt und strafrechtlich verfolgt werden. Das wird ein wahrer PR-Feuersturm. Die Geschichte wird solche Wellen schlagen, dass das Weiße Haus und das Verteidigungsministerium keine Chance haben werden, sich aus der Affäre zu ziehen. Ihnen wird keine andere Wahl bleiben, als Sie über dem offenen Feuer zu rösten, um den eigenen Arsch zu retten. Sie werden brennend untergehen.

Und wenn man Sie verurteilt hat und Sie nach Leavenworth schickt, oder wo immer man Sie auch für den Rest Ihres jämmerlichen Lebens einsperrt – das heißt, sofern man Sie nicht zum Tode verurteilt –, fängt Ihre Qual erst an. Denn ich werde dafür sorgen, dass jeder einzelne Tag für Sie in diesem Knast die Hölle auf Erden wird. Die Gefängnis-Duschszenen, die Sie aus Filmen kennen, sind ein Kindergeburtstag gegen das, was man mit Ihnen machen wird. Sie werden so viele Bewunderer haben, dass Ihre Zelle eine Drehtür und Sie selbst eigentlich eine Privatsekretärin bräuchten, um Ihre ganzen Liebhaber bei der Stange zu halten.«

»Sie dürfen nicht …«

»*Was* darf ich nicht?«, sagte Harvath und starrte dem Mann unverwandt ins Gesicht. »Ich darf Sie für das, was Sie getan haben, nicht bezahlen lassen? Warten Sie's nur ab, Arschloch. Sie haben Freunde von mir getötet, und ich muss gerade jedes bisschen Willenskraft aufbringen, um Sie nicht hier und jetzt mit eigenen Händen zu erledigen. Und damit meine ich nicht, dass ich Ihnen einfach 'ne Kugel verpassen will. Damit *meine* ich, dass ich Sie am liebsten zu einer Farm irgendwo im Nirgendwo schleifen würde, um Sie monatelang zu foltern. Die Qualen, die ich Ihnen bereiten würde, können Sie sich nicht mal im Traum vorstellen, denn ich habe jetzt nichts mehr zu verlieren.

Sie hingegen können alles verlieren. Daher biete ich Ihnen die größte Chance Ihres erbärmlichen Daseins. Vergeuden Sie sie nicht.«

Ein Blick auf Bremmer genügte, um ihm zu verraten, dass das Gefährlichste, womit der Colonel je gekämpft hatte, ein Tacker war. Er war ein Bürokrat, ein Schreibtischhengst.

Grundsätzlich hasste Harvath es, die Kinder und die Familie von jemandem mit hineinzuziehen, doch manchmal war das die effektivste und schnellste Methode, um ans Ziel zu gelangen. Der Schlüssel zum Erfolg bestand darin, den Mann sofort aus dem Gleichgewicht zu bringen und ihn emotional so unter Druck zu setzen, dass er nicht klar denken konnte und psychisch verstört war.

»Sie haben mir bereits ein Dutzend Männer auf den Hals gehetzt, und die konnten mich nicht aufhalten. Also, wie soll die Sache hier ausgehen? Haben Sie vor, Ihre Frau zu töten und Ihre Tochter zum Krüppel zu machen, oder werden Sie mit mir kooperieren?«

Bremmer schaute zum Hockeyfeld hinüber und ließ seinen Blick einige Sekunden dort verweilen. Dann wandte er sich wieder Harvath zu und nickte langsam.

»Haben Sie Leute losgeschickt, um mich zu töten?«

»Ja«, gab Bremmer zu.

Harvath studierte das Gesicht des Mannes, während er ihm Fragen stellte, auf die er die Antworten bereits kannte. Er wollte einen Ausgangspunkt haben, für den Fall, dass der Mann anfing, ihn zu belügen. »Wo sollten sie mich umbringen?«

Der Colonel schluckte. »In Paris. In Spanien. In Texas.«

»War ich in Paris das einzige Ziel?«

Bremmer zuckte mit den Schultern. »Jedenfalls das Primärziel.«

»Was soll das heißen?«

»Dass wir wussten, dass die Frau bei Ihnen sein würde, und dass wir in dem Apartment die beste Chance haben würden, Sie zu erwischen.«

»Also haben Sie befohlen, sie ebenfalls zu töten.«

»Ja. Sie war eine Bedrohung.«

»Sie haben auch noch andere Leute ermorden lassen, mit denen ich zusammengearbeitet habe«, sagte Harvath.

»Ja.«

»Warum?«

»Weil«, entgegnete Bremmer, »Sie auf der Liste stehen.«

Harvath registrierte eine leichte Veränderung in der Tonlage des Mannes, gepaart mit einer kaum merklichen Zuckung in seinem Gesicht, die zwar kaum so lange wie ein Kamerablitz währte, jedoch unverkennbar war. Das bedeutete, dass der Colonel entweder log oder ihm etwas verschwieg. »Von welcher Liste reden Sie?«

»Von der sogenannten schwarzen Liste. Ich stelle sie

nicht zusammen. Ich kümmere mich bloß um die Namen, die darauf landen.«

Harvath führte seine Verhöre wie ein Hai, der weite, konzentrische Kreise um seine Beute zog und dabei Informationen sammelte. Je mehr Informationen er sammelte, desto näher kam er der Wahrheit, und desto enger wurden die Kreise.

Gleichwohl, jetzt war Blut im Wasser: Bremmers Blut. Seine letzte Antwort war eine Lüge; der verräterische Hinweis hatte sich erneut gezeigt. Und wenn derjenige, den er verhörte, anfing zu lügen, musste Harvath seinen Drang zuzuschlagen zügeln. Manchmal war es in psychologischer Hinsicht wesentlich Furcht einflößender, einfach nur eine Flosse durchs Wasser schneiden zu sehen, als dass einem ein Brocken Fleisch aus dem Leib gerissen wurde.

»Wer ist verantwortlich für die Liste? Wer stellt sie zusammen?«, fragte er.

»Das kann ich Ihnen nicht sagen«, entgegnete Bremmer. »Das ist geheim.«

Harvath lächelte. »Über diesen Punkt sind wir längst hinaus, Colonel. Hinzu kommt, dass ich das Gefühl habe, dass Sie gerade versuchen, mich zum Narren zu halten, und ich hatte Ihnen ja bereits erklärt, was passiert, wenn Sie das tun.« Er holte das Funkgerät hervor, hob es an die Lippen und sagte: »Er will nicht mitspielen. Schalte beide Ziele aus.«

Bremmer trat hastig vor. »Nein, nein, nein! Ich sag's Ihnen!«

Harvath hob die Pistole und richtete sie auf den Kopf des Mannes. Als Bremmer zurückwich, sagte Harvath ins Funkgerät: »Nicht feuern. Ziele nicht neutralisieren. Bereithalten.«

»Die Liste wird von einem Gremium von Leuten erstellt, die für die nationale Sicherheit zuständig sind und enge Kontakte zum Präsidenten haben, darunter auch der Justizminister.«

»Wer hat meinen Namen daraufgesetzt?«

»Sie werden des Hochverrats beschuldigt.«

»Das habe ich Sie nicht gefragt«, erklärte Harvath, und wieder fiel ihm die verräterische Veränderung im Gesicht des Colonels auf. »Wer hat meinen Namen auf die Liste gesetzt?«

»Das weiß ich nicht. Diese Treffen übersteigen meine Besoldungsgruppe. Die sind geheimer als geheim. Ich nehme nicht daran teil. Ich kümmere mich bloß um die Liste. Ich sage Ihnen die Wahrheit. Das müssen Sie mir glauben.«

»Nein. Sie lügen mich an, und ich habe Ihnen gesagt, was passiert, wenn Sie das tun. Vergessen Sie niemals, dass Sie das, was jetzt kommt, hätten verhindern können«, entgegnete Harvath. Einmal mehr hob er das Funkgerät und sagte: »Du hast Feuerfreigabe. Feuern nach eigenem Ermessen.«

»Himmel, nein! Bitte, lieber Gott, nicht!«, bettelte Bremmer.

»Sie haben wirklich Nerven, Gott anzuflehen, damit Er dafür sorgt, dass Ihre Familie verschont wird. Sie hätten sie retten können, aber Sie haben sich dagegen entschieden. Ich will, dass Sie für den Rest Ihres Lebens nicht vergessen, dass sie gestorben sind, weil Sie gelogen haben.«

Tränen rollten Bremmers Wangen hinab, als es aus ihm herausplatzte: »Ich war's. Ich habe Ihren Namen auf die Abschussliste gesetzt. Sagen Sie Ihrem Scharfschützen, er soll nicht schießen!«

»Warum?«

Jetzt waren die Augen des Colonels groß vor Furcht. »Pfeifen Sie Ihren Scharfschützen zurück, um Gottes willen, und ich sage Ihnen alles.«

»Sagen Sie's mir jetzt.«

Bremmer traute seinen Ohren nicht. Sein Blick schoss zwischen Harvath und dem Feldhockeyspiel hin und her. »Craig Middleton«, stammelte er dann. »Er ist derjenige, der wollte, dass Ihr Name auf die Liste kommt.«

»Noch nie von ihm gehört.«

»Bitte. Sie müssen Ihrem Scharfschützen sagen, dass er nicht feuern soll. Ich flehe Sie an. Middleton leitet eine Firma namens Adaptive Technology Solutions. Er ist derjenige, der hinter alldem steckt. Ich hatte keine andere Wahl. Bitte, tun Sie meiner Tochter nichts. Sie trifft an alldem keine Schuld. Bitte.«

55

Die Zauberworte lauteten: *Adaptive Technology Solutions*. Ausgehend von allem, was Nicholas ihm von den Daten auf Caroline Romeros USB-Stick gezeigt hatte, wusste Harvath durch die Nennung der Firma, dass Colonel Chuck Bremmer die Wahrheit sagte.

Die nächsten fünfundvierzig Minuten verhörte er ihn im Suburban weiter. Rhodes blieb in Position, nur für den Fall, dass Bremmer eine neuerliche Erinnerung daran brauchte, was passieren würde, wenn seine Kooperationsbereitschaft nachließ. Wie sich zeigte, war jedoch keine weitere Erinnerung nötig. Vielmehr war es, als habe man einen Wasserhahn aufgedreht, der sich nicht mehr schließen ließ.

Ungeachtet seines Widerwillens, all diese Dinge preiszugeben, gestand der Colonel, dass Middleton ihn für seine Zwecke eingespannt hatte, und enthüllte das Ausmaß, in dem er auf Middletons Befehl hin Mordaufträge erteilt hatte. Er erklärte Harvath, dass sich die Killer-Teams aus verurteilten ehemaligen Militärangehörigen zusammensetzten, die aufgrund ihrer extrem aggressiven Persönlichkeit ausgewählt wurden. Die Liste der Verbrechen, die sie begangen hatten, war ekelerregend. Viele waren ehemalige oder sogar noch aktive Gangmitglieder. Das erklärte einige der Tätowierungen, die Harvath bei dem Attentäter in Spanien gesehen hatte, ebenso die Tattoos an zwei der Leichen in Texas.

Bei dem Gedanken daran, amerikanische Soldaten getötet zu haben, wäre Harvath übel geworden, doch jetzt, wo er die Hintergründe der Männer kannte, die man geschickt hatte, um ihn zu ermorden, hatte sich das erledigt.

Während Harvath ihn weiter befragte, verriet Bremmer ihm eine Neuigkeit, die für Harvath von besonderem Interesse war. Er erklärte, dass der Anschlag auf Reed Carlton schiefgegangen war und dass der Mann, soweit er wüsste, verschwunden und untergetaucht sei.

Er bestätigte, dass der Überfall auf die Three Peaks Ranch in Texas auf eine Google-Suche der Ranchmanagerin zurückzuführen sei, die sie zu der Überzeugung führte, dass sich der Troll dort versteckt hielt. Durch ihre Überwachung von Maggie Rose wussten sie außerdem über Harvaths Ankunft Bescheid, was die Entscheidung zuzuschlagen nur noch unumstößlicher machte.

Bremmer wusste, dass sein Team tot war und Harvath die Männer ausgeschaltet hatte. Überraschenderweise erkundigte er sich nicht nach dem Verbleib der Leichen. Für ihn waren das keine Menschen, sondern Elemente auf einem Spielbrett, wie *Monopoly*-Hotels. Wenn man ein paar davon verlor, kaufte man sich einfach neue. Er war ein herzloser Hurensohn, und Harvath war nicht entgangen, dass der Mann wesentlich eindringlicher darum gefleht hatte, seine Tochter zu verschonen als seine Ehefrau.

Der Colonel gab zu, dass er die Abschussliste gemäß Middletons Anweisungen ergänzt hatte. Als Harvath darauf drängte zu erfahren, wie viele Mordaufträge er für den ATS-Direktor ausgeführt hatte, versuchte Bremmer fünfmal, ihn zu einem Kuhhandel zu bewegen und ihm Immunität vor Strafverfolgung zu garantieren. Er stellte sich dermaßen quer, dass Harvath erneut auf Megan Rhodes zurückgreifen und drohen musste, nicht bloß Bremmers Frau und Tochter erschießen zu lassen, sondern auch gleich noch mehrere von Mollys Teamkameradinnen.

Er war erstaunt, wie schnell der Colonel die Sorge um seine Tochter hintenanstellte, um plötzlich nur noch an sich selbst zu denken und daran, seine eigene Haut zu retten. Wäre die Tochter kein so nützliches psychologisches Druckmittel gewesen, hätten sie ihn tatsächlich körperlich foltern müssen, um ihn dazu zu bringen zu kooperieren, solche Angst hatte er vor Middleton und dem, was er mit seiner Macht anrichten konnte.

Dementsprechend verlangte Bremmer zu wissen, wie Harvath ihn vor Middletons Zorn zu schützen gedachte. Dass Harvath versprochen hatte, seiner Familie kein Leid zuzufügen, bedeutete nicht, dass Middleton sich nicht an ihnen rächen würde, weil Bremmer ausgepackt hatte. Als er Harvath fragte, ob er Middleton töten werde, wechselte Harvath das Thema. Das brauchte den Mann nicht zu interessieren. Immerhin konnte er von Glück sagen, dass er überhaupt noch atmete.

Nachdem Harvath wusste, wer hinter den Tötungsaufträgen steckte, wollte er wissen, warum.

»Middleton zufolge«, erklärte Bremmer, »wurde Ihre Organisation umgedreht. Er behauptete, Sie hätten sich mit einer ausländischen Macht verschworen, die in Kürze einen Terrorangriff auf die Vereinigten Staaten plant.«

»Und warum ist er damit zu Ihnen gekommen, anstatt zum FBI zu gehen?«

»Er sagte, Ihre Leute hätten sämtliche Behörden infiltriert, sodass die Sache nur auf diese Weise gehandhabt werden könne.«

»Und das haben Sie ihm geglaubt?«, fragte Harvath, obgleich der Gesichtsausdruck des Colonels ihm bereits verriet, dass dem nicht so war.

»Ich hatte kaum eine andere Wahl.«

Am liebsten hätte Harvath dem Mann den Kehlkopf rausgerissen. »Sie sind wirklich die jämmerlichste Karikatur eines menschlichen Wesens, die mir je untergekommen ist. Sie haben nicht den geringsten Funken Anstand im Leib. An Ihren Händen klebt fässerweise unschuldiges Blut. Wissen Sie was? Momentan täte ich nichts lieber, als Ihnen mit bloßen Händen Ihren schwabbeligen Hals zu brechen.

Die Leute, die Sie auf dem Gewissen haben, waren Patrioten, die sich ein ums andere Mal in die finstersten Ecken der Welt begeben haben, um gegen die heimtückischsten Elemente zu kämpfen, die Sie sich vorstellen können. Middleton hat Sie angelogen, und Sie wussten, dass er Sie belügt, doch anstatt das Richtige zu tun, haben Sie ihn einfach machen lassen, um Ihren eigenen Fettarsch zu retten. Sie widern mich an.«

Bremmer wollte den Kopf hängen lassen, aber Harvath war noch nicht mit ihm fertig. »Wagen Sie es ja nicht, Sie Hurensohn. Sehen Sie mich gefälligst an, wenn ich mit Ihnen rede!«

Als der Mann wieder aufschaute, zog Harvath noch eine kleine Weile weiter über ihn her, bevor er das Verhör schließlich fortsetzte. Doch je mehr Fragen er stellte, desto nutzloser wurde Bremmer. Er hatte keine Ahnung, welcher Straftat Middleton die Carlton Group konkret beschuldigte, und der Begriff »digitales Pearl Harbor« oder was es damit auf sich hatte, sagte ihm nicht das Geringste.

Der einzige weitere hilfreiche Hinweis, mit dem er aufwarten konnte, war ein interessanter Vorschlag, wie Harvath an Middleton herankommen konnte. Für einen Schreibtischhengst war die Idee geradezu genial. Harvath stellte ihm hierzu noch einige weiterführende Fragen, zeigte abgesehen davon jedoch keinerlei Ambitionen, die Anregung des Mannes aufzugreifen.

Bevor er den korpulenten Colonel gehen ließ, gab er ihm noch eine letzte Warnung mit auf den Weg. »Sie haben die besten Leute auf mich angesetzt, die Sie hatten, und keiner davon ist lebend zurückgekehrt. Sie können mir nicht das Geringste anhaben. An mich kommen Sie nicht ran. Außerdem habe ich eine Menge Freunde, von denen mehrere von jetzt an ein Auge auf Sie und Ihre Familie haben werden. Und falls Sie Ihre Gewohnheiten auch nur im Geringsten ändern oder mit einem Mal beschließen, Urlaub zu machen, haben diese Leute explizite Anweisungen, wie mit Ihnen zu verfahren ist.

Wenn Sie irgendwem etwas von unserem kleinen Plausch erzählen oder versuchen, Craig Middleton zu kontaktieren, werde ich etwas noch Schlimmeres tun, als Ihre Frau zu töten und Ihre Tochter zum Krüppel zu machen. Ich kenne einen ausgesprochen sadistischen Beduinen, dem ein junges Mädchen wie Molly für seinen Harem gerade recht käme, und ich würde dafür sorgen, dass Sie sich das Ganze komplett auf Video ansehen können.«

»Nicht! Ich versprech's. Ich werde nichts sagen«, flehte Bremmer.

»Und wenn mir auch nur der *Gedanke* kommt, dass mir eins Ihrer Killerkommandos auf den Fersen sein könnte, können Sie jegliche Absprachen zwischen uns vergessen; dann komme ich persönlich, um mich um Sie und Ihre Familie zu kümmern. Ist das klar?«

Der Colonel nickte. Harvath schnitt ihn los und bedeutete ihm, aus dem Wagen zu steigen. Vom Vordersitz aus verfolgte Casey, wie Bremmer zu seinem Auto zurückging.

»Denkst du, wir können ihm trauen?«, fragte sie.

Harvath, der Bremmer ebenfalls nicht aus den Augen ließ, schüttelte den Kopf. »Nein. Aber uns bleibt keine andere Wahl.«

»Als ich ihm gerade zugehört habe, hätte ich ihm am liebsten eine Kugel verpasst. Eigentlich will ich das immer noch, für das, was er Riley angetan hat.«

»Vermutlich hätte ich dich nicht einmal daran hindern können. Warum hast du's nicht getan?«

»Weil du mir versichert hast, dass es der richtige Weg ist, die Sache auf diese Weise zu regeln, und ich dir vertraue.«

Das war ein ehrliches, aufrichtiges Eingeständnis, und genau dafür schätzte er sie.

»Allerdings«, fügte sie hinzu, »habe *ich* ihm nicht versprochen, ihn am Leben zu lassen, wenn das Ganze vorbei ist.«

»Ich verstehe.«

»Bedeutet das, dass du Verständnis dafür hättest, wenn Megan und ich beschließen, etwas wegen Bremmer zu unternehmen?«

Harvath sah ihr einen Moment lang unverwandt in die Augen. »Ich kann euch nicht vorschreiben, was ihr zu tun und zu lassen habt – so oder so. Ob ich der Meinung bin, dass der Kerl es verdient, kaltgestellt zu werden? Absolut. Aber er hat Frau und Tochter.«

»Was ist mit den Leuten aus deiner Gruppe, die getötet wurden?«, fragte Casey. »Wie viele von denen hatten Ehepartner und Kinder?«

»Die meisten.«

»Und?«

»Und ich denke, dass Bremmer für seine Taten bezahlen sollte, aber nicht, indem wir ihn töten.«

»Wirst du jetzt zum Moralapostel?«

»Vielleicht«, gestand Harvath. »Irgendwann kommt einfach der Punkt, an dem man sich fragen muss, was richtig ist und was nicht. Und ihm eine Waffe an den Kopf zu halten und den Abzug zu drücken ist keinen Deut besser als das, was er Riley und den anderen angetan hat.«

»Zumindest würde der Gerechtigkeit damit Genüge getan.«

»Glaubst du das wirklich?«

Casey wandte den Blick ab. »Themenwechsel.«

Das war zwar eine sehr bequeme Art und Weise, die Diskussion zu beenden, aber Harvath beließ es dabei. Letzten Endes würde sie ohnehin tun, was sie tun wollte.

Worauf es jetzt ankam, war, an Craig Middleton heranzukommen und das zu verhindern, was immer er im Schilde führte. Und obgleich Bremmers Vorschlag, wie Ersteres zu bewerkstelligen sei, mit nicht wenigen Stolperfallen gespickt war, ließ sich durchaus etwas damit anfangen. Harvath musste lediglich eine Möglichkeit finden sicherzustellen, dass sie nicht geradewegs in eine Falle tappten.

56

Washington, D.C.

Das Schwierige für Reed Carlton war nicht, die Männer zu finden, die er brauchte, sondern dafür zu sorgen, dass sie lange genug nüchtern blieben – oder zumindest so nüchtern, dass sie ihren Job erledigen konnten. Das Ganze war eine exakte Kopie einer Operation, die er und Tommy Banks vor über dreißig Jahren durchgeführt hatten.

»Haltet nach den Barbour-Jacken Ausschau«, war ein Ratschlag, den viele westliche Geheimdienstler mit auf den Weg bekamen, besonders Anfang der 1980er Jahre. Die berühmten grünen britischen Allwetterjacken verfügten über viele Taschen, in denen sich Ausrüstung verbergen ließ, waren modern, ohne protzig zu wirken, und bei den Leuten in der Geheimdienstbranche ausgesprochen beliebt. Wenn ihr je in Schwierigkeiten steckt, wurde den Rekruten eingebläut, haltet nach den Barbour-Jacken Ausschau, denn die Chancen standen gut, dass es sich bei den Trägern um Verbündete handelte.

Es ging das Gerücht, die Sowjets hätten von diesem Rat erfahren und daraufhin all ihre Agenten – von Bangkok bis Berlin – angewiesen, die Augen nach dem unauffälligen, aber charakteristischen Kleidungsstück offen zu halten. Banks wusste nicht genau, ob das stimmte oder einfach Kalte-Krieg-Paranoia war, doch er beschloss, die Sache hochzuspielen. Das konnte für seinen Plan nur von Nutzen sein und mit Sicherheit nicht schaden.

Er und Carlton arbeiteten damals an einer extrem heiklen Mission hinter dem Eisernen Vorhang. Ein hochrangiger ungarischer Geheimagent wollte überlaufen, und man hatte sie nach Budapest geschickt, um Kontakt zu ihm aufzunehmen. Ihre Aufgabe bestand darin festzustellen, ob er wirklich der war, für den er sich ausgab, und falls ja, seinen Wert einzuschätzen, um anschließend eine Möglichkeit auszuknobeln, ihn aus Ungarn heraus nach Österreich zu bringen, wo er in Wien umfassend befragt werden sollte, bevor man ihn in die Vereinigten Staaten flog.

Die beiden CIA-Agenten trafen unabhängig voneinander in Budapest ein, wo der ungarische Geheimdienst ein von russischen KGB-Kräften verstärktes Überwachungsteam auf jeden von ihnen ansetzte. Fast war es, als hätten sie gewusst, dass sie kommen würden. Beide Amerikaner witterten eine Falle, doch ihnen blieb kaum eine andere Wahl, als weiterzumachen.

Sie probierten eine Reihe unterschiedlicher Schachzüge aus, um die Überwachungsteams abzuschütteln, doch keiner funktionierte. Offenbar war irgendjemandem sehr daran gelegen, dass sie es nicht schafften, ihren Auftrag auszuführen. Es war Banks, dem schließlich die List einfiel, die es ihnen erlaubte, ihren Verfolgern zu entwischen. Jetzt, Jahrzehnte später, plante Carlton, denselben Trick einzusetzen, wenn auch nicht, um ihren Häschern zu entkommen, sondern vielmehr, um sie dazu zu bringen, sich offen zu zeigen.

Die Union Station in Washington, D. C., ist ein emsiger Pendlerbahnhof. In den morgendlichen und abendlichen Stoßzeiten wimmelt es hier nur so von Menschen, doch abends sah die Sache anders aus. Abends strömten die Leute nicht aus der Station, begierig darauf, zur Arbeit zu kommen, sondern hinein, und ihre Feierabendgeschwindigkeit war nach dem erschöpfenden Tagwerk auch weniger rasant. Während einige voller Energie und Motivation unterwegs waren, bewegten sich viele andere langsam und in Gruppen, wie von einer Art kollektivem Autopiloten gesteuert.

Da Carlton davon ausging, dass sein einstiger Mentor von digitalen Stolperdrähten umgeben war, entschied er, Banks eine E-Mail zu schicken. Allerdings mit größter Vorsicht. Denn obgleich er das Interesse der Gegenseite wecken wollte, musste er eben diesen Eindruck gleichzeitig um jeden Preis vermeiden. Immerhin stellte er dem Feind seinerseits eine Falle, und das Letzte, was er wollte, war, ihn zu verscheuchen. Er musste sie in dem Gauben wiegen, dass sie die Oberhand und ihn überlistet hatten.

Gleichzeitig musste er dafür sorgen, dass Banks die Nachricht verstand. Wie sich zeigte, hätte er sich diesbezüglich keine Gedanken zu machen brauchen. Banks erinnerte sich an die Budapest-Mission, als wäre sie gestern gewesen.

Carlton fand die beiden Männer in der Nähe eines Obdachlosenasyls in Baltimore. Beide waren daran interessiert, sich ein paar Hundert Dollar zu verdienen, besonders, wenn man nicht viel dafür zu machen brauchte. Nachdem sie sich gewaschen hatten, kaufte Carlton ihnen etwas zu essen und neue Kleidung und fuhr mit ihnen nach Washington, um ausführlich mit ihnen durchzugehen, was sie zu tun hatten.

Dann ließ er sie am toten Briefkasten die letzten Anweisungen für Banks hinterlegen. Anschließend ging Carlton mit ihnen Kaffee trinken, wobei er genau darauf achtete, wie viel »Aroma« sie aus der Flasche Whiskey, die sie auf dem Weg von Baltimore hierher besorgt hatten, in ihre Becher kippten. Eigentlich wollte er, dass sie noch eine weitere Mahlzeit zu sich nahmen, bevor die Sache losging, doch beide Männer behaupteten, keinen Hunger zu haben. Carlton glaubte sich schon glücklich schätzen zu können, dass sie es überhaupt so weit geschafft hatten, und beschränkte sich darauf, die Männer einfach nüchtern genug zu halten, damit sie es schafften, ihren Teil des Plans zu erledigen.

Zur verabredeten Zeit betrat Reed Carlton mit einem falschen Bart, einem Hut, einer Brille und in einer Kleidung, die ihn wesentlich kräftiger wirken ließ, als er tatsächlich war, die Union Station, begab sich an seine Position und wartete.

Die beiden Obdachlosen erwiesen sich als zuverlässiger, als er gehofft hatte, und kamen kurz darauf nach. Zweifellos waren die Männer scharf auf den Rest ihres Geldes, und die einzige Möglichkeit, es zu bekommen, bestand darin, den Job ordentlich zum Abschluss zu bringen.

Von dort, wo er saß, hatte Carlton einen guten Überblick über das Geschehen. Die größte Sorge bereiteten ihm die Kameras. Wenn sich die beiden Obdachlosen nicht genau so bewegten, wie er es ihnen gezeigt hatte, und jemand sie näher heranzoomte, um einen ausreichend guten Blick auf eines ihrer Gesichter zu erhaschen, würde die Sache vorbei sein, noch bevor sie überhaupt richtig angefangen hatte. Bislang jedoch schienen die Männer alles genau so zu machen, wie sie es einstudiert hatten. Alles, worauf sie jetzt noch warteten, war die Ankunft ihres Stargasts.

Wenn Banks hier eintraf, würde er den Großteil des

Nachmittags mit dem Versuch zugebracht haben, etwaige Verfolger »abzuschütteln«. Falls er sein altes Geschick nicht eingebüßt hatte – und zu dieser Annahme hatte Carlton nicht den geringsten Anlass –, hatte er das auf ihn angesetzte Überwachungsteam ein- oder zweimal sogar tatsächlich abgehängt. In diesem Fall sollte er zulassen, dass sie sich erneut an seine Fersen hefteten, jedoch auf eine Art und Weise, als wäre das allein ihr Verdienst. Dann sollte Banks sich in allerletzter Minute zur Union Station begeben. Sie konnten es sich nicht leisten, der Gegenseite genug Zeit zu geben, um ihnen eine Falle zu stellen. Der Schwindel würde nur funktionieren, wenn sie ständig in Bewegung blieben und den anderen keine Chance ließen, zu Atem zu kommen. Das wäre für jeden ein körperlich und mental anstrengender Tag gewesen, aber besonders für einen Mann in Banks' Alter.

Als der alte Meisterspion die Station betrat, wimmelte es dort nur so von Pendlern. Banks trug einen breitkrempigen Ovis-Hut, seine alte Barbour-Beaufort-Jacke und hatte eine abgenutzte Ledertasche über der Schulter hängen. Wie geplant kaufte er eine Fahrkarte für den Acela-Hochgeschwindigkeitszug nach New York City, ehe er sich unter die Menge mischte und sich auf den Weg zu den Toiletten machte.

Carlton entdeckte zwei Männer, die ihn beschatteten. Sie trugen dunkle Anzüge und hellbraune Regenmäntel. Ihr Haar war militärisch kurz geschnitten. Sie waren muskulös und fit und hatten bequeme Schnürschuhe an. Diese Männer verbrachten den Großteil des Tages im Stehen. Beide waren Rechtshänder, und er wusste, dass sie entweder an oder hinter ihrer rechten Hüfte eine versteckte Waffe trugen. Sie bewegten sich zielstrebig; ihre Köpfe schwangen hin und her, während ihre Aufmerksamkeit beständig zwischen ihrer Beute und ihrer Umgebung wechselte. Diese Männer waren gefährlich, und Carlton gab sich keinen Illusionen darüber hin, wozu sie fähig waren. Das alles erkannte er innerhalb weniger Sekunden. Er war lange genug im Spiel, um solche Informationen in einem einzigen Augenblick aufzunehmen und zu analysieren. Nur so war es ihm möglich gewesen, so lange am Leben zu bleiben.

Zufrieden mit seiner Einschätzung, suchte Carlton die Menschenmenge nach weiteren Agenten ab. Wenn da zwei waren, musste es noch mehr geben. Er wusste bloß nicht, wie viele genau. Wartete draußen in einem Wagen noch ein weiteres Team? Durchkämmten noch mehr Männer die Station? Setzten sie Frauen ein? Hatten sie die örtlichen Strafverfolgungsbehörden alarmiert? Die Liste der unbekannten Faktoren war eine Meile lang. Es wurde Zeit, einige Antworten zu kriegen.

Carlton warf einen Blick auf seine Uhr, stand auf und ging auf den Ausgang zu. Zwanzig Sekunden später sah er Banks' Hut und eine grüne Barbour-Jacke aus dem Herrenklo kommen. Ein weiterer Mann, der ebenfalls eine Barbour-Jacke trug und jetzt Banks' Ledertasche bei sich hatte, schloss sich ihm an. Die beiden muskulösen Männer im Trenchcoat hefteten sich an ihre Fersen. Abgesehen davon entdeckte Carlton niemanden, der ihnen folgte.

Draußen stellten sich die Männer in der Schlange am Taxistand an, während Carlton sich im Hintergrund hielt. Sie waren Dritte in der Reihe. Als die Trenchcoat-Träger die Station verließen, schienen sie keine Ahnung zu haben, was sie jetzt tun sollten. Carlton sah, wie einer von ihnen seine Hemdmanschette an den Mund hob und in ein verborgenes Mikrofon sprach. Er war von vornherein nicht davon ausgegangen, dass sie allein arbeiteten, und jetzt hatte er die Bestätigung dafür. Was er wissen musste, war, wer am anderen Ende ihrer Funkverbindung saß.

Er verfolgte, wie die Trenchcoats zusammen auf dem Gehsteig standen und so taten, als würden sie sich unterhalten, während ihre Blicke unbeirrt auf den beiden Männern ruhten, die sich am Taxistand nach und nach vorarbeiteten. Schließlich fuhr ein blau-weißes D. C.-Taxi vor, und die zwei Männer in den Barbour-Jacken stiegen ein.

Als das Taxi davonbrauste, rannten die Trenchcoats auf die Straße, und ein schwarzer Chevy Suburban kam mit kreischenden Bremsen neben ihnen zum Stehen. Der Wagen hielt gerade lange genug, dass sie hineinspringen konnten, doch als die Deckenbeleuchtung anging, sah er, dass noch zwei weitere Männer in dem Fahrzeug saßen, einer davon mit sehr grauem, fast weißem Haar und extrem blasser Haut. Die Männer hatten kaum die Türen geschlossen, als der Suburban bereits die Verfolgung des Taxis aufnahm.

Carlton, der jetzt einen wesentlich besseren Eindruck davon hatte, wie viele Spieler auf der anderen Seite aktiv waren, trat auf die Straße und verfolgte, wie sich der Suburban rasant in den Verkehr einfädelte. Offenbar hatten sie es tatsächlich nur mit diesem einen Wagen zu tun, also mit einem Vier-Mann-Team in einem einzigen Fahrzeug. Diese Chancenverteilung gefiel Carlton. Er setzte sich in Bewegung.

Zwei Blocks weiter, an der Ecke 2nd und F Street, ging er in Ebenezers Kaffeehaus. Dort traf er auf einen alten Mann in einer grauen Windjacke und mit einer USS *Ronald Reagan*-Baseballkappe, der gerade seinen Kaffee bezahlt hatte. »Haben sie den Köder geschluckt?«, fragte er, als Carlton zu ihm trat.

»Sieht ganz so aus.«

»Gut«, entgegnete Tommy Banks, streifte die Wärmeschutzmanschette über den Becher und tätschelte die in seiner Jacke verborgene Waffe. »Dann kommen wir jetzt zum spaßigen Teil.«

57

In Washington irgendwo in der Nähe der großen Parks und Gedenkstätten einen Parkplatz zu finden war meistens ein absoluter Alptraum. Aus diesem Grund beschlossen sie, dass Banks beim Wagen bleiben würde, während Carlton zu Fuß in den West-Potomac-Park ging, unweit des Reflexionsbeckens und des National Second World War Memorials.

Carlton hatte den beiden Obdachlosen ein Blatt mit ganz genauen Instruktionen gegeben, das sie ihrem Taxifahrer geben sollten. Es war eine umständliche Route, die es so aussehen lassen würde, als versuchten die Fahrgäste, etwaige Verfolger abzuschütteln, bevor sie sich zu ihrem eigentlichen Ziel begaben. Hätten Carlton und Banks tatsächlich in diesem Taxi gesessen, wären sie einige Male öfter ausgestiegen, um das Taxi oder das Transportmittel überhaupt zu wechseln, aber Carlton wollte, dass die Aufgabe, die ihre Doppelgänger zu erledigen hatten, so idiotensicher wie möglich war. Abgesehen davon hatte Banks sie bereits den ganzen Nachmittag über durch die Gegend gescheucht. Sie wussten, dass etwas Großes im Gange war, und das war das Einzige, worauf sie sich im Moment konzentrieren würden.

Als die beiden Männer schließlich den Park erreichten, hatte Carlton die andere Hälfte des Honorars für die Obdachlosen bereits in einem Umschlag unter eine der vielen Bänke geklebt, um deren Armlehne er eine weiße Supermarktplastiktüte gebunden hatte. Alles, was er jetzt noch tun musste, war warten.

Die Obdachlosen stiegen aus dem Taxi und unterhielten sich leise miteinander, während sie dem Fußweg folgten. Die Abenddämmerung brach herein, und Carlton, der den Bart abgelegt und den Hut und die Jacke gewechselt hatte, beobachtete sie aus sicherer Entfernung. Im Augenblick bestand seine wichtigste Aufgabe darin zu bestimmen, um wen und um was er sich zuerst kümmern sollte. Wie das Schicksal so spielte, half das Überwachungsteam ihm bei dieser Entscheidung.

Diesmal hatten sie statt zwei Männern drei geschickt. Alle waren in mittleren Jahren und trugen Trenchcoats. Der Weißhaarige war nirgends zu sehen, doch Carlton vermutete, dass er irgendwo in der Nähe mit ihrem Wagen in der zweiten Reihe parkte. Er musste sich beeilen.

Er holte eines seiner sauberen Handys hervor, klappte es auf, rief Tommy Banks an und ratterte eine Liste von Anweisungen herunter, bevor er auflegte und das Telefon wieder in die Tasche steckte. Damit ihr Trick funktionierte, musste alles perfekt durchgeführt werden. Seine einzige Sorge bestand darin, ob Tommy seinen Teil hinbekommen würde oder nicht.

Die drei Männer in den Trenchcoats hatte Carlton bereits abgeschrieben. Sie würden sterben. Es gab keine andere Möglichkeit. Er hatte nicht um diesen Krieg gebeten, doch irgendjemand hatte beschlossen, ihn da mit reinzuziehen. Sie hatten seine Leute ermordet. Heute Nacht würde er anfangen, sich dafür zu rächen.

Es wurde rasch dunkler. Die Luft war kühl und klamm. Die vereinzelten Touristen, die sich im Park aufhielten, schienen darauf erpicht, ihre Fotos zu machen und dann schleunigst in die Wärme ihrer Hotels zurückzukehren. Sie gingen mit schnellen Schritten, in Eile. Als die letzten an ihm vorbeieilten, holte Carlton seine 1911-Pistole heraus, schraubte den Schalldämpfer auf den Gewindelauf und verbarg die Waffe unter einer zusammengefalteten Ausgabe der *Washington Post*. Gewiss, das war alte Schule, aber nichtsdestoweniger effektiv, und nur darauf kam es an.

Zwar musste er die Waffe aus ihrem Versteck holen, um dafür zu sorgen, dass die leeren Patronenhülsen korrekt ausgeworfen wurden, doch sobald er die Pistole zückte, bedeutete das das Ende der drei Trenchcoat-Träger weiter vorn. Selbst die Initiative zu ergreifen war immer besser, als zu reagieren.

Carlton verfolgte, wie die Trenchcoats sich vorsichtig den beiden Männern näherten, die in ihren Barbour-Jacken auf der Bank saßen. Es dauerte nicht lange, bis ihnen klar wurde, dass man sie zum Narren gehalten hatte.

Während zwei der Trenchcoats die Obdachlosen auf die Füße rissen, zog der Dritte Fotos aus der Innentasche seines Mantels und verglich sie mit den Gesichtern der beiden Männer. Das Spiel war aus.

Der Mann hob seine Ärmelmanschette an den Mund und gab via Mikrofon durch, was los war, während er mit den Augen die Gegend absuchte. Carlton hatte sich so platziert, dass man ihn nicht sehen konnte, und beobachtete, wie sie die Obdachlosen aufmischten. Beide bekamen brutale Schläge in den Bauch, die sie zusammenklappen ließen, und dann traten die Trenchcoats immer wieder auf die am Boden Liegenden ein, die mehrfach am Kopf und im Gesicht getroffen wurden. Am liebsten wäre Carlton dazwischengegangen, um ihnen zu helfen, doch das konnte er nicht – noch nicht.

Schließlich rissen die Trenchcoat-Träger die Obdachlosen erneut auf die Beine und schleiften sie in Richtung 17th Street. Wenn die Sache funktionieren sollte, musste Carlton verdammt schnell sein.

Während er loslief, holte er sein Handy hervor und rief Banks an, um ihn wissen zu lassen, wohin die Männer unterwegs waren. Er hatte keine Ahnung, ob er die Verbindung überhaupt unterbrochen hatte, als er das Telefon wieder in die Tasche schob und sein Tempo noch weiter beschleunigte.

Als er das Second World War Memorial umrundete, verlangsamte er seine Schritte zu einem flotten Marschieren und nahm den Fußweg nach Norden. Er starrte in die gleißenden Scheinwerfer des entgegenkommenden Verkehrs und versuchte, den Chevy Suburban auszumachen, der jeden Moment hier auftauchen musste.

Eine große Touristengruppe, die die letzte Sehenswürdigkeit für heute besichtigt hatte, verließ gerade das Memorial und ging zu zwei Bussen hinüber, die auf der 17th Street in zweiter Reihe hielten. Carlton mischte sich unter die Leute und behielt dabei die Stelle im Auge, wo die Trenchcoats und die beiden Obdachlosen aus dem Park auftauchen würden.

Weiter vorn führte ein Weg aus dem Park, und sofern die Trenchcoats keine Abkürzung über den Rasen nahmen, würden sie dort rauskommen. Das wiederum bedeutete, dass der vierte Mann – der mit dem weißen Haar – mit dem Suburban irgendwo hinter den Bussen warten musste.

Als sich die Touristenmenge ihren Bussen näherte und einzusteigen begann, entdeckte Carlton die Trenchcoats. Die beiden blutig geprügelten Obdachlosen wurden entschlossen zur Straße geführt. Carlton hatte keine Ahnung, wo genau der Suburban steckte. Seine Deckung war jeden Augenblick dahin, da er bereits am ersten Bus vorbei war und die übrigen Touristen, die ihn umgaben, zusehends langsamer wurden, um sich beim zweiten Reisebus anzustellen und einzusteigen.

Plötzlich tauchte der Suburban in rasantem Tempo hinter dem zweiten Bus auf und stoppte. Als sie das Fahrzeug sahen, trieben die Trenchcoats ihre Gefangenen zur Eile. Das war der Moment, in dem Carlton zuschlug.

Er kam hinter der Touristengruppe hervor, beugte sich nach vorn und zog seinen Kopf tief zwischen seine Schultern. Die Zeitung und die 1911er klemmten unter seinem linken Arm. Er wollte, dass die Trenchcoats ihn lediglich für einen weiteren desinteressierten Niemand hielten, der unterwegs ins Warme war.

Gleichwohl, die Trenchcoat-Träger waren keine Amateure. Ihre Köpfe gingen hin und her, während sie die Gegend in einem fort nach irgendwelchen Hinweisen auf eine Bedrohung sondierten. In ein Fahrzeug zu steigen war häufig einer der gefährlichsten Momente einer Mission, was sie ebenso gut zu wissen schienen wie Carlton. Noch fünfzehn Meter, dann hätten sie's geschafft. Zumindest glaubten sie das. Doch als sie noch acht Meter vom Wagen entfernt waren, brach die Hölle los.

Ob es nun an seiner heruntergekommenen Erscheinung, seinem Alter oder seiner gebeugten Gestalt lag: Die Männer werteten Carlton nicht als Gefahr. Das war der erste Fehler der Trenchcoats. Der zweite war, dass sie ihre Waffen nicht besser erreichbar trugen.

Mit der rechten Hand zog Carlton die schallgedämpfte 1911er aus der unter seinen linken Arm geklemmten Zeitung, riss sie hoch und drückte den Abzug.

Der erste Schuss war zu hoch und zu weit rechts.

»Waffe!«, rief einer der Trenchcoats, ließ den Arm des Obdachlosen los, den er mit Gewalt zur Straße drängte, und fischte unter seinem Mantel nach seiner Pistole. Die beiden anderen Männer wirbelten herum und griffen ebenfalls nach ihren Waffen.

Carlton legte erneut an und traf den Mann, auf den er angelegt hatte, in die Schulter. Dann richtete er seine .45er auf die Trenchcoats zwei und drei.

Nr. 2 erwischte eine Kugel unmittelbar am Halsansatz. Carlton feuerte auf Nr. 3 und verfehlte den Mann, doch just, als Nr. 3 endlich seine Waffe in der Hand hielt, zielte Carlton erneut und traf ihn diesmal in den Kopf. Der Trenchcoat war sofort tot.

Carlton lief vor und erreichte Trenchcoat Nr. 1, der keine Kontrolle mehr über seinen verletzten rechten Arm hatte und seine Waffe deshalb mit der linken Hand zu ziehen versuchte. Carlton schoss auch ihm in den Kopf.

Die beiden Obdachlosen waren fassungslos. »Verschwindet verdammt noch mal von hier!«, sagte Carlton und schob sie in Richtung Park. »Los! Lauft!«

Die Touristen, die darauf warteten, in ihre Busse steigen zu können, ergriffen schreiend die Flucht. Carlton schaute auf und sah, dass der weißhaarige Fahrer des Suburban über dem Lenkrad zusammengesackt war. Neben der Tür auf der Fahrerseite stand Tommy Banks mitten in zerbrochenem Sicherheitsglas. In einer Hand hielt er seinen .357er Revolver, mit dessen Knauf er das Fenster der Fahrertür eingeschlagen hatte. In der anderen Hand hatte er den doppelläufigen X2-Taser, den Carlton ihm gegeben hatte. Die beiden Drähte führten zu zwei Spitzen, die in der Brust des Weißhaarigen steckten.

»Hol alles aus unserem Wagen und wirf's auf die Rückbank von diesem«, sagte Carlton, während er Banks den Taser abnahm und den Abzug drückte, um den Weißhaarigen erneut – wie man es nannte – »den Bullen reiten« zu lassen.

Carlton schätzte, dass ihnen weniger als eine Minute Zeit blieb. Er zerrte den Fahrer aus dem Suburban, fesselte die Hände des Mannes mit Plastikschellen hinter seinem Rücken und schleifte ihn zum Heck des Geländewagens. Er öffnete die Klappe und beförderte den Mann hebend und stoßend auf die Ladefläche, wo er auch noch seine Fußknöchel fesselte und sie dann an seine Handgelenke band, um ihn mit dem Gesicht nach unten liegen zu lassen.

Als Tommy schließlich ihre Ausrüstung umgeladen hatte, ließ Carlton den älteren Mann mit dem Taser auf der Rückbank sitzen, um ihren Gefangenen im Auge zu behalten. Carlton selbst sprang auf den Fahrersitz, startete den Suburban und fuhr los, in Richtung Tidal Basin* und Independence Avenue, während er zu Gott betete, dass sie es aus der Stadt herausschaffen würden, ohne geschnappt zu werden.

---

* Ein teilweise künstlich angelegter Zufluss zum Potomac River; Anmerkung des Übersetzers.

58

Als sie an dem hellen Backsteinhaus im Viertel Capitol Hill vorbeifuhren, sah es ganz danach aus, als hätte Chuck Bremmer sein Wort gehalten. Von dem Überwachungsteam, das er auf Kurt Schroeder angesetzt hatte, war keine Spur zu entdecken. Und am Ende des nächsten Blocks stand sein Wagen genau dort, wo er dem Colonel zufolge parken würde.

Harvath sah auf seine Uhr. »Zehn Minuten«, sagte er zu Rhodes und Casey, während er eine Runde um den Block fuhr, um sich einen Überblick über die nähere Umgebung zu verschaffen, bevor er sich eine geeignete Stelle zum Parken suchte. Beide Frauen wollten mit ihm reingehen, doch eine von ihnen musste beim Wagen bleiben, besonders für den Fall, dass Schroeder zu fliehen versuchte. Harvath entschied, Rhodes mitzunehmen und Casey draußen zu postieren.

Bremmer hatte ihnen alles über Schroeder erzählt, was er wusste, und ihnen verraten, wo er sich heute Abend aufhalten würde. Ohne die Akte vor sich zu haben, konnte er sich zwar nur an gewisse Dinge erinnern, doch das musste genügen.

Die Reihenhäuser wirkten, als hätten die Bewohner im Baumarkt reihum mit Dartpfeilen auf ein Farbrad geworfen. Die Gebäude waren in Blau, Rot, Orange, Türkis und Weiß gehalten, und dann war da noch ihr Ziel: ein hellgelbes Haus mit weißen, längs unterteilten Fenstern. Hätte jemand Harvath erzählt, er sei gerade auf magische Weise nach Old San Juan oder anderswo in der Karibik teleportiert worden, hätte er es beinahe geglaubt.

Auf der Rückseite verfügten alle Häuser über eine umzäunte Terrasse, die am die umzäunten Terrassen der Häuser dahinter grenzten. Wollte Harvath durch die Hintertür kommen, hätte er am Anfang des Blocks beginnen müssen, um über unzählige Zäune zu springen, bis er schließlich auf halber Strecke dort anlangte, wo er hinwollte. Außerdem war das Risiko zu groß, dabei entdeckt zu werden oder auf einen Hund zu stoßen, weshalb er beschlossen hatte, einfach die Vordertür zu nehmen. Wenn er sich nicht irrte, würde ihn ohnehin niemand beachten.

Harvath wusste, dass Casey nicht draußen im Geländewagen warten wollte. Sie wollte mit rein und am Geschehen teilhaben. Das konnte er ihr nicht verübeln. In dieser Hinsicht ähnelten sie sich sehr. Allerdings hatte er keine Ahnung, wie groß Schroeder war – oder die Person, mit der er sich dort drinnen traf. Zwar zweifelte er nicht daran, dass Casey schon zurechtkommen würde, wenn die Sache rauer wurde, aber Rhodes war größer, hatte mehr Kraft und würde bei Bedarf auch mit einem stärkeren Gegner fertig. Er musste Casey zugutehalten, dass sie sich nicht darüber beschwerte. Doch das brauchte sie auch gar nicht; Harvath wusste auch so, dass sie sauer auf ihn war.

Irgendwie verhielt sie sich ihm gegenüber sonderbar, auch wenn ihm nicht ganz klar war, inwiefern. Er vermochte nicht recht zu sagen, ob das damit zu tun hatte, dass er Bremmer am Leben gelassen hatte, ob sie ihn für Rileys Tod verantwortlich machte oder was auch immer. Doch im Moment kümmerte ihn das nicht weiter. In diesem Gebäude hielt sich eine extrem wichtige Zielperson auf, und alles, was jetzt zählte, war, Schroeder lebend da rauszuholen.

Nachdem sie ihre Waffen überprüft hatten, nahm Harvath einen tiefen Atemzug. Auf sein Nicken hin stiegen sie aus dem Wagen.

»Vergiss nicht…«, begann er, doch Casey unterbrach ihn.

»… euch Bescheid zu geben, wenn ich irgendetwas Verdächtiges sehe. Gute Idee. Danke.«

Kopfschüttelnd schloss er die Tür und ging mit Rhodes den Block entlang.

In dem Reihenhaus, zu dem sie wollten, brannte Licht, im Erdgeschoss und im ersten Stock. Die Lamellenjalousien drinnen waren geschlossen. »Denkst du, sie sind schon dabei?«, fragte sie.

Harvath sah erneut auf seine Uhr. »Vermutlich. Drücken wir einfach die Daumen.«

Vor dem Haus verlief eine Hecke mit einem niedrigen Eisentor in der Mitte. Vom Bürgersteig aus führten drei Waschbetonplatten zu einem schmalen, gepflegten Weg, der zur Haustür fünf Meter weiter führte. »Nobel, nobel«, bemerkte Rhodes, und Harvath hielt ihr einen Finger an die Lippen, um sie zum Schweigen zu bringen.

An der Vordertür holte er das Dietrich-Set hervor, das Casey aus North Carolina mitgebracht hatte, und wies Rhodes an, sich so hinzustellen, dass Nachbarn, die vielleicht gerade herschauten, nicht sehen konnten, was er tat. Er drückte sein Ohr gegen die Tür und lauschte mehrere Sekunden, bevor er sich am Schloss zu schaffen machte.

Da er es normalerweise gewohnt war, mit einer sogenannten Pickpistole zu arbeiten, fummelte er ein wenig unbeholfen mit den winzigen Metallstücken herum. »Soll ich dir helfen?«, flüsterte Rhodes, doch Harvath schüttelte den Kopf.

Einige Sekunden später ertönte ein Klicken, gefolgt vom Geräusch des zurückschnappenden Türbolzens. Harvath zog die Dietriche aus dem Schloss und schob sie zurück in das kleine Lederetui, das er wieder in seiner Tasche verstaute. Dann hielt er sein Ohr erneut an die Tür, um noch ein letztes Mal zu horchen.

Als er zuversichtlich war, dass sie loslegen konnten, nickte er Rhodes zu, drehte den Türknauf und schob die Tür langsam nach innen auf.

Die Tür schwang in ihren gut geölten Angeln lautlos auf, und Harvath und Rhodes huschten hinein. Drinnen zogen sie ihre Waffen und standen reglos da, um jedes Detail, jedes Geräusch und sogar die Geräusche des Hauses in sich aufzunehmen.

Die Fußböden hatten Parkett, die Backsteinwände waren unverkleidet. Es gab eine elektrische Fußbodenheizung und eine Kaminattrappe. Die Einrichtung war geschmackvoll, wenn auch nichts Besonderes. An den Wänden hingen einige Gemälde; persönliche Fotos hingegen fanden sich nirgends. Tatsächlich entdeckten sie überhaupt nichts Privates, keine Bücher, nichts. Das Ganze erinnerte stark an eine unpersönliche Mietwohnung.

Sie bewegten sich so leise wie möglich, schlichen durch das winzige Esszimmer, am Bad vorbei und in die im Kombüsen-Stil gehaltene Küche, wo sich die Hintertür zur Terrasse befand. Rhodes deutete auf zwei halbvolle Weingläser neben der Spüle.

Harvath wies auf einen Männergürtel auf dem Küchentresen gegenüber. Dann hörten sie aus dem Obergeschoss etwas, das nach einem Streit klang. Ein Mann versuchte, etwas zu sagen, wurde jedoch unverzüglich von einer Frau mit dröhnend lauter Stimme niedergemacht. Harvath signalisierte Rhodes, dass sie nach oben gehen würden.

Sie gingen durchs Esszimmer zurück ins Wohnzimmer. Harvath hasste Holztreppen. Ganz gleich, wie leise man war: Es gab immer eine quietschende Stufe, von der man nichts ahnte, bis es zu spät war. Er konzentrierte sein Gewicht auf die Außenränder jeder Stufe, bedeutete Rhodes, es ihm gleichzutun, und stieg vorsichtig in den ersten Stock hoch.

Als sie sich dem Treppenabsatz näherten, wurde die Auseinandersetzung lauter, klang aber dennoch gedämpft, wie durch eine geschlossene Tür. Wer auch immer diese Frau sein mochte, sie machte dem Mann die Hölle heiß. Mit einem Mal hörte man, wie jemand oder etwas einen Schlag abbekam, und Harvath blieb stehen. Er drehte sich um, um Rhodes anzusehen, zeigte ihr den hochgereckten Daumen und ging weiter die Treppe hinauf.

Am oberen Ende der Stufen führte ein schmaler Flur zur Tür des Schlafzimmers, das sich direkt über dem Wohnzimmer befand, zu einem Bad sowie zu einem hinteren Zimmer über der Küche, aus dem das ganze Gebrüll kam.

Mit der Waffe im Anschlag pirschte Harvath langsam den Gang entlang. Er brauchte keinen Blick hinter sich zu werfen, um zu wissen, dass Rhodes das Gleiche tat. Alles lief perfekt, bis Harvath seinen Fuß kaum anderthalb Meter von der Tür entfernt auf eine verzogene Holzdiele setzte, die unter seinem Gewicht ächzte.

Schlagartig erstarrte er. Und ebenso abrupt verstummte die Frauenstimme im hinteren Schlafzimmer. Der Mann protestierte, als er wissen wollte, was los ist, doch seine gedämpften Worte brachen so plötzlich ab, als hielte die Frau dem Mann den Mund zu.

Zwar rührte Harvath keinen Muskel, doch sein einziger Gedanke war: *Verflucht!* Jetzt musste er entscheiden, was zu tun war. Würde der Mann die Frau davon überzeugen, dass da nichts gewesen war? Vielleicht, doch Harvath bezweifelte es. Sie hatten das Überraschungselement eingebüßt. Höchste Zeit, das Schlafzimmer zu stürmen!

59

Harvath rückte zwei Schritte vor, hob den Fuß und trat die Schlafzimmertür ein. Das, was er dahinter entdeckte, war wesentlich weniger kerkermäßig, als er erwartet hatte.

Das Ganze erinnerte an eine Zelle von der Art, wie man sie in Hochsicherheitsgefängnissen fand, angemessen, um jemanden wie Hannibal Lecter unterzubringen. Die Wände und die Decke waren mit Edelstahlblechen verkleidet und mit Befestigungshaken versehen – zu welchem Zweck, wagte er sich nicht einmal vorzustellen. Der Boden bestand aus Beton, mit einem Abfluss in der Mitte. Auch das Fenster war mit rostfreiem Stahl bedeckt; nur ein schmaler Sichtschlitz aus getöntem Plexiglas blieb frei, dahinter leuchtete eine matte Glühbirne. Eine weitere Glühbirne hing in einem Metallkäfig unter der Decke. In der Ecke stand ein kleiner Käfig, der einem Menshen nur in Embryonalstellung Platz bot.

Das Einzige, das den Schrägheitsfaktor der Zelle noch steigern konnte, waren die beiden Insassen. Auf einem Rollhocker neben der Edelstahlpritsche, die in der gegenüberliegenden Wand verankert war, saß eine sehr große Frau Ende fünfzig. Sie trug eine Art Polizei- oder Militäruniform, und neben sich hatte sie ein Tablett mit einer Reihe bizarrer, grauenvoller Gerätschaften. Harvath verspürte keinen Wunsch zu wissen, was genau das für Geräte waren oder was man damit anrichtete.

Sie hielt eine Episiotomie-Schere* in der Hand, mit der sie die Kleidung des Mannes zerschnitten hatte, der an die Pritsche vor ihr gefesselt war. Als Harvath die Tür auftrat, war sie gerade dabei, Kurt Schroeders Unterwäsche zu durchtrennen.

»Was zur Hölle soll das?«, blaffte die Frau, als Harvath und Rhodes mit gezückten Waffen in den Raum stürmten. »Was glauben Sie, wer Sie sind, zum Teufel?«

»Schnauze«, sagte Harvath, riss ihr die Schere aus den Fingern und verpasste ihrem Tablett einen Tritt, sodass es umkippte.

»Ich hoffe für Sie, dass Sie einen verfluchten Durchsuchungsbefehl dabeihaben, denn mein Anwalt liebt nichts mehr, als bescheuerten Cops den Arsch aufzureißen.«

»Tu, was der Mann sagt, Elizabeth«, meldete sich Schroeder zu Wort.

Die Frau war überrascht und wusste einen Moment lang nicht, was sie darauf erwidern sollte. »Was?«

»Das sind keine Cops.«

»Woher willst du das wissen?«

»Erstens: Sie haben Waffen mit Schalldämpfer. Und zweitens: Ich kenne einen von ihnen. Oder um genauer zu sein, sollte ich wohl sagen, ich weiß, wer er ist.«

»Also sind die wegen dir hier?«, fragte die Frau mit zunehmender Verärgerung. »Irgendwelche Leute brechen in mein Geschäft ein, treten Türen ein, wedeln mir mit Kanonen vorm Gesicht rum, und das soll ich einfach so hinnehmen? Wohl eher nicht. Um genau zu sein, denke *ich*, dass mir lieber mal jemand erklären sollte, was verdammt noch mal hier los ist, oder ich rufe selbst die Polizei.«

---

* Episiotomie = Scheidendarmschnitt bei der Entbindung; Anm. d. Red.

Harvath sah Rhodes an. »Schaff sie hier raus.«

»Einen Teufel werden Sie tun«, verkündete die Frau, als Rhodes ihre Pistole wegsteckte und sich ihr näherte.

»Die leichte oder die harte Tour«, sagte Rhodes. »Was soll's sein?«

»Ich habe keine Angst vor Ihnen«, spottete die Frau.

»Falsche Antwort«, entgegnete Rhodes und holte die Frau mit einer blitzschnellen kurzen Geraden ins Gesicht von ihrem Hocker.

Der Hieb diente mehr dazu, sie zu betäuben, als sie zu verletzen, und noch bevor die Domina auch nur auf dem Boden aufschlug, war Rhodes bereits über ihr und fesselte sie mit Plastikhandschellen.

»Sorg dafür, dass sie ruhig bleibt«, sagte Harvath und kickte ihr einen Knebel zu, der vom Tablett gefallen war.

Rhodes schob ihn der Frau in den Mund, half ihr auf und führte sie zur Tür.

Als sie dort anlangte, sagte Harvath: »Überprüf, ob sie hier drin eine Kamera versteckt hat. Falls ja, will ich wissen, wo der Festplattenrekorder ist.«

Rhodes nickte und ging hinaus. Jetzt waren Harvath und Schroeder allein.

Harvath ging zu dem umgekippten Tablett hinüber, stellte es wieder hin und schob die Pistole hinten in seinen Hosenbund. Dann begann er, den Inhalt seiner Manteltaschen zu leeren und alles methodisch auf dem Tablett zu arrangieren. Dazu gehörten ein Messer, eine Zange, zwei Signalfackeln und ein Schlosserhammer mit einem Griff aus Hickoryholz. Die Episiotomie-Schere der Domina legte er ebenfalls dazu.

Der junge Mann versuchte, ruhig zu wirken. »Das werden Sie nicht brauchen.«

Harvath beachtete ihn nicht.

»Ich sagte, das werden Sie nicht brauchen.«

Harvath zog seinen Mantel aus, warf ihn in die Ecke und rollte seine Ärmel hoch.

Mit der äußerlichen Ruhe des jungen Mannes war es nicht mehr weit her. »Ganz im Ernst, das werden Sie nicht brauchen.«

Harvath überprüfte die Fesseln des jungen Mannes, ehe er den Hocker und den Klappständer mit dem Tablett zur Pritsche hinüberzog und sich setzte.

»Hören Sie, was ich sage?«, flehte Schroeder, während Harvath seine Werkezuge einer letzten Prüfung unterzog. »Die brauchen Sie nicht!«

»Tatsächlich?«, entgegnete Harvath, noch immer auf seine Instrumente konzentriert. »Und warum nicht?«

»Weil ich nicht gefoltert werden will.«

Harvath schaute sich langsam im Raum um, sah dann wieder den jungen Mann an und sagte: »Ich dachte, Sie stehen auf so was.«

Die Ironie seiner Worte entging Schroeder nicht. »Aber irgendwas sagt mir, dass wir beide kein Safeword haben werden.«

»Nein, werden wir nicht.«

»Dann kann ich uns beiden einen Gefallen tun. In meinem Kopf ist nichts, wofür Sie mich foltern müssten. Ich sage Ihnen auch so, was immer Sie wissen wollen. Nur, bitte, tun Sie mir nicht weh.«

Harvath war so daran gewöhnt, sich mit durch ihre Ideologie abgehärteten Gotteskriegern herumzuschlagen, dass er schon fast vergessen hatte, wie es war, einen Mann zu verhören, der nur versuchte, seine eigene Haut zu retten. Konnte er ihm trauen? Das blieb abzuwarten.

»Wie heißen Sie?«

»Kurt Schroeder«, entgegnete der junge Mann.

»Wissen Sie, wer ich bin?«

»Ja. Scott Harvath.«

»Für wen arbeiten Sie?«

»Ich arbeite für ein Unternehmen namens Adaptive Technology Solutions.«

»Für wen da im Speziellen?«

»Für den Generaldirektor, Craig Middleton.«

Harvath studierte Schroeders Gesicht, auf der Suche nach irgendwelchen Anzeichen dafür, dass er belogen wurde. Bislang jedoch deutete alles darauf hin, dass der junge Mann die Wahrheit sagte. Dessen ungeachtet wollte Harvath sicherstellen, dass er auch weiterhin eingeschüchtert und damit kooperativ blieb. Und bei jemandem, dessen ganze Identität von einer Computertastatur definiert wurde, gab es da eine sehr effektive Methode.

Er nahm den Schlosserhammer zur Hand und sagte sehr bedächtig: »Die menschliche Hand besteht aus siebenundzwanzig Knochen. Bei der ersten Lüge breche ich Ihnen sämtliche Knochen Ihrer rechten Hand. Bei der zweiten Lüge breche ich Ihnen alle Knochen in der linken. Sollten Sie mich dann noch mal anlügen, schneide ich Ihnen entweder die Finger ab oder steche Ihnen die Augen aus.«

Schroeder war entsetzt, und seine Stimme zitterte vor Angst. »Aber ich lüge nicht! Ich sage Ihnen die Wahrheit!«

»Dann sagen Sie mir, warum die Carlton Group ins Visier genommen wurde.«

»Wegen des Anschlags, den Sie planen.«

»Was für ein Anschlag?«

»Das weiß ich nicht«, beharrte Schroeder. »Einzelheiten hat man mir nicht genannt.«

»Also nahmen Sie es einfach als gegeben bin, dass wir hinter einem Terrorangriff auf die Vereinigten Staaten stecken?«

»So wurde es mir gesagt. Ich habe bloß Anweisungen befolgt.«

Einfach un-fass-bar. Mit keiner anderen Ausrede wurde im Zuge der Menschheitsgeschichte die Ermordung von mehr Menschen gerechtfertigt als mit dieser. »Und welche Rolle spielen Sie bei alldem?«, forschte Harvath.

»Keine. Ich tue eigentlich gar nichts …«, begann er, doch seine Beteuerung fand ein jähes Ende, als der Schmiedehammer auf seine rechte Hand herniedersauste.

Schroeder schrie vor quälendem Schmerz, und sein Körper versteifte sich. Er versuchte, seine Hand wegzuziehen, aber die Fesseln hielten sie an Ort und Stelle.

»Wenn Sie mich weiter anlügen«, flüsterte Harvath ihm ins Ohr, »schwinge ich den Hammer so lange, bis jeder einzelne Knochen in dieser Hand zertrümmert ist, und dann mache ich mit der anderen weiter.«

Er wartete geschlagene zwei Minuten darauf, dass Schroeders Tränen versiegten. Allerdings musste er ihm eine Ohrfeige verpassen, damit er aufhörte zu flennen und sich aufs Hier und Jetzt konzentrierte.

Harvath fragte ihn von Neuem: »Welche Rolle spielen Sie?«

Diesmal sagte Schroeder ihm die Wahrheit. »M-M-M-Middleton lässt mich D-D-Dossiers zu sämtlichen Zielpersonen zusammenstellen«, stotterte er.

»Die dann die Killerkommandos bekommen.«

»Ja. A-a-aber ich habe bloß meine Arbeit gemacht. W-wir beschatten Leute. Wir s-s-suchen Leute. Genau das m-m-machen wir.«

Harvath verspürte den Drang, den Schädel des Mannes einzuschlagen wie eine überreife Melone. »Soll ich Ihnen sagen, was Sie *getan* haben, Sie Hurensohn? Sie haben dabei geholfen, eine Menge unschuldiger Menschen zu töten; Menschen, die auf dem Boden Ihrer Kaffeetasse mehr Charakter und Anstand hatten als Sie in Ihrem ganzen erbärmlichen Leib. Von wie vielen Mitarbeitern der Carlton Group haben Sie Dossiers angelegt?«

»V-v-von allen.«

»Sie kannten also ihre Hintergründe, wussten, was sie für dieses Land geleistet haben, einfach alles; und trotzdem glaubten Sie allen Ernstes, jeder Einzelne davon sei des Hochverrats schuldig?«

»Ich-ich-ich …«, stammelte er.

Harvath brachte ihn zum Schweigen, indem er den Hammer hob. »Wenn Sie noch ein einziges Mal sagen, dass Sie bloß Anweisungen befolgt haben, schlage ich Ihnen verdammt noch mal all Ihre Zähne aus. Sie haben Leute auf dem Gewissen, die mir etwas bedeutet haben. Sie haben Sie *ermordet*.«

Schroeder zog die Lippen zurück und schloss den Mund.

»Kluger Junge«, sagte Harvath und ließ den Hammer auf das Tablett fallen. »Wer ist Caroline Romero?«

Schroeder hatte Angst, den Mund aufzumachen, wusste jedoch, dass er die Frage beantworten musste. »Sie-sie-sie …«, begann er.

Harvath hatte keine Ahnung gehabt, dass der Mann unter Stress stotterte. Bei diesem Tempo würde sich das Verhör wochenlang hinziehen. Und obgleich ihm nichts mehr widerstrebte, als diesem Kerl auch nur die geringste Gnade zuteilwerden zu lassen, konnte es nicht schaden, ihn ein Stückchen vom Abgrund zurückzuziehen. »Ich will, dass

Sie jetzt tief durchatmen, Kurt«, sagte er und wartete, bis der Mann tat wie geheißen. »Und gleich noch mal.«

Als Schroeder dem nachkam, fuhr Harvath fort: »Sie haben mich angelogen; deshalb ist Ihre Hand jetzt gebrochen. Werden Sie mich noch einmal belügen?«

Schroeder schüttelte den Kopf.

»Gut. Atmen Sie noch mal tief durch, beruhigen Sie sich und sagen Sie mir, wer Caroline Romero ist.«

»Sie hat für ATS g-g-gearbeitet. Sie ist tot.«

»Sie meinen, sie wurde ermordet.«

»Sie lief auf die Straße und wurde von einem A-A-Auto erfasst.«

»Auf der Flucht vor ATS-Gorillas.«

Schroeder nickte.

»Wissen Sie, warum sie gejagt wurde?«

»Sie hat ATS-Daten gestohlen, um der Carlton Group bei ihrem Anschlag zu helfen.«

Dieser Kerl war ein Idiot. »Die Carlton Group hat überhaupt keinen Anschlag geplant«, sagte Harvath. »Caroline Romero stahl diese Daten, um aufzudecken, was ATS im Schilde führt. Die Leute bei ATS planen den Anschlag.«

»ATS plant den Anschlag?«

»Was wissen Sie über das sogenannte digitale Pearl Harbor?«

Schroeder sah ihn an. »Das ist e-e-einer der schlimmsten Anschläge, die uns überhaupt d-d-drohen könnten. Ein Großteil von dem, was wir t-t-tun, besteht darin zu versuchen, unsere Klienten gegen ein d-d-digitales Pearl Harbor zu schützen. So ein Angriff würde das Internet lahmlegen und das Land in die Knie zwingen.«

»Dann weiß ATS also nicht bloß, wie ein solcher Anschlag durchgeführt werden muss, um Erfolg zu haben, sondern kennt außerdem die Schwächen von Amerikas Cyber-Infrastruktur.«

»J-j-ja«, bestätigte Schroeder, dem allmählich dämmerte, was Craig Middleton tatsächlich vorhatte. »Aber w-w-warum? Warum s-s-sollten sie so was tun?«

»An diesem Punkt kommt Caroline Romero ins Spiel. Doch immer hübsch eins nach dem anderen. Wo sind die Klamotten, die Sie für den Nachhauseweg mitgebracht haben?«

»Im Wandschrank. Warum?«

»Weil wir jetzt alle einen kleinen Ausflug machen.«

60

Ländliches Virginia

Tommy Banks hatte die verfallene Scheune und die heruntergekommene Loftwohnung darüber schon seit über fünfzig Jahren gemietet. In all dieser Zeit hatte er nie jemandem davon erzählt oder irgendwen mit hierher gebracht – bis zu dieser Nacht.

Die Scheune war seine Lebensversicherung; die Art von Versteck, zu dem er im Laufe der Jahre all seine Schüler ermutigt hatte. Einige hatten seinen Rat befolgt, andere nicht. Wenn man sie nach Langley an einen Schreibtisch versetzte oder der finanzielle Druck, der mit dem Ernähren einer Familie einherhing, zu groß wurde, hatten viele ihre Phantom-Bankkonten dichtgemacht und ließen ihre Mietverträge für ähnliche Objekte auslaufen. Und obgleich Banks es ablehnte, sich ein Urteil über die finanzielle Situation anderer zu erlauben, war ein Rückzugsort für ihn mit einem Feuerlöscher oder Sicherheitsgurt vergleichbar – möglicherweise hatte man niemals Bedarf dafür, aber falls dieser Tag doch irgendwann kam, würde man Gott für die eigene Voraussicht danken. Für Banks war dieser Moment in dieser Nacht gekommen.

Sobald sie D. C. hinter sich gelassen hatten, deaktivierten sie das Ortungssystem des Fahrzeugs, nahmen das Handy des Weißhaarigen auseinander und fuhren zur Farm.

Sie versteckten den Suburban in der Scheune, und nachdem sie die Fesseln um die Knöchel des Weißhaarigen durchtrennt hatten, streiften sie ihm eine Kapuze über den Kopf, zerrten ihn von der Ladefläche und zwangen ihn, die Holztreppe zum Apartment hochzusteigen, indem sie drohten, den Taser einzusetzen, wenn er nicht gehorchte.

Als sie drinnen waren, fesselten sie ihn mit Armen und Beinen an einen stabilen Esszimmerstuhl, ehe Carlton mit einer Zange die Spitzen des Elektroschockers aus seiner Brust zog.

Neben einem alten Fernseher standen ein gleichermaßen alter Videorekorder und ein Stapel VHS-Videokassetten. Banks liebte Western und Zweiter-Weltkriegs-Streifen. Allerdings wollte Carlton nur Hintergrundgeräusche und nichts, das ihr Gefangener vielleicht ermutigend oder motivierend fand, also suchte er weiter. Er stieß auf eine Kassette mit kyrillischer Beschriftung und nahm korrekterweise an, dass sie noch aus den Tagen des Kalten Krieges stammte; vermutlich handelte es sich um Recherchen oder um Lehrmaterial, mit dem Banks seine Russischkenntnisse frisch hielt. So oder so, es würde gehen. Carlton schob das Band in den Rekorder, schaltete den Fernseher ein und drehte die Lautstärke hoch.

Dann, als der Weißhaarige ihr Gespräch über den Lärm des Fernsehers hinweg nicht mehr mithören konnte, ging Carlton mit Banks ins Badezimmer und erklärte ihm dort, was er vorhatte.

Die einzige Frage, die der ältere Mann stellte, war: »Kapuze auf oder ab?«

»Kapuze auf«, entgegnete Carlton. »Blindheit steigert die Wirkung.«

»Er ist ziemlich kräftig. Ich fürchte, beim Hoch und Runter werde ich dir keine große Hilfe sein.«

»Das Ganze funktioniert wie bei einem Schwenkzapfen. Es wird zwar nicht angenehm, aber es wird gehen. Keine Sorge.«

»Das hier ist deine Spezialität, Peaches. Ich bin bloß hier, um dir deine Ledermappe zu tragen.«

Nachdem sie alles besprochen hatten, kehrten die Männer zu ihrem Gefangenen zurück, und Carlton schlug dem Kapuzenmann mit der hohlen rechten Hand aufs linke Ohr.

»Erste Frage«, rief Carlton, um sich über das Klingeln im Schädel des Gefangenen hinweg Gehör zu verschaffen. »Wie heißen Sie, und wer hat Sie geschickt?«

»Fick dich«, sagte der Weißhaarige unter der Kapuze.

»Ladies first«, entgegnete Carlton, griff nach unten, packte durch die Hose die Hoden des Mannes und drehte sie mit einem harten Ruck um.

Das Heulen des Gefangenen verwandelte sich von einem tiefen Brüllen in einen schrillen Schrei.

»Willst du Spielchen mit mir spielen, Arschloch?«, forschte Carlton, als er wieder losließ. »Ich kann das hier die ganze Nacht machen, und es wird nur immer schlimmer und schlimmer und schlimmer.«

»Fick dich.«

»Du wirst mich doch nicht enttäuschen, oder? Ich hasse es, wenn sie schon gleich zu Anfang einknicken.« Er sah Banks an und sagte: »Mach das Bügeleisen heiß.«

»Fick dich! *Fick* dich!«, pöbelte der Gefangene unter der Kapuze.

»Hast du dir etwa noch nie den Anzug bügeln lassen, während du ihn anhattest?«, fragte Carlton. »Das spart jede Menge Zeit, aber um ehrlich zu sein, ist das im wahrsten Sinne des Wortes so, als würde man bei lebendigem Leibe verbrennen. In gewisser Weise hoffe ich für dich, dass du kein Polyester trägst. Das klebt übler als Napalm.«

»Du bist ein toter Mann! Ich werde dich verdammt noch mal umbringen! Hörst du?«

»Hör du lieber *mir* zu, Arschloch. Ich habe schon mehr Leute plattgemacht, als du dir vorstellen kannst, und ich habe nicht das geringste Problem damit, dich zu töten. Aber eins kann ich dir versichern: Du wirst mit mir reden. Deine Männer sind tot, und niemand weiß, wo zum Teufel du steckst. Ob du aus dieser Sache lebend rauskommst oder dein Herz versagt, bevor ich mit dir fertig bin, liegt ganz bei dir.«

»Fick dich!«

»Ja, das sagtest du bereits«, gab Carlton zurück. Er wandte sich wieder an Banks und sagte: »Hol den Eimer und diese Kisten unter der Spüle und komm mit.«

Dann trat Carlton hinter den Stuhl des Gefangenen, um ihn in einer wahren Kraftdemonstration auf die Hinterbeine zu kippen und ihn zusammen mit dem daran gefesselten Mann ins Badezimmer zu schleifen.

»Mir kannst du keine Angst machen!«, höhnte der Gefangene unter der Kapuze.

»Oh, keine Sorge«, sagte Carlton. »Das wird schon noch.«

Banks wartete mit dem Eimer und den Getränkekisten draußen, während Carlton in die Badewanne stieg und einen Block gelber Seife an einer dicken braunen Kordel an sich nahm, der vom Duschkopf baumelte. Dann kletterte er aus der Wanne, ging um den Weißhaarigen herum, um sich vor ihn zu stellen, und begann, brutal mit der Seife auf ihn einzuschlagen.

Der Kerl war ein verdammt zäher Bastard und gab bis zum fünften oder sechsten Hieb nicht den geringsten Laut von sich. Carlton war das einerlei; er prügelte einfach weiter auf ihn ein.

Auch wenn es nicht so wirken mochte, hatte er sich vollkommen unter Kontrolle und wusste genau, wie weit er gehen konnte. Als er schließlich aufhörte, litt der Gefangene qualvolle Schmerzen.

»Wie ist dein Name?«, forschte Carlton.

Der Gefangene antwortete nicht.

»Wie ist dein Name?«, wiederholte er.

»Fick dich«, entgegnete der Gefangene, wenn auch mit deutlich weniger Nachdruck als zuvor.

»Soll mir recht sein«, meinte Carlton. »Dann auf in den nächsten Kreis der Hölle. Mach dich auf was gefasst.« Er nickte Banks zu und sagte: »Her mit den Kisten.«

Carlton schob den Stuhl gegen die Badewanne, hockte sich hin, packte die hinteren Stuhlbeine und zählte bis drei. Mit einem neuerlichen Kraftakt stemmte er den Stuhl in die Höhe und balancierte ihn so auf der Kante der Wanne, dass der Gefangene jetzt in der Horizontalen hing, mit dem Gesicht zur Decke. Banks stapelte die beiden Getränkekisten aufeinander und schob sie unter die Beine, sodass Carlton loslassen konnte.

Außer Atem und mit rasendem Puls lehnte Carlton sich einen Moment lang gegen das Waschbecken. Er war schon drauf und dran zu sagen, dass er für diesen Kram allmählich zu alt wurde, bis ihm klar wurde, dass er bei Banks vermutlich nicht mit sonderlich viel Mitgefühl rechnen konnte, deshalb behielt er die Bemerkung für sich.

Als er schließlich bereit war, schnappte er sich ein Handtuch vom Stapel und tauschte es gegen Tommys Eimer. Er brauchte Tommy nicht erklären, wie es weitergehen würde. Wie er gern zu sagen pflegte, war dies nicht sein erstes Rodeo. Er wusste, wie Waterboarding funktionierte. Und ungeachtet seines Alters und seiner geringeren Körperkraft konnte er den Kopf eines gefesselten Mannes lange genug an Ort und Stelle festhalten und ihm ein Handtuch auf den Mund drücken, dass sie bekamen, was sie brauchten.

Im selben Moment, in dem Banks das Handtuch über das von der Kapuze bedeckte Gesicht des Mannes legte, drehte Carlton den Hahn der Wanne auf, um den Eimer mit kaltem Wasser zu füllen. Sie hatten kaum angefangen, als sich der Gefangene wie wild zu winden begann. Er wusste, was kam.

»Halte ihn gut fest«, ermahnte Carlton Banks, während sich der Eimer füllte. Der Stuhl war stabil, und dank der Plastikschellen, mit denen er gefesselt war, würde es dem Weißhaarigen unmöglich gelingen, sich zu befreien und vor ihnen zu fliehen.

Als der Eimer drei viertel voll war, drehte Carlton den Wasserhahn zu, beugte sich runter zum Ohr des Gefangenen und raunte ihm beinahe besänftigend zu, lieber still zu sein. Als der Mann aufhörte, sich zu wehren, wartete Carlton einen Moment und pfiff dann die ersten paar Takte von »Singing in the Rain«. Sofort begann der Mann von Neuem, an seinen Fesseln zu zerren. Wahrscheinlich war er schon jetzt bereit zu reden. Mit derlei »Wahrscheinlichkeiten« gab Carlton sich allerdings nicht zufrieden. Er wollte auf Nummer sicher gehen.

Er richtete sich auf und pfiff weiter das Lied vor sich hin, während er gemächlich Wasser auf das Handtuch goss, das die Nase und den Mund des Gefangenen bedeckte.

Das Gewinde und Gezerre, das der Weißhaarige bislang veranstaltet hatte, war nichts verglichen mit dem Gezappel jetzt. Banks stemmte sich mit seinem ganzen Gewicht auf das Handtuch; mehr konnte er nicht tun, um zu verhindern, dass der Gefangene sein Gesicht unter dem Wasserstrom wegriss.

Schließlich hörte Carlton auf zu gießen, und Banks nahm das nasse Handtuch weg und richtete sich auf.

Sofort warf der Gefangene seinen Kopf zur Seite und fing an, zu husten und nach Luft zu ringen. Derweil drehte Carlton das Wasser wieder auf und begann, den Eimer erneut zu füllen. Diesmal jedoch wartete er, bis er bis zum Rand voll war und sogar schon überlief. Er kannte die psychologische Wirkung, die das Geräusch des überlaufenden, in die Wanne prasselnden Wassers auf den Gefangenen haben würde.

Nach einigen Sekunden drehte er den Hahn zu und begann wieder zu pfeifen. Er nickte Banks zu, der das feuchte Handtuch aufhob und sich bereit machte, es dem Mann auf Mund und Nase zu pressen. Der Gefangene indes hörte gerade lange genug mit dem Husten auf, um zu keuchen: »Vignon. Mein Name ist Martin Vignon.«

61

Annapolis Junction
Maryland

Die Schießerei beim National Second World War Memorial war in sämtlichen Nachrichten. Craig Middleton brauchte nicht darauf zu warten, dass man die Leichen identifizierte, um zu wissen, wer sie waren. Auch konnte er es sich sparen abzuwarten, dass Martin Vignon tot in einem Abflussgraben auftauchte, da ihm bereits klar war, dass er der Mann in dem schwarzen Suburban war, der Augenzeugen zufolge überwältigt wurde, ehe die Killer mit seinem Wagen davonfuhren. Die Aufnahmen der örtlichen Verkehrskameras hatten Middleton genügt, um sich ein Bild des Geschehens zu machen.

Allerdings waren die Aufnahmen des eigentlichen Vorfalls ziemlich lausig, und als er schließlich versuchte, den SUV zu orten, war das GPS-System des Fahrzeugs längst deaktiviert worden. Auch war es ihm nicht möglich, Vignons Handy zu orten. Reed Carlton und Thomas Banks, die eigentlich irgendwo unten in Florida Shuffleboard spielen sollten, hatten drei Männer seines Sicherheitsteams getötet, seinen Sicherheitschef als Geisel genommen und waren verflucht noch mal sauber entkommen. Er war über alle Maßen angepisst.

Er gab sich keinen Illusionen darüber hin, was sie vermutlich just in diesem Moment mit dem armen Bastard Puder anstellten. Gewiss, er hatte ziemlich dicke Eier, aber früher oder später brach jeder. Das bedeutete, dass Vignon ihn eher früher als später verpfeifen würde, und das wiederum hieß, dass Middleton rasch handeln musste.

Er hatte seine Entscheidung bereits getroffen. Gegenwärtig geriet einfach zu viel Sand ins Getriebe. Er hatte keine Ahnung, ob Harvath ihnen bei dem Hinterhalt geholfen hatte oder nicht, doch im Augenblick spielte das auch keine Rolle. Er musste den Anschlag in die Wege leiten. Das war das Einzige, was ihm noch blieb.

Er holte sein Handy hervor und versuchte erneut, Schroeder zu erreichen, aber wieder schaltete sich nur die Mailbox ein. *Warum habe ich ihn ausgerechnet heute nach Hause geschickt?* Gott allein wusste, wo der Mann steckte oder was er gerade trieb, und Middleton erschauderte beim Gedanken daran. Schroeders Privatleben war nicht bloß eine Katastrophe, sondern schlichtweg ekelerregend.

Nachdem er die Dateien, die er brauchte, auf seine externe Festplatte kopiert hatte, holte er einen Batzen Bargeld aus seinem Bürosafe und verstaute das Geld zusammen mit dem Laufwerk und seinem verschlüsselten Laptop in seinem Aktenkoffer. Dann wandte er seine Aufmerksamkeit wieder seinem Computer zu und dachte an die Auswirkungen, die das haben würde, was er vorhatte.

Sobald der Angriff lief, würde jeder Winkel des Landes in völligem Chaos versinken, einschließlich Washington, D. C. Die Vorstandsmitglieder wussten das und hatten für diesen Fall für Mitarbeiter und deren Familien eine Übung inklusive Rückzug zum Virginia-Anwesen angesetzt, wo sie sicher, geschützt und mit allem Nötigen versorgt sein würden, wenn die Hölle losbrach. Viele brachten Kinder und

Enkel mit, die im ganzen Land verstreut wohnten. Das verschaffte ihnen die perfekte Tarnung und eine glaubwürdige Erklärung, warum ausgerechnet ihre Liebsten überleben würden. In der Sicherheit und Wärme von Walworth würden sie zusehen, wie das Land den Bach runterging, ohne selbst auch nur einen Finger krumm machen zu müssen, da alles schon Monate im Voraus bis ins Detail geplant worden war.

Jetzt jedoch war Middleton drauf und dran, den vereinbarten Termin eigenmächtig vorzuziehen. Der Vorstand würde darüber ausgesprochen verärgert sein und möglicherweise in Panik geraten. Middleton musterte seinen Bildschirm und versuchte, sich eine Möglichkeit einfallen zu lassen, wie alle ihre Familien mobilisieren konnten, ohne gleichzeitig preiszugeben, dass sie schon im Vorfeld von dem Anschlag wussten.

Während er im Stillen die verfügbaren Optionen durchging, kam ihm ein gänzlich neuer Gedanke. Was, wenn der Vorstand seinem Vorhaben nicht zustimmte? Was, wenn sie nicht wollten, dass der Anschlag jetzt sofort stattfand? Was, wenn sie noch ein oder zwei Wochen warten wollten? Das wäre eine Katastrophe, und er konnte nicht zulassen, dass es dazu kam.

Er grübelte noch eine Weile länger über dem Problem, und dann kam ihm eine Idee. Der beste Weg für ihn zu kriegen, was er wollte, bestand darin, selbst einfach nicht die Verantwortung dafür zu tragen. Es gab keinen Grund, warum der Anschlag nicht früher über die Bühne gehen sollte, solange er einen Sündenbock hatte. Natürlich hatten er und der Vorstand dafür die Carlton Group auserkoren, zumindest nach außen hin. Was er jetzt brauchte, war ein Sündenbock *innerhalb* von ATS; jemanden, dem er die ganze Schuld dafür zuschieben konnte, dass der Anschlag vorzeitig stattfand. Und glücklicherweise hatte er so eine Person nicht bloß in petto, sondern konnte zudem mit jemandem aufwarten, der der Geschichte, die er sich in Windeseile zusammenspann, nicht widersprechen würde. Das war das Tolle an Toten – sie hielten den Mund.

Alles, was er tun musste, war, es so aussehen zu lassen, als hätte Caroline Romero nicht nur herausgefunden, was sie im Schilde führten, sondern außerdem auch versucht, ihnen in die Quere zu kommen, indem sie ihr eigenes Programm geradewegs in ihrem Angriffspaket versteckte. Der Vorstand besaß nicht genug technischen Sachverstand, um in so einer Sache aus eigener Initiative auch nur Nachforschungen anzustellen. Wenn er ihnen sagte, dass sie dafür verantwortlich war, würden sie es glauben.

Er würde behaupten, dass sie eine Art Zeitbombe in ihre Software eingebaut hatte, die sich in Wahrheit als 250-Liter-Fass Brandbeschleuniger und ein Streichholzbriefchen erwies. In ihrem Bemühen, ATS zu stoppen, hatte sie ihr Vorhaben tatsächlich bloß beschleunigt. Und das Programm war so geschrieben, dass es kein Zurück mehr gab, sobald das Pferd erst einmal aus der Box war.

Die Idee war brillant, und rasch breitete sich ein Lächeln auf Middletons Zügen aus. Er schenkte sich einen Scotch ein, setzte sich wieder an seinen Tisch, ließ seine Fingerknöchel knacken und rief mit seinem Computer Caroline Romeros Arbeitsplatz auf. Alles, was er tun musste, war, einige digitale Beweise zurückzudatieren. Sobald der Angriff lief, zerstörten sich die Files von selbst, was bedeutete, dass sie selbst dann nichts Belastendes finden würden, wenn sie seine Worte in Zweifel zogen und nach Carolines Trojaner suchten. Das Ganze würde sein, als durchkämmte man die Überreste einer Nitroglyzerin-Fabrik nach einem Streichholz. Sobald die Lunte einmal brannte, würde niemand je irgendwas finden.

Eine Stunde später hatte Middleton genau die richtige Menge Brotkrumen verstreut, von denen die meisten so tief verbuddelt waren, das sie wahrscheinlich nie gefunden werden würden. Nicht dass das von Belang war. Sobald er dem Vorstand mitteilte, dass er den Anschlag in die Wege geleitet hatte, würde ihr einziges Interesse allein dem Bemühen gelten, sich und ihre Familien in die Sicherheit des Anwesens in Virginia zu schaffen.

Middleton schenkte sich noch einen Scotch ein, verschickte eine Handvoll E-Mails und ging die Notizen durch, die er für diesen Moment vorbereitet hatte. Dann, nachdem er eine seiner Kryptokarten in das abhörsichere Telefon auf seinem Schreibtisch gesteckt hatte, rief er das erste Vorstandsmitglied an.

»Allan, hier ist Craig«, sagte er, als die Verbindung stand. »Wir müssen reden.«

62

Washington, D.C.

Kurt Schroeders Loft befand sich in Columbia Heights, gleich nördlich des Capitols. Die Wohnung besaß grob gehauene Stützbalken, freiliegendes Ziegelmauerwerk und sah in jeder Hinsicht nach dem einzelgängerischen Junggesellen in den Zwanzigern aus, der hier lebte. Es gab einen großen Flachbildfernseher, mehrere Videospielkonsolen und einen altmodischen Videospielautomaten, dafür aber keinen Esstisch.

Das Sofa und die wenigen übrigen Möbelstücke entstammten geradewegs einem IKEA-Katalog, ebenso wie die ewig nicht gewaschene Bettwäsche in seinem Schlafzimmer und die Handtücher im verdreckten Bad. Das Einzige, was Harvath hingegen nicht sah, war ein Computer; zumindest nicht, bis Schroeder die Tür eines kleinen zweiten Zimmers aufschloss.

Die Tür und der Rahmen bestanden aus schwerem, verstärktem Stahl, der so gestaltet war, dass er wie eine ganz gewöhnliche Innentür wirkte. Dahinter befand sich ein Raum, der in krassem Gegensatz zum Rest dieses Saustalls stand. Er war vollkommen sauber – hier gab es keine leeren Cornflakes-Schüsseln, keine halb aufgegessenen Doritos, keine verstreuten Klamotten und keine leeren Bierflaschen. Das Zimmer war makellos.

An einer Reihe polierter Nickelpfosten hing eine Wand von Flachbild-Computerbildschirmen, die den Eindruck erweckten, als würden sie über Schroeders glänzendem Glasschreibtisch schweben. Ringsum befanden sich Regale und Ständer, auf denen Equipment mit Lämpchen in einer Milliarde verschiedener Farben blinkte. Man kam sich vor wie in einer Mini-Raketenabschussbasis.

»Manchmal arbeite ich von zu Hause aus«, erklärte Schroeder, während er einen zweiten Bürostuhl heranzog und ihn Harvath anbot.

Als er sich setzte, kam Rhodes mit einem Plastikgefrierbeutel voll Eis herein. »Das ist alles, was ich finden konnte«, sagte sie und warf ihm den Beutel zu.

Harvath fing ihn auf und reichte ihn Schroeder, der ihn auf seine angeschwollene rechte Hand legte. Mit der Linken rief er die Login-Seite von ATS auf und gab die Passwörter ein, die nötig waren, um auf ihre Server zuzugreifen. Derweil trug Casey für sich und Rhodes Barhocker aus der Küche herüber.

Nachdem er sich eingeloggt hatte, erschien auf dem Monitor eine Reihe Icons. Er klickte auf das zweite von links, und das Bild eines hageren Mannes, der wie ein böser Clown mit spitzen Zähnen aussah, starrte sie an.

»Was ist das?«, sagte Casey und rümpfte die Nase.

»Das ist mein Avatar für Middleton. Passt perfekt zu ihm. Glucksi, der lachende Boss.«

Harvath forderte Schroeder auf weiterzumachen.

»Bin ja schon dabei«, entgegnete der und gab noch einige weitere Passwörter ein.

»Wie konnten Sie sich denn überhaupt Zugriff auf seinen Computer verschaffen?«, fragte Rhodes. »Ich dachte, er ist vollkommen paranoid, was seine Sicherheit betrifft.«

»Das stimmt, aber der Kerl scheißt einen mit E-Mails förmlich zu. Ich kriege jeden Tag Hunderte von ihm. Also habe ich einmal einfach einen kleinen Trojaner, den ich entwickelt hatte, an meine Antwort drangehängt. Ich habe ihn so gestaltet, dass er ihn nicht finden kann, und auch keiner der Techniker, die unsere Systeme ständig auf Viren und derlei scannen. Alles Weitere habe ich Ihnen ja schon im Wagen erzählt.«

Was er ihnen erzählt hatte, war, dass Middleton ein Fetischist war, wenn es um Daten ging, selbst um seine eigenen. Der Mann speicherte und analysierte alles. Wenn Harvath wissen wollte, wo Middleton sein würde, wann er sich dort aufhalten würde und möglicherweise mit wem, musste man sich bloß seinen Terminkalender ansehen. Der würde ihm alles verraten, was er wissen wollte. Alles.

»Das ist ja komisch«, sagte Schroeder unvermittelt.

Harvath beugte sich weiter vor, um zu sehen, was Schroeder sich gerade anschaute. »Was ist los?«

»Middleton hat seinen Terminkalender vor ein paar Stunden gelöscht.«

»Gelöscht?«

»Ja. Er hat alle künftigen Termine gelöscht. Jeden einzelnen.«

»Warum sollte er das tun?«

Schroeder zuckte mit den Schultern. »Keine Ahnung.«

»Kann das irgendein Fehler sein?«

»Fehler zu machen ist nicht Middletons Stil. Er ist einer von denen, die Back-ups von den Back-ups von den Backups machen.«

»Dann muss er einen Grund dafür gehabt haben. Was hat er zuvor gemacht?«, fragte Harvath.

Schroeder tippte mit der linken Hand auf der Tastatur herum, gefolgt von drei Mausklicks, und eine Protokolldatei öffnete sich. Er scrollte einige Sekunden durch den angezeigten Inhalt. »Hm …«, machte er.

»Was ist?«

»Ich weiß nicht recht. Sieht so aus, als hätte er sich mit der dunklen Seite der Dinge befasst, mit Bereichen, auf die nicht einmal ich Zugriff habe. Doch das wirklich Seltsame daran ist, dass er das über Caroline Romeros Arbeitsplatz gemacht hat.«

»Tatsächlich?«

Schroeder nickte. »Und er hat alles zurückdatiert, damit es so aussieht, als hätte sie das vor ihrem Tod gemacht.«

»Er braucht sie für irgendwas als Sündenbock.«

»Vermutlich. Warum sonst sollte man so was machen?«

Harvath nickte. »Die große Frage ist allerdings: Wofür genau braucht er sie als Sündenbock?«

Der junge Mann scrollte noch weiter nach unten und klickte dann auf etwas. »Dieser USB-Stick, den Caroline aus ATS rausgeschmuggelt hat … Sie sagten, darauf befand sich ein Codename für das digitale Pearl Harbor, das sie planen?«

»Blauer Sand«, erklärte Harvath. »Warum?«

»Weil er diesen Begriff in Carolines interne Suchliste eingefügt hat.«

»Meinen Sie mit *intern* eine Suche auf ATS-Servern?«

»Genau. Das war keine Suchanfrage im Web, sondern strikt auf ATS begrenzt.«

»Aber sie ist tot«, sagte Rhodes. »Welchen Unterschied macht es da, was sie sich angesehen hat und was nicht?«

Harvath stellte sich dieselbe Frage. Middleton platzierte fingierte Beweise, um es so aussehen zu lassen, als hätte nicht bloß Caroline Romero über den Anschlag Bescheid gewusst, sondern auch ATS selbst. Warum?

Darauf konnte Harvath sich einfach keinen Reim machen. Man fälschte Beweise, um jemanden eines Verbrechens zu beschuldigen, das er nicht begangen hatte. Welches Verbrechen wollte Middleton Caroline anhängen? Einfach, dass sie von dem Anschlag *wusste*? Sie war tot. Was spielte das also noch für eine Rolle?

Versuchte er, sie für den Anschlag selbst verantwortlich zu machen? Nein, das konnte nicht sein. Diese Rolle war der Carlton Group zugedacht. Sie waren diejenigen, die öffentlich dafür an den Pranger gestellt werden sollten. Abgesehen davon musste ATS verhindern, in irgendeiner Form mit dem Anschlag in Verbindung gebracht zu werden. Was auch immer man Caroline Romero auch anhängen wollte, war nicht für die Außenwelt bestimmt, sondern ausschließlich für interne Zwecke.

Aber was konnte das sein? Warum brauchte Middleton einen Sündenbock aus den eigenen Reihen für einen Anschlag, von dem er und die, die bei ATS das Sagen hatten, unbedingt wollten, dass er stattfand? Wofür wollte man da jemandem die Schuld in die Schuhe schieben? Und warum war eine Tote, die sich nicht verteidigen konnte, dafür das perfekte Opfer?

Der einfachste Grund dafür, der ihm einfiel, war der Versuch, sich aus der Affäre zu ziehen, falls der Anschlag scheiterte. Steckte das dahinter? Hatte Middleton womöglich einen Sinneswandel erfahren und versuchte jetzt, den Plan zu sabotieren und alles Caroline anzuhängen? Er bezweifelte es. Es musste etwas anderes sein.

Harvath ging in Gedanken weitere mögliche Szenarien durch und verglich es mit allem, was er dank Nicholas über Caroline Romero wusste. Nichts davon erklärte, warum Middleton ausgerechnet ihr etwas am Zeug flicken wollte. Schließlich gab er die Grübelei auf und fragte Schroeder: »War das alles, oder ist da noch mehr?«

Der junge Mann studierte die Protokolldatei und erklärte: »Er war zuvor eine ganze Weile inaktiv. Vielleicht hat er einen Anruf oder so gekriegt, denn dann war er kurz wieder da, verschickte drei E-Mails und loggte sich ganz aus.«

»Können Sie auf diese Mails zugreifen?«

Schroeder nickte und rief eine nach der anderen auf. »Der Betreff der ersten lautet: ›Walworth‹. Das ist der Name des Firmenanwesens draußen in Virginia. Die Mail ging an den Planer vom Sicherheitsdienst; er solle so schnell wie möglich ein ganzes Team raus zum Anwesen schicken. Die zweite Mail hat ebenfalls den Betreff ›Walworth‹ und ging an den Verwalter des Anwesens. Darin steht, dass eine Krisensitzung des Vorstands angesetzt wurde, dass die Vorstandsmitglieder deshalb in Kürze eintreffen und auch ihre Familien mitbringen würden.«

»Und die dritte Mail?«

Schroeder rief sie auf. »Die ging an mich. Betreff: ›Hey, Sie Scheißer.‹ Middleton ist echt ein Arschloch. Er schreibt, dass er versucht hat, mich anzurufen, dass aber mein ›verficktes‹ Handy ausgeschaltet gewesen sei. Diese E-Mail ist so was wie ein Code: Sobald ich sie bekomme, soll ich schleunigst eine Tasche packen und meinen Arsch so schnell wie möglich raus zum Anwesen bewegen. Dann steht hier noch: ›PS: Zu keinem ein Wort. Sagen Sie niemandem, wo Sie hinfahren. Beeilen Sie sich.‹«

»Haben Sie schon mal dort übernachtet?«

»Ich?« Schroeder schüttelte den Kopf. »Nein. Das Anwesen ist eigentlich den Mitgliedern des Vorstands vorbehalten.«

»Und ihren Familien«, ergänzte Harvath.

»Sie kommen jeden Sommer einmal mit ihren Familien, aber dann finden nie Vorstandssitzungen statt. Dabei schotten sie sich immer vollständig ab. Sie wollen nicht, dass dann Kinder und Enkel rumlaufen. Nicht einmal Ehepartner sind dann erlaubt. Und genau das ergibt keinen Sinn. Warum sollten sie ihre Familien zu einer Vorstandskrisensitzung mitbringen?«

»Weil sie vorhaben, ihren Anschlag zu verüben«, sagte Casey.

»Aber das nächste große Familienevent auf dem Anwesen sollte ohnehin bereits in drei Wochen stattfinden«, entgegnete Schroeder.

Harvath sah ihn an. »Ich dachte, es gibt pro Jahr nur ein Familienevent, im Sommer.«

»Das stimmt, aber dieses Jahr haben sie außerdem auch noch so eine Art Teambildungsseminar angesetzt, zu dem die Vorstandsmitglieder ihre Familien mitbringen. Sie sind bereits dabei, auf dem Anwesen die nötigen Vorbereitungen zu treffen.«

»Denkst du, dass sie sich dorthin zurückziehen werden, um den Anschlag von dort aus zu dirigieren?«, fragte Casey.

Harvath nickte.

»Aber was hat sich verändert? Warum haben sie ihren Zeitplan vorgezogen? Warum die Eile? Was hat sie so in Unruhe versetzt?«

Harvath hob seinen Zeigefinger, wies auf seine Brust und sagte: »Ich.«

63

Ländliches Virginia

Carlton ließ Martin Vignon an den Stuhl gefesselt und verhörte ihn direkt im Badezimmer.

Der blasse, weißhaarige Mann hatte mit dem Seifenstück so viele Schläge ins Gesicht und an den Kopf bekommen, dass die Schwellungen ihn aussehen ließen wie den Elefantenmenschen. Wenn er sprach, war es schwierig, ihn zu verstehen. Seine Lippen und eins seiner Augen waren angeschwollen. Mehrere seiner Zähne waren locker. Aus Mund, Nase und einem Ohr rann Blut.

Er hatte eine gewaltige Tracht Prügel eingesteckt, doch letztlich war es das Waterboarding, das ihn dazu gebracht hatte, sich in sein Schicksal zu fügen. Dem standzuhalten war absolut unmöglich, und selbst bei einem Mann, der sonst nur sehr wenige Dinge im Leben fürchtete, hatte die Prozedur eine Woge brutaler, animalischer Panik ausgelöst. Mit anderen Worten: Das Ganze war Furcht einflößend und etwas, das er niemals wieder erleben wollte.

Nachdem er aus Toilettenpapier zwei Stöpsel gedreht und sie dem Gefangenen in die Nasenlöcher geschoben hatte, begann Carlton mit der Befragung. Derweil stand Banks wie gewünscht mit dem heißen Bügeleisen draußen im Flur.

Vignon konnte Carlton nicht allzu viele Antworten geben. Er war ein Handlanger und ein Gangster. Allerdings konnte er mit einer extrem wichtigen Information aufwarten: mit den Namen derer, für die er arbeitete. Sowohl Carlton als auch Banks hatten bereits von Craig Middleton und ATS gehört, auch wenn keiner von ihnen dem Mann bislang persönlich begegnet war.

Zu den vielen Fragen, die Vignon nicht beantworten konnte, gehörte auch die, wer Carltons Sicherheitsteam ermordet und versucht hatte, sein Haus einschließlich des Besitzers bis auf die Grundmauern niederzubrennen. Vignon schwor bei allem, was ihm heilig war, dass er und seine Leute nichts damit zu tun hatten und er nicht das Geringste darüber wüsste. Carlton glaubte ihm.

Auch glaubte er dem Weißhaarigen, als er sagte, er wüsste nicht, wer die Einsatzkräfte der Carlton Group getötet hatte. Obwohl er zugab, einen paramilitärischen Hintergrund zu besitzen, bestand seine Aufgabe darin, das Firmensicherheitsteam von ATS zu leiten.

Carlton stellte ihm noch Dutzende weitere Fragen, aber Vignon war ihm diesbezüglich keine Hilfe. In Bezug auf die internen Strukturen des Unternehmens oder warum Middleton Carlton und seine Leute tot sehen wollte, wusste der Weißhaarige absolut gar nichts.

Carlton entschied, dass es am besten war, sich auf das zu konzentrieren, was der Mann wusste, und zu versuchen, in diesem Bereich auf etwas Neues zu stoßen. Schließlich ließ er ihn seine Seite der Operation darlegen, die zu seiner Gefangennahme geführt hatte.

Als Vignon mit seinem Bericht zur Hälfte durch war, unterbrach Carlton ihn und bat ihn darum, etwas zu wiederholen, das er gerade gesagt hatte. »Um wie viele Männer solltet ihr euch heute Abend kümmern?«

»Um drei«, entgegnete Vignon.

»Aber wir waren nicht zu dritt. Bloß zu zweit.«

Der Weißhaarige nickte. »Middleton dachte, Sie würden vielleicht Kontakt zu einem dritten Mann aufnehmen.«

»Zu wem? Zu welchem dritten Mann?«

Vignon schwieg einen Moment lang und versuchte, sich an den Namen zu erinnern, ehe er ihm wieder einfiel. »Harvath. Scott Harvath. Ein ehemaliger SEAL. Middleton wollte, dass wir Harvath töten, falls er auftaucht.«

Carlton traute seinen Ohren nicht. Seit einer Woche trauerte er um Harvath. Er hielt ihn für tot und war nicht bereit, sich diesbezüglich auch nur den geringsten Hoffnungsschimmer zuzugestehen, um sich die Enttäuschung zu ersparen, wenn sich diese Hoffnung schließlich zerschlug. Dessen ungeachtet war dies die erste gute Nachricht, seit dieses ganze Schlamassel angefangen hatte, und obgleich er sich bemühte, seine Gefühle unter Kontrolle zu halten, machte sein Herz einen Satz. »Harvath lebt?«

Der Weißhaarige nickte. »Laut Middleton schon; er lebt und ist extrem gefährlich. Mehr weiß ich nicht über den Mann.«

»Und Middleton dachte, er könnte bei dem Treffen in D.C. auftauchen?«

Wieder nickte Vignon.

Carlton verließ das Badezimmer, ging in die Küche und signalisierte Banks, ihm zu folgen.

»Endlich mal gute Neuigkeiten?«, fragte der ältere Mann.

»Ich muss an einen Computer«, erklärte Carlton. »Sofort. Hast du einen Laptop oder so dabei?«

Banks schüttelte den Kopf. »So etwas habe ich hier nicht. Unter dem Radar zu bleiben bedeutet, so wenig Technik wie möglich zu benutzen.«

Carlton teilte die Vorhänge über der Spüle und schaute zum Farmhaus hinüber. »Was ist mit deinem Vermieter? Da drüben sieht es ziemlich düster aus.«

»Weil die Leute momentan nicht in der Stadt sind.«

»Aber vermutlich gibt's da drüben einen Computer mit Internetverbindung, richtig?«

Banks zuckte mit den Schultern. »Vielleicht. Einen Versuch ist es in jedem Fall wert.«

Carlton sparte sich die Mühe, etwas darauf zu erwidern. Er war schon halb zur Tür hinaus, als Banks ihm hinterherrief. Als Carlton sich umdrehe, warf er ihm seinen Schlüsselbund zu. »Einer davon ist für die Hintertür. Die Hausherrin hat ein Arbeitszimmer unter der Treppe. Falls es drüben einen Computer gibt, findest du ihn höchstwahrscheinlich dort.«

Eigentlich hätte er sich denken können, dass Tommy sich einen Schlüssel für das Haus seines Vermieters beschafft hatte und mit dem Grundriss des Gebäudes vertraut war. Immerhin war er der beste Agent im Außendienst, dem Carlton je begegnet war.

Carlton eilte die Treppe hinunter, verließ die Scheune und hastete quer über den Rasen zum Farmhaus.

Er probierte vier Schlüssel aus, bevor er den richtigen fand und sich Zutritt zum Haus verschaffte. Er war dankbar für den Tipp, unter der Treppe nachzusehen, da er dort vermutlich als Letztes nach einem Computer gesucht hätte. Doch genau da fand er ihn.

Er zog den Stuhl unter dem Schreibtisch hervor, zwängte sich in die winzige Kammer, nahm Platz und fuhr den Computer hoch, ein altes Dell-Modell mit einem Modem. Sobald der Rechner bereit war, öffnete Carlton den Webbrowser.

Er schalt sich dafür, den IronKey-USB-Stick in der Scheune gelassen zu haben. Obwohl das Gerät nicht perfekt war, half es dennoch dabei, die eigene IP-Adresse samt Standort zu verbergen. Allerdings war das nicht die einzige Möglichkeit, sich bedeckt zu halten, und Carlton nahm sich mehrere Minuten lang Zeit, um sich und seine digitale Fährte mittels einer Vielzahl unterschiedlicher Methoden zu verschleiern, bevor er die Dating-Seite aufrief, die er und Harvath als Kommunikationsplattform für den äußersten Notfall gewählt hatten.

Als er auf seine Anzeige klickte, hielt er den Atem an. Es schien ewig zu dauern, bis die verfluchte Seite geladen wurde, doch schließlich war es so weit, und dort, unter mehreren anderen Antworten, war auch die von Harvath. Carlton atmete aus und schlug vor lauter Freude so wuchtig mit der flachen Hand auf den schmalen Tisch, dass die Pinnwand dahinter von der Wand fiel.

Er hängte sie rasch wieder auf und klickte auf die Schaltfläche am oberen Rand von Harvaths Nachricht, um ihn zu einem »Privatchat« einzuladen. Sobald er den Privatchat betreten hatte, hinterließ er Harvath in Anmach-Jargon eine verschlüsselte Botschaft, die bestätigte, dass er es tatsächlich war und ihm niemand eine Waffe an den Kopf hielt, um ihn dazu zu zwingen, Harvath zu kontaktieren. Er schloss die Nachricht damit, dass er Harvath die Nummer seines letzten sauberen Handys gab.

Dann verließ er die Kontaktbörse, fuhr den Computer herunter, verließ alles so, wie er es vorgefunden hatte, und schloss die Tür des Arbeitszimmers unter der Treppe.

Auf dem Rückweg zur Scheune holte er das Telefon aus seiner Tasche auf der Rückbank des Suburban und schaltete es ein. Alles, was er jetzt noch tun konnte, war warten.

64

Washington, D. C.

Als Bremmer erwähnt hatte, Kurt Schroeder könnte eine Möglichkeit darstellen, an Craig Middleton heranzukommen, gingen Harvath eine Million Dinge durch den Kopf – unter anderem, dass Bremmer ein ausgesprochen hinterhältiger Hurensohn war. Ein anderer seiner Gedanken war, dass er selbst nicht wirklich die Sprache eines Mannes wie Schroeder sprach. Allerdings hatte er jemanden in seinem Team, der es tat: Nicholas.

Es war ein enormes Risiko, ihn von Striebers Farm in Texas zu holen und nach D. C. zu bringen, aber niemand verstand so viel von Technik und Daten wie Nicholas. Harvath wollte, dass er nicht bloß dabei war, um mit Schroeder zu reden, sondern sich ebenfalls für den Fall in der Nähe befand, dass ATS tatsächlich sein digitales Pearl Harbor entfesselte.

Nachdem sie den benommenen und sichtlich mitgenommenen Bremmer beim Feldhockeyspiel seiner Tochter von seinen Fesseln befreit hatten, benutzte Harvath eins von Caseys sauberen Handys, um Strieber anzurufen. Ungeachtet des Umstands, dass der Mann erst vor wenigen Stunden wieder in Texas gelandet war, erklärte er Harvath, er würde sich darum kümmern und Nicholas mit dem nächsten Strieber-Airlines-Flug nach Manassas bringen.

Als er auf dem Flughafen eintraf, schickte er Harvath eine SMS. Der beauftragte Rhodes, alle im Suburban einzusammeln und zu Schroeders Loft zu bringen. Da sie Schroeders Wagen bei dem Haus der Domina hatten stehen lassen, konnten sie nach Belieben durch die Tiefgarage des Hauses ein- und ausgehen und auf Schroeders Abstellplatz parken.

Elizabeth, die Domina, war ein weiteres Problem. Sie hatten sie mit Waffengewalt aus ihrem Reihenhaus entführt, und nun saß sie gefesselt und geknebelt in Schroeders Schlafzimmer. Rhodes und Casey hatten sie abwechselnd zur Toilette begleitet, doch er würde beide brauchen, um ihm dabei zu helfen, sich Middleton vorzunehmen. Zum Glück hatte er Strieber angerufen, und er war dankbar dafür, dass Strieber noch weitere Verstärkung mitbrachte.

Als Rhodes, Strieber, Nicholas, Nina und die Hunde aus dem Aufzug kamen, sah es aus, als wäre der Zirkus in die Stadt gekommen. Allerdings hatte dieser Zirkus Ausrüstungskisten dabei, die sich kaum in einer Manege hätten verwenden lassen.

Harvath, der nicht wollte, dass Schroeder auch nur eine Sekunde allein blieb, fesselte ihm die Hände erneut mit Flexischellen hinter den Rücken und schleifte ihn aus seinem Computerzimmer, als die anderen eintrafen. Schroeder wechselte kein Wort mit Nina, doch die Art, wie er sie ansah, genügte, um Nicholas' Unmut zu erregen. Nicholas baute sich direkt vor ihm auf, trat dem größeren Mann gegen den Schuh, um seine Aufmerksamkeit zu erregen, schaute mit der ultimativen Leg-dich-ja-nicht-mit-mir-an-Miene zu ihm auf und erklärte: »Versuch's gar nicht erst. Sie gehört zu mir.«

Schroeder war so überrascht, dass er nicht wusste, was er darauf erwidern sollte. Stattdessen nickte er nur.

Harvath, der seinem Freund nicht in den Rücken fallen wollte, verkniff sich ein Grinsen, überließ Schroeder Caseys Obhut und signalisierte dem kleinen Mann, ihm ins Computerzimmer zu folgen, um ihn auf den neuesten Stand zu bringen.

Harvath hielt seinen Bericht so kurz und knapp wie möglich, als er ihn über Bremmer, Schroeder und Middleton ins Bild setzte. Nicholas entschied, sich nicht zu setzen, sondern zuzuhören, während er das Equipment im Raum inspizierte.

Als Harvath schließlich fertig war, galt Nicholas' erste Frage Caroline. »War einer von Bremmers Killertrupps für ihren Tod verantwortlich?«

»Nein. Schroeder sagt, dass ihr an dem Tag, an dem sie starb, ATS' eigene Leute auf den Fersen waren. Sie lief auf die Straße und wurde von einem Auto angefahren.«

Diese Antwort gefiel Nicholas nicht, doch zumindest schien sie ihm fürs Erste zu genügen. »Weiß Schroeder, dass Nina Carolines Schwester ist?«

Harvath schüttelte den Kopf.

»Gut. Belassen wir es dabei. Was ist mit dem Anschlag?«

»Bremmer weiß nichts darüber, und auch Schroeder scheint nicht eingeweiht worden zu sein. Middleton und die Leute, die da mit ihm drinstecken, halten den Deckel auf der Sache.«

»Aber vielleicht nicht fest genug.«

Harvath sah ihn an. »Hast du auf diesem USB-Stick sonst noch etwas gefunden?«

Nicholas nickte. »Etwas, das sich Comprehensive National Cybersecurity Initiative nennt, also landesweite nationale Cyber-Sicherheitsinitiative.«

»Was zum Teufel ist das?«

»Vielleicht der Auslöser für ein digitales Pearl Harbor.«

»Ich verstehe nicht recht.«

Nicholas hielt seinen Zeigefinger in die Höhe und erklärte: »Die Comprehensive National Cybersecurity Initiative ist auch bekannt unter dem Akronym CNCI, und noch besser unter dem Spitznamen Spionagezentrum. Die offizielle Tarngeschichte lautet, dass die NSA eine solche Datenmenge angehäuft hat und so viel Rechenleistung einsetzen musste, um diese Daten zu sichten, zu analysieren und zu speichern, dass es die Kapazitäten von Fort Meade überstieg. Deshalb wurde eine neue Anlage gebaut.«

»Moment mal«, sagte Harvath. »Die mussten eine komplett neue Anlage bauen? Was sollte das dann mit diesen Serverfarmen, die sie anderswo installiert haben, beispielsweise unten in San Antonio?«

Nicholas zwinkerte ihm zu. »Du weißt ein bisschen zu viel, als gut für dich ist, und solltest eigentlich klug genug sein, um solche Fragen nicht zu stellen. Trotzdem hast du recht. Die NSA – oder, um genauer zu sein, ATS *via* NSA – hat erfolgreich auf die Notwendigkeit einer brandneuen Anlage gepocht. Die NSA hat ihre Kapazitätsgrenze in Fort Meade tatsächlich längst erreicht. Das ist wie ein Schwarzes Loch; sie kriegen da einfach nicht genug Strom. Doch genau da wird die Sache interessant.

Sie haben eine Liste mit siebenunddreißig möglichen Standorten zusammengestellt und jedem davon einen Codenamen gegeben. Camp Williams in der Hochgebirgswüste außerhalb von Salt Lake City hat zum Beispiel den Codenamen Standort Blau.«

»Blauer Sand!«, sagte Harvath.

Nicholas nickte. »Und jetzt rate mal, für welchen Standort man sich am Ende entschied?«

»Für Camp Williams. Auch bekannt als Standort Blau.«

»Präzise. Dort begann die NSA mit einem Zwei-Milliarden-Dollar-Bauprojekt. Das Spionagezentrum verfügt über mehr als 100 000 Quadratmeter Platz für Datenspeicherung, technische Unterstützung und Verwaltung und ist damit fünfmal so groß wie das Capitol. Die haben eigene Kraftwerke, Notstromgeneratoren und gewaltige Treibstoff- und Wasservorräte.

Doch das wirklich Dramatische kommt erst noch: Carolines Aufzeichnungen zufolge geht es bei der Comprehensive National Cybersecurity Initiative nicht bloß darum, Daten zu sammeln und zu speichern. Vielmehr soll die Anlage in Wahrheit als Keimzelle eines brandneuen, von der Regierung kontrollierten Internets dienen. Die Antwort auf deine Frage ›Warum gerade jetzt?‹ lautet also: Weil ATS bereit ist. Die gesamte für so einen Coup nötige Technik ist vorhanden. Das Einzige, was sie jetzt noch brauchen, um loszulegen …«

»Ist eine Krise«, brachte Harvath den Satz für ihn zu Ende, »die explosiv genug ist, um die Sache zu rechtfertigen.«

65

Das steckt also dahinter, dachte Harvath. Es spielte keine Rolle, *wie* sie das Ganze durchziehen wollten; worauf es ankam, war, *was* genau sie vorhatten, und jetzt ergab für ihn auch alles einen Sinn.

Wenn das Internet zusammenbrach, würde das tödliche Folgen nach sich ziehen: Flugzeuge und Züge würden kollidieren, das Stromnetz zusammenbrechen, Banken und Finanzdienstleister nicht mehr arbeiten und Medien- und Notfalldienste versagen, von der Versorgung mit Nahrung, Treibstoff und Arzneimitteln ganz zu schweigen. Zehntausende Menschen – wenn nicht sogar Hunderttausende oder gar Millionen – würden sterben. Und während die Gesellschaft in sich zusammenbrach, hockten Craig Middleton und die Vorstandsvorsitzenden von ATS in ihrem sicheren, gut ausgestatteten 80-Hektar-Anwesen in Virginia und saßen den Sturm einfach aus. Allerdings hatte Harvath nicht die Absicht, es so weit kommen zu lassen.

Selbst wenn es ihm gelang, den Anschlag irgendwie zu vereiteln, waren die politischen Konsequenzen dieser Sache schier unvorstellbar. Die Liste der ATS-Vorstandsvorsitzenden las sich wie das Who's who der mächtigsten Leute der Regierung. Politischer Aktionismus und Diplomatie waren noch nie Harvaths Fall gewesen. Das war das Fachgebiet des Alten. Was ihn an etwas erinnerte.

Er wandte sich an Nicholas, deutete auf die Monitorwand und fragte: »Kannst du mir mit einem davon eine Internetverbindung herstellen?«

Der kleine Mann kletterte auf Schroeders Stuhl und machte sich ans Werk. Einige Sekunden später sagte er: »Erledigt.«

Harvath gab ihm die URL-Adresse, die er aufrufen sollte. Nicholas hielt inne und warf ihm über die Schulter hinweg einen Blick zu. »Im Ernst?«

»Lange Geschichte. Bitte, tu's einfach.«

Nicholas drehte sich wieder um und tat wie geheißen. Als er die Seite aufgerufen hatte, schob er sich vom Tisch zurück und überließ den Rechner Harvath.

Harvath rollte seinen Stuhl herüber, nahm die Maus und begann, sich durch die Anzeigen zu klicken, bis er die des Alten fand. Es gab eine Antwort! Er konnte es kaum glauben. In der Antwort wurde er in einen privaten Chatbereich eingeladen. Harvath beschloss, dem Link zu folgen.

Die Art der Formulierung ließ für Harvath keinerlei Zweifel daran, dass die Botschaft tatsächlich vom Alten stammte. Er war es, und er lebte noch. Außerdem war eine Telefonnummer angegeben.

Harvath ging davon aus, dass es sich um ein »Wegwerfhandy« handelte, das der Alte bei Bedarf einfach entsorgen konnte. Die Frage war: Wusste ATS davon? Würde er ihre Handlanger geradewegs hierher zu Schroeders Loft lotsen, wenn er den Alten anrief?

Harvath dachte daran, nach unten zu gehen, in den Suburban zu steigen und irgendwo anders hinzufahren, um den Anruf zu tätigen, doch falls tatsächlich jemand mithörte und ihn aufzuspüren versuchte, würden sie vermutlich eine der zahlreichen Überwachungskameras in der

Stadt benutzen, um seinen Wagen zu orten und ihn zu verfolgen, wenn er wieder hierher zurückkehrte.

Andererseits war Schroeder seiner Aussage zufolge der Einzige, den Middleton damit beauftragt hatte, Harvath und den Alten aufzuspüren. Bei ATS saß kein Heer von Analysten, das rund um die Uhr daran arbeitete.

Das ergab einen Sinn. Bei Middleton drehte sich alles um Bereichsbildung. Je weniger seine Mitarbeiter wussten, desto besser. Und Schroeder hatte hinlänglich bewiesen, dass er sein Handwerk verstand. Er hatte Harvath in Paris, Spanien und Texas ausfindig gemacht, ganz zu schweigen von all den anderen Einsatzkräften, die er lokalisiert hatte. Je mehr Angestellte in die Sache involviert waren – ganz gleich, wie wenig sie auch wissen mochten –, desto größer wurde für Middleton die Gefahr, dass die Sache am Ende aufflog. Harvath beschloss, dass es das Risiko wert war.

Reed Carlton ging beim dritten Klingeln an den Apparat. Nach einem raschen Hin und Her, um sich zu identifizieren, sagte der Alte: »Ich kann Ihnen gar nicht sagen, wie gut es tut, Ihre Stimme zu hören.«

»Geht mir genauso«, erwiderte Harvath. »Wir müssen uns treffen. Ich habe Ihnen eine Menge zu erzählen.«

»Sind Sie in der Stadt?«

»Bin ich. Und Sie?«

»Nein. Ich brauchte ein wenig frische Luft«, sagte Carlton.

»Das war vermutlich eine gute Idee. Soll ich zu Ihnen kommen?«

Der Alte willigte ein, und sobald sie ihr Gespräch beendet hatten, schickte er Harvath eine SMS mit genauen Anweisungen.

Anderthalb Stunden später trafen sich die beiden Männer auf dem Parkplatz einer Kneipe, nicht weit von Tommy Banks' Scheunen-Apartment entfernt. Carlton schlang seine Arme um Harvath und umarmte ihn fest. »Ich *dachte*, Sie sind tot.«

»Das dachte ich von Ihnen auch«, sagte Harvath und erwiderte die Umarmung, über alle Maßen froh, dass der Alte noch lebte. Allerdings trübte sich seine Stimmung wieder, als er Carlton losließ und sagte: »Alles ging so schnell. Ich konnte nichts für Riley tun.«

Der Alte schüttelte den Kopf. »Wir werden diese Mistkerle dafür bezahlen lassen. Ich wünschte nur, wir hätten mehr Hilfe.«

»Wir sind nicht ganz auf uns allein gestellt«, erklärte Harvath. Damit holte er seine Taschenlampe hervor, legte seine Hand teilweise über die Linse und ließ sie zweimal kurz aufleuchten.

Harvath hatte die beiden Mitglieder des Athena-Teams eine halbe Meile vor der Farm abgesetzt, und die Frauen hatten sich auf einem kleinen Umweg zu Fuß hierher begeben. Casey tauchte als Erste aus der Dunkelheit auf, gefolgt von Rhodes, die eine längliche Nylontasche trug, in der sich ein LaRue-PredatAR-Gewehr mit Nachtsicht-Zielfernrohr befand, das Strieber »nur für alle Fälle« aus Texas mitgebracht hatte.

Die Frauen waren Carlton nie persönlich begegnet. Nachdem sie einander die Hand geschüttelt hatten, schlug er vor, ihre Unterhaltung auf der Farm fortzusetzen. Harvath war ganz seiner Meinung, und sie stiegen in ihre beiden Fahrzeuge. Harvath folgte dem Alten mit sicherem Abstand.

Auf der Farm behielt Banks drüben in der Scheune Martin Vignon im Auge, während Carlton in der Küche des

Farmhauses Kaffee für das Team machte. Tommy hatte ihm gesagt, er könne ganz beruhigt sein, und ihm versichert, dass er alles mit seinen Vermietern klären würde, sobald sie von ihrer Reise zurückkehrten.

Harvath informierte Carlton über alles, was geschehen war. Dann war Carlton dran zu berichten. Er begann damit zu erklären, warum er Riley nach Paris geschickt hatte. Offenbar hatte ein französischer Banker mehreren skrupellosen Nationen dabei geholfen, finanzielle Sanktionen zu umgehen, und unterstützte sie mittlerweile auch bei Waffengeschäften. Es bestand die Befürchtung, das CIA-Büro in Paris sei möglicherweise infiltriert worden, weshalb man Carlton bat, sein Team auf die Sache anzusetzen. Doch bevor er Riley und Harvath mit den Einzelheiten ihres Auftrags vertraut machen konnte, brach die Nacht der langen Messer an.

Der Alte erzählte ihm alles, was sich sonst noch ereignet hatte. Allerdings gab er in seiner unnachahmlichen Art lediglich die Fakten preis, von denen er glaubte, dass Harvath sie kennen musste, und behielt den Rest für sich. Casey und Rhodes saßen schweigend daneben und hörten aufmerksam zu.

Nachdem Carlton schließlich zum Ende gekommen war und sie sich über ATS ausgetauscht hatten, sah Carlton Harvath an und sagte: »Was die politischen Konsequenzen betrifft, haben Sie recht. Allerdings wird die Anschuldigung allein ohne irgendwelche Beweise nicht genügen, um diese Leute zu Fall zu bringen.«

»Was ist mit den Daten auf dem USB-Stick?«

»Selbst wenn ich die Zeit hätte, mir das ganze Material durchzulesen, denke ich nicht, dass ich mich allein darauf verlassen würde.«

»Was ist mit Zeugenaussagen?«, fragte Harvath. »Sie haben Vignon. Wir haben Schroeder, und Bremmer können wir auch jederzeit hochnehmen.«

»Dummerweise haben wir alle drei im Zuge dieser Sache entführt, ganz abgesehen davon, dass sie schon allein deshalb jede offizielle Aussage verweigern werden, um sich nicht selbst zu belasten. Sie werden nur reden, wenn ihnen dafür in irgendeiner Form Immunität zugesichert wird. Und dazu müssten wir uns entweder an den Präsidenten oder den Justizminister wenden und ihnen irgendetwas Konkretes liefern – etwas Handfestes, Belastendes.«

»Das ist ja alles gut und schön, aber so viel Zeit haben wir nicht. Dieser Anschlag soll schon sehr bald stattfinden, und wissen Sie was? Ich scheiße auf die politischen Folgen. Ich will diesen Anschlag verhindern. Über die Konsequenzen können wir uns später immer noch Gedanken machen.«

Carlton nippte an seinem Kaffee, während sich die Rädchen in seinem Kopf drehten. »Einverstanden. Denn ganz egal, was wir dem Präsidenten oder dem Justizminister an die Hand geben – angesichts der beteiligten Spieler werden sie dafür sorgen, dass diese Sache aufs Gründlichste untersucht wird, bevor sie auch nur einen einzigen Finger rühren.«

»Mit anderen Worten: Paralyse.«

»Nein, keine Paralyse. Wir reden hier von den Auswirkungen, die jeder Fehler oder falsche Schritt für die politische Laufbahn der Involvierten haben wird. Ich denke, die Parole wird sein, mit äußerster, akribischer Sorgfalt vorzugehen. Aber Sie haben recht: Das Ganze wird ewig dauern. Sie werden alles streng nach Vorschrift machen und jeden Punkt und jedes Komma auf die Goldwaage legen.«

»Und das ist gut so. Je handfester die Anklage am Ende ist, desto besser. Allerdings interessiert mich momentan nur eins, nämlich, den Anschlag zu verhindern.«

Der Alte trank noch einen Schluck Kaffee. Niemand sagte etwas. Das einzige Geräusch war das Ticken der Wanduhr draußen im Flur.

Schließlich sah Carlton ihn an und fragte: »Was haben Sie vor?«

Harvath brauchte nicht über seine Antwort nachzudenken. Er wusste längst genau, was er vorhatte. »Ich will reingehen. Heute Nacht. Jetzt sofort.«

66

Mike Strieber war ein Gottesgeschenk. Als er an diesem Abend mit den anderen hergeflogen war, hatte er die Umsicht besessen, nicht bloß das neue Gewehr mitzubringen, das Rhodes jetzt benutzte, sondern ebenfalls ein Nachtsichtgerät für Harvath, das sich neben einer Tonne weiterer Ausrüstung in den Equipmentkisten befand, die Harvath, Casey und Rhodes in den Suburban geladen hatten, bevor sie D. C. verließen, um sich mit Reed Carlton zu treffen. Als Harvath sich nun seinen Weg durch die Dunkelheit am bewaldeten Nordrand des ATS-Anwesens bahnte, wusste er Striebers Eigeninitiative umso mehr zu schätzen.

Schroeder hatte ihnen alles erzählt, was er über das Anwesen wusste, doch es war Vignon, der Sicherheitschef, der ihnen den besten Überblick über das Gelände verschaffte. Natürlich nur unter extremem Druck, doch er gab ihnen genug Informationen, dass es ihnen möglich war, zumindest einen halbwegs anständigen Plan auszuknobeln.

Wesentlich hilfreicher waren da schon die Angaben zu dem Personal, mit dem sie hier rechnen mussten, inklusive Details zum Hintergrund der Männer und darüber, wie groß die Wahrscheinlichkeit war, dass sie einen Eindringling angriffen, den sie als Bedrohung betrachteten. Besonders beim letzten Punkt nahm Vignon kein Blatt vor den Mund. Er erklärte ihnen, die Sicherheitskräfte des

Anwesens seien hochprofessionell und autorisiert, jeden feindlich gesinnten Eindringling zu töten. Da Harvath nicht die Absicht hatte, auf dem Fahrrad angeradelt zu kommen und Zeitschriftenabos zu verkaufen, hegte er keinen Zweifel, in welche Kategorie man ihn stecken würde, wenn man ihn erwischte. Deshalb war das Wichtigste, sich nicht erwischen zu lassen.

Während er sich durch die Bäume schlug, kam ihm Riley Turner in den Sinn. Doch er konnte nicht zulassen, dass er an sie dachte, nicht jetzt. Er musste sich konzentrieren. Also verstaute er sie wieder in der Eisenkiste, die er ganz hinten in einer staubigen Ecke seines Verstandes deponiert hatte, schlug den Deckel zu und verriegelte das Schloss. Die Zeit, sich mit Rileys Tod auseinanderzusetzen, würde kommen; doch jetzt war dafür der falsche Moment. Harvath richtete seine Aufmerksamkeit auf das, was vor ihm lag, und ging in Gedanken noch einmal alles durch, was man ihm über das ATS-Anwesen berichtet hatte.

Vignon zufolge gab es auf dem Anwesen keine Wachhunde. Das war eine große Erleichterung. Allerdings verwendeten sie laut Schroeder mehrstufige, hochsensible Geländeüberwachungssysteme, was Vignon bestätigt hatte. Glücklicherweise hatte Schroeder dabei geholfen, diese Systeme zu installieren und zu zentralisieren. Von seinem Loft in D.C. aus gelang es Schroeder – unter Nicholas' argwöhnischem Blick –, tote Winkel zu erzeugen, durch die Harvath sich dem Hauptgebäude unbemerkt nähern konnte. Zudem sorgte er dafür, dass sie ihre Funkgeräte trotz der Signalbarriere benutzen konnten, die das Anwesen normalerweise vor der Außenwelt abschottete.

Als Harvath genau in der Entfernung, in der sie sich Vignon zufolge befinden würde, auf die erste Wachpatrouille stieß, alarmierte er leise Rhodes auf ihrem Posten. »Overwatch. Hier Nordmann. Hörst du mich? Over.«

»Hier Overwatch«, entgegnete sie. »Ich höre dich, Nordmann. Over.«

»Unmittelbar östlich meiner Position sind zwei Wachen zu Fuß. Siehst du sie? Over.«

»Negativ, Nordmann. Standby.«

Sekunden verstrichen, bevor Rhodes' Stimme wieder in Harvaths Ohrstöpsel erklang: »Nordmann, hier Overwatch. Jetzt sehe ich sie. Over.«

Mike Strieber hatte eines seiner hochmodernen Gewehre im M4-Stil mitgebracht, das mit einem leistungsstarken Nachtsicht-Zielfernrohr versehen worden war. Harvath war nicht entgangen, dass er gerade eine Operation durchführte, die große Ähnlichkeit mit der hatte, mit der ATS ihn in Texas unschädlich machen wollte. Im Hinblick darauf hatte er Rhodes davor gewarnt, sich nicht aus dem Hinterhalt überrumpeln zu lassen.

Während Rhodes Harvaths Vorstoß von der Rückseite des Anwesens aus sicherte, näherte sich Casey dem Gelände von vorn. Ihre Aufgabe bestand darin, sich an ihrer Position bereitzuhalten und bei Bedarf für ein Ablenkungsmanöver zu sorgen, um die Aufmerksamkeit der Wachen von Harvath abzulenken, falls er gezwungen war zu verschwinden.

Die Nacht war wie geschaffen für eine derartige Aktion: kalt, mit einer dichten Wolkendecke. Der Wind ließ die Äste der Bäume rascheln und trieb Laubwolken über den Boden. Es war die Art von Nacht, in der man auf Wache irgendwann weniger aufmerksam wurde. Je stärker der Wind blies, desto mehr neigte man dazu, ihm sämtliche Geräusche zuzuschreiben. In solchen Nächten verließ man sich oft auf Mutmaßungen, anstatt etwas Ungewöhnlichem auf den Grund zu gehen, und genau darauf baute Harvath.

Er hielt sich im Schutz der Bäume und rückte nach Südosten vor. Es war wichtig, die Zeit, die er auf offenem Gelände zubrachte, so weit wie möglich zu reduzieren. Das Problem dabei war, dass das Haupthaus überwiegend von großen, sauber gemähten Rasenflächen umgeben war. Nur, wenn man sich dem Haus in schrägem Winkel näherte und die Nebengebäude dabei als Deckung nutzte, hatte ein Eindringling überhaupt eine Chance, sein Ziel zu erreichen. Allerdings wusste ATS dies ebenfalls und hatte massive Sicherheitsmaßnahmen getroffen, um eben dies zu verhindern. Die Herausforderung für Harvath war allerdings nicht die eingesetzte Technik, sondern die Mannschaftsstärke des Wachpersonals.

Einer der Vorteile, die er auf seiner Seite hatte, war das Element der Überraschung. Ein weiterer bestand darin, dass keiner der Männer, die heute Nacht Wache schoben, ursprünglich damit gerechnet hatte, jetzt hier zu sein. Middleton hatte die Entscheidung, sie zum Anwesen zu schicken, sehr kurzfristig getroffen. Als Folge davon waren die meisten von ihnen vermutlich müde und mehr als nur ein bisschen angeschlagen. Das hieß allerdings nicht, dass sie keine Bedrohung darstellten. Harvath kam länger ohne Schlaf aus als die meisten anderen Menschen, und obgleich er nicht gern übermüdet in den Einsatz ging, änderte das nichts an seiner Tödlichkeit. Tatsächlich steigerte sie seine Gefährlichkeit in gewisser Weise sogar, da Schlafmangel ihn häufig in ziemlich schlechte Stimmung versetzte.

Was ihm außerdem die Laune verhagelte, waren Terroristen, und genau das waren Middleton und alle anderen, die mit ATS unter einer Decke steckten, seiner Ansicht nach. Abgesehen von Ehefrauen und Familienangehörigen hielten sich heute Nacht keine Unschuldigen auf diesem Anwesen auf. Und dieser Gedanke bestimmte sein Denken, als er zum Rand der Bäume gelangte, etwa hundert Meter von den ersten Nebengebäuden entfernt.

Von dort, wo er kauerte, konnte er eine weitere Zwei-Mann-Patrouille ausmachen. Wieder rief er Rhodes über Funk und sagte: »Overwatch, hier Nordmann. Hörst du mich? Over.«

»Nordmann, hier Overwatch. Ich höre dich. Over.«

»Da ist noch eine Patrouille. Zwei Wachen auf meiner Seite des langen Geräteschuppens. Hast du sie im Auge? Over.«

»Verstanden, Nordmann. Overwatch hat sie im Auge. Zwei Wachen, auf der Nordseite des Geräteschuppens. Over.«

»Siehst du sonst irgendwas? Over.«

»Negativ, Nordmann. Eben war Bewegung in der Nähe der Stelle, vermutlich eine weitere Patrouille, aber sie ist weitergegangen. Du kannst loslegen. Over.«

»Verstanden«, entgegnete Harvath. »Standby.«

Er war mit einem schallgedämpften, äußerst präzisen kurzläufigen OBR-Gewehr vom Kaliber 5.56 ausgerüstet. Darauf montiert waren ein holografisches EOTech-XPS3-Zielfernrohr und dahinter ein PVS-14-Nachtsichtmonokular. Harvath hatte die Dunkelheit durch das Fernrohr nach Bedrohungen abgesucht und dabei die ersten beiden Patrouillen entdeckt. Er dämpfte seine Atmung, spähte ein weiteres Mal durch das Zielfernrohr, scannte den Bereich und sagte dann über Funk: »Overwatch, hier Nordmann. Feuerfreigabe für die Wachen beim Geräteschuppen. Over.«

»Verstanden, Nordmann. Overwatch hat Feuerfreigabe. Ausschalten der Wachen auf der Nordseite des Geräteschuppens in drei … zwei … eins …«

Harvath verfolgte, wie der erste Wachmann einen Kopfschuss abbekam, ehe nur Sekundenbruchteile später der zweite dran war. Noch bevor einer der beiden Toten auf dem Boden aufschlug, sprintete Harvath bereits los.

Es wurde einer der schnellsten Hundert-Meter-Läufe, die er je hinter sich gebracht hatte. Als er im losen Schotter hinter dem Geräteschuppen schliddernd zum Stehen kam, verlor er beinahe das Gleichgewicht.

Nachdem er den Bereich nach Bedrohungen abgesucht hatte, schleifte er erst den einen und dann den anderen Wachmann näher zum Schuppen, wo die Leichen im Schatten des Gebäudes schwieriger zu entdecken sein würden.

Er befand sich jetzt in dem Abschnitt, in dem Rhodes Schwierigkeiten haben würde, ihm Deckung zu geben. Er würde hier zu viele Gebäude und zu viele verschiedene Dinge als Tarnung benutzen müssen, die ihre Sicht behinderten. Erst wenn er den finalen Sprint zum Haus in Angriff nahm, konnte sie ihn wieder richtig sehen. »Overwatch an Nordmann. Viel Glück. Overwatch out.«

Harvath nahm einen tiefen Atemzug, ließ ihn entweichen und lauschte dann. Der Wind blies recht kräftig, und erneut dankte er Gott dafür, dass es keine Wachhunde gab, die ihn schon aus einer Meile Entfernung gewittert hätten, besonders jetzt, wo er ins Schwitzen geraten war.

Mit dem Rücken an der Wand des Geräteschuppens schob er sich weiter zur Ecke. Er hob seine Waffe, zählte bis drei und lugte feuerbereit um die Ecke. Doch da war niemand. Leise huschte er den kleinen Hügel hinauf und nutzte den Schuppen, um sich etwaigen Blicken vom Haupthaus zu entziehen. So weit, so gut.

Am Ende des Schuppens erstreckte sich vor dem nächsten Gebäude eine Lücke von etwa vierzig Metern. Etwa auf zwei Dritteln des Weges zwischen den Gebäuden parkte eines der Nutzfahrzeuge des Anwesens. Nachdem er die Umgebung mit der Nachtsichtvorrichtung nach Gegnern abgesucht hatte, lief Harvath los.

Bei dem Vehikel kam er abrupt zum Stehen, kauerte sich hinter die Kühlerhaube und lauschte, doch abgesehen vom Wind hörte er nicht das Geringste.

Er spähte um die Vorderseite des Fahrzeugs herum, suchte mit dem Zielfernrohr seiner Waffe nach Bedrohungen, entdeckte keine, stand auf und rannte erneut los.

Das nächste Gebäude war der Stall. Dort hatte Rhodes ihren Worten zufolge Bewegung ausgemacht. Harvath ging um die Rückseite des Gebäudes herum und drückte sich gegen die Außenwand des Stalls.

Auf halber Strecke stieß er mit dem Fuß gegen irgendeine Kante und wäre beinahe gestolpert, fand sein Gleichgewicht aber gerade noch wieder. Fast im selben Moment tauchten zwei bewaffnete Männer auf. Sie unterhielten sich miteinander und waren offenkundig sehr überrascht, ihn zu sehen. Bevor sie ihre Waffen hochreißen und ihn ins Visier nehmen konnten, drückte Harvath den Abzug, um den ersten Mann zu Boden zu schicken, ehe er den Lauf zur zweiten Wache schwang und auch sie erledigte.

»Wachen ausgeschaltet«, flüsterte er in sein Funkgerät, während er auf die Reitbahn zuschlich. Dahinter befand sich eine lange Garagenreihe, und dahinter wiederum wartete der finale Sprint zum Haus.

Harvath bewegte sich an der Reitbahn vorbei und schaffte es ohne weitere Zwischenfälle hinter die Garagen. Jetzt musste er nur noch eine einzige offene Fläche überwinden, der sie den Codenamen »die Brücke« gegeben hatten, um zum Haupthaus zu gelangen.

»Nordmann an Overwatch. Hörst du mich? Over.«

»Verstanden, Nordmann. Ich höre dich. Over.«

»Bereit zum Überqueren der Brücke. Wie ist die Lage? Over.«

»Gerade ist ein Team durchgekommen. Du solltest loslegen, bevor die Männer zurückkommen. Over.«

»Verstanden«, erwiderte Harvath. »Standby.« Er überprüfte den Bereich mit dem Gewehr, atmete dreimal tief durch und sagte dann: »Jetzt!«

Er sprintete hinter den Garagen hervor und hastete auf die Rückseite des Hauses zu. Das waren gute hundert Meter, vielleicht ein bisschen mehr. Er rannte so schnell, wie er irgend konnte.

Er hatte weniger als die Hälfte der Strecke zurückgelegt, als er aus dem linken Augenwinkel heraus eine Bewegung erhaschte. Da waren noch zwei Wachmänner, und er wusste instinktiv, dass es ihm unmöglich sein würde, rechtzeitig zu ihnen herumzuwirbeln und sie unschädlich zu machen.

67

Bevor Harvath reagieren und sich um die Schützen kümmern konnte, hörte er Rhodes über Funk sagen: »Wache ausgeschaltet«, gefolgt von einem weiteren »Wache ausgeschaltet«, als die beiden Männer auf seiner Neun-Uhr-Position tot zu Boden fielen.

Rhodes war erstaunlich. Da sie ihm offensichtlich den Rücken freihielt, lief er so schnell wie möglich weiter.

Als er schließlich beim Haus anlangte, stand seine Lunge schier in Flammen. Er blieb stehen, kauerte außer Sicht nieder und nahm tiefe Atemzüge, bis er sein Blut wieder ausreichend mit Sauerstoff versorgt und seinen Herzschlag beruhigt hatte. Die ganze Zeit über blieb die Mündung seiner Waffe unbeirrt auf die Hintertür gerichtet.

Sobald sich sein Puls und seine Atmung halbwegs normalisiert hatten, machte er sich bereit, ins Haus vorzudringen.

Vignon zufolge kam und ging das Sicherheitspersonal durch die Küche, weshalb die Tür generell unverschlossen blieb. Jetzt huschte Harvath zur Hintertür hinüber, drehte langsam den Knauf und stellte fest, dass die Tür tatsächlich nicht verriegelt war. »Nordmann geht rein in drei, zwei, *eins*«, flüsterte er über Funk.

Er zog die Tür auf und huschte geduckt in die Küche. Am Tisch saßen zwei Wachen, und eine dritte hantierte gerade an der Spüle. Er verpasste jedem der Männer zwei Kugeln und fluchte leise, als der Wachmann an der Spüle den Kaffeebecher, den er in der Hand hielt, in das Spülbecken fallen ließ, wo er zersprang.

Hatte irgendwer das Geräusch gehört? Ihm selbst kam es ohrenbetäubend vor, und das nicht bloß, weil seine fein ausgeprägten Sinne in höchster Alarmbereitschaft waren und er allergisch dagegen war, Lärm zu machen. Das Scheppern war laut. Zu laut. *Verflucht.* Zeit weiterzumachen.

Er schlich zur anderen Seite des Raums hinüber und befand sich jetzt auf Höhe einer Treppe, die hoch zu den Schlafzimmern führte. Vignon hatte ihnen erklärt, wer für gewöhnlich in diesen Zimmern untergebracht war, die alle nach literarischen Persönlichkeiten benannt waren. Doch bevor Harvath nach oben ging, wollte er erst das Erdgeschoss sichern.

Er huschte durch die Küche, überprüfte die kleine Frühstücksnische und warf dann einen Blick in eine angrenzende Vorratskammer. Dann betrat er das Esszimmer und schaute sich hier rasch um, ehe er in die Küche zurückkehrte und durch das Servierzimmer in den vorderen Teil des Hauses ging. Dabei vernahm er irgendwo hinter sich unvermittelt ein Geräusch.

Er drückte sich nahe der Tür zum Speisezimmer an die Wand und bemühte sich zu bestimmen, was genau er gehört hatte. Er vernahm Schritte. Sie waren langsam und bedächtig, sogar vorsichtig. Ausgehend von der Tatsache, dass sich drei Wachmänner in der Küche aufgehalten hatten, hätte Harvath darauf gewettet, dass er gerade das Nähern eines vierten hörte, der gerade irgendwo eine Zigarette geraucht oder eins der Badezimmer des Hauses aufgesucht hatte.

Harvath ließ das Gewehr am Riemen über der Schulter

hängen, zog einen schmalen Kampfdolch mit überlangem Griff aus der Scheide und machte sich bereit.

Als die Gestalt im Türrahmen auftauchte, riss Harvath die Pistole des Mannes zur Seite und rammte ihm den Dolch in die Kehle. Er stieß die Klinge rasch nach oben, zog sie wuchtig durch seinen Hals in Richtung des rechten Ohrs und dann wieder nach links.

Er ließ den kräftigen Mann behutsam zu Boden sinken, zog den Dolch heraus, wischte ihn ab und schob ihn in die Scheide zurück.

Er wechselte wieder zu seinem OBR und schlich sich durch ein Kartenzimmer, durch eine recht große Bibliothek und dann durchs Wohnzimmer. Nirgends eine Spur von Leben. Das änderte sich erst, als er das Wohnzimmer am anderen Ende verließ und Licht sah, das aus einer offenen Tür auf der gegenüberliegenden Seite des Gangs fiel. Ganz vorsichtig pirschte sich Harvath näher.

Als Harvath dann in das luxuriös ausgestattete Arbeitszimmer mit den Tierköpfen an den Wänden und dem großen Kamin stürmte, aus dem das Licht kam, stieß er dort auf Craig Middleton. Middleton saß in einem hochlehnigen schwarzen Ledersessel an einem reich verzierten Schreibtisch. Auf seiner Nase thronte eine Lesebrille, während er eine Reihe von Karten studierte, die vor ihm ausgebreitet lagen. Er hatte die Hemdsärmel hochgerollt, Jackett und Krawatte über einen Stuhl neben sich gelegt. In der rechten Hand hielt er ein Whiskeyglas mit – wie es aussah – Scotch.

»Keine Bewegung«, sagte Harvath beim Betreten des Raums.

Middleton blickte von seinen Unterlagen auf. Langsam breitete sich ein Lächeln über sein markantes Antlitz aus.

»Na, da sieh mal einer an. Ist der Berg also endlich zum Propheten gekommen.«

»Zu *keine Bewegung* gehört auch, die Fresse zu halten.«

Middleton ließ die Eiswürfel in seinem Glas klappern, als würde seine Rechte zittern.

»Wer vom Vorstand ist sonst noch im Haus?«

»Wie wär's erstmal mit einem Drink?«

Harvath antwortete darauf, indem er links und rechts von seinem Schädel jeweils eine Kugel in das Kopfteil des Sessels feuerte.

»Vier«, entgegnete Middleton. »Vor einer Stunde dachte ich außerdem, einen Wagen zu hören, möglicherweise also fünf. Ich war ein wenig beschäftigt.«

»Darauf möchte ich wetten. Aufstehen. Sie kommen mit mir.«

Middleton schenkte ihm ein Lächeln und lehnte sich in seinem Sessel zurück. »Ich würde Ihnen ja einen hübschen Posten bei uns anbieten, wenn ich nicht wüsste, dass Sie ihn ohnehin ablehnen würden. Wirklich eine Schande. Einen Mann mit Ihren Fähigkeiten könnten wir gut brauchen. Die Welt verändert sich, wissen Sie, und das ziemlich rasant. Typen wie Sie müssen sich entweder anpassen, oder sie werden zermalmt, wenn unser Land sich weiterentwickelt.«

Harvath jagte zwei Kugeln durch den Schreibtisch, die Middletons Knie zu knapp verfehlten. »Ich sagte: aufstehen.«

Middleton schob sich vom Tisch zurück und nahm einen tiefen Schluck von seinem Drink. »Ich hoffe, da, wo wir hinwollen, gibt's genug davon.« Er stellte das Glas auf den Tisch, lächelte und fügte hinzu: »Mögen Sie Scotch, Mr. Harvath? Ich meine richtig, richtig guten Scotch. Ich habe da eine ganz besondere Flasche, die ich mir eigentlich für morgen aufgehoben hatte.«

Harvath wollte ihn gerade anschnauzen, aufzustehen und hinter seinem Schreibtisch hervorzukommen, als er ein *Plopp* vernahm und sich zwei mit Stacheln versehene Metallspitzen zwischen seine Schulterblätter gruben.

Als der Strom durch seinen Körper brandete, verkrampften sich seine Muskeln, und er kippte wie eine gefällte Eiche nach vorn. Er schlug mit dem Gesicht voran auf den Boden, und Blut strömte aus seiner Nase.

Sie rollten ihn auf den Rücken und nahmen ihm seine Pistole und das Gewehr ab. Als sein Gehirn schließlich wieder arbeitete und er realisierte, was los war, stellte er verblüfft fest, dass Chuck Bremmer neben Middleton stand. In seiner rechten Hand hielt er einen Taser.

»Sie haben sich zwar Zeit gelassen«, sagte er voller Verachtung, »aber wir wussten, dass Sie irgendwann hier auftauchen würden.« Damit betätigte Bremmer erneut den Auslöser des Elektroschockers und hielt ihn gedrückt, um Harvath einen quälend langen Stromschlag zu verpassen.

Als er endlich aufhörte und Harvath wieder bei Sinnen war, kam Bremmer vor und trat ihm mit aller Kraft, die er aufbringen konnte, gegen die Rippen. »Das ist dafür, dass du einen verfluchten Scharfschützen auf meine Frau angesetzt hast.« Der Tritt war sehr schmerzhaft, wenn auch nicht so heftig wie der, der darauf folgte, Harvath unter dem Kinn traf und einen glühend heißen Blitz durch seinen Schädel jagte. »Und das ist dafür, dass du meine Tochter mit reingezogen hast. Meine Tochter! Du Hurensohn.«

Als Bremmer zurücktrat, blickte Middleton auf Harvath hinab. »Um ehrlich zu sein, hatten Sie den guten alten Chuck tatsächlich beinahe an den Eiern. Letzten Endes gelangte er allerdings zu dem Schluss, dass das Ganze eine gute Gelegenheit wäre, um Sie endlich loszuwerden. Und ich würde sagen, das Wagnis hat sich gelohnt. Meinen Sie nicht?«

Harvath spie einen Batzen Blut auf den Perserteppich, auf dem er lag, und bewegte seinen Unterkiefer von einer Seite zur anderen.

»Da Sie sich Vignon und Schroeder geschnappt haben, fanden wir, dass wir uns den Versuch, Sie am Betreten des Anwesens zu hindern, ebenso gut sparen können. Tatsächlich war es sogar Chucks Idee, Sie einfach Ihr Ding machen zu lassen. Hätte der Sicherheitsdienst Sie geschnappt: perfekt. Falls nicht, nahmen wir an, dass das hier funktionieren würde, und das hat es ja auch. Wie auch immer, es wird Zeit, sämtliche losen Enden zu verknüpfen.«

Harvath verfolgte, wie Middleton mit einem Wink um das Gewehr bat. Bremmer überprüfte die Waffe, um sicherzugehen, dass sich eine Kugel in der Kammer befand, und reichte sie ihm.

Middleton wog sie ein paarmal in der Hand und stützte den Schaft dann gegen seine Schulter. Er trat von Harvath zurück, hob das Gewehr und richtete den Lauf auf mehrere der an der Wand angebrachten Tierköpfe. Bremmers hämisches Grinsen reichte von einem Ohr zum anderen.

Allerdings verschwand das Grinsen, als Middleton die Waffe auf ihn richtete und den Abzug drückte.

Als die Kugel dem Mann den halben Schädel wegriss, hing ein rosaroter Sprühregen in der Luft wie eine Art obszöner Heiligenschein.

»Sehr hübsch«, sagte Middleton, als er zu der Leiche hinüberging und den Taser an sich nahm. »Wirklich, sehr hübsch. Kommen wir jetzt zu den übrigen losen Enden.

Ich wüsste gern, wo Sie Kurt Schroeder und meinen Sicherheitschef Mr. Vignon gefangen halten.«

Harvath schaute lächelnd auf und schüttelte den Kopf. In Erwartung dessen, was als Nächstes kommen würde, biss er bereits die Zähne zusammen.

Middleton betätigte den Auslöser des Elektroschockers und verpasste Harvath einen weiteren Stromstoß.

Harvaths Körper wurde steif wie ein Brett und begann dann, sich zu krümmen, als sich sein Rückgrat durchbog und seine verkrampften Schultern ihn vom Boden in die Höhe stemmten.

Als die Wirkung des Tasers nachließ, wiederholte Middleton seine Frage.

»Du kannst mich mal«, entgegnete Harvath.

Der Generaldirektor von ATS war über diese Antwort sichtlich erbost und bereitete Harvath mit dem Taser neuerliche Schmerzen.

Er betätigte den Auslöser noch zwei weitere Male, bloß um zu beweisen, wie weit zu gehen er bereit war.

Als Harvaths verdrehte Augen sich schließlich neu fokussierten, beugte Middleton sich zu ihm runter und verabreichte ihm noch einen letzten Stromstoß. »Hör mir genau zu, du Penner. Dies ist deine letzte Chance. Anschließend nehme ich das Gewehr und fange an, deine verfluchten Knie zu durchlöchern. Wo sind meine Leute? Und was mich sogar noch mehr interessiert: Wo stecken Banks und dieser verfickte Carlton?«

»Gleich hier, Arschloch«, sagte eine Stimme von der Tür her.

Middleton wirbelte just in dem Augenblick herum, als Reed Carlton ihm einen Kussmund zuwarf und mit seiner modifizierten 1911er zwei Kugeln abfeuerte.

EPILOG

Dienstag

Obwohl Reed Carlton in Washington jede Menge einflussreiche Personen kannte, war es Tommy Banks, dem es schließlich gelang, die Leiter von FBI, CIA, NSA und des Verteidigungsministeriums heimlich, still und leise an einen Tisch zu holen. Da Harvath nicht den Wunsch verspürte, an dem Treffen teilzunehmen, ließ er sich höflich entschuldigen. Carlton hatte Verständnis dafür, dass er im Hintergrund bleiben wollte. Er bat lediglich darum, dass er und Nicholas, der mittlerweile nach Texas zurückgekehrt war, um Zeit mit Nina zu verbringen, über eine sichere Kommunikationsverbindung erreichbar waren, für den Fall, dass es irgendwelche Fragen gab.

Wie sich herausstellte, gab es eine Menge Fragen, von denen die meisten an den Direktor der NSA gerichtet waren. Sämtliche Agency-Chefs betrachteten ATS als Ungeheuer, bei dem die NSA zugelassen hatte, dass es außer Kontrolle geriet. Schon lange hegten sie einen gewissen Argwohn gegenüber dem, was die quasi-private Firma so trieb, und nun wurden einige ihrer schlimmsten Befürchtungen bestätigt.

Da sich außer ihnen niemand im Raum befand, konnte der Direktor der NSA die Fragen an niemand anderen weitergeben, um von sich selbst abzulenken. Nicht dass das eine Rolle gespielt hätte. Selbst wenn nur die Hälfte von dem stimmte, was Carlton über ATS behauptete – und niemand hatte auch nur den geringsten Anlass, daran zu zweifeln –, steckten sie in einem Riesenschlamassel, ganz gleich, wie viel Einfluss die NSA bei ATS hatte oder nicht. In einer Stadt wie Washington waren die Dinge so, wie sie sich nach außen hin darstellten, und das war alles, was zählte.

Das andere Problem, das der NSA einen Strick drehte, war, wie sehr sie mit ATS rein örtlich verbunden waren, besonders im Hinblick auf das Utah-Datenzentrum. Sie würden das Zentrum unverzüglich dichtmachen müssen, wenigstens vorübergehend, bis eine gründliche Untersuchung durchgeführt werden konnte. Sie mussten wissen, wie genau ATS seinen Anschlag geplant hatte, um dafür zu sorgen, dass entsprechende Sicherheitsvorkehrungen getroffen wurden, damit dergleichen in Zukunft niemals wirklich passieren konnte.

Als die Teilnehmer des Meetings es schließlich müde geworden waren, auf dem NSA-Direktor herumzutrampeln, konzentrierten sie ihre Aufmerksamkeit darauf, was jetzt als Nächstes zu tun sei. Alle Anwesenden waren sich darin einig, dass es zwei Dinge gab, um die sie sich unverzüglich kümmern mussten. Erstens: Eine »Putzkolonne« musste zum ATS-Anwesen geschickt werden, um Casey und Rhodes abzulösen und die Leichen zu entsorgen.

Reed Carlton schlug vor, dass sich die CIA der Säuberungsaktion annehmen und zudem eine fingierte Geschichte zusammenspinnen solle, die belegte, dass Chuck Bremmer gewaltige finanzielle Schwierigkeiten hatte. Neben einer Tochter, die nächstes Jahr aufs teure Ivy League College gehen sollte, hätte er mehrere außereheliche Affären unterhalten. Er hätte beschlossen, dem Verteidigungsministerium den Rücken zu kehren und künftig in der Privatwirtschaft zu arbeiten, um mehr Geld zu verdienen. Zu diesem Zweck sollte er eigentlich einen Job bei ATS bekommen, doch als sich die Sache zerschlug, drehte er durch und ermordete mehrere ATS-Mitarbeiter auf dem Landsitz des Unternehmens im ländlichen Virginia, darunter auch den Generaldirektor der Firma, Craig Middleton. Die Beweise am Tatort würden zeigen, dass es Middleton in dem Durcheinander gelang, einen Schuss abzugeben, der Bremmer tötete, bevor er selbst seinen schweren Verletzungen erlag.

Casey und Rhodes zufolge war bislang keines der Vorstandsmitglieder beim Anwesen eingetroffen. Dass sie die Kontrolle über das Anwesen hatten, war für sie ein großer Vorteil, doch sie mussten rasch handeln.

Der andere Schritt, der sofort unternommen werden musste, bestand darin, den Präsidenten über alles zu informieren. Das Schwierigste beim Arrangieren des Gesprächs war, die Zahl der Menschen im Raum so weit wie irgend möglich zu begrenzen. Deshalb teilte der Direktor der Central Intelligence dem Präsidenten ganz unverblümt mit, dass die einzigen Leute, die sich außerdem noch im Raum aufhalten dürften, der Justizminister und der Finanzminister seien. Der Stabschef des Präsidenten und die übrigen Meinungsmacher, mit denen er sich sonst umgab, mussten draußen bleiben. Zwar handelte es sich hierbei um einen nationalen Notfall, doch der Kreis der Eingeweihten musste so klein wie möglich gehalten werden.

Man musste dem Präsidenten zugutehalten, dass er den »Ratschlag« des CIA-Direktors befolgte. Als Reed Carlton zusammen mit den Leitern von CIA, NSA, FBI und Verteidigungsministerium im Weißen Haus eintraf, empfing sie der Präsident mit dem Finanz- und Justizminister.

Carlton sprach eine Viertelstunde lang, gefolgt von den Direktoren von NSA, FBI und CIA sowie dem Verteidigungsminister. Der Justizminister und der Finanzminister waren von dem, was sie hörten, vollkommen überrumpelt. Der Präsident, obzwar entsetzt, wahrte seine Contenance.

Nachdem alle die Möglichkeit hatten, das Wort zu ergreifen und Fragen zu stellen, brachte der Präsident das Thema Schadenskontrolle zur Sprache. Die Sache würde der amerikanischen Psyche zusetzen und das Vertrauen des Volkes in die Regierung massiv untergraben. Deshalb wollte er, dass die ganze unglaubliche Geschichte begraben und vergessen wurde. Die Geheimdienstleiter warnten davor, dass sie diesbezüglich auf einem sehr schmalen Grat wandelten. Wenn sie die Angelegenheit zu vertuschen versuchten, würde das darauf hindeuten, dass ATS mit Wissen und Unterstützung der Regierung der Vereinigten Staaten gehandelt hatte. Das stimmte zwar nicht, doch wenn sich dieser Gedanke im Bewusstsein der amerikanischen Öffentlichkeit festsetzte, würde alles derart den Bach runtergehen, dass sie sich nie wieder davon erholten.

Die Geheimdienstleiter baten den Präsidenten, erst einmal eine gründliche Untersuchung anzuordnen, damit sie sich in Ruhe überlegen konnten, was ihre besten Optionen waren. Der Präsident willigte ein.

Außerdem wollte der Präsident, dass bis dahin ein Pflock durchs Herz von ATS getrieben wurde. Er wollte, dass das Unternehmen komplett zerschlagen und all seine zwielichtigen Geschäfte aufgedeckt wurden. Der Finanzminister erklärte, wenn sie sofortigen Zugriff auf die Finanzunterlagen von ATS erhielten, würden sie sich umgehend mit oberster Priorität darum kümmern. Der Justizminister sagte zu, dass das Justizministerium das Finanzministerium mit allem

Nötigen versorgen würde. Die große Frage war: Konnten die Regierung und die unzähligen Geheimdienste und Ministerien, die ATS technisch unterstützte, auch überleben, wenn das Unternehmen zerschlagen wurde?

Der NSA-Direktor und der Verteidigungsminister berieten sich einen Moment lang abseits der anderen. Derweil notierte der Präsident etwas auf einem Notizblock und umriss drei Gesetzesänderungen, die sein Stab unverzüglich in den Kongress einbringen sollte:

1. Ein nationaler Ausnahmezustand sollte auf maximal ein Jahr begrenzt werden. Jede zeitliche Verlängerung, die darüber hinausging, bedurfte der Zustimmung einer Zweidrittelmehrheit des Kongresses.
2. Die ungerechtfertigte Überwachung amerikanischer Bürger sei sofort einzustellen und die gesammelten Daten zu löschen. Künftig wäre es ein Kapitalverbrechen, amerikanische Bürger ohne ordentliche gerichtliche Prüfung und eine schriftliche Genehmigung zu überwachen.
3. Um den Insiderhandel einzudämmen, musste es sämtlichen Kongressangehörigen sowie allen Staatsangestellten, die in den Verteidigungs-, Technologie- und Geheimdienstsektoren der Regierung arbeiteten, verboten sein, an der Börse zu spekulieren.

Der Präsident war gerade dabei, einen vierten Punkt niederzuschreiben, des Inhalts, dass Geheimprogramme besser überwacht werden mussten, damit die Führung des Landes diesbezüglich nicht im Dunkeln gelassen wurde, als der NSA-Direktor und der Verteidigungsminister wieder zu ihnen stießen und die Frage des Präsidenten beantworteten.

Ihrer Ansicht nach war es durchaus möglich, ATS zu zerschlagen und die einzelnen Teile an ein paar Dutzend Vertragsfirmen zu verkaufen, die imstande waren, die laufenden Dienstleistungsverträge weiterzuführen.

Dann wandte sich das Gespräch Craig Middleton und seinen Mitverschwörern zu. Die beiden Einzigen, die sich gegenwärtig in Gewahrsam befanden, waren Kurt Schroeder und Martin Vignon, von denen offenbar keiner etwas von dem bevorstehenden Anschlag oder dem wahren Ausmaß der Verschwörung wusste. Allerdings hatten sich beide einer ganzen Reihe anderer Verbrechen schuldig gemacht, ebenso wie ein beträchtlicher Teil der einfachen Angestellten von ATS. Als sie darüber zu diskutieren begannen, wie das Ganze rein rechtlich zu handhaben sei, richteten sich alle Blicke auf den Justizminister.

Der Minister hatte in Gedanken bereits mehrere Szenarien durchgespielt und seine Antwort darauf sofort parat. Sämtliche Anklagen gegen ATS-Mitarbeiter konnten vor dem Bundesgerichtshof verhandelt werden. Das bereitete ihm keine Bedenken. Seine Sorge galt vielmehr den fünfzehn Vorstandsvorsitzenden der Firma. Er erklärte, dass sich der Versuch, sie öffentlich vor Gericht zu stellen, aufgrund ihrer Bekanntheit schnell zu einem PR-Gau entwickeln könne, und wenn das passiere, würden die Folgen verheerend sein. Die Erkenntnis, dass sich so viele bekannte und vermeintlich vertrauenswürdige Persönlichkeiten gegen ihr eigenes Land verschworen hatten, könne enorme Langzeitschäden anrichten. Obwohl die Vereinigten Staaten so zwar demonstrieren würden, dass sie die Verschwörung aufgedeckt und vereitelt hatten, und obwohl das Ganze möglicherweise sogar eine abschreckende Wirkung auf andere Terroristen habe, glaubte er, dass die kollektive Psyche der Nation großen Schaden nehmen würde.

Der Justizminister zitierte den Patriot Act und den National Defense Authorization Act – das Genehmigungsgesetz zur nationalen Verteidigung – und erklärte, dass er sich vorstellen könne, alle Vorstandsmitglieder auf unbestimmte Zeit zu inhaftieren oder womöglich sogar vors Kriegsgericht zu stellen. Außerdem gebe es noch eine andere Möglichkeit, die dem Präsidenten aber nicht gefallen würde. *Die schwarze Liste.*

Als die Liste zur Sprache kam, wurde der Finanzminister gebeten, draußen zu warten. Gespräche über die schwarze Liste lagen außerhalb seines Befugnisbereichs.

Obgleich man hätte annehmen können, dass die Einzigen, denen überhaupt erlaubt sein würde, im Raum zu verweilen, der CIA-Direktor und der Verteidigungsminister waren, bat der Präsident auch Carlton sowie die Direktoren von FBI und NSA zu bleiben. Während der Präsident um den Konferenztisch herumging, bat er die Männer einen nach dem anderen, die Möglichkeit abzuwägen, auf die schwarze Liste zurückzugreifen.

Der FBI-Direktor war entschieden dagegen. Ihm gefiel der Gedanke nicht, dass die Regierung der Vereinigten Staaten ohne ein ordentliches Gerichtsverfahren amerikanische Staatsbürger ins Visier nahm und töten ließ. Daraufhin wandte der Justizminister ein, dass es sehr wohl ein ordentliches Verfahren gebe, dass dieses nur nicht in einem Gerichtssaal stattfände.

Der FBI-Direktor beendete seine Einwände damit, dass er erklärte, es sei kein ordentliches Verfahren, wenn der Angeklagte nicht die Möglichkeit habe, seinen Anklägern gegenüberzutreten und sich persönlich für die gegen ihn erhobenen Anschuldigen zu verantworten. Das sei, schloss er, absolut nicht im Sinne der Gründerväter.

Der CIA-Direktor indes war anderer Ansicht als sein FBI-Kollege, ebenso wie der Direktor der NSA und der Verteidigungsminister. Sie argumentierten, dass ATS die Absicht hatte, die Vereinigten Staaten ins Chaos zu stürzen. Nachdem es ihnen nicht gelungen war, ihr Ziel zu erreichen, dürfe man nicht zulassen, dass die Vorstandsmitglieder nun auf die Einhaltung ebenjener Bürgerrechte und den Schutz durch den Staat pochten, die sie selbst aktiv untergraben hatten.

Die Debatte zog sich hin, doch der FBI-Direktor war nicht bereit, von seiner Position abzuweichen. Kein Argument konnte ihn dazu bewegen, seine Ansicht zu ändern. Schließlich dankte der Präsident ihm und bat ihn, den Raum zu verlassen.

Der Letzte, den der Präsident nach seiner Meinung zum Thema schwarze Liste fragte, war Reed Carlton, der seine Sicht der Dinge mit großem Bedacht vorbrachte.

So, wie er die Dinge sah, blieb dem Präsidenten gar keine andere Wahl. Genau wie der Justizminister war er davon überzeugt, dass das Spektakel eines öffentlichen Prozesses nicht infrage kam. Auch die sofortige Verhaftung der Vorstandsvorsitzenden oder der Versuch, sie vor ein Kriegsgericht zu stellen, würde viel zu viel Aufmerksamkeit erregen. Wenn sich herumsprach – und das würde sich nicht verhindern lassen –, dass so viele ehemals hoch angesehene Politfunktionäre an einer Verschwörung zur Untergrabung der öffentlichen Ordnung beteiligt gewesen waren, würden die Folgen verheerend sein. Sie mussten auf die schwarze Liste zurückgreifen. Alle anderen am Tisch nickten zustimmend.

Der einzige Schwachpunkt dieses Plans, den der NSA-Direktor sah, bestand darin, dass irgendwann irgendwer selbst dann einen Zusammenhang erkennen würde, wenn die Zielpersonen so unauffällig wie möglich eliminiert wurden. Ab einer bestimmten Anzahl tödlicher »Unfälle« würde sich ganz automatisch Argwohn regen.

Der CIA-Direktor sah Carlton an, der wiederum den Präsidenten anschaute und sagte: »Das kriegen wir schon irgendwie hin.«

Achtundvierzig Stunden später

Der auf Adaptive Technology Solutions registrierte Geschäftsjet, eine Gulfstream G550, erreichte seine Reisehöhe und ging über dem Ozean in den Horizontalflug über.

Jeder der fünfzehn Passagiere an Bord des Flugzeugs hatte einen Anruf von Martin Vignon erhalten, einem Mann, den sie alle seit vielen Jahren kannten und dem sie vertrauten. Vignon verwies auf Sicherheitsbedenken und hielt die Gespräche kurz und knapp.

Während Reed Carlton bei jedem Anruf zuhörte, übermittelte Vignon den ATS-Vorstandsvorsitzenden zwei wichtige Informationen. Die erste war, dass Middleton es irgendwie fertiggebracht hatte, den Anschlag zu vermasseln. Da sie alle dank Middleton glaubten, der Anschlag stünde unmittelbar bevor, dieser bislang jedoch noch nicht stattgefunden hatte, ergab Vignons Behauptung einen Sinn. Die zweite Information wurde dadurch nur umso glaubwürdiger.

Vignon zufolge hatte Middletons Versagen zu einer Krisensituation geführt, die die sofortige Aufmerksamkeit des Vorstands erforderte. Da das Gelände in Virginia jedoch offiziell als Tatort galt und es im ATS-Firmenhauptquartier nur so von Ermittlern wimmelte, hatte Vignon arrangiert, dass der komplette Vorstand des Unternehmens zum ATS-Anwesen auf Grand Cayman geflogen wurde.

Nachdem die Flugbegleiterin in der Kabine die zweite Runde Cocktails serviert hatte, rief der Pilot sie ins Cockpit. Gretchen Casey trat ein, schloss die Tür hinter sich und verriegelte sie.

Als der CIA-Pilot den Sauerstoffgehalt in der Passagierkabine abzusenken begann, reichte Scott Harvath, der die Uniform des Kopiloten trug, Casey ihre Ausrüstung. Einer nach dem anderen zogen sie sich in dem engen Cockpit um. Als der Pilot ihnen schließlich das Zeichen gab, setzten sie ihre Helme auf und öffneten die Sauerstoffversorgung ihrer Gesichtsmasken. Zehn Minuten später öffneten sie die Cockpittür.

Selbst von dort, wo sie standen, war offensichtlich, dass der Sauerstoffmangel seine Wirkung getan hatte. Rasch gingen Harvath und Casey durch die Kabine, um sich zu vergewissern, dass tatsächlich jedes einzelne ATS-Vorstandsmitglied tot war.

Anschließend kehrte Harvath ins Cockpit zurück und zeigte dem Piloten den hochgereckten Daumen. Während der CIA-Agent die letzten Korrekturen am Autopiloten vornahm, unterzogen Harvath und Casey gegenseitig ihre HAHO-Fallschirmausrüstung* einer letzten Überprüfung, bevor sie das Gleiche beim Piloten taten, der kurz darauf in die Passagierkabine kam und sich zu ihnen gesellte.

---

* HAHO steht für »High Altitude, High Opening«, ein Fallschirmsprungverfahren, bei dem die Springer aus extrem großer Höhe abspringen und auch den Fallschirm bereits in großer Höhe öffnen; Anmerkung des Übersetzers.

Harvath warf einen Blick auf den Computer an seinem Handgelenk und gab den anderen das Zwei-Minuten-Zeichen. Dann trat er vor und machte sich bereit, das Schott zu öffnen.

Nach einer Minute gab er seinem Team das entsprechende Signal und öffnete die vordere Kabinentür.

Im Cockpit plärrten Alarmsirenen los, und das Brüllen des Luftsogs erfüllte ihre Ohren, während Harvath die verbleibenden Sekunden runterzählte und dem Team dann das Zeichen zum Absprung gab. Der CIA-Pilot sprang als Erster, gefolgt von Casey und dann Harvath, der zuvor noch einen letzten Blick in die Kabine warf.

Der Jet setzte seinen Flug über den Ozean fort, in dem er schließlich sein tiefes, nasses Grab finden würde. Die Zeitungen würden berichten, dass die ATS-Vorstände, bereits erschüttert durch den tragischen Verlust ihres Generaldirektors, zu allem Überfluss auch noch herausgefunden hatten, dass Middleton beträchtliche Gelder der Firma veruntreut hatte. Sie waren gerade unterwegs zu einer Krisensitzung mit ihren Banken auf Grand Cayman, als ihr Flugzeug abstürzte. Niemand würde je ihre Leichen finden.

Harvath dirigierte Casey und den CIA-Piloten zur Landezone über dem offenen Meer, wo ein Schiff der US-Navy auf sie wartete.

Eine Flotte von Schlauchbooten brauste heran, um sie aus dem Wasser zu fischen und zum Schiff zu bringen.

Von dort aus brachte ein Sikorsky-Helikopter SH-60F Seahawk das Team zum Flottenluftstützpunkt Key West, wo der CIA-Pilot an Bord eines Fliegers nach Washington, D.C., ging. Harvath und Casey hingegen hatten andere Pläne.

Bei ihrer Ankunft warteten bereits Bargeld, Wechselkleidung und ein Fahrzeug der Fahrbereitschaft auf sie. Sie stiegen in den Wagen und fuhren auf der US-1 in Richtung Little Torch Key. Durch die offenen Fenster wehte der Geruch des Ozeans herein. Obgleich sich beide im Stillen darüber sorgten, zu spät dran zu sein, lächelten sie, als im Radio ein Song von Jimmy Buffett kam. Irgendwie hatten sie das Gefühl, als würde Riley Turner ihnen auf diesem Weg eine Botschaft schicken.

Die Frauen des Athena-Projekts durchliefen dieselbe Ausbildung wie die Männer der Delta Force und absolvierten im Zuge dessen auch das Kampftaucher-Qualifizierungstraining der Special Forces in Key West. Gleichwohl, im Gegensatz zu den Jungs von Delta und den Special Forces, die ihre Freizeit für gewöhnlich in einer Handvoll Bars in Key West genossen, verbrachten die Athena-Frauen ihre freie Zeit am liebsten in Little Torch Key.

Riley Turner hatte das Little Palm Island Resort and Spa in Little Torch Key entdeckt, ihren, wie sie sagte, Lieblingsplatz auf der ganzen Welt. Nicht zuletzt deshalb fand Harvath, dass dies für Casey und ihn ein angemessener Ort war, um von ihr Abschied zu nehmen.

Sie checkten im Hotel ein und wurden nach einigen Minuten zu ihren Bungalows direkt am Strand geführt. Dort steckte Casey den Kopf in Harvaths Unterkunft und fragte: »Was meinst du? Margaritas?«

Harvath schüttelte den Kopf, ging zu seinem Beistelltisch hinüber und schnappte sich den Eiskübel, die Champagnerflasche und die beiden Gläser, die er im Voraus bestellt hatte. »Wir müssen uns stilvoll von ihr verabschieden.«

Casey lächelte. Obgleich er in puncto Führerschaft hinsichtlich der Einschätzung der Leute seines Teams noch einiges zu lernen hatte, war er selbst stets davon überzeugt, an alles gedacht zu haben. Das hatte sie an ihm schon mehr als einmal geärgert. Zudem wusste sie, dass es unfair von ihr gewesen war, ihn für das verantwortlich zu machen, was in Paris passiert war. Sie hatte ihm vorgeworfen, zugelassen zu haben, dass Riley starb, obwohl sie wusste, dass er jederzeit ohne zu zögern bereit gewesen wäre, mit ihr zu tauschen. Sie war bereit, ihm zu vergeben.

Als er den Eiskübel mit dem Champagner hochhielt, sodass sie beides sehen konnte, lächelte sie und sagte: »Perfekt.«

Sie gingen nach draußen, liefen über den weichen Sand vor dem Bungalow, und als die Sonne träge dem Ozean entgegenzusinken begann, zog Harvath den Korken aus der Flasche und schenkte ihnen beiden ein Glas ein.

Als die Sonne schließlich das Wasser berührte, stießen sie auf Riley an und nahmen beide einen langen, langsamen Schluck Champagner. Als sie dort am Strand saßen, mit den reetgedeckten Bungalows hinter sich und den Wellen, die vor ihnen sanft ans Ufer schlugen, verstanden sie, warum Riley diesen Ort so geliebt hatte. Harvath schenkte ihnen nach.

Dort blieben sie schweigend und tranken, bis die Flasche leer war. Erst dann warf Harvath einen Blick über die Schulter und stellte fest, dass das Personal in aller Stille Fackeln angezündet hatte, die den Weg zum winzigen Restaurant des Hotels erhellten. »Hungrig?«, fragte er.

Casey, die die Augen geschlossen hielt und ihre Hände hinter ihrem Kopf im Sand verschränkt hatte, lächelte. »Ist der Champagner schon alle?«

»Alle.«

»Denkst du, in unseren Minibars ist noch mehr?«

»Vermutlich«, entgegnete Harvath. »Willst du, dass ich mal nachsehe?«

Casey nickte, ohne die Augen zu öffnen.

»Bin gleich wieder da«, sagte Harvath, stand auf und ging barfuß zu seinem Bungalow.

Als er eintrat und das Zimmer durchquerte, ließ er die Tür offen. Er öffnete den kleinen Kühlschrank und fischte eine kleine Flasche heraus, wusste jedoch, dass das nicht reichen würde. Sie sagten jemand ganz Besonderem Lebwohl. Sie brauchten noch eine ordentliche Flasche.

Harvath ging zum Nachttisch hinüber und hob den Telefonhörer ab, um den Zimmerservice anzurufen. Er hatte den Hörer am Ohr und wollte gerade wählen, als jemand in der Tür seines Bungalows erschien. Eine Brise vom Ozean her bauschte die Vorhänge. Es war Casey.

»Ich wollte uns gerade eine zweite Flasche bestellen«, sagte er.

»Vergiss das«, sagte sie.

»Brauchst du keinen Drink mehr?«

Sie knöpfte ihre Bluse auf und ließ sie von ihren Schultern gleiten. »Nein. Jetzt brauchen wir beide erst einmal etwas ganz anderes.«

NACHWORT

Die Konzepte totaler Überwachung und des groß angelegten Sammelns von Daten gänzlich unbescholtener Bürger faszinieren mich seit Jahren.

Beim Schreiben dieses Romans verging kein Tag, an dem nicht neues Material zu diesem Thema auftauchte. Eine besondere Herausforderung war zu entscheiden, welche Technologie hier Erwähnung findet und welche nicht. Manchmal kam dies dem Versuch gleich, aus einem Feuerwehrschlauch zu trinken.

Auf www.BradThor.com habe ich für den interessierten Leser eine Liste meiner Recherchematerialien bereitgestellt.

DANKSAGUNG

Ich erinnere mich noch: Als ich in Paris lebte, versuchte ich meinen ersten Thriller zu schreiben und sinnierte darüber, was für eine einsame Profession das Autorendasein doch ist. Wie unwissend ich damals war! Mir war nicht klar, dass das bloß eine von vielen Ausflüchten war, um mich vor der Aufgabe zu drücken, weil ich Angst hatte zu scheitern. Erst Jahre später, nachdem ich meinen ersten Roman beendet hatte, sollte ich erkennen, wie falsch ich damit lag. Schreiben und Veröffentlichen sind Teamarbeit, und ich bin froh, mit einigen der Besten in diesem Gewerbe zusammenzuarbeiten.

Zuerst und vor allem gilt mein Dank wie immer Ihnen, meinen Lesern. Dank Ihnen kann ich meinen Lebensunterhalt mit dem bestreiten, was ich liebe. Und ebenfalls dank Ihnen bin ich bestrebt, mein Handwerk zu verbessern und mit jedem Buch besser zu werden. Ich danke Ihnen für Ihre Unterstützung und für das, was für den Erfolg eines Autors am allerwichtigsten ist: all die wundervolle Mundpropaganda.

Mein Dank gebührt außerdem dem großartigen, weltweiten Netzwerk von Buchhändlern, die meine Bücher ordern, verkaufen und weiterempfehlen. Ohne sie würden Sie dieses Buch jetzt nicht in Händen halten, ganz gleich, in welcher Form.

Weiterhin gilt mein Dank meinem lieben Freund Barrett

Moore, stets ein erstaunlicher Quell an Ideen, Inspiration und Wissen. Seine Hilfe bei diesem Roman, dem Konzept dazu und bei so vielen der Einzelheiten war unschätzbar. Danke, Barrett, für alles.

Ein anderer guter Freund, James Ryan, war (wie stets) da, wann immer ich ihn beim Schreiben brauchte. Danke für alles, was du für mich getan hast, und für das, was du für unsere großartige Nation tust.

Noch mehr gute Freunde haben ihren Beitrag zu diesem Roman geleistet und gingen stets schon beim ersten Klingeln ans Telefon. Mein Dank gebührt: Sean Fischer, Dr. Scott F. Hill, Rodney Cox, Chuck Fretwell, Roland Moore, Steve Tuttle, Jeff Chudwin und Mitch Shore. Ich weiß eure Unterstützung wirklich zu schätzen!

Überdies möchte ich Katarinna McBride und Clark Pollard für ihre Hilfe beim Authentifizieren gewisser Details danken sowie Jerry Saperstein, der liebenswürdigerweise Gewehr bei Fuß stand, um mich bei allem zu beraten, das irgendwie mit Computern zusammenhing. Jedwede Fehler in diesem Roman gehen zu 100 Prozent auf meine Kappe.

Einige Leute haben darum gebeten, in dieser Danksagung nicht namentlich genannt zu werden. Euch kann ich nur kollektiv danken und sagen, dass es mir nicht nur eine große Ehre ist, eure Freundschaft zu genießen, sondern dass eure unerschütterliche Liebe und Hingabe für unser Land mir stets ein Vorbild ist. Danke für alles, was ihr für uns tut.

An dieser Stelle möchte ich auch meinem erstaunlichen Verlagsteam danken. Dies ist mein erster Roman, der in den USA unter dem neuen Atria/Simon & Schuster-Imprint meiner herausragenden Herausgeberin Emily Bestler erscheint. Emily, ich wünsche dir mit Emily Bestler Books viel Erfolg und freue mich darauf, zusammen mit dir noch viele, viele weitere Bestseller zu veröffentlichen.

Mein aufrichtiger Dank gebührt außerdem meinen grandiosen Verlegerinnen Carolyn Reidy, Louise Burke und Judith Curr. Jeder, der sich in diesem Gewerbe tummelt, weiß, wie gesegnet ich bin, mit Carolyn, Louise und Judith zusammenarbeiten zu dürfen. Auf viele weitere erfolgreiche Jahre!

Großer Rummel hilft dabei, ein Buch bekannt zu machen, und niemand rührt die Werbetrommel besser als mein außergewöhnlicher Presseagent David Brown. Wobei »außergewöhnlich« ihn nicht einmal annähernd beschreiben kann, ebenso wenig wie *Vielen Dank* auch nur im Entferntesten auszudrücken vermag, wie sehr ich ihn schätze.

Zudem möchte ich dem bemerkenswerten Verkaufsteam, der Audio-Abteilung und dem Produktionsteam von Atria/Pocket danken. Ihr leistet erstaunliche Arbeit, und ich bin euch sehr dankbar für alles.

Und wo wir gerade beim Thema »erstaunliche Arbeit« sind, gilt mein Dank überdies dem einmaligen Michael Selleck, Gary Urda, Kate Cetrulo, Caroline Porter, Sarah Branham, Irene Lipsky, Ariele Fredman und Lisa Keim. Ich hoffe, ein jeder von euch weiß, wie glücklich ich bin, mit euch zusammenarbeiten zu können.

Einer der besten Tage meines Lebens war der, an dem ich meine sensationelle Literaturagentin Heide Lange von Sanford J. Greenburger Associates, Inc. kennenlernte. Seitdem ist alles immer nur noch besser und besser geworden, und dafür schulde ich Heide ein großes Dankeschön. Ich hoffe, du weißt, wie viel du mir bedeutest und wie sehr ich dich schätze.

Abgesehen von Heide möchte ich auch dem übrigen,

unglaublich talentierten Team von SJGA danken, insbesondere der fabelhaften Rachael Dillon Fried und Jennifer Linnan.

Draußen an der Westküste schafft Scott Schwimer, der beste Medienanwalt der Welt, es immer wieder, mich nicht nur mit seiner Geschäftstüchtigkeit zu verblüffen, sondern ebenso mit seiner tief empfundenen Freundschaft. Vielen Dank, Scottie.

Wie es bei mir mittlerweile Tradition ist, hebe ich mir das wichtigste Dankeschön stets bis zum Schluss auf. Die größten Erfolge meines Lebens versuche ich, als Vater und Ehemann zu erringen. Obwohl ich mich stets bemühe, jeden Abend mit am Esstisch zu sitzen, ist das leider nicht immer möglich, wenn man gerade am Schreiben ist. Meine größte Stärke verleihen mir die unverwüstliche Liebe und die unerschütterliche Unterstützung meiner großartigen Familie. Ohne sie könnte ich nichts von alldem tun. Meiner wundervollen Frau Trish und meinen prächtigen Kindern gebührt daher der größte Dank von allen. Und nun, wo das Buch fertig ist, wird es Zeit, ein bisschen Spaß zu haben!